刘一纯

著

纸都

一部非遗中国的
沉重史诗

百花洲文艺出版社

图书在版编目（CIP）数据

纸都 / 刘一纯著. -- 南昌：百花洲文艺出版社，
2024.6

ISBN 978-7-5500-5501-8

Ⅰ.①纸… Ⅱ.①刘… Ⅲ.①长篇小说 – 中国 – 当代
Ⅳ.①I247.5

中国国家版本馆 CIP 数据核字（2024）第 086015 号

纸都

ZHI DU　　　　刘一纯　著

出 版 人	陈　波
责任编辑	杨　旭
特约编辑	张立云
封面设计	董　梁
装帧设计	云上雅集
出 版 者	百花洲文艺出版社
社　　址	南昌市红谷滩新区世贸路 898 号博能中心一期 A 座 20 楼
电　　话	0791-86895108（发行热线）0791-86894717（编辑热线）
邮　　编	330038
经　　销	全国新华书店
印　　刷	长沙市精宏印务有限公司
开　　本	889 毫米×1194 毫米　　1/16
印　　张	28
字　　数	300 千字
版　　次	2024 年 6 月第 1 版
印　　次	2024 年 6 月第 1 次印刷
书　　号	978-7-5500-5501-8
定　　价	69.00 元

赣版权登字 05-2024-96

网址：http://www.bhzwy.com

图书若有印装错误，影响阅读，可与承印厂联系调换

目录 CONTENTS

⚫━ 第一章 违旨收纸 ━⚫

光绪二十四年，是历史上著名的戊戌政变年。六君子被杀于北京菜市口刑场的消息传到楚南滩镇时，纸都人平静如常，唯一出现灵异的是自打白露后，接连两个月都是和风暖阳，直至重阳也不见下雨。之后的半个月仍旧暖阳当头，纸香飘逸。有人便想起那句农谚："重阳无雨看十三，十三无雨一冬干"，料今年又是一个暖冬。暖冬便于黔贵等地的商家来滩镇贩运年画，街上的年画商自是高兴。往年每遇大雪，影响外埠商家来滩镇不说，有不少商家还被困在滩镇，没法按时返回，以致年画积压滞销，损失不小。

站在滩镇著名的狮象山俯瞰，隐若可见错综的街巷成"米"字形。这里每日汇聚天南海北的客商，但见人头攒动，谈论生意的声音喧嚣震天；鳞次栉比的商铺，从屋檐下伸出一杆杆竹竿，竿上吊了各种各样的招牌、幌子，高高地垂落在行人的头顶，有风吹过，悠荡飘扬；各家店铺门前悬挂着泛黄的门匾和风灯，看去浸润着久远的年代。五色花纸高高地垒满各家商铺前的摊档，车辆人流如蚁，满街一派富裕繁华，吉祥热闹。

这会儿正是晌午，和兴纸庄老板黄家成穿着盛装，眉眼舒展地坐在茶屋的太师椅里，搁在扶手上的双手露出修长的十指。他背后的墙壁上以滩镇上好的宣纸题了首宋朝徐荣叟的《茶》，曰：

官焙春绿入贡时，担头猎猎小黄旗。

甘香不数尝阳羡，密侍天颜喜可知。

年约六旬的黄家成，相貌平常，五官中唯一吸引人之处便是左边眉毛丛中长了数根三寸长的眉毛。这数根眉毛在他十二岁那年便开始显现，曾经有位深谙麻衣相法的老者见了，双手抱拳打拱惊呼："眉毛一根长，能抵万担粮。你往后定可富甲一方。"行走在街头的人群中，不认识黄家成的人只当他是一介寻常老者，殊不知其乃滩镇大名鼎鼎的和兴纸庄老板，滩镇方圆诸多抄纸（实际上是造纸，当地人说成了抄纸）户大都盼着自家的抄纸能够在他手上卖个好价钱，以及满街年画作坊都得仰其鼻息，从他手上买纸加工制作年画出售，赚钱养家。刚才管家吴承诺领了宝庆府凌云班肖班主来见他，彼此行礼后，落座喝茶。滩镇一年一度的"黄家堂会"今年花落凌云班，将于今天晚上正式开演。与肖班主算是老熟人了，黄家成也没有过多的客套话，略作寒暄，只道今年可得辛苦肖班主。肖班主忙不迭作揖表态："黄老板但管放心，肖某人知道黄家堂会的重要，断然不会出任何差池。"几口茶后，吴管家领着肖班主作揖告辞。凌云班演出期间的一应烦琐事务，自有吴管家和管事及众多下人出面照管，用不着他操心。

黄家堂会已有数十年的历史，打从黄家成执掌和兴纸庄，便一并从父辈手上接过每年一次的黄家堂会。在滩镇，每年新纸临近上市，黄家会择一个黄道吉日，重金邀请宝庆城里的名角来滩镇龙隍殿唱戏，连续八天八晚，十里八乡的人纷纷赶来看戏，弄得滩镇比年关还要热闹。待到大戏完毕，和兴纸庄便开秤收纸。时日一久，黄家堂会成了滩镇一道不可或缺的乡俗。

屋里甚是寂静，黄家成缓缓睁开眼睛，伸手拿过面前茶桌上的小紫砂壶。许是岁月的缘故，茶壶的颜色看去深且光滑。茶桌是上百年檀木做成，满室幽香。刚才肖班主面前的茶盅已被下人悄然捡收走，桌上一尘不染。他喝了口酽茶，入口清香绵绵，忍不住咂了下嘴巴。待到将壶里的酽茶喝了，黄家成离座起身，跨着方步往外走。下得楼来，太阳当头，漫步行走在庭院。庭院的地面是青黑色的厚砖铺成，砖缝间长了丝丝缕缕的小草。两丈之外是扇月亮门。移足穿过月亮门，面前是一个大花园，这季节却是花繁叶茂，数只蝴蝶翩舞，靠里有座奇兀高大的假山，假山凹陷处是一人高的山洞，正对着正门，于这座假山平添了几许诡秘；至胸的翠竹把假山绕了一圈，一圈游廊复又将翠竹圈在里面。花园长了四树：一株高耸入云的梧桐树，硕果累累的石榴树，花开飘香的百年桂花树，火红的大枣树。这就应了那句风水的说法："庭院有四树，不贵也能富。"

黄家成平视一眼花园，迎面有下人过来，见了黄家成恭谨地喊了声老爷，然后侧身一旁。黄家成不作理会，脚步不曾落下，只管继续前行。踏着平坦的鹅卵石，绕着假山漫步，有只蝴蝶在他头顶翩跹。有风吹来，蝴蝶斜翅一掠，眨眼失了踪影。

此时正门徐徐打开，一辆镶铜裹银的大鞍停在高高的雕花门槛外，车倌钱三攥鞭垂立一旁。旁边丫鬟红梅凑过去，抬手掀开帘子，从车轿内走出一位穿戴干净的老妪，她就是黄家成的大夫人方氏。红梅伸出另一只手接住主子递过来的手，小心地侍候她下了车。方氏也不张望，移步往里走。钱三上了车辕，待大夫人她们接近月亮门，一抖缰绳，驱马从侧门往里赶，车轱辘从车道上碾过，几乎悄无声息。原来黄家设计此花园时颇为讲究，特意修了一条车道，专供车轿行驶。黄家成闻声扭过头去，便也醒悟今天是九月十五，知道方氏今天去了滩京寺。每逢初一、十五，方氏便会让钱三送她上滩京寺烧香。黄家成不作理会，继续绕着假山漫步。当街上的锣鼓声由远而近，知道是戏班演员盛装上街，通知滩镇的父老乡亲今晚上去龙隍殿看戏，心道这凌云班行事倒是利索，心下欣慰。

假山顶上传来一声清脆的鸟啼，入耳甚是动听，黄家成来了兴致，便想看看是啥鸟儿，待要仰头搜寻，从商铺那边大踏步走来吴管家，其身后紧随了护院武师头儿徐海，口呼老爷。吴管家一贯老成持重，这会竟步履匆匆，那徐海更是脚步错乱，黄家成的心头便起了不祥，猜测发生了啥事，却想只怕与黄家堂会有关。

待到两人走近，黄家成看眼徐海，目光落在吴管家身上，话却分明问徐海："发生啥事了？"

徐海以手抹了把额头上的汗水，喘口气张口待要作答时，一口浓痰卡在喉结处，情急之下憋得满脸通红，以致一时说不出话来。看徐海这副模样，吴管家道："就在刚才，徐海获知张则武率人跑到村里找抄纸户高价收纸。"

早在黄家成父辈时，朝廷有旨，凡滩镇所有抄纸户的抄纸必须卖给和兴纸庄，数十年来尚未有人胆敢违反朝廷旨令。黄家成万没想到会发生此等惊天大事，一时懵在那里。

徐海总算把那口痰咳了出来，说："老爷，这事儿咋办？你得赶快拿个章程。"

急切间，黄家成哪里晓得咋办，徐海的话却也让他醒悟过来，立在那里犯急。还是吴管家沉稳，想着他们三个的模样站在这里，下人看到势必招来种种猜测，于事无益，当下说："去茶屋说话。"

看黄家成步履维艰，徐海趋步过去，伸手欲要搀扶东家，却被黄家成甩开，打头匆匆往月亮门走去。吴管家落在两人身后。好在这一路过去不曾遇到下人。进了茶屋，黄家成一屁股瘫坐在太师椅里。下人进来，拿走东家那只小紫砂壶，换上壶新茶递在主人手上，然后给吴管家面前沏上盅茶。两口茶后，黄家成镇静了许多，说："徐海，你这是哪来的消息？此乃天大的事，断不可稍有差池。"

"小人刚才在龙隍殿帮忙搭戏台时，城背村的阿老三也在瞧热闹，他告诉我，今日巳时，张则武率人赶车到他们村子里，把他二叔及一干邻居家的纸全给拖走了。据阿老三说，一担纸比咱去年开的纸价多了两文钱。"徐海道。

黄家成执壶在手，壶嘴已到唇边复又放下，扭过头去拿眼看定吴管家，说："老姨，这事儿你咋看？"

楚南滩镇一带，老姨的意思便是连襟。

吴管家道:"我们眼下要做的是派人手往附近村庄找抄纸户打探情况,同时告诫他们切莫把纸卖与他人,私下交易违犯朝廷律令,一旦衙门拿获势必严加惩治。徐海,你这就去找些人手,按我说的去做。让他们分头快马行动,一有消息马上回来禀报。"

徐海应声而去。

将茶壶放回面前的桌上,黄家成身子往后一仰,自言自语地道:"老姨,你说这个租肚皮崽冒天下之大不韪,干出此等违逆大清律令的事,用意何在?难道是想跟我仁里堂过不去……"

"租肚皮"乃滩镇土话,意即租妻。在张则武身上,便是一个羞于启齿的典妻传奇。张则武的生身母亲阮氏,乃塘冲抄纸户夏有福的妻子。夏家祖辈以抄纸为业,其抄纸技术精湛,在滩镇颇有声名。在夏有福二十岁那年,娶了屋后山坳十六岁的阮氏。在夏家的日子,虽然过得清贫,阮氏长得却越发貌美。不料在夏有福三十岁时,其父患病久卧身亡。屋漏偏遭连夜雨,一次赶夜路,夏有福跌坠崖下,幸好有路人经过,将他驮回家中,总算救得一命。耗尽家中仅有的一点积蓄后,又从远近亲邻处借了不少银两,足足养息两年,夏有福才勉强能够下地劳作。经此一劫,家中两年没了进账,夏家时常揭不开锅盖,接下来自是无力购买楠竹料抄纸。在夏有福整日为来年生计发愁时,一位远亲寻上他家,说滩镇街上开棺椁铺的张世人张老板因儿子早夭,数年来寻遍附近郎中,妻子王氏一直不曾有孕上身,愿意以二十两银子租其妻生子。租肚皮在滩镇古已有之,可终究不是一件光彩的事,少不得被人在背后指指点点。夏有福反复权衡,最终与张老板签下契据。滩镇的借妻风俗,妻子借给别人生孩子,到期归还,所生孩子一人一半。阮氏被接到张家,日子自是万般滋润,半年后便怀上了,这让张家大是欢喜。待到张氏产下一子,取名张则武,在香悦酒肆广宴宾客。滩京习俗,典妻留子不留娘,原妻为正式母亲,其子可入宗谱,而生母作为典妻,大多不能上事宗庙,下列宗谱,被典妇女在典期内生了孩子后,归回原夫家。

张家送阮氏回塘冲时，又封了十两银子。靠着这笔典金，夏有福偿还了所欠债务，重操旧业，日子复又回到从前的不温不火。

清瘦颀长的吴承诺看去也就五旬左右的样子，长脸上生了副山羊胡须，眼睛深邃。按麻衣相法，典型的木形人。他比黄家成要小十来岁，此时手捻胡须，沉吟道："我还是刚才的意思，等徐海他们回来了再说。真若张则武去各村寨找抄纸户收纸，咱这边快马赶去府衙报官就是，那时官府自会按律例惩治他。"

黄家成便只管不停地喝茶。俄尔，他把茶壶往桌上一搁，身子往后一靠，蹙眉说："这个租肚皮崽，往日在这条街上也不曾有过啥让邻里街坊吃惊的举动，偏今日做出此等胆大妄为的事，莫不是受人唆使？"

没有徐海的消息递回来，吴管家并不愿做过多猜想，可连襟在这里一再拿话拎起，能做的是顺着他的话去思量了。有顷，他说："黄家自奉旨专营以来，无人胆敢违抗，张则武真的去各村寨找抄纸户收纸，事情显然不会那么简单了。夏有福和张世人素来为人本分，断然不会怂恿张则武做出此等给自家招惹祸端的事。若说他人，这里实在想不出主使者是谁。仁里堂的生意向来顺风顺水，几十年来并不曾与人结下啥仇。"

在两人做出种种猜测时，外面走廊传来匆匆脚步声，由远而近。门被推开，次子黄元重大踏步而入。年约三十的黄元重长得甚是儒雅，他朝父亲作揖行礼完毕，却也不忘向吴管家这个姨父招呼一声。黄元重特意赶来通知父亲，风味楼那边等着他们开宴。黄家成这才醒悟过来，张则武违旨收纸一事让他们忘了赶去风味楼应酬客人，当即匆匆往外走。见父亲步履错乱，黄元重只道不急，一旁万般盯紧了父亲，以便万一有事及时伸手搀扶。

穿过月亮门，炫目的太阳已经一半坠落狮象山，另一半有气无力地挂在山顶。凉风拂面，黄家成一下清醒了许多，暗忖自己这模样，待会在滩镇那些大家巨头面前岂不失了风度，当下身子一挺，人一下沉稳如前。街头人流明显少了许多，一路轻松地走将过去，迎面遇着熟人招呼，却也不忘回应一声。

风味楼门口人头攒动，一派喧笑，自有管事在迎客。将近风味楼，耳闻有人高呼黄老板，黄家成闻声，知是大生昌老板陈子和，见陈子和已到丈内，笑脸抱拳。黄元重一旁深深一揖，口里说愚侄见过大伯。陈子和满意地看向黄元重，只道元重不错，却也不忘同吴管家颔首招呼。黄家成伸手朝陈子和打了个"请"，陈子和却是待对方抬腿迈步，这才移足往里走。有客人向黄家成招呼，黄家成笑着回应，脚步并不落下。黄家下人对这场面早已经历无数，见老爷身边有二公子和管家紧随，只管忙着招呼来客。

进得风味楼，已来了不少客人。戏班的人早到了，在一隅围了三桌。大家纷纷围过来行礼相见，黄家成还礼不迭。看时间已到，吴管家同下人招呼客人入桌落座。黄元重也不闲着，一旁帮衬。见客人坐好，吴管家吩咐伙计上菜。几个伙计便手端托盘在桌隙穿梭如鱼，托盘内则是色味俱佳的菜肴。黄家成和陈子和等几个滩镇的大家巨头及肖班主围了一桌推杯换盏。

见一干客人埋头海吃，吴管家示意黄元重跟上自己。黄元重知道姨父有话要跟他说，点头紧随。两人悄然来到外面。街头已经罩了一层薄薄的夜幕，对面有店铺的屋檐下已经亮起了风灯。看吴管家止步回身，黄元重道："姨父有事吩咐？"

自打执掌和兴纸铺，黄家成就请吴承诺打理仁里堂的一应大小事务。吴承诺行事滴水不漏，面面俱到，加之与黄家成这份"一担挑"的关系，很得黄家上下的敬重。

看黄元重的样子，吴承诺料他尚且不知张则武寻上村寨抄纸户收纸的事，眼下时间紧迫，也不与之细说，只道："元重你守在这儿，要是徐海他们来寻你爹，你把他们拦住，让他们回仁里堂寻我。"

黄元重脱口而出："姨父，可是发生啥事了？"

此时商铺门前的摊档大都已经移入店内，街上宽敞了许多。在吴管家想着要不要把内中原委说与黄元重时，马蹄声响，循声望去，暮色中乃是徐海打马而来。黄元重和吴管家头顶早已亮起了风灯，马上徐海看得真切，扬声大呼吴管家。好在这时分街头行人寥寥，忙碌了一天的商铺老板和伙计大都在家里围桌用餐，偶有行人耳闻嘚嘚的马蹄声，早已闪身避让至屋檐下，便于徐海打马飞驰。

马儿一声嘶鸣，扬蹄收势停在风味楼门口。徐海以手一撑马背，敏捷地跃身落在吴管家面前。他双手抱拳行礼："见过少东家吴管家。"

"我和阿四去了一趟枫树寨，从赵老汉那里获知，今天中午有人寻上他，把他家的纸全收走了。阿龙他们也带回消息，昨天有人跑到笼寨岭收走不少抄纸。我回到店铺后，听说老爷和吴管家去了风味楼，特意跑来寻你们禀报。"徐海道。

"这事儿我自会说与东家知道。你告诉阿龙他们，今天的事切不可张扬。好了，你回去吧！"吴管家道。

看徐海打马离去，黄元重压低声音道："姨父，发生啥事了？"

吴管家道："张则武纠集同伙，以略高于仁里堂去年的价钱，跑到村寨寻抄纸户收纸。"

黄元重如闻天雷，脸色都变了，说："朝廷不是有旨，这纸只有我黄家才有权收购吗？张则武的行径，岂不是公然违抗朝廷旨令？此事我爹可知道？"

"你爹自是知道。"吴管家拿眼投向对面的街头，一伙孩童在追逐玩耍，唱着动人的童谣。他叹了口气，说："倒是没想到张则武弄出收纸的事！看这情形，显然他们早有蓄谋。"

"明日赶府衙去报官就是。到时候官府肯定收缴他们手上的抄纸，凭咱家同府衙的关系，再使些银两，当不难低价把纸拿回来。如此，我们还省了一笔不菲的银两。"黄元重道。

吴管家倒是未曾想到这上面来，不免有点儿震动。旋即便心下摇头，此等境况，黄元重面前却是不宜多言。略一沉吟，吴管家说："元重，你进去把饭吃了，待会儿陪你爹一块去龙隍殿看戏。"

黄元重道："爹和叔伯他们很快便出来，我陪姨父在这儿等他们。"

有身着戏装的演员说笑着出来，内中有人识得两人，客气地过来施礼。街上孩童一路欢声尾随在戏班人员身后。稍后黄家成他们将出来，吴管家不再在这上面啰唆，只管站在风灯下等人。此刻的滩镇已经完全黑了下来，行人三五成群地奔龙隍殿方向而去，不用说也是赶去看戏。风味楼唐老板过来招呼两人进屋。吴管家让他只管忙去。唐老板整日迎来送往，识人无数，料他们在此等人，不再拿话来劝，客气一声返回去了。

黄家成与陈子和等几个滩镇的大家巨头说笑着走将出来。吴管家立定那里，并不迎将过去，待他们从身边走过，移步相随。一年四季，能让几个滩镇的大家巨头同时行走在街上，也就只有这时候了。各家店铺的门楣旁皆悬了盏风灯，街上亮堂堂的，低头可见脚下的青石泛着幽光。这一路走将过去，行人对他们自是万般恭敬，纷纷侧身相让。

早在乾隆皇帝时期，滩镇两边的狮象山藏着深红色的岩石，从岩石中不时流出红色的液体，先民在狮象山挖泉取水时，见初出的泉水呈淡红色，后转为清亮的泉水，认定滩京府属火脉之地，须恭请龙王来镇，遂集资在狮象山脚下、滩镇老街中段的小溪右边修建了镇水治火的龙隍殿，殿内主供龙王，四方民众与信士参拜听经络绎不绝。

此时的龙隍殿早已人山人海，戏台上的火把将台下台上照得如同白昼，卖各种小吃的小贩吆喝不断。早有黄家下人在此恭候，迎住东家等众，把他们引至预先留置的前头正中的座位。彼此一番推让，大家方才落座。

得了黄家成开演的话，吴管家叫过一名下人，待要吩咐他上台传话，肖班主过来，吴管家迎了过去，低声道："开演吧！"

肖班主得了吩咐，返身往后台去了。

于黄家而言，黄家堂会乃滩镇的盛大节日，开演之际黄元重这个少东家是必须到场的。同往年一样，黄元重坐在父亲的身后。刚才风味楼门前听到的事让他揣了一肚子疑团，众多世伯面前，却是不便拿话找父亲了解个中缘由。当台上一通鼓响后，布幔徐徐拉开，演员鱼贯而出，开演的乃是《楚汉争》。

约莫半个时辰后，黄家成悄然离座。陈子和等几个滩镇的大家巨头看得入迷，不曾有谁留意到他的离去。黄元重见父亲没有暗示，知道他得留下来陪几个世伯看戏，竖身硬坐在那里。

吴管家暗自留意连襟，见他起身，悄然紧随其身后。这凌云班号称宝庆府三大戏班，几个角儿技艺精湛，寻常人家压根儿就请不动他们，就是那些豪绅士官，都得事先邀请，下足定金。观众早被台上的演出吸引，一味地大声吆喝呼好，加之那些卖糖果的小贩在外围来回晃动招揽生意，无人留意到这两人的离去。

两人一前一后往回返。一路走将过去，街上难遇行人，以往不管白天黑夜宾客盈门的春香院和怡香阁，这会甚是冷清，可见窑姐一排儿倚墙站在门口无精打采地嗑瓜子，不曾见谁手中的香绢挥舞。有不少店铺早早地关门打烊。往日热闹的滩镇街头，鲜有的安静。

和兴纸铺大门敞开着，有伙计坐在那里守店，见了东家赶紧立身站起。商铺后面是黄宅花园，每隔二丈远便装了盏琉璃宫灯，晚上行走犹如白昼。黄宅家眷都往龙隍殿看戏去了，自是比平日安静。一路上黄家成只管匆匆前行，到家了也不放缓脚步。这一路走来，竟让落在后面的吴管家渐感不支，又不便拿话让他放缓速度，只能紧随了连襟。过了月亮门，走廊的每根柱子上悬挂了风灯，看去比花园更显明亮。

推门进屋时，但闻前头的房间突然响起咚的一声，两人懒得理会，只当猫鼠撞倒了啥东西。黄家成的身子往太师椅里一倒，气喘不止。黄家堂会在演，下人都分派了任务，各守岗位，并无闲人，这时也就不见下人前来侍候他们，吴管家顾不上自个又饥又累，给连襟的紫砂壶灌满茶，顺便自己倒了一盏茶坐下。黄家成全然没了往日的斯文，也不管壶里的茶会不会烫嘴，咕噜噜地接连喝了几口，这才把壶一搁，说："徐海他们去村寨是啥情况？"

吴管家道了徐海他们打探到的情况，直把黄家成听得眉头紧蹙，如同中风一般定定地坐在那里。吴管家伸手拿过面前的茶盅喝茶。许是肚子饥饿的缘故，香茗入口，全然没了往日的茶味，此等境况又不便离座让人送上吃喝，心下巴望黄家成早早在这件事上拿定主意，以便脱身赶去填饱肚子。

"老姨，这事儿太突然了，我总觉得它不会那么简单。这么大一件事，可不是租肚皮崽这年纪能够干得出来的……你是什么看法……"黄家成道。

"我也是你这意思。别的不说，单收抄纸的银两就是个天大的数字。他张家的生意在这街上虽说还行，一年下来也就赚个几十百把两银子而已。再说了，张世人这人素来本分，好不容易租妻得了一子，断不会支持儿子做出此等大逆不道的事，明摆着另有人在背后撺掇他。"

"你说，撺掇他的人会是谁？"

"现在不是猜谁撺掇他的时候，咱这里得拿出一个应对的章程才行。"

黄家成移目看定吴管家："你说我们咋办？"

吴管家道："明儿早上赶宝庆府报官吧！有官府出头，自然会弄个水落石出。这事儿只怕还得你亲自去趟府衙才行。"

黄家成似乎明白连襟的意思，领首道："到时候你随我跑一趟吧！"须臾，是感是叹地说："当年蜡梅坊钟言高蒙冤入狱，全凭知府夏大人公正廉明，才使他得以昭雪。可惜的是，钟言高最终还是病死京城！"

外面传来匆匆的脚步声，由远而近。黄元重推门而入，却也不忘把门掩上。他急切地道："爹，张则武这是明摆着抢我家的生意，咱得想个办法让官府把他重重惩办了。"

黄家成道："这不在跟你姨父商量嘛！明天前往府衙报官，一切自有官府出头。"

黄元重若有所思地点头："爹，孩儿这里可要唠叨几句。那张则武往日在滩镇无非就好与几个臭味相投的狗友聚在一块，隔上几天惹出点儿小事，现在突然弄出这等违逆朝廷律例的大事，未免让人感到背后玄机重重。私下聚众收纸，公然违抗朝廷旨令，这不是凭他能干出来的事，多半是被人撺掇了。"

黄家成手中茶盅往桌上一放，叹了一声，说："我和你姨父何曾不是这么想！现今情况，要想把这事儿弄个水落石出，唯有官府出面。"

外面传来杂乱的说话声，料是龙隍殿那边戏散场，家人回来了。父亲和姨父的决定，正合黄元重心意，于是道："既然爹和姨父已经拿定主意，明儿赶去报官吧！"

此时，外头蓦然传来震耳欲聋的惊悚声，"杀人啦"的尖叫隐约入耳，黄元重年轻耳聪，闻声早往外冲。当他打开门，外面的声音清晰入耳，黄家成和吴管家如闻天雷。黄家成欲要赶过去看个明白，惊急之下却是没法站起身来，任连襟大踏步往外奔。

黄家二夫人肖氏和丫鬟小青浑身簌簌地相拥在走廊上，头往外扭，风灯下两人脸色煞白。肖氏头上插了金钗发簪，身着绸缎，虽然过了如花年纪，惊吓下依然难掩其漂亮，以及雍容仪态。就是小青身上也挂了缎，远胜大夫人丫鬟红梅不知多少。黄家这样的豪门大户，贴身伺候主人的仆佣，穿戴也颇讲究。红梅穿戴简朴，那是主子每日青灯木鱼，自身不求穿着，做丫鬟的自然不能沾绸盖过主子。黄元重老远就惊慌地大声道："娘，发生啥事了，发生啥事了……"

肖氏如雪的手指从宽大的衣袖里伸出，颤抖地朝屋里指，那张脸兀自不敢扭过去。黄元重顺着娘的手指往里望，有人倒在血泊中。黄元重吩咐小青照看好娘，麻着胆子抬腿跨过门槛。屋里燃着蜡烛，满室亮堂。近了才知倒在血泊中的乃是仁里堂下人苏娘，一把尺长的短刀插在心窝，殷红的鲜血已经凝固。苏娘横尸母亲的卧房，黄元重就想不透这中间的原委了，立在那里作声不得。

吴管家和黄家成相继走将进来，皆被眼前这一幕骇得愣在那儿动不了。此时仁里堂下人闻声而至，屋里一时挤满了人。黄家父子与吴管家返回茶屋，皆是惊惧交加。黄家成率先开腔，说："……怎么会发生这等事呢……也不知是啥时候发生的……"

吴管家道："可曾记得我们两个进屋时，前头房间突然响起咚的声响，当时你我只顾想着张则武的事，懒得理会。事情多半发生在那当口。"

黄家成沉缓地颔首："应该是了。只可惜当初我们俩谁也不曾在意。"

此刻的黄元重身上竟有他这年纪所没有的沉稳，说："爹，一会儿你过去查看是否遗失了啥。还有，思量这事儿报不报官。"

儿子的话让黄家成一下清醒了许多，说："能遗失啥呢？你的意思，有宵小之徒溜进来了？也好，我们这就过去看看少了啥。"

走廊挤满了人。下人一见老爷，让出一条道来。进了屋，黄元重让屋里一应闲杂人等出去，着人守住门口，无关人员不得进入。待到众人离去，黄家成四目搜寻，屋里并无凌乱之迹。他开始翻箱倒柜，脑子思量着有可能被窃之物。黄元重掌灯紧随父亲身旁，不时提醒一句。

一通翻箱倒柜，并不曾失窃，直把黄家成累得够呛。黄元重搬过来一把椅子，让父亲坐下来歇息。旁边横了一具尸体，更兼鲜血流了一地，黄家成哪坐得下，立身那里不动。吴管家一旁提醒他，所藏之物是否有啥缺失。黄家成摇晃着脑壳，只道没有。

三人复又回到茶屋说话。

吴管家道："又不曾遗失啥，苏娘却被无端杀害，这就令人费解了。"

脸色发白的黄家成坐在太师椅里，说："我也弄不明白，这好好的咋就突然发生了这等命案。这事儿若不查个明白，外头还不知咋传我仁里堂，黄家上下只怕也万般猜疑，不得安宁。"

黄元重道："既然爹如此说，明儿赶往府衙一并报官好了。"

吴管家道："得安排人去苏娘家告知一声才是。这事儿不能缓慢了，否则将落下话柄招人非议。让账房支些银两安抚好她家人。"

黄家成道："苏娘在黄家怕是上二十个年头了，厚待她家人才是。"

不意黄元重突然道："爹，你刚才说明天将赶去府衙一并报官，孩儿在想，这两件事会不会有什么联系？"

此言一出，黄家成和吴管家皆都大吃一惊，四目齐齐投向黄元重。黄元重倒是没料到自己一句话弄得两位长辈如此紧张，语无伦次地说："我这里只是随便说说……你们大可不必当真……"

吴管家定了定神，一旁沉吟道："元重所言，并非不可能。只是，那张则武真潜入仁里堂，无非奔银两而来，可你爹刚才仔细找了，并没有遗失啥。再说了，眼下张则武纠集人马忙着奔周边村寨寻抄纸户收纸，哪能节外生枝弄出这等人命关天的事，这似乎有悖情理。"

黄家成道："管他是不是租肚皮崽所为，明日一并报官便是，那时自有府衙出面查办。"

吴管家道："既然拿定主意交给官府查办，得派人好生守护现场才是，以便府衙赶来查案。元重，时候不早，明天我们还得赶早去宝庆府报官，送你爹回去休息吧！"

苏娘的尸体躺在那儿，父亲的房间自是没法就寝，急切间，黄元重竟不知道要把父亲送哪儿去。出了门槛，黄家成猜出儿子的心思一般，说："送我去你大娘那儿好了。"

黄家成的大夫人方氏，栖居后面那栋房子去了。以往父亲极少去后面房子，就是下人也去得少，黄元重猜测父亲心头有了忌讳。走廊倾泻了一地月光，偌大仁里堂似乎又恢复了往日的静寂。父子俩一前一后往后屋走去，所过之处都悬挂了风灯，省了黄元重执灯之苦。

后屋在望，头顶皎月没法照射到的地方不乏阴森，清脆的木鱼声传来，在这深深宅邸入耳诡谲。显然，这位大夫人还在诵经念佛。临近后屋，可见屋檐下挂了盏风灯在轻轻晃悠。孰料黄家成突然止步不前，黄元重只得立定父亲身侧相陪，猜他想起了啥，也不拿话去问。

说起黄家成这位大夫人方氏，滩镇知道内情的人每每谈及，少不得一阵唏嘘。方氏十五岁那年，从毗邻岩口铺嫁入黄家。当时黄家成的父亲只是滩镇众多村寨抄纸户中的一员，靠抄纸养家糊口。方氏二十岁那年，生下儿子黄元可，黄家视为掌上明珠。说来也怪，自打黄元可生下来后，黄家的生意应了那句老话：芝麻开花节节高，一年更比一年好。几年后竟在街上买了两个铺面。又过几年，也不知黄家成父亲用了啥手段，朝廷竟把收购各村寨的抄纸大权交给了他。没两年光景，黄家就在店铺后面置下十数亩良田，耗费巨额银两兴起了现今的仁里堂。孰料入住进来的翌年，黄元可得了一场怪病，黄家远近求医，方氏更是拜遍了方圆大小寺庙，花钱无数，黄元可最终还是没法治愈，成了一介瘸子，还瞎了只眼睛。令方氏寒心的是，稍后黄家成复又娶了雨山铺的肖氏。当肖氏生下黄元重后，黄家成父子正眼不曾瞧过她母子。心灰意冷的方氏，遂在自己卧房隔壁布置了一间佛堂，供奉观音菩萨，日夜诵经拜佛，凡附近寺庙有法事活动，她必亲赴，以示虔诚。早晚声声木鱼，搅闹得黄家成父亲起了意见，雇请工匠在屋后修了一座木房，让方氏连同佛堂搬过去。时日一久，仁里堂下人暗地里管方氏住的这栋木房为"大夫人庵"，滩镇方圆老幼皆知黄家大夫人看破红尘，不理世事，一心向佛。

此时黄家成道："不去前头了，咱们回去吧！送我去对面商铺，让他们腾出一间房子，今晚上我就住那边了，然后接你娘过来陪我。"

父子俩便一前一后往对面商铺那头走去。

过了月亮门，银色的月光把花园照得异常清晰，在父子俩的脚下拖出两条长长的影子。黄元重紧随了父亲，离大夫人庵是越来越远了，声声木鱼清晰地在脑后响起。

距店铺尚有两丈，黄家成突然大叫一声，一头栽倒地上，把黄元重吓了一跳，俯身去扶父亲时，才发现地上满是刺目的鲜血，急得大呼来人。有下人闻声相继跑来，皆被此等场面惊住。稍后赶来的吴管家见状，吩咐两名年轻力壮的下人把东家抬往宅舍这边屋里的床上，遣人去街上请同济堂李郎中。

看屋里挤满了人，吴管家摆手让众人散去。屋里便只剩下黄元重夫妻和肖氏，还有黄元可夫妻。那黄家成仰躺在床上，已是鼻青脸肿，其状狰狞。下人早给他擦洗干净，脸上兀是鲜血流淌，可见那一跤摔得不轻。肖氏又急又怕，不敢放声哭啼，一手紧捂了自己嘴巴，眼泪扑簌簌地流。黄元重也是万分焦急地看着父亲，盼他快点醒来。

吴管家劝肖氏暂且去隔壁房间休息时，长子黄元可漠然地看眼床上的父亲，谁也不招呼，一拐一拐地往外走。四旬不到的黄元可看去像个五旬老者，那场大病让他一只眼睛瞎了，再加上那根长长的鹰钩鼻子，看去有点骇人，身上不见其弟黄元重半点阔绰雅俊。因为其貌，黄元可极少外出，从不参与家中生意上的事务，整日窝在宅邸。那刘氏面对躺在床上的公公，脸上挂着牵挂，见男人要走，忙紧随了黄元可身后。

这时黄家成缓缓睁开眼睛，肖氏喜极而泣："老爷终于醒来了……醒来了……"

黄元重心下也是欢喜不已，俯身道："爹没事吧……没事就好……刚才大家为你好生着急……"

　　此时黄元可的一只脚正好跨过门槛，另一只脚尚在屋内，闻言愣了一下，旋即头也不回继续往外走。刘氏回身，略作犹豫，踏着碎步离去。

　　吴管家暗自舒了口气，不再为连襟担心。今天接二连三的事情发生，黄家成哪能不急火攻心，以致吐血跌伤。下人领了李郎中进来。李郎中把脉了解情况后，只道并无大碍，开了两剂药，吩咐黄家成静养数日。黄元重着下人取来一袋碎银，亲手送与李郎中，再唤下人送他回去。

　　打更声由远而近，由近渐远，偶尔一两声吠叫从街上传来。看姨父有话要跟自己说，黄元重吩咐母亲几句，随他来到走廊。吴承诺止步遥望对面远处的山峦，月光下的山峦逶迤清晰。他说："元重，你爹这样子，明天是没法去宝庆府了。本来打发两个机灵点的下人赶去报官便可，为稳妥起见，明日你还是亲自跑一趟好。走时带上徐海好了。"

　　黄元重道："明天早上我去就是。家中琐事就交姨父照料了。"

　　吴管家深叹一声道："你不觉得租肚皮崽的所作所为好生突兀，让人感觉玄机重重？待会我让下人给你准备些银两，明早上路时带上，夏大人那里相机行事。真要把租肚皮崽法办，少不了官府给力。"

　　黄元重只道姨父想得周到。

　　吴管家复又一叹："数十年来，仁里堂的生意顺风顺水，没想到有人突然胆敢违旨收纸，但愿官府出面后尽快做个了结。你爹今晚上的遭遇你是看到的，我们可是老了！在租肚皮崽组织人马收纸这件事上，你可要多费些心思才行。如今官府行事也不靠谱，我们不能把所有的希望放在官府那儿，必要的时候还得自己拿出些手段才行。"

　　黄元重便有了某种压力，目光所及正是月光不曾照到的丈高围墙下，黑黢黢的一片，此时一股没来由的阴风吹来，让他接连打了两个冷战。好在吴管家目视远方，不曾留意到。

　　姨甥两个再在这上面说上几句，便各自回房间。

第二章　抓捕张则武

　　楚南一带，因棺椁两字讳眼忌口，人们把棺椁叫寿屋。不管哪朝哪代哪条街的棺椁铺，历来招人嫌忌，很多买卖人都不愿意沾染这个行当。滩镇上了年纪的人都知道张记寿屋铺张老板因为一副对联招人泼屎，又因为更换一副对联财源滚滚，有过日进斗金的故事。

　　话说张世人祖父一辈子替人割寿屋（做棺椁），到张世人父亲十五岁时，跟随其父学艺。干这一行整日挥斧削劈，随便一根寿木都是近百斤，最见体力，可张世人的父亲直至结婚生子还是一副瘦弱的身子，如一介文质彬彬的书生。看儿子实在不是干这行的料，张世人的爷爷拼尽一辈子的积蓄，替儿子在街尾开了一家寿屋铺。铺面开张那天，张家在门前贴了副对联：早来晚来早晚都来，先到后到先后全到。孰料接连数天非但不见客人进门，每天早上起床开门，店门还被人泼了大粪。张家自信在这街头不曾得罪过谁，现今却如此招人恼恨，大惑不解。张世人的爷爷遂寻上他的一位远房老表讨主意。这位老表读过几年私塾，苦思冥想几日后，挥毫书就一副对联：

　　唯恐生意太好
　　但愿主顾莫来

　　说来也怪，张家自贴上此联，无人泼粪不说，从此店铺生意大好，有时候寄放店铺的棺椁竟一日之间告罄。张家自此告别贫困。

时日一久，同众多年画商一样，张家也成了小富人家，这才有了张世人寻上夏有福重金借妻的事。

年约二十的张则武自幼练武，虽无魁伟身材，却孔武有力，七八个等闲人压根儿没法近其身。张家曾重金雇请三位名师授其武艺。艺成之后，邻镇先后有不少高手赶来滩镇寻他比武，皆铩羽而归。张世人素来为人本分，可因为有这么个儿子，张记寿屋铺的名号在滩镇也颇为响亮，张家自是无人胆敢招惹，连远在塘冲的夏有福也得他的庇荫。按张世人的意思，儿子好生随他打理生意，待到时机成熟，把店铺交他经营，自己含饴弄孙，偏张则武无意这种朝九晚五坐等顾客上门的生意，时日一久，不再强求。张则武每隔上一段时间便只身离开滩镇，说是寻师访友，很让家人牵挂，但见他每次都平安归来，毫发无损，张家便任由他去，张世人也懒得问他在外头干些什么。

张则武匆匆往家赶时，正值黄家堂会散场，街上人海汪洋，有人大声谈论剧情，更有人模仿演员引吭高歌，惹得随同行人大笑，也有跟着唱和的。到家后但见店铺大门紧闭，屋里寂然，不见灯光，料父亲和伙计去龙隍殿看戏尚未回来，当下推开侧门悄然进去，家里的黄狗从黑暗处蹿了过来，围着张则武撒欢儿。那王氏早已躺到床上，耳闻响声，声音黏黏地喊了声："是武儿回来了吗？"

张则武回应着快步进了自己的房间。他也不点灯，借着窗外的月光脱衣上床。早些日子妻子阳氏带着才足岁的儿子回了娘家。稍后不久，传来父亲和伙计的说话声。这些日子走村串寨，张则武甚是疲累，无心听他们说些啥，闭了眼睛一头睡去。

蒙眬中，外面隐约传来惊呼叱喝，张则武警觉地弹身而起，这才发现窗外已经露出了鱼肚白。他正竖起耳朵听外面的动静，一名伙计惊慌地闯了进来，压低声说："少爷，大事不好，外面全是黑压压的官兵，把店铺堵了个水泄不通……"

张则武自是明白，这些官兵奔他而来，当即抄起悬挂墙上的钢刀往外冲，与慌手慌脚赶来的父亲险些撞了个满怀。张世人近似哭腔道："你在外头干了啥坏事，招来官府拿你？赶快从后门逃去吧！"

擂门声和吆喝声震耳欲聋，此等境况，张则武自是不便跟父亲说内中原委，奔后门逃去。

亲率官兵前来缉拿张则武的乃是宝庆知府夏立银大人。夏大人被几名贴身衙役拥着进了店铺，黄元重和徐海紧随一侧。张世人满是骇惧地立于一隅。从黄元重口中得知张世人身份，夏大人径直走将过去，说："把你儿子交给本官便没你的事，待会仍旧忙你的生意。"

听说眼前官员乃知府大人，张世人更显惧怯，忙不迭地抱拳作揖，结结巴巴地道："……大人……小人昨天晚上从龙隍殿看戏回来便躺床上了……并不曾见到孽子……大人找来伙计一问便知……小人这里斗胆问大人一句……孽子犯了何罪……"

黄元重道："张老板，难道你不晓得你儿子这两天伙同他人走村串寨到处寻抄纸户收纸？"

在滩镇经营棺椁生意几十年，张世人自是知道朝廷早已颁旨，凡滩镇的抄纸唯有和兴纸铺才有权收购，耳闻仁里堂少东家的话，骇得扑通一声跪在地上，磕头不迭，口里道："小人一向本分经营自家生意，这是街上人人知晓的事，不是少东家的话，哪里知道孽子干出此等滔天大罪的事情……小人只顾忙自家生意，见他这些日子早出晚归，不曾问他干些啥……"

见张世人此等模样，料他所言不虚，夏大人哪能站在这儿跟他耗费口舌，抬腿往里闯时示意随从看住张世人，喝令手下搜查，务必拿获张则武。衙役很快把店铺翻了个遍，不见张则武人影。此时夏大人来到后院，但见数十口漆黑发亮的棺椁整齐地摆放在眼前。

为了便于寄放棺椁，在生意做起来后，张家特意在店后盘了块良田，围墙以做摆放棺椁之用。夏大人穿过一排排棺椁，见后门紧闭，门闩插在那里，示意身边衙役打开门。有衙役上前开了门，可见外面十数名同伴各自攥了刀剑守在那里。内中一名衙役趋步上前给知府大人行了一礼，说："我等奉命守在这里，不曾见人从后院出来。"

夏大人令他们仍旧守住后门，回转身来缓缓扫眼面前的棺椁，命手下把所有棺椁打开。衙役得令立马行动，一时砰砰之声不绝。看得旁边黄元重心下大失所望，夏大人面前却是不敢有所流露，生怕因此惹他不快。

原本黄元重与姨父定下明早赶往宝庆府衙报官的。当黄元重躺到床上后，脑子在今天发生的事情上拐来拐去，猛可想到大白天人多眼杂，衙役赶到滩镇拿人，一时如何得以知道张则武的去向，拿人岂不失了准头，消息传到张则武那里，还不让他逃得无影无踪，唯有连夜报官才是上策。这般一想，黄元重穿戴下床，招来两名下人，让他们赶去张记寿屋铺盯紧张家动静，自己率徐海连夜打马奔宝庆府衙报官。刚才他们一行赶到时，两名下人迎着，说亲眼看到张则武进了屋，至今未见出来。两名下人头上都是湿漉漉的露水，显然在这儿守了一夜。黄元重不疑有假。此时一通搜寻不见张则武，黄元重心下怀疑两名下人是否看走眼了。

天色已经大亮，一口又一口棺椁盖被掀开，棺椁内皆都空空如也。这时仅剩墙角一副棺椁，当衙役动手掀盖时，但闻砰的一声巨响，棺盖被震开，惨叫声中一名衙役被棺盖砸了个仰面朝天，滚地不起。众人惊愕间，一道人影自棺内跳出，手中钢刀就近劈向一名衙役。黄元重认出那人正是张则武，脱口呼叫一声。有衙役反应得快，大声提醒同伴。那名衙役吓得就地一滚藏身棺椁下，侥幸捡得一命。

原来张则武得了下人报信，慌不择路地来到后院，在抓了门闩准备开门时，从门缝里可见外面早有大批官兵守在那儿。前后皆被堵住，张则武深知硬闯无望，回身欲找个藏身之所，眼前唯见一副副棺椁。此时前面吆喝如雷，知道官兵已经闯进店铺，情势危险之下，张则武快步来到墙角一副棺椁前，使劲推开棺盖，单手一撑棺身跳了进去，仰天躺倒后使劲将棺盖合上，屏声息气，耸起耳朵听外面的动静。耳闻一副副棺椁被悉数打开，自知没法躲过，出手打了衙役一个措手不及。

众衙役得了黄元重的提醒，纷纷拔出随身携带的兵器。张则武深知眼下要做的是赶紧突围，以免落入官府手上，明知后门有重兵把守，眼下却也只能硬着头皮挥刀直往外闯。

夏大人看出他的心思一般，厉声道："强闯唯有死路一条，杀伤衙役更是死罪，你若弃刀，本官算你主动投案，当从宽处理。"

张则武哪做理会，纵身挥刀攻向挡住他去路的一名衙役，该衙役见他来势凶猛，不敢硬接，又见知府大人在旁盯着，只得挥刀接招。两刀相交，衙役手中钢刀脱手震飞，喷出一口殷红的鲜血，洒了自个满脸，状如厉鬼，好在背脊给一口棺椁挡住，不至于当场横卧地上。

张则武志在突围，出招既沉又猛，一招得手，两个纵落已到后门口。守在门口的衙役早有准备，两人同时越过门槛挥刀猛攻，意在把对方困在后院予以捉拿缉捕。院内衙役趁机迅速围了上来。张则武哪能不明白衙役的用意，无奈衙役人多势众，急切间竟是没法冲出包围圈，借着棺椁闪身腾挪，强自支撑，伺机突围。

夏大人让衙役把张世人带到面前，说："你儿子倒是勇猛，一身好武艺。"旋即沉声道："对抗官府，唯有死路一条。趁现在尚未有衙役丧命，赶快叫你儿子住手，弃刀受缚，本官将从轻发落。"

看儿子孤身拒敌，张世人又惧又怕，生怕一眨眼儿子当场横尸地上，对夏大人的话点头如捣蒜，大声道："武儿快快住手，知府大人说了，只要你弃刀受缚，从轻发落……你这样斗下去还不生生把自己给累死……好好的店铺都被你毁了……"见儿子兀自强撑苦斗，对他的话不理会，张世人急得大哭。

给父亲如此一闹，张则武登时乱了方寸，好几次差点中刀，眼见今日突围无望，大喝一声住手，掷刀于地。有衙役立马过去把他捆缚了。在衙役推搡着他往外走时，张则武道："我所行事，父母皆不知情，还望知府大人勿为难他们。"

夏大人大手一挥，示意手下把人押走。

经此一闹，外面早已天色大亮，张记寿屋铺前里三层外三层围了不少瞧热闹的人，碍于衙役操刀守在门口不敢近前。当张则武给衙役押出来时，众皆骇然。随后衙役簇拥着夏大人出来。外头衙役早已牵来坐骑，夏大人抬腿蹬镫上马。两名衙役手按刀柄，大声吆喝让道，观众纷纷闪避，让出一条道来。

一路走将过去，满街都是踮脚伸脖瞧热闹的人，啧啧称奇者有之，指指点点者不少，张则武昂首挺胸，谁也不望。稍后太阳从黄金岭背后冉冉爬将出来，霞光万丈，张则武一时睁不开眼，却是强自忍着。好在没行多远，一行人拐弯上了另一条巷子。巷子幽深，太阳尚照射不到。

黄家这边早已接到消息，正门大敞。正门两侧各摆了尊栩栩如生的石狮蹲守在门庭边。有心人会发现，石狮的舌头比别的石狮要长许多，明显往上翘。按风水论，意为吸收天财。平日正门一般不打开，除非重要客人和盛大节日。黄家成如昨天一般，身着盛装，满脸欢容地召集黄家上上下下列队在正门门楼下，恭迎夏大人他们的到来。黄家成身后的正门门楼甚高，雕梁画栋，颇为气派，圆碹的正门上，象征地卧了一层楼。两扇厚重的黑漆正门上漆了一副红地金字的对联：

地无寒舍春常在
居有芳邻德不孤
横额是：仁里堂

"这位夏大人行事果然神速，真应了那句手到擒来。打从昨天得知租肚皮崽纠集帮凶走村串寨到处收纸，想着他那一身武功，我便担心报官后，官府若不能一举将他捕获，黄家势必遭其报复。现在租肚皮崽被拿获，这下总算可以高枕无忧了。"黄家成道。

昨天晚上吴管家将要就寝时，黄元重敲门寻他商量，为保险起见，他将连夜赶去宝庆府报官，明天早上引官府来滩镇拿人。吴管家只道如此最好不过，只是一天一夜不曾休息，让人辛苦。此时听了连襟的话，附和着说："还是元重行事缜密。没有他昨天晚上连夜报官，哪有今日早上拿住租肚皮崽的事。但愿待会儿苏娘的案子能够一并破获。"

黄家安排在前头打探消息的下人跑来，大声说来了。随即喧嚣声起，老远走来一队人马，知是知府大人一行到了，黄家成拉扯下自个衣襟。眼见衙役到了丈外，看马上端坐那人赫然是知府大人，忙移步迎将过去，不住地抱拳作揖，大声道："仁里堂黄家成率家人拜见夏大人！夏大人为我等小民的事连夜长途跋涉，不辞劳苦，一到滩镇就拿获朝廷要犯，小民万分钦佩……"

说话间，衙役押着张则武到了跟前。张则武依旧是昂首挺胸，不去望谁。黄家成虽然恼恨他干出有损自家生意的事，可夏大人面前不便戳脸大骂，任他从面前走过。见夏大人的目光往自己脸上瞅，料是脸上的伤口让他来了好奇，此等场景，黄家成自是不便说昨天晚上的事，只管引领夏大人往车道上走。

太阳下的花园，花草树木分外精神。夏大人放眼四望，暗忖黄宅的庭院房宇气势不凡，这花园怕是堂堂皇皇地占去大半，忆起去年奉旨来滩镇甄选年画贡品，下榻香粉纸大家陈子和家中，其家花园也是占地数亩，巧夺天工，心下慨叹滩镇的大家巨头富有，很自然就想起那句概述滩镇的话："莫道滩镇口岸小，四十八个码头钱米流。"这滩镇实在是块富庶之地。

将要进月亮门时，夏大人吩咐道："寻个地方好生把张则武看紧了，待本官验过尸体后再审讯。"

　　黄元重朝身旁徐海递去一个眼色，徐海回应地点头，待到夏大人过了月亮门，快步赶上前头衙役，领着他们奔后院去了。

　　进了案发房间，自有衙役按刀挺胸把守门口。苏娘仍旧躺在那里。外面太阳当头，屋里明亮。夏大人手捏胡须，绕尸两圈，拿眼四下搜寻，欲找一把椅子歇息时，旁边吴管家看在眼里，趋前一步请夏大人去茶屋喝茶。这一路长途奔波，夏大人又渴又饥，当即随他们去了隔壁房间。

　　黄家成万分恭谨地请夏大人落座，把儿子拽到一隅，吩咐他泡一壶上好的龙井酽茶。泡茶需要一会儿工夫，黄元重让下人先送去两盘点心，又着人通知厨房赶紧忙活吃喝。

　　事情的始末才讲到一半，黄元重的茶上来了。黄家成亲自把壶，给夏大人沏了盅茶，继续刚才的话题。夏大人自始只管安静地喝茶聆听，不曾插上一言。黄家成讲完，看夏大人还是一言不发，人便急了，说："大人，仁堂里素来祥和，下人苏娘的惨死，必是租肚皮崽无疑。这厮仗着一身武功，滩镇无人敢惹，连朝廷的旨意都敢违抗，这杀人越货的事到他手上还不是割把韭菜一般……"

　　夏大人一任黄家成在旁喋喋不休，悠然地把盅喝茶。黄元重看得明白，摇头暗示父亲缄口。眼见一盅茶将喝完，黄家成拿了茶壶准备给夏大人斟换，夏大人离座站起，说："这就带本官去见张则武。"

　　从宝庆府至滩镇数十里，一夜急行，吴管家本欲让夏大人他们吃饱喝足后再行审案，此时早已看出夏大人雷厉风行，趋前一步，恭请夏大人先行。于是众人簇拥着夏大人往外走。

　　庭院深深，一路七拐八拐，犹如陷入迷魂阵一般，众衙役也不张望，随了仁里堂下人前行。来到后院一间废弃的房屋。大门上挂了把铜锁，数名带刀衙役把守门口。不待夏大人发话，早有下人掏出钥匙快步上前开了门。一股难闻的怪味扑来，夏大人全然不予理会，只管往里走。屋里晦暗，墙上开了扇小窗，射入一束光线，可见张则武靠墙蹲在一隅。

有下人搬来一把椅子，黄元重恭谨地请夏大人落座。夏大人回身对黄家成道："黄老板，本官将开始审案，你若有事，只管同吴管家忙去，本官有事需要你帮衬，自会差人寻你。"

按黄家成的意思，此地阴暗秽浊，腾出前院一间房子用以审案，孰料夏大人说出此等话来，一愣之后同连襟赶紧作揖退出。

夏大人手撩官袍在椅子里坐下，有衙役上前朝张则武踹上一脚，厉声吆喝，让他过去给知府大人磕头。张则武蹲在那里一任他们踢打，怒目相视。夏大人摆手喝住衙役继续施暴，对张则武道："你且站起来说话。"

张则武略加思索，缓缓站起，依然是谁也不看。

"你伙同他人走村串寨收纸，可有此事？"夏大人沉声道。

"此事与他人无关，系小民一人所为，大人但管把罪责记在小民身上。"

"朝廷早已有旨，滩镇抄纸授权仁里堂和兴纸铺专营，此事你可知情？"

"小民自幼生长在滩镇，仅从上辈那里耳闻，事情真假不得而知。"

黄元重一直立身夏大人身旁，此时冷笑道："你这是什么话？未必朝廷钦旨我家专营还有假？谁敢冒天下之大不韪做出这等诛九族的事？"

张则武的鼻子哼哼两声，一副不屑与之争辩的神态。

夏大人道："你既然耳闻唯有和兴纸铺专营抄纸，何以又公然做出有旨不遵的事？"

张则武道："历来是耳闻为虚，眼见为实。再说了，凡滩镇抄纸唯和兴纸铺专营，本身便有失公允。小民高出和兴纸铺的价钱寻抄纸户收纸，对滩镇抄纸户是件何等高兴的事，大人当全力支持才是。"

黄元重道："你倒当真怀疑我家假旨朝廷了，待会着人把圣旨拿出来，让你见识见识。再说了，你聚众走村串寨收纸，导致朝廷税银流失，此乃天大的罪行。"

夏大人端坐那里，笃定地看着张则武，此时说："昨天潜入仁里堂杀人，也是你所为？"

张则武便愣在那里，直至衙役厉声吆喝他答话才醒悟过来，摇晃着脑壳道："大人这话可就冤枉小民了。小民昨天一整天都待在金紫寨中老倌和伍爹家，直至晚上龙隍殿大戏散场才回到家中，中间何曾回到街上。大人如若不信小民所言，可差人前往金紫寨，一问便知。"

黄元重的样子便急了，手指张则武："你一边伙同他人抗旨收纸，一边差人潜入仁里堂杀人，故意制造混乱，让仁里堂顾此失彼。往日你在滩镇也是条汉子，今日在知府大人跟前却矢口否认，看来你也是一个敢作不敢当的卑劣之徒。"

张则武不屑地瞥了黄元重一眼，冷冷地说："你这是啥话，我张某人承认潜入仁里堂杀人就是条汉子了？真是好笑。你都说了，违旨收纸乃诛九族的大罪，我收纸的事都敢承认，真杀了人还有啥不敢承认的。未必潜入仁里堂杀人比违旨收纸的罪名还要重大？"

黄元重铁青着脸立在那里，一时作声不得。

张则武所言，倒也不无道理，夏大人隐隐觉得，仁里堂的命案不会那么简单了。现在要做的是差人前往金紫寨寻中老倌和伍爹核实真伪，可手下长途奔波，只能待会儿等他们吃饱喝足，再遣人查询去了。

"这里把你的同伙一一招供出来。"夏大人道。

"大人但管把一切罪责归咎小民身上就是。"张则武道。

有衙役趋步上前，手攥刀柄，一副随时拔刀砍人的模样，厉声道："还不快快遵照大人的话把同伙招供出来，免遭皮肉之苦。惹得我等动手，定叫你皮开肉绽，纵然不死也将残废。"

张则武立定那里，一副置若罔闻之态。

吴管家匆匆赶来，恭请夏大人去前院正厅用餐。夏大人当即离座出来，众衙役紧随。刺目的太阳让人一时难以视物。黄元重留下两名下人看守。他自是知道张则武的重要，反复叮嘱下人一番，这才快步追赶夏大人一行。

黄家成早已等在正厅。不愧是滩镇的富商大户，正厅很大，雕花的木格窗嵌入了花纹玻璃，这是当时宝庆府衙都没有的事。厅中央摆了一桌丰盛的佳肴，黄家成恭请夏大人坐上首，夏大人知道推拒不过，便坐了上去。其他众小衙役，自有管事引领着去了隔壁的房间用餐。

席间黄家父子少不得频频举杯敬夏大人，夏大人接了一杯，往后任他们如何敬酒、邀请也不举杯响应，只管喝酒吃菜，时不时拿话找他们了解些情况。黄家父子和吴管家诚然知道夏大人不会接受他们敬酒，场面上还得不时举杯相邀。

酒至半酣，数名衙役结伴来至正厅，行礼后问夏大人有何吩咐。夏大人话向黄家成道："黄老板，你这里派两人领他们去趟金紫寨才行。"

黄元重离座叫来两名下人，让他们领了衙役快马赶去金紫寨。在众人将要离开正厅时，夏大人把两名衙头叫到一隅，低声吩咐一番。

大家继续喝酒叙话。

不料夏大人话头一拐，找黄家成了解一些仁里堂收纸的事。黄家成一一作答，并告诉夏大人，当年朝廷颁旨和兴纸铺专营抄纸，和兴纸铺每年得向朝廷缴纳税银上万两。数十年来，仁里堂已上缴朝廷税银几十万两之巨。

"今年给张则武他们这一闹，要悉数缴足朝廷的税银怕是难了。还望夏大人把张则武私收抄纸的事上奏朝廷，适当减免仁里堂上缴税银额。"黄家成起身双手抱拳，朝夏大人作揖道。

夏大人不去答黄家成的话，缓缓举杯喝了口酒，待到黄家成坐下，这才说："黄老板，可拿朝廷当年颁发和兴纸铺专营抄纸的圣旨给本官瞧瞧？"

　　黄家成当即让儿子去他房间取圣旨。黄元重没行三步，黄家成拿话喝住儿子，说："你只怕一时寻找不着，来来回回的反倒耽误了时间，还是我亲自去取好了。"

　　吴管家纳闷夏大人何以突然要看圣旨，夏大人面前却是不便拿话来问，便不停地举杯邀夏大人喝酒。黄元重也不闲着，时不时端杯举筷相邀。场面并没有因为黄家成的离去失了气氛。

　　见父亲久去不返，生怕惹来夏大人不快，黄元重心下着急，又不能离座赶去帮衬，眼睛少不得暗自留意夏大人的反应，见夏大人脸色如常，心头稍慰，只盼父亲快点拿了圣旨回来。

　　在吴管家起身端杯敬夏大人时，黄家成慌慌张张地返回，黄元重欲要开腔问发生了啥事，黄家成先他道："大事不好，圣旨竟不见了……"

　　黄元重和吴管家皆是大惊，只道好好的怎么会不见呢！倒是夏大人泰然端坐在那里。终是黄元重的脑壳转得快，语出惊人地道："昨天苏娘被杀，爹在清点时不曾遗失了银两，难不成圣旨被杀人者窃走？"

　　黄家成连声道："怕是这样了……怕是这样了……"

　　孰料黄元重接着道："张则武聚众违旨收纸，偏昨天我家又发生杀人命案，圣旨被盗的事，料是张则武一伙所为。难怪当时大人审讯他时说啥'仅有耳闻，事情真假不得而知'的话。"

　　夏大人搁下碗筷一声不响地离座往外走，黄家成几个明白他将去楼上案发现场，赶紧尾随跟上。

　　苏娘的尸体业已被送回家，彼时吴管家让下人去账房支取十两银子一并交与苏家，以做安葬资费。房子早已清洗干净，不见当初的凌乱场面。黄家成手指敞开的柜门道："这么多年，圣旨一直放在里面一个檀木小箱子内。昨天小民只顾念着有没有丢失钱财，不是刚才大人要看圣旨，断然想不到圣旨给人窃走了。"

　　夏大人道："你确信圣旨是昨天窃走的？"

黄家成道："小民一向视圣旨为黄家荣耀，每隔一段时间便要拿出来放到太阳下晒晒，以防害虫侵蚀损坏。前天小民亲自把圣旨晒了炷香的工夫，然后小心翼翼地放回箱子里面。昨天小民一直纳闷，家中出了命案，却不曾损失银两，现在才得以明白，窃贼专奔圣旨而来。偏此等关头又发生张则武伙同他人违旨收纸的事，这圣旨何人所窃便不言而喻了。"

夏大人不置可否地在屋里转起了圈子，黄家成几个任他转去，站定那里不敢上前打扰。门口自有衙役把守，屋里甚是静寂。

此刻夏大人在回忆今天与张则武对话时的场景。诚然黄家成的话不无道理，凭其多年的断案经验，刚才审讯张则武时，张则武并没有说谎，且他的话也有道理，诛九族的收纸大罪他都认了，一桩命案还有啥不敢承认的。夏大人隐约地感到，苏娘的死不会那么简单。两起案子发生在同一时刻，他现在能做的是单等派往金紫寨查访的属下回来，视情况再行定夺。

黄家堂会的开演，让滩镇的中午失了往日的喧嚣热闹，连那些耍猴和卖小吃的都奔龙隍殿去了。张则武违旨收纸、仁里堂命案，引发滩镇街头巷尾的热议，行人经过张记寿屋铺和和兴纸铺，总会驻足张望，这让张世人大是悲痛、羞臊，干脆把门关了，缩在家里落泪。

未时刚至，派出去的衙役快马赶回。当时黄家父子正陪着夏大人在茶屋把杯闲话。不知咋的扯到滩镇香粉世家陈子和之子陈泉水当年捐纳官衔的事，黄家成便寻夏大人了解起"劝捐"。夏大人便也看出，黄家成似有给其子捐纳官衔之意，于是道了拥有官衔后的诸多好处。衙役进来，将查实来的情况细细禀报与知府大人：昨天辰时至戌时阶段，张则武未曾离开金紫寨半步。随之利索地呈上一份参与收纸人员名单，作揖退下。

黄家成心下早就认定苏娘系张则武所杀，衙役带回来的消息让他作声不得。夏大人埋头蹙眉喝了几口酽茶，猛地放下茶杯起身大踏步往外走。黄家父子一言不发地紧随夏大人身后。守在门外的衙役有条不紊地跟上。

这会儿的仁里堂甚是静寂。看夏大人直奔后院，料他是赶去审讯张则武。这一路走将过去不曾见到一个下人。到了关押张则武处，门口竟无人看守，但见房门虚掩，夏大人早变了脸色，喝令身后衙役赶快进去看个究竟。

听衙役在里面惊呼不断，夏大人直往里闯，看守张则武的两名下人倒在地上，屋里早没了张则武的人影。室内阴暗，夏大人令衙役把两具尸体抬出去。从两名下人的尸体可以看出，一人当胸一刀致命，另一人背脊被猛捅一刀身亡。仁里堂接连发生命案，黄家父子惊恐交加，杵在那儿一时不知如何是好。

夏大人命令两名衙役赶快通知同伴，将仁里堂各个出口封锁，然后仔细搜查，但凡可疑之人，先行拘捕。黄家父子的模样，夏大人自是看在眼里，暗自摇头，吩咐黄元重：“还得你通知仁里堂的下人协助本官手下搜查才是。”

黄元重这才醒悟过来，让身边两名下人去传话，所有伙计赶来协助搜查追缉凶手。

下人齐声应诺，飞也似的离去。

黄家父子纳闷夏大人何以推断凶手尚未逃出仁里堂，想着凶手大白天连杀两人竟神不知鬼不觉，现今尚且藏身仁里堂，待后一旦被发现，势必负隅顽抗，那时还不知对家人做出啥伤害之事，父子心下便揣了害怕。看夏大人和两名衙役快步往前头宅邸走去，父子俩不能在这上面过多地想，舍了尸体拔腿紧随。

此时的仁里堂人影憧憧，蓦然之间失了往日的宁静，深深庭院多了一份杀戮之气。

仁里堂大小宅邸有十数座，上百间房，当各个出口被衙役把守后，夏大人把剩余的衙役召来分成六组，每组由三名仁里堂的伙计和下人带领，分头进行搜查。

夏大人和黄家成几个立在那里，单等搜查的消息反馈回来。一时无事，吴管家客气地邀夏大人回茶屋喝茶。屁股一坐，茶杯一端，一通唠叨下来只怕还会误事，夏大人只道去看手下搜查，信步往对面宅房走去。黄家成他们趋步有序地跟上，却是黄家成在前，吴管家落在后面，黄元重夹在中间。三人亦步亦趋，全看夏大人脚步的快慢。

当夏大人一行来到一座宅房楼上时，巧遇两名衙役和仁里堂一名下人从一间房子出来，夏大人随口问有啥情况，衙役作揖行礼，称里面住着黄家大少爷，并无异样。夏大人哦了一声，回转身来看向黄家成。

黄家成自是明白夏大人的意思。打从夏大人来到仁里堂，就不曾见黄元可露面，也未听自己提起这位长子，现在突然获知自己还有一子，自是好奇，当即道："长子元可，儿时一场大病成了瘸子，还瞎了只眼睛，整日躺在床上，一年都难得走出仁里堂两次。因其相貌长得甚是丑陋，难以见人，小民怕惊吓了大人，不敢让他出来迎接大人大驾。"

夏大人略作犹豫，抬腿跨过门槛，眼睛四下游睃。房子颇大，料是主房。床上果然躺了个男子。让夏大人大吃一惊的是该男子闭了眼睛，正手托烟枪在吞云吐雾地抽"福寿膏"。旁边黄家成登时跌了脸色，厉声道："你这孽子，还不赶快滚下来拜见知府大人。"

那黄元可感觉正好，被父亲这一喝，吓得手中烟枪坠地，睁开独眼，见一位身着官服的老爷威严地站立床侧，唬得手忙脚乱地爬将起来，可因为心慌腿瘸的缘故，一只脚没跟上，竟一下跌倒在地上，好不容易才慌乱地爬将起来，跪在夏大人脚下磕头不迭，口里反复说拜见知府大人。夏大人万没料到会是此等境况，以他身份自是不便躬身扶人，便拿话让他站起来说话。哪料黄元可还是不停地磕头。旁边吴管家道："元可，还不赶快起来谢过夏大人。"

黄元可这才手脚并用地站起身来，口里反复说谢过夏大人，一足高一足低地站立旁边。儿子这等模样，偏又发生在知府大人面前，黄家成万分羞臊，朝夏大人作揖道："犬子不知礼数，偏又身体残疾，让大人见笑！"

夏大人不置可否，眼睛四下打量。黄家成见夏大人的心思不在儿子身上，暗自舒了口气，万般谨慎地陪在夏大人身侧。搜查了数间房子，并无可疑之处，夏大人返回原地，单等手下回来禀报。太阳下，可见夏大人的脸上挂了倦色。

稍后有衙役回来，称搜查完毕，不曾发现有外人进入，更不见张则武踪影。夏大人摆手示意他们退下。

昨天苏娘死时但闻一声声响，倏忽间就没了凶手人影，相比今天两名下人被害，中间尚且不知挨了多长的时间，黄家成对夏大人此举心下颇不以为然，碍着夏大人的面不便表露出来。之后又有两拨人马回来禀报，皆称不见可疑之人。黄家成便更加深信拿获凶手无望了。

六拨人马相继搜查完毕，回禀皆称不见可疑之人。在黄家成邀夏大人上楼喝茶时，夏大人大手一挥，令一干手下和仁里堂下人大张旗鼓地奔街上搜寻张则武。

走进茶屋，待夏大人坐定，黄家成这才把屁股搭在太师椅里，以便随时站起。黄元重站在一侧执壶。自打得知张则武杀了两名下人逃遁，黄家成就恐惧不已，此时身旁别无他人，起身朝夏大人抱拳一揖，哭丧着脸道："夏大人，租肚皮崽这一去，定然会潜回来寻仁里堂复仇。俗话说得好，明枪易躲，暗箭难防，大人得寻个万全之策把他缉获才行，不然我这一家子将日夜提心吊胆，不得安宁，这生意都不用做了。"

几口酽茶入喉，夏大人看去精神多了，安慰道："今日仁里堂这两条性命，定是张则武谋害无疑，本官食朝廷奉禄，保一方平安，断然无法容忍他在本官办案过程中杀人。黄老板但管放心，本官自当竭尽全力抓捕嫌犯，断不会让他逍遥法外。"

黄家成道："夏大人，若能在半月内抓获租肚皮崽，黄某愿出百两银子，用以奖赏众衙役。"

夏大人笑道："待会他们回来，我把黄老板的意思转告他们，以期激励他们尽快把张犯缉获。黄老板，我们得赶在酉时前离开滩镇回府衙，你让厨房这就张罗饭菜，别耽误我们赶路才是。"

黄家成的样子便急了，说："夏大人不在滩镇待上两天？咱不说办案，今晚上去龙隍殿看戏。夏大人当知道这凌云班可是宝庆府三大戏班之一，能在这儿遇上他们开演，也是有缘，可不能错过了……"

还是黄元重机灵，瞧出夏大人如此安排自有深意，偏父亲尚未看出端倪，一味地在旁边规劝，于是道："爹，夏大人乃一府之长，府衙等着他忙的事情甚多，哪有闲情留在滩镇看戏，你就别为难他了。"

夏大人暗忖这黄元重倒是聪颖，忍不住看了他两眼，目光旋即回到黄家成身上，说："黄老板，不是本官喜欢反复，令公子为人机敏，你给他捐个官衔，有朝一日机缘巧合，说不定会在仕途上有所作为。本官所言，黄老板不妨好生考虑。"

换在往日，儿子能够得到知府大人的夸赞，黄家成自是万分高兴，可眼下张则武杀了仁里堂两名下人逃遁，自家将随时招致报复，这让他忧心如焚，对夏大人的话便失了兴趣，含混敷衍道："待到拿获了租肚皮崽，仁里堂没了忧患，那时小民当往府衙寻大人商量捐纳官衔的事。"

虽说心下已有捉拿张则武的对策，可黄家父子面前断然漏泄不得半分，夏大人不再劝他捐纳官衔。看黄元重在走廊吩咐下人，暗忖有朝一日黄元重接掌仁里堂，不知要强过其父多少。现今发生张则武抗旨收纸，说不定会促使黄家成早日隐退，把仁里堂的经营大权交给儿子。

这时黄元重去而复返，朝夏大人深深一揖，说："大人放心，小的已经按大人的意思吩咐下去，断不会耽误大人的事。"

夏大人心头甚是满意，招呼黄元重坐下来喝茶，黄元重任夏大人怎样拿话来劝，杵定那里不动，只道能够给大人执壶倒茶，已是一件光宗耀祖的事。夏大人心下受用，发觉自己越发喜欢这年轻人了，便同他扯些滩镇上的逸事，弄得黄家成一时插不上话，坐在那里不停地喝茶，待到看出知府大人垂爱自家小儿，心头暗自欢喜。

吴管家进来，行礼后告知夏大人，众衙役陆续回到仁里堂，稍后便可用餐。夏大人含混道好。

黄家成的样子复又急了，说："今日这一通忙未能拿获租肚皮崽，岂不只能盼往后去了？"

"是呀，连张则武的蛛丝马迹都未查到。真要把他抓捕归案，还得夏大人拿出些手段才行。"看连襟愁容满面，吴管家道，"估计短时间他是不敢回滩镇了。"

"当初要是多派两个人看住他，哪会有这等麻烦。"黄家成摇头道。

有下人杵立门口，黄元重放下手上的茶壶走将过去。下人低声告诉他，酒菜已经上桌，请客人去用餐。黄家成听得明白，站起身来，双手抱拳作揖邀请夏大人下楼用餐。

出得茶屋，行走在走廊，太阳远没有正午炽烈。正厅早已摆了一桌美酒佳肴，有下人守在门口。自然又是推夏大人坐上首，黄家父子和吴管家各居一方相陪。

夏大人要赶路，吃起来甚快。黄家成起身举盅敬了夏大人，放下酒盅时忧心忡忡地道："圣旨被盗，这如何是好？"

夏大人道："待本官回到衙署，当修书禀报内务府，请求查询。只是几十年前的事，查起来颇费时间，黄老板静心等候就是。本官接到朝廷谕知，自会差人来仁里堂传话与黄老板。"

黄家成道："张则武违旨收纸，以及杀人命案，还望夏大人回衙署后一如今日，紧急布局抓捕。不是小民爱啰唆，实在是这厮手段狠毒，杀人不眨眼，今日大人可是目睹了的。俗话说不怕贼偷，就怕贼惦记，历经今日的事，可见仁里堂被他惦记上了。"

看夏大人不置可否，黄元重道："爹，违旨收纸，连杀三人，这是何等大的案子，现在整个滩镇都传得沸沸扬扬，谈起租肚皮崽就色变，夏大人素来以民为天，哪会让这等恶人继续为非作歹，回署后当全力以赴，安排人手抓捕凶犯。爹就别再在这上面放心不下，静等夏大人的佳音就是。"

夏大人在心里再一次赞起黄元重的聪颖。

当夏大人一行走出仁里堂时，火红的太阳正好挂在狮象山后面即将西坠。像上午迎接夏大人一般，黄家成率领仁里堂上上下下站在门口恭送，直至众衙役失了背影。

看连襟心事重重地往回走，吴管家吩咐下人关上正门，然后快步追上黄家父子。行至月亮门，黄家成道："今日被租肚皮崽的事弄得焦头烂额，老姨替我去趟龙隍殿，别怠慢了凌云班他们才是。元重送我上楼。"

不是知府大人到来，黄家成断然不会强撑着下床迎送，寸步不离地陪在夏大人身侧，吴管家知道连襟需要休息，只道这就赶去龙隍殿，匆匆奔对面商铺去了。

肖氏独自坐在圆鼓凳上，见他们父子俩进来，快步迎过去扶住丈夫。看小青服侍父亲上了床，黄元重待要离去，父亲却喊住了他。黄家成手指床头边凳子，示意儿子坐下。看丈夫拿眼投向她，肖氏明白，说："你们爷儿俩好好拉扯，我去替你们沏杯茶来。"领了丫鬟出去了。

黄家成道："元重，我想好了，待我身体好些，去找夏大人给你捐纳一个花翎五品衔补同知。并非夏大人今天的劝说让我做这个决定，而是这两天发生的事让我拿定了主意。如若你早有这个官衔，在今天租肚皮崽事情上，府衙就不是这个态度了，当全力抓捕。再说了，有个官衔，往后生意上行走方便多了，摊上今日的事，夏大人对我们父子不知要客气多少。"

当初大生昌的少东家陈泉水捐了个花翎五品衔同知，一度让黄元重好生羡妒，只是素来知道父亲对钱财看得颇重，不敢在父亲面前流露捐纳之意，今天夏大人的话又把他心里头撩拨得痒痒的，恨不得自己也弄顶花翎戴戴，此时获知父亲的心思，心头兴奋，面儿上却不着痕迹，故作平静地说："爹，这可要一笔不少的银两，咱家的生意出不了滩镇，犯不着花这个钱。"

黄家成道："如果咱家早日捐纳个官衔，且不说今日夏大人对我们态度要客气多少，说不定连租肚皮崽纠集他人收纸的事情都没了。这么多年，爹算是看出来了，老话说有钱能使鬼推磨，但钱办不成的事还是有的，权力办不成的事就没有了。虽说捐的官衔无权，但在同级官老爷面前可以站着说话了，用不着拿头去磕地面。然后伺机找一找门子，说不定有天会补个实缺。真要这样，散尽这份家财又如何！"

黄元重万万没料到父亲会说出这一番话来，一时不知说啥好。黄家成攥紧了儿子的手，接着说："你兄长今日那样子，在知府大人面前可是丢尽了我黄家的脸。我这一把年纪，生意上虽说有你姨父帮衬，也支撑不了两年，咱仁里堂得靠你了。花几个钱让你往后生意上行走方便些，有啥不值得呢！这事儿咱父子俩就这样说定了，啊！"

肖氏领了小青蹑手蹑脚进来。主仆手上各端了一盏茶。放下茶后，两人复又悄然退出。

"租肚皮崽今天被知府大人拿获，到咱仁里堂竟杀人逃脱，自是恨上咱黄家报官。这个梁子是结定了。凭他一身武功，身边又有一小众帮凶，我们父子得小心防范才是。爹的意思，你去跟姨父商量，尽快雇请几个武艺高强的人来看家护院。"

"待会我去找姨父商量。只是一时间上哪去找武艺高强的人。"

看父亲满是倦态，黄元重吩咐他好生休息，蹑足出来，随手把门拉上。不意母亲站在门外，问他赶哪去。黄元重不去答她上哪，只道父亲已经休息了，匆匆离去。肖氏立定那里，目送儿子拐弯下楼。

太阳早已坠落狮象山，暮色渐起，此刻的仁里堂出奇地静寂。黄家成合上眼皮将要入睡时，后院大夫人庵突然传来三声肃穆悠扬的钟响，他睁开眼睛，一会儿复又缓缓闭上，一任木鱼声响个不停。声声木鱼将喧闹的滩镇敲入沉沉的深夜。

第三章 黄家命案

　　仁里堂乃楚南滩镇修盖最早、最豪奢的府邸。就是滩镇另一大家，香粉纸巨头陈子和的府宅也落后仁里堂十数年去了，却也不及仁里堂宏大。在滩镇人眼里，仁里堂早早晚晚敲响的木鱼声总是让人诡谲，高高的围墙露出的鱼鳞黑瓦和飞檐翘角更是莫测高深，不可攀附。许是年代久远，鱼鳞黑瓦的缝隙间长出高高细细的小草，每到春季长出来后，风中摇曳，令行人举目。

　　张则武蹲在墙角，望着墙上窗户射进来的阳光，全然忘了屋里难闻的怪味。他清楚地知道必须设法逃出去，否则让知府大人带回衙署，凭他所犯下的案，唯有死路一条。可这两丈高的窗户，屋里又无其他东西可以倚借，更甭说自己手脚被缚，就算自由之躯，也无法徒手攀上窗口。张则武不去后悔自己轻敌，以致落入官府手上，思量着脱身之策。可反复扫过屋里的角角落落，终是无物可寻。想到一旦被官府带离此地便是死路，张则武决意冒险破门一试。

　　从门外有一搭没一搭地交谈，张则武判定有两人看守。再往后听，知道看守他的乃是两名仁里堂下人，安心不少。当下借着墙壁费劲地站起身来，但感手痛脚酸，一时竟动不了，只好倚墙暂做歇息。

　　在张则武想着如何挣脱身上的绳索时，门外传来两声低沉的哼哼，随之门被推开，一蒙面人拎着两具滴血的尸体而入。事起突然，张则武惊骇之下连退两步，险些跌倒。蒙面人将手中尸体往地上一掷，说："你不用怕，我是来救你的。"

　　张则武正自惊疑对方的来路，蒙面人挥剑割断他身上的绳索，说："出门直接往前逃，那里有扇偏门。眼下滩镇已没有你的立足之地，让官府把你押回府衙，那是死路一条，赶快逃去吧。"

张则武抱拳行礼："在下张则武，多谢阁下出手相救，敢问尊姓大名？"

蒙面人道："我救你，只是觉得你上有老下有小，死在这里可惜了。我是谁对你来说并不重要，他日有缘，自会见面。他们将马上赶来，你速速逃命去！听我一言，千万别在滩镇逗留。"说完，手中利剑掷与对方。

行走江湖十数年，张则武深谙江湖上的坎坎道道，见对方不肯留下姓名，料强求不能，再在这儿追问也是徒然，要是衙役赶来，势必再次被擒，那时候真将死在这儿了。如此一想，张则武复又抱拳深深一揖，道声谢过，大踏步出了黑室。室外阳光刺得他眼睛生痛。定神辨别下方向，张则武飞奔而去。按照蒙面人所指找到偏门。门没有落锁，拉开门栓开门出了仁里堂。外面是早已收割了的宽阔良田，太阳下不曾有人，张则武落下心来，飞也似的奔向对面的山林。好在这一路上不曾遇到过往行人，否则他手攥带血迹的利剑，势将吓坏路人。

张则武自幼长在滩镇，对周围的山山水水自是熟谙不过。藏身山中，老想着救他的蒙面人乃何方大神。把认识的人在脑子里一一过筛，兀自想不起是谁。当太阳挂在狮象山后面时，张则武猛地想起什么，快步往山头奔跑。山中野兽甚多，手中攥剑，全然不惧。

太阳落山，黄昏渐起时，张则武停下来坐在半山腰一块石头上。从这里往下望，路上行人尽收眼底。约莫一炷香工夫，叱喝声和嘚嘚的马蹄声自街口传来，张则武嗖地站起，定睛望去，从街口走出一队衙役，可见夏大人赫然被簇拥于众人中间。一行人马过去后，张则武一屁股坐在一块石面上，思量着下一步怎么办。

夜幕完全笼罩滩镇时，街上的灯火相继亮起。周围虫声交织如歌，张则武并不下山，依旧坐定石面上。当二更的锣声敲响，张则武待要以剑撑地站起时，猛然嗅到一股腥味，扭头回身，丈外挂了两只灯笼似的光，借着头顶枝叶间隙透射下来的月光，看清楚乃是一只大虫，不觉吸了口凉气，想着利剑在手，心头并不害怕。

看大虫的样子并不想离去，张则武不能如此跟它对峙下去，有心出剑击虎，又怕惊动山下行人暴露了身份。正自犯难，大虫一声长啸，但闻腥味扑面。凭张则武对大虫习性的了解，长啸之后便是发难，当即运力在剑，正待发招，大虫却把头一摆，往一边去了，留下硕大的屁股和尾巴对着他。看大虫一步一摇隐没于丛林，张则武吁了口气，借着月光下山。夜风吹来，浑身凉意，直到此时，张则武才惊觉身上全是虚汗，想自己一身武功尚且如此，寻常人遇到大虫，情形可想而知了。

来到大道，明月皎洁，张则武并不往街上奔。前头有三五行人，好在不是迎面而来，少了担心，只管保持距离便是。行上一会儿，上了一条小径，张则武加快了脚步。此时可见前头路边有座木屋，灯光自窗户透出，未及走近，犬声乍起，张则武全然不怵。距木屋两丈，一只硕壮的黑狗蹿出，阻住他的去路，龇牙咧嘴狂吠不止。张则武连喊两声黑子，黑狗的叫声小了许多，却依旧挡在他面前，张则武每往前行两步，它就后退三步。当屋里传来谁呀的声音，张则武回应了一声，屋里便有声音叱喝住黑狗。开门者乃阿忠，素来同张则武要好，往日皆以兄弟相称，平日得了张则武不少好处。阿忠紧张地把张则武让进屋，探头往外张望，见月光下并无他人尾随，心下稍定，赶紧把门关上。

"自打你从仁里堂逃出来后，官府满街搜捕你，老弟怎么还在这儿？"

"一整天没进食了，麻烦老兄赶快寻点吃的垫下肚子。"

阿忠便去了灶屋，招呼妻子架锅生火做饭，自己过来陪张则武说话。

"现在街上把你传得神乎其神，说你在仁里堂杀了两名看守你的下人，十数名衙役围捕你，被你打得落花流水。还说昨天仁里堂那名老妈子也是你所杀。老弟，咱寻常人家可不能惹上命案，否则这一辈子都不得安宁。"

"人不是我杀的。"

看阿忠满脸疑惑，张则武道了蒙面人相救始末。直把阿忠惊得目瞪口呆，久久说不出话来。清醒过来后，阿忠摇晃着脑壳喃喃自语："怎么会是这样呢……那蒙面人又是谁呢……"

"我也猜不透蒙面人是谁。如若没猜错的话，估计昨天杀老妈子的人和今天出手救我的蒙面人，当为同一人了。"

"这人救了你却不让你认出他来，也是怪了。只是你这一逃，杀人的恶名怕是背定了。"

"我若不逃，连小命都会没了。比起命来，这恶名又算个啥。"

"我就闹不明白，老弟你又不缺吃缺穿缺钱花销，咋就干上这抗旨的事？未必你不明白这抗旨的后果？现在好了，这一辈子怕是要亡命天涯了，两位伯父那里，不知有多犯急。我若早早知道你干上这事儿，说什么也得把你拦住。老弟现在这种情况，如何是好？"

"老兄怕是不知道抄纸这生意的赚头吗？它的利润太大了！我伯父他们辛辛苦苦抄的纸，为啥非卖给他仁里堂？他们一年到头，累死累活却得不了几个钱，却让仁里堂大发横财，这本身就有失公允。"

"朝廷的事，咱小老百姓能有啥办法呢！几十年了都这样，不见有人跳出来说半个不字，偏你老弟今年冷不丁做出这等违逆的事。我担心的是你老弟现今情况，赶明儿府衙多半会张贴你的海捕文书，那时甭说滩镇，只怕连宝庆府都没你藏身的地方……"

"这个我倒无须担心，自信外头有我的栖身之地，只是我这一走，父母伯婶那里让人放心不下，他们少不得为我担心。"张则武深叹一声道，"事已至此，想得再多也是无益，对我而言，只要不牵涉他们就行。"

堂屋传来妻子招呼他们吃饭的声音，阿忠邀张则武过去。桌上摆了二套碗筷，还放了一壶酒。张则武过去谢了嫂子，坐下邀阿忠喝酒。阿忠只道才吃过，让张则武随意。张则武早饿得慌，把壶喝了起来，阿忠坐在一旁陪他说话。话题无非在今日的事情上拐来拐去。

酒足饭饱，时候怕是已经三更了。女人早已收拾床铺，阿忠欲领了张则武去厢房休息，张则武道："我得回家一趟才行，借老兄坐骑与我一用。"

阿忠惊得双手连摆，道："老弟，这断断不可，若是官兵埋伏在你家周围，你这一去岂不落入他们手上，那时候谁来救你？听我的话，在这里好生休息一晚，明天早上离开滩镇。有啥话要捎家里，我替你传话就是。"

张则武道："倒不用担心官兵设伏，我亲眼看着他们离开滩镇的。"当即道了藏身深山时，目睹知府大人一行浩浩荡荡离开滩镇。

阿忠道："啥事没有一个万一呢！为保险起见，老弟今晚上还是别回去了，有话我替你捎带到家。"

张则武道："今天的事让父母吓得不轻，我这一走，少不得要些时日才能回来，若不回家同他们见上一面，他们如何心安？既然老兄替我担心，陪小弟回去一趟好了。"

见张则武主意已定，再想自己随同他回去一趟，也就有了个照应，阿忠当即去马厩牵了马出来，两人打马直奔街上。月明风清，嘚嘚的马蹄声入耳清晰。

到了街口，举目望去，街巷幽深，白天繁华喧嚣的场景业已不见，头顶月光把街中央的青板石头映照得格外幽冷，店铺门前亮着的风灯显得似乎有点多余。张则武说声下马，单手一撑马背，飘然落地，掏出一块黑色纱巾把脸蒙上，仅露出眼睛和额头。阿忠跟随下马。

这一路走将过去，但见两边店铺门紧闭，迎面难见行人。过了李家当铺，有人从对面走来。待到走近，见来人脚踩棉花一般，料他多半才从怡香阁出来。那人只管低头前行，与两人擦肩而过也不抬头，这倒让张则武安心不少。渐渐地，迎面行人开始多了起来。有人见他蒙了面纱，好奇地多看了两眼，却不声张。遇着熟人，张则武只作不识。

经过怡香阁，门口一左一右悬挂了两盏花灯，灯下的姑娘依然妖艳，出来的客人无不步履蹒跚。有姑娘看见街头行人经过，习惯地扭动腰肢挥舞手帕，当发现对方蒙了面纱，再看手上拎了把长长的利剑，骇得噤若寒蝉，花容失色，手帕悬在半空，半天都落不下来。胆小者早已吓得惊叫着退回屋内。

过了怡香阁，又是满街静寂，难遇行人。眼看自家店铺就在前头，张则武突然止步不前，耸起耳朵欲要捕捉点儿动静。阿忠趋步上来，张则武低声道："兄长可否替我去前头探下情况？"

"你今天不是看清楚官兵离开滩镇了吗？"

话虽这么说，阿忠略作犹豫，还是迈开脚步奔前头去了。

看阿忠渐行渐远，张则武想起什么，牵了坐骑来到一家店铺屋檐下。此时阿忠已拐入转弯处不见踪影，张则武沿着街面的台阶蹑足往前奔。如此行走在暗处，街上行人轻易难以发现。

蓦然，狗吠声起，把张则武惊了一跳，立马刹步收身。当听出是自家狗叫时，叱喝声跟着四起，旋即传来阿忠的呼号，料阿忠陷入府衙的埋伏，想来多半是府衙误将阿忠当作自己，思量着这就打马逃离呢，还是待下来一探究竟。自家店铺在街尾，一会儿衙役就将返回，得拿出一个主意才行。当身后传来一声马嘶，张则武掉头急逃，上马而去。马鸣提醒张则武，自己可以见机躲藏，坐骑却容易被衙役发现。

打马冲出街口，张则武急勒马缰，眼下的事情让他明白，今天黄昏看到官府的离去只是一个幌子，目的就是要引诱他回家予以缉捕，张则武暗忖这位知府大人手段阴毒，若非自己临时多了个心眼，这会已着了他的道。月光下，收割了的田头地里一片清辉，可见几只兔子蹲在那儿吃草。张则武略做沉吟，打马奔塘冲而去。他不用替阿忠担心，官府见逮住的不是自己，自然会释放阿忠。

山中虫鸣声声，不时响起两声令人毛骨悚然的夜枭，张则武全然不管这些，只顾打马前行。一路翻山越岭，婶娘家终于在望。眼看婶娘家就在数丈开外，张则武翻身下马，将坐骑拴缚路边的一株树上，然后提剑上了一条小径，悄悄绕至婶娘家后院。在他举手准备敲门时，猛然想起了啥，蹑足退回，待到人在两丈外，大声道："你们这班狗东西，在张记寿屋铺设下埋伏，又在这儿设伏，幸好我张某人机警，否则又要着你们的道。你们留在这儿让蚊虫叮咬，恕张某不奉陪了。"

张则武如飞往回返，解开坐骑缰绳，一跃上马，剑身一拍马背，马儿一声嘶鸣，撒开四蹄往山下冲。

前头有条小径，平日鲜有人经过，人高的草丛早把小道给遮盖了，不是熟悉周边环境的人压根儿不知道这里有条小路。张则武催马上了小径，连同坐骑把自己藏好。当嘚嘚的马蹄声由远而近，由近而远，张则武暗自舒了口气，庆幸刚才反应得快，否则这会儿已落入官府手上。原来张则武以往每次来这儿，婶娘家的黄狗总会迎出来在他身前身后撒欢儿，今晚上竟不见它出现，街上发生的事让他格外警惕，是以果断逃离。心下竟对这位知府大人的手段起了忌惮。

走出小径回到大道，张则武径直催马来到屋前。屋前是口小塘，塘坎边长了数株如盖古树，他将坐骑系在一株古树上，快步来到房屋前敲响了门，一边低声喊："伯伯婶娘，我是则武，你们开门，则武特意赶来看你们……"

屋里传来夏有福的声音："官府呢？他们在这儿等你多时了……我和你婶娘正自替你担心，弄不明白你犯了何事……"

张则武道："官府已经走了，伯伯开门，则武想见婶娘一面。"

阮氏道："武儿稍等，我让你伯伯开门。"

夏有福夫妻俩披衣掌灯，开门把张则武让进屋。阮氏从丈夫手上要过灯，掌灯上上下下打量着侄子，拿话反复问他有事没事。见张则武无事，说："你犯了何事，让官府潜伏在这儿等着拿你？"

得知黄狗被害，伯伯婶娘两人不曾遭受伤害，张则武放下心来，可婶娘的话叫他一时不知如何作答，料今天发生的事尚未传到这儿。还是夏有福脑子转得快，说："莫不是你们收纸的事让仁里堂报官了，官府拿你不到，跑到这儿来设伏？"

见伯伯把事儿说破，张则武无须再做遮盖，爽快地道："正是这事。"

夏有福搓着双手道："当初你来这儿收纸，我就反复跟你说了，这是违逆朝廷的事，不是你能干的，现在出事了，你婶娘可要为你担惊受怕了……"

阮氏的眼泪扑簌簌地流，哭腔道："武儿，你又不缺吃不缺穿，安生过你的日子才是，现在整出这么一出事，这不是让婶娘心里头作痛么……"

张则武素来对这位婶娘的感情颇深，逢年过节都会亲自上塘冲看望，每遇塘冲有人上街，他会买些好吃的东西托人捎带给婶娘。但凡遇夏有福上街，张则武必将他请入酒肆，吃饱喝足后还会塞些碎银给他，以做家中用度。有知道内中原委者，无不竖起拇指夸张则武重情重义，同时也为夏有福夫妻欣慰，虽然只是半子，却不知胜过那些多子的人多少。

"我是看不惯朝廷与仁里堂的行径。这么多年来，凡滩镇的抄纸户，哪个不受仁里堂的欺压剥削，大家辛苦一年，到头来还没法弄个温饱，让黄家大发横财。伯伯婶娘无须为武儿担心，武儿去外头避上一阵就是。今晚上特意赶来同你们告辞。好在张记寿屋铺发生的事让我多了个心眼，否则这会儿多半落入府衙的陷阱。那位知府大人行事手段百出，叫人防不胜防，往后对付府衙，真得小心谨慎了。"张则武道。

"历朝历代都是民不与官斗，谁见过胳膊拧过大腿的事儿……仁里堂有朝廷撑腰，你如何掰得过他黄家的腕子，往后行事可要好生思量……"

在阮氏抹泪絮语时，张则武从怀中掏出两锭银子塞在她手上，惊得阮氏赶紧把手往回缩，结结巴巴地道："你……你这是干吗……"

张则武道："今晚上的事婶娘可是看明白了，武儿得去外头避一阵风头才行，这一去也没有一个确凿的时间赶回来，这是武儿的一点心意，婶娘收下好了。"

阮氏拒不过收下银子，张则武扑通一声跪下，朝夏有福夫妻纳头拜了三拜，然后爬将起来往外走。夏有福夫妻俩跟在后面相送。阮氏紧攥了那两锭银子，口里喃喃着武儿，泪如雨下。

月光下的塘冲幽邃深远，张则武头也不回，解下缰绳蹬镫上马，一声叱喝打马下山，马蹄击在石板上，清脆的声响在塘冲传开去。

一路顺利回到通往滩镇的官道上，张则武勒住马缰，心下犯难是就此远走滩镇，还是再回家一趟？想着刚才在塘冲无事，张则武掏出面纱把脸蒙上，双腿一夹马肚，胯下坐骑往街上奔去。

时候已是五更，皎月游走在头顶，清幽幽地映照着街头。张则武一路拍马过去，嗒嗒的马蹄声传荡开去。经过怡香阁和春香院，门口不见一个姑娘，唯有花灯依旧悬挂在那里。张则武打马冲过自家店铺，来到一块空旷地儿，在一株古树下翻身下马。月光将四周照得一览无余。将马缚好后，张则武提剑朝自家店铺后院奔去。

张则武接近后院，万分警惕四周的动静。翻墙落入后院时，地上一片狼藉，黑狗在他身前身后摇晃着尾巴，舌头尽往他身上舔。不料屋里亮着灯，张则武疑窦顿生，人便复又谨慎起来，往前头走时眼观六路，耳听八方。来到屋后墙下，竖耳细听，隐约传来父母的声音。后屋门没有落门闩，当下蹑手推开，闪身进屋，父母的声音和媳妇阳氏的抽噎清晰入耳。阳氏已回娘家多日，料是听到自己昨天的事赶了回来。

张世人："……则武寻上抄纸户收纸，委实糊涂，万幸今晚上没有落入官府手上。只要他逃出滩镇，凭他身手，料无性命之忧……看这世道呀只怕要变天了，那时则武自会回来……则武的事是则武的事，我和你婆婆并不知情，据说这位知府大人廉洁奉公，相信官府不会因为则武的事为难我们一家，我们仍旧忙自家的生意，你带好儿子就是……一句话，往后日子该怎么过就怎么过……"

阳氏抽噎道："我就闹他不明白，又不缺吃缺穿，放着好好的日子不过，偏要弄出这么大事来，让一家人担惊受怕，上有老下有小的，咋就不想明白这里面的深浅……"

阮氏好言劝道："事儿都已经这样了，咱们就别老在这上面纠结，只要我们两个老的有吃的穿的，断然不会委屈了你娘儿俩……"

阳氏突然道："他向来同塘冲的伯伯婶娘感情颇深，现在出了这么大的事，会不会奔塘冲去？要是官府也像刚才一样设下埋伏，可要着了官府的道儿……"

张世人夫妻俩便紧张得语无伦次了："……你这里不说……我们哪想到这上面来，则武可别上官府的套才好……"

张则武不想让父母和媳妇担心，推门而入，喊声爹娘，扔了手中利剑，跪在父母面前磕头不迭，口里道："都是孩儿的不是，让你们替我担心……"

儿子突然出现在面前，惊得张世人老两口喜极而泣，扶起张则武，说："我们正自为你担心……你没事就好……没事就好……一个时辰前，官府藏匿在店铺，专等你回来拿你，没想到阿忠赶来寻你，稀里糊涂地撞在他们手上，给官府带走了。"

马上就天亮，街坊邻居将会开门忙碌，张则武无法同父母细说内中缘由，只道："阿忠又不曾参与收纸，官府查实了自然会放了他。"

张世人道："你去塘冲了？"

刚才一家人都在为他上塘冲担心，张则武不便隐瞒，如实道了情况。阮氏反复叮咛，只道没事就好。张世人终是男人，不在这上面废话唠叨，说："这次官府没拿获你，肯定不会善罢甘休，往后你如何是好？"

张则武道："孩儿决意暂且去外头避上一阵，特意赶回来拜别爹娘。"

张世人夫妻俩老泪纵横，哽咽道："你这一去，叫我们如何放心得下……你儿子才足岁……"

张则武道："爹娘无须牵挂，孩儿每隔上一段时间就会回来看望你们，你们只当我又外出远游好了。仁里堂虽然有钱有势，只要我没落入官府手上，料他黄家不敢对爹娘怎样……"

儿子蓦然啼哭起来，张则武从阳氏手上抱过儿子，轻声说崽崽别哭。说来也怪，儿子止住了啼声，明眸久久地看着他，竟笑了起来，张则武顿时感觉胸膛有团湿润的东西在悠游，抱紧了儿子不肯松手。张世人夫妻俩和阳氏分明感觉到了这对父子间难舍的情爱，各自默契地立定那里。

远处传来吠叫，张则武一下清醒过来，把怀中的儿子还与妻子，说："这是我张家的独苗，我走后，你好生带好儿子，他日我身上的麻烦得以了结，做牛做马报答你。"

阳氏哽咽道："你在外头好生保重，我这做媳妇的在家里自会带好儿子，断断不会让他受半点委屈，也不会让公公婆婆替我们娘俩操心……"

狗吠声由远而近，张世人大是紧张，说："武儿，家中一应琐事自有我们二老担当，无须你牵挂，你在外头只管照顾好自己就行。官府还在滩镇，弄不准啥时候便到，你赶快走人吧……"

言语中张世人哦了一声，让张则武稍等，去外头拿了个包裹回来，塞在儿子手上。包裹沉甸甸的，张则武明白里面藏了何物，忙说："爹，行走江湖，钱多惹祸。你就当我像以往远行好了。我若缺钱，在外头自会寻朋友借助……"

张世人急得跺脚道："你咋就不明白爹的意思呢！出了这么大一件事，官府少不得隔三岔五地寻来，这钱搁家里还有安全的？你带在身上我还放心些。武儿，别磨蹭了，快走。"

吠叫已到三丈外的胡三爷店铺，但见黑狗竖起两耳，嗖一声出去了。此等情境，无暇再同父亲推让，张则武将包裹背在肩上，说声爹娘保重，拿眼看媳妇时，儿子竟在他娘怀里入睡了。窗外的街头传来自家黑狗的吠叫，张则武抓了挂在墙上的钢刀，快步往后院奔去。

从后院出来，惊诧天色渐亮，张则武拔腿奔向那块空旷地儿。坐骑尚在。张则武解下缰绳，手抓马鞍蹬镫上马，打马而去，把街上杂乱的狗吠声抛在身后，很快不再耳闻。

●─ 第四章　惊魂竖卦 ─●

院大宅深的仁里堂在深夜里多了几重白天不曾有的深幽，黄家父子和吴管家坐在茶屋陪夏大人喝酽茶。两盏带玻璃罩的煤油灯，灯芯时不时爆出清脆的声响。夏大人只管喝茶，极少说话。黄元重侍立在夏大人身侧，一见夏大人茶喝得差不多了，马上把壶续满。吴管家也立身一侧。夏大人和黄家成让他坐下喝茶，吴管家只道不渴，一直这般站着，神情比坐在下首的连襟坦然多了。黄家成紧锁眉头，满是倦容，却是努力让自己在知府大人面前显得精神点儿。

一名衙役进来，作揖道："禀大人，这厮嘴硬，怎么逼他都只说是去张记寿屋铺寻张则武的。理由就一句话：想看看张则武回来了没有。要不派人去他家，将其妻小一并拿来，事情自然明了。"

夏大人慢悠悠地喝了口酽茶，淡然说："不必了，等派去塘冲的人回来再说。尔等切记好生看守他，可别又发生今天杀人逃遁的事，那时定然严惩不贷。"

衙役应声退下。

黄元重欠身道："大人，这阿忠和张则武的关系，滩镇尽人皆知，他的话大人断断信不得……"

吴管家道："那张则武真的去了塘冲，这会儿他应该到了。可千万别再出啥纰漏才好，否则要拿获他就难了。"

对姨父插言打断自己的话，黄元重好生不解，稍后明了，凭夏大人的睿智，断案无数，哪能辨别不出阿忠的虚言，姨父阻止他继续往下说，那是觉得追查此言的真伪对捉拿张则武毫无意义，不想因此惹得夏大人不快。如此一想，心下倒是钦佩起姨父来，想这姜还是老的辣。夏大人不在这上面搭讪，依旧悠闲地喝茶，同黄家成随意说些别的。

蓦然，后院传来三声肃穆悠扬的钟响，随之清脆的木鱼声响起，夏大人微微一愣，拿眼投向对面的黄家成，分明问咋回事儿。慌得黄家成双手借着椅子的扶手一撑站起身来，双手作揖行礼，说："贱内心善，一生向佛，每日晨钟暮鼓便会诵经念佛。元重，过去告知你大娘，知府大人正在办案，让她今日停了诵经。快去！"

黄元重放下手中茶壶，转身欲要离去，夏大人叫住他，说："本官只是好奇这仁里堂咋会突然传来钟声和木鱼声。你大娘诵经念佛并不影响我们说话，由她去好了，我们只管喝茶就是。"

声声木鱼这会儿在黄家成听来特别刺耳，看夏大人定定地望着自己，知道在方氏一事上得同夏大人交代几句才是，便道："大人可曾记得昨天躺在床上抽'福寿膏'的犬子？此子乃小民大房方氏所生，孰料在他八岁那年得了一场怪病，四处求医无果，耗费钱财无数，犬子瞎了只眼不打紧，还瘸了条腿。自打此后，方氏每日吃斋念佛，搅得仁里堂上下不得安宁。小民为求安静，让人在后院给她盖了间禅房，任她折腾去。后院虽然远了点，可钟声依旧传到这里，小民一家上上下下早已习惯，大人初次听到，难免心头疑惑。此事小民最不愿同人谈及，今日让大人见笑了。"

夏大人道："倒是未曾料到黄老板家事这般曲折！好在二公子一表人才，仁里堂后继有人，黄老板足可宽心了。"

此话入耳黄家成心头甚是受用，目光慈祥地投向儿子，说："昨天大人劝小民给犬子捐个官衔，大人走后，小民倒是思量了一番，待到这边稍作清闲，再来宝庆府寻大人谈捐纳官衔的事。"

夏大人爽然说好。

外面走廊传来急促的脚步声，料是派往塘冲的人回来了，大家止住了谈话。脚步声由远而近，徐海和一名衙役匆匆而入。衙役朝夏大人行礼道："禀大人，卑职奉命率人赶至塘冲潜藏好，张则武那厮果然来了。眼看他都进了屋，不知哪儿出了纰漏，这厮不待我们采取行动，竟先行逃离，致使我等白白辛苦一夜。"

街上人多嘴杂，难免走漏消息，但塘冲距此十数里之遥，夏家独院，平日连鬼都不去的地方，更别说晚上了，黄家父子万没料到会是如此结果，一时作声不得。夏大人挥手示意衙役退下，只管端起茶杯不停地喝茶。

清醒过来的黄家成又惊又急，说："租肚皮崽再次逃脱，下次要拿住他比登天还难呐！"

夏大人终于停止了喝茶，道："此子倒是狡黠，是本官小觑他了！不过，历经今晚上的事，谅他不敢在滩镇停留。本官回衙署后，当广发海捕文书，纵然一时没法拿获他，也教他行事畏首畏尾，不至于在滩镇做出恣意妄为的事来。黄老板，你这里一有他的消息，立马差人报与本官。"

黄家成忙道："大人放心，甭说这事事关我仁里堂，以往但凡跟官府沾边的事，我仁里堂都是义不容辞。"话向吴管家和儿子："时候不早了，安排夏大人一行休息吧。"

见夏大人坐定不动，黄元重道："姨父和父亲在这儿陪夏大人喝茶，我去安排众衙役爷休息。"朝夏大人行上一礼，出门而去。

吴管家朝夏大人双手抱拳作揖，恭谦地道："大人已一天两夜不曾休息，距天亮还要一阵，这里不妨好生歇息一会儿，以便明天赶路，小的送大人去厢房休息可好？"

夏大人恍若未闻，慢悠悠地喝茶，吴管家便立定那儿，不敢拿话来催，犹豫着是不是给夏大人续茶时，夏大人放下茶杯站起身来，吴管家趋前一步前头引路。黄家成紧随了相送，突然感觉身子疲软，双脚有些吃力，却也只能咬牙坚持。

门外有衙役把守，待到黄家成过去，手按刀柄挺胸落在身后护送。月光倾泻走廊，与远处的清辉衔接，院后的木鱼声入耳幽幽。

孰料夏大人猛然收住脚步，回身冲身后的跟班大声道："赶快把本官的坐骑牵过来，尔等随本官去张记寿屋铺拿人。"

一名衙役大声应诺，飞奔而去。今晚上在张记寿屋铺捉拿张则武而不得，塘冲也让他从容逃遁，黄家成与吴管家虽然明白知府大人此次又是去张记寿屋铺围捕张则武，可刚才衙役来报，他们已经在塘冲失手，知府大人凭啥断定张则武复将回张记寿屋铺呢？两人这般想着的时候，在一众衙役的保护下，知府大人早已到楼梯口，拐弯下楼。

吴管家道："老姨，你这两天累乏了，回茶屋歇着，我赶上去看看，以便万一夏大人有事听他差遣。一会儿我让元重上来陪你。"

黄家成含混点头应好，看连襟拐身下楼，并不马上回屋，目光缓缓投向远处的田野。收割了的田野在月光下比长了稻苗的季节更显空旷。独自站立有顷，黄家成拖着疲软的双脚往回走。

吴管家赶上夏大人时，夏大人已经高坐马上，众衙役纷纷抬腿蹬镫。这场面看去有些乱，却没有谁发出惊叫。此等境况，吴管家无法过去找夏大人讨要吩咐。就见夏大人大手一挥，领头往正门奔去。正门早已敞开，自有仁里堂的下人守候在那里，待到衙役悉数冲出，门迅速合上，一切如常。

黄元重过来，喊声姨父，摇晃着脑壳，一副不明所以的样子，说："先前在张记寿屋铺设了埋伏，哪知横里跳出一个阿忠，弄得抓捕租肚皮崽落空，后来塘冲抓捕也告败，现在却突然又奔张记寿屋铺去抓人，难不成租肚皮崽又回到张记寿屋铺不成？"

吴管家道："我也闹不明白夏大人再次寻上张记寿屋铺是何想的，好在这一切是官府的事，任由他们去吧！"猛地一跺脚，说："今晚上张则武两次全身而退，不愧是久经江湖，在他看来，官府只当他已经逃离滩镇，万没想到他会再次折回张记寿屋铺。夏大人定是做这般想，所以才亲自率领手下赶去张记寿屋铺抓人。"

黄元重道："姨父这般想也是道理。这次租肚皮崽潜回来，怕是只能束手就擒了。也不知知府大人还回不回仁里堂。"

吴管家道："很快便会天亮，我们也不必站在这儿，你回茶屋去侍候你爹休息吧！这两天接二连三发生的事情把他累得够呛。黄家堂会才开演两夜一天，往后仁里堂的事你多担待点，让你爹好生歇息几天。"

黄元重颔首称是，大踏步奔茶屋去了。

五更的滩镇街头难见行人，皎月下空荡荡的。夏大人领着一众手下疾马奔张记寿屋铺而来，杂乱的马蹄声在街上传荡开去，引得狗吠声声。众衙役对张记寿屋铺的周围早已熟悉，不用夏大人发话，一队人马负责包抄后院，夏大人则亲率一队直逼前门。有衙役翻身下马，把门擂得震天动地，一边大声喝令开门。待到张世人打开门，衙役蜂拥而入，张世人被一名衙役伸手一推，险些摔倒在地。众衙役直奔各个房间，一时吆喝之声四起，张记寿屋铺乱成一锅粥。

有衙役返身禀告夏大人，不曾发现张则武的踪影。夏大人略做沉吟，翻身下马，抄着手往里走。张世人夫妻和阳氏被衙役驱赶到一间房子，阳氏手中的孩子给吓得哇哇大哭。夏大人示意手下退出，房间一下宽敞多了，小孩的哭声渐渐小了。

夏大人拿眼在他们身上逐一扫过，说："都这时分了，你们一家人却点灯凑在一块，可是在同张则武商谈？他人呢？"

一家人皆是把头深埋，谁也不抬头回话。

旁边一名衙役厉声道："知府大人问你们话，还不赶快如实回答。"

夏大人道："阿忠被带走后，张则武可曾回来过？"

张世人点头道："他走了。"

有衙役大声道："啥时候回来的？"

阳氏怀中的婴儿复又啼哭起来。

夏大人举手摆了摆，示意手下闭嘴。他轻声道："张老板，你儿子的事跟你们无关，但你得如实告知你儿子的行踪去向。说吧，他走多久了？"

张世人道："就在刚才，比你们快了一刻钟工夫。"

夏大人当即走出张记寿屋铺，在店铺门口却驻足不前。一名衙役过来，作揖道："大人，如若追赶，还得这就下令。"

"滩镇街巷四通八达，尔等又不熟悉四周街道情况，偏他自幼长在滩镇，如何追得上他。"夏大人叹了口气，道："只怪本官醒悟迟了半刻，当初拿获阿忠后就不该将人马撤走。现今情况，只能下次再设法抓人去了。"

一行人纷纷往回走。有店铺已经开门，对大清早出现在街头的官兵有些紧张，猜测是不是哪儿又出大事了。夏大人这才惊觉一宿折腾下来，此时天色已是大亮。

前头是岔路，夏大人急勒马缰，身后一名贴身衙役催马上前，行礼道："大人，往右走才是去仁里堂。"

夏大人道："你去仁里堂一趟，把阿忠放了，然后追赶上来。"

衙役得令，打马往右边街道急奔。夏大人这才轻轻一抖马缰，胯下坐骑继续前行。一路走将过去，纸香扑鼻，两边店铺差不多大门敞开，有人开始把自家店里的货往铺前的摊档上堆放；几只黄鸡婆和白鹅蹒跚在街头，咯咯嘎嘎地叫个不休；两只一白一黑的狗儿在相互追逐；有孩童坐在自家店铺前的门槛上，安静地看着街头往来行人；也有孩童紧随在大人身边；更有几个孩童聚一块，大声唱着童谣……夏大人猛可觉得，这白天繁华喧腾的滩镇，眼前这一切却是如此的祥和。

这两天仁里堂片刻不得安宁，和兴纸铺这边却是生意照旧，衙役赶到时店门大敞，几名伙计早已忙碌开了。两天的出出进进，衙役知道仁里堂正门难以敲开，下马让伙计前头带路，领他去见黄老板。见是衙役寻来，伙计不敢怠慢，领了他来见东家。

匆匆穿过幽静的花园，跨过月亮门，巧遇黄元重从父亲房间出来，伙计过去见礼完毕，说："少东家，这位官爷要见老爷。"

黄元重正自想着夏大人一行去了许久未回，此时见衙役孤身而返，暗自嘀咕，拿眼投向他，说："我爹才睡去，有事跟我说无妨。"

衙役道："奉夏大人之命，前来提拿阿忠。"

黄元重道："夏大人呢？张则武可曾抓获？"

衙役道："我们赶到张记寿屋铺时，张则武已先一步逃走。夏大人准备回府衙，着我前来提拿阿忠。请少东家把阿忠带来，以便本人回去复命。"

夏大人离开滩镇前竟不入仁里堂，黄元重心下起了不安，衙役面前却只能说场面话："夏大人忙碌了一整晚，这不连早饭都未吃就上路，可叫我父子不安了。"随后让伙计去后院把阿忠带来。

阿忠很快给带至，衙役也不废话，朝黄元重抱拳一拱谢过，领了阿忠原路离去。

如此大事，自是要报与父亲知道，可父亲刚刚入睡，不便跑去打扰，黄元重便匆匆来寻姨父。一宿未合眼的吴管家正坐在椅子上发困，听了黄元重的叙说，也是紧锁眉头，两片薄唇紧闭，不发一言。

黄元重迫不及待地道："姨父咋看这事儿？"

吴管家捏着山羊胡子，沉吟道："常理来说，知府大人不管有没有抓捕到张则武，都该回仁里堂，待大家用过早餐再上路。他现在整出这出来，一时还真叫人猜不透他的心思。如果简单地理解，他是不想给仁里堂添麻烦罢。"

黄元重摇头道："他堂堂知府大人，哪会考虑这些小节，咱们这里不妨另作他想。"

吴管家道："从今晚上知府大人行事来看，不是常人能够摸得透的。自打他们到来，咱们并没有怠慢了谁，夏大人没有理由生气走人。元重，夏大人他们已经走了，谁也没法把他请回来。因为张则武的事，往后见面的机会颇多，那时候再寻夏大人了解去。这两天仁里堂发生的事太多，你我都未睡上个囫囵觉，抓紧时间睡会儿，待你父亲醒来，咱们再好生商榷，拿出一个章程来。"

黄元重一想也只能这样，当下同姨父客气一声，告辞出来。此时黄金岭背后起了一抹朝霞，又是一个和风暖阳的天气。回到自家卧房，妻子王氏正好梳妆打扮妥，见丈夫回来，欲要过去同他叙话，看男人没有这层意思，便不敢冒失。黄元重径直朝那张镂刻了龙凤、鸳鸯戏水的大床走去，脑壳一落枕头，人便沉沉睡去。王氏心痛丈夫这两天不分昼夜地忙活，过去替他拉上被子，悄然退出，随手拉上门。

正自好睡，听下人在外面叫他，黄元重下床开门时但感头重脚轻，强自忍着。下人传话与他，老爷要他去一趟。黄元重让下人先行离去，他稍后即到。在椅子上坐了一会儿，感觉才好些，整理下衣服来见父亲。

正值太阳当头，房宇深深的仁里堂甚是温暖，黄元重穿过庭院，拾级上楼。门敞开着，父亲坐在太师椅里，面前放了壶茶，母亲和小青侍立一侧，姨父一旁陪坐。黄元重快步过去，行礼见过父母，顺带给姨父施上一礼。黄家成示意妻子下去，肖氏领了丫鬟告退。

"刚才徐海来报，有人在街上见到阿忠。"吴管家道。

黄元重大吃一惊，脱口道："当初我和姨父可是看着衙役把他带走的，未必衙役胆大包天，得了阿忠的好处私下把人放了？"

黄家成道："你也不想想，阿忠家穷得叮当响，那场合身上能有啥银两呢！衙役放人，自然是秉承夏大人的意思。"

黄元重似乎明白过来了，说："夏大人释放阿忠，不能说他因此就对租肚皮崽违旨收纸一案置之度外，租肚皮崽已经逃遁，关押阿忠也就失了意义。我观这位夏大人行事，凡事颇为民着想。"

黄家成端起茶壶喝了口酽茶，说："我们不谈租肚皮崽的事，他违旨收纸，朝廷自有法度治他。把你们找来，是想谈谈开秤收纸的事。往年收纸都是大戏后去了，可今年横里跳出租肚皮崽违旨收纸的事，坏了历年来的规矩。我的意思，就近择个吉日，下去开秤收纸。"

吴管家道："赶在大戏闭幕前收纸并非不可以，只是租肚皮崽把价钱抬高了，我们再按往年的价钱收购，那些抄纸户少不得会来情绪。这事儿才是最要紧的，得想个万全之策才行，别到时候弄出啥岔子才是。"

黄家成道："租肚皮崽违旨收纸，他跟我和兴纸铺一般价钱，抄纸户哪会把自家的纸卖与他，咱仁里堂可是奉旨专营，一年得给官府那么大一笔税金，自然不能按他开的价钱收纸。按租肚皮崽的价钱，咱少说也得多支付上万两银子。"黄家成竖起一根指头，"上万两银子呐！"

黄元重道："姨父的话不无道理，我们再按往年的价钱收购，那些抄纸户少不得会不满，要是因此弄出啥事端，传到知府大人那儿，只怕会对仁里堂有看法。虽说租肚皮崽收纸违旨，看知府大人这两天的做派，对我仁里堂奉旨专营颇有想法。"

黄家成就缄默了，只管哑哑哑地喝他的酽茶。黄元重和吴管家也是不发一言。有顷，黄家成以手罩住茶壶，说："要不每担纸加两吊钱好了。"

吴管家道："好，先每担纸加两吊钱。待会找来《望星楼通书》，择个黄道吉日开秤收纸。"

黄家成手中茶壶往桌上一放，笃定地道："过两天我亲自去趟宝庆府，请官府派兵协助我们收纸。"

吴管家欲言又止，黄元重看出来了，说："这儿没有外人，姨父有话但说无妨。"

吴管家道："让官府派兵协助收纸，这事儿当慎行，别把跟抄纸户建立起多年的关系给弄得紧张了。"

黄家成道："我自是不愿走到这一步，可他们真要同我仁里堂过不去，万不得已也只能用这一招了。"

黄元重道："我说爹，你也别把事情想复杂了，我们每担纸加二吊钱，仁里堂已经仁至义尽，他们还要拒卖，我们不收，到头来急的还是他们，他们可是等着把纸卖了过日子。对咱来说也就耽误些时间罢了。几十年来，也就租肚皮崽违旨收纸，未必滩镇还有谁敢顶着掉脑壳的危险做出此等冒天下之大不韪的事。"

吴管家忍不住连连颔首："元重这话极有见地，倒是我们想多了。"叫来下人，让其去寻《望星楼通书》送来。

黄家成伸手拿过茶壶，惊觉壶里已经没有茶，黄元重一旁瞧得明白，拿起水壶给紫砂壶注满。黄家成喝茶时，哦了一声道："老姨，你还得找个师公来仁里堂洗屋场、谢地才行。"

楚南风俗，但凡家里发生凶杀命案等不吉之事，屋里便有杀气盘亘，必得请师公来洗屋场、谢地，否则杀气将侵凌家中人员，祸事再起，家道日衰。

吴管家道："马上将开秤收纸，洗屋场、谢地的事，还是放在黄家堂会后面吧！"

不想黄家成道："洗屋场、谢地也就一个晚上的事，开秤收纸前把这事办了，让人心里舒坦。"

吴管家便道："一会儿我安排人去寻师公，今晚上让师公进场。"

下人进来，捧上一本《望星楼通书》。吴管家接过，翻看后递与黄家成，说："明天倒是开日主事，之后八天才是除日，要不就定在明天开秤收纸。"

毗邻滩镇的车塘铺，有一李氏大族，祖上乃唐代李世民第十四子曹王李明。据传武后专权时，李明后人弃仕避险，携皇宫历法、堪舆典籍，辗徙江西经世谋生。明代时又迁徙至宝庆府车塘铺。清嘉庆年间，李明第四十二代孙李公桥继承前人研究成果，首创《通书》手抄本。第四十三代孙李靖臣，跟随房叔李公桥潜心研习，后又结交北方天星术士庾虎生，破除传统，采用弧角算法，结合地域经纬，著书《望星楼通书》。自此，李靖臣每年经过观天象、定气节、卜年风、测吉日等方法推算出版《望星楼通书》，然后由李氏族弟挑往宝庆府各家店铺寄卖，湖南、贵州、云南等地的百姓从事农耕、修造、婚丧等对照参考《望星楼通书》宜忌行事。多数滩镇人遇事择日，也不寻算命先生，找来《望星楼通书》，自个就能择定吉日。

黄家成说："今日为时尚早，足够准备各种行头，就定在明天开秤好了。元重，你和姨父多操点心，忙去吧。"

吴管家和黄元重一并告辞出来，两人商定各自负责的事。

黄昏时分，当大夫人庵那边响起声声木鱼，有下人挑着担子把两位师公领进了仁里堂。酒足饭饱后，两位师公被引至一间大堂。大堂雕梁画栋，门窗上的木雕，上雕"仙鹤云海、双鹿食草、麒麟送子"等，两位师公还是第一次进入这等大宅院，直把他们看得啧啧称羡。绕着大堂转了两圈后，他们身着法衣法帽，以杖在大堂地面上画了个八卦，然后让下人取来两条凳子摆放在八卦上，凳上放了只团箕，箕内放了个早准备好的猪头和四只猪足，三牲奠祀与茶酒，待到安放好五方龙神牌位，两位师公开始请神作法。自有仁里堂下人一旁点香烧纸，捡卦传话。

直至丑时将完，法事方才告毕，师公收拾一应道具，由下人领至一间卧房休息。待到天亮，吃过早餐，管事送上早准备好的香火钱，下人替其挑了担子悄然送出。

此时，穿着盛装的黄家成一脸肃穆地率领全家男丁来到后院楼上的一间屋里。屋里供奉着两位一大一小秀才和村汉模样的菩萨，看去与寺庙里的菩萨差异很大。还有一位则是关公圣帝。因长年累月受香火熏蒸，早已漆黑如墨。秀才菩萨乃是造纸祖师爷蔡伦，旁边村汉菩萨却是李宏仙。屋里烛火通明，吴管家和一个下人早候在那里，案上摆放一应供品。旁边凳子上放着一盆清水。祖孙三代净手后，一排儿肃穆地站在那里。黄家成居中，他的左边则站了黄元可父子，右边却是黄元重父子。下人早已拖出案桌下那只灰盆，烧起了纸钱。吴管家取了三根香点燃，然后递与黄家成，黄家成双手接过举过额头，大声道："今日乃光绪二十四年戊戌年九月大吉之日，三位菩萨在上，滩镇仁里堂黄家成，率子孙前来祭拜，一则感谢这些年菩萨对仁里堂生意上的关照垂爱，二则请求菩萨保佑仁里堂今年生意畅旺，万事顺心。"言毕，将香插入灰罐。

滩镇抄纸人家，几乎每家每户都供奉着李宏仙菩萨。据传东汉时，在滩镇的桃林村有一叫李宏仙的人，他跋山涉水去耒阳向蔡伦拜师学艺，谁知赶到耒阳时，蔡伦已病入膏肓。李宏仙仍旧拜蔡伦为师，衣不解带地侍候他。蔡伦临死之际，将其所著《抄纸秘诀》授予他。李宏仙回到家乡搭建作坊，按照《抄纸秘诀》试着抄纸。因没得到师傅的亲授，历经百次尝试，但总有两道程序没法解决。一是踩料时，每次脚板总起泡出血；二是抄出的一叠纸堆，无法一张张掀起。有天晚上入睡后，蔡伦来到他面前，李宏仙见是师傅，纳头便拜，道了抄纸中的两大困惑。蔡伦看到他脚掌被篾笀（即细竹丝）磨出了血，递给他一支毛烟抽，然后让他舀一碗水喝了，轻声念道："篾笀篾笀，两头有笀；踩料师傅，给支烟抽，一世无笀。"说来也怪，李宏仙磨出了血的脚竟立马痊愈。李宏仙大喜，恳请师傅解决第二个困惑。这时面前突然多了一口大锅，锅里是煮沸的水，一张张三七叶（俗称滑叶）自天空飘落锅里，但见蔡伦将攥在手中的生石灰撒入锅中。很快，煮出一锅滑叶汁。李宏仙正自不解，一阵狂风刮来，蔡伦飘然而去。李宏仙惊醒，想着这个梦好生奇怪，便采来滑叶，照着梦中情形，将煮好的滑叶汁倒入池中，其间添加水与生石灰，成汁后倒入抄纸的池中，抄出来的纸张果然不再粘连在一块，轻而易举地能够一张张剥离开来。只是有天煮滑叶汁的时候，邻寨一位孤寡老人路过，找他讨口水喝，拉扯几句后告辞上路，锅里的滑叶汁竟突然间消失殆尽，李宏仙大惑不解，燃香烧纸打卦，这才得知煮滑叶汁的时候，千万不要惊动邻里他人，尤其是孤寡老人与孕妇，绝对不可光临。自此，凡滩镇抄纸人家，每年开工都会焚香祭拜，以便求得李宏仙菩萨保佑，抄纸顺畅。仁里堂每年开秤收纸的当天早上，所有在家男丁都要参与祭拜，感谢三位菩萨对仁里堂往年的保佑，同时求得菩萨照拂今年的生意。

插好香，黄家成顺手拿起案桌上的卦，退回原来的位置，接着说："今日仁里堂将开秤收纸，三位菩萨保佑仁里堂一切顺利，财源滚滚。"手头上的卦脱手落地，乃是一阳卦。

阳卦主财，合了主人这番求财的意愿，黄家成心下欢喜。吴管家弯腰拾起两片卦，合好后递与黄家成，黄家成接过，拇指、食指捏紧了卦尾望空一扬，卦脱手分开跌落地上。

吴管家欲待拾卦时，却被竖在地上的两片卦惊得愣在那儿，不知道是拾好还是不拾好。常理来说，卦无非就三个：正卦、阳卦、阴卦，竖卦极难遇到，视为不祥，一旦打出，寓意其家必有大祸降临。吴管家的样子让黄家成大是疑惑，拿眼去看地上，被地上的竖卦骇得脸色发白。醒悟过来的吴管家忙以脚将卦踢倒，然后捡起递与黄家成，黄家成嘴唇哆嗦着接过，半晌将卦抛出。

吴管家弯腰拾卦时轻声道："阴卦。"

黄家成再次将卦抛出。

吴管家低声道："正卦。"

黄家成复又将卦抛出。

吴管家道："正卦。"

黄家成仍旧一声不吱地将手中卦望空抛出。

吴管家小声道："正卦。"

黄家成身子开始发颤，将卦再次抛出。

吴管家低声道："阴卦。"

……

十几个卦下来，不是正卦便是阴卦，阳卦难求。此时黄家成的额头已起了汗珠，浑身如筛糠一般，紧闭了眼睛。半晌，黄家成睁开眼睛时大喝一声，手中卦用力朝地上猛地一掷。

吴管家弯腰拾卦在手，长长地吁了口气，说："阳卦。"把卦放回案桌。

黄家成便伏下身去朝菩萨叩头拜谢。黄元可等四个后辈见了，也跟着跪拜。

黄家成打头，走出房间，黄元重兄弟俩落在后面。下楼梯时，黄家成一只脚没跟上，险些摔了下去，亏得黄元重一直紧随父亲身侧，见状忙伸手搀扶住他。万般小心地下了楼梯，黄元重松了手，说："爹，要不我让下人送你回去休息，后面的事有我和姨父，就不劳你费心了。"

黄家成吓得不轻，脸色兀自有些难看，说："我得亲自送他们出正门才落心。"

黄元重欲待再劝，见姨父给他递眼色，话到嘴边硬是给咽了回去。此时王氏和刘氏赶来，朝公公道了个万福。黄家成回身对黄元可和两个孙子道："你们回去吧！"

黄元可朝父亲躬身应答一声，一瘸一瘸地走了，其妻刘氏过去拽了儿子韦明尾随丈夫身后。这韦明也就十四五岁的样子，从他身上难以搜寻到其父的半点影子，看上去倒颇似其爷爷。那韦明突然挣脱刘氏的手，说去大奶奶那儿，越过黄元可往后院去了。刘氏在他身后追赶，口呼明儿。黄元可冷冷地扫眼这对母子，任他们追逐，有如不见，回自个房间去了。

黄元重之子黄韦伯看去要比黄韦明高出一头，酷似其父，已是一介翩翩少年郎。王氏喊声伯儿，黄韦伯趋步过去向黄家成和吴管家行了一礼，随其母离去。打从走出供奉菩萨的房间，黄家成脑壳如一团糨糊，大孙子韦明嚷叫去看奶奶，也就让他耳闻大夫人庵传来的声声木鱼，人就一下清醒了，目送俩儿媳俩孙子的背影，心头复杂莫名，竟感觉口里起了苦味，这股苦味却是任他怎样使劲也咽不下去。

旁边黄元重轻声提醒："爹，徐海他们在等着我们，去正门吧，可别误了吉时。"

黄家成便抬腿移步前行。出了月亮门，但闻鸟雀啼叫得欢，老远可见正门大敞，高高的雕花门槛已经被移开，长长的六队人马早排在门口。黄家成当先徒步过去。来到正门口，有下人迎住，欠身说："老爷，可以烧纸点香了吗？"

黄家成轻轻颔首。

下人便在门口燃起香烛。黄元重快步过去上了前头正中那匹坐骑。看香烛燃得正好，黄家成目视大门外，大声道："吉时到，出发！"

下人点燃鞭炮，一时噼里啪啦声不绝，六队人马缓缓出了正门。眼见后面人马将走出正门，黄家成和吴管家移步往回走。当身后沉重的正门砰的一声合上，黄家成止步转身，下人正好落下门闩。

● 第五章 收纸遭拒 ●

当太阳从黄金岭露出半个红彤彤的脸蛋时，黄元重这队人马已经赶到桃林村口。此地乃抄纸始祖李宏仙封神圣地，在滩镇各村寨众多抄纸户中，属桃林村抄纸户最多。历经上千年的演变，桃林村却难寻一株桃树。马车在一块空旷地儿停住，有人吆喝一声："到呐！"大家便纷纷下马。

空旷地儿状如一只巨大的团箕，旷地的边沿一排儿围住着几十户人家，当地人家管它叫团箕院子。有只狗儿冲他们吠叫两声，旋即好几只狗儿从屋里冲将出来，却是不敢靠近，一时吠声四起。有人给聒噪得心烦，冲着狗儿骂了起来，更有人从地上拾起石块掷了过去，吓得众狗儿惊叫着后退几步，吠声却更狂了。

这时太阳照射过来，众人顿觉暖和多了。伙计历经收纸无数，不用黄元重开腔吩咐，纷纷行动开了，打马赶去通知抄纸户把纸送来团箕院子。

黄元重驱马来到李大吉家。

那李大吉扛了把锄头正准备去田地里，黄元重老远就口呼李大伯，一边拱手行礼。李大吉便立定那里，慢腾腾地燃上锅旱烟，单等黄元重过来。寒暄几句，黄元重道："我们今天来桃林收纸，大伯可以把纸送去团箕院子。今年每担纸比往年多了两吊钱。"

李大吉话随烟雾而出："早两天有人来收纸，我见他们出的价钱还行，一股脑儿全卖了。要我说，你这价钱怕是在桃林收不到纸。"

黄元重心下叫苦不迭，却不能形之于色。对方把纸都卖了，他无心在此复述张则武收纸属违旨行为，可也不能啥话都没一句便离去，当下道："张则武违旨收纸，官府正在缉捕他。"

岂料李大吉道："当初我们哪晓得他违旨不违旨，还以为张则武收纸也是官府允许了的。张则武在团箕院子待了两天，咱这桃林村的纸早被他收得差不多了。他开的那个价钱，大家只恨今年抄的纸少了，还不把家里的纸全翻出来卖与他。要我说呢，你们还是挪个地方看看去，别在这儿浪费时光了。"

黄元重辞别李大吉，催马奔前头另寻人家。不料接连找了两家抄纸户，皆是李大吉一般说法。黄元重料桃林村被张则武收购干净，打马返回。好几个伙计都在团箕院子等候他到来，纷纷围上来诉说遭遇，竟与黄元重刚才的经历如出一辙。黄元重便领了大伙奔隔壁的公鸡岭而来。

途中有伙计就张则武违旨收纸谈论开了。

"张则武不曾携带任何官府文书，这些抄纸户就把纸全卖与了他。这么多年，未必他们就不知道仁里堂乃奉旨专营，其他人等无权收纸……"

"哪能不知道，这些抄纸户还不是图张则武每担纸多给了几吊钱，揣着明白装糊涂嘛！"

"要我说呢，府衙该把他们抓起来，治他们一个私自卖纸的重罪，将钱统统追缴。杀一儆百，往后任谁都不敢私下卖纸，他张则武给再高的价钱也收不到一张抄纸。"

"真要府衙出这个头，非得老爷亲自出马跑一趟宝庆府才行……"

……

黄元重暗忖这些伙计的话倒是有些道理，却不搭讪半句，任他们一路闲扯。

快马赶到公鸡岭时，可见炊烟从各自的屋顶上袅袅升起。张则武他们虽然尚未踏足这里收纸，可一干抄纸户早已耳闻桃林等地的纸价，任黄元重这边怎样解释也不肯卖与他们。

黄元重只得率领一行众人打道回府。岂料已有一队人马先他们回到仁里堂，所遇情况同他们无二。

黄家成本在好睡，被吴管家匆匆闯入唤醒下床。得知情况后，黄家成一如热锅上的蚂蚁，问吴管家咋办。急切间吴管家哪晓得怎么办，只道等另四队人马回来再行定夺。黄家成来到茶屋喝茶，让下人传唤儿子来见。

黄元重进来，见父亲到唇边的茶壶又放下，知道他迫切想了解情况，当下扼要地道了此行遭遇。黄家成蹙眉道："两队人马一般遭遇，估计徐海他们那几队也是这个结果。重儿，我们这里得拿个主意才行。"

"从今天的情形看，恐怕唯有官府出面才能够把纸收回来。"黄元重无奈地道。

"赶明儿我亲自去趟宝庆府，找夏大人讨要文告，顺便把你捐纳官衔的事谈妥。"黄家成道。

"力争找夏大人讨要一队衙役来，有文告又有衙役协助，当不难把纸收回来。"吴管家道。

此时徐海他们相继进来。唯有徐海这队收到近百担纸，却是抄纸户黄泉保母亡，急需银两料理丧事，这才卖了些纸。徐海他们也甚灵性，知道这场合不是他们久待的，禀告情况后告辞离去。

六队人马遭遇一般情况，仁里堂要做的是单等明天到来，黄家成前往宝庆府衙面见夏大人，讨得文告和衙役回滩镇，然后继续收纸。

晚餐后喝了一壶酽茶，街上的风灯开始亮了，黄家成叫上黄元重，父子俩前往龙隍殿。一路走将过去，招来不少行人异样的目光。黄元重自是知道，这两天仁里堂发生的事，父子俩的出现难免让人好奇。有熟人过来，也是客气地搭讪两句，好在没谁拿话问起这两天发生的事。

龙隍殿人山人海，戏尚未开演，几拨小孩尖叫着到处追逐，一不小心就撞到大人身上；小贩吆喝不断，有狗儿蹲在一旁，逮着机会冲上去叼一口掉头而逃，待到小贩醒悟过来，早已没了狗儿的影子，气得跺脚大骂。

自打开演，不管仁里堂有人来还是没人来，前头正中央的位子总空在那儿。黄家父子屁股才搭在凳上，就有演员发现了他们，赶紧报与肖班主，肖班主正在殿堂右厢一间房里化妆，闻言赶来，邀他去后台。黄家成摆摆手，让肖班主忙去。肖班主客气两句，拱手抱拳回后台去了。

父子俩坐在那里，周边尚空着好几个位子，父子俩看去颇觉碍眼。此时有位老者拄着拐杖立身前头，黄家成示意儿子把他请来。黄元重离座朝老人家走去。

老者白头发白胡子，颇有几分仙气，乃闻名滩镇的雕刻大师龚子长。年画有六色，每色都有一个木印版，这些木印版先由画师画好，然后交雕刻师雕刻出来。这龚子长却是身兼画、雕之长，大凡滩镇的木印版，一半出自其手。雕刻这活儿最紧要的是眼好，手指头灵活有劲，随着年龄增长，眼睛不那么好使，手上失了准头，龚子长才不再接手雕刻这活儿。其子龚加银从父亲身上接过担子，短短数年间，手上技艺竟胜过父亲不知多少，直让滩镇人惊呼青出于蓝胜于蓝。滩镇的年画老板，无不对龚子长客气有加，但凡遇着，必然行礼，口呼老前辈。

黄元重快步来到龚子长面前，深深一揖，口呼龚大伯。龚子长见是黄元重，哦了一声，说："元重在这呐！"

"伯父可是来看戏的？家父请你移步过去。"黄元重道。

一群孩童呼啦啦地往这边追逐，黄元重生怕龚子长被撞，赶紧搀扶了他往父亲那边走去。黄家成同龚子长彼此抱拳道好，客气地请对方入座。两人随意地拉扯起来。稍后台上燃起了火把，很快便将开演，黄元重复又请了几位年长者入座，空着的位子便全坐满了人。

今晚上演出的是《鲁斋郎》。演至半场，肖班主跑来，只道请黄老板见教。黄家成知道肖班主客气，笑呵呵地说："你凌云班号称宝庆府三大戏班之一，这称号乃是凭你班中诸多角儿的本事挣来的，可不是浪得虚名。"

龚子长道："扮演鲁斋郎和李四这两个角的唱功好生了得，张孔目却是表情到位，手脚见长。"

肖班主自是高兴，嘴上含混道："是吧是吧……"

猛可一阵阴风刮来，舞台上的火把险些给扑灭。冷意渐起，旁边有人嘀咕，莫不是要变天了。肖班主走后，黄元重担心父亲身体，小声提醒："爹，咱明儿要赶宝庆府去，天气晴了这么久，老天爷怕是要变脸了，要不咱们回去吧！"

黄家成抬头望了下天空，星星看似少了许多。他担心的是一旦下雨影响收纸和堂会，此等场合却是不便拿话来说。父子俩也不便马上离去，看大家聚精会神地看戏，冷意愈重，同龚子长几个低声招呼两句，悄然离去。

寅时刚过，后院大夫人庵的木鱼早早就敲响了。待到天刚蒙蒙亮，黄家父子在花园里上了辆镶铜裹银的大鞍，徐海骑马紧随车后。当下人打开正门，合力移开门槛，钱三轻轻一抖缰绳，车轿便过去了，稳稳地行驶在街头。街上静寂，一路走将过去，车轱辘碾过街面上的青板石头，发出悦耳的声响。待到出了大街，钱三扬鞭落在马屁股上，车轿疾奔宝庆府方向。后面徐海催马跟上。

季节早已立冬，昨天晚上又变了天气，早上冷意甚浓，好在黄家父子坐在车内，全无冷冽之忧。只是苦了徐海，坐在马上任冷风撕扯，一张脸早给吹僵了，却也只能咬牙坚持。钱三背靠大鞍，背后少了寒风吹打，情形比徐海好多了。

当天色大亮，他们正好来到城门。城门才开，街上行人寥寥，冷风将悬在半空中那些失了颜色的招牌吹打得猎猎作响。一路走将过去，可见早点摊档前冒着腾腾热气，老板见人就招呼。有家早点摊档老板看出他们身上的疲累，停下手头上的活计过来，万分恭敬地作揖道："几位客官，进来喝碗热粥暖暖身子。吃饱喝足，办起事来才有精神呐！"

黄元重早有此意，见店内宽敞干净，当下拿眼投向父亲，说："爹，这一路赶来颇为辛苦，徐海和钱三吹了一路的冷风，咱下轿把早餐吃了，然后再去府衙办事。"

此行去见夏大人，能不能顺利谈妥，黄家成心中并没有底，当即道："好，下轿把肚子填饱了再说。"

老板扭头朝里吆喝一声，一名伙计快步出来，接过徐海手中马缰，引领钱三去了后院马厩。

老板将他们领至一张桌前，三人围桌坐下喝茶。稍后钱三过来。伙计以托盘端了早餐送上桌。待黄家成执筷在手，说声吃吧，三人才埋头吃了起来。

吃饱喝足，街上行人渐渐多了起来，天气明显暖和多了。钱三甚是机灵，早早放下碗筷，去后院赶了车轿停在摊档前。看徐海蹬镫上马，黄家成一撩衣袍离座站起，往车轿走去，黄元重往桌上丢了几枚铜钿，紧随了父亲上轿。钱三叱喝一声，马儿缓缓前行。

仁里堂的黄家成，大生昌的陈子和，乃滩镇的大家巨头，经常往来宝庆府办事，车倌钱三自是知道府衙所在，径直将车轿赶到府衙门口，说声到啦，下车拉出马凳，过去掀开门帘，请主人下轿。黄家父子立身衙署前，望着高大气派的衙门和门口手按刀柄、挺胸收腹的衙役，一时竟莫名地起了紧张，失了往日的从容。

衙署门口最吸引过往行人的当属大门两侧摆放着两只高大威武的石狮左侧架了只大鼓，一根槌子横放鼓上。在黄家成欲待移步上前时，黄元重喊了声爹，先父亲抬腿走到一名衙役面前，堆着笑脸抱拳行礼道："这位官爷，麻烦往里面通报夏大人一声，就说滩镇仁里堂黄家父子有事拜见夏大人。"言语中迅速掏出一个荷包塞到衙役手上。

衙役得了银两，说声稍等，大踏步往里去了。

天空低沉，街上行人往来不断，不时有好奇的目光投向他们。黄家父子感受到了，只作不知。此时一个小乞丐举了只破旧的脏碗递向黄家成，其身上传来难闻的怪味直叫黄家成皱眉，黄元重赶紧从兜里抓了几个铜钿丢入碗中，小乞丐欢喜而去。

衙役出来，示意父子二人紧随了他。黄元重到底几天前来过这里，也不张望，一路只管跟紧衙役。以往黄家成每次来衙署见知府大人，总要拿眼四下打量，感觉堂堂衙署还不及自家气派，心头便会泛起一阵阵得意，今日揣了心事，无心张望，想着见了夏大人如何开腔。

衙役将父子俩领至后院书房门口，嘴巴朝里努了努，示意父子俩进去。黄家成拉扯了下衣襟，抬脚跨过门槛，口呼夏大人，双手抱拳打拱不迭。夏大人坐在案桌前。黄元重一直紧随父亲身后，此时突然趋步越过父亲跪在案桌前，大声道："小民拜见夏大人。"

夏大人轻声道："起来吧！"招呼下人看座。

黄元重并不落座，站立父亲身侧。书童进来，给他们沏上茶，悄然退下。

案桌上垒了不少书籍，有部书摊开在那里。夏大人道："你们父子大清早赶来面见本官，可是有甚紧要大事？"

黄家成道："早两天大人在滩镇办案时，建议小民给犬子捐个官衔。大人走后，小民想着大人一片好心，可不能辜负了大人的好意，同家人合计后，决计给犬子元重捐纳一个花翎四品衔补同知。"

捐纳本是朝廷筹集财政的一种重要手段，始于顺治朝，完备于康熙、雍正、乾隆三朝，冗滥于咸丰、同治两朝。它与科举、荫袭、保举同为清朝选拔官吏的三个重大途径。朝廷为顺利执行此举措，强制分配给各位官员相应数量的任务。夏大人乃堂堂知府，朝廷自然分配了劝捐的任务予他。黄家父子大清早赶来谈捐纳的事，夏大人心下自是欢喜，说："这世道，还是黄老板看得明白啊！"

黄家成起身深深一揖，说："他日在选拔上还得劳大人费心。有天小儿若侥幸替补上，大人恩情，黄家世代永铭于心。"

夏大人只道本官尽力，叫来账房。旁边黄元重掏出银票呈上。交割完毕，账房拿出填写好的部照并监照各一张，黄家成小心翼翼地接过两照，然后递与儿子。账房离去后，夏大人告诉黄家父子，回去后尚需开具籍贯和清白册，以及乡邻具结担保书，尽快送至府衙。

"夏大人，小民父子这里还有一事相求，望大人恩准。"黄家成道。

"说吧，啥事？"夏大人眉眼舒展地道。

黄家成道了昨天收纸过程中的遭遇，然后说："收纸事关朝廷税银，小民恳请大人发个文告，然后再借一队衙役前往滩镇协助仁里堂收纸。"言语中掏出一张银票放到夏大人面前。

夏大人道："黄老板，你仁里堂收纸，本官自当全力支持，待会本官叫罗师爷书写几份文告，然后盖上官印即可。衙役可随你们父子一同回滩镇，但他们只限于协助收纸。"

黄家成大喜，起身深深一揖道："大人之言，正是小民之意，小民这里多谢大人。"

夏大人说："黄老板，银票你收回去，否则本官刚才答应你的事情将不予办理了。"

旁边黄元重见父亲尚在犹豫，赶紧道："爹，我早说了，夏大人为官清廉，凡事皆为民着想，你这样岂不让他为难？"遂拿回银票塞入衣兜。

黄家成双手抱拳连拱："小民素闻大人为官公正清雅，凡事体恤百姓，今日视之，真清官也，小民万分钦佩！"

夏大人再次唤来罗师爷，着他书写文告。书童磨好墨，在案桌上摊开一张白纸，罗师爷执笔挥毫，竟是一气呵成，立身旁边请夏大人过目。夏大人看后，吩咐书童拿去誊抄若干份，盖上官印后送至书房。

罗师爷知道这里没他的事，告辞离去。

闲着无事，继续喝茶叙话。

话题扯及仁里堂两起命案，以及张则武违旨收纸。黄家成恳求夏大人撒网抓捕张则武，以便尽快破案。夏大人答复他，缉拿张则武的海捕文书不日将张贴出来，那时难有张则武的容身之地。

黄家成忧心忡忡地道："那租肚皮崽一身惊人武功，等闲人三五个压根儿近他身不得，常人怎奈何得了他。夏大人，小民愿出资百两，用以奖赏捉拿张犯。这个意思，大人可以官府的名义写在海捕文书上。"黄家成掏出一张百两银票呈上。

夏大人不去接银票，慢悠悠地喝茶，任对方把银票放在面前的案桌上。有顷，他说："本官理解你的心情，到时候一并将赏金写在文书上。"

黄家成道谢不迭。

罗师爷和书童手拿文告进来。夏大人过目后交与黄元重，吩咐罗师爷几句，让黄家父子随罗师爷去见衙役。

走出书房，天气依然低沉，怕是巳时了。临近衙署大门，可见十数名衙役各自牵了坐骑在衙署门外等候。守门衙役昂首挺胸，对他们视若无睹，任他们从身边走过。跨过高高的雕花门槛，众衙役一齐朝师爷行礼。

罗师爷对衙役头目道："夏大人有令，着尔等前往滩镇协助黄老板收纸，但不得参与其他事宜。在收纸过程中，当听候黄老板调遣。"

头目大声应答道："是！"

徐海过来，从黄元重手上接过文告，交给钱三收好。事情办得如此顺利，黄家父子心头欢喜，黄家成邀罗师爷去街头喝两盅。罗师爷摆手说下次。黄家成朝儿子递去一个眼色，黄元重便转过身去同罗师爷搭话。这样，黄元重的身子挡住了众衙役的目光，他麻利地塞给罗师爷一个荷包，罗师爷顺势放入袖中，却是脸不红心不跳。

黄元重朝罗师爷双手抱拳行礼道："夏大人那里，还得师爷多多照拂。"

罗师爷轻描淡写地回礼道："少东家但管放心，往后你家有事，夏大人那里自有本师爷周旋。"

看众衙役已经上马，钱三过来掀开门帘，黄家成抬腿踏着马凳上车，大声道："走吧！"

一众衙役随了车轿缓缓离开府衙。

车轿内的黄家成身子往后一靠，闭了眼睛道："这下再也不用为收纸的事担心了……这个夏大人啊……"

行驶街头，车外人声鼎沸。黄元重道："爹，夏大人精明着呐！说到底他是个清官，也是个善人。"

黄家成老样子坐在那儿不动，任由身子随车轿摇晃，似乎已经入睡了去。长时间见父亲没有吱声，黄元重不再理会，掀开窗帘往外望，此时已出城门，目光所及一下开阔起来。可惜天气的原因，看得不是很远。寒风呜呜掠耳，黄元重放下窗帘。

不承想，黄家成突然道："你爹巴望他精明呐，把仁里堂三条人命的凶手给拎出来，我才落心……爹要告诉你的是，慈不带兵，义不经商，情不立事，善不为官呐！"

正午时分，当黄家父子乘坐的车轿进入滩镇街头，紧随车轿后面的众多衙役招来行人的观看，大家好奇地做出种种猜测。

车轿在仁里堂正门停住，黄元重正要提醒父亲到家了，黄家成猛可睁开眼来，说："让管事好生安排这些衙役，咱得靠他们把纸收上来，可不能怠慢了他们。"

黄元重下了轿，让钱三将车轿直接赶至月亮门。在他招呼众衙役下马时，吴管家率了数名下人匆匆赶到。这些下人不用主子吆喝，快步过去接过马缰去了马厩。吴管家引领着众衙役往里走。

让黄元重始料不及的是，第二天早上，父亲差下人把他传了去。黄家成坐在茶屋，状态不是很好。黄元重待要开腔请安，黄家成猛可咳了起来，以致一时竟难以喘过气来。黄元重搓着双手，一时不知如何是好。看父亲一手撑茶桌，一手抹泪，大口地喘气，黄元重凑上前去，说："我这就去给爹请郎中。"

黄家成那只抹泪的手摆了摆，手上的泪水都甩到黄元重身上去了。他喘了口气："不用，你听我吩咐。好好款待这些衙役，在抓捕租肚皮崽的海捕文书未下来之前，尔等暂且不可开秤收纸。"

黄元重便大惑不解了，蹙眉道："爹，这又是为何？我们有官府的文告在手，众衙役相助，相信再无人胆敢阻挠，那些抄纸户只能乖乖地把纸卖给咱家。"

黄家成端起茶壶喝了口酽茶，略作歇息后。他说："你往日聪明，今天咋就想不明白呢？唯有抓捕租肚皮崽的海捕文书下来，才能彻底断了那些抄纸户的念想，收纸时也就省了许多口舌。昨天夏大人都说了，海捕文书下来也就一两天的事。"

黄元重连忙点头："还是爹想得周到！我这就差徐海他们留意街头的海捕文书，一有消息立马禀报与父亲。"

黄家成单手罩住茶壶，看一眼儿子，说："知道爹现在最担心的事吧？就怕租肚皮崽哪天潜回来对仁里堂图谋不轨。这十天半月有众衙役待在仁里堂，那租肚皮崽不明就里，还只当是官府派来保护咱家的，也就不敢贸然行事，可有天他们走了咋办？租肚皮崽除了一身好武功，又与江湖上的人厮混在一起，于我们这等生意人家来说，实在是个祸害。你呀得抓紧时间聘请几名武艺高强的武师，用以保家护院。"

"我这就去找徐海，让他推荐几个人手来仁里堂。"

"我说元重，你往日行事尚且机灵，这些日子怎么就变得糊涂了？徐海是我仁里堂雇请的护院头儿，你让他推荐人手，多半身手不见得怎样。道理很简单，武功高过他，岂不等同砸自己的饭碗，同自己过不去？"

"爹所言极是，我另寻办法就是。"

"昨天一路来回颠簸，把人累得够呛，躺了整整一晚上都未恢复过来，你爹真是老了，往后生意上的事你得多担待些……"

"爹在这儿喝茶，我这就去请郎中来给你看看。"

黄元重出了茶屋，下楼时迎面遇着吴管家，吴管家道："元重，你看这天气，只怕不是几天时间能够转晴的，你呢把衙役分派一下，尽快将纸收上来。今年不比往年，这纸还是早早入库为安的好。"

料姨父是去见父亲，父亲少不得会拿刚才同他说的话道与他，无须自己在这儿啰唆，黄元重便道："我这里还得赶去街头请郎中。姨父见了我爹，不妨在收纸一事上问下他的态度。"

临近月亮门，徐海从花园过来，恭谨地道："少东家这是要上哪？可要在下代劳？"

黄元重道："收纸的事暂缓，你呢盯着街上的动静，一旦捉拿张则武的海捕文书张贴出来，立马报与我。"

诚然徐海一时间闹不明白少东家的用意所在，却是习惯地抱拳应道："是。"

早晨的街上甚是冷清，黄元重匆匆而行，迎面遇着熟人跟他打招呼，含混回应，脚步不曾落下。赶到同济堂，小厮刚好开门。小厮认得他，放下手头上的活计迎将过来道好。黄元重扭头四下张望，喊了两声李郎中。小厮甚是机灵，让他稍等，去里面传话。

李郎中急忙忙出来。年过五旬的李郎中自幼随父学岐黄之术，其父逝世后他就接过同济堂。未等李郎中开腔，黄元重拱手道声好，然后说："家父昨天颠簸一天，今天身体欠佳，还请李郎中移驾前往仁里堂一趟。"

小厮早已拿来诊箱，黄元重欲要去接，李郎中哪敢让仁里堂的少东家给自己拎诊箱，传将出去这街头还有自己混的？早已伸手接过，客气地以手打了个请，让黄元重先行。黄元重牵挂父亲的身体，也不客气，当即抬腿移步。

街上人流明显多了起来。黄元重脚下生风，李郎中只好加快脚步紧随。终究年纪大了，行上一阵，李郎中便感吃力，却也只能咬牙坚持。一路上李郎中少不得拿话问起黄家成的病情，黄元重一一作答。好在路程不远，两锅烟工夫，和兴纸铺在望。

黄家成坐在茶屋正自咳喘，一张脸成了酱紫色。吴管家立身一侧，肖氏和丫鬟小青不知所措。当黄元重气喘吁吁地领了李郎中进来，黄家成的眼眸里多了一抹暖色。李郎中过去坐下替黄家成把脉，小青为客人倒了杯茶放在桌旁，然后回到夫人身旁。

望闻问切后，李郎中告知众人，因天气骤变，且长途颠簸，黄老爷患了伤寒。喝了两口茶，李郎中收起诊箱，让仁里堂派人随他回堂取药。黄元重送李郎中出来，塞了一袋碎银与他。经过店铺，黄元重差遣一名伙计随李郎中回堂取药。

黄元重也不这就回茶屋见父母，漫步花园，先是将这些日子仁里堂发生的事梳理一番，旋即想着父亲让他寻找护院武师的事。他一门心思协助父亲打理自家生意，除徐海等自家聘请的武师，并不曾与江湖上的人物有过交集，父亲叫他撇开徐海寻找武师，实在叫他犯难。猛可想到此行随同他们前来的衙役丁头目，何不寻他引荐这丁头目乃衙门中人，也就少了许多担心。

黄元重正暗自为自己的主意高兴，往月亮门走去时，听得徐海在身后急切地呼他，止步回身。徐海快步走近，说："少东家，街头出现府衙悬赏缉拿张则武的海捕文书了。"

"你是听说还是亲眼看到？"

"在下自是亲眼看到。上面可写得明白，提供线索报官者，赏银二十两；捕获张犯，府衙赏银百两。海捕文书前围满了人，没点儿力气还挤不进去。"

黄元重略做沉吟道："今天好生准备，明天早上开秤收纸。"

第六章　两口之犬为哭

当官府悬赏捉拿张则武的海捕文书贴至滩镇的街头巷尾，仁里堂凭借官府的文告以及众多衙役出马相助，顺利开秤收纸。一月不到，将散落附近山寨抄纸悉数收上来。至此，黄家父子总算舒了口气。

仁里堂看似又回归往日的平静，管事及下人各司其职，大夫人庵的木鱼总是准时敲响。

黄家成终日坐在茶屋里喝他的酽茶，实在坐不住就漫步在幽静的花园，极少走出仁里堂正门。逃离滩镇的张则武如一把悬在头顶的利刃，搅得他时刻不得安宁。他告诫家人轻易不得外出，每到天黑，仁里堂所有店铺便早早打烊，徐海等护院武师轮流巡逻。

真正日夜困扰黄家成的乃是被窃走的圣旨。虽说事后夏大人仍旧不遗余力地派遣衙役协助仁里堂收纸，可谁都深谙这衙门乃流水的官，哪天夏大人调离，另换知府大人，要是否认和兴纸铺收纸的专营权，另寻他家，那时繁荣了几十年的仁里堂岂不要败在他的手上。在这件事上，黄家成跟谁都不敢拉扯，一旦传将出去，无异授人与仁里堂争夺收纸的专营权。黄家成能做的是把它闷在肚子里，时刻寻思对策，可时日渐久，依然无计可施，让他大是心烦，却是万般无奈，人便整日沉默寡言，日渐消瘦了。

冬至后，前来滩镇采购年画的外埠老板渐渐多了起来，满街更显热闹繁华。

天气阴沉半月后，中间还下了两天小雨。不知哪天太阳又慵懒地晨起晚归，似乎真的验证了那句农谚："重阳无雨看十三，十三无雨一冬干。"

这天晚饭后，黄家成独自坐在茶屋喝他的酽茶，香气突然自门缝和窗棂扑了进来，便离座开门，门框旁边吊着一根又长又粗的香。可见下人踮着脚尖在隔壁门框边挂香。黄家成知道，滩镇街头又开始了一年一度打南岳醮。

原来楚南滩镇一带，民众最敬南岳圣帝菩萨。早在唐玄宗时，南岳圣帝菩萨被封为司天王，宋真宗加封为司天昭圣地。他的主要职责是主星象分野，管水族鱼龙，上调和气，下拯黎民，阅校众仙，制命水神。于是每年入冬后，为了感谢南岳圣帝菩萨的保佑，同时祈求来年风调雨顺、五谷丰登，驱瘟禳灾，继续得到南岳圣帝菩萨的赐福与庇佑，街上商户便凑份子，寻一干净人家作为道场地，请道师设坛诵经祈祷。每家都要燃香烧纸，派人帮忙管事，诵经跪拜。打醮期间，满街商铺门框的旁边吊着一根拇指粗的香，日夜燃烧，沁人心脾。入夜后每户人家在神龛上点起油灯，直至翌日清早。

自打道师入场开坛，每日清早，大夫人肖氏在丫鬟红梅的陪同下赶去诵经，凌晨时分再由仁里堂这边派人接回来。如此直至打醮完毕。诚然黄家成严令家人轻易不得外出，可他并不阻拦肖氏参与打醮，任她出进。

下人听得响声，回身见是东家，躬身喊了声老爷，然后继续忙活。黄家成不去理会，举目往对面望去，太阳正懒懒的悬在天空，于是决计去花园走走。一路走将过去，每扇门框的旁边都吊着一根又长又粗的香。

花卉早已败谢，可因下人每日清扫，不至落英满地。也没了鸟儿的叫声，临近假山游廊的鹅卵石上，蜷缩着两条狗在打盹儿，一黄一黑，挡住了他的去路。两只狗儿闻得脚步声，猛可睁开眼来，见是主子，复又懒懒的闭上眼睛。黄家成也不吆喝狗让道，上了另一条路。

太阳下花园幽静，独自行上一会儿，竟有了慵懒的倦意。此时已近店铺，黄家成便想去里面看看，当即移步前行。这会儿没有生意上门，三个伙计或立或坐地在拉扯说笑，见东家到来，齐齐欠身道好。有伙计机灵，赶紧搬过一张椅子，以袖擦椅后，请东家入座。

黄家成并不去坐，扫眼四下，随意地同他们拉扯。猛可想起什么，说："你们可曾看到那只白狗？"

三个伙计异口同声地道："怕是好几个月不曾见到了，也不知去哪了，八成是走丢了，要不被哪个偷狗贼偷了去……"

此时黄家成早变了脸色，怒气冲冲地往外走，伙计皆一副不明所以相，给吓得不敢吱声，垂手立在那儿任老爷离去。

行走在花园时，有下人在不远处忙活，黄家成唤他过来，让其去把徐海叫来茶屋。穿过月亮门，可见黄元重夫妻携了儿子往这边走来。父亲的样子让黄元重大骇，舍了妻儿快步迎将过去。黄家成只作不见，匆匆上楼，黄元重怀揣忐忑紧随身后，不停地拿话追问怎么了，黄家成不去答他。

才一屁股在太师椅坐下，徐海匆匆而入。行过礼后，徐海小心翼翼地问老爷有何吩咐。黄家成道："你这就去找几个人，把花园那条黑狗打死给埋了。"旋即又说，"要不把黄狗打死也行。"

徐海显然没料到主人寻他来是为这事，主人反复的话更是让他一头雾水。黄家成没好气地大声道："还待在这儿干吗，赶快给我打狗去。"

"老爷，是打黄狗还是黑狗？"

"管他黑狗黄狗，你给我随便打死一只就成。"

黄元重也是一头雾水，弄不明白父亲咋突然把自家狗给恨上了，徐海走后，看父亲兀自怨恨不已，说："爹，咱家狗咋惹你生气了？"

黄家成拿眼怒视儿子，说："白狗丢了这么久，也不见你在我面前吱一声，难怪这段日子家中祸事不断。"

黄元重便一副不明所以地道："爹，不就丢了只狗吗？这点事儿也报与你，仁里堂的事你还忙得过来？"

"到现在你还不明白咋回事，往日的聪明哪去了？"黄家成恨铁不成钢地剜了一眼儿子。看儿子还是一脸懵懂，耐着性子道："未必你不明白，两口之犬为哭啊！"

楚南一带，看家狗也是有讲究的，要么养一条，要么养三条，不能养两条。两口之犬为哭，最是招人忌讳的了。父亲将话说得如此明白，黄元重总算懂了，站在那里搓着双手不知道说啥好了。黄元重猛可想到那天开秤收纸的早上，父亲打出的那个竖卦，莫名害怕，却是不敢说与父亲。

肖氏和小青进来，说："徐海几个在花园那边打狗，搅得这边都不得安宁，这是为何？这狗养了这么多年，并不曾招惹了谁。"

黄家成铁青着脸，眼睛都不往妻子那边望。肖氏感觉出来了，不敢再唠叨。黄元重过去，示意母亲到外面走廊听他说话。母子便来到走廊。不想黄元重担心母亲知道后又起不安，含混道："刚才爹在花园时，两只狗被蒙了心，竟朝爹吠叫不休，因而惹爹生气。"

肖氏道："原来是这样啊！那也犯不着把狗打死了，咱还得留着它看家护院呢！"

黄元重道："爹只是让人把它们揍一顿，让它们长长记性。"

不想肖氏突然一叹道："也不知啥事让你爹这些日子茶饭不思，为娘的几次问他，他偏不吱一声，老是唉声叹气。找个机会同你爹唠唠，看到底啥事闹得他心里不快活。"片刻又说，"只是这几天正值打醮，可别把狗给打死了，弄出血腥招菩萨怪罪。"

肖氏才走，吴管家匆匆而至，连襟的模样让他丈二和尚摸不着头脑，待要开腔问话，身上一股子血腥味的徐海闯了进来，行礼道："老爷，黑狗已经给打死了。"

此时吴管家才发现徐海身上沾了殷红的鲜血，料是狗血无疑，不禁皱眉。黄家成一挥手，示意徐海离去。徐海抱拳行上一礼告退。黄家成坐在那里，也不理会吴管家的到来。

黄元重怕姨父尴尬，示意其到一隅，低声道了打狗的因缘。吴管家摇晃着脑壳道："这事儿是姨父疏忽了，以致惹得你爹生气。"

吴管家明白，他得在这上面跟黄家成交代几句才行。在他思量着怎样开腔时，有下人闯了进来，说："老爷，官府来人了。"

黄家成虽然发蒙，却是不敢怠慢，赶紧从太师椅里跳将起来往外走。吴管家和黄元重紧随身后，三人匆匆下楼奔月亮门走去。

穿过月亮门，正门已经敞开，高高的雕花门槛早给移走。黄家成正自疑惑门内门外何以不见人，马蹄声响，可见门外丈远一队官兵朝这边走来，当即加快脚步。待到走近，端坐前头马上者乃是罗师爷。吴管家虽然不曾同罗师爷见过面，不知他为何方神圣，但跟随其身后的衙役提醒他，此人不可小觑。

罗师爷翻身下马，仁里堂这边早有下人跑过去接了马缰在手。彼此一番拱手道好，黄家成把罗师爷介绍与连襟后，客气地请罗师爷先行。罗师爷也不客气，当先抬腿移步。

黄家成正自担心刚才徐海他们打狗将花园弄得狼藉不堪，有碍观瞻，那罗师爷四下张望，啧啧称赞："罗某人早闻滩镇仁里堂之名，今日一见，果不其然呐！偌大个滩镇，怕是难以再找出谁家宅邸庭院盖过仁里堂的了。"

放眼一扫，见花园并无损毁之处，黄家成心下稍慰，笑道："在滩镇，我这还算座宅子吧，距师爷口中的宅邸庭院可差得远。这季节，花都败落了，缺了看头。待到明年春天，我当亲自前往宝庆府恭请师爷来滩镇，那时将是另一番景色。"

此时罗师爷已行至假山，他抬头望天，再眺望远处的狮象山，爽朗道："好呀，就算明年春天黄老板忘了请我，我也会跑来仁里堂赏景。"

黄元重一旁道："家父再忙也不会把请师爷这等大事给忘了。到时候我和家父去宝庆府接师爷大驾。"

罗师爷哈哈大笑道："黄老板，令公子可有意思了！好了，进屋说话去吧！"

罗师爷此行前来，自是奉夏大人之命，黄家成不敢怠慢，父子二人把罗师爷请入茶屋。吴管家把罗师爷送上楼梯时，落在后面作揖道声师爷走好，看三人上楼，背影消失在转弯处，匆匆赶往前头院落安排随行衙役去了。

自然是恭请罗师爷坐那把太师椅。说不上几句话，下人送上酽茶。

罗师爷喝了口酽茶，放下茶杯时就势站起，说："黄老板，罗某此行乃奉夏大人之命前来送牒帖与你。"言语中将公事牒帖递了过去。

早在罗师爷起身时，黄家成恭谨地跟着站起身来，当下从罗师爷手上接过公事牒帖展开。看完，方知朝廷要印刷中兴大臣曾国藩遗著《曾文正公全集》《为学之道》《五箴》等著作，下旨给夏大人在滩镇甄选纸张以做印书之用。

曾国藩，初名子城，字伯涵，号涤生，出生毗邻宝庆府百十里外的长沙府湘乡荷叶塘，普通耕读家庭，六岁入家塾"利见斋"。道光十八年，曾国藩参加会试中试，殿试位列前三甲第四十二名，赐同进士出身，成为军机大臣穆彰阿的得意门生。朝考列一等第三名，道光帝亲拔为第二，选为翰林院庶吉士。至道光二十七年，升任内阁学士加礼部侍郎衔。咸丰二年，此时太平天国运动席卷大半个华夏，清政府颁发奖励团练的命令，因母丧回乡守孝的曾国藩在家乡建立了一支五千人的湘勇，获准在衡州练兵。咸丰四年二月，曾国藩发表了《讨粤匪檄》，统率一万七千余人，挥师北上。至同治三年七月，湘军破太平天国的天京（南京），朝廷加曾国藩太子太保、一等侯爵。同治十一年三月二十日，曾国藩午后在南京西花圃散步时突发脚麻，端坐三刻逝世。朝廷闻讯，辍朝三日，追赠太傅，谥文正，祀京师昭忠、贤良祠。

黄家成纳闷道："罗师爷，小民一事不明，比滩镇好的纸多去了，朝廷印刷曾大人的著作，何以单单选上我滩镇的抄纸？"

罗师爷道："黄老板，你是滩镇土著，未必不明白这位曾大人在世时，所有往来家书及给同僚下属的书函皆来自滩镇的抄纸。朝廷此举，意在这里。黄老板可知之前专贡曾大人用纸出自哪家？本师爷的意思，直接寻上这户人家购买，如此省心省事多了。"

黄家成手捋胡须沉思半晌，道："据说当年狮象山陈驼子家的抄纸专供曾大人用。这陈驼子倒是抄得一手好纸，只可惜他无儿无女，二十年前就不在人世了，一手好好的抄纸技艺就这么失传。"

罗师爷道："既然这个陈驼子已经不在人世，也无后人，只能召集滩镇众抄纸户甄选了。黄老板，我等走后，甄选的通告就麻烦你张贴了。"

黄家成道："罗师爷但管放心，犬子当亲自领人往街上张贴甄选通告。"

罗师爷拿眼投向黄元重，笑道："元重做事，我自是放心。"端起茶盅缓缓喝了一口，笑眯眯地看向黄家成，说："黄老板，你府上曾经失窃圣旨一事，早几天朝廷的回复来了。"

听得黄家成几乎要跳将起来，迫不及待地道："是啥情况还望罗师爷细细道与黄某。"

任黄家成眼巴巴地望着自己，罗师爷只管悠闲地喝茶。待到黄家成反复拿话乞求，罗师爷才低声道："当初你说圣旨被窃，夏大人回衙署后，立马修书内务府查询……"

黄家成迫不急待地道："内务府那边是啥结果？"

罗师爷却是不去说啥结果，复又悠闲地喝茶。黄家成朝侍立身侧的儿子递去一个眼色，黄元重会意，悄然退下。黄家成掏出一张银票递了过去，说："这里还望师爷告知。"

罗师爷手中茶盅往桌上一放，顺势收了银票，道："黄老板，朝廷不曾下旨许你仁里堂独家专营抄纸大权哟！你这可是犯欺君大罪啊！"

黄家成早已吓得冷汗直流，结结巴巴地道："不瞒罗师爷，朝廷确实不曾下旨让仁里堂专营收纸。当年父辈在世时，官府每年为找抄纸户催收税银颇费脑筋，恰巧父亲与时任知府大人私下交好，父亲提出由他包揽上交朝廷税银，官府则授权黄家独家收购抄纸。知府大人得到上头批文后予以允许。于是官府授权我黄家独家收购滩镇所有抄纸。开秤收纸过程中，为了慑服众多抄纸户，有时宣称乃是圣旨。时日一久，大家也就真当圣旨了，就连我们自己都是如此，知府大人是换了又换，继任者也没谁来甄别真伪。"

罗师爷道："原来如此！下次见了夏大人，夏大人肯定会问及此事，黄老板可拿刚才的话说与他。"

黄家成起身作揖，道谢不迭，坐下后以袖拭去额头上的汗珠。

两人继续喝茶。

不意罗师爷突然又道："黄老板，有件事情你只怕未想到，既然许你仁里堂收纸的不是圣旨，夏大人便有权把府衙许你仁里堂独家专营的权利收回去另许他人，或收回官府手中，仍旧由官府征收税银。换在以往也许不会，发生了张则武的事就难说了。再说了，你仁里堂短短两日间便发生了两起命案，三条人命至今未能得以查实谁人所为，很叫夏大人难堪呐！"

心情才稍平复的黄家成闻听此言，骇得脸色发白，腮帮上的肥肉乱颤，站起身来时双脚发软，忙以手撑住桌面，嘴唇哆嗦地道："罗师爷，请问这事儿如何是好？"

罗师爷复又悠然地喝茶，对黄家成只作无视状。

黄家成再次掏出一张银票推了过去，说："还请罗师爷不吝赐教才是。"

门外走廊传来脚步声，由远而近。在罗师爷把银票收入兜中时，黄元重进来，朝罗师爷道："酒菜已经备好，请师爷移驾用餐。"

罗师爷率先往外走时，爽朗地道："黄老板但管放心，夏大人面前，罗某自会替你斡旋。"

黄元重看出父亲神色有异，罗师爷面前却是不便拿话追问，只管落在父亲身后往外走。

罗师爷被引至正厅。吴管家早已恭候在门口，客气地把罗师爷请进去。屋里仅摆了一桌佳肴，旁边立了两名丫鬟侍候。自然是请罗师爷坐上首，黄家父子和吴管家各据一方相陪。众衙役那边自有管事照应，任他们喝个醉生梦死。

诚然心里揣着事，黄家成还是不停地把杯劝酒，黄元重和吴管家也是不甘落后，三人直把罗师爷灌得云里雾里，被下人搀扶到客房床上睡去。吴管家安排一名丫鬟守在床边，以便随时照拂。

黄家父子匆匆回到茶屋，黄元重迫不及待地问父亲怎么回事。黄家成不去答他，只管心事重重地埋头喝他的酽茶。稍后吴管家进来，黄家成这才道了与罗师爷的谈话。

孰料吴管家轻描淡写地道："我说老姨，既然你已经给了罗师爷两张银票，这事儿便遂了他的意愿。稍后待罗师爷醒来，让元重陪他去春香院或怡香阁找个姑娘玩上一宵，料这事儿算是过去了。"

这番话让黄家父子一头雾水。

吴管家耐着性子道："我看这位罗师爷意在趁机寻上你父子索要些钱财罢了。问题明摆着，既然夏大人已经核实仁里堂收纸并非来自朝廷的旨意，衙署若要从你们手上收回专营权，自会差人召你们父子前往府衙面晤。若说之前专营乃是一块肥肉，谁都眼馋，谁都恨不得咬上一口，可历经张则武的事，收纸已是一个烫手的山芋，料夏大人不会急着收回专营权。再说了，元重捐纳的四品同知，估计很快将下来，那时在夏大人面前，元重都能够站着说话。仁里堂响应朝廷诏令，明摆着忠君爱国，替夏大人分忧，夏大人不可能不卖仁里堂的面子。话虽如此，可这罗师爷终是夏大人身边的人，往后相见的机会颇多，倒是不能怠慢了他。"

黄元重若有所思地颔首，道："姨父说的极是，只是怎样才能验证夏大人那里不会收回仁里堂的专营大权呢？"

吴管家沉思有顷，道："循老例，税银大抵得年关才上缴府衙，明日罗师爷走后，可就近择个吉日，借上缴税银之机拜见夏大人，那时即知夏大人在这事上的态度了。"

黄家成登时眉眼舒展开来，说："元重，待会找来《望星楼通书》，就近择个吉日，咱父子去一趟宝庆府。"

下人匆匆赶来禀告，称罗师爷已经醒来。黄家成搁下手中茶壶赶去见罗师爷，黄元重和吴管家自然紧随了。此时太阳懒懒地悬在狮象山上即将西坠，残阳斜射走廊，三人快步奔向客房。下人落在尾后，一路小跑。

罗师爷垂着脑壳歪坐在椅子里，一副睡眼惺忪，听得有人呼他，慢吞吞地抬起头来，手捂嘴巴打了个长长的呵欠。黄家成抱拳作揖，口里道："罗师爷醒啦！这一觉好睡……"

罗师爷声音黏糊地道："吴管家，你让下人把随从衙役叫来，咱还得赶回府衙去。"

黄家成道："都这个时候了，今晚上罗师爷就屈尊寒舍一晚好了。春香院新近来了几个姑娘，一个个长得天仙似的，天黑后让元重陪你去好好耍上一晚。"

罗师爷惺忪的眼睛猛可一亮，人便打了鸡血似的来了精神，口上道："离开宝庆府时夏大人那里可是说好的，今晚上赶回府衙复命……"

吴管家道："这时上路，真得打灯笼火把了，罗师爷这状态不是事儿，可你那些随从怕难以坚持。路途遥遥，万一出啥岔子，半夜三更的前不着村后不着店，如何是好？这当口府衙那边也没啥大事，罗师爷不妨听黄老板的，今晚上屈尊仁里堂一晚，明天早上赶回宝庆府。"

罗师爷便一副万般无奈的样儿了，说："贪杯误事啊！"

当街上的风灯亮起，黄元重陪罗师爷出了月亮门，漫步花园，穿过店铺，行走在滩镇的街头。两人身后是徐海和龙不吟。上次仁里堂收纸遇阻，黄家父子寻上夏大人派兵救援，夏大人差丁姓头目率衙役前往滩镇协助仁里堂收纸。因父亲急着让他寻找武师护院，以保家人财产安全，黄元重逐求丁姓头目推荐，丁姓头目便介绍龙不吟等几个武师来仁里堂护院。

冬至后，来滩镇采买年画的外埠客商渐渐多了起来，这些人一路颠簸，抵达滩镇大都要休息一两晚，所以每到入夜时分，依然热闹。罗师爷迈着方步，一路走将过去，人来熙攘，华灯灿烂，相比白天似乎更显繁华，人便来了慨叹，说："滩镇这地方，三面被楠竹环绕，却是这般热闹，远胜宝庆府不知多少！"

黄元重笑道："罗师爷，咱滩镇除了号称纸都，又名滩京府。滩京府之意，即滩镇的繁华热闹如京城。"

罗师爷手抚山羊胡子，哈哈笑道："宝庆府自然无法比肩京城，也就不及滩京府。"

黄元重笑道："刚才罗师爷说滩镇三面被楠竹环绕，这话千真万确。这里西、南、北都抄纸，只有东面种稻谷，但是，与有楠竹的地方比，东面最不富裕。这就应了那句俗话：靠山吃山，靠水吃水。"

徐海和龙不吟两个一任少东家和罗师爷说笑，不徐不疾地落在两人身后。

一群稚童迎面嬉闹追逐着走过来，抑扬顿挫地大声唱道：

……
一送金，二送银，
三送四送聚宝盆，
五送五子来登科，
六送南海观世音，
七送锄头七姐妹，
八送神仙吕洞宾，
九送黄龙抬屋柱，
十送太子坐朝廷，
十祥宝贝送完了，
加送书屋两扇门。
左边开门金鸡叫，
右边开门凤凰啼。
金鸡叫出天子，
凤凰啼中状元。
……

稚童从他们的身边嬉闹而过。

罗师爷道："这些小孩唱的歌谣，入耳倒是有趣，只是不知是啥歌。"

黄元重道："这是滩头年画的叫卖顺口溜。那些往贵州外埠卖年画的人，为了招揽顾客，就这般使劲地叫卖吆喝。"

春香院在望。黄元重手指前头，说那就是。此时人头攒动，往来人流越发多了起来，罗师爷欲要加快脚步，受人潮阻挠而不能。时候虽然尚早，春香院门外已停了两辆镶铜镀银的华贵车轿，门口站了十数名施了粉黛的姑娘，或说笑或又腰挥舞手中的手绢，不停地朝客人抛媚眼嗲声招呼。诚然夜幕才落，客人如过江之鲫，春风满面而入。

门楣上挂了一对彩灯，大门两边漆了一副红地金字的对联：

金枪一杆时时入

红莲两瓣日日开

罗师爷驻足看那对联，嘿嘿一笑，往里走时加快了脚步。黄元重看在眼里，心下暗笑。有个姑娘抢先迎住罗师爷，直往他怀里扑。看罗师爷的意思，似乎中意这个姑娘，黄元重回身朝龙不吟递去一个眼色，龙不吟会意，快步上前挡住那姑娘。这龙不吟长得五大三粗，额头上一道两寸长的刀疤，再加上扫把似的粗眉，其状狰狞。这姑娘整日迎来送往，见人无数，知道这号人不能招惹，立马退了回去。

看罗师爷的样子有点儿发蒙，黄元重低声道："里面走吧，新来的姑娘在里面呢！"

罗师爷复又嘿嘿一笑。此时他似乎醒悟自个的身份了，不去张望，迈着方步往里走。进得屋来，有数名姑娘扎堆坐在一块，罗师爷立定不动。内中有姑娘识得黄元重，嗲声招呼中朝他盈盈走将过来。

黄元重大声道："李妈呢？李妈……"

有姑娘扬声帮腔："……妈妈……贵客来了……仁里堂少东家来啦……"

东厢有声音大声回应着。俄尔，一个肥胖的中年妇女走来，生就一双狐媚眼，夸张地道："老身当是哪位贵客？原来是元重啊，好些日子不曾进老身的门槛了，今晚上可要玩个痛快舒心……"媚眼儿投向罗师爷："这位贵客如何称呼？"

黄元重生怕旁边徐海和龙不吟泄露了罗师爷的身份，忙道："李妈，把你春香院的头牌姑娘叫来，好生侍候我这位朋友。"

李妈道："老身这儿新近从苏州来的姑娘，个个长得水灵，天仙一般，只是价钱不菲，一晚上可是整整二两银子……唉，老身真是糊涂了，跟谁都可以谈价钱，站在这里跟仁里堂的少东家谈钱，这不是笑话嘛……老身这就给少东家叫人。"扬声朝楼上喊："春儿，贵客来了，还不赶快下来接客。"

顷刻，门开了，走出一姑娘，一手搭在栏杆上往下望，模样儿犹如月里嫦娥看凡尘。那罗师爷早给看呆了，站在那儿动不了。李妈看在眼里，故意拿话问："这位爷，可曾中意？"不待罗师爷作答，抬手朝伫立楼上的春儿一招手："我说女儿，仁里堂少东家带来的贵客，还能少了你的好处，赶快下来吧！"

春儿移动三寸金莲，那只手仍旧搭在栏杆上，款款而行。下楼梯时，一步一阶，仪态万千，分明是九天仙女下凡来，直把罗师爷和龙不吟看得目瞪口呆。直至来到罗师爷面前，春儿展靥一笑，伸出如藕似的手过来拉罗师爷，同时轻启唇齿："这位爷，我们上去吧！"

罗师爷失了魂般，任春儿牵了上楼。

李妈双手一拍，不无得意地道："少东家可是见识老身女儿的漂亮和手段了？老身给你把香儿叫出来。这香儿不知要强过春儿多少，也就早两天才到，保准你见了喜欢得不得了……"

按黄元重的意思，安排妥罗师爷后，留下龙不吟在春香院以作照应，这就与徐海回仁里堂，孰料他尚未做出回应，李妈已经香儿香儿地扬声叫开了。随之楼上有门打开，走出一个天仙似的人儿，不知胜过春儿多少。黄元重常陪客人进出楚馆秦楼，算是青楼里的常客，啥姑娘未见识过，此时不觉被香儿的姿色迷住，再也挪不开脚步。李妈自是看在眼里，朝香儿扬手道："女儿往日机灵，今日怎么却傻了？贵客就在这里，赶快下来接客吧！"

香儿莞尔一笑，双袖轻轻一摆，轻盈下楼。

黄元重立定那里，单等香儿到来，却想不是今晚上陪罗师爷来此，哪里知道这春香院来了此等人间绝色。当香儿尚在丈外，花香入鼻，黄元重吸了吸，香味儿直入肺腑，竟让他有些眩晕。此时香儿已近在咫尺，朝黄元重道了个万福，红唇轻启的当儿，露出雪白的牙齿。

李妈执了香儿的手，说："女儿，这是咱滩镇仁里堂少东家，你侍候他满意了，往后在滩镇也就无人敢欺负你。女儿你可看好了，少东家不止有钱，长得更是一表人才，不日便有四品同知的官服披身，女儿今晚上能够遇到他，可是天大的缘分。"

但见宽袖一动，香风又起。黄元重但感眼前美人儿吐气如兰时，香儿柔声道："少东家上楼说话去。"

黄元重随了香儿往楼上走去。

两位贵客入了香巢，今晚上自有一笔不菲的收入，李妈心下欢喜，笑嘻嘻地对徐海和龙不吟道："你们少东家寻快活去了，要不老身也给你们叫两个姑娘，好好快活一番……"

龙不吟自是明白自己身份，双手一通乱摇。徐海在仁里堂十数年，与李妈彼此熟悉，忙不迭地道："李妈，咱无仇无冤，你这不是存心砸我们兄弟的饭碗吧？这可断断使不得，使不得……"

李妈呵呵一笑，说："凭两位身手，到哪儿讨不到吃的？明天仁里堂辞了你们，只管来老身这里。不过，你们这态度倒让老身喜欢。"遂叫来下人，安排两人去房间喝茶。

又走进来两名衣着光鲜的客人，李妈乐滋滋地扭着肥胖的身躯招揽生意去了。

第七章　解送税银

给府衙解送税银，于仁里堂是件天大的事，出不得半点纰漏。按仁里堂往年的习惯，择个吉日，然后精选武师护送。可白天同罗师爷交谈时，其言"夏大人有权把府衙许你仁里堂独家专营的权利收回去另许人家"的话搅得黄家成犹如十五只吊桶打水——七上八下，只想早早从夏大人那里探得实情，以便落下心来。在黄元重陪罗师爷去春香院后，黄家成找来《望星楼通书》，不料接连数天都是诸事不宜，唯有明天乃成日，宜出行、移徙、安床、修造动土、竖柱上梁，这让他堵心。黄家成便吩咐下人，少东家回来后立马赶来见他。不承想，直至街上传来打更声，也不见儿子回来，料他夜宿春香院，也不便让下人赶去传唤，打定主意明天早上同儿子商量去了。

翌日天蒙蒙亮，门外传来黄元重轻声唤他的声音。黄家成下床穿戴时，后院大夫人庵隐约传来木鱼声。

出得门来，不见黄元重，黄家成径直去了茶屋，却见儿子独自坐在椅子里。黄家成抬腿跨过门槛，随手把门拴上，在那把太师椅坐下说："罗师爷呢？"

"这会还在春香院。有徐海和龙不吟在，不会有事。一个时辰后我再去接他。爹有何事？"黄元重道。

黄家成道："我查了《望星楼通书》，接连数天都是诸事不宜，倒是今天大吉，是个难得的佳日。要不这样，你这就把税银准备好，饭后我们父子带上龙不吟几个，随同罗师爷他们一行去宝庆府上缴税银，以便弄明白夏大人在咱家收纸上是啥态度。"

黄元重颔首道："爹这主意委实不错，省了我们往年押解税银的担惊受怕。我这就去找姨父准备。"

"罗师爷那里，只说一同去宝庆府拜见知府大人，衙役和龙不吟他们那儿万万不得泄露押送税银的消息。"

"孩儿自是知道此事的紧要。"

父子俩再扯上几句，黄元重出了茶屋，此时天色已是大亮，前头树上传来清脆的鸟啼。找到姨父，道了父亲的意思。吴管家自然没意见，回复这就着手准备。

黄元重回到寝房，王氏坐在梳妆台前，侍女雪梅正忙着给她梳妆插戴。王氏并不问他昨天晚上的去向。打从嫁入仁里堂，她就知道在这个家族里，平日里能做的是孝敬公婆，侍候好丈夫，育好孩子，如此方能得到黄家上下认可。得知儿子韦伯已送去先生那里授课，心头牵挂着罗师爷，黄元重匆匆奔春香院而来。

大夫人庵的木鱼敲碎了仁里堂黎明时分的安静祥和。黄元重穿过月亮门，木鱼声被那堵丈高的围墙隔断。不意抬头见父亲踽踽漫步在花园，当即蹑足走到他身后，轻声喊："爹。"

黄家成并不回转身来，嗯地应答着。

"我得赶去接罗师爷。"黄元重道。

黄家成复又嗯地应答一声。

知道父亲心里揣着事，黄元重不再在他面前晃悠，匆匆往外走。和兴纸铺早已店门大敞，两个伙计在整理柜台上的物什，黄元重本欲叫上一名伙计随自己去春香院，看他们背对着自己埋头忙碌，便打消了念头。这会儿行走在街头的大都是街上的熟人，一路走将过去，彼此点头，算是打招呼了。有稚童早在街上追逐嬉闹开了。

春香院大门敞开，早没了晚上的繁华热闹，三辆镶铜镀银的车轿静静地停在门口，不见一个姑娘。黄元重径直走了进去，见徐海和龙不吟坐在那里等人，有下人在埋头打扫开了。徐海两个见了黄元重，起身迎了过来。

"少东家啥时候走的，我和徐兄竟不知。"龙不吟道。

"罗师爷尚未起床，我们不便上去催他，只好坐在这儿等人。估计快要下来了。"徐海道。

楼上相继有门打开，有客人出来，姑娘大都跟在后面相送，自是缱绻绵绵。见有客人也是万般不舍，黄元重不觉哂笑。

罗师爷终于出来了，春儿落在身后，在楼梯口止步伫立。当罗师爷回转身来，春儿展靥一笑，挥袖示意他好走。

待罗师爷下了楼，黄元重笑着迎将过去，双手抱拳打拱："春儿姑娘可让师爷满意？"

罗师爷哈哈一笑，只道让少东家在这儿久等了。

回到仁里堂，黄元重径直将罗师爷引至就餐的正厅。桌上早已摆满一桌，有侍女立定一隅，单等客人到来即可入席。吴管家已等候在那里，迎上去同罗师爷道好。黄元重欲待差人去请父亲时，黄家成出现在门口，彼此又是一番寒暄打拱。

照例推罗师爷坐上首。

酒过三巡，看罗师爷兴头正好，黄家成放下酒盅时拿眼投向儿子："元重，今天天气不错，要不咱父子俩随罗师爷一块去趟宝庆府，把几个老债主的钱收回来。"

黄元重待要作答，吴管家道："如此最好，不至于让罗师爷一路上连个唠叨的人都没有。"

罗师爷爽朗地道："我正愁这一路上缺个陪我说话的人，你们父子俩能够同行，那是最好不过。你们准备一下，饭后一块上路。"

酒足饭饱，四人出了正厅，穿过月亮门，可见众衙役早已各自牵了马缰等候在正门口，单等罗师爷到来。龙不吟和徐海携刀带剑端坐马上，各率两名武师一前一后护着两辆镶铜裹银的大鞍。

往前走时，黄家成邀罗师爷同他共乘一辆车轿，罗师爷笑了笑道："我喝得高了点儿，还是坐我的马，这样有风吹着醒得快些。到了府衙还是这模样，可要招夏大人轻看了。"

黄家成不再勉强，看罗师爷上了马，踩着凳子上了大鞍。车倌钱三收了凳子，待前面衙役催马前行，敏捷地上了前室，扭头说声老爷坐好了，手中马鞭一扬，车轿缓缓前行。

这会儿街头人头攒动，喧嚣震天，行人一见带刀衙役，老远就纷纷让开。黄家父子坐在轿内，也不掀窗帘往外张望，车轱辘发出的节奏告诉他们畅行无阻。

一路无事。

进城后正是晌午，黄家父子与罗师爷拱手道别。一路颠簸，又渴又累，徐海提议找家茶馆喝碗茶再走。两辆车轿内藏了上缴官府的巨额税银，这宝庆府卧虎藏龙，最是危险，徐海几个不知就里，黄家父子哪敢在街头停留，只道忙完正事再寻地方歇息。东家发了话，徐海他们只能遵命照办。

往年仁里堂上缴官府税银，都是黄元重精心安排，率徐海等武师负责押送至府衙的府税课司，交府税课司大使清点无误后，开具收讫单，方算了事。一路前行，看两边铺面招牌，徐海好奇怎么奔府税课司方向，再瞧马儿吃力地拉着车轿，车轱辘压得吱吱有声，心下恍然，暗暗赞佩东家此次上缴官府税银安排得如此天衣无缝，连他们都给瞒过了。

府税课司乃一府税银之地，自有重兵把守盘查。衙役检查后放过两辆车轿，仅许黄元重带两名武师进入。仓库自有专人负责清点银两，完毕开具讫单。两位武师不用吩咐退出仓库，黄元重独自执了讫单来寻府税课司大使。那府税课司大使乃五旬老者，姓李名长生，黑脸白须，正端坐案前，黄元重老远就抱拳打拱行礼，口呼李大人。李长生倒也客气，笑着起身还礼。

李长生接过黄元重呈上来的讫单，说："我正担心你们年关上缴税银路途难保平安，倒是没料到今年你们提前上缴税银了，这倒省了我担心。"

黄元重大骇，说："大人何出此言？"

李长生朝大门瞅了一眼，收回目光看向黄元重，压低声言道：
"未必你不晓得拳匪闹事？"

"小民整日蜗居滩镇，只是隐约听说山东河北等地有拳匪闹事，可这事儿跟小民上缴税银有啥关系呢？"

"有消息传来，拳匪闹事已经波及长沙府了。你们滩镇素称滩京府，大号纸都，如此繁华富庶之地，肯定会被拳匪盯上。你呀回去后同你爹商量，好生准备，防患于未然。"

黄元重大惊，唯唯诺诺地抱拳作揖称是。

李长生瞧眼黄元重，话头一转，说："你捐纳的四品官衔应该快到了。"

黄元重道："小民不知。"

李长生拿起案头上的大印在讫单上盖了，然后双手捧上递与黄元重，不停地双手抱拳打拱："元重，往后可得多多照拂点儿。"

黄元重心头颇觉受用，口上还得客气着："小民这四品也就一虚衔，李大人虽是九品，可是实缺肥缺，不是谁都能够捞得到的。"

府税课司大使仅为九品，乃区区一小吏，距黄元重的同知四品足足隔了五品。按朝廷体制，捐纳制度与科举制度互相补充，两者皆可做官，但捐的官多了，难以补缺。捐纳最盛要数清朝康熙年间，由于准噶尔部多次与清朝发生冲突，康熙皇帝持续对准噶尔部用兵，为弥补军费的不足，康熙帝多次下诏允许富户捐纳。当时各地捐官之风盛行，据传仅山西一地一年内捐纳县丞的就有万余人。尽管难以补缺，富户人家要的是台面，他们把官服穿戴上，但凡官职比他小的，见了就得行礼。

李长生道："补缺是难，但事在人为，哪天运气来了，说不定四品实缺的位子就塞到屁股下了。"

黄元重哈哈笑道："这年头捐纳的人多如牛毛，真要补缺非得捱上十年二十年，就算有天真补了个实缺，大多也是一些无甚紧要的位子。"

　　清朝有统一的捐纳制度，重要岗位是不能捐的，吏部管官员，不可以捐；礼部管教育、科举考试，不能捐；尚书、侍郎这一级的京官不能捐；地方的官员总督、巡抚、布政使这些不能捐，也就道员、知府、知县以下可以捐。如此看来，补缺确实是些无甚紧要的岗位。

　　李长生笑道："康熙年间的李卫你可听说？当初他也就捐了个员外郎，后来官至直隶总督。说不定有天你引起老佛爷青睐，委以重任。官场上的事，还真的说不准。"

　　父亲尚在外面等候，他不宜在这里同人唠叨太久，黄元重收了讫单，向李长生拱手道别，李长生破例走出案桌相送。

　　离开府税课司，在街头寻一酒肆，吃饱喝足后正是未时末，黄家父子坐车轿来到宝庆府衙。这会府衙门前空荡荡的并无闲人，黄家父子一行一到，空旷之地看去便显拥挤。黄元重向守门衙役递上名帖，照例塞了一包碎银，衙役欢喜而去。

　　徐海几个各自牵了马缰立身一隅拉扯，黄家父子候在衙门外，单等衙役的回复。闲着无事，黄元重把李长生那里听来的消息说与父亲，黄家成骇然道："传闻拳匪天神附体，刀枪不入，他们真若闹到了长沙府，波及宝庆府是迟早的事，那时候肯定会入侵至滩镇，咱回去后当与子和几位大家巨头、贤达商量，如何保护滩镇不被拳匪入侵。"

　　黄元重道："他们真若有刀枪不入的能耐，怕是连朝廷都没法抗击，大清岂不一任他们作恶纵横，这天下怕是早已改换门庭了？我们又如何能保护滩镇不被洗劫。"

　　黄家成一时语塞。

　　衙役去而复返，说夏大人有请。衙署静寂，父子俩对周围环境早已了然于胸，一前一后随了衙役往里走。来到后院的书房门口，衙役止步不前，示意他们进去。黄家成以手提袍子，抬腿跨过门槛，但见夏大人端坐在案桌前，忙口呼："小民拜见大人！"快步过去行礼。

　　黄元重赶紧跟上行礼。

　　待到父子俩站起，夏大人吩咐他们坐下说话。

黄家成道:"今日特来府税课司解缴税银,完了携犬子赶来拜谢大人!这几个月仁里堂天降祸事,所幸大人殚精竭虑,行动快速,得以将乱民张则武等一伙予以驱逐瓦解,张则武远遁他乡,仁里堂顺利收纸入库。今年仁里堂全仗大人庇护,才得以逃过这一劫难。"

"张则武所收抄纸,现已查明藏匿在其城背等三处亲戚家中,本官已差人将赃物悉数运回宝庆府,予以收缴充公。至于张则武,本官正全力抓捕缉拿归案。"夏大人道。

官府收缴张则武的抄纸,仁里堂一无所知,夏大人面前,黄家成不便追问是啥时候的事。此时得以知道夏大人一直在追查张则武案,心头欣慰,起身抱拳打拱不迭:"大人英明,相信张则武不日即可缉拿归案。"

夏大人淡然道:"本官管辖下犯下的案子,本官当不遗余力侦缉,断然不会允许歹徒逍遥法外。"拿眼投向黄元重:"你捐纳的四品同知,吏部已获准,官碟及服饰不日将送达。"

黄元重忙站起身来作揖:"多谢大人。"

夏大人接着道:"你们可是随同罗师爷一块来宝庆府的?替朝廷办差当仔细认真,昨天罗师爷交付你们的事千万不可疏忽,回去后抓紧时间落实,甄选之日本官当亲自赶来滩镇主持,那时再叙去了。"

黄家成掏出一张银票呈上,夏大人便跌了脸色,冷冷地道:"黄老板这是何意?赶快收回去。"

话到喉头,黄家成硬生生地咽了回去,半晌说:"小民感念众衙役侦案辛苦,此点小意思,还烦大人转给他们买盅酒喝,别无他意。"

"你已许诺出资百两用以奖赏捉拿张则武,无须再破费了。把银票收回去吧!"夏大人道。

知道夏大人的廉名,黄家成不敢逆了其意,当即将银票收回,口里反复道:"小民只是感念众衙役侦案辛苦……"

夏大人将面前桌上的书本摊开,说:"年关将近,张则武有潜回来的可能，你们父子回去后，不妨在塘冲必经之路和张记寿屋铺周围多布眼线，待张则武回来，即可获知消息。本官这里可要告诫你们，没有把握千万别私下行动抓人，可快马赶来府衙报信，本官当亲率手下前往缉拿。"

黄家父子自然是齐声应好。看夏大人目光落在书上，明摆着端茶送客，当即告辞。

出得衙署，冷风拂面，黄家成这才醒悟，在专营收纸这一紧要的事情上，夏大人并没有片言只字，这让他无从揣测夏大人的心思。看徐海他们围了上来，不便此时拿话同儿子在这上面讨论，打定主意回去后再说。时候怕是过了申时，此去滩镇数十里，再在这里捱上一阵有可能要赶夜路，黄家成示意上马回家。钱三早已搬出马凳放在车轿前，在黄家成踩着马凳抬腿上轿时，一手掀开门帘，黄家成弯腰而入。把凳子塞回轿下，钱三扬鞭喊了一声："走喽！"

于是徐海在前，引领着众人打马前行。龙不吟与三名武师断后，护着黄家父子乘坐的两辆大鞍走街串巷往回走。

当一行人马进入滩镇时，各家店铺门前早点燃了风灯。车辘辘吱吱碾过光洁滑爽的路面和马蹄敲击青石头的声响一路传将过去，有客栈酒肆只当来了客人，伙计闻声跑出来接客，见是仁里堂的车轿，只作傻笑，偏店主在铺内不明就里，扬声问："咋没接住客人？"

伙计道："仁里堂的车轿，老板要我如何上去拉客？"

老板嘀咕道："从马蹄声听，刚才人马不少，这时候才回，他仁里堂今天跑哪去了……"

有伙计道："这几个月仁里堂祸事不断，这么多人马现在才回来，莫不是又发生了啥事儿不成……"

黄家父子哪料宝庆府之行晚归便惹街头邻里猜测。回到仁里堂，自有下人接住车轿坐骑。吴管家闻得连襟回来，匆匆赶来相见，正逢黄家父子在用晚餐，旁有下人侍候，不便拿话来问，坐在一隅随意说些别的。

饭后三人进了茶屋，喝茶叙话。黄家成道了与夏大人的对话始末，问连襟做何解释。吴管家沉吟道："既然夏大人不曾提及专营这上面，要么他并无改弦更张之意，要么来年再说。毕竟距来年收纸的时间还长着呐！"

黄家父子再一想，似乎也只能这么解释了。

接着谈到李长生提醒他们防范拳匪来袭。吴管家道："拳匪远在长沙府闹腾，你要滩镇这边的大家巨头牵头早早组织人马以做防范，这事儿怕是难呐！好在仁里堂新增了龙不吟几位武师，相比大生昌陈家他们，人手要多许多。"

黄家成摇头："有天拳匪真杀到滩镇，凭龙不吟和徐海几个，如何保护得了仁里堂的安危。在这件事上，真得防患于未然，寻个万全之策才行。"

黄元重道："既然爹在意拳匪袭占滩镇，凭我仁里堂一家之力肯定难以拒敌，要我说呢，哪天爹抽空约几位世伯一块喝茶，好生商榷这事，成了最好，实在说不到一块，咱仁里堂再自个寻找对策。"

吴管家颔首："元重说的也是道理，哪天约大生昌陈老板几个喝茶拉扯一下这事好了。"

黄家成手端茶壶，若有所思地点头。这时后院大夫人庵隐约传来敲击木鱼的声响，黄家成放下茶壶，身子往后一靠，软软地瘫在太师椅里，说："好吧，哪天我约下他们。时间不早了，休息吧！"

黄元重瞧出父亲来了心事，看姨父应声而退，此等境况不便拿话追问，喏喏退下，跨过门槛时不忘把门拉上。

木鱼声有节奏地响着，入耳缥缥缈缈的，黄家成闭了眼睛深叹一声。

翌日辰时过后，黄家成叫上龙不吟和一名武师，奔大生昌来寻陈子和。越接近年关，街上越发热闹，两名保镖一前一后护着东家穿行在车水马龙的人流中。黄家成一路走将过去，对街上的热闹视而不见。

大生昌的宅院跟仁里堂如出一辙，两个店铺门面后面是一方精致的花园，房宇临花园而建。黄家成也不走庭院正门，在店铺门口一立，伙计见了，忙跑将过来，躬身作揖不迭，只道黄老爷有啥吩咐。

黄家成道："领我去见你家老爷吧！"

伙计道："我家老爷正在街上看燕窝岭那边来的布袋戏。要不黄老板稍等，我这就去找老爷给你传话。"

另有伙计马上过来，客气地请黄家成进店坐："黄老爷你别站在这儿，我家老爷只怕要一阵子才能回来，你先进店坐坐。我家老爷回来要经过这儿，那时你们再一块去里面叙话。"

黄家成一想也是，才要抬腿进店，却想自己坐在这店里，不说妨碍伙计忙活，这街头来来往往的都是熟人，看他呆坐在大生昌商铺，还不拿他看稀奇古怪。如此一想，黄家成便不肯移步了。怕伙计再拿话来劝，说："你们只管忙去，我在这儿等你们老爷回来。"

见自己的话不顶用，伙计搓着双手不知如何是好了。这时从里面走出大生昌管家欧定全，老远就双手抱拳打拱道："什么风把黄老板吹来了？可是找我们东家？里面请。"却也不忘招呼龙不吟两位随从。

穿过天井，是间大房，中间摆了张八仙桌，四张椅子各居一方。待到黄家成落座，欧定全这才一撩长袍在其对面坐下。有伙计手提茶壶过来，倒上茶后躬身退出。龙不吟两个抱刀守在门外。

黄家成独好酽茶，别人家的茶入口总觉寡淡无味。他抿了口茶，笑说："刚才听伙计说，陈老板跑街头看燕窝岭那边过来的布袋戏去了。这么多年，未曾听他还好这一口。"

"听他自己说，打小就喜欢看布袋戏，为了看戏，有时候跟在戏担后面要追赶好几个村庄。年长后整日忙于自家生意，难得撞上一回，但撞上了就不会放过。这些年生意上的事交付少东家打理，也就有闲情了，只要燕窝岭那边有人来演布袋戏，断然不会放过。"

"我小时候还不一样痴迷这布袋戏。那演戏的人在布围围里头，两只手要舞几个木脑壳人，又唱、又讲、又骂、又笑，要行来走去，要跳上跳下，要骑马、翻筋斗，要操棍棒打架，要敲锣、打鼓、使钹，还要吹唢呐。一个人在那里头演一台戏，最是让人钦佩。"

"是呀，那形形色色指头般大小的木偶人物，在敲打念唱声中先后登场，出将、入相，最见唱戏人的功夫……"

外面传来陈子和说话的声音，两人收住话题。陈子和进来，笑着抱拳拱手，只道让家成兄久等。黄家成起身还礼，笑道："刚才还在与欧管家谈论布袋戏呢！这么多年，今日方知老弟还好这一口。怎样，看得可舒心？"

陈子和兴致不错，一提衣袍坐下，下人立马送上一杯热茶。陈子和端起茶杯，面带微笑，茶杯朝客人举了举，顺势揭开杯盖，杯盖斜斜一擦碗沿，低头喝了一口，然后徐徐咽下，放下茶杯唱道："梨园子弟不辍耕，一担傀儡随处行，但过重阳风雨后，村村演戏赛秋成。"完了，接着说，"这燕窝岭的戏呀最见艺人的功夫，剧目中不同人物念、唱、做、打及生、旦、净、丑的道白，还有演出中大锣、小锣和鼓、钹的击打及鸡喇子的吹奏等，全都靠艺人的嘴巴和手脚协调并用独自承担，不像有些地方的布袋戏，要几个人帮忙配合才能开演。"

布袋戏又称被窝戏、扁担戏，表演者随意找个禾坪或在田头、街边，把担子朝地上一放，抽出扁担往特制的木板凳正中的孔里一插，再在上面支四根小竹棍，用床被单把四周一围，顶高头就搭成了一个小小的木偶戏台子。艺人手指顶着几个木偶，各类人物的举手、投足、打拱、让座、牵马、踢腿、捆绑、使枪和弄棒，尽现指上功夫；而凳子下面的机关，前装小钹后挂锣，两只脚尖翘起各套一根小绳索，右脚尖踏下钹就响，左脚尖踩下敲大锣；嘴巴要唱要讲、要哭要笑，还要把含在口里的鸡喇哨子吹得呜啦呜啦叫；右手要打左边的鼓，左手要敲上面的锣，时不时又要赶紧腾出手来舞弄木脑壳，演绎出一幕幕帝王将相的奇闻逸事和世间的百味人生。毗邻滩镇近百来里的燕窝岭（现今邵阳县九公桥），同属宝庆府管辖，此地人家皆为刘姓，不论老幼，皆演得一手好布袋戏。据传刘氏先人祖籍江西，为避战乱，挑着副布袋戏担子逃难过来，最后在燕窝岭落脚、繁衍生息，并世代以布袋戏维持生计。他们挑着戏担串了王村走李庄，演了东街演西乡，唱过《十八扯》，唱了《火焰山》，唱完《长坂坡》，再唱《祝家庄》。夜到住地，随意弄口饭菜塞饱肚子，便又打起火把继续开演。一副担子便可优哉游哉走村串寨，随意找个地方即可开演，是以深受山民和街头市民的喜爱。

黄家成附和道："是呀，一个人在占地仅两尺余许的布围围里，打起开台锣鼓，形形色色指头般大小的木偶人物，在敲打念唱声中先后登场，委实需要点真功夫才行。"

一通"布袋戏"下来，陈子和手中茶杯往桌上一放，身子往后一靠，道："家成兄，今日来此，何事见教？"

此时欧定全站将起来，说："黄老板，你们慢慢扯，我还有事要忙，待会再过来陪你喝茶。"

当管家的，处事自是周全。黄家成同欧定全敷衍两句，看他出门去了店铺，道了昨天宝庆府之行，儿子从府税课司大使李长生那里了解到拳匪已波及长沙府的事。看陈子和神态平静，料他多半没想到有天拳匪将祸及滩镇，喝口茶道："子和兄，有天拳匪袭击滩镇，你我定然首当其冲。"

陈子和微微一愣，旋即拿起茶杯喝茶。当杯里的茶见底，陈子和缓缓抬起头来，说："家成兄，眼下宝庆府尚且平安无事，我偏僻滩镇操这个急，岂不杞人忧天了？真要防范，也得波及宝庆府后，我滩镇这边才做筹划。现在就早早准备，几位仁兄那里只怕难以说通。这么大一件事，不是你我通了就行的。"

陈子和如此态度，其他几位那儿多半是徒费口舌。在这件事上已经没有再谈下去的必要，但黄家成知道还得敷衍两句才行，便道："但愿拳匪别波及宝庆府，咱滩镇也就省事省心了。"

第八章 抄纸有方

冬天的滩镇，满街纸香，越往后去，热闹便一日盛过一日。夏有福心事重重地穿行在繁华喧嚣的街巷，对周围的热闹置若罔闻，只管避开行人的冲撞。当张记寿屋铺在前头丈内，夏有福起了犹豫，脚步自然就跟着缓慢下来。他很想掉头往回走，想着临下山时媳妇反复叮嘱，一咬牙继续前行。店铺内就一个伙计，不见张世人。好在伙计认得他，客气地走将过来跟他打招呼，跑到后院将情况传与掌柜。

张世人快步出来，把客人请至左厢堂屋，让座倒茶。夏有福拘束地坐在凳子上。虽说他们之间的关系为偌大滩镇人所知悉，但彼此面对面地坐在一块，终显尴尬。之前夏有福未曾踏入过张世人的店铺，也就偶然在街上遇到张则武，或张则武闻得夏有福夫妇在街上，追上他们后将夫妻俩拽进酒肆，点几个菜要壶酒请他们喝个饱，然后塞些银两给他们。张则武此举，让夏有福夫妇感念侄子的好，也给张则武带来了不少的赞誉。

张世人见夏有福甚是拘谨，唤伙计倒上茶来，随意拿话同他拉扯，慢慢地说到官府近日将来滩镇甄选抄纸贡品的事。张世人劝夏有福参与，要是侥幸给朝廷选上，也算不负抄了一辈子的纸，说不定还会发点儿小财。夏有福坐在那里，不去碰茶，只管把头轻点。

王氏闻声过来，说："他叔，你那边可有则武的消息？"

夏有福道："我今日特意赶来，就是想寻你们要他的消息。则武他婶娘整日念叨着他，也不知他怎样了。"

王氏眼圈一红，眼泪便扑簌簌地流，哽咽道："打从他逃离滩镇，我们就不曾有他半丁点儿消息。从他离开滩镇那天算起，怕是有两个月的光景了。这孩子，真叫人牵挂，突然就捅出那么大的一个娄子，不是官府跑来家里拿人，真不相信他会纠集人跑去收纸……他又不是不知道这纸乃朝廷钦定仁里堂专营的……"

张世人斥退媳妇，叹了一声，道："打他逃离滩镇，他娘就担心他的安危，日夜哭泣……这孩子可是犯傻啊！"

夏有福解下悬挂腰间那根半尺长的烟杆，从烟杆上吊着的荷包里抓出一撮烟丝嵌进烟锅，划燃洋火点燃，吧哒吧哒地连抽几口，面前便烟雾缭绕了。他附和着摇头一叹："他婶娘还不是跟他娘一般，大白天的发呆，有时候莫名地大哭，怎么也劝不住，万幸我家在山坳坳上，左右并无邻居，要是与人毗邻，人家不当她疯了才怪。"

看夏有福不曾动面前的茶，张世人轻声提醒他喝茶，夏有福这才双手端了碗，却是一仰头咕咕噜噜喝了大半碗，放下碗时以袖使劲地一擦嘴，重重地吁了口气，说："他没事才好，要不往后连我都没得安宁日子过。唉，这孩子也真是，又不缺吃缺穿，放着好好的日子不过，突然就弄出跟仁里堂过不去的事，我是做梦都没想到。"霍地站起身来，"哪天你们这边有他的消息派人递一句话给我，我有他的消息也过来跟你吱一声。"

张世人说厨房正在忙碌，拽住他吃了饭再走。打从进来就浑身上下不自在，夏有福任对方拿话来劝也不理会，执意要走。见实在难以留客，张世人取了一袋碎银硬塞给他，夏有福推却不得，只好接了。

张世人落在后面相送，看夏有福已在丈外，猛可想起啥，大声道："回去后抄一批纸参加甄选吧！"

夏有福在街边吃了碗薯粉，甩开他的大脚板往塘冲赶。不意出街没多远，遇着李家村的李大发。两地虽然不在一块，却要一同行上一段路程。

"你家抄出来的纸向来不差，这次官府要甄选抄纸，好生准备一下吧，要是侥幸给甄选上，岂不是一桩好事。"李大发道。

夏有福本来无意参与甄选，李大发的话让他想起今天张世人的一再规劝，想着自家的抄纸向来受人称赞，此时不觉动了心思，说："咱滩镇生产的纸种类繁多，有皮纸、香粉纸、宣纸、炮帘纸、土纸、色纸，朝廷跑来滩镇甄选抄纸，也不知甄选哪种纸，拿来干啥？"

"听说是做印书之用。说是朝廷要印刷前大臣曾国藩大人的书籍。"

"这个我就不解了，大清产纸的地方众多，印刷曾大人的书籍，咋还老远赶来咱滩镇甄选？"

"据说这位曾大人在世时，所有往来家书及给同僚下属的书函皆都来自咱滩镇狮象山陈驼子家的抄纸。这陈驼子你当晓得，无儿无女，早就不在人世了，一手抄纸技艺就这么失传了。他要不死，哪会有这次甄选，朝廷径直寻上他家不就得了。咱滩镇的抄纸能让这位曾大人一生喜爱，也是缘分呐！那曾大人南征北战，位极人臣，什么好纸未见过用过，却独好咱滩镇抄纸，说到底咱滩镇抄纸自有其独特之处，这次朝廷甄选后，滩镇纸都的大号，当名扬华夏。你老夏这次要是侥幸摘得桂冠，往后所抄的纸便是贡品，专供朝廷使用，他仁里堂那个价钱还敢跑到塘冲找你收纸？想都别想。老夏，听我的，断不可错失此等良机。"

夏有福心下拿定主意，却是不置可否，只管大踏步前行。他的两只脚板看去比常人大了许多，一路走将过去，脚下生风，咚咚作响。李大发虽然比夏有福高大，却不及他走路的速度，只能使劲追赶。

"老夏，你那侄子可有消息递回来？"

"我哪晓得。"

"这孩子，猛可整出这么大一件事儿，这一辈子怕是回不了滩镇，枉费张世人挣下那么大一个家业。"

夏有福不便说啥，只管大踏步前行，心头倒是巴望能够从李大发这里获得张则武一星半点的消息。

李大发接着道："朝廷远在天边，如今又逢乱世，要把手伸到咱滩镇来抓人也难，说到底他收纸得罪了仁里堂……这半年仁里堂也祸不单行，竟弄出好几条人命。街上都在传，说开秤收纸那天早上，黄家成像往年一样率家人拜菩萨，竟打出了个竖卦……三条狗养了好几年，在这当口突然走丢了一条，仁里堂怕是还有大祸在后头啦……"

诚然是大白天，听得夏有福汗毛都竖了起来，舌头打结："仁里堂出了这么大的事，外头自然说啥的都有，这些捕风捉影的事可当不得真……"却想有关张则武的种种传闻只怕不知多少。

李大发道："也别说捕风捉影，大凡家里要出大事，总会有异相出现，主人警觉的，费些钱财请高人化解……"

夏有福嘟囔道："老天爷要降灾祸与谁家，谁家也别想躲得过去。按你说的，高人岂不斗得过老天爷了？"……

一通胡扯到了岔路口，两人挥手而别，各自上了回自家的路。

阮氏在屋后菜地里忙活，闻得男人回来，舍了手头上的活儿匆匆来见。夏有福如实道了情况，掏出那袋碎银搁在堂屋的八仙桌上。那阮氏傻傻地坐在那里。半晌，反反复复地道："则武不会有事的……不会有事的……"

夏有福安慰道："不曾有他的消息，便是他没事。他一身武功，逃出了滩镇，谁又能够奈他何。我跟则武他爹交代了，一有他的消息就派人到塘冲递句话，好让你安心。"

看女人情绪有所稳定，夏有福道了朝廷甄选抄纸的事，以及张世人和李大发怂恿他参加遴选。阮氏嘟囔道："滩镇抄纸户好几百，谁家的抄纸能被朝廷选上，那可是祖坟冒青烟的事，你就别掺和瞎折腾了。你忘了早两年朝廷来滩镇甄选年画？弄出五条人命，毁了三个家庭。咱就好好埋头抄自己的纸得了。"

阮氏这话把夏有福吓了一跳，不再在这事上搭讪。

当年和祥坊年黄大有，为了使自家年画引起朝廷的重视，巧妙地利用亲家陈子和进贡香粉纸的机会捎带自家年画入宫，因而引起老佛爷的垂青，朝廷下旨委派宝庆知府阳台进来滩头选拔年画贡品。

由于巨大的经济利益，贡品的选拔在众商家间引发了激烈的竞争。黄大有通过陈子和的暗中引荐，又使了银子买通阳台进，终于夺得选贡头筹。却让同样使了银子贿赂的宏顺坊姚掌柜心生仇恨，将夜宿怡心阁的阳台进踢死于楼下。宝庆同知夏立银成功抓获凶手姚掌柜，并将其刑斩于寨市。夏立银因侦破阳台进一案有功，被朝廷擢升知府，遵照朝廷旨意继续甄选贡品。蜡梅坊钟言高凭借"一锥扎百纸在须眉尾"的高超开脸水平和产品质量在众多同行中取胜，其家年画被钦定为贡品。钟言高因贡品"欺君"大罪，被宝庆府衙拿获押送京城交顺天府治罪，病死监牢。朝廷取消蜡梅坊的贡品资格，下旨在滩镇再次甄选贡品。这次和祥坊终于从众多参选中脱颖而出，其生产的年画被钦定为朝廷贡品，黄家一时风光无限，其年画畅销滇黔等地，日进斗金。孰料已是黄家媳妇的钟朵朵，无意间窥破公公乃害死家父的罪魁祸首，连夜报官，为冤死的父亲索回一命。夏大人为促进年画的发展，同时也为了保护贡品得主的安全，遂改为每年甄选一次。自此，滩镇年画一派欣欣向荣。

屋后檐下传来哗哗啦啦的声响，料是儿子小乙砍柴回来。夏小乙是阮氏生下张则武好几年后才诞生的，今年正好十八岁，跟着夏有福抄纸。一直未有人上门牵线做媒，这让夏有福夫妻俩心下着急犯愁。夏小乙进屋，喊了声爹娘，手中禾枪往墙角一搁，柴刀朝墙壁上裙挂一插，去了灶屋寻吃的。阮氏赶紧尾随进去，随即传来揭锅盖的声响。

冬天的夜晚来得早，晚餐过后天就黑了。山上的村民大都睡得早，这季节夏家也没啥事，天一黑夫妻俩就躺到了床上。屋后山上传来夜枭的啼鸣，夏有福双手枕着后脑勺。女人蜷缩在身侧，又在牵挂远遁滩镇的侄子安危。该说的今天都说了，夏有福不想再在这上面唠叨。

"小乙这个岁数都没人进门槛说媒，说到底是咱这地方这家庭招人嫌弃。料凼里还有半凼料，咱家不妨参加这次朝廷抄纸的甄选，如若侥幸夺得头筹，少不得会有笔账进，小乙的婚事便有指望了。我晓得你担心有人使奸计陷害，自打发生钟言高遭亲家黄大有暗算的事，朝廷改为一年一选，这两年不是啥事没有嘛！"夏有福低声道。

阮氏没有搭腔，似乎入睡了。夏有福也不拿话重复。半晌，阮氏叹了口气，说："则武有家难归，我现在不想让我们家又弄出个啥事来。一个家，穷点就穷点，没事才是最要紧的。"

夏有福道："我都说了，自打朝廷在甄选年画上改为一年一选，便再没有发生啥事。有前车之鉴，这抄纸甄选想来也是这个法子，料不会有事。"

阮氏复又一叹："自从则武懂事，时常接济我们，咱家这些年的日子倒是宽裕多了，让我们发愁的是小乙的婚事。为了孩子，咱试试好了。只是千万别出啥事才好。"

估摸过了子时，夏有福悄悄地下床点亮了灯，开门来到院中，顿感寒意缠身，连打两个冷战，四周静寂，虫鸣之声全无，天上吊着几颗残星。夏有福大喜，返回屋关上门，在灶上架起只大铁锅，洗干净后舀水入锅，放入早先洗干净的滑叶，捂上盖子，然后生火。这一通忙碌，动静颇大，阮氏和小乙像是有默契似的，没谁问他干啥。

抄纸必备的滑叶汁里，需要加石灰进行熬煮，谓之煮滑，在众多环节中最见水平，也影响后面抄纸的好坏。估摸锅里的滑叶煮得差不多了，夏有福揭开锅盖，撒入生石灰，往灶里猛添柴火，不时加上两瓢水，忙得不亦乐乎。

煮制好滑液后，鸡窝里的公鸡打起了报晓鸣。很快便将天亮，夏有福也不回床上去，闭了眼睛坐在灶前以作歇息。当屋后鸟啼此起彼伏，夏有福擦了把脸，在堂屋的神龛前燃上香烛。神龛上供奉着李宏仙菩萨。夏有福手中攥紧了卦，跪在地上低声道："菩萨在上，塘冲抄纸人夏有福这里给你跪叩烧香。朝廷不日将来滩镇甄选玉版纸贡品，有福家尚有半凼料，欲抄纸前去参选，还望菩萨保佑折桂，那时有福将领家人早晚叩谢。"

说完，夏有福手中卦脱手抛出，乃是一个阴卦，接后打出一个正卦，满心欢喜，当下连磕三个响头，说："夏有福这里感谢菩萨保佑，感谢菩萨保佑……折桂后再点油灯叩谢菩萨。"

忙完后，天色大亮，夏有福叫上儿子，去了距家三里外的抄纸槽屋。自打张则武来塘冲把他家的纸悉数收走后，夏有福便停了抄纸，算起来怕是有两个月没来这里。夏有福打开焙屋门，让儿子好生清扫了。

槽屋四周挖了六个料凼，五个已经见底，连水都不曾盛一滴，唯有北面那口料凼尚有半凼料搁在那儿。按说夏有福也不会把这半凼料剩在这里，弃之可惜，再抄又颇耗工费时，只是当时抄到这儿时，夏有福的风湿老病复发，无法继续抄纸，被迫半途停了下来，孰料接后发生府衙捉拿张则武的事，夏有福便无心理会这半凼料了。不想这次朝廷为印刷曾国藩遗著，下旨来滩镇甄选抄纸，让夏有福想到这剩下的半凼料，打定主意用心抄两担纸，以作甄选之用。

父子俩忙上一个早晨，方才将焙屋、槽屋打扫干净，引来河水把纸槽冲洗了。有现成的柴火，接下来便是把料凼里的熟料择去杂物，倒入"踩臼"，用脚踩成豆腐渣似的糊状物，谓之踩料。

早饭后，小乙挑了滑液汁，一家三口来到糟屋继续忙活。像以往一样各司其职，夏小乙负责忙活杂事，阮氏则包揽晒手的活儿，夏有福专注抄纸。

滩镇抄纸，环节复杂。小满前后，竹笋脱去笋壳，长出竹枝之际，村民纷纷带上特制的劈刀，上山把嫩竹砍倒，聚集成堆，一根根地断成六尺左右的竹筒，刮去青皮，劈成二指宽一片，叫作"白料"。然后将白料五十斤左右一捆进行绑扎，运到料凼边松绑，有顺序地放进池凼中，每放数层就撒上一层生石灰。待到将料凼装满，压上木条，木条上面再与石块压之。将料凼放满水后，浸泡一至两个月，称之"漂塘"。白料经生石灰水浸泡一两个月后，换上清水，冲洗干净。不急于抄纸的部分，晒干捆扎收藏备用；急于要抄纸的部分，再次有条理地放入池凼，上面加盖稻草保温，加压，不浸水，让其发酵，温度达到一定程度再放水继续缓慢发酵，一段时间后，生料变成了浅黄色软和的熟料，这一过程称作"沤凼"。

小乙天生一双大脚板，好似专为踩料踩杠而生，每次看到儿子这双大脚，夏有福便生出一种说不出的滋味，他心下希望儿子别再干这一行当，可除了干这一行又别无选择。看儿子脚下的料比以往踩得烂多了，夏有福心下稍慰，去看女人忙活。

阮氏素来做晒手工序的活儿，可这会儿夏有福这个抄手尚未抄纸，也就没有她这个晒手的事，阮氏闲不住，又将焙壁好生清扫了一遍。在夏有福交代女人所要注意的地方时，听小乙在外面叫他，知道儿子已经踩好料，接下来该他忙活了，大声回应着快步出了焙屋。

父子俩合力将踩好的料放入纸槽，然后引水入槽，夏有福再将煮制好的滑液汁倒入若干，以棍搅匀。小乙复又踩料去了。看槽中的纸浆合了自己心意，夏有福拿过旁边清洗好的竹帘，在纸槽里娴熟地轻轻一荡，一张抄纸神奇地出现在竹帘上面。一番认真审视，夏有福将竹帘放回纸槽一浸快速拎回，竹帘上面的纸已不再，把竹帘放回原处，夏有福舀了半瓢滑汁倒入槽中，再以棍轻轻搅动。

再次拿起竹帘往纸槽一荡，竹帘上面出现一张厚薄一致的长方形纸，夏有福脸上露出满意的笑容，将竹帘放置旁边的案板上，顺势一揭竹帘，竹帘上的纸便留在了案板上。如此反复，不到一炷香工夫，案板上已有寸厚的纸。当纸垒至三尺高有余，夏有福停止抄纸，"整坨"（将纸叠四边的毛边拿走）后叫来儿子，父子俩合力搬来一块数寸厚的木板压在纸上，慢慢将纸里的水榨干，抬入焙屋的一张矮桌上。阮氏早已在焙屋生好火，熟练地用木溜子在纸坨上层溜动，几次反复，纸坨四角翘起。看看合了自己的要求，阮氏拿起旁边的竹制夹子，从纸坨的一个角把湿纸一张一张启上来，纸张与纸张之间相隔的距离不及指宽，看看有了十张，剥下来揽在左肩与左臂上，起身走到烧热的焙壁前，用嘴吸起一张纸，手中棕刷子迅速托起，嘴巴一吹，刷子往里一送，湿纸便贴到了焙壁上。如此反复，利索地将十张纸贴完。焙壁一面的长度恰好是竖贴十张抄纸的长度。阮氏扫眼焙壁上的抄纸，见无差错，然后返回坐下，继续埋头启纸。待到复又启起十张抄纸后，用同样的方法贴完焙壁的背面。此时一面的十张抄纸已经焙干，有的纸角已经脱离了焙壁，上去轻轻一揭，便是一张细韧白净的玉版纸。遇有还没脱离焙墙的，阮氏用极薄的一块竹片将纸张的四周剔起，然后一张张剥落下来，扬声朝外喊了男人一声。

夏有福闻声放下手头上的活儿走进来，拿过女人手中的抄纸认真端详。这时小乙大踏步进来。夏有福道："你娘儿俩瞧好了，今日这纸比以往抄的纸如何？"

小乙道："这里又没有往日抄的纸，如何对比。"

阮氏道："感觉纸张也就稍微细白了点儿。"

夏有福笑了笑，说："孩儿他娘说得没错，是细白了点儿。比起往日抄的纸还真见好不少。"

小乙道："爹，咱凭这纸去参选，可以获胜吧？"

夏有福收敛笑容，若有所思地道："当年甄选年画贡品，据说滩镇的年画商都参与了，那个场面可是万人齐聚，热闹空前。不是钟言高摊上黄大有这个亲家，他啥事都不会有，现在肯定也是富甲一方。抄纸户并不比年画商少，纸抄得好的也不少，这次抄纸甄选于谁家都是一个难得的机会，待到甄选那天，估计毗邻乡镇的抄纸户也会赶来参加，场面肯定要完胜当年年画甄选。咱要做的是尽人事，听天命！"

不意小乙嘟嘴道："咱费了这么大的劲，要是不被朝廷选上，那可白费力气了。"

夏有福脸色一沉，说："难道朝廷没来滩镇甄选，这些料就搁在这里，往后纸也不用抄了？"

小乙的脑壳便沉沉地低垂了下去，不敢吱声。

夏有福叹了一声，说："爹还是刚才那句话，尽人事，听天命！去踩你的料吧！"

小乙一声不吭地出了焙屋。阮氏的心情显然受了影响，抿紧了嘴巴继续启纸。待到凑满了一百张纸，将其对齐，三折叠，成为一"合"纸（或一"刀"纸）。待到十五合纸后，扬声告知丈夫一声。

夏有福抽空进来，外面用粗纸包装了，将准备好的竹篾捆成一把。两把便是一担。

将半函料抄完，已是五天后的事。夏有福从中精心挑选了一刀纸，以备甄选之用。

这天吃完早餐，夏有福跟阮氏招呼一声，说去街上一趟。阮氏不问男人何事上街，让他去趟张记寿屋铺，看能否打探到侄子的一些消息。夏有福只管应答着，却是拿定主意不去张记寿屋铺。临走时要是张世人又塞给他些银两，别人看到只当他隔三岔五地寻张家要钱，传将出去他都不用做人了。

街上人流如织，纸香弥漫。夏有福也不张望，径直来到和兴纸庄。店内伙计正忙，他也不去打扰，待客人离去，这才走过去朝一名伙计抱拳作揖，伙计只当来了生意，客气地问他要点什么。

"我是塘冲人，有事想见黄老爷，还望通报一声。"夏有福作揖道。

几个伙计纷纷拿眼投向他，看得夏有福略感拘束，强自站在那里。一名伙计道："你见我家老爷何事？"

夏有福搓着双手，讷讷地道："我自是有事找他……你领我去见黄老爷好了……"

有伙计道："你不说啥事，也不报尊姓大名，我们如何向老爷禀报……我家老爷哪是谁想见就见的……"

此时吴管家从里面走将出来，几个伙计赶紧向他行礼。有伙计告诉吴管家，这人自称塘冲下来的，想见老爷。吴管家上下打量了夏有福，说："你有啥事见黄老爷？如果事情紧要，我可以领你去见他。"

在滩镇，吴管家也算号人物，夏有福自是认得，上前作揖行礼，口呼吴管家："小的乃塘冲夏有福，准备参加这次朝廷甄选抄纸，有事请教吴管家。据说朝廷甄选抄纸，乃是用来印刷曾国藩大人的著作。小的就想核实一下这事儿。"

早些日子张则武弄出违旨收纸的事，少不得有人在吴管家面前谈论张则武与塘冲夏家之间的关系，当夏有福自报家门时，吴管家只当他要跟自己谈张则武的事，孰料从夏有福口里说出的是此等话，当下颔首道："是呀，甄选抄纸用来印刷曾大人的著作。"

夏有福作揖道声谢谢，转身离去，消失在熙来攘往的人流中。

吴管家和旁边几个伙计大感莫名，有伙计朝夏有福的背影啐唾道："就为问这个事儿，还嚷嚷着要见老爷，真是个癫子！"

"是呀，真要领了他在老爷跟前问这个事儿的话，连我们都要受责骂。"……

吴管家不便站在这儿听他们碎嘴，耳闻身后传来声响，乃是白狗和黄狗在追逐嬉耍，一愣后变了脸色，心头纳闷走失了大半年之久的白狗啥时候回来的。他赶紧过去把门关紧，让一名伙计守住，以免有人开门时狗儿逃遁。几个伙计自然知道上次打狗的事，彼此低声问起白狗啥时候回来的。

吴管家匆匆来寻徐海和龙不吟他们。

上次打狗后，黄元重之子黄韦伯，一向好好的却突然拉起肚子，折腾得晚上都难以睡上个囫囵觉，差人去同济堂请李郎中，喝了半个月的药也没起色。再次请李郎中，李郎中把脉后拿眼去看黄韦伯的耳背，但见青筋凸起，李郎中告诉黄元重，孩子受了惊吓，得请大师收惊压煞，让黄家去城背请王大师施法收惊。黄元重当即差人去请。王大师来到仁里堂施法后，当晚黄韦伯一觉睡到天亮。几天后，他耳背那根凸起的青筋竟神奇地消失了。拉肚子、晚上不睡觉的事不再出现。

龙不吟一寻就着，却是不见徐海。吴管家再叫来两名护院武师，领了他们来花园寻狗。因之前发生黄韦伯受惊吓的事，吴管家吩咐他们务必一击即中。孰料这时黄元重从月亮门走将出来，问啥事。吴管家告诉他白狗回来了。黄元重想着上次打狗时父亲那番说辞，低声道："趁我爹尚未知道白狗回来，赶快把它处理了。切记一击必中，别像上次闹得鸡飞狗跳，把人都给惊吓了。"

"不就宰一只狗嘛，少东家交给在下好了。"龙不吟攥剑在手，四下张望搜寻。

　　花园颇大，众人蹑足分散开来找寻。不承想，一通寻找竟没了狗的影子。有人嘀咕，说狗最通灵性，知道主人要杀他，会不会已经逃遁。吴管家有准备，想着店铺那边有伙计把门，正门一直紧闭，就算白狗不在花园，无非跑到宅院那边去了，让大家好生搜寻。

　　诚然龙不吟不明白少东家和吴管家何以非杀这只走失多时又跑回来的狗，但从少东家与吴管家的态度，让他知道这事儿的紧要，自是不敢马虎，拿起眼观六路耳听八方的功夫用心搜寻。不经意间，龙不吟拿眼投向前头那块白色的巨石，旁边似乎卧了只白狗。龙不吟定睛细看，待到确定是只白狗，心头大喜，也不叫喊，快步蹑足过去。看看距白狗不到两丈，龙不吟待要纵身挥剑，白狗似乎察觉到危险来临，猛可睁开眼睛，爬起来逃窜，龙不吟手中宝剑脱手掷出，化作一道白练，惨嗥声中宝剑正中白狗，那白狗负剑而逃，未及三步，倒地不起，惨嗥之声愈来愈小。

　　众人闻声纷纷围了过来，此时白狗满身是殷红的鲜血，惊恐地朝众人做龇牙状。龙不吟拔出宝剑，欲要挥剑再刺，看白狗眼睛渐渐合上，一时不忍下手。

　　有武师赞道："飞剑杀狗，龙师傅好手段！"

　　吴管家朝两名武师道："你们赶快寻只箩筐啥的把狗装上抬出去，再把这里打扫干净。杀狗的事，闷在自个肚里……"

　　"你们这是在干什么……"

　　众人闻声回望，乃是东家出现在月亮门，正朝这边走过来，吴管家和黄元重吓得脸都白了，龙不吟和两名武师并未觉察到两人神色有异，口里嚷嚷着说老爷来了。吴管家朝黄元重打了个手势，明白过来的黄元重大踏步朝父亲迎将过去。

　　吴管家压低声音厉声道："赶快把狗拖走，别让东家看到了，快，快快！"

　　那边黄元重拦住父亲："爹怎么来了？"

　　"我在那边听到狗叫……你们可是在打狗？"

"闯进来一只野狗，把我家黄狗都给咬了。龙师傅已经把它杀了。那里血淋淋的，场面看着作呕，我陪爹回去喝茶。"

黄家成心有不甘地望着龙不吟三个拎了狗远去。这时吴管家小跑着过来，说："元重，送你爹去茶屋，我叫人把场地清洗了，再来陪你们父子说话。"

黄元重忙道："爹，这大晌午的，一会儿血腥味就化成了戾气，闻了于身体有损。走吧，回茶屋去。"

黄家成转身慢步往回走，黄元重紧随他身后。穿过月亮门，有下人迎面走来，见了父子俩赶紧止步垂头，待到他们走近，恭谨地喊声老爷少东家。直待父子俩过去后，这才移步蹑足前行。

不承想，黄家成突然止步回转身来，盯着儿子道："刚才杀的那只狗，可是我家白狗？"

自知无法隐瞒，黄元重如实道："是我家那只遗失的白狗，没想到它今天突然跑回来了，姨父让人把它杀了……"

黄家成若有所思地立定在那儿。半晌，仰天一叹："仁里堂真要发生啥事儿，也是天意了！"

"爹想哪儿去了，咱家好好的，能有啥事呢！"

话虽如此，黄元重却也给父亲的话弄得无比紧张，莫名地想起逃离滩镇的张则武来，竟感觉有个东西在紧勒脖子，让他出气不得，人也动不了。这时从大夫人庵传来一声悠扬的钟声，两声，三声……黄元重这才清醒过来，刚才一系列反应让他心下害怕，父亲面前却是极力掩饰不流露出来。又想这钟声好生奇怪，竟能驱除魔障，还自己清醒，哪天得去后院看望大娘才是。

黄家成继续往前走，上楼梯时，他低声喃喃自语："仁里堂……会……发……生……啥……事……呢……"

黄元重暗自害怕，此时恰巧一阵阴风自身后袭来，感觉背脊嗖嗖发冷，浑身起了疙瘩，不由自主地顺着父亲的话思量开了：仁里堂会发生啥事呢？

●──── 第九章　少东家之死 ────●

　　光绪二十四年十二月初六，乃朝廷来滩镇甄选抄纸的黄道吉日，对滩镇人而言，不亚于一年一次的年画甄选。为数不少的外埠人头一天便赶来了，夜宿滩镇；早两天从黔滇粤等地赶来进货的年画商，为了瞧这场百年难遇的热闹，推迟上路，这让初四初五这两天，滩镇前所未有的热闹，人头攒动，串街走巷都成了件万般辛苦的事，那些往日随意在街头耍猴戏、表演布袋戏者难求一隅表演之地。

　　初六，黄家成早早地起床，肖氏和丫鬟小青忙着侍候他穿戴。肖氏身着盛装，头上插着金钗玉簪，风态尽显。就连小青都穿得像过年一般。府衙那边传来消息，夏大人将在巳时前后赶来滩镇，同时替朝廷来仁里堂送上黄元重的四品同知官服。这对仁里堂是件盛事。昨天吴管家特意让下人将仁里堂的角角落落清扫了一遍，以便迎接夏大人的到来。

　　身着盛装的黄家成走至镜前，看着镜里面的自己，对旁边的肖氏道："你一会去重儿那边一趟，看韦伯娘俩有无疏忽的地方。今天于他们仨是件盛事，别出啥纰漏才是。"

　　肖氏忙道："我马上就去，好生交代他们。"

　　此时从后院大夫人庵隐约传来木鱼声，黄家成脸色倏忽一黯往外走。进了茶屋，下人捧了壶酽茶进来，然后欠身而退。黄家成不去动面前的茶壶。木鱼声依旧隐隐地响着，前所未有的刺耳。待心情趋向平静，黄家成暗自摇头，奇怪今天对木鱼声反应如此敏锐。

　　伸手揭开壶盖，一缕清香伴着热气扑鼻而来，黄家成习惯地闭了眼睛以鼻去吸时，吴管家喘着粗气闯了进来，他的身后紧跟了一名伙计。黄家成正自纳闷连襟何以如此狼狈，吴管家道："……元重……他……"

吴管家到底年纪大了，被一口痰堵在喉头，半天说不出话来，急得黄家成道："元重可是发生啥事了？"

随同吴管家一块来的伙计道："刚才街上有人赶来店铺递话，说少东家被人杀害在春香院门外，让我们赶快过去。小的不敢轻信，随他赶过去看了个真伪，少东家果真倒在春香院门外的街头，小的一路跑回来报信，在花园遇着吴管家，把情况告知了他，吴管家让小的随他来见老爷。"

这名伙计也就十七八岁的样子，一口气将事情的始末说得明明白白。黄家成如闻天雷，从太师椅里弹身而起，大呼一声，一口殷红的鲜血喷出，手中壶盖坠地跌得粉碎。看东家闭了眼睛将要倒下，伙计抢步过去扶住东家，拿眼投向吴管家，分明问他怎么办。吴管家快步来到门口，脖子伸出门框，朝走廊大呼来人。听有人回应，返回来示意伙计好生扶住东家。

匆匆闯进三名下人，皆被眼前场景骇住，吴管家指挥他们过去抬了东家回卧房去。卧房无人，大家手忙脚乱地将东家抬上那张大床。吴管家让两名下人去同济堂请李郎中。看连襟紧闭了眼睛躺在那儿，吴管家只能干着急，两名下人也是紧张万分。

肖氏和小青匆匆赶回。老爷的模样让肖氏急得大哭，眼泪如泉，反复拿话道："刚才还要我去重儿那边，看韦伯娘俩有没有疏忽的地方，咋突然就成了这样……"

料姨姐尚不知道元重遇害，可吴管家哪敢在这当口说与她听，只道："一会儿李郎中就到，姐姐只管在这里守着姐夫便是。夏大人即将到来，尚有千条万绪的事情等着我去安排。"

出得门来，下楼时遇着龙不吟几个武师匆匆朝这边赶，吴管家让他们随自己去街上。辰时刚至，街上行人已是来来往往。没行几步，迎面遇着仁里堂下人领了李郎中而至，下人早止身收步，拿眼投向吴管家，吴管家不去理会，朝李郎中点了下脑壳，脚步并不落下，擦肩而过。

春香院门口围了不少人，有人眼尖，老远就喊："仁里堂吴管家来了……"众人见吴管家身后紧随龙不吟等武师，纷纷闪身让道。

黄元重仰天倒在血泊中，鲜血早已干涸，可见已被害多时。但见姨外甥圆睁了眼睛，失血的脸色苍白得吓人，吴管家不禁抽了几口冷气，心下几分害怕，吩咐龙不吟几个保护好尸体，不许他人靠近，以便官府到来验尸破案。

在吴管家准备离去时，李妈颠着双小脚过来："吴管家，也不知哪个天打雷劈的将少东家谋害在春香院门口，这不是明摆着陷害老身吗？老身原本指望这两天赚些银两，偏在这一刻出了这档子事，这生意都不用做了……"

吴管家牵挂黄家成的安危，无心听李妈唠叨，拂袖而去。没行多远，可见徐海领了三名武师大踏步而至。徐海抱拳行礼："听说少东家被害，我等特意赶来一探究竟。"

吴管家道："少东家被人杀害在春香院门口，我已吩咐龙师傅他们保护现场。稍后知府大人将到，仁里堂有太多的事要忙，你等随我回去吧！"

徐海爽快应好，那三位武师却想赶去看个究竟。吴管家知道他们心存好奇，想着距案发地没多远，很快便能追上他们，叮嘱对方看眼就回。吴管家自是不能站在这里等人，继续前行。有认识他的，见其脸色肃穆，脚步匆匆，遂侧身让过。徐海赶紧跟上。

"在滩镇，少东家轻易不与人争长短，更无同人结怨的事，没料到突然遭人杀害，吴管家猜想凶手会是谁呢？"

打从得知黄元重被害，吴管家只觉得天塌地陷，脑子一团糨糊，徐海在这里问起，他也不去作答，只管匆匆赶路，暗自耸起耳朵听徐海后文。

"会不会是张则武潜回滩镇行凶报复？若说当今谁最恨仁里堂，

偌大滩镇怕也只有他了。别的人就算有心也没这功夫。今日乃是朝廷抄纸甄选，这两天滩镇鱼龙混杂，租肚皮崽选择这当口行事，实则心机深重。"

人命关天，吴管家不便妄自猜测，只道："稍后夏大人将来滩镇甄选抄纸贡品，到时候他自有定夺。"

吴管家如此说，徐海就不便再在这上面说啥了。三名武师很快从背后追了上来。三人你一言我一语说起黄元重之死，无非是凶手一剑夺命，出手狠辣，必定武功高强，少东家死得惨。

回到仁里堂，黄家成已经苏醒过来，躺在床上一动不动；肖氏哭得天昏地暗，小青陪在旁边直抹泪。显然肖氏已经知道儿子的死讯。一夜之间，仁里堂就生出此等惊天变故，吴管家的心情自是沉重莫名，可此等境况，他实在拿不出啥话劝慰恸哭的姨姐。

李郎中告诉吴管家，黄老板已无性命之虞，好好调养几日便可。吴管家传来下人，让他去账房支付些碎银与李郎中，然后送回同济堂。

仁里堂遭此劫难，稍后夏大人一行人马将到，尚有太多的事情需自己出面安排，吴管家不能老待在这里，走到床前对黄家成道："我已经派龙师傅他们保护现场，单等夏大人到来破案。现今情况，只能安排韦伯替他父亲跪接官服。事情已经发生了，你也不用太过悲伤，好在韦伯已是翩翩少年郎，再过两年好生调教他经营之道。夏大人即刻将至，我得安排人手迎接，你只管歇息好了。"

看黄家成滚落两行热泪，嘴唇翕动，却是啥话也没说出来，吴管家失了耐心，吩咐小青好生照看两位主子，然后匆匆离去。

不到一刻工夫，仁里堂上上下下便知道少东家遭遇不测，皆是一脸悲伤，他们见了吴管家，极少像以往拿话道好。吴管家一路匆匆，全然不作理会。走进账房，厅里坐了四位管事，看去专等他到来。有管事给他递上一杯茶，吴管家接过，揭开杯盖一仰头喝了。他扼要地给四位管事一一分派了任务。

吴管家不敢久坐，去寻黄韦伯娘儿俩。未到黄元重夫妻卧房，伤心欲绝的哭声入耳，吴管家心头复又沉重莫名，以致难以移步前行。那黄韦伯正陪着母亲一旁垂泪，见了吴管家奔将过去，扑通一声跪下，伏地不起："姨爷爷救我……姨爷爷救我……"

王氏已是涕泪交流，也跟着跪在吴管家面前。吴管家将母子俩一一扶起，叹了一声，说："元重遭此横劫，任谁都没料到。今后我自会帮衬你们母子，但眼下有件事还得你们母子出面才行。宝庆知府夏大人今天将来滩镇甄选抄纸贡品，同时替朝廷送上元重的四品同知官服，这于仁里堂是件盛事。元重不在了，只好由韦伯出面跪接谢恩。"

黄韦伯道："韦伯一切听从姨爷爷安排。"

吴管家心下大慰，说："虽然你爹遭遇不幸，你爷爷断然不会让你娘儿俩受委屈。好了，你娘儿俩好生待在这儿，知府大人一会将到，待会姨爷爷自会安排人过来领你们前去跪接知府大人。"

再在这上面吩咐几句，吴管家辞别这娘儿俩，叫上徐海等数名武师，催马出了仁里堂。仁里堂的正门早已敞开，自有下人把守在门口。许是今天抄纸甄选的缘故，街上无法打马前行。经过春香院，龙不吟几个甚是尽职，把黄元重尸体围在中间，众多围观者难以逾越。龙不吟见吴管家到来，抱拳行礼。吴管家并不下马，继续前行。

来到街头，吴管家勒住马缰，徐海几人的坐骑自然跟着停了下来。看吴管家没有继续前行的意思，徐海不明所以地道："吴管家，我们这是准备上哪去？"

"就在这儿恭候夏大人到来。"

"上次夏大人来滩镇，也不见吴管家这般客气。据说夏大人素来不喜欢迎来送往这一套。"

"今日不同往日啊！今日出了这等大事，自然得早早禀报夏大人，以便他拿出一个应对之策。"

"还是吴管家考虑周全，在下就不曾想到这上面来。"

"这可是傻等啊！不知道知府大人啥时候能够到。"有武师道。

"老邱，你这是什么话，吴管家都能等，我们就不能等了？"徐海道。

老邱讪讪一笑："在下还不是想着眼下吴管家凡事缠身，在这儿等人辛苦不说，还浪费了时间。"

吴管家道："估计夏大人很快就到。"

徐海道："要不派老邱和阿昌去前头打探一下，夏大人到了立马折回来传报我们，也方便这边迎接。"

老邱和阿昌打马而去。

当太阳从黄金岭背后姗姗爬将出来时，进镇的人渐渐多了起来，有成群结队的，有步履匆匆的，难免好奇地打量他们。徐海和另一名武师见阿昌他们久久未回，心下有些焦躁，只是看吴管家全无着急之态，只好把心头的怪话闷在肚子里。

嘚嘚的马蹄声骤然响起，由远而近。见是老邱和阿昌回来，吴管家长吁一口气，对徐海道："总算等到了！"

徐海含混地应了一声，猛可想起了啥，身子一竖，提醒吴管家："我们是打马过去迎接呢，还是在这儿恭候？"

吴管家道："就在这儿恭候好了。"

说话间，老邱和阿昌已飞马来到面前，告知夏大人距此一里之遥。远远地见一队人马朝这边奔来。待到走近，可见两名衙役前头吆喝开道，众衙役簇拥着夏大人而至，吴管家催马迎了过去，徐海几个赶紧跟上。

看夏大人已到，吴管家率徐海等人翻身下马，朝夏大人作揖行礼。夏大人端坐马上，淡然道："吴管家上马吧，别耽误抄纸甄选才是。"

吴管家抱拳复又一揖："小民这里有顶顶紧要的事禀告大人。今天早上，仁里堂少东家黄元重被人杀害在春香院门口，小民得讯后率人赶到春香院，特意安排仁里堂的护院武师守护现场，以便大人赶到后侦查案情，缉拿凶手。"

夏大人吃了一惊，旋即道："好，咱们走吧！"叱喝一声，当先打马进街。吴管家几个蹬镫上马时，衙役早已从他们身边驰过，当即赶紧打马跟上。

街上行人熙攘。见是官府衙役，行人赶紧往旁闪避，有脑壳敏捷的，料是赶来甄选抄纸贡品的，神情语气便万般恭敬了。

从吴管家口中获知黄元重的死讯，夏大人的脸色便阴郁起来。当悬挂在春香院街头半空那道红色布幔招牌在望，夏大人举目望去，但见布幔下面密匝匝地挤满了人。两名打头衙役催马往前赶，手指前头人群，吆喝众人让道，胆小者早已一哄而散，口里大声嚷嚷着官府来抓人了。胆大者依旧立定在那里，见衙役众多，有人识得知府大人，知道招惹不得，慌忙撤退，只作远观。

刚才密不透风的人群，此时只剩下龙不吟几个仁里堂的武师团团围护着黄元重的尸体。夏大人大手一挥，早有衙役奔将过去把黄元重的尸体看护起来。龙不吟几个如释重负，过来与吴管家叙话。

春香院大门敞开，看似不曾有何异样。夏大人大手复又一挥，有衙役早扑将过去把前后门看住。夏大人对身后一名衙役吩咐道："速速传话，没有本官准许，任何人不得随意出入春香院。"衙役应声而去。

夏大人这才翻身下马，朝黄元重的尸体走去。知道大人要验尸，衙役往后退去。夏大人围着尸体转了一圈，叫人把尸体的衣服褪下来，两名衙役立马上前动手。当裸尸仰天躺在地上，胸口上赫然一道深深的创口。夏大人示意衙役将尸体翻转过来。衙役遵命照办。但见背脊也有一道创口，显然是一剑穿胸。直把一旁的吴管家看得倒抽了口冷气，背脊起了寒意。

一名武师道："一剑穿胸，杀手不止武功了得，还心狠手辣呐！想不到滩镇这地方竟有此等狠角色，咱往后行事可得小心谨慎才是。"

龙不吟道："蓄意杀人，自然是下手狠辣，否则死的就是自己。"

夏大人转头朝龙不吟看了一眼，让人以物覆盖尸体，然后蹬镫上马，继续前行。当初吴管家将黄元重的死讯禀告与夏大人，一度还担心他陷于命案而耽误了抄纸甄选，此时放下心来。街上人头攒动，喧嚣震天，前头有衙役开道，吴管家只管紧随了前行。

从街头至仁里堂正门，早已云集众多参选的抄纸户，见知府大人到来，使劲往两边挤，让过知府大人一行。正门口自有下人接着，将衙役往里引。

吴管家一路礼让，将夏大人请至茶屋。早有下人恭候屋里，看茶，落座。几口茶后，夏大人道："现今黄元重已死，本官替朝廷送来的四品同知官服何人跪接？"

吴管家忙道："可让其子韦伯替父接朝廷宣旨。"

夏大人微微颔首，不再废话，似乎专注喝他的茶。吴管家明白，招来下人低声吩咐两句。下人应声离去，稍后返回，朝吴管家点点头。吴管家淡然处之，继续陪夏大人喝茶。

但见夏大人手中茶杯往桌上一放，站起身来往外走。出得茶屋，有管事前头引路，吴管家只管后面紧随了夏大人。堂屋早已摆开香案，黄韦伯母子恭候一旁。夏大人一到，这对母子立马跪下，额头触地。夏大人宣旨后，黄韦伯跪着上前从夏大人手上接过官服和吏部颁发的捐官执牒，一并放置案桌，然后返回夏大人跟前叩头谢恩。

按夏大人的安排，接下来是甄选抄纸。在他准备离去时，黄家成脚步跟跄而至，跪在夏大人面前恸哭道："犬子素来忠厚，并不曾做出啥伤天害理的事，今天早上却遭人毒手，小民这里恳请大人缉拿凶徒，替犬子报仇。"

黄家成跪在地上大放悲声，夏大人弯腰欲将他扶起，黄家成却是任夏大人手上如何使劲也不起身，夏大人只好道："本官自是知悉元重为人，他今日被害，本官甚是痛心。自打吏部签署颁发捐官执照那一刻，元重便已是朝廷官员，本官身为一府之长，管辖之地出了此等弑杀朝廷官员的惨案，自当上奏朝廷，努力侦查破案，抓获凶徒以正国法。黄掌柜，本官体你丧子心痛，起来说话吧！"

黄家成这才颤巍巍地站起，旁边下人赶紧伸手搀扶住他。打从黄家成出现，黄韦伯便不停地抹泪，此时哭着奔过来，跪地道："孙儿拜见爷爷。"

黄家成将孙子扶起，拥在怀里道："你爹去了，凡事一切有爷爷给你做主，断不会让你娘儿俩委屈……"

此时夏大人道："黄掌柜，本官受朝廷委托，重任在身，马上将开始抄纸甄选，只能忙完此事再去侦查元重一案。你且回屋休息去吧！"

黄韦伯便搀扶着爷爷往外走。肖氏甚是敏慧，抹把眼泪落在爷孙俩身后。夏大人看在眼里，想这韦伯小小年纪倒也懂事，心下替黄家成欣慰。看爷孙俩跨过门槛，夏大人道："吴管家，抄纸甄选的事还得你协助本官才行。"

吴管家趋步上前，作揖行礼道："小人已经安排妥当，请大人移步。"

夏大人以手一捺官袍跨过门槛，大踏步往外走，几名贴身衙役紧随。吴管家示意管事和下人收起案桌上的官服和吏部颁发的捐官执牍，赶紧去追夏大人。

临正门的花园有片空旷地，早摆放六排长长的案桌，每张案桌上整齐地放置着十刀细韧白净的抄纸，每刀抄纸上压着编号。也就半个时辰的工夫，这边竟做得如此利索，夏大人心下对吴管家行事颇为满意。他让随行衙役通知门外参选人推荐十名代表进来。半炷香工夫，进来十名代表，远远地立身一块空旷地，自有衙役紧攥刀柄看住，不得随意走动。

两扇大门紧闭，但侧门敞开，门口有衙役把守，闲人莫入。在随从衙役的保护下，夏大人出得侧门，站定在众参选人面前，本来喧嚣不已的众参选人立马安静下来。夏大人环视众人一眼，双手抱拳高举过头，大声道："朝廷把甄选抄纸放在滩镇，是滩镇的荣耀，更是尔等的荣光。本官食朝廷俸禄，自当忠效朝廷，今奉朝廷旨意前来滩镇甄选抄纸，当恪尽职守，为朝廷甄选出最好的抄纸。本官知道尔等皆都盼望自家抄纸被朝廷选上，为了在甄选过程中做到公平公正，本官刚才让你们推选出代表全程参与甄选、监督，尔等只需在此静候消息便是。"

有人大声道："我等自是信得过夏大人……"

"当年夏大人甄选年画，滩镇年画商无不钦佩大人的公平公正，今日甄选抄纸，我们一样相信大人公正无私……"

"只要夏大人主持甄选，不管花落谁家，我等都无话可说……"

……

众人你一言我一语，夏大人自是颇多慨叹，他朝面前众抄纸户深深一鞠躬，说："本官这里感谢尔等信任，决不辜负尔等信任，甄选很快会有结果，还望尔等耐心等候。"

返回仁里堂，夏大人来到抄纸户代表面前，说："刚才本官向外面的抄纸户许诺，恪尽职守，公平公正，为朝廷甄选出最好的抄纸。尔等是他们推选出来的代表，当同本官一样做到公平公正，不可辜负他们对尔等的信任。这里废话不多讲，甄选开始吧！"

夏大人自案桌前一路看过去，遇到纸张不错的，手指头一点，随从衙役立马过去收起。六排案桌走完，夏大人让衙役将落选的抄纸撤走，把选上的抄纸摆放案桌上，再将编号以物遮蔽，招手示意参选代表过来，说："本官初步甄选了二十家，尔等可从中甄选三家，然后再由本官定夺。"众参选代表应声说好，齐齐奔向案桌。

夏大人背着手，信步花园，任众参选代表激烈地争论不休，全然不去理会。吴管家本欲过去陪夏大人走走，想着发生了黄元重的案子，夏大人想必在百般思虑案情，便立定那里没动，继续看众参选代表评纸。

有衙役过来禀告："抄纸已甄选好，请大人过去定夺。"

夏大人这才收了脚步，随了衙役过去看甄选出来的抄纸。三刀纸单独摆在一张案桌上，编号依然被遮盖。夏大人细细打量翻看一番，然后手指中间那一刀纸道："经本官慎重甄选，当属这一刀纸最佳。"

有代表上前作揖道："从品相上看，这三刀纸不相上下，大人何以单单选中这刀？我等愿闻其详。"

夏大人道："如你所言，单从品相上看，这三刀纸一般白净，难分伯仲，但本官选中的纸要比其他两刀纸手感细韧。这次朝廷甄选的抄纸乃是用于印刷书籍，韧度十分重要。尔等抄了一辈子的纸，有的祖上便是抄纸人，自是技艺精湛，上来一摸就知。"

　　众代表纷纷上前，以手细细摸捏案桌上的三刀纸，而后颔首称是："大人英明，我等万分钦佩。"

　　有人揭开编号上的遮盖物，看时乃是六十二号。有衙役问参选代表，谁是六十二号。得到回复不知，衙役便快步跑向侧门，大声问谁是六十二号。有人举手回响。衙役示意他过来，将其带到夏大人面前。

　　吴管家万没料到，此次抄纸甄选折桂的竟是塘冲夏有福。他思量着要不要把夏有福与张则武之间的关系说与夏大人。见夏大人和蔼可亲地同夏有福交谈，此等境况自是不便冒昧上前了。

　　此时但见夏有福跪在夏大人脚下，把头伏在地上，动都不敢动。

　　"夏有福，经本官和参选代表慎重挑选，一致决定你家抄纸被甄选为朝廷贡品，你回去后，当认真抄纸，半年内当完成朝廷交给你的两千担抄纸任务。好了，起来说话。"夏大人道。

　　夏有福磕头谢恩后爬将起来，伸手从怀里掏出一物双手呈上，说："大人，这是小人抄的皮纸，请大人过目。"

　　夏大人蹙眉道："你将皮纸呈与本官，此乃何意？"

　　"听说朝廷此次甄选抄纸乃是用作印刷书籍，小人想，这书籍得有封面纸才行，是以小人特意制作出皮纸呈献给大人过目，如若大人满意，小人可一并包揽此次封面用纸。"

　　夏大人欣喜地接过皮纸，反复观看。但见手中皮纸呈黄色，足有五张抄纸厚，正适合做封面之用。"你这皮纸相较于今日甄选的抄纸有何特色？这里好生说与本官听听。"夏大人道。

　　"皮纸较之于寻常抄纸，最大的区别在于皮纸耐折，防蛀，防损。大人不妨把手中皮纸反复折，当验证小人的话不假。"

　　夏大人当即依言将手中的皮纸反复折，然后双手拿住两端一拉，竟无丝毫皱褶，崭新如故，心头大喜，说："本官来宝庆府十数年，只知滩镇号称纸都，年画乃大清一绝，倒是不曾晓得你们还能抄出此等皮纸。本官这里问你，你得如实回复本官，这皮纸的厚薄可以任意抄出来？"

"薄纸可以比抄纸还薄，如要加厚，可比大人手上皮纸还厚，全凭需求。"

"若用皮纸印书，岂不比寻常抄纸印出来的书要好得多？"

"大人所言极是。只是这皮纸的原料不比抄纸的原料易寻，制作过程烦琐，怕是难以满足于印书之用，用以装信函和制作书籍封面，那是最好不过。"

"你说原料难寻，这里给本官说说，它用的是何原料，制作过程有多烦琐？"

"每到秋冬季节，将结香皮树砍回，剥下树皮晒干，然后将原料煮涨，再浸在清水中清洗去皮去杂质，以棒槌在槽臼中反复擂捶成纸浆，接下来的步骤与楠竹抄纸无二。"

"你说的皮纸一事本官已经知晓，当上奏朝廷，然后由朝廷定夺。本官这里要告诫你的是，两千担抄纸可得按时按质完成，断不可辜负朝廷的重托。"

夏有福赶紧跪下，磕头不迭："小人一家拼死也要完成朝廷的任务，断不敢误了朝廷的大事……"

夏大人道："你起来吧！今日甄选到此结束，你要做的是赶回去抓紧时间抄纸。至于皮纸一事，本官上奏朝廷后，一有旨意自会传达与你。本官这里祝贺你家抄纸被甄选为朝廷贡品！"言语中手抱拳朝夏有福打拱道贺。

慌得夏有福忙又跪下，磕头道："小人家抄纸今日有幸被甄选为朝廷贡品，全凭大人公平公正，小人一家感激不尽！"连磕三个响头爬起。

当夏有福走出仁里堂时，噼里啪啦的鞭炮声响起，人潮涌过来，众人朝他双手抱拳，打拱祝贺。这些人有认识的也有不认识的。当鞭炮声停止，有人牵过一匹马来，夏有福稀里糊涂地被人推上马背，胸佩大红丝绸扎制的红花，随之锣鼓喧天，待到清醒过来，发现自己被簇拥到街头。

街上人流如蚁，头顶悠荡着各种各样的招牌、幌子……

●—— 第十章 又是无头案 ——●

看夏有福被众多抄纸户拥着出了正门，夏大人大手一挥："去春香院。"

随行衙役一边大声呼唤同仁，一边让仁里堂下人去马厩牵了马过来。吴管家赶紧跑将过去，朝夏大人施礼道："大人，查案不急在一时半刻，屋里已摆了四桌酒菜，大人一路颠簸，吃完饭再忙好了。"

夏大人把手一摆，说："查案当速，完了再来吃饭。"

有衙役牵了坐骑过来，夏大人抬腿往正门走去。吴管家见状，示意下人打开正门。正门大敞，自有衙役前头开道。吴管家略一犹豫，领了两名护院武师落在夏大人一行后面。

春香院大门自有衙役把守。夏大人翻身下马，手上马缰随手扔给身边随从，一撩官袍直往里闯。随从衙役甚是机灵，抢先进了春香院。屋里歪坐着八九个年纪大小不一的男子，显然是被困在里面的嫖客，被突然涌进来的衙役吓了一大跳，胆小者跌下凳来。出乎意料的是竟不见一个姑娘。有衙役搬来一把椅子放在夏大人身后，夏大人并不去坐，冷眼扫视屋里。衙役大声吆喝鸨母出来见知府大人。

几声吆喝后，李妈跟跄而至，扑通一声跪在夏大人脚下，哭着道："大人，仁里堂少东家的死跟我春香院无关啊……"

有衙役厉声喝道："赶紧闭嘴，听大人问话。"

李妈何曾见过此等场面，骇得硬生生地把话咽了回去，伏在地上浑身筛糠一般抖个不止。

夏大人缓缓道："把所有姑娘叫出来吧！"

李妈颤巍巍地爬将起来，大声让楼上姑娘下来。孰料喊了半天，楼上房门依然紧闭。夏大人示意身边衙役上去叫门。三名衙役大踏步上楼，把门擂得震天响，同时厉声道："里面的人听着，马上下楼接受知府大人盘问，有闭门不出者，即以杀人罪论处，押往宝庆府监牢……"

房门纷纷打开，一众姑娘畏缩着出来。衙役可不懂怜香惜玉之道，以手推搡姑娘，同时恶声恶气地道："给老子放利索点，磨磨蹭蹭地惹得老子心烦，把你们丢下楼去，这一辈子都甭想接客了……"

这些姑娘往日操的虽然是皮肉营生，但哪天不是给男人宠着，衙役这一通吼叫，直把她们吓得七魂去了三魂，战战兢兢地往楼下走。有位姑娘一脚踏空，惊叫一声滚下楼去，跌了个满脸是血，哎哟哟地呼痛不止，状如厉鬼。李妈万没料到会是如此场景，纵然心头怜惜自己的"女儿"，却是不敢吱一声。

夏大人任手下龇牙咧嘴，看一干嫖客和姑娘各自缩作一堆，又惊又惧，这个结果正是他所要的。衙役把每间房逐一检查完毕，确信不再藏有人，这才过来回复夏大人。有衙役将闲杂人等驱赶过来。夏大人在身后那把椅子坐下，冷着脸让一众姑娘和嫖客站好，沉声道："死在门外的是谁，不用本官说尔等当知道了。说吧，昨天晚上他在谁那里留宿？"

孰料无人站出来。

有衙役手攥刀柄，一副钢刀随时出鞘砍人的狰狞模样："你们是耳朵聋了还是咋的？再不站出来，待会儿查实了先打二百大板，让你们尝尝皮开肉绽是啥滋味。鸨母，昨天晚上是谁侍候仁里堂少东家？快说。"

李妈脸上满是惧色，嗫嚅道："因为甄选抄纸，这两天客人比以往不知多多少，老身给忙得晕头转向，少东家昨天晚上何时进来的都不得而知……"

这时有位姑娘从容走将出来，一时花香幽幽。她跪在夏大人面前，说："大人别为难妈妈了，昨天晚上少东家留宿小女处。"

李妈介绍道："这是老身女儿香儿。"

衙役圆睁了眼珠厉声道："少东家可是遭你谋杀？"

香儿道："少东家向来善待小女，小女子没有理由杀害他啊！再说了，小女子手无缚鸡之力，如何杀害得了一个大男人？还望官爷明察。"

见脚下女子也就十六七岁的样子，却从容应答，夏大人暗自称奇，以手阻止衙役威逼追问，说："事关人命，本官有话问你，你务必如实回答。站起来说话吧！"

香儿盈盈起身，朝夏大人道了个万福，然后低头垂手立定在那儿，单等夏大人问话。

"你认识少东家多长时间了？这里把当初认识的情况好生说与本官。"

"也就二十多天的时间……总之一月不到。当时少东家陪一位贵客来春香院，贵客由春儿接待，妈妈安排小女接待少东家。之后只要没紧要的事，少东家每晚都会栖宿小女这里。早几天少东家还跟小女商量，欲为小女赎身，哪知今天早上传来少东家被害街头的事，小女哀叹自己命苦……"

"在你俩交往过程中，少东家可曾与别的客人起过争执？"

"小女自打进春香院，不曾同姐妹和客人闹过丝毫不快，大人如若不信，这里不妨问妈妈，也可问其他姐妹。至于少东家，据他自己说，认识小女之前，极少踏入春香院。"

"你把昨天晚上的情况说说，不可有丝毫疏漏。"

"昨天晚上刚过戌时，少东家赶来与小女相会。因为第二天朝廷将来滩镇甄选抄纸贡品，小女一度还当他无暇来春香院。他说大小事情有管事及下人忙活，只要明天早早回去就是。临睡前，少东家说明天知府大人将替朝廷给他送来官服，让小女明天早上准时唤醒他。卯时刚到，少东家像以往一样醒来，穿戴好后离去，小女继续睡觉。岂料不到一炷香工夫，传来少东家被害街头的消息，小女吓得不得了，妈妈敲了许久的门都不敢开。今日把情况说与大人，小女心头反倒轻松了。"

"你的意思，少东家每次来你这里，都是卯时离去？"

"是呀，每次都是如此。"

"可知内中原委？"

"小女不曾在这上面问过他，估计是不想让家里人知道吧。"

眼前姑娘回答得滴水不漏，夏大人让她暂且站一边去，环视一众姑娘和嫖客及闲杂人等，说："尔等可曾觉察到少东家的情况？事关命案，不可隐瞒，如若隐瞒不报，与杀人者论处。"

众皆无声。

夏大人待要继续拿话来劝，旁边衙役恶声道："大人的话，你们可入耳？说吧，你们中谁最先得知少东家被害的消息？"

闲杂人中走出一名龟公，跪在夏大人面前，自称李畏。他说："小人见过大人。昨天晚上由小人和两位兄弟负责巡视场子，小人丑时回到自个房间休息。因为有的客人走得早，卯时就离开了，所以小人得卯时起来巡查。走到大堂时，猛可听得外面传来一声惨叫，小人见大门敞开，担心客人遭遇不测，心头虽然害怕，还是麻着胆子走到门口，见有人倒在街头，一个蒙面人已上马逃去。小人过去一看，方知被害者乃是仁里堂的少东家。见少东家胸口中剑，人已气绝，小人怕担负杀人罪名，赶紧退回春香院，把情况报与妈妈。以上是小人发现少东家被杀经过，绝无半句虚言，望大人明察。"

夏大人道："凶手往哪个方向逃窜？"

李畏道："往街头方向逃逸。"

"你这里仔细想想，这个蒙面人是否有似曾相识的感觉？"

"小人看到的只是凶手背影，而且也就瞬间的事，并没有这方面的感觉。"

"先把你认识且深谙武学的人好生梳理一下，看谁的背影貌似凶手。你先不用急着回答本官，想好了再告诉本官不迟。"

那李畏深思了半天，最后颓丧地摇头："大人，小人日夜待在春香院……咱这身份上哪去认识身怀绝技的人呐……"

有衙役上前，抬腿朝李畏便是重重一脚，恶声道："你是不肯招？不招的话把你投入监牢，那时让你求生不得求死不能。甭说你一个龟公，那些英雄好汉了监牢后还不照样成了狗熊。知府大人面前还不赶快交代，真要我等把你丢入监牢不成？"

李畏哎哟哟地呼痛，磕头如捣蒜："实在是小人不曾认识会武的人啊……小人可不能随便咬一个人交差……这可是人命关天的事……"

衙役待要继续施暴，夏大人以眼色制止了他。"啥时候想起来了，当速速报告本官。下去好生待着吧！"夏大人道。

李畏如获大赦，连滚带爬地退了回去。

见香儿尚且低头垂手待在一旁，夏大人心头起了怜惜，说："你也退下吧！"

吴管家走将过来，朝夏大人作揖后道："大人，春香院乃唯一的查案线索，不可轻易就此罢手。"

李妈赶紧过来跪在夏大人面前，说："大人已经查清少东家的死跟春香院无关，这里恳求大人可别封了小的春香院。小的别无谋生之技，全靠它过日子，这里求大人了……"

夏大人环视一眼众嫖客、姑娘及闲杂人等，抬腿移步往外走，衙役舍了鸨母追随夏大人出了春香院。黄元重的尸体尚横在那里，有三只黄狗龇牙咧嘴地蹲在不远处。夏大人对吴管家道："着人把尸体抬回去吧！"

吴管家的样子便急了，说："大人，如此元重岂不冤死？"

夏大人叹了一声，说："刚才审讯时你在一旁也看得明白，凶手与春香院无关。咱们先回仁里堂吧！"

吴管家安排同来的武师继续保护尸体，然后陪同夏大人一行往回走。街上行人明显少了许多，这一路走将过去，省了比肩接踵之苦。

安排好夏大人一行，吴管家叫来两位管事负责善后。完了匆匆赶去见黄家成。黄家成躺在床上，眼皮肿起老高，脸上泪痕可见，肖氏坐在床沿垂泪。吴管家道了夏大人在春香院查案经过，以及已着手安排黄元重的丧事。在他将要离去时，黄家成道："把元重的丧事安排在仁里堂吧！"

楚南滩镇风俗，但凡"伤亡"（非正常死亡）人等，尸体不得进入自家堂屋，大都在自家宅第旁临时搭个简陋棚舍，一切有关丧事都在棚舍完成。黄家成的话让吴管家大吃一惊，定定地立在那里望着连襟。连襟的话诚然说得很明白，吴管家还是担心他悲痛下说出胡话来，想着应该拿话提醒他一下才是，孰料尚未开腔，黄家成看出他的心思一般，说："我知道你的意思，我的安排有违滩镇风俗。你还记得两个月前开秤收纸的早上，在三位菩萨面前打出那个竖卦吧？这个卦象折腾得我好几个晚上不曾入睡，在心头悬了半月。这么久没事，只当不会有事发生，万没料到今天早上发生此等大事。说到底一切都是天意。这些年重儿为仁里堂付出甚多，我不能让他死了还进不了仁里堂的堂屋。再说重儿都不在了，往后仁里堂背时不背时一任它去。"

吴管家道："元重是去了，但仁里堂还有你夫妻俩，以及元可他们，更紧要的是还有韦伯韦明。"

黄家成沉缓地摇头："既然是天意，就不是你我能够掌控得了的，老天爷真要亡我仁里堂，我也认了。老姨去操办吧！"

黄家成把话说到这个份上，吴管家不便再在这事上纠缠，他还得赶去照应夏大人他们。不意将要下楼时，背后传来肖氏唤他的声音，吴管家料姨姐有事要与他说，止步等肖氏到来。

肖氏碎步来到他面前，说："妹夫怎样看待你姐夫刚才的话？"

吴管家不答反问："姐姐的意思呢？"

肖氏："上千年的规矩，不能给你姐夫坏了。妹夫刚才不是说得明白，元重是去了，但仁里堂还有元可和韦伯他们，真要因此背时，仁里堂可就真的没了。咱们这年纪无所谓，得为后辈想想，不能因此祸及他们呐！"

吴管家："刚才姐夫的话，姐姐当听得明白。"

肖氏的泪水又流："他是痛惜元重，难道我就不痛惜吗？自己的儿子呐！可我得为活着的人想想。你看到的，这几个月祸事不断。本来就家运不好，再去触碰这些忌讳，谁知道后面会跟着发生啥事呢！"

吴管家当下道："既然姐姐这里有自己的主张，承诺便晓得咋办了。夏大人那里怠慢不得，我还得赶去斡旋，姐姐回去照顾好姐夫。"

下得楼来，正好王管事行走在前头，吴管家叫住他，让其速去请黄族长辈来仁里堂。王管事应声匆匆离去。

夏大人已经被请到茶屋，独自坐在那里喝茶。吴管家过去行礼，只道琐事缠身，照顾不周，夏大人莫怪。夏大人淡然道："仁里堂出了这么大的一件事，等吴管家忙的事太多，你不用在这儿陪本官浪费时间，只管忙去好了。"

吴管家又是一揖，道："夏大人，元重被害，实在是事关仁里堂的安危，现在许多下人都是惶惶不安，生怕哪天灾祸落到自个头上。大人如何看待此案？"

夏大人不去回答吴管家的问话，含混道："人命关天，本官回衙署后自会全力侦查此案。"

"外面都在传，说是张则武潜回滩镇了，元重系他所杀。"

"元重一案，凶手是不是张则武，本官自会查实。本官断不会让凶手逍遥法外。"

"大人，小民现在最担心的是凶手继续伺机寻仁里堂下手，这可如何得了？"

"你仁里堂豢养众多武师护院，叫他们加强巡护，但凡黄家老小有事外出，切记带武师随行保护。"

守门衙役进来禀报，说大家在外面等候大人。夏大人放下手中茶杯，站起身来往外走。吴管家紧随在后面相送。到了花园正门口，一干衙役早已等候在那儿。正门敞开，夏大人蹬镫上马，前头衙役立马叱喝挥鞭，坐骑出了仁里堂。

夏大人一行才走，赵管事一声招呼，有人在门口忙碌开了。才一炷香工夫，正门旁边搭起了一个棚舍，柱子上扎满松柏枝条。和兴纸铺门口、仁里堂内悬挂的灯笼，皆被罩以白纱，盏盏白灯压得仁里堂上下透不过气来。马上有人搬来桌椅之类的东西。八仙桌上摊开了玉版纸，有管事挥毫书就"当大事"三字，自有下人拿去贴在门楣上。管事再挥笔书写一副对联：

泪雨涤尘洗天路
悲声惊世动人间

才将对联贴到两边的柱子上，街头传来噼里啪啦的鞭炮声，有人道："来了，来了，赶快准备鞭炮响铳。乐队也做好准备迎接。"

有人便紧盯着前头的岔路，单等运尸车辆出现，便于告知这边以做迎接。当一匹黑马拖着一副漆黑的棺椁打头到来，有人准备点燃鞭炮时，有老成者看出端倪，说是张记寿屋铺的伙计送棺椁来了。马儿很快拖着棺椁来到简易屋棚前，众人帮衬着卸下棺椁，伙计也不逗留，赶马离去。

在管事的引导下，黄韦伯和黄韦明披麻戴孝地从仁里堂走将出来。黄韦伯一脸悲恸。有人过来，少不得拿话安慰黄韦伯。黄韦伯只管听着，不停地抹眼泪。

鞭炮声响起，运尸车辆终于出现，这边马上燃放鞭炮迎接，鼓钹唢呐奏响，响铳震天。约莫一锅烟工夫，鼓钹唢呐才停歇下来。黄韦伯大喊一声爹，跪在运尸车前，额头深埋地上。黄韦明跟着上前跪下。直至有人将两兄弟扶起。

稍后五位黄族长辈赶到。在管事的引导下，黄韦伯过去跪下，朝五位黄族长辈恭恭敬敬地逐一磕了三个响头。自有下人送上茶茗，几位黄族长辈便围桌喝茶，商量起大事来。

有下人提来一桶茶叶和樟树叶烧开的凉水倒入洗净的澡盆。仁里堂早已请来两名洗尸老人，当即掀开覆盖在尸体上的什物，把尸体抬入澡盆清洗干净，熟练地穿戴好临时买来的寿衣寿帽。

在将要入殓时，吴管家领了一名下人匆匆赶来。下人手上捧着今天夏大人替朝廷送来的四品同知官服。吴管家同几位黄族长辈客气两句后，对两名洗尸老人道："把这身官服给他穿上吧！"

此言一出，众皆吃惊不已。

一位黄族长辈道："吴管家，这可是朝廷官服啦，也是仁里堂的荣耀，留下来做个纪念岂不更好？如此可惜了。"

吴管家道："这是元重他爹的意思！"接着喃喃自语，"人都不在了，留着这官服又有啥用呢……这东西本来就是他的，耗费这么多银两，总算穿到他身上了……要是官服缓上几天到，那才真的可惜了。"

不意一名洗尸老人走到吴管家面前，作揖道："吴管家，这官服要穿上去的话，岂不多了一层？这不坏了规矩么。"

楚南滩镇一带，丧事上的风俗颇多讲究，寿衣的穿戴要么三层，要么五层。像黄家这种滩镇大家巨头，必然是五层了，且寿衣的用料自然是上等丝绸。现今黄家成要让儿子穿上官服，无意破了楚南风俗，是以洗尸老人有此一说。

在吴管家犹豫时，有位黄族长辈道："这三层五层的规矩不能破啊！"

　　吴管家便道："把里面的衣服脱下一层吧！"

　　待到尸体入殓，吴管家同几位黄族长辈客气一声匆匆离去。身为仁里堂管家，出了此等大事，请地仙踏勘"金井"、做道场等，夜以继日的哀乐，通宵达旦地守灵，请人唱夜歌，近亲族亲姻亲来上祭，千头万绪的都要他做出安排。

　　此时就见黄元可一拐一拐地走将出来，下人见了，纷纷停下手上的活儿躬身行礼。黄元可走到几位黄族长辈跟前，一一恭敬地行礼，道："家弟的事辛苦诸位前辈了！"

　　有位黄族长辈道："你弟弟在我族中尊老爱幼，生意上重信守诺，偌大滩镇哪个不夸他的好，你爹也一向倚重他，知府大人今日替朝廷给他送来四品官服，没想到突然遭人杀害，苍天无眼啊！往后仁里堂生意上的事，你可得替你爹多多分担才是……"

　　黄韦伯扑通一声跪在黄元可面前，悲痛无助地喊了声大伯，黄元可将他扶起，说："你爹横遭此劫，大伯做梦都没想到。你也不用太悲伤，往后一切有爷爷和大伯为你撑腰，断不会让你母子委屈着，仁里堂还得靠你来担大任呢！事情已经这样，别太伤心，啊！"

　　有黄族长辈道："韦伯，难得你大伯如此明事理，节哀顺变吧！"

　　稍后地仙到了，自有管事接着。黄元可看众人甚是忙碌，不便坐在这儿妨碍他们忙活，同几位黄族长辈和客人招呼一声回仁里堂去了。

　　管事领着地仙，拿了鸡、鱼、肉、米等及香烛去山上踏勘金井，回来后找出《望星楼通书》一通翻看，却得八日后方才有安葬的吉日。地仙又将黄家老小的生辰八字一一排列，避开各人的刑冲，选定出殡、下葬时辰。离去时，仁里堂自然要捧上丰厚的酬金。

　　楚南丧事风俗，贫穷家有人去了，买口薄棺，择个黄道吉日，喊上几个亲邻抬出去安葬了事；一般人家，多了做道场这道程序，但也就做个一天一晚；殷实人家，也就做三天三晚；像黄家这种大家巨头，大抵做个五天五晚。地仙择定出殡却是八日后，这就意味着得停尸三天三夜，然后再请和尚入场。

　　很快，根据黄族长辈的安排，孝家同意，出台讣闻。讣闻意在告示各亲戚朋友，黄元重老大人于某月某日去世，于某月某日安丧。上面列了各执事人员名单，以便大家各司其职。

　　这三天三夜，自有仁里堂的下人招呼，黄韦伯时不时出来坐上一阵。黄韦明也懒得出来一趟，偶尔来了，屁股还没坐热就走了。黄元可再也不曾来过。孰料第二天晚上亥时，黄家成和肖氏踉踉跄跄地来到棚舍大放悲声，骇得黄韦伯和一干在场人众赶紧把他强自劝回屋去。黄韦伯跪在黄家成面前，抱住爷爷的双脚恸哭，眼泪如泉。肖氏怜悯孙子，过去欲把他拽起，使出吃奶的力气却是没法做到，抱了孙子的脑壳，也是撕心裂肺地恸哭不已。黄家成热泪长流，一声长叹将俩人扶起，哽咽道："孙儿啊，往后仁里堂全靠你了！"

　　黄韦伯沉缓地点头，双膝跪下："爷爷奶奶，我爹是走了，往后但凡属我爹孝敬你们的，孙儿一样不会落下。"

　　黄家成叹息着再次将孙子扶起："有你这话，爷爷奶奶知足了！"

　　送爷爷奶奶回到他们房间，黄韦伯告辞离去，黄家成让下人送他。花园的琉璃宫灯亮如白昼，黄韦伯走在前头，后面紧随了下人。此刻花园甚是静寂，大夫人庵突然传来三声清脆悠扬的钟声，随之木鱼声声。黄韦伯猛可记起，打从父亲被害，大夫人庵的木鱼声不曾落下一晚，这位大奶奶未曾前来安慰过他们母子，也未来过棚舍，心下便对这位大奶奶来了看法，只是想着她多年不问红尘事，日日夜夜只有她的青灯木鱼，不再在这上面纠结。

　　第三天傍晚，和尚进场，法事开始，诵经念佛声彻夜不断，黄韦伯披麻戴孝，在和尚的引领下跪拜不休，下人则往来穿梭，点香烧纸。好在又多搭了两处棚舍，足够接待近亲族亲姻亲来上祭。

　　第八天酉时烧灵屋后，这场道场才算告毕。这天申时前，凡近亲族亲姻亲及邻里好友都要赶到，以便晚上祭奠。大生昌也由一位管事领了两名下人，提了帛金和祭品赶来吊唁。滩镇的几位大家巨头都派人了来。

是晚戌时在棚舍举行祭奠。祭祀排在最前头的自然是孝子。黄韦伯被管事领到棚舍，所立面前的八仙桌早摆了一应祭品，香烛燃烧正旺。旁边坐了乐手。随着礼生（执事人员）一声长腔"孝家就位"，黄韦伯趋步上前，垂手立定。祭奠开始，酌酒、献箸、献珍果等一应程序不曾落下。当礼生喊道："乐止，请执事者读祭章。"礼生如虾似的跪在地上，照着早写好的祭章念道："哀哀我父，恩极昊天；胡为不恤兮，命不少延；使我儿辈兮，空期百年；趋庭仰望兮，诗礼无传；陟岵瞻仰兮，风木凄然……"黄韦伯一动不动地跪伏地上。祭奠完，八音锣鼓齐奏，鞭炮响铳震耳欲聋，在深夜里传出很远。

郎亲舅大，儿亲叔大。接后是侄子黄韦明上来祭祀。往后便是亲朋好友祭祀，直折腾至子时方才完毕。

不意丑时过后，寒气加剧，冷风呜呜，尚在为早饭忙活的一班帮工嘀咕道："这冷风来得好快，怕是要变天了。"

隆冬的卯时天还未亮，抬夫们顶着寒意"迎棺"——众抬夫合力把棺椁抬到槽门外。黄元重的丧事设在仁里堂外，众抬夫只是将棺椁抬出棚舍，头朝前摆着，以便吉时一到，抬枢上路。

翌日清早，天空低沉得像是挂在屋顶，街上商家打开店铺门时，皆被扑面的冷风刮得把头缩进衣领里，搓着双手直道好冷。遇着对面正在开门的，彼此客气一声，拉扯起这天气来。这时街上有人结伴匆匆而行。都是一条街上的生意人，彼此自是认得，习惯地招呼一句："这么早赶哪去？"

"去仁里堂呷豆腐。"对方回答，脚步并不落下。

"噢，咱一会儿也得赶过去呷豆腐。"

楚南滩镇一带，谁家有白事（丧事），桌上都有一碗豆腐，俗称"吃豆腐"。时日一久，吃豆腐就演变成了骂人的话。有人街头骂架，跺脚大声骂"吃你家豆腐"，意即骂你家死人。不到万般恼恨，这话是不会从口里骂出来的。

辰时开餐。前来参加祭奠的近亲族亲姻亲和帮工、抬夫、邻家一一就座。乡人去世，少不了抬夫。抬柩是一件辛苦活计，是以抬夫一桌另多加两样菜，酒也管够，以示优待。其他人等是不会入座这两桌的。桌上摆了鸡鸭鱼肉，筵宴自是丰盛无比。众人敞开了肚子吃喝。

在滩镇，素来有"白事不请自到，红事不请不到"的说法。意思就是办白事的时候，一般情况不用邀请，邻里街坊的自己就会到来；如果是办红喜事，你要是不邀请人家，一般不会出现"不请自来"的。何谓"白事"？家里有人去世了，一众晚辈都会披麻戴孝，穿上白色的衣服，谓之白事。何谓"红事"？有人结婚的时候，家里都是张灯结彩，远远望去一片红色。仁里堂乃滩镇第一大家巨头，其生意与街上的年画商，以及周围山岭山寨的抄纸户息息相关，前来吊唁的客人颇多，筵宴就成了流水席，往往这边一桌才放下碗筷，旁边等着的客人早蜂拥过来抢座，自有帮工过来拾掇，随即端上酒菜，众人便端杯执筷吃喝开了。

抬夫吃得比常人要快，他们放下碗筷后也不闲话，有人用事先从山上砍回来的楠竹破好"麻篾"，然后合力扎棺，单等吉时一到起柩上路。

楚南之地，抬柩风格淳朴。抬柩亦称抬棺、抬木、抬轿等，抬柩的人称抬夫、轿夫，由固定的十六人组成，领头人叫纠首。若有人因事挑缺，由纠首找人替补。抬柩的工具叫"龙杠"，做"主龙"的树要老杉树，地方风俗流传，要偷的才吉利，于是白天踩点，晚上去偷，就是被人发现，也会装聋作哑，一不喊叫，二不追赶，这样双方才吉利。"龙杠"由"水牿脑""牛鼻穿""梓板"等部件组合而成。这些工具最忌摆放在私人屋里，一般置放于祠堂等地。

吃完早饭，已是巳时，孝家这边管事的已经安排举旗幛、撒米的、放鞭炮的。纠首也没闲着，将诸抬夫召拢来，按高矮分配，谁谁抬前仓，谁谁抬后梢。楚南一带，抬棺颇多讲究，棺前八人名曰打当面，又叫抬前仓；棺后八人，名曰抬后梢，又叫黑仓。分派完毕，专等孝家管事发令起柩。

进入已时，黄韦伯着麻衣，打赤脚，手拎孝棍与一众吃饱喝足的晚辈亲友来到棺椁前。管事一声大呼："起柩！"一时鞭炮声，响铳声，鼓乐喇叭声，汇合着孝家晚辈喊破喉咙的哭喊声，地动山摇，响彻云霄。黄韦伯双手攀龙，退步而行，黄韦明及一众晚辈，手上都拿着一个草把，用以垫膝跪拜，平辈及长辈亲友随在后面送行。

到了街上，可见不少商铺门前的路边置了一张小桌，桌上摆了香茶、糖果等供奉，待到棺椁一到，燃放鞭炮，烧化纸钱。每每遇此，黄韦伯必定领头上前拜谢，商家亲自将他们一一扶起。原来滩镇风俗，生前系德高望重的长者，或亡者与屋主生前沾亲带故的，棺椁经过，必定祭祀，以表心意，是以有此一举。仁里堂乃滩镇的大家巨头，前来看热闹的颇多，有人一路追随，滩镇数十年未曾有过此等景象。

走在平坦的街头，却只能一步三停地接受街边商家的祭祀，抬前头打当面的能者不时拿腔捏调地喊道："噶来是大平路嗬，要腾云驾雾，后头要飞沙起哦嗬！"

众多抬后仓中有人跟着回唱道："噶来是大平路嗬，要腾云驾雾，后头要飞沙起哦嗬！"

抬夫并没有直接出街，而是拐入了另一条街道，开始"转道"。如此一是讲讲排场风光；二是表示对亡者依依不舍之情。其实，像黄元重这种年少又是伤亡的，人家最忌屋前路过，认为会带来秽气。无奈大路朝天，各占一边，黄家又势大，滩镇大多人家跟和兴纸铺都有生意上的往来，也就无人在这当口跳出来理论。

终于出了街，开始往山上走，道路甚是崎岖。唢呐在山间小路上哀婉地响着，唢呐一停，锣鼓就接着响起。有时唢呐和锣鼓齐奏，更是悲怆，响遏行云。当唢呐、锣鼓一停，抬前头打当面的能者拖着长长口音，抑扬顿挫地道："前头是上岭路嗬，前头要并，后头也要送哦！"

抬后仓中有人跟着回唱道："前头是上岭路嗬，前头要并，后头也要送哦！"

滩镇多属丘陵山地，每遇出殡，一路逢山过水，道路崎岖不平，这样就衍生出了"报路"的习俗，抬前头打当面的能者报路，提醒抬后仓者要小心，抬后仓中有人按原话照回，一则告诉抬后仓的同伴，也有回应抬前头打当面的能者之意。

行至"之"字路时，抬前头打当面的能者又报："前头是'之'字路嗬，要前摆左，后摆右，前花头，后摆尾哦嗬！"

抬后仓的有人马上回唱道："前头是'之'字路嗬，要前摆左，后摆右，前花头，后摆尾哦嗬！"

黄元重安葬在自家一座叫猴山的一处福地。楚南风俗，黄元重这种伤亡的是不能葬入黄家祖坟的。黄家成倒是有让儿子葬入黄家祖坟的意思，特意让吴管家寻族长和几位黄姓长辈商量，这些人任吴管家许诺给他们多少好处也不肯答应，只道事关数千黄姓人气数，纵使仁里堂将万贯家财散与滩镇的黄姓人家也不行，祖宗留下来的规矩断不可破。

抬夫们费尽九牛二虎之力，终于将棺椁抬到山上，众人气喘吁吁，无不精疲力竭，口干舌燥。在地仙的指导下，抬夫们用早备好的"金索"套着棺椁吊入"金井"中。在填土封堆时，孝眷们跪伏地上，一阵阵凄凉的恸哭声伴着震天的鞭炮鼓乐声，低矮的天空突然下起了小雨。

第十一章　身不由己

年终的滩镇跟往年一样，一派热闹喧腾。

一入大年二十三，滩镇人家就要为过年做准备了。

楚南风俗，二十三祭灶官；二十四过小年；二十五打豆腐；二十六杀壮猪；二十七杀阉鸡；二十八舂糍粑；二十九烤烧酒。所有这些，像往年一样，仁里堂一样不曾落下。

滩镇商号过年，循老例都是年底才清门收市，早两天晚两天都有，视各家的生意而定，并非一定要熬到除夕那天。和兴纸铺的生意，大寒后便基本难见顾客登门，也就少数赊账的年画商赶来结清钱款，所以吴管家照例让管事在二十二这天就把伙计的工钱予以结清，每人还多发了一个半月工钱，放了伙计的假，只留下少数伙计看守店铺。虽说没了生意，也不能早早就把门关了，那些不知就里者还只当仁里堂发生了啥事。往年也就多发半个月的工钱，今年仁里堂出了这么多事还多发一个月，一众伙计自然欢天喜地，纷纷赞东家的好，只道来年一定要拼命地干。

三十这天，凡滩镇商号及人家照例要贴春联年画和门笺。吃过早饭，留下来的管事和伙计便忙碌开了。滩镇年画的张贴极其讲究，门神《秦叔宝·尉迟恭》呈对称型张贴，一般贴大门；《麒麟送子》贴卧房门；《赵公元帅》一般贴厨房门等。大户人家墙高门大，一般选全开张的"托全"年画，平民百姓居住条件有限，则只能遴选四开到八开张的"托二""托四"年画……所有这些，对自幼生长在滩镇的人来说是一件极容易的事。

贴好红纸金字的春联和年画及门笺，挂上大红灯笼后，仁里堂里里外外一派喜庆吉祥。有下人机灵，特意去山上砍回一担枫树柴，挑进厨房的柴窝。正好给黄家成撞到，奖了他一袋碎银。楚南一带，有过年烧枫树柴的习惯，寓意来年丰收发财。忙完这一切，伙计给打发了回去，徐海和龙不吟等护院武师却被悉数留了下来，俸金自是丰厚。这些人全无怨言。对他们这些江湖人来说，常年在刀头上讨活，过年的观念颇淡，没有比挣到钱更让他们欢喜的事。

一切安排妥当，吴管家赶去见黄家成。自打黄元重被害，黄家成在床上足足躺了半月才下床，之后也极少走出正门，多数时间独自坐在茶屋喝他的酽茶，偶尔在花园晒上一阵太阳。吴管家在茶屋找到他时，他正手端茶壶若有所思地喝茶。吴管家立于他对面，说："一切已经安排妥当，只等吉时一到就过年。我呢还得赶回家去过年。"

黄家成道："去账房支五百两银子吧！"

吴管家道："过个年哪用这么多。年货啥的家里早已置办好了，我回去就只管吃喝。"

"老姨，这里跟你打个商量。自打元重被害，我是片刻不得轻松，总觉得张则武随时将潜回滩镇继续对仁里堂行凶作恶。年后你不妨早点来仁里堂，万一摊上事情，还真得你出面斡旋才行。"

"徐海他们都留下来了，我是反复叮嘱了他们的，也将他们做了安排，应该不会有事。你若还不放心，从今晚上起，去韦伯房间睡吧！就算哪天晚上张则武潜入仁里堂，也想不到你去了孙子那儿。我回去后，若是家中没有琐事，自当早早赶回仁里堂。"

"估计年后天气会变，坐车轿回去吧。"

吴管家的家毗邻六都寨街上，距此五六十里路程。他没有坐仁里堂的大鞍，也没有让下人去街上给他雇车，亲自寻上车行。这时候街上依然人头攒动。吴管家知道，这些人大都是滩镇街头附近赶来置办年货的，待到未时一过，街头准是行人寥寥。车行坐了位小伙计，自是认得吴管家，起身招呼："吴管家可是稀客啊！都快过年了，这时分还有空来我们车行？"

"来你们车行，自然是雇车。给我雇辆车去六都寨一趟。"

这时候吴管家赶来雇车，小伙计颇为吃惊，说："吴管家，其他伙计昨天便回家过年去了，就剩我守着店铺。送你去六都寨多半要耽误我过年。也罢，这时候你寻上咱店里来，甭说只是耽误过年，不过年也得送你。咱也不在这儿唠叨，你在街头稍等，我这就去准备车辆，稍后车上陪你拉扯去了。"

吴管家退出店铺，站立门口看小伙计利索地关门。少顷，小伙计一副车倌儿打扮坐在车辕边赶马出来，车在街中停住，招呼吴管家上车。吴管家掀开门帘上去了，吩咐小伙计先去仁里堂，他得过去取个包裹。小伙计爽然应好。

车到仁里堂正门前停住。正门紧闭，吴管家抓住门环轻敲，侧门开了，有下人探出头来，见是吴管家，忙开门将他让了进来，对门外这辆陌生的车轿颇为不解，少不得多看了车倌两眼。车倌自是见识多，坦然地坐在车辕边。吴管家抬腿跨过门槛往里走，下人追了上来，问有啥吩咐。吴管家让他随自己去屋里拿包裹。

今年是难得的暖冬，到二十五打豆腐这天，天气却急剧变冷，接连几天都是天空阴沉，冷风呜呜刮耳，好在没有下雨，有识天气的知道将要下雪了。车倌缩着脖子，悠闲地吹着口哨坐在车辕边。

有顷，吴管家和下人去而复返，各自手上拎了个包裹，车倌忙跳下车辕，伸手掀起门帘，让吴管家和下人把包裹放进车轿内。待到吴管家上了轿，车倌也不理会恭谨地立在旁边的下人，回到车辕边，轻轻一抖缰绳，车轿就启动了，马儿撒开四蹄往六都寨方向奔。

一路闲着无事，少不得闲聊打发时间，吴管家也就得以知道年轻的车倌姓刘，住滩镇狮象山脚下，父亲和两个哥哥以抄纸为生，他进车行已有五年时间。吴管家不去问他为啥不与家人一块抄纸，料家里人多，抄纸用不了这么多人手，是以让他另操营生。

吴管家的家就在街上。待到马车停稳，吴管家下车后一声吆唤，屋里立即走出儿孙数人，拎了包裹进屋。吴管家客气地邀车倌进屋暖暖身子，车倌谢绝，只道还得赶回家过年。吴管家掏出一袋碎银递与他，直道耽误他过年了。车倌接过荷包，道谢而去。

进了屋，家人悉数过来，相见甚欢。扯不上几句，孙子过来请他去吃饭。时候早已过了晌午，这一路颠簸，吴管家早已饥肠辘辘，当即随了孙子去堂屋吃饭。六都寨街距滩镇只有几十里，过年的风俗同滩镇并无差别。从街中望两头，每家店铺贴了对联年画，且多是布铺。老街有数百年历史，傍辰河而生息，北自雕梁画栋的仙蹬桥。仙蹬桥为历代船运码头，南北枢纽。此地群山环抱，二水汇流，相沿木桥过渡，常因洪水致桥梁冲垮。后在河沿东岸，发现一块似桥蹬的巨石，遂以此石为砥柱，枕石架桥。乡人认为此石乃仙踢桥蹬，故名仙蹬桥。桥首牌楼雕有伏羲射日、玉帝坐朝、观音诵佛、南岳圣帝、八仙过海、关公、尉迟敬德等仙、圣灵，咸彩绘釉之。檐皆凤首形制，一檐供象，二檐敬狮，三檐礼龙，檐顶尊一宝瓶，意喻狮象把水口，龙治风雨，瓶收水妖，桥安人康。六都寨街乃去云贵川的驿站，最大的特异之处是半边街吊在水里，每逢涨洪，屋下洪水滔滔，有时发生洪水浸入屋中的事。街上的石板光滑锃亮，老木屋鳞次栉比，布铺众多。六都寨街的布铺，一如滩镇的纸有名。有这么一段顺口溜，是专门说龙回八都的：一都呷（吃）屋，二都呷谷，三都呷杂粮，四都呷猪，五都呷排树，六都呷布，七都八都坛罐出。吴管家家里开了间纸铺，交两个儿子打理，什么官堆纸、老仄纸、时仄纸、毛边纸、皮纸、草纸及五色纸和年画，凡滩镇有的，吴家纸铺应有尽有。

吴家一切年货早已准备就绪，单等吴管家回来过年。再过一个时辰便过年，吴管家也不便吃得太饱，独酌一杯酒后放下碗筷。厨房里自有妻子和儿媳忙碌，不用吴管家操心，只管坐在火盆边取暖。

一会儿儿孙围在身边，说说笑笑地让吴管家甚是惬意。小儿子吴江青突然扯及仁里堂发生的事："爹，外面都在说，杀害表哥的凶手并非张则武……"

吴管家喝住儿子的话："你胡说什么？这可是人命关天的事，别人怎么说任他们说去，你可千万别掺和，免得把自己搭了进去。"

看儿孙噤若寒蝉，吴管家心下后悔自己急躁了，咋就不耐心听完儿子的话呢。此时他蓦然觉得儿子的话不无道理，那张则武志在铲除仁里堂的人，潜回滩镇一击得手，咋又就此收手潜逃？吴管家很想拿话问儿子，一时碍着面子开不了腔。

邻里放了几个炮仗后，街头巷尾的鞭炮声此起彼伏。过年了，更不能谈这种不祥的话题。让吴管家怎么也没料到的是，年后初五早饭过后，黄韦明、黄韦伯兄弟俩顶风冒雪乘坐大鞍赶到他家拜年。当时吴管家正坐在火盆边喝茶，外面突然燃放的鞭炮声把他吓了一跳，听儿子热情地招呼黄家兄弟，赶紧起身进了卧房，掀开被子躺了上去。

稍后儿孙领了黄家兄弟进来。儿孙皆是诧然不解，纷纷问他怎么了。吴管家强自睁开眼睛，一副出气不得，忍受万般痛苦的模样，说："刚才突然就头痛欲裂……许是这天气让人着寒了……这人一上岁数，病说来就来……你们好好款待两位表侄，不用为我操心，我在这儿独个躺躺……"

妻子肖氏要大儿子吴江流去请郎中，吴管家摇摆着手道："哪有正月请郎中来家里的……让我好好躺会儿……要是好些也就省了请郎中……"

肖氏便劝大家暂且退出去，她在这里陪丈夫。黄韦伯兄弟俩只道姨爷爷好生休息，随了吴江青兄弟退出。众人一走，肖氏絮絮叨叨地道："自打回来，你一直好好的，不见哪儿不舒服，今天咋突然就病得这么重。要不待会让江青带着香烛去趟东山禅院，求得药王菩萨的保佑，顺便摘两张银杏叶回来煮茶喝……"

肖氏口中的东山禅院，位于六都寨街十数里外的大东山山顶，是当年药王孙思邈晚年行医寻药隐居成仙的地方。禅院内有株千年银杏树，传说乃当年孙思邈亲手栽植，根深叶茂。据传谁家有个头痛脑热，寻上东山禅院，摘两片银杏叶煮茶喝了，立马病除。有数年不孕的夫妇，上东山禅院烧香后，皆都得以如愿。周围十数里人家有个小病啥的，大都习惯往东山禅院跑。

吴管家道："你去忙吧，让我安静会儿。可别忘了给他们串钱。告诉江青他们，韦伯兄弟俩面前，谁也不许谈仁里堂的事。"

明清时期，压岁钱大多数是以彩绳穿钱，编为龙形，谓之压岁钱，用以赐给孩子。所以六都寨一带把给孩子压岁钱叫"串钱"。大凡压岁钱一般只有除夕才由长辈赐给晚辈，可压岁钱又名压崇钱，有镇恶驱邪的功用，时间就延长至整个春节了。

肖氏走后，吴管家看着被拉上的房门，重重地深叹一声。

不意黄韦伯兄弟俩用过午饭后，进屋请吴管家随他们一块回滩镇。吴管家道："我这身体，如何能够随你们去滩镇？你兄弟俩先回吧，待我身体好些后，自会前往仁里堂。"

不承想，黄韦伯扑通一声跪了下去，黄韦明也跟着跪下。黄韦伯道："姨爷爷，我们兄弟俩临来六都寨时，爷爷交代了，仁里堂少不了姨爷爷的帮衬，务必请姨爷爷随我们一块回滩镇，姨爷爷若不走，我兄弟俩就跪在这里，直至姨爷爷答应随我们一块回仁里堂。"

吴管家没料到这兄弟俩会在自己跟前使出此招，急得坐将起来，说："韦伯，姨爷爷病了，如何能够随你们回滩镇？等姨爷爷病好了，自然会赶回仁里堂去。你们兄弟俩站起来说话。"

黄韦伯却是不肯站起，说："姨爷爷若不答应我们兄弟俩的请求，我们就跪在这里，直至姨爷爷答应。"

吴管家犹豫片刻，说："这样吧，不管我的病痊愈与否，初九一定回仁里堂。"

黄韦伯仍旧不肯站起，只管拿刚才的话重复。吴管家便束手无策了，说："我说韦伯，你平日知书达理，今日为何如此不讲道理……"

"姨爷爷，并非我们兄弟俩不讲道理，实则临行前爷爷交代了，一定要请你一块随行。你若不肯走，回去后爷爷那儿我们就无法交差。"

"你爷爷这做派，可是强人所难了。"吴管家叹了一口气道，"你兄弟俩站起来吧，我随你们回去好了。你们且去堂屋坐会儿，容我把衣裳换了。"

陪着黄韦伯兄弟吴家兄弟俩出去了。肖氏却给丈夫整迷糊了，说："你既然病了，留下来把病治好才是，咋又答应随他们兄弟俩回去？这季节的仁里堂能有啥事呢！把病治好了再走，我跟他们兄弟俩说去……这俩孩子，咋这般不讲理儿……"

"别废话了，给我把棉衣找来吧。"

肖氏就开始翻箱倒柜，口里喋喋不休地抱怨黄家兄弟不明事理。吴管家接过她的衣服时，说："你就别怪这俩孩子了，难道看不出乃是你姐夫的主意。"

"你病了也是刚才的事，姐夫咋能知道……"

"这事儿怨我，当初不该去车行雇车回六都寨，让他看出端倪。"

肖氏便愈发给弄糊涂了，说："这么远的路程，不雇车难道还用两条腿走回来……"

吴管家已经穿戴好，不去理会妻子在这上面的不解，走出卧房。黄韦伯兄弟俩坐在堂屋，围了火盆取暖，见姨爷爷到来，同时站起。吴管家道："咱们走吧！"

仁里堂那辆大鞍早停在外面的街头。街上大雪已积寸厚，雪依然在下，有孩童在相互追逐。车倌钱三早已坐在前室，见吴管家出来，忙跳下去掀开门帘。肖氏领着一干儿孙在背后相送。街上有熟人走来，拱手抱拳直道新年好，吴管家自然得抱拳回礼。走到车轿旁，抬腿欲要上车时，一个雪团砸落在他脚下，吴家兄弟拿眼四下搜寻是谁所为，不远处一群孩童一哄而散。吴管家猛然想起什么，回身把小儿子叫到一隅，低声道："那天你跟我说杀害你表哥的凶手并非张则武，而是另有其人，这人又是谁？你这里告诉我。"

吴江青道："说是表哥元可。"

吴管家的脸色都白了，嘴唇哆嗦地道："他们怎么能够这么想呢……你元可哥哥可是一介瘸子……"

"听他们的意思，姨父器重元重表哥，若干年后，偌大仁里堂将落在元重表哥手上，元可表哥自然不甘自己那份财产被夺……"

"这些人这么说，是不知道你元可哥哥是介瘸子，他连行路都难，一年也难得走出仁里堂一次，何来本事杀人？你给我听好了，这事就此打住，跟任何人都不得传，别人在你跟前说起，你要么只管听着，要么走开。"

吴管家上了轿，黄韦伯兄弟俩跟着上车。车轿不止外面气派，里面也宽敞豪华，坐凳上铺了一张虎皮，人坐上去顿觉暖和舒服。但听钱三在外头一声吆喝，车轿启动，车轱辘滚过雪地的吱吱声清晰入耳。

吴管家左右分别坐着黄家兄弟俩。三人一时无话。吴管家闭了眼睛，脑子在刚才儿子的话里拐来拐去时，车外传来一干孩童的歌声：

……太阳落土又落坡，听我唱支扯谎歌，

两个瞎子来写字，两个哑巴在唱歌，

两个跛子来赛跑，两只鸡婆唱夜歌，

两个和尚在打架，头发扯成鸡婆窝。

牛牯生了崽，鸡公长了角。

扁担打跳蚤，灯草做箩索，

剪刀剪虾公，鲜血流成河。

鸡笼关蚊子，鲤鱼上山坡。……

歌声愈来愈弱，直至不再入耳。吴管家听出这是《扯谎歌》。出了街，车轱辘滚动的节奏便快了。吴管家拿话问起仁里堂的情况，两个姨外孙一一回答了。得知仁里堂无事，心下稍慰。

一路无事，酉时顺利回到仁里堂。当下人打开仁里堂正门，花园静寂，覆盖了一层厚厚的大雪。那几盏琉璃宫灯也给皑皑大雪覆盖了。黄韦伯兄弟俩将他送进了自己房间后离去。稍作歇息，吴管家拎了个包裹去见黄家成。临上车时，妻子给他打了个大包裹，里面无非是腊肉、猪血丸子等腊味。大年初五，他自是不能空着手回仁里堂。才走进堂屋，自有下人接过他的包裹，替他点燃了鞭炮，一时噼里啪啦声不绝，硝烟弥漫呛人。吴管家屁股才搭在凳子上，小青递上热茶。

俄尔，黄家成携肖氏进来，两人彼此抱拳打拱互道新年好。在吴管家欲待坐下说话时，黄家成邀他去茶屋喝茶。吴管家倒也不忘站在旁边的肖氏，拿眼瞅向她，肖氏明白他的意思，说："你们两老姨只管喝茶去，我自有小青陪着。待会儿我还得过去跟韦伯娘俩唠唠嗑。"

进茶屋坐下，下人马上送上酽茶。黄家成示意下人退下。下人跨过门槛，顺手把门拉上。几口茶后，黄家成压低声音道："有消息说，拳匪从长沙府往宝庆府蔓延，现在已经闹到湘乡一带了。只怕用不了多久，真会闹到宝庆府，那时候滩镇断然难以免遭侵害之苦。当今之计，仁里堂真得防患于未然，做好应对准备才行。老姨，你得给我拿出个章程，咱仁里堂可不能受拳匪侵害。"

吴管家道："这么大一件事，必得想个万全之策才行，你得给我几天时间。"

黄家成颔首道："这事儿你慢慢想去。过两天就要给元重挂新青，仁里堂得早早准备。这个年没了元重，一家人都不习惯。想我黄家成在滩镇几十年，借着上辈的余荫专营抄纸生意，与租肚皮崽素无仇冤，在滩镇虽然谈不上是介善人，但自认并非恶人宵小，没想到摊上如此让人大痛的事！"

吴管家很自然就想起今天上车时儿子吴江青的话，却也知道这话是万万不能在这里说的，要是因此惹下弥天大祸，他的罪过可就大了，再说黄元可一介瘸子，走路都困难，还能骑马杀人？"我的意思，给元重挂新青还是放到开市后，那时伙计全都到岗，凭仁里堂的人手就足够了，省了去外面雇请人手帮忙。"吴管家道。

"这事儿你看着办好了。这些日子我一直纳闷，若说元重系租肚皮崽所害，可之后这么久竟不再有他的动静，你说何解？"

吴管家不想直面这个话题，可此时给逼到墙面上，要回避都不能，只好含混道："……这事儿咋说呢？租肚皮崽也是个老江湖了，自知官府和仁里堂不会放过他，得手后自然是远遁他乡，短时间肯定不敢回滩镇。"

"都说夏大人清廉正直，能力超强，从租肚皮崽违旨收纸至今，这厮犯下累累恶行，却一直没法拿获他，以致租肚皮崽至今逍遥法外，我都要怀疑夏大人的能力了。"

"说到底张则武混迹江湖多年，外面狐朋狗友甚多，这些人素来漠视朝廷法度，自然会给他提供藏身场所，以致府衙短时间没法捕获他。我说老姨，你也别急，有些案子历经几十年才破获呢！"

"此生若不能亲眼看到租肚皮崽伏法，我是死不瞑目。我寻思了，今年府衙还不能捕获租肚皮崽，仁里堂重金雇请江湖高人取他性命。"

"我说老姨，这话就此打住，万万不可在他人面前说起，传到张则武耳朵，只怕会给仁里堂招来无妄之灾。"看黄家成一脸发蒙，耐着性子道："就怕有天张则武知道后，再度先寻仁里堂下手，他可是一身武功啊！俗话说得好，明枪易躲，暗箭难防。"

黄家成淡然道："只要能给元重报得大仇，我死不足惜。再说了，我这把年纪，已是黄土埋半身的人，何惧一死。"

"咱这年纪，生死是看淡了，可不能祸及韦伯韦明他们呐！"

下人进来，请他们去用晚餐。吴管家暗自舒了口气，起身去邀黄家成。餐房早已摆了一桌丰盛的佳肴，肖氏及王氏和刘氏与黄元可等俱在，单等黄家成和吴管家到来。大夫人方氏自吃斋念佛以来，从不同家人一块上桌吃饭，连除夕都是在痈堂念经伴佛。

王氏和刘氏与黄元可一一向吴管家拜年。

上桌时，先黄家成和吴管家入席。自然是黄家成坐上首左边，吴管家坐上首右边。楚南滩镇，乡俗颇多讲究，虽然同为上首，但左边尊于右边。之后肖氏等一一入席，正好围了一桌。黄家成客气地邀吴管家起筷。看丈夫和妹夫夹了菜放入面前的空碗，肖氏招呼大家动筷，气氛甚是和谐。饭后黄家成邀吴管家去茶屋继续喝茶，吴管家只道累了，得回屋休息。屁股一搭着凳子，这酽茶一喝，少不得要说很多的话，要是黄家成又提及黄元重的死，他难以应答。

正月的仁里堂虽然无所事事，吴管家已习惯早起。才穿戴洗漱完毕，敲门声响，吴管家过去开了门，门外站着黄元可一家子，齐齐向吴管家行礼，只道给姨父拜年。吴管家将他们让进来。刘氏手上拎了个包裹，过去轻轻放到旁边的箱子上，站在一边听他们说话。

打从吴管家进入仁里堂谋事，在黄元可成家后，每年春节吴管家从六都寨回仁里堂，他都要携妻儿给姨父拜年。姨外甥两个坐下喝茶叙话时，吴管家又联想起昨天临上车时儿子对他说的话，暗自打量眼前外甥，黄元可神态淡然，对他一如从前一样恭敬。

"元可，这半年你家里发生的事太多了，弄得我都转不过弯来！"吴管家深深一叹道。

"是呀，有时候想想都离奇。我呢是个废人，往后仁里堂的事还得姨父多多操劳。"

"我也老了啊！大年三十回到家里就头痛脚冷，拒不过你爹的热情，昨天硬撑着赶来。仁里堂终究得靠韦伯兄弟俩撑持，可现在他们年纪小了点，要我说呢，你不妨出来做些力所能及的事情，给你爹减轻点儿负担。"

"我是个废人，这二十几年来，一年也难得迈出仁里堂门槛一回，外面是怎么回事都不得而知，如何与人交往？姨父就别为难我了。不瞒姨父，有天晚上夜深人静，听我娘还在诵经念佛，我想人呀怎么活都是活，就一个过程。这样一想，竟能坦然面对自己的遭遇，也明白了我娘为何长伴青灯木鱼了。"

吴管家万没料到黄元可说出此等话来，一时哑然。

外面有下人请他们去用早餐。吴管家回应着说好。黄元可以手撑桌站了起来，一拐一拐地往外走，看去颇为吃力，刘氏落在他身后。黄韦明早已越过他父亲走到前头去了。落在后面的吴管家若有所思地把门拉上。

◉━ 第十二章　青春老大人 ━◉

　　滩镇商号年后开市，并无统一的日子，一般选择初六或初八，有的捱至元宵去了。实则是滩镇的商号大都经营年画，他们的生意交割也就冬季两个月，其他时间在家中埋头制作。开市吉日，各家商号都要在自家店铺门楣上挂两盏或四盏彩灯，燃放一挂鞭炮，意味好事成双。于是满街喜庆，比过年还要热闹。这热闹一日盛似一日，直至十五元宵节。

　　初六吃过早饭，回到自个房间坐上一会儿，吴管家甚觉无趣，决意去街头走走。大清早起来不曾见下雪，也不知这场雪昨天晚上啥时候停的。正门自有下人看守，侧门大清早就敞开着。下人要替他开正门，吴管家摆手说不用，抬腿跨过侧门门槛，不徐不疾地往街上走去。

　　街头路中央的雪已经给踩踏得乌七八糟，屋檐下的厚雪倒依旧洁白如玉，偶尔可见两行狗蹄印延伸出去。吴管家一路走将过去，两边店铺门楣上挂了不少奇巧精巧的年画彩灯。这季节，街上往来行人除了生活在街头的人家，就是赶去拜年经过滩镇的路人。迎面遇着熟人，彼此抱拳打拱互道新年吉祥。

　　如此走走停停，不知不觉到了春香院。春香院大门大敞，两边各挂了一盏大红彩灯，门上贴着的年画和红纸金字的春联、门笺依然崭新如故，一派光彩熠熠。待到入夜，极易勾出男人的幻化念头。这会儿不见有客人出入，门口也不见站有姑娘，看去甚是冷清。

　　吴管家不便老站在这儿，要是里面的姑娘跑将过来拽他，让人看到传将出去就不好了，当下继续往前走。行没多远便是怡香阁。倒是没料到怡香阁除了跟春香院一样悬挂两盏大红彩灯，还别出心裁地用数匹彩色绸缎，在临时搭起的过街牌楼上结扎出各种奇异的图案。吴管家料这怡香阁在暗中同春香院较劲，有意强过对方一头。滩镇一直流传着一种说法，说这怡香阁同春香院，像两个发情的姑娘，整日就想着盖过对方，以便留住更多的客人。吴管家暗忖，看来这传说是真的了。

一路漫步，不知不觉街尾在望，吴管家这才转身往回走，远方近处时不时传来鞭炮声响，感觉街上往来行人明显增多。仍像来时一样，吴管家慢步而行。

初七吃过早饭后，有管事和伙计陆续回到仁里堂。进正门时他们都会点燃一挂鞭炮，然后跑到东家那里拜年。这些管事、伙计大都会从家里包几个猪血丸子和糍粑、腊肉带到仁里堂。毕竟是春节，去谁家都不能空着手。这天上午黄家成坐在堂屋，有人来拜年，他都会递上一个荷包。仁里堂的荷包算是别出心裁，由红色绸缎制成，上面绣了"大吉大利"四字。据说是肖氏让丫鬟们制作的。荷包里的银子，管事和伙计是有区别的。

吃过午饭，吴管家就安排伙计为明天开市做准备。早有伙计找出往年用的四只六面琉璃宫灯，细心地把它擦干净。四寓意四季发财。滩镇正月开市挂灯，已是百年习俗，大都挂至元宵，然后把灯取下收藏，以便来年再用。这种六面琉璃宫灯颇为名贵，楠木灯骨精雕出龙头云纹，灯面彩绘了戏文故事，仁里堂还是数年前高价从京城购置回来的。偌大个滩镇，也就大生昌有一对六面琉璃宫灯。

有伙计过来，作揖道："吴管家，今年找只猪灯挂上吗？"

仁里堂有套十二生肖仿真灯，每到生肖年便找来该生肖灯悬上，今年是己亥年，自然是挂猪灯了。吴管家道："都搁了好几年，要是太旧的话，找来皮纸把它翻新一下。"

伙计取了猪灯回来，擦拭去上面的灰尘，竟依然崭新，一脸欢喜地拎至吴管家面前："吴管家你看，这灯搁了这么多年还跟当初买回来时一般新，怕是再搁个几年都没事。这灯不用翻新了吧？"

吴管家想想道："把其他十一个生肖灯笼全找来擦拭干净，咱今年干脆把十二个彩灯全挂上。"

翌日卯时，仁里堂所有管事和伙计、下人早早起床，众人口吐热气顶着寒意忙活着挂灯，七手八脚地在店铺门口临时搭起了过街牌楼，以大匹大匹纯红色的绸缎结扎出各种吉祥图，意即红（鸿）运到来。然后挂上全套十二生肖灯，猪灯居中。店铺门框上则悬挂了四盏琉璃宫灯，中间是一盏小巧精致的红色龙灯。商号图的就是个吉利。

忙完这一切，正好辰时。黄家成在吴管家和几个管事的陪同下携了两个孙子到来。

刚才，黄家成起床洗漱后，率一家男丁去了供奉菩萨的房屋祈福，先亲手敬上三炷香，随后伏身叩拜。礼毕，告知三位菩萨今日开市，望多降吉祥，保佑黄家今年生意兴隆，人丁兴旺。拿了供桌上的卦问卜，倒也卦卦如意，不曾错乱一个。礼毕，黄家成坐于旁边的一张太师椅里，看一儿两孙按长幼依次上前磕头行礼。

刚才卦卦如意，黄家成觉得今年定有好运，一路走来，步履轻松，信心满满。他满意地颔首，拖着长腔大声道："吉时到，开市！"

有下人点燃鞭炮，噼里啪啦声中硝烟弥漫呛人，众伙计将商铺门悉数打开，大声道："财源滚滚进家来，财源滚滚进家来，财源滚滚进家来……"

前头鞭炮声响，随之一阵寒风吹来，硝烟被吹散。有人道："咱和兴纸铺是今天滩镇最先开市的。"

商号开市，喜欢抢早。但抢早也有个时限，大都在进入辰时开抢，能够抢得头筹，自然是件让东家高兴的事。黄家成听了，满脸欢喜。赵管事道："今年和兴纸铺的灯，当夺得魁首，咱又是今天滩镇最早开市的，今年定然大吉大利，财源滚滚。"

黄家成笑呵呵地拱手对众人道："发财就托靠你们了！晚上大家喝个畅快，那时我再敬你们去了。"

开市当天，商号要摆上丰盛的酒席，管事、伙计都得入席。老板得在酒席上跟伙计们喝杯盅酒，表示今后托靠众人张罗生意赚钱。是以黄家成有此一说。这天老板对伙计特别宽容，有伙计喝醉了，跑去赌场玩两把，或去妓院买笑，老板都不会说啥，只要别影响第二天打理生意就是。

街上鞭炮声此起彼伏，不得消停。今天是正月初八，于商家来说，是个大吉之日，开市的人自然颇多，黄家成对吴管家道："天也亮了，市也开了，把这里交给他们，咱去茶屋喝茶。"

看黄家成双手分别执了韦明和韦伯往里走，龙不吟落在后面，吴管家交代管事和伙计几句，快步追上黄家祖孙。天色蒙蒙亮，花园小径上的雪早已铲除，走在上面不用担心滑倒。进了月亮门，大夫人庵的木鱼声清晰入耳，黄家成让龙不吟送两个孙子回去。

进了茶屋，相对而坐。稍后自有下人送上酽茶。几口茶入喉，黄家成道："老姨，明日给元重挂新青的事，可得好生准备。这可是他的第一年新青。"

"一会儿我自会吩咐下去，断不会误事。老姨，我这里有一言，你能听吗？"

"说吧，你我之间还有啥不能说的。"

"元重已去，韦伯年纪尚小，要不试着让元可出山，分些担子给他好了。"

执壶在手的黄家成正欲仰头饮茶，闻言止住喝茶的动作，吃惊地看着连襟，说："这么久不曾见你有过这方面的意思，今日咋突然说到这上面来了？是元可找了你？"

吴管家道："元可一家子昨天早上给我拜年，但他并没有这方面的意思。今日跟你说的话，纯粹是我的想法。"

黄家成一叹，道："元可的身体如何，你自是晓得，这生意上的往来他如何能够胜任？再说他那模样，谁见了心里不发怵，这生意还能做下去？他若是个正常人，我还能让他整日闲着？"

吴管家举杯连喝两口酽茶，待徐徐入喉后，说："要不把韦明培养起来吧！韦明终究比韦伯大两岁。长孙为大呐！"

黄家成低头喝茶。吴管家也不拿话催他。直至壶里的茶喝完了，黄家成缓缓抬起头来，复又一叹："元重去了，韦伯是元重的唯一血脉啊！我若不好生培养韦伯，如何对得住九泉下的元重！"

吴管家举杯喝茶，不再言语。当杯里的茶尽，他以手撑桌站起："老姨在这儿继续喝茶吧，明日元重挂新青，我得去寻管事，把事情逐一安排到人。"走出几步又折了回来，说："早两天你让我拿主意设法防范拳匪侵害仁里堂，我这里倒是有个主意，不知可合你意。"

"你倒是说来听听。"

"我的意思，待到元宵过后，让管事和伙计寻上年画铺老板，通知他们按往年用纸数量，十天内来和兴纸铺把纸领回去，每担纸比往年优惠两文钱。至于钱，能付多少付多少，一时拿不出钱可以赊账。赊账的不享受优惠。传闻拳匪所到之处放火抢掠，如此就算他们突然杀到滩镇，也不会致仁里堂损失重大。我这主意，老姨以为如何？"

黄家成以手连击桌面："这主意不错，不错，就按你说的办。挂完元重新青后，通知街上的年画商，让他们赶紧来和兴纸铺领纸。现在这种情况，趁早把事情弄妥帖了才让人安心。"

走出茶屋，天色早已大亮。吴管家把几个管事招来，告知他们明天给黄元重挂新青的事，然后将事情一一分派与他们。这些人领了任务，性急的当即告辞忙乎去了，留下来的围了火盆取暖拉扯。

有下人领着三位身穿盛装的人进来。打头者乃是位中年人，一进屋就双手抱拳打拱不迭："吴管家新年好，各位管事新年好！"

见是道生和的赵老板三人，吴管家便知道他们所来何事了，客气地招呼他们坐。客人在火盆边的空凳上坐下，自有管事的递上热茶瓜果。几口茶后，赵老板同吴管家他们闲话起来。

不知从哪辈起，楚南滩镇留下一传统风俗，每年从正月十五元宵起，当地财主联袂邀请宝庆城里的名角来龙隍殿唱戏，至三月十五财神爷生日止。赵老板三个便是牵头串联各财主出资邀请戏班。仁里堂和大生昌作为滩镇的两家大家巨头，这些年基本包揽了演戏佣金。

"赵老板，今年龙隍殿唱戏，仁里堂仍旧照去年的出资数额好了。"知道赵老板他们的来意，吴管家不等他们开腔，主动道。

赵老板三个齐齐站起，作揖不迭，只道谢吴管家。

吴管家客气一番后，让王管事领了他们去寻账房支钱。

屋里就剩李管事了。李管事道："这天气，唱戏的看戏的都遭罪。把人冻出病来，罪过可就大了。"

吴管家笑道："唱戏的遭罪为了挣俩银，看戏的遭罪却实为喜欢。"

说笑几句，李管事离去，屋里便只剩下吴管家了。吴管家懒得去外头走动，拿起铁钳夹了几块木炭放入火盆里，木炭很快燃烧起来。吴管家缓缓闭了眼睛，哼着曲调。当火盆里的火势渐渐小了，曲调已换成鼾声。

正月开市，店铺早早地打烊。仁里堂在餐厅摆下数桌丰盛的美酒佳肴，上至老板，下至下人和商铺伙计都入席把杯，大快朵颐，彼此频频敬酒。今日不分老幼，不分尊卑，一团祥和。

吴管家和几个管事坐了一桌。酒至半酣，黄家成携了韦伯到来，众人纷纷放下杯筷站起。爷孙两个先来到吴管家这一桌。黄家成让人倒上一杯酒，端杯在手，大声道："仁里堂的生意，全托靠你们，我这里敬大家了。"竟是一仰头来了个杯底朝天。

众人早已经历此等场合无数，有人给东家倒酒时，早把自己面前的酒杯倒满，看东家举杯喝酒，纷纷仰头，竟先东家落肚。

　　黄家成让孙子替他每桌敬一杯。黄韦伯便端了酒杯，去各桌敬酒。这些人视同东家敬酒，无不万分恭敬。黄韦伯敬完，回到黄家成身边。黄家成抱拳作揖，只道大家一定要吃好喝好。爷孙两个这才离去。

　　黄家成一走，众人便放开了吃喝。有下人送上灯来。看有人脸红耳热，依然在摇头晃脑地喝，吴管家悄然离座，回到自个卧房。他泡了壶茶，坐在桌前独品。茶是安化黑茶。除了陪连襟喝酽茶，这二十多年来他一直喝这种茶。据说安化黑茶有养生功效。今天黄家成把韦伯带来，这颇让他意外，显然连襟是准备培养韦伯了。

　　几口茶入喉，外面传来敲门声。开门才知是几个管事，吴管家忙把他们让进来。几个人便围了火盆坐下。闲扯几句，有人说到黄韦伯敬酒，称他小小年纪，却颇有其父风范。吴管家只是听着，不插一言，任他们说去。

　　不意赵管事站起身来，抱拳道："吴管家，大家忙碌一年，也就正月这几天清闲些。感谢吴管家对我等的关照，晚上我们几个请你去怡香阁消遣消遣。"

　　吴管家低声道："今年这怡香阁、春香院就不去了，我劝你们几个也别去。"

　　有管事不解："吴管家，这是为何？"

　　吴管家含混道："你们只管听我的就是了。寻个别的啥消遣打发吧！"

　　赵管事猛可一拍额头，连声道："是呀，是呀，还是吴管家考虑得周到。"

　　另几个管事便一脸懵懂，追问原委。赵管事任同僚追问也不肯说。吴管家手中铁钳往旁边一放，说："明天得给元重挂青，几位早点休息吧！"

　　几位管事便纷纷告辞。

　　毕竟是春节，吴管家客气地起身相送。关门时，隐约听到赵管事道："你们忘了少东家当初死于何处？明日可要给少东家挂新青，我们这当口跑去怡香阁，这于东家可是天大的讳忌啊！咱们全靠东家讨吃喝，可不能犯这个忌。"

吴管家闩门时，心道赵管事倒是个灵性人。

楚地滩镇，人死后须连续挂三年新青，而尤以第一年和末尾最为隆重。大抵来说，凡是当初参加死者祭奠的近亲族亲姻亲及邻里好友都要赶到。他们也就举个纸钱灯笼，客气点的买份糖果点心、两挂鞭炮。在主人家门前燃放一挂鞭炮，自有管事接着，将纸钱灯笼挂在一根树权上，接过客人礼物迎入堂屋，递茶让座。

第二天辰时刚过，便有客人赶来了。仁里堂这边早雇请了八音锣鼓，一听炮仗响起，确信是前来挂新青的，一班鼓乐同时吹打起来，响铳手点燃响铳，响声震天。

如此周而复始。

到了午时，仁里堂正门外插了九根树权，上面挂满了五颜六色的纸钱灯笼。估计客人都来了，吴管家让人去寻黄韦伯。很快，黄韦伯披麻戴孝领至面前。吴管家便吩咐上山。于是黄韦伯领头，八音锣鼓奏响，数人举了挂满纸钱灯笼的树权，一干人浩浩荡荡随了黄韦伯奔向其父坟茔。

经过街头，引来行人和各商铺老板的踮脚观望。虽然天气仍旧阴沉，毕竟几天没下雪了，街面干净。一路走将过去，有人慨叹有钱人家挂个新青都有如此众多人捧场。

出了街，路面泥泞不堪，一路上免不得小心翼翼。开始上山，路上有些地方依然残留着雪，一行人便显狼狈了。终于到了坟茔，密匝匝的人群站在坟茔周围。锣鼓声中，礼生指挥摆放祭品，有人将挂了纸钱灯笼的九根树权插入坟头。一时间，坟头被重重叠叠的纸钱灯笼覆盖。待到祭品摆好，锣鼓声立马停歇。

坟茔在半山腰去了，这地方难有行人，路上依然白雪皑皑。一阵冷风吹来，重叠的纸钱灯笼给吹得翻腾起来，呼啦啦作响。此时礼生拖着长腔道："孝家就位！"

祭奠开始，黄韦伯一脸悲戚地跪在坟茔前。一应程序跟当初棚舍举行祭奠仪式无二。完了，黄韦明等晚辈一一上前跪下磕头行礼。

当有人点燃带来的鞭炮时，祭奠结束，噼里啪啦的鞭炮声中，众人下山。

回到仁里堂，在堂屋又要行三献礼。神龛上摆了黄家列祖列宗的牌位，黄元重的牌位赫然也在当中，只是其牌位崭新抢眼，列祖列宗的牌位经长年累月的香火熏陶，牌上字迹虽已模糊，但依然可见老大人、老孺人字样，唯独黄元重的牌位上写的是"青春老大人"。祭祀程序同坟山无二。厨房这边趁此间隙将酒菜一一端上桌来。只是这次设在月亮门内的宅邸。待到堂屋传来鞭炮声，管事的便招呼众客上桌。一时吃喝之声此起彼伏。

几天过去后便是元宵。这天大清早起床，可见满街喜庆，满镇繁华。进入巳时，竟有太阳出来，有人搬出凳子在自个屋檐下晒太阳。中午时分，戏班演员盛装上街，挨家挨户祝福大吉大利，颂财唱神。稚童尾随在后，满街欢呼。

这会儿黄家成和吴管家漫步在花园晒太阳。花园依然可见整坨的雪。原本黄家成一个人行走在花园，吴管家从月亮门走将出来，见连襟在前头低头漫步，便上去打招呼，黄家成邀他走走。

街头锣鼓声由远而近。吴管家道："演员上街了。今日这天气倒好，不至于让看戏的人遭罪。早几天赵老板几个来仁里堂，我还担心大雪天开演，演员和看戏的遭罪呢！"

有下人领了一个人往这边走来。吴管家尚未看清楚来人，对方先他打起了招呼："两位倒是雅兴，在这儿晒太阳。"

待到对方走近，才看清楚乃是道生和赵老板。彼此一番拱手作揖后，赵老板恭请黄家成酉时亲临龙隍殿看戏。又说几句，赵老板告辞离去。

滩镇传统，每年的龙隍殿大戏，凡出资的当地财主，都将安排在戏台下的前排位子，像仁里堂、大生昌这种出佣金最多的，自然是稳坐居中，且牵头的赵老板将亲自登门恭请。

"老姨，晚上你替我去吧！"黄家成道。

"今晚上开演，大家都会去，你还是去坐一坐，明日实在不想去的话，我再安排哪个管事的去替你。"

原来演员每演出一折戏，就开始"打加官"，身着戏服的财神爷演员念到一个施主的名字，该施主就要捧上红包。是以联袂的财主是不能缺席的，可这么长时间坐在那里，换了谁也消受不了，于是这些财主便让家人或下人赶去代替。

"也只好这样。估计明天会有年画商来纸铺拿纸，明早得安排好人手才是，可别弄出来人一多忙不过来的事，传将出去势必影响后面的年画商拿纸。对咱来说，眼下没有比这更要紧的事了。"

"放心吧，我自有安排，决不会出现此等情况。"

"把韦伯也叫上吧，让他好生学学。你这个姨爷爷要倾囊传授。早两天我跟他交代了，爷爷和姨爷爷都老了，要他把仁里堂的生意慢慢挑起来。"

吴管家嘴唇翕动，终是啥也没说。可惜黄家成此刻正望着前头那株百年梅树，不曾发现身旁连襟的神情。树上的梅花已然不多，树下落了一地红白相间的梅花，芳香依然。

"我知道你有了退意，让韦伯兄弟俩硬把你请来，就是希望你好生传授他。我和你可是老了，仁里堂的未来全靠他来挑担撑持。"

"我自会倾囊传授。"吴管家移步前行，话题一拐，说，"我说老姨，既然你担心拳匪的到来会祸及仁里堂，不妨考虑把贵重物品和银两也一并转移匿藏了，如此方可彻底落心。"

黄家成不去回应吴管家的话，叹了口气，说："滩镇老板众多，在这件事情上，怎么就没有人意识到拳匪这个祸害？别的老板倒也罢，从京城、津门等地赶来大生昌进货的老板可是不少，那些地方早就轰轰烈烈地闹了几年，子和也全无一点警惕，未必无人同他谈及，想想实在令人费解。"

"也许同他谈及的人太多，反倒没往心头去。"

"如今这世道，凡事还是谨慎点好。我们把抄纸早点出手，不知少担了多少风险，看似少赚了两个钱，却盘活了大笔银两。往后仁里堂就这么办。"

正门传来响声，吴管家闻声扭头，但见门徐徐打开，一辆大鞍停在雕花门槛外，车倌钱三攥鞭垂立一旁。红梅先从车轿里下来，抬手掀开帘子，车轿内伸出一只苍白的手，红梅赶紧把手递过去让其攥住，随之走出大夫人方氏。方氏也不张望，不徐不疾地移步往里走，似乎这仁里堂无物能入其眼。见黄家成瞟一眼收回目光，吴管家不去招呼，任她们往月亮门走去。那钱三轻轻一抖缰绳，车轿悄无声息地从侧门往里赶。

吴管家待要告辞，不料黄家成长长地叹了一声，说："二十多年了，早早晚晚的青灯木鱼，仁里堂一切琐事她都不屑一顾，也就每月初一、十五去趟滩京寺。要我看，这仁里堂日子过得安逸的当数她了。"

"一个只求后世缘的人，就算天塌下来她都不会担心。"

"青灯木鱼真能求得后世缘的话，何必在红尘中折腾，惹来诸多祸患，哪天我也放下世间俗事求后世缘去。"

这一向仁里堂接连出事，特别是黄元重之死，于黄家成是件无比悲痛的事，吴管家对老姨的话并不在意，随口道："真若能够做到心无旁骛，整日与青灯木鱼为伴，那可不容易呐！真得放下一切才行。"

黄家成心下反复问自己能否放下一切。在他一时没法作答时，身后传来孙子韦伯喊他的声音，浑身不觉一颤，人一下子清醒，缓缓回转身去，黄韦伯正从月亮门出来，霞光把他映照得红彤彤的，黄家成感觉胸膛接连晃悠了两下，心都要融化了。

第十三章　围攻仁里堂

二月二，龙抬头。这天也是土地公公的生日，家家凑钱为土地神过生日。拳匪杀到宝庆府的消息终于在这一天传到滩镇，但并不影响滩镇人家敬龙祈雨，到土地庙烧香祭祀。

黄家成获知拳匪杀到宝庆府的消息时正坐在茶屋里喝他的酽茶，竟有种如卸重担之感。消息是李管事告诉他的。李管事的消息来自大生昌的马武师。马武师与李管事乃表老亲，两人在街头相遇，马武师就说起这件惊天动地的事。原来大生昌有五车运往京城的香粉纸在宝庆府被拳匪劫掠，押运人舍命杀开一条血路，逃回来向东家禀告。马武师乃是押运人之一，身中两刀，好在并非要害，不至于落下残疾，摔了饭碗。李管事获知后一路小跑回到仁里堂，此时依然是脸带惊恐，一副心有余悸的模样。

"据说这些拳匪刀枪不入，见财即掠，见了女人就抢，所到之处无不抢掠一空，若是有天杀到滩镇，众多商号势必遭劫。咱滩镇乃富庶之地，距宝庆府又不远，东家可得未雨绸缪，防患于未然。"李管事道。

"快把吴管家请来。"

吴管家匆匆而入，问何事。黄家成便知道李管事不曾把消息递与他，招呼连襟坐，倒了一杯酽茶推到他面前，道了大生昌在宝庆府的遭遇。

"若是如此，近两日拳匪极有卷至滩镇的可能。"吴管家道。

"仓库里还有多少纸？"

"尚有五千担左右。"

"倒剩得不多了。幸好我们在这件事上早早采取对策，可惜拳匪比我们预测的来得早，要是再缓上半个月就好了。"

"眼下要做的是抓紧时间把金银细软打包匿藏了。拳匪行事，素来没有章法的，还是早做准备好。"

"好，这事儿我马上去办。趁拳匪尚未到，你让管事和伙计联系年画商，尽快把仓库里的纸抛出去。"

"拳匪席卷宝庆府的事儿不用炷香的工夫，滩镇大大小小的商号就会获知，商家哪个不担心拳匪杀到，祸及自家，这种关键时刻谁还有心思来仁里堂拿纸呢……"

有下人在门外道："老爷，大生昌陈老板来访。"

吴管家快步过去开了门，门外果然站着陈子和和两名随从。吴管家抱拳打拱，只道陈老板好，侧身一边，做了个请进的手势。陈子和回礼，手提下摆跨过门槛。

黄家成从太师椅站起，一边抱拳行礼，满脸惊讶地道："子和兄，你可是稀客啊！啥风把你吹到寒舍来了，请坐，快请坐。"

看陈子和坐下，吴管家给他倒上一杯茶，作揖欲要离去时，陈子和道："承诺坐下，咱一块商量大事。"话向黄家成："家成兄，可曾记得去年你寻上我商量防范拳匪袭掠滩镇的事？今天拳匪已席卷宝庆府，我大生昌五车货物在宝庆府被拳匪抢掠，三名武师受伤，好在没有性命之忧。"

吴管家道："陈老板意欲何为？"

陈子和道："现在看来，当初是陈某轻视家成兄的提议了。家成兄，你说我们如何应对拳匪的到来？凭陈某人猜测，只怕用不了半月，拳匪便会杀到滩镇，咱这里得尽快做好准备才行。"

吴管家道："出了大生昌的货物被劫这档事，哪还需半月，三五天的时间便会杀到滩镇。"

"我大生昌的货物被劫，跟拳匪提前杀到滩镇有何关系？"陈子和不解地道，"承诺的话，好像我大生昌成了祸根似的。"

"陈老板，你大生昌声名在外，拳匪劫得你家货物，自然便会联想到富饶的滩镇。拳匪所到之处杀人掠货，知道滩镇商号众多，还不速速赶来滩镇劫掠？"吴管家道。

"承诺这么说，陈某的大生昌倒真成祸根了。可这祸也不是咱有意惹下的啊！早知今日是如此遭遇，我大生昌的货缓几日发出去又如何？损失好几千两银子呢！"

黄家成道："不知子和兄有何办法对付拳匪？这里不妨说出来。"

陈子和道："我可是来寻家成兄讨主意的。当初家成兄寻上我，定然早有御匪之策，今日陈某人唯家成兄马首是瞻。"

黄家成道："当初我和承诺的意思，联络滩镇的几位仁兄，组织人马抗拒拳匪于镇外。只是这么大一件事，不是你我通了便能够决定的，还得其他几位仁兄同意才行。"

陈子和也不去想黄家成最后那句乃是当初自己用以拒绝对方提出抗匪的话，说："其他几位仁兄那里我陈某人去联络，家成兄这里给我一句实话就是。"

吴管家道："陈老板愿意抗击拳匪，我仁里堂责无旁贷，当鼎力追随，所有护院武师及伙计、下人，任凭调遣。"

"好！如此陈某告辞，一有消息马上差人前来告知。"

两人起身相送。看陈子和主仆三人的背影拐出门外不见，吴管家道："要我说呢，也别浪费时间寻商家来拿纸了，时间紧迫，赶紧把仓库里的纸转移匿藏了吧！"

黄家成便一脸不解了，看着面前连襟："不是说鼎力抗击拳匪吗？"

吴管家道："凡事总得往坏处想才是。如此万一抗击拳匪失败，仁里堂也不至于损失惨重。"

"只是这么多纸，一时间去哪儿寻找匿藏的地方？"

"有几个造纸户家里建了储纸的棚屋。他们远离街上，给他们点银两，把纸暂且寄存他们那里，自是无事。此事交我操办就是。"

在吴管家抬腿欲走时，黄家成道："这个子和，不是今天大生昌的货物被掠劫，哪会这般积极抗匪。人啊，总是在自身利益受损时才晓得事情的轻重。"

"现在明白还不晚呐！我得赶去组织人手，你这边也别闲着，把该拾掇的赶紧拾掇了。我说的三五日也只是推测，这种事哪有一个准头。"

吴管家去了账房，李管事和一名管事坐在火盆边喝茶拉扯，见了他立马缄口不言，料两人多半在扯大生昌货物被劫的事。吴管家坐下后，让他们把其他三位管事请来，有紧要的事情商量。两人不问何事，赶紧起身去了。

很快，三位管事匆匆而至。

吴管家先扼要地告诉他们，拳匪已经杀到宝庆府，大生昌的货物今天在宝庆府被劫，估计拳匪很快将至滩镇，让他们每人率一车队，装上仓库里的纸，运往抄纸户家里寄存。有人尚且不知情，闻言大是吃惊，说拳匪要是杀到滩镇，满街商号势必遭殃，纸都可要被毁。

几个管事相继离去，吴管家不便继续坐在账房，起身往商铺走去。往年这季节，纸铺基本没什么生意。伙计小六子和老陈或站或坐在商铺，低声争论着啥，见了吴管家双双作揖道好，让座。

吴管家不去坐，面向街头。小六子小心翼翼地说："吴管家，听说拳匪已经到了宝庆府，不日将杀到滩镇，也不知这消息是真的还是假的？但愿只是传言才好。据说拳匪刀枪不入，能呼风唤雨，撒豆成兵，剪纸吹气成人，真若有此等本事，咱可就遭殃了，想跑都跑不了。"

吴管家无心跟他在这上面废话，随口道："跑不了就别跑，好好待着。"

老陈不以为然地道："真这等神功，这天下早成了他们的了。啥时候你看到过呼风唤雨、撒豆成兵、剪纸吹气成人的？真有这等本事，多剪些纸人栽些豆子不就成了，还用得着拿命去拼。"

听得吴管家震惊地扭过身去看老陈。小六子二十不到，十三岁就被家人送到和兴纸铺当学徒，老陈已是上五十的人了，小六子自然不及老陈见多识广。老陈被吴管家看得大是局促，一双手都不知道往哪搁。吴管家道："老陈说的有道理，真有这等本事，早直取京城，抢夺天下了。"

行走街头的人群突然慌乱起来，吴管家正自疑惑，往街尾方向行走的人群一窝蜂似的往回跑，有人惊恐地大喊拳匪来了。吴管家吩咐老陈和小六子："马上把店门关了，快！"

花园寂静，这会竟不见一个人影。吴管家快步穿过月亮门，险些与一名下人撞个满怀，吓得下人作揖道歉不迭。吴管家道："速去告知东家，就说拳匪来了。"

不想下人却给吓傻了，定在那里道："……拳匪咋突然就来了……"

吴管家挥手在他身上拍了一掌，把刚才的话重复一遍，不再理会下人，继续匆匆往前奔。

这会黄家成正在茶屋喝他的酽茶。

刚才他去了卧房，让肖氏把金银细软好生拾掇了。肖氏一时哪晓得他的用意，嘟哝说："这好好的捡拾什么……"女人面前，黄家成又不能把缘由说与她，她知道了还不给骇住，往后势将胆战心惊。黄家成瞪了肖氏一眼，说："让你拾掇就拾掇，啰唆个啥？"

肖氏这才招呼小青跟她去忙活。

想着肖氏的表现，黄家成觉得到时候不妨把家眷一并转移到老家乡下去，省了他们整日提心吊胆。他猛可想起啥，匆匆出了茶屋，来到黄元可房门前。门虚掩着，黄家成推门而入，屋里不见刘氏，唯有黄元可坐在火盆边取暖。黄元可对父亲的到来颇为意外，赶紧站起，喊了声爹，伸手将旁边的凳子挪了挪，请父亲坐。

　　黄家成立定在那里，说："待会你媳妇回来，叫她把值钱的东西拾掇一下。"

　　黄元可那只独眼吃惊地望着父亲："爹，发生啥事了？"

　　此时刘氏进来，快步过去行礼。黄家成不去回答儿子的问话，拿刚才的话对儿媳重复一遍。看儿媳跟儿子一般吃惊，只好说："拳匪已攻至宝庆府，估计不日将到滩镇，早做准备吧！"不去理会两人是何表情，抬腿往回走。

　　刚进茶屋，下人惊慌闯入，黄家成欲待斥责，下人道："老爷，大事不好，拳匪杀到滩镇来了。"

　　"你这是哪里来的消息？"

　　"小人刚才在月亮门遇到吴管家，吴管家让小人赶来禀报老爷。"

　　"如此说来，拳匪杀到滩镇也就刚才的事了。快去把吴管家找来。"

　　下人应声而去。

　　拳匪突然间杀到滩镇，黄家成自是无心喝他的酽茶了，搓着双手在屋里焦虑地徘徊。当吴管家匆匆进来时，黄家成快步迎将过去，说："怎么回事，这么快拳匪就杀来了？"

　　"是呀，我也没想到这么快，实在不可思议。"

　　"如此，仓库里的抄纸没法转移了……"

　　"现今情况火烧眉毛，不是理会这些抄纸的时候。要我说呢，赶快收拾了，趁拳匪尚未寻上门来，暂且逃离滩镇才是上策。"

　　"仁里堂咋办？总得有人看守宅邸才是，万一拳匪寻上门来，也好应付。"

　　"你们一家老小赶快走吧，我留下来应付拳匪。让账房在柜台上留三百两银子。你这个东家不在，万一有事便于我斡旋。待到拳匪撤退后，我再派人接你们回来。"

　　黄家成大是感动，抱拳打拱道："拜托老姨了！我让账房留五百两银子，仁里堂其他人等皆都留下交你调遣。"

在黄家成欲待离去时，徐海喘着粗气匆匆而至，说："老爷，大事不好，拳匪已经派人将仁里堂前后门给堵住了，正在外面叫门，让我们赶快开门，否则攻进来后一把火烧了仁里堂……"

黄家成的脸一下子白了，几乎站立不稳，嘴唇抽搐地道："……这……也太突然了……好像是专奔……咱仁里堂来的……"

吴管家也暗自奇怪拳匪来得突然，打头匆匆往外走，徐海赶紧跟上。跨过门槛，吴管家回身对浑身发颤的黄家成道："我赶过去看看就来。"

下得楼来，吴管家对紧随身后的徐海道："把仁里堂的钟敲响，通知所有武师来正门抗御拳匪。"

徐海飞奔而去。

吴管家手提下摆心急火燎地往正门走去。行不及数步，赵管事发现了吴管家，慌不择路地奔了过来，说："外面全是拳匪……全是拳匪……"

"你去茶屋陪东家好了。"

再往前走几步，钟声急剧响起，可见好些人从屋里惊慌地乱窜出来。有人发现吴管家，一窝蜂似的朝他奔来，竟让他一时前行不得。这些人你一言我一语，纷纷问发生啥事了。吴管家见他们尚且不明就里，怕说出来吓着他们，便起了犹豫，不意过来一伙计，告知拳匪打上门来了。众人大声惊呼："拳匪打上门来了……拳匪打上门来了……"

此时龙不吟等各自攥了刀剑飞奔而至，吓得众人慌乱避闪，一干人拥了吴管家往花园走去。穿过月亮门，几名伙计正往这边奔窜，慌乱中有人竟一头撞在一株古树上，倒在地上哎哟哟地呼痛。吴管家无心理会他们，快步往正门奔去。

未及正门，可闻外面有人叫嚣不断。待到距正门两丈，吴管家停下脚步，道："东家一向待诸位不薄，今日是诸位护主的时候了，只要挺过今日危险，诸位便是大功，东家自会重赏各位。待会诸位听我号令。"双手抱拳朝身边一众武师打拱，"今日仁里堂安危，系诸位身上了。"

龙不吟道："吴管家但管放心，我等江湖人，平生过的就是刀上舐血的日子，讲的是个义字，来仁里堂的日子虽然不长，但东家和吴管家待我等的好铭记心怀，今日拳匪劫掠仁里堂，我等自当拼命保护，唯吴管家马首是瞻。"

众武师高举手中利刃，齐声高呼："我等自当拼命保护仁里堂，唯吴管家马首是瞻……"

吴管家沉缓地点头："好，各位做好准备，听我号令。开门！"

两名武师一同向前，取下门后那根沉重的横挡木，合力打开正门。门外挤了数十匹马儿，马上之人穿戴各异，手上皆都攥刀握剑。让吴管家和徐海他们大吃一惊的是打头坐在马上之人，竟是一度销声匿迹的张则武。至此，吴管家总算明白拳匪何以来得如此突然。那张则武似笑非笑地朝吴管家抱拳一拱，说："吴管家，没想到张某人今日会寻上门来吧？"

吴管家还礼道："贤侄，你爹娘乃滩镇街头本分生意人，你叔叔婶娘也是塘冲厚道抄纸人，这些年你在滩镇勤练武学，喜欢行走江湖结识五湖四海的人物，也就半年前纠集他人违旨收纸，我等委实没料到你会是拳匪，今日竟率众拳匪打上仁里堂来了。我想你爹娘和叔叔婶娘只怕也没料你会走至这步。"

张则武嘿嘿一笑，旋即脸色一沉，说："吴管家，在你跟前无须隐瞒，当日张某人违旨收纸，乃是奉分舵主之命筹措经费。今日回来，实为报昔日之仇。让黄家成出来见我吧！"

"你有啥事这里跟我说好了。"

"诚然你贵为仁里堂管家，怕是也做不了这个主。要不叫你外甥出来也行。"

"元可？"

"啥时候那瞎眼的瘸子在仁里堂也说得上话了？叫黄元重出来

见我。"

吴管家一愣，脱口道："元重已死。"

"黄元重死了？"张则武盯着吴管家，神情大是不信，"他怎么死的？"

"被人杀害在春香院门口。"

"凶手呢？"

"官府正在全力缉拿。"

"可知凶手是谁？"

"这是官府的事，我等不得而知。"

"死在春香院门口，多半是跟嫖客争风吃醋罢。我才离开滩镇半年，没想到就出了此等变故。"

"贤侄，你久居滩镇街上，黄家素来与你没有任何仇怨，今日引拳匪至滩镇围攻仁里堂，真要洗劫滩镇，焚毁仁里堂，你这一辈子都甭想在滩镇待下去了，你爹娘和叔叔婶娘都要为你的所作所为被人戳脊梁骨，只怕至死都抬不起头。你尚年轻，可以远走滩镇，四海为家，可别忘了你爹娘叔婶妻儿皆在滩镇，你的根已长在滩镇，事关故土故人，凡事当三思而行。你若听我劝告，就此离去，之前所犯违旨收纸一案，黄老板可寻官府通融，不予追究你的罪责。"

张则武嘿嘿一笑，说："滩镇街上的其他邻居又不曾惹我，我干吗要洗劫他们？我杀回滩镇，只为报半年前的大仇。"

吴管家道："你违旨收纸，导致官府缉拿你，这与仁里堂何干？你被官府捕获后关押仁里堂，却杀人潜逃，犯下命案，这又与仁里堂何干？在你逃离滩镇后，官府和仁里堂并没有对你爹娘叔婶及妻儿有何不是吧？人上一百，形形色色，此次拳匪被你引至滩镇，哪是你能约束得了的，滩镇乃商号云集之地，难免有商号会遭遇抢劫勒索，那时候邻里只会把这些仇恨记在你头上……"

张则武打断吴管家的话："我是潜逃了，但杀人的事与我毫不相干。此次回来，除了报仇，还想弄明白那天救我的人是谁。"

吴管家暗自大吃一惊，脸上却不曾表露出来，也不在这个问题上纠缠，故作轻描淡写地道："贤侄，你看这样如何？你身边这些兄弟随你老远来一趟滩镇也不容易，仁里堂给你五百两银子，算是黄老板犒劳各位，可好？"

此话一出，可见围在张则武身边的人起了躁动，吴管家心下暗自舒了口气。岂料张则武复又嘿嘿一声冷笑，说："别人不了解你仁里堂，我还不了解他黄家两代这几十年盘剥了滩镇抄纸人家多少钱财？区区五百两银子就想打发走我们？想都甭想。今日不拿出八千两银子，我们就冲杀进去，那时候是啥后果你可想明白。"

"你自幼生长在滩镇，当知道这季节仁里堂的钱全都垫在纸上，哪家商号会把这么多的闲钱搁在家里，你这要求不是强人所难吗？"吴管家道。他这里胆敢忽悠对方，料才到滩镇的张则武不可能知晓仁里堂近来设法抛纸避险。

"滩镇十数家钱庄，凭仁里堂的名头，别说八千两银子，要筹集十万两银子也就一锅烟工夫的事。我可以放黄老板出去筹钱，也不担心他去寻府衙报官。"张则武道。

倒是没料到张则武会说出此等话来，吴管家一时语塞，竟不知如何应答。

那张则武看着吴管家，又是嘿嘿一声冷笑："你这里给句话，行还是不行？不行的话让黄家成来跟我谈，别在这儿浪费张某人的时间。我这帮兄弟可不是有耐心的人。"

"黄老板不会见你。贤侄，我这里还得提醒你，毁了仁里堂，你势必遭官府通缉，亡命天涯，有家难归。"

"张某人今日走出这一步，是啥后果早考虑过了，无须吴管家操这份心。你只是仁里堂的一名管家，退一边去好了，犯不着把自个老命搭了进来。"

"我已经把话说明了，你既然执意为之，先从我身上踏过去。"

张则武登时换了脸色，一字一顿地道："这可怨不得我了。弟兄们，做好准备，听我号令……"

龙不吟提刀而出，说："张则武，闻你武功了得，你敢下马跟我大战两百回合吗？"

张则武才要拔刀下马，身边有人低声说了两句，张则武便止住下马之势，说："待会儿我自会跟你分个输赢。弟兄们，冲进去后，切记把黄家成给我找出来……"

"我儿，乡里乡亲的，你可不能做此犯傻的事，这叫你爹娘往后如何在街上做人啊……"

张世人突然赶来，吴管家颇为意外。那张则武万没料到这当口父亲会出现在这里，此等紧急关头，又气又急，说："爹，你让开，站在这里会伤及你……"

张世人跺脚大声道："儿啊，黄家又不曾欺负过我们，就是你叔叔婶娘以抄纸为生，黄家也没有哪次在收纸过程中压他们的价。爹晓得你对仁里堂独家收纸心有不平，可这是朝廷赐给他们的权力。之前你纠集人违旨收纸，现在又领人围攻仁里堂，不说官府会如何待你，这街头的左邻右舍会咋看咱家……"

张则武哪能在这儿听父亲废话，心下大急，对身边同伴道："快，下去把我爹拽一边去。"

同伴应声纵身下马，直扑张世人。不承想张世人大声道："儿啊，既然你不听爹的劝告，爹死在这里给你看……"说着一头撞在门叶上，登时满脸是血倒在地上。

事起突然，在场之人皆都愣住。张则武最先醒悟过来，急得大叫一声爹，单手一撑马背，人一落地，抱起父亲蹬镫上马，双腿使劲一夹马肚而去，把一干同伴抛在那里。

龙不吟低声以滩镇土话道："吴管家，张则武已走，群龙无首，咱可趁机冲杀过去，打他们一个措手不及。"

吴管家摇头道："这些人招惹不得，纵然今日仁里堂赢了，明日他们纠集人马赶来复仇，那时如何是好？你且站在这儿，我自有退敌之策。"

　　吴管家招手叫来一名武师低语两句，武师应声飞也似的离去。吴管家趋前两步，双手抱拳朝门外众拳匪打拱："各位，刚才情况你们可看得明白，则武的父亲为了阻挠他儿子攻打仁里堂，不惜以死相劝。则武已走，你们若继续进攻仁里堂，岂不逆了他父亲的意愿？你们老远从宝庆府赶来也不容易，这样吧，我给你们五百两银子，分下来每人也是一笔可观的数目，算是我们东家的一番心意，如何？"

　　看丈把远外的拳匪起了躁动，吴管家悬着的一颗心总算落了下来。此时那名武师手里拎着个包裹，其身后紧随了两名管事，手上也是各拎一个包裹，看去颇为吃力。三人将包裹放在吴管家面前，然后赶紧后退。这时吴管家大声道："这里面是五百两银子，哪位好汉前来拿吧！"

　　一时间竟无人上来。

　　吴管家待要再次拿话重复，一名拳匪大声道："我来也。"语声中人如雄鹰展翅，从马上飞掠过来，稳稳地落在包裹前，脚尖一钩，一只包裹已飞到他手上。这人解开包裹，见果然是大锭大锭的银子，脸露笑容，朝门外的同伴道："叶兄肖兄，真金白银，还不赶快来取。"

　　两名拳匪腾空而至，各自抓了个包裹在手，打开验证后复又包好，其中一人看向吴管家嘿嘿笑道："你倒是个聪明人，明白花钱消灾的道理，不像有的人死捂着钱，要钱不要命。看你识相，咱也就不为难仁里堂了。弟兄们，我们撤。"

　　三名拳匪中一人大手一挥，众拳匪往后撤去。嘚嘚嘚的马蹄声中，一众拳匪很快走了个干净。

　　正门外又恢复了它的宽敞、安静。

　　吴管家但感背脊尽是虚汗。他长长地舒了口气，示意两名武师把门关上。众人围了上来，纷纷夸他好胆识，吴管家只作摇头。他心里明白，不是张世人舍命阻挠，拳匪早冲进来了，这时候的仁里堂只怕尸横遍野，血流成河，说到底是张世人救了仁里堂。

紧守铺面和后门的下人赶来禀告，说拳匪突然就撤走了，叫人好生不解。有人便告诉他们刚才发生的事，下人听了无不骇然。吴管家想着该把这里发生的情况告诉连襟才是，提了下摆匆匆来见黄家成。

此刻黄家成瘫软地坐在茶桌前那把太师椅里，肖氏和小青及韦伯母子围在他身边，一个个神情紧张万分。门口两名武师双手抱刀把守，看吴管家匆匆赶来，躬身行礼。

那黄家成见连襟突然而至，急忙站起："什么情况？"

"拳匪已退。"

黄家成嘴唇便哆嗦起来，往后愈发厉害，一时间竟是说不出话来。吴管家知道连襟激动了点儿，在他面前的椅子里坐下，轻声道："喝口茶吧！"

黄韦伯过来，朝吴管家行上一礼："姨爷爷，拳匪真的走了？"

"拳匪没走，姨爷爷这会哪能站在这里。随奶奶去隔壁房间，姨爷爷还得跟你爷爷说点事儿。"

王氏过来，朝吴管家施礼后，拽了儿子随婆婆退出。

吴管家道了事情始末，直把黄家成听得目瞪口呆。待到吴管家说完，黄家成自言自语地道："这个张世人，往日老实本分，没想到今日做出如此激越的行径，委实让人难料。"

"是呀，若非他以死相逼，仁里堂后果难料。说到底张世人是个明白人，知道儿子一旦入侵仁里堂，他这一辈子都甭想再回滩镇。"

黄家成若有所思地道："我说老姨，那些拳匪得了银子后，是滞留在滩镇呢还是离开了滩镇？"

吴管家一愣后明白了连襟的意思，当即呼来一名武师，让他去把龙不吟请来。很快，龙不吟匆匆而入，分别朝东家和吴管家行礼。

"龙师傅，刚才拳匪得了银子的事你可是看明白了？你这就带几个人去摸准他们的去向。记住，不可惊动了他们，一有情况速速回来告知。"吴管家道。

龙不吟当即告辞离去。

"仁里堂武师颇多，可今日众多拳匪面前敢主动叫阵的也就这位龙师傅。真若拳匪攻进来，估计有人早已逃得不知去向。这位龙师傅，艺高人胆大，忠勇可嘉。今日发生的事让我明白，仁里堂需要这种忠勇之士。"

"待到拳匪这件事平息，再重重奖赏他去了。"

拳匪的消息不是一时三刻能有的，两人不便坐在这里傻等龙不吟回复，出了茶屋立身走廊。时候只怕已是申时了。黄家成猛可想起了啥，说："今日仁里堂遭遇拳匪围攻，起因归咎张则武，可又多亏张世人及时赶到，我们这里应该派人赶去看望他。但愿张世人没事才好。"

吴管家颔首道："我早有此意，想着等龙师傅回来再说。要不我这就去趟张家。"

黄家成道："也不急在一时，等龙师傅回来再去不迟。到时候多带点银子吧！"

好在龙不吟很快回来了，告知大部分拳匪得了银两后离开了滩镇，但还有十数名拳匪追随张则武待在张记寿屋铺。"东家但管宽心，区区十数名拳匪，凭咱仁里堂人手不用忱他，谅他不敢再行今日之事。"龙不吟道。

"张世人伤势如何？"吴管家问。

"当时吴管家只让我们摸准拳匪的去向，为免惊动他们，没敢靠得太近。从情形上看，应该暂且没有性命之忧。待会我亲自赶去打探。"龙不吟道。

"龙师傅，明日去账房领百两银子。"黄家成道。

看龙不吟一副不明所以的样儿，吴管家道："龙师傅今日能够在危险时刻挺身而出，忠勇可嘉，百两银子乃东家奖赏你的。龙师傅去账房领取银子便是，赶快谢东家吧！"

龙不吟抱拳朝黄家成深深一揖："不吟这里谢东家了。"然后话向吴管家，"我这就去张记寿屋铺打探张世人的伤势。"

目送龙不吟转身大踏步而去，黄家成道："若非今日仁里堂遭遇危险，哪看得出龙师傅的忠勇。江湖上真的不乏忠义之士。要不让龙师傅任护院头儿吧！"

"不可，如此一来徐海那里定然会闹情绪，岂不把现今关系弄得糟糕了，暂时还是维持目前状况吧。"

两人往楼下走去。不经意间，吴管家拿眼投向对面的狮象山，一条纽带似的雾霭横亘在山顶，天色暗了许多，看样子又要变天了。此刻，吴管家的脑子塞了两个疑问：张世人伤势如何，拳匪还会不会入侵滩镇？相较于后者，他更牵挂张世人的安危。如若张世人伤重身亡，以张则武的脾性和其身边追随他的十数名拳匪，极有可能再次袭击仁里堂。脑子这般想着，脚下踏空，险些摔下楼去，好在他下楼时习惯一手搭在护栏上，脑子又反应得快，那只搭在护栏上的手赶紧抓住栏杆，人没摔下去，却也惊出一身冷汗。

走在前头的黄家成闻声有异，回转身来看向连襟，吴管家笑笑摇头，表示没事。不料黄家成道："张世人若是伤重身亡，那个租肚皮崽多半会把责任归咎于我仁里堂，只怕又将招致他的报复。"

吴管家心下直道怪了，自己才想到这事儿，连襟便跟着想到这上面来了，人就起了不祥，忍不住反复问自己："要是张世人死了咋办？"看连襟等着他回复，叹了口气道："一切看张世人跟他儿子咋交代，还要看张则武咋想。这世道最难猜的就是人心啊！"

这会儿吴管家甚是冷静，想那张则武连违逆圣旨的事都敢做，一旦其父身亡，那时候还有啥他不敢干的事呢！

第十四章　故土难留

看父亲血流满面地倒在地上，张则武又惊又惧，哪还顾得上攻打仁里堂，抱起父亲蹬镫上马，双腿使劲一夹马肚急奔张记寿屋铺。他万没料到父亲会在如此危急时刻出现，更没料及父亲会以死相逼。

拳匪的突然到来，吓得商号关门紧闭，往日繁华喧闹的街头空荡荡的阒无一人，唯有狗儿摇晃着尾巴不知惧怕地游荡在街巷。张则武只管双腿不时猛夹马肚，这一路快马冲将过去，竟不曾遇见一个行人，也就将几只狗和数只蹒跚的麻鸡婆惊吓得乱撞乱飞。

张记寿屋铺的店门敞开着，张则武的突然而至，其气势把自家黑狗都唬得串回屋里去了。王氏闻声出来，儿子手上捧着个血淋淋的人把她骇了一跳，待看清楚是自个丈夫，扑将过来大哭道："怎么了……这是怎么了……出去的时候尚是好好的……"

张则武不去答母亲的话，将父亲放至床上，转身匆匆往外走。阳氏进来，骇得人都动不了。

王氏道："我儿，你这是要赶去哪？"

"娘，你好生守着爹，孩儿赶去请郎中。"

张则武一跃上马。行了没多远，迎面遇见十数名同伴。诚然急着去请郎中，却也不得不停下马来招呼。有同伴便告诉他，叶子黄三个得了仁里堂五百两银子，已率众人撤离滩镇。张则武的两个鼻孔哼哼道："随他们去吧！各位兄弟在此稍等，我得赶去前头请郎中给我爹看伤，然后再来跟大家汇合，商榷下步事宜。"

滩镇商号众多，郎中也有七八家，其中要数同济堂李郎中、四喜堂邓郎中最为有名。四喜堂同张记寿屋铺在同一条街上。张则武一路打马，嘚嘚嘚的马蹄声响将过去，刺耳异常，把两个迎面走来的行人吓得搁下肩上的担子落荒而逃。四喜堂大门紧闭，张则武翻身下马，抡开蒲扇般的大手猛拍门扉，一边大喊："邓郎中开门……赶快开门……"

屋里有人嗫嚅道："你是谁呀？"

"我是张则武……张记寿屋铺的张则武……家父重伤……还请邓郎中移步过去施手医治……"

见屋里没有回音，张则武又急又怒，止住了拍门的动作，抑制着心头的怒火，一字一顿地说："邓郎中，我爹重伤等着你去医治，你再不开门，我可要破门而入了，那时候可别怪我这做晚辈的不顾礼节。赶快开门吧！"

"老朽医术平庸，怕治不了你爹的伤反倒耽误了时间，要不你去同济堂找李郎中吧……"

张则武大怒："邓老爷子，你好不明事理，我家与你也就隔着几家商铺，往日我父子又不曾得罪过你，现今我爹重伤，你竟百般推诿，不肯施以援手，仁心何在？再不开门，我可真要破门而入了。"

门总算开了，鹤发童颜的邓郎中失了往日的仙风道骨，他浑身哆嗦，嗫嚅地说："不是老朽不施以援手，实在是担心医不好你爹的伤反倒耽误了治伤的时间……"

张则武直闯进去。邓郎中身后站了名伙计。张则武冲伙计道："赶快把诊箱给我拿来。"

伙计立定那里不敢移足，眼睛却不由自主地瞟向柜台。张则武顺着他的目光望去，柜台上搁着只出诊箱，当下径直走将过去，拎了诊箱在手，攥紧了邓郎中的手就往外走。邓郎中欲要挣扎，在张则武手上却是动不了，口里嚷叫道："你这是干吗……还有你这样强行请人医病的……"

张则武发怒地把邓郎中提上马，打马疾驰中咬牙切齿地道："你若再喊，我这里把你甩下去，摔你个脑浆迸裂，那时可别怪我张某人全无邻里之情，行事心狠手辣。"

邓郎中自是知道这位街邻后辈的德行，连滩镇第一大家巨头都敢招惹，还有啥事他不敢做的，心头又惧又怕，登时缄口不再叫喊，一时但闻耳边风声呼啸。那十数名拳匪见张则武坐骑来势甚猛，纷纷让道，待到张则武过去，打马跟上。

到了张记寿屋铺，张则武一跃下马，然后搀扶邓郎中下来。邓郎中见周围挤了十数个陌生人，皆都携刀带剑，不是满脸横肉便是眼露凶光，明白他们是什么人了，万分惧怕，哪还敢叫喊，浑身筛糠般随了张则武往里走。不料在跨门槛时，后面那只脚给门槛绊了一下，险些摔倒，幸得张则武手疾眼快，一把扶住他。张则武看邓郎中身子颤得厉害，知其害怕，耐着性子道："邓老伯，咱邻里街坊的，你只要用心把我爹的伤医好，我绝不为难你。"

躺在床上的张世人已昏迷，王氏守在旁边急得落泪，却是不敢哭出声来，见邓郎中到来，扑通一声跪了下去："望邓郎中大发慈悲，援手救救我家老头，王氏这里给你磕头了……"

慌得邓郎中赶紧把王氏扶起，说："救死扶伤乃老朽本分，咱邻里街坊的，自当全力以赴，弟媳如此就折煞老朽了。你一旁坐好，老朽这就去看伤把脉。"

邓郎中察看了张世人的伤势，然后坐下来把脉。阳氏甚是机敏，给邓郎中递上茶来。见邓郎中无暇接茶，将茶杯放在他身旁的凳上，然后退下立于丈夫身边。

看邓郎中闭着眼睛抿紧了嘴巴，脸色愈发严肃，张则武心下越发紧张，待到邓郎中睁开眼睛收回两根指头，迫不及待地说："我爹伤势如何？"

邓郎中站起身来，伸手去拿诊箱，沉缓地摇头："老朽真的是无能为力，要不你们去同济堂找李郎中试试。"

王氏急得直掉泪。

张则武便拉下脸来，说："邓老爷子，你该不会是怨我刚才行事鲁莽，心头怪罪，是以……"

邓郎中把手乱摇，慌不择言地说："哪能呢……实在是你爹的伤势严重……以老朽医术难以抢救……"

张则武："你的意思，我爹是没法救治了？你直接回答我，别拐弯抹角的，我不怪你。"

"给你爹准备后事吧！"说完这话，邓郎中竟一下平静如常，移足往外走。跨过门槛，他回转身来，道："你们给他灌点人参水，好生守在旁边，半个时辰后他会醒来，看他有啥交代。"

张则武追了出来，有同伴问起世伯伤势，他不置可否，吩咐一名同伴："辛苦邱兄走一趟，拿我的坐骑送老爷子回家。"

张则武不能让这些同伴老站在商铺外，看邓郎中两个上马离去，呼来伙计，吩咐他好生招待客人。

此时，那王氏终是没能忍住，哇地哭出声来："你是傻呀，再怎么样也不能拿自己的脑壳去撞门呐……"

王氏的话让张则武大是愧疚，恨不得挥手狠狠扇自己几个耳光。对今日引来同伴围攻仁里堂，他真的是悔不当初。他缓缓抬起头来，不让盛满眼眶的泪水流出来。阳氏提醒他，爹醒了。张则武拿眼投向父亲，两步来到床前，躬身道："爹醒了……"

醒转过来的张世人眼睛浑浊，他看着儿子，低声吃力地道："……我儿……没有……闯入……仁里堂吧？"

张则武痛楚地摇晃着脑壳："孩儿没有。"

"没有就好……真闯进去了……咱张家一辈子……在滩镇都抬不起头……会被人戳脊梁骨……"

"爹，你叫我怎么说你呢……纵然孩儿做得再不对，你也不能这样啊……现在情况，你叫孩儿如何是好？"

"孩子……在这件事上……你一定要听爹的……断断不可对仁里堂行入侵之举……切记爹的话！"

阳氏端来剩下的人参水要喂公公喝下，张世人喘着粗气无力地摇了下脑壳。在阳氏拿眼投向丈夫，欲问他咋办时，伙计领了吴管家进来。吴管家放下手头上的礼物，快步走向床前，朝张世人不停地抱拳打拱，说："张掌柜，承诺来看你了。唉，今天张掌柜行事，实在让人意外。贤侄，请郎中看了没有？"

父亲面前，张则武强忍不快，却也不说邓郎中来过，神情淡然地瞄眼吴管家，吴管家识趣地不再在这个话题上纠缠。

这时张世人道："我儿跟仁里堂……这半年发生的不快……黄老板面前……还请吴管家多美言几句……"

吴管家忙道："今日在仁里堂时，我已经跟贤侄说得明白，之前贤侄所犯违旨收纸一案，黄老板当寻官府通融，不予追究。这话虽然出自我吴某人之口，张掌柜但管放心，咱邻里街坊几十年，当知道吴某人历来不打诳言。"

"吴管家这么说……我也就放心了……儿子……忘掉与仁里堂的恩怨不快……也别再混迹江湖……帮家里打理好生意……这才是正道……"越往后，张世人愈发吃力，终于缄口不言，只管静静地看着儿子。

吴管家道："张掌柜，你好生歇息会儿。贤侄，如此守着你爹也不是个事儿，眼下最紧要的是找郎中来给你爹治伤。要不你守在这儿，我让人去请郎中。"

陪同吴管家一块来的还有徐海。本来龙不吟自告奋勇提出随行保护吴管家安全，吴管家想着他今天向张则武叫阵，两人见面，定然惹张则武心头添堵，反倒坏事，便唤上徐海。吴管家的意思，让候在外面的徐海去请同济堂李郎中，谁知才跨过卧房门槛，身后传来阳氏的惊呼："公公去了……公公去了……"

吓得吴管家赶紧回转身去，张世人那双眼睛仍旧圆睁着，细看才知他是死不瞑目。那王氏见丈夫离去，大放悲声。阳氏也哭了起来。外面拳匪不明就里，一窝蜂涌至门口伸长脖子往里望。吴管家望向张则武，张则武扑通一声跪在床前，重重地磕了三个响头，悲愤地道："爹，这些年儿子辜负了你的期望，你安息吧！如若可能，从今儿子守着店铺好好孝敬娘。"伸手往父亲脸上一抹，张世人的眼睛合上了。

之前龙不吟打探消息回来，只道张世人并无性命之忧，万没料到自己一入张家，张世人竟重伤而亡，吴管家正自心慌，张则武的话让他安心不少，过去把他扶起，说："你爹一世好人呐！人死入土为安，当务之急是办理他的后事。这样吧，我去负责找人手……"

"不用，我爹的后事，我自会操持，拿上你的东西走吧！"张则武冷冷地道。

吴管家叹了一声，说："贤侄，这里说句心里话，你爹的离去，我没料到，就像没料到他今天会出现在仁里堂。我同你一样难过！虽然我与你爹平日素无往来，但大家在一条街上几十年，他今天为仁里堂受伤，我赶来看望他，人之常情，你就不要把情绪带到这上面了。刚才你爹的话我也听得明白，许多事情，看开些吧！"

在吴管家往外走时，张则武立定在那里不再多言。母亲与妻子的悲恸提醒他，眼下迫切要做的是处理父亲的后事，他让妻子陪着母亲，来到外面时发现已是黄昏。看街上冷冷清清，阒无一人，张则武顿觉今天引领诸多同伙杀至滩镇，此时要自己出面在街上找人手帮衬料理父亲的丧事都难，突然明白父亲为何不惜以命阻挠他攻打仁里堂了。

虽说自己这边有十数名兄弟，但这些人哪干得了这事。在张则武想着去寻阿忠时，马蹄声响，由远而近，这才发现是叔叔夏有福赶来。夏有福翻身下马，手中马缰随手一甩落在马背上，待要开腔拿话来叙，屋里哀号声入耳，大吃一惊道："这是怎么了？"

"我爹他去了。"

"啥时候的事？"

"就在刚才。"

夏有福抬腿往里走。屋里挤了十数名携刀带剑的莽汉把他吓了一跳，更兼这些人的目光齐刷刷地向他投来，一时心如揣鹿，旋即明白他们是何人物了，倒也不再害怕，继续往里走。

张则武将夏有福引至张世人床前。掀开盖在上面的床单，看着满身是血的张世人，夏有福大是惊疑，说："怎么会是这样？"

张则武不想在这件事上说得太深，只道："他把自己撞到门上去了。"

夏有福将床单盖上，说："准备料理后事吧，我这就去找人手来帮忙。"

在夏有福上马准备离去时，阿忠打马而至。阿忠自是认得夏有福，下马行礼，只道世伯好。此时夜幕笼罩，夏有福催马匆匆离去。

阿忠甚是高兴，说："传闻你回滩镇了，后来又听说你们走了，想想还是赶来看个究竟，没想到老弟你没有走。"

在阿忠面前，张则武却是不便说个中原委，含混道："那天晚上老兄落入官府手上，我本来想冲上去救你的，想着老兄又不曾参与收纸，官府不会拿你怎样，也就没有冒这个险。官府没有为难你吧？"

"在仁里堂关上半天后把我放了。说到底现今知府大人是个好官，落在别的哪个官爷手里，估计不死也得脱层皮。"

屋里的悲恸声让阿忠大惊，说："发生啥事了？"

张则武扼要地道了事情的经过，听得阿忠杵在那里有如中风。清醒过来后，阿忠快步来到张世人床前，恭恭敬敬地磕了三个头，爬将起来道："我这就去找几个人来帮忙料理后事。"

安慰王氏一番后，阿忠全然不顾浓郁的夜色打马匆匆离去。

屋里亮着灯，张则武独自站在床边。对今日发生的事，他至今难以回过神来，总觉得是在做梦。有同伴进来，说："则武兄，大家都是兄弟，有啥需要帮忙的尽管开腔，你可别客气。"

这些人全是鲁莽之辈，又不谙楚南乡俗，虽说自幼生长在滩镇，对葬礼中的繁文缛节也只知一二，他们哪插得上手，张则武道："你们只管休息便是，这事儿自有人来帮忙。"又说，"曾兄，这里的事儿不知道要几天才能完，要不你们明天去宝庆府与分舵会合，待我忙完，自会前来追寻你们。"

"我们都走了，万一仁里堂和官府寻上你咋办？有我们在，仁里堂那几个看院的狗崽子肯定不敢前来寻事，就算官府来了，起码可以替你挡上一阵。"

"眼下官府陷入我们围攻，自顾不暇，哪还有人手可派。你们只管走便是，料这里不会有事。"

"今晚上肯定是走不了了，明天看情况再说吧！"

伙计进来，请他们去吃晚饭。发生这等事，张则武无心吃喝，同伴走后，独个坐在一隅，看着孤灯发呆。

临近亥时，外面传来声响，却是夏有福领了几个帮手赶来。张则武闻声出来，有认识的也有不认识的，过去一一磕头跪谢。

张记寿屋铺自有现成的寿衣和棺椁，有人替张世人清洗后，找来寿衣、鞋帽穿上，再拖出一副上好的棺椁盛殓了。

稍后阿忠领了数人匆匆而至。此时夜已深，只能单等明天到来。张则武让伙计引领同伴去客栈歇息，这些人却是不肯。好在张家有的是空房，阳氏找出数床被褥，把楼上清扫了，然后将被褥一排儿摊开，却也能够容下这一干人众。

阿忠陪着张则武坐在堂屋守灵。夜深人静，神龛上的香烛在燃烧，棺椁尾下的长明灯幽幽地闪亮。有风从窗棂吹进，香烛摇晃，阿忠几次担心把香烛给吹熄了。须知香火不断，寓意死者后继有人；长明灯是给死者照亮回家的路的，断不能熄灭。

"老弟，你是咋想的？"阿忠道。

阿忠这话听着有些突兀，但张则武却明白阿忠的意思，是问他处理父亲后事后有何打算。张则武叹了一声，说："我爹闭眼前叮嘱我别再浪迹江湖，好生帮家里打理生意，可现今情况，我还能留在滩镇？诚然那吴管家说了，之前所犯违旨收纸一案黄家成会寻上官府通融，不予追究我的罪责，可这终究只是一句话，当不得真呐！"

"仁里堂有的是钱，这年头哪还有钱办不成的事，且黄家一向与官府交好，黄家成真肯出马找官府通融，知府大人当会卖他面子。对知府大人来说，既然黄家成肯销案，他乐得做个顺水人情，多一事不如少一事。"

"常理来说是这样。可据我所知，现在这位知府大人是个油盐不进的角色。今日在仁里堂时，他们把好几条人命都归咎于我。人命关天呐，官府哪会因为他两句话就撤案不管。"

"现今天下大乱，啥事都没一个准头的。你们不是在攻打宝庆府吧？如若官府输了，这天下不就是你们的了吗？那时候老弟可就扬眉吐气了。"

张则武缄默地摇头。

一夜无事。

第二天天蒙蒙亮，夏有福和阿忠请来的人便忙开了。有人被派去请地仙，有人安排上山砍楠竹和松柏树枝，管事的在柜房书写对联……有条不紊地忙碌着。辰时过后，店门两边用楠竹片做成了一个月牙门，上面扎满了青翠的松柏树枝，树枝上扎了一朵朵硕大的白纸花儿，白纸黑字的丧联颇为刺眼。当前头唢呐、锣鼓响起，知道孝家雇请的乐队到了，这边确认无误后点燃响铳和鞭炮予以迎接。

街上商号陆续有人开门，到后来所有铺面大敞，只是看去比往日少了几分热闹，多了一份沉闷，行人大都步履匆匆，难见孩童身影。偶尔可见有人围拢在商铺门口低声交谈，也是神色紧张，而后迅速散去。

地仙勘定金井后，再将张家人的生辰八字——排列，避开刑冲，择定出殡吉日却得五天后去了。

张则武把一干同伴招来，道了情况，然后说："也不知宝庆府那边是何情况，让兄弟们在这里等我，只怕会误大事，午饭后诸位还是上路吧，丧事完后我自会追上来。"

有人复又拿昨天的话拎起："就担心我们走后，一旦官府寻上你来，凭兄弟一己之力，万难应对，有兄弟们在这儿，起码可以挡上一阵，不至于让你落在官府手上。"

"我自幼长在滩镇，对附近地形熟谙，官府真来了，轻易便能脱身。之前官府几次举全力捉拿我，不也给我逃脱。在这上面，你们大可不用为我担心。"

不意在张则武吩咐厨房早点准备午餐时，夏有福领了一人神色紧张地来到他面前。这人喘着粗气，行礼后以滩镇土话请张则武借一步说话。张则武狐疑地将他领至一隅，这人道："官府已到仁里堂，赶快领着你的兄弟走吧。你爹的丧事，自会有人料理。"

张则武大吃一惊，道："你是谁？"

"实说了，我是仁里堂的下人，官府现在就在仁里堂，即刻便到，我家老爷让我赶来通知你，赶紧逃去吧。"

这人说完，转身匆匆离去。

夏有福见侄子神色有异，过来问咋回事。张则武道了情况。夏有福的样子大是紧张，说："你还杵在这儿干吗！你爹的丧事自有我料理，领着你的兄弟赶紧逃离。未必你还想在这儿跟官兵厮杀一场？你爹九泉之下都不会安息。在这儿跟官府干，受损的可是你自己，只怕还会祸及你母亲和妻儿。"

张则武便一下清醒了，大声招呼同伴拿了各自包裹，去马厩牵了坐骑走人。事起突然，又不曾给出理由，有同伴不得其解，嚷嚷说："不是说好吃了午饭再走吗？咋突然就上路走人呢……"

有同伴道："莫不是发生啥事了……"

张则武大声道："官兵来了，我们走吧！"

此言一出，众皆吃惊，旋即纷纷行动开了，场面看去有些混乱。当同伴牵了各自坐骑站在店铺外面时，张则武径直走到父亲棺椁前跪下，道："爹，不孝儿本想听从你的遗言，留下来好好打理生意，陪伴娘和妻儿，奈何官府紧逼，只得暂且离开滩镇，不孝儿实在愧对你的养育之恩。"

张则武恭恭敬敬地磕了三个响头，这才爬将起来，走到夏有福面前，双膝跪下："叔，愚侄不孝，只好把父亲的丧事托付你了。"

夏有福弯腰将他扶起，说："放心吧，你爹的丧事我自会料理好。你爹这一辈子尽行善事，我会风风光光地把他送出去，不会失了你的脸面。你赶快走吧，再挨下去官府就来了。"

张则武复又去了里面的房间，给王氏磕了三个响头。一夜之间，王氏看去苍老了许多。她已经知道事情又起变故，也不多话，只道："家里的事自有我和你媳妇，你呢无须担心，在外头好好保重自己，可别忘了妻儿，一旦这边的事情平息了便回来吧！"

阳氏就在身旁，儿子安详地入睡床上。张则武接过妻子递过来的包裹，叮嘱阳氏孝敬婆婆带好儿子。听同伴在外面高声唤他，快步走将出来，这才知道官兵即将赶到。原来这些人获知官府到来，马上安排人马去前头岔路口探测消息，是以一见官兵往这边奔，立马飞马赶来告知。

张则武单手抓住马鞍腾身上马，朝阿忠双手抱拳道："兄弟，家里的事拜托你了。"环身一拱，打马领了众人朝前头街外奔去。

看侄子一行人马消失不见，夏有福正自舒了口气，嘚嘚嘚的马蹄声入耳，随之大批官兵赶到。不用长官发令，一干官兵把棺椁铺围了个水泄不通。

一名将官手中马鞭一指，大声道："尔等什么人，聚集在此何干？让拳匪张则武出来答话。"

阿忠道："张则武不在。我等乃孝家请来帮忙办理丧事的。"

将官这才留意到门口的装扮，也就看到堂屋里摆了副漆黑的棺椁，冷冷道："死者何人？"

有人道："死者乃张则武父亲，张记寿屋铺掌柜张世人。"

将官遂回身看向身后一名中年男子，这人对将官低语一番，将官大声道："尔等可是明摆着合起伙来欺骗本官爷，本官爷这里问你们，既然死者乃张则武父亲，张则武不在家里好好料理丧事，跑哪去了？"

众人语塞，一时不知如何作答，免不了你眼望我眼。

将官嘿嘿一声冷笑："答不上话了吧？"大手一挥："给我进去搜。"

十数名兵勇得令，拔出兵刃冲了进去。

知道张则武他们已走，夏有福等皆都坦然，只盼兵勇不要伤害阳氏母子，免不了一个个竖起耳朵听里面的反应。好在兵勇很快返回，禀报说屋里不曾见张则武。

将官便是一脸疑惑了，手中马鞭一指面前众人，厉声道："快说，张则武哪去了？"

估摸张则武一行已远去，看阿忠等一个个缄口不语，夏有福手指前头路口道："张则武他们早从这儿走了。"

将官："什么时候的事？"

"半个时辰前。"

将官一挥手："追。"当先打马前冲。

众兵勇赶紧跟上。队伍浩浩荡荡有如长龙，一时尘土滚滚飞扬，难见人马踪影。

阿忠过来，人显紧张，说："叔，他们人多势众，要是追上则武他们就麻烦了。"

夏有福长舒一口气道："则武他们轻骑简从，又熟谙附近地形，这会儿怕是已在十数里外去了。路上有好几条岔路，官兵不追丢才怪。"

不经意间，夏有福这边发现刚才跟将官低语的中年男子并没有追随众兵勇而去，独自立于路旁。夏有福纳闷这人是谁时，这人朝他们这边望了一眼，催马进街去了。

夏有福隐隐猜到这人是谁了。

●─ 第十五章　失踪成谜 ─●

　　每天早上寅时过后，大夫人庵的木鱼声便搅碎了仁里堂的幽静，直至辰时，木鱼声才停息下来，这时候下人早已开始忙活。仁里堂上上下下习惯了大夫人庵传来的木鱼声，黄家成每天差不多要等到木鱼声停息才起床，洗漱后到花园独自走上一炷香的工夫，然后回茶屋喝他的酽茶。

　　昨天张则武引来拳匪围攻仁里堂，张世人为阻挠儿子入侵，不惜以命相逼，这些事情显然没有影响黄家成。当黄家成一如往昔在花园走完两圈准备回茶屋时，下人匆匆跑来，说："老爷，大事不好，韦伯不见了……"

　　黄家成惊得整个人都颤抖了一下，跌了脸色道："……昨天晚上都在……咋会就不见了呢……"旋即大声道，"还杵在这儿干吗，赶快找人去啊！"

　　下人并不离去，垂着双手道："夫人请老爷过去。"

　　黄家成步履匆匆地往卧房赶，全然不去理会下人是否跟了上来。穿过月亮门，老远就闻哭声一片，心头不由自主地一紧。待到跨进门槛，可见王氏站在那里啼哭，一边不停地抹眼泪。肖氏踉跄迎向他，说："韦伯不见了……韦伯不见了……这如何得了……"

　　置身一干妇人面前，黄家成强作镇静，让小青去请吴管家。小青行礼说已经派人请去了。黄家成拿话问王氏："韦伯怎么就不见了呢？你这里把事情说个明白。"

　　这时吴管家匆匆而至。

公公面前，王氏极力控制自个的情绪，手中的手绢抹了把脸上的泪水，说："昨天晚上戌时，儿媳妇看着玉兰侍候伯儿上床睡去，今天早上玉兰跑到儿媳妇房间，说伯儿不见了。儿媳妇只当伯儿起得早，去了外头，让玉兰找去。哪知半个时辰后，玉兰说不曾找到伯儿。儿媳妇叫来下人，让他们好生寻找，都说不见伯儿踪影。儿媳妇这才跑来把消息告知婆婆。昨夜好好的又不曾发生啥事儿，咋突然就不见人了呢……"

黄家成拿眼投向身旁的连襟："老姨，你怎么看这事儿——"

吴管家道："我这就去账房安排人手寻找，是啥情况再来告知与你。"

黄韦伯失踪，仁里堂笼罩了几分不祥。赵管事几个正在厅内谈论猜测，一见吴管家到来立马止住话题。坐着的李管事站起身来，说："吴管家，韦伯是咋回事儿？可别真弄出啥闪失才是。"

吴管家道："你们每人率几名下人负责一栋房屋的搜寻。人命关天，大家可得搜仔细了，不可漏过一个角落。一有消息马上来账房告知。好了，大家行动吧！"

众人便走出账房，各自行动开了。

吴管家自知不便坐在这里，待要出去找人做些了解时，徐海和一名姜姓武师进来。两人朝吴管家抱拳拱手。"听说韦伯今天早上不见了，会不会是昨天晚上有人潜入仁里堂把他给掳掠了去？"徐海道。

吴管家道："谁能掳掠韦伯？"

徐海道："昨天租肚皮崽引领拳匪围攻仁里堂，今天早上韦伯就失踪了，明摆着系租肚皮崽所为。我倒是觉得，眼下最紧要的是赶去张记寿屋铺找租肚皮崽要人。"

吴管家定定地望了徐海一会儿，说："先在仁里堂好好找找再说。这会儿上上下下的都在寻人，你们也别在这里闲着，赶紧找人去吧！"

徐海脸上讪然，应声往外走，姜姓武师却也不忘向吴管家行上一礼，然后大踏步追上徐海。

此时吴管家也失了去外头的心情，寻把椅子坐下，单等众人的消息回来。

李管事最先回来，说每间房子都找了，不曾发现韦伯。他拖了把椅子塞到屁股下，沏了杯茶，说："韦伯真若还在仁里堂，找人的动静弄得这么大，他还能不知道？早跳将出来了。只怕真是凶多吉少了。"

吴管家不去搭讪，只管咂咂地喝他的茶。

几位管事相继回来，皆称不曾寻着人。龙不吟、徐海等武师也来了，一样无果。一时间，账房挤满了人，大家你一言我一语地谈论开了。

"现在可以肯定，韦伯是给人掳劫去了。让人不解的是，韦伯也是十几岁的人了，被人劫掠竟没发声呼救，半点动静都没有，这就叫人不解了……"

"神不知鬼不觉地把一个大活人从仁里堂劫走，想想都可怕，也不知啥时候滩镇来了这等高手……"

"还能有谁？不是租肚皮崽就是他引来的拳匪。拳匪跟仁里堂无仇无冤，还不是他姓张的指使，去张记寿屋铺找他要人就是……"

"俗话说拿贼拿赃，捉奸捉双，我们手头又不曾拿获证据，他要是死不认账，这事儿如何是好？"

"他身边也就十几个拳匪，咱仁里堂这边也有十几名武师，怕他个鸟，大不了厮杀一场。只要吴管家发一句话，咱这边立马赶去张记寿屋铺找姓张的要人。"

众人的目光便齐齐投向了吴管家，等他回复。吴管家一直坐在那里喝他的茶，一任众人你一言我一语地拉扯，此时知道大家在等他回话，端杯啜了口茶，离座站起，道："如此大事，我得赶去面见东家，看他是何态度，然后再行定夺。诸位不妨在此稍等。"

众人让开一条路来，目送吴管家匆匆离去。

这会儿黄家成坐在茶屋发呆，壶盖搁置一旁，一任面前的茶壶热气袅袅。见吴管家走来，他嗖地站起，说："找到了没有？"

"仁里堂都翻了个遍，不曾发现韦伯踪迹。"

"好好的一个人，一夜之间就不见了，会不会是租肚皮崽所为？昨天派你去看望张世人，意在跟他缓和关系，谁知这小子依然不依不饶，做出这等下三烂的事，实在可恨。"

"只是如今局势，拳匪生乱，洋人较劲，连堂堂宝庆府衙都遭拳匪围攻，局面驳杂难测，韦伯失踪的事，要寻官府报案都不能。"

黄家成沉吟有顷，说："昨天张世人重伤身亡，估计这会儿张记寿屋铺正忙着办理丧事，本不应该在这当口给人添堵，招街坊邻居戳脊梁骨，可眼下情形也顾不了那么多。老姨，让龙师傅和徐海他们去张记寿屋铺找租肚皮崽要人。"

吴管家正自为难，李管事喘着粗气进来，慌慌张张的却也不忘向东家行礼，说："大事不好，来了几名官兵，打头的将官让东家去见他。"

黄家成喃喃自语："官兵跑来干啥？"却也不敢拖延，当先往外走。

吴管家叫住欲要尾随东家身后而去的李管事，低声道："老李，你这就骑马从后门出去，去张记寿屋铺找到张则武，传话官府来捉拿他们了，让他赶紧逃去。"

李管事大惊道："这又是为何？官兵把拳匪拿住，于仁里堂和滩镇岂不是件天大的好事？省了东家老担心日后招致租肚皮崽的报复。这大半年来，仁里堂被他弄得鸡犬不宁，搭进去好几条人命。"

吴管家道"你只管按我说的去做，待日后再跟你细说里面的事。切记此事不可让仁里堂其他人知道。"

李管事领命而去。

黄家成赶到账房，门口左右各立了一名兵勇，一名威风凛凛的黑脸将官坐在厅内喝茶，却是不曾谋过面，数名随从侍立身后。黄家成快步走将过去，双手抱拳打拱不迭，口呼将爷。旁边赵管事告诉将官，东家来了。将官站起身来，还了一礼，说："黄老板，惊闻大量拳匪进犯滩镇，围攻仁里堂，夏大人命我等前来剿灭拳匪，你这就派人给我们带路。"

黄家成道："昨天上百名拳匪围攻仁里堂，但多数拳匪得了银两后撤离，只有少数拳匪尚逗留滩镇。将爷，小民这里尚有一事禀报，昨天晚上小民有一孙子被人劫掠。小民也就近来与张记寿屋铺掌柜张世人之子张则武有些积怨，却是事起他违旨收纸。小民与他的事情，夏大人最是清楚不过。因遭官府海捕缉拿，张犯逃离滩镇近半年。昨天拳匪入侵滩镇，便是他所率领。因其父以死阻挠他攻入仁里堂才未能得逞，张犯现今尚带领十数名余党在家中料理其父后事。"

将官大喜，说："你这就安排人前头领路，本将爷定将这些拳匪剿灭于滩镇。"

旁边吴管家叫来下人阿二，低声交代他一番。

将官一仰头将杯里的茶喝了个干净，昂首挺胸往外头走，黄家成和吴管家落在后面相送。不意来到店铺外，竟不见兵勇，唯有伙计牵了几匹马守在那里，黄家成疑心大起，说："将爷，你的人马呢？"

"在街头外面候着。"将官说完，接过手下递上来的马缰，蹬镫上马，打马而去。

阿二夹在将官随从中间，嘚嘚嘚的马蹄声惊得街上行人纷纷闪避，待到看清楚过去的乃是官兵，胆小者便起了惊恐，料滩镇又有事情发生。

往回走时，黄家成道："昨天不是有消息在传，数千拳匪围攻宝庆府吗？今日官兵竟跑到滩镇剿匪，未免有点让人摸不着头脑。"

吴管家道："估计昨天一场鏖战下来，官兵打败了拳匪。夏大人获知有拳匪入侵滩镇，于是派遣官兵前来剿匪，保护滩镇众商号。"

"是否让龙师傅率领仁里堂的武师前去助阵，若有韦伯的消息，岂不更好？"

"看他们架势，所来人马定然不少，区区十数名拳匪还不是手到擒来，哪用龙师傅他们前去帮衬。真有韦伯的消息，阿二自会赶回来告知。"

黄家成叹了一声："如若租肚皮崽那儿依然没有韦伯的消息，该如何是好？昨天晚上怎么就没想到安排人手保护韦伯娘儿俩呢！"

吴管家随了黄家成回到茶屋，两人无心喝茶，各自愣坐在那儿，单等阿二回来。

肖氏和王氏在各自的丫鬟陪同下走了进来，黄家成若有所思，仍旧愣在那儿，吴管家看眼婆媳俩，却是不便说啥。

肖氏道："韦伯那里是啥消息？"

妇人面前，吴管家不想说得太细，只道："暂时还未找到。"

王氏便又泪如泉涌。肖氏也是手中手绢揩干泪水，说："不在仁里堂，他又能去哪呢？你们杵在这儿干吗，赶快想办法找人啊！"

吴管家道："我们在等消息，姐姐先回吧，这边一有消息自会派人传与你们。"

折腾大半天却是如此结果，肖氏自是心有不甘，哪肯离去，那王氏没有儿子的消息，哭得更是伤心。吴管家不便反复拿上面的话来劝，一时不知如何安慰这婆媳俩。还是小青灵性，低声对肖氏道："既然吴管家说一有消息便派人过来传话，夫人待在这里于事无益，反会影响老爷他们办事，我陪夫人回去吧。"

肖氏想想也是，移足往外走。那玉兰搀扶着王氏落在后面。

久久不见阿二回来，黄家成焦躁起来，离座不停地徘徊。吴管家心有不忍，拿话说："我说老姨，你在这里急也没用，那边有消息的话，阿二自会跑回来相告，你就安心喝茶吧！"

黄家成止住脚步，说："元重去了，真要韦伯又出事，我不敢想象这婆媳俩会是什么样子。"

这下吴管家倒真的不知道如何应答了。

黄家成接着道："原以为张世人以死相逼，租肚皮崽应该明白一些事理，哪知他继续作恶。看来，租肚皮崽跟我仁里堂是杠上了，这厮不除，往后仁里堂还不知有啥祸患降临。"

吴管家心头一紧，看向黄家成，却也不拿话去问。

"待会儿等阿二回来，看是啥结果。但愿官府这次将租肚皮崽和他同党予以铲灭，省了我重金雇请江湖人物追杀他。"

"等阿二回来再说好了。"吴管家含混一句道。

"这些年拳匪的势力如滚雪球，越滚越大，有如遍地开花，他们入侵宝庆府也就两天的时间，这么快就被官府击败，可见夏大人有些手段，让我纳闷的是，怎么就拿获不了一个租肚皮崽，以致元重一案至今未破。"黄家成突然道。

吴管家一时无言以答。半晌，他道："那张则武行事，也够狡诈的。还有啊，他自幼混迹江湖，一身武艺，背景复杂，这号人最是让官府头痛。看昨天情形，他早早便与拳匪有了勾结。如此行径，短时间夏大人如何缉捕得了他。"

黄家成便不停地摇头叹气，回到太师椅里。

阿二气喘吁吁地闯进来。黄家成手中的茶壶本来已到唇边，当下止住喝茶，迫不及待地放下茶壶，就势站起身来，说："可有韦伯的消息？"

阿二摇晃着脑壳道："不曾有他的消息。"

"租肚皮崽呢？"

"我们赶到张记寿屋铺时，租肚皮崽已先一步逃走了。"

黄家成连声道："怎么会是这样呢……怎么会是这样呢……"

吴管家朝阿二摆摆手，阿二躬身退了出去。清醒过来的黄家成又急又悲，话向连襟道："韦伯生不见人，死不见尸，租肚皮崽又逃离了滩镇，这事儿怎生是好？"

吴管家道："趁天气尚早，让徐海他们到附近找找吧！"

看黄家成的样子并不反对，吴管家便出了茶屋，叫来一名下人，把话吩咐下去。他也不马上回茶屋，望着对面的狮象山。这会怕是刚过巳时，天色阴郁，也不见太阳。站了一会儿，这才返回茶屋。

"老姨，你想过没有，租肚皮崽这一走，短时间只怕不会回滩镇，韦伯若是落入他手，岂不断了消息？"

见黄家成平静了许多，吴管家心下稍慰，说："韦伯真若在他手上，张则武自会同仁里堂联系，那时我们要做的是答应他提出的条件。说真的，我这里就担心韦伯不在他的手上呢！"

此言一出，黄家成复又紧张了起来，止住喝茶的动作，说："老姨，你心里是何想的，直言好了。"

吴管家叹了口气："张则武已逃，我们这边得派两名管事和下人过去帮忙料理张世人的丧事才行。"

黄家成紧盯着吴管家："你这话何意？别忘了租肚皮崽可是仁里堂的宿敌。"

"咱们这里先不说张则武跟仁里堂的宿怨深仇，仅凭昨天张世人以命阻挠儿子入侵仁里堂，仁里堂便欠了张世人一个天大的人情，这可是全滩镇都晓得的事，仁里堂就该送去一份奠仪。不能因为张则武对仁里堂的恶行便否决张世人这个做父亲的善心，做人得善恶分明才是，不然往后滩镇人如何看待仁里堂，我这话可有道理？"

"老姨但管继续说下去。"

"刚才阿二说了，张则武又逃离了滩镇。官府一天未能缉拿住他，他便是仁里堂的祸患，天知道他啥时候潜回滩镇对仁里堂下手？自从他跟仁里堂较上劲，仁里堂便祸事连连，不得安宁，这种人咱惹不起。在外人看来，张世人的死归咎于其子作恶，可张则武不会这么想，只会更加仇恨仁里堂。对他这种人，咱只能以德报怨，寄希望于他有天对仁里堂行事时念及这份恩惠而手下留情。"

连襟把话说得如此透彻，黄家成便无言了。半晌，他说："就按老姨说的办吧！"旋即又说，"租肚皮崽已经逃离滩镇，可韦伯生不见人，死不见尸，这如何是好？"

吴管家道："现在情况，只能等徐海他们回来再说去了。"

再喝几口茶，吴管家出了茶屋，来到账房。唯有赵管事和李管事坐在那里说话，见吴管家到来，客气地站起身来。吴管家在他那把太师椅里坐下，赵管事过来要给他沏茶，吴管家只道这会儿不喝，弄得赵管事搓着双手拘谨地立在那儿。

众人都寻人去了，这两人却坐在这里唠嗑，吴管家心下早来了不快，说："待会徐海他们回来，你俩去账房支五两银子，叫上几个人去张记寿屋铺帮忙料理张世人的后事吧！"

两位管事彼此相望，显然未明白吴管家的意思。须臾，赵管事道："听说张则武和同党逃走了，这事儿真的假的？"

吴管家道："正因为张则武逃离了滩镇，没人料理张世人丧事，所以才让两位带人去帮忙。"

李管事似乎有所醒悟，说："张世人是为了阻挠儿子入侵仁里堂而死，情理上说，仁里堂这边是该过去帮忙料理他的后事。"

午时过后，一干被派去寻人的下人陆续回来，皆称不曾有韦伯的踪迹。吃过午饭，李赵两位管事领了七八名下人去了张记寿屋铺。

几天后，张世人风风光光地出殡了。从街头一路过去，每经过一家商铺，商铺都会点燃一挂鞭炮，噼里啪啦声中张家后辈便跪了下去。诡谲的是，有几家商铺本来敞开了大门，当棺椁将近时，马上把门掩上，待到送丧队伍过去，再打开门照常经营。这在滩镇是从未有过的事，弄得李赵两位管事好生不解。只是稍后从旁人的言谈中得以知道，早几天这几户商号遭遇拳匪洗劫，张则武逃匿，他们也就把张世人给恨上了。

黄韦伯的失踪，仁里堂复又笼罩在悲戚中，下人走路皆是蹑手蹑脚，连说话都压低了声音，生怕招来管事的斥骂。王氏的悲啼时不时响起，让人鼻腔发酸。如此日子，让黄家成大是悲郁，短短半月间，胡须皆白，身子佝偻如虾，人苍老许多。

一段漫长的日子后，仁里堂似乎又恢复如常，吴管家每天不是坐镇账房便是陪黄家成在茶屋喝茶，连襟的模样让他心酸，内心叹息不已，却又拿不出太多安慰的话，自己也老迈了，该隐退了，好几次想请辞，回六都寨过几天清闲的日子，终是在这当口开不了这个腔。

●── 第十六章　元可出山 ──●

　　在吴管家想来，时日一久，连襟自会搁下失孙之痛，孰料立冬过后，黄家成竟一病不起，请了滩镇所有郎中来仁里堂诊治，均不见起色，且病情大有加重之势。肖氏和小青衣不解带地侍候床边；王氏在玉兰的陪伴下，每日早晚前来探视，磕头请安；黄元可一日也不曾落下，每次瘸着腿来探望时，身后紧随了妻儿。一段日子下来，黄家成怜其行走不易，让他不要每天过来，把自己给累着了。黄元可仍旧风雨无阻地率妻儿前来请安，黄家成虽然不再拿话来劝，却宽心不少。大夫人庵的木鱼声并没有因为仁里堂所发生的变故受到影响，每天时辰一到准时响起。方氏似乎已是世外人，身影不曾出现在黄家成病床前。仁里堂一应大小事务便全落到吴管家肩上。好在几位管事任劳任怨，生意上并无节外生枝的事情发生，不至于让他焦头烂额。

　　这天从街上回来，才入账房，赵管事告诉他，刚才有下人过来，东家请他去茶屋。吴管家便转身来见连襟。见连襟果然坐在那把太师椅里慢吞吞地喝茶，心下惊喜，快步跨过门槛，说："好了啊！"

　　吴管家这话在外人听来有点没头没脑，黄家成却明白，老姨是说他的病好了。原来楚地滩镇颇多忌讳，在患病者面前，最忌提病字，于是在交谈时，大家干脆把这字省了。

　　黄家成道："今天感觉身体舒畅了些，便过来喝两口。让人去请你，说你不在。坐吧，咱好好拉扯拉扯。"

　　见连襟一双眼睛投向敞开的房门，吴管家过去把门掩上，在那

张自己常坐的椅子坐下，动手沏了杯酽茶，单等连襟发话。黄家成
埋头连喝了两口茶，然后缓缓抬起头来，吴管家见他神情甚是凝重，
料有紧要的话跟自己说，心头暗自紧张。

"你知道，这些年我一直寄希望于元重，本来想再过一两年便将仁
里堂的一应大小事务交他打理，谁知租肚皮崽跟仁里堂较上劲了。早
知道后面会有这么多的事情发生，当初一任租肚皮崽把抄纸收去。现
在元重不在了，韦伯也失了踪影，只剩下元可父子，叫我如何是好？"

吴管家知道不用他作答，坐在那里只管喝他的酽茶。

"元可那模样，让他执掌仁里堂，不说丢了仁里堂的脸，他那身
子自己就吃不消，偏韦明又年幼，没几年光景如何学得会经营之道。
我现在的身体你也知道，这些日子要不是你撑着，仁里堂势必乱成
一锅粥。老姨，这里给我拿个主意。"

吴管家埋头喝他的茶，黄家成也不催他。半晌，吴管家道："让
元可出来打理仁里堂的生意吧！"

黄家成震惊地看着吴管家，说："他那身体……"

"现下情况，就不要说啥丢脸不丢脸的事，他若吃不消，那时再
寻别的办法去了。"

"让元可出头，还不如让韦明停了学业，你这姨爷爷好生调教
他，三五年之后，他也许可以独当一面。"

吴管家摇头叹了口气："元可乃你子，韦明乃你孙，你不让他这
个做儿子的尝试一下，他如何心甘？他若没法胜任，自然会把担子
撂给韦明。说到底这也是他们父子间的事。"

黄家成沉思有顷，说："这事儿太重大了，让我好好想想，你姨
姐那里也得跟她说一声才是。"

吴管家便不再在这上面多言一字，慢悠悠地喝茶。坐上一会儿，
离座告辞。

到底尚在病中，黄家成感到身子有些不适，待要起身回去，肖
氏和小青寻了过来，主仆两人搀扶着他往回走。不意黄元可一家三

口等在卧房，见了黄家成忙迎将过来，请安问好。

"爹今日的气色比往日好多了，用不了多久便会痊愈。明儿，还不赶快给爷爷磕头。"黄元可道。

黄家成没有躺回床上去，坐在太师椅里，身子软软地靠着椅背，双手搭在扶手上。他的状态不是很好，但他不想让儿子一家觉得他离不了床，强自撑着。黄韦明上前跪拜，口里道："韦明给爷爷请安了！"

黄家成像往常躺在床上一样，道："孙儿起来吧！"

王氏上前道了个万福。

"你们一家坐吧！"黄家成道。

"爹能够下床行走，孩儿也就落心了。爹休息吧，我们就不打搅了。"

黄元可朝父亲深深一揖，像往常一样移步过去朝肖氏行了一礼，王氏和韦明也跟着向肖氏行礼。肖氏神情淡然。黄元可也不理会肖氏的态度，领了妻儿一拐一拐地离去。黄家成目送儿子的背影，眼里竟有些潮湿。

旁边肖氏道："都坐了两个时辰了，躺床上去吧！"

上床后，黄家成示意小青回避，小青便蹑足出去了，却也不忘把门拉上。肖氏看出些端倪，心头揣了团不安。黄家成道："你也坐吧！"

看肖氏在床头柜坐下，黄家成道："自从元重离去，我一直想把韦伯培养起来，时间成熟后将仁里堂交他打理，哪知韦伯失踪了，这么久也没有他的踪迹。我这身子骨你看到的，躺了大半年也不见好转，就算有天把病治愈，这把年纪再像以往一样忙活，哪消受得了。刚才我和承诺商量了，让元可出来替我打理生意……"

肖氏便急了："元可那样子如何能行？传将出去还不遭人笑话……元重是去了……说不定哪天韦伯回来了呢……那时候元可把持了仁里堂……哪还有韦伯的好过……"

黄家成长叹一声，说："时间这么久了，滩镇周围数十里都寻了个遍，生不见人，死不见尸，咱们就死了这份心吧！"

肖氏流泪道："可怜元重这一脉，往后连个上坟挂青的都没了……"

黄家成也是悲伤不已："元重走后，我打定主意好好栽培韦伯，等到时间成熟便让他执掌仁里堂，哪知拳匪的到来让韦伯失踪了！当初一任租肚皮崽收纸好了，这样元重父子啥事都不会有……"

肖氏手中手绢不停地擦拭脸上的泪水，对丈夫道："别说了，你自个做主便是，往后这仁里堂反正是元可父子俩的，交元可打理还是交韦明打理，都是一回事。"

黄家成道："你放心吧，相信他父子会善待你的。"

肖氏不置可否，显然不想继续这个话题。黄家成自是看出她的心思，缄口不再言，屋里的静寂让他隐隐有些不适，稍后缓缓闭了眼睛。

在这件事情上，诚然肖氏最终不反对，每日面对元可一家人前来探望，黄家成并不急着与儿子谈及，连襟那里也不再提。像是有默契似的，虽然天天见面，吴管家也不问及。直至有天黄元可伤风后依然携妻儿前来探望，一家人准备离去时，黄家成叫住儿子："元可留下，爹有事跟你谈。韦明随你娘先回去吧！"

黄元可噢了一声，显然似没料到父亲会有此一举，示意妻儿先走，毕恭毕敬地立在床前，低声道："爹有何事，但管吩咐。"

"难得你这些日子天天往爹这边跑，可爹一直躺在床上，你侄子失踪一事搅得爹心情欠佳，无心与你交谈。爹老了，偏又赶上这病缠身，仁里堂的一应大小事情全压在你姨父肩上。你姨父的身子骨虽然硬朗，但他年纪也大了，去年便起了退意，过完年后就不肯来仁里堂，是我派韦明两兄弟才请动他。元可，爹的意思，你多辛苦点，出来帮爹打理仁里堂的生意，减轻你姨父的担子。"

"既然爹信得过我，我尽力吧！"

"还有一事，咱父子俩这里做个商榷。韦明是继续他的学业呢，还是随你打理生意？"

"这件事暂缓一下好了。我的意思，如若我这身子吃不消，再让韦明跟随姨父学经营之道。虽说读书要紧，对黄家来说，经营之道远胜读书。"

"你说的也是道理，那就这么办。去找你姨父，让他择个吉日，然后随你姨父学经营之道。你姨父来仁里堂几十年，付出的心血甚巨，你当待我一样尊重他。"

"爹的话，孩儿铭记心怀。"

"好了，就这样，去找你姨父吧！"

朝父亲深深一揖后，黄元可瘸着条腿离去。他没有这就去账房找吴管家，径直回到自己的房间。王氏坐在鼓凳上等他，见他回来，迎上去："爹跟你说了些啥？"

黄元可淡然道："让我出山打理生意。"

王氏便急了，道："你这身子骨如何消受得起？该拒绝才是……"

"我已经答应爹出山打理仁里堂的生意。"

"你这不是自找罪受吗？明天见到爹时把它辞了……"

"爹寻上我，肯定想了些时日，我能推辞吗？元重去了，韦伯也失了踪影，爹老了又重病缠身，这时候我不出来，难道让儿子出来挑这副担子？你走吧，我在这里安静会儿。"

王氏自知说服不了丈夫，一脸无奈地离去。

黄元可过去把门拴了，在一张太师椅里坐下，身子放松，闭了眼睛往后仰，任泪水放肆地奔流，却是紧咬着嘴唇不让自己哭出声来。心绪平复，黄元可双手一抹脸上的泪迹，站起身来拉扯了下衣襟，开了门，一拐一拐地奔账房来寻吴管家。

偌大的账房这会儿就赵管事在埋头翻看账簿。黄元可并没有惊动赵管事，寻把椅子坐下后，喊了声赵管事。赵管事抬头见是黄元可，一愣后惊呼道："大少爷，今日啥风把你吹来了？"说着快步过去行礼。

账房距黄元可的住房也就隔了二栋房子，大门不出二门不迈的黄元可一年也难得踏入一回，这也是赵管事惊诧所在。礼毕，赵管事给黄元可递上一杯盖碗茶，黄元可接过放到面前的案桌上，说："我姨父呢？"

"打从我进来就不曾见到吴管家。大少爷有事找他？要不我这就去给你寻人。"

黄元可尚在考虑是不是让赵管事找人，赵管事说声大少爷稍坐，移步便往外走，只好一任他了。黄元可环视一眼账房，揭开碗盖，清香扑鼻，入喉沁人心脾，暗香绵绵，回味无穷。这些年他也就偶尔喝杯茶，面对碗中的小小绿尖，不去理会它是啥茶，慢条斯理地喝了起来。

碗里的茶芽已经卧底，依然不见赵管事回来，黄元可不觉有些焦躁，只是旋即又将这股腾起来的烦躁压了下去。

半个时辰后，外面传来匆匆的脚步声，黄元可猜测吴管家来了，挪动屁股竖了下身子。来者果然是吴管家，紧随其身后的是赵管事。吴管家满面笑容，老远就道："元可，难得今日有时间来这里坐坐，你可是稀客啊！"

赵管事笑道："偌大仁里堂，大少爷上哪儿都是走在自个家里，咋就成稀客了？"

吴管家笑道："我的意思，元可难得来账房一趟，一时口不择言，没想到被你赵管事揪住了辫子。"

黄元可起身向吴管家作揖行礼，口呼姨父。赵管事甚是机敏，几句闲话后，借机离去。

账房就只有姨父外甥两人了。在黄元可想着如何开腔时，吴管家是感是叹地道："你爹终于答应你出来打理仁里堂的生意了！"

黄元可一愣后那只独眼定定地看着吴管家，朝吴管家深深一揖道："外甥这里谢姨父在家父面前为元可美言。"

吴管家显然不想在这个话题上过多地拉扯，道："说吧，你爹让你来找我有何事？"

待黄元可道了经过，吴管家从案桌上找出一本《望星楼通书》，一通翻看后，说："明日是开日，大吉日，要不就定在明日好了。"

"一切遵从姨父的安排。"

"待会我去你爹那儿一趟，把吉日时辰告诉他，其他一应琐事我自会交代下去，断不会误事。"

再扯上几句，黄元可告辞出了账房。吴管家落在后面要送，黄元可以手制止了他。看黄元可态度坚决，吴管家站在门口目送姨外甥一拐一拐而去，直至消逝。

泡了杯茶在自己案桌前坐下，赵管事进来，也不问大少爷来此有何贵干，同吴管家招呼一声，回到自个位子，埋头继续翻看账簿。吴管家抿了几口茶，奔茶屋来寻连襟。

此时黄家成独自站在卧房门外的走廊眺望对面的狮象山。寒暄两句后，两人走进了茶屋。落座后，自有下人泡上茶来。

"元可找了你？"

"明天倒是个吉日。我跟元可的意思，就定在明日。"

"广宴宾客的事就免了吧，在仁里堂摆上几桌就是。"

按说元可出山，于仁里堂是件盛事，当广发请帖于滩镇各大家巨头和有生意往来的商号，但凡接到请帖者当持礼金在通知的时间赶来祝贺，仁里堂这边寻一酒肆客栈摆下宴席，大家举杯予以庆贺。吴管家自是明白连襟的意思，意在担心儿子能否胜任其职。以他的身份不便在这上面说啥，只道："我一会儿就去安排。"

孰料黄家成放下茶壶时喟叹一声道："没想到我仁里堂落得现今如此局面！老姨，在这事上我是实在想不通了！都说善恶有报，扪心自问，我黄家成虽然谈不上是介大善人，但也非宵小恶人呐！"

吴管家宽慰道："我这里说呀，既然你已经决定让元可出山，就该收起这份心思，可别让元可看出来，坏了你们父子间的情分。元可也就行走有些不便罢了，韦明这孩子颇为聪慧，往后足可把仁里堂撑起来，断不会丢你颜面。"

黄家成沉缓地摇头，无言地举壶喝茶。

很多事情还需他安排下去，吴管家不便老坐在这里，两口茶后离去。

当暮色笼罩了滩镇的山山水水时，悬挂各家商铺门楣旁的风灯相继亮起，一伙又一伙孩童在街头追逐玩耍，动人的童谣此起彼伏，传出很远，大夫人庵的木鱼声也准时敲响。

吴管家的卧房在账房楼上。这栋房子的楼上住着管事和掌柜，通常都是两人一间房子，唯有吴管家独个占了东头那间大房。楼下则住着下人。戌时过后，楼下灯火熄灭，一片寂静，楼上各个房间的灯却还亮着，有的直至凌晨才熄灭。

当一片静谧时，吴管家坐在那儿独自面对桌上的孤灯。明天虽然省了广宴宾客这一环节，于仁里堂来说终是一件大事，出不得半点纰漏，他得将每一个环节都考虑到。外人看来，他这个管家人前风光无限，殊不知人后最是耗心费力。

敲门声响，吴管家起身过去开门，让他大为意外的是门外站着黄元可。听黄元可低声喊他姨父，吴管家侧身把对方让了进来，随手把门虚掩了。这些年黄元可还是第一次找上门来，且是这个时分，吴管家暗自揣度他此行所为。

在吴管家欲待开腔招呼黄元可坐时，黄元可扑通一声跪在他脚下，口里道："感谢姨父在家父面前力推元可。"结结实实地磕了三个响头。

慌得吴管家赶紧把他扶起，说："你这可是折煞我了……让你出来打理仁里堂的生意，我也只是跟你参提议，最终还是你参拿主意……这些年你也不容易，好在过去了。"

"外甥愚钝，从今往后还得姨父多多教诲。"

"生意上的事，我自会倾心授你。既然你今晚上来此，我呢也就直说了，因为你身体上的原因，往后少不得要吃许多常人所没有的苦，这个你可得有个准备。"

"姨父但管放心，外甥虽然愚傻，却也明白做人需吃得苦中苦的道理。"

"你这样说我也就放心了。明天还要赶早拜菩萨,你也早点休息吧。"

岂料黄元可从衣袖里摸出一张银票递上,惊得吴管家连连后退,双手乱摇,口里道:"你这是为何……你这是为何……赶快收起来……"

"这是外甥的一点心意,还请你收下……这么多年以来,外甥从未孝敬过你,姨父可别让外甥难堪……"

"元可,咱姨甥之间,这样就生分了……你若不收回去,往后我们如何相处?元可,听我的,把银票收回去。"

见吴管家态度坚决,黄元可摇晃着脑壳道:"我说了,这只是我这做外甥的一点心意啊!"

吴管家拍拍黄元可的肩膀,说:"你的心意我领了。我要说的是,吃得苦中苦,方为人上人。你爹可是把希望放在你身上了,别让他失望。时候不早了,回去睡觉吧!"

黄元可这才转身往回走。到了门口,朝吴管家深深一揖后,先让那只瘸腿跨过门槛,一只手抓住门框,手上用力便过去了。走廊的栏杆上挂了盏风灯,黄元可伸手拿在手中,一拐一拐地行走在长长的走廊上。

吴管家也不探头目送,听脚步声远去,过去轻轻关了门。黄元可的到来,实在大出他的意料。在太师椅里呆坐会儿,吴管家把灯吹灭,上床睡去。

第二天早上洗漱后,吴管家径直来到后院楼上佛堂。此栋房与大夫人庵毗邻,这会儿从大夫人庵传来的木鱼声甚是悦耳。屋里洁净,下人早已端来一盆清水和一壶开水放在旁边的方桌上。听外面脚步声传来,吴管家从方桌上取了三只洗净的小杯子,依次摆在三位菩萨下面的案桌上,倒上茶水,从一把香里取了三根香点燃,举过头顶行上一礼后插入香炉。在他拖出案桌下那只灰盆点燃纸钱时,黄家父子走了进来。

此等场合，少了寒暄。黄家父子静立有顷，黄家成趋前一步，双手合十，眉眼低垂，嘴唇轻启道："几十年来，仁里堂幸得三位菩萨保佑，才挣下今日这份家业。现有一事禀报，我因年事已高，这半年来病躺床上，无力打理仁里堂大小事务，今欲让长子元可出山，料理仁里堂的生意，还望菩萨恩准相助，保佑他行事顺心，仁里堂一如既往的兴旺发达。"接过吴管家递过来的卦往空中一抛，落在地上却是一个阳卦。

阳卦主求财，正卦主保佑，阴卦主领愿（信徒许愿后，还愿时菩萨领受后以阴卦佐证），而黄家成此刻求的是菩萨的保佑，阳卦自然不能作数。黄家成从吴管家手上接过卦，说："这些年元可有对菩萨行事不周的地方，望菩萨大量，勿与他计较，往后每月初一、十五，让他亲自给菩萨烧香点灯。"

黄家成松了手上的卦，卦落地时发出的响声甚是悦耳。吴管家弯腰去拾，长舒一口气道："正卦。元可，赶快给菩萨磕头。"

黄元可早已双膝着地跪了下去，一边磕头，一边道："菩萨在上，从今往后，元可初一、十五早上来给你们烧纸点香，绝不落下。"

自去年打出一个竖卦，每次打卦问事，黄家成甚是紧张，今日这卦还算顺利，一时心情欢畅，领了儿子朝菩萨深深三揖。旁边吴管家恭恭敬敬地行了一礼，将手中卦放回案桌，待盆里的纸钱化为灰烬，陪着黄家父子往账房而来。

几位管事和掌柜以及护院头领徐海，早早地等候在账房，总共有十数人之多。当黄家父子走进来时，众人作揖行礼，只道老爷好。后院距账房也就隔了三栋房子，这一路走来，黄家成却累得气喘吁吁，有管事搬来一把太师椅请他坐，黄家成也不去坐，喘口气开门见山地说："这一年来，仁里堂发生的事委实太多，在大家的共同努力下，总算有惊无险地度过。我因抱恙在身，这大半年来让各位辛苦了。今日把诸位召集在此，有一事要告诉大家，元可将替我打理仁里堂,诸位大多是他长辈,还望不吝帮助他,支持他。最后我就一句话,各位继续恪尽职守,把仁里堂的生意做强做大,一切拜托你们了。"说完,双手抱拳,打拱不迭。

这一通长话下来,黄家成已显不支,吴管家朝龙不吟递去一个眼色,龙不吟大踏步走过来,搀扶了黄家成手臂,说:"我送东家回屋休息吧!"

黄家成一走,吴管家知道他得说两句才行,当下道:"今日东家已经交代得明白,让大少爷替他打理仁里堂的生意,我等当唯大少爷的吩咐是从,但凡仁里堂大小事情都要向他禀报后方能行事。今日晚上大家好好喝两杯。元可,这里给大家说两句。"

黄元可干咳一声,独眼缓缓一扫众人,说:"各位叔伯兄弟当知道我整个儿就是一废人,在仁里堂无功劳也无苦劳,活到这年纪从来未曾理过事,更甭说经营之道,今日父亲硬把我推到你们面前,往后有事大家商量,大家有福同享,有难同当。晚上我再敬你们去了。"

徐海率先道:"我等当唯少东家是从。"

众人马上附和,皆称唯少东家是从。

黄元可不置可否,站在那儿只管听着,待众人安静下来,对吴管家道:"姨父,给我搬套案桌搁这儿,以后我就跟大家风雨同舟了。"

堂堂少东家跟一干管事挤在一块,听得众人你眼望我眼。吴管家道:"元可,我让人把隔壁的房子腾出来,专做你用。"

"我这样子,跟大家同一间房子,也就省了颠簸之苦。"黄元可道。

"一墙之隔,你有事吱一声,这边便赶过去听你吩咐,并不辛苦。"吴管家道。

"姨父,我还是跟大家凑在一块好,这样方便向你们学习。"黄元可道。

见龙不吟返了回来,吴管家不再在这上面纠缠。

●─ 第十七章　大商入镇 ─●

　　不消半天，仁里堂大少爷黄元可出山的事便在滩镇传播开来，引得各家商号议论纷纷，有人慨叹黄家成挣下偌大一份家业，却儿子横死街头，孙子失踪，到头来让一个独眼瘸子出来替他打理仁里堂的生意，委实造孽。也有人咒骂张则武，说这个租肚皮崽放着好日子不过，却跑去做拳匪，害得黄家儿死孙失踪，自家父亲也死于其手，到头来遭官府剿杀，为了活命，亲爹出丧都未能扶榇，枉为人子……只是三五日后，这种议论便消声了，人们的话题又转到黄元可每日拐着条腿穿街走巷巡察自家商铺上了。

　　在黄元可上任的第十天，午餐后他叫上赵管事和徐海，三人从店铺出来，往黄家布铺走去。虽然极少上街，毕竟自幼生长在滩镇，加之早几天街头巷尾谈论他出山的事，此时身边又紧跟了仁里堂两个头面人物，这一路走来，惹得行人驻足指点，黄元可无事一般，一拐一拐地前行，倒是赵管事和徐海颇为局促，却也只能紧随了主子前行。

　　三人的到来，惊得李掌柜和几个伙计赶紧跑将出来，迎入里面的账房，让座倒茶不迭，然后毕恭毕敬地立定在那里等候主子问话。黄元可啜了口茶，对几个伙计道："你们忙去，我呢就随便走走看看，让李掌柜陪我唠唠嗑好了。"

　　几个伙计应声作揖而退。黄元可示意李掌柜坐下说话，李掌柜哪敢在这位新主子面前落座，只道少东家有啥吩咐。听旁边赵管事和徐海也拿言劝他，这才屁股搭在旁边的凳子边上，以便随时站起。

　　年近五旬的李掌柜第一次与这位新主子坐得这么近，虽然整日迎来送往，见人无数，对这位新主子的突然到来还是揣了团不安。黄元可语调平和地同李掌柜拉扯，待到将情况做了一番了解后，正好茶盅里的茶喝完，起身赶往下一家商铺。李掌柜落在后面躬身相送，直至三人隐没人群，这才长舒一口气往回走，便也惊觉背脊全是虚汗。见几个伙计在窃窃私语，他把脸一拉，吓得大家噤若寒蝉，各自埋头忙活。自此，黄元可每隔一段时间就会带上管事和武师巡察自家商铺。时日一久，邻里街坊坦然视之。

消息传到黄家成耳朵，一次同吴管家喝茶时，黄家成道："之前我一直担心他因自个形象人前自卑，倒是没料到他有如此胆魄，现在看来，当初是我多虑了。"

吴管家神情淡然，说："这下你大可放心了。"

黄家成："像他这种残障之人，最难过的就是自己那一关。只可惜他那条腿让他行事诸多不便，要吃很多常人所没有的苦。"

吴管家："一个能过自己这一关的人，你担心的苦，也许于他并不算啥。"

黄家成一愣后颔首："是呀！他真若觉得行走于自己是件既苦又累的事，哪用时常去各商铺巡查，那可是管事的事。"须臾，又，"老姨，找个机会好好劝劝，让他把那一口戒了。"

吴管家："这东西要他一下子戒掉怕是难呐，慢慢来吧！"

李管事匆匆而入，双手朝黄家成抱拳作揖道："老爷，宝庆府衙的罗师爷来了……"

黄家成虽然将仁里堂交给儿子打理，但凡与官府相关事宜，还是由他出面接洽处置，是以李管事直接领了罗师爷寻上茶屋。黄家成噢了一声，放下茶壶站起，对吴管家道："我们去迎接罗师爷……"

"黄老板，本师爷可是不请自来。"

言语间，罗师爷出现在门口，慌得黄家成和吴管家连忙将客人迎进屋，抱拳打拱不迭："好久不曾与师爷谋面，今日啥风把师爷给吹来了，我们可是一点准备都没有……"

罗师爷哈哈大笑着还礼，对身后一名中年人介绍道："阮老板，这位是你要找的黄老板，这位是吴管家。黄老板吴管家，这里向你俩介绍一下，这位是津门大华纸业阮老板阮长庚。"

彼此行过礼后，黄家成热情地请客人入座。下人不用召唤便进来给客人沏茶。见没自己的事，李管事朝客人客气地招呼一声，同下人一并退出。几口茶后，这才知道罗师爷陪同阮老板此行来滩镇所在。原来这位阮老板专营各类纸业，其名下的大华乃津门最大的纸业商号。半个月前，一名叫大卫的英国纸商手拿一本《曾文正公全集》，问阮老板有没有这种封皮纸和内芯纸售卖。阮老板见封底印有内务府字样，告诉大卫，这纸是贡品，寻常商号根本没有这种纸售卖。大卫道他需要这种纸，问能不能想办法买到。阮长庚费尽周折，才打探到这纸产自宝庆府滩镇。滩镇纸都，他早有耳闻，无奈路途遥远，诸多不便，以致自家商号的生意一直不曾与滩镇有往来，这次趁大卫需要，通过关系寻至官府，不远千里亲自跑来滩镇。

津门大商号寻上门来，黄家成自是高兴，以滩镇土话对吴管家道："老姨，滩镇抄纸，百年来局限于本土销售，利润空间有限，现在我们可以通过这条渠道将滩镇的各色抄纸打入津门，卖到国外去。真是天赐良机！你这就派人去塘冲，速速把夏有福请来。"

吴管家应声好，起身朝两位客人作揖，只道有事出去一下。走出茶屋，冷风扑面，接连打了两个冷战。快近账房，可见龙不吟迎面走来，当下扬手呼他，龙不吟闻声快步过来，行礼道："吴管家何事吩咐？"

"你这就快马赶去塘冲，把夏有福请来仁里堂。记住了，让他将玉版纸和印书之用的封面皮纸各拿一刀来，到后着人通知我。"

龙不吟领命而去。

见黄元可的房间房门紧闭，隔壁账房也不见他的人影，料想多半去街上巡查商铺去了。吴管家终究没让这位姨外甥同众多管事挤在账房，只说人多房小，太挤了人都走不开，让下人把隔壁房间腾出来，择个黄道吉日搬了进去。

　　吴管家也不想这就回茶屋，独自跨过月亮门，手捻胡须漫步花园。立冬过后的花园失了春夏间的翠绿，但诸如梅花、山茶花、一品红、羊蹄甲等花的盛开，其景致又是其他三季所没有的。吴管家无心领略这份景色，津门大商号突然间寻上门来，有些事情他真得想明白。将滩镇的各色抄纸打入津门，卖到国外去，仁里堂势将改天换地，如同连襟说的，这可是天赐良机。不经意间，吴管家的目光落在那扇正门，不禁想起几天前的一件事。也不知黄元可听信了谁的话，说这一年多来仁里堂祸事接二连三，他拜访了一位高人，高人告诉他，穷要修坟，富要整门，建议他找地仙来自个家里看一下正门的方位，然后重新修正一下。这么大一件事，自然得黄家成同意。仁里堂修建数十年，黄家一向顺风顺水。当年黄元可年幼，黄家成找算命先生给儿子看八字，算命先生称此子命带将军箭，唯有破相方能保命。黄家成把儿子的残障归咎于其命。虽说这一年多来仁里堂发生了太多的事，黄家成只当家运不顺。在黄元重遇害后，有天黄家成猛可想起一件事来。早在黄元重十九岁的时候，毗邻一都司门前有个绰号魏大仙的算命先生来到滩镇，但凡找他算过命的人皆都翘起拇指，称其算得准。黄家成让下人把他请至仁里堂，将家人的八字一一报与他。看黄元重的八字时，算到三十九岁就不肯往后看了，只说"少不看老，年纪轻轻的，看个二十年的运就行了，三十九岁后再看吧"。在黄元重死后，有天独自饮茶时，黄家成猛可联想到这件事来，这才明白当时魏大仙何以只给儿子看到三十九岁，原来儿子只有三十九的阳寿。整门事关家运，黄家成哪能凭儿子一句话就同意，他找来黄金岭山脚下的王半仙讨要主意。此人精通奇门遁甲之道，让他在家里放置纯铜五帝钱挂件。五帝钱是最兴盛的五个帝王所铸钱币，因而五帝钱更多地汇聚了天、地、人之气加上百家流通之财气，故能镇宅、化煞，并兼具旺财功能。黄家成遂让下人在家里放置纯铜五帝钱挂件。

　　毕竟茶屋坐了重要客人，自己不能老在花园逗留。吴管家经过账房，少不得问起两位客人的随从。有管事告诉他，李管事陪他们在喝茶。管事要领他去见客人，吴管家摆摆手，示意不用。

进了茶屋，见三人谈笑甚欢，吴管家径直过去坐下。这一来一去，面前的酽茶早已凉了。时候虽然寒意甚浓，但茶屋生了火，比外面暖和多了。吴管家也不更换茶水，坐在那里听他们说笑。

"黄老板，来滩镇的路上，听罗师爷说滩镇众多商号，所用纸全部来自你家和兴纸铺。就是销往贵州的黄纸、光刀纸、厚老仄纸、官堆纸等都是出自你家，仁里堂是要啥纸有啥纸，我们这就去看看，可好？"阮长庚道。

黄家成爽朗说好，率先站起身来。吴管家在前，引领着两位客人往库房而来。行至账房，黄元可房间的门大敞，可见黄元可和李管事坐在里面，吴管家佯装不见，扭身回头照应罗师爷和阮老板。哪知黄元可一拐一拐地快步走将出来，一手扶住门框，站在门口喊了声爹。两位客人闻声扭头，吃惊地看着黄元可，随之满眼狐疑地投向黄家成。黄家成淡然道："是犬子元可，现在仁里堂的生意乃他负责打理。元可，快来见过两位贵客。"

待黄元可来到面前，黄家成道："这位是宝庆府衙罗师爷。"

黄元可深深一揖道："晚辈元可见过罗师爷。"

"这位是津门大华纸业阮老板。"

"晚辈元可见过阮老板。"

黄家成道："元可，你来得正好，一块陪两位贵客去库房看纸。"

于是一行人继续前行。那黄元可虽有腿疾在身，行走在父亲身后，却是一步不曾落下。

管事早已派人通知库房当值，当值守在那里恭候他们到来。当阮老板一行一到，当值上前行过礼后，问看啥纸。阮老板道："咱此行舟车劳顿，不远千里而来，可是奔着贡纸来的，先看贡纸好了。"

黄元可道："咱这里的贡纸，也就去年朝廷需印刷中兴大臣曾国藩大人的遗著，因而侥幸被朝廷选为贡品。当年曾大人往来家书，全是用咱滩镇的玉版纸。可惜直至去年，玉版纸才为朝廷所知悉。

这里面的事，罗师爷肯定知道，阮老板只怕未必知情呐！"

阮老板笑道："黄老板这里不说，阮某还真不知道。"

当值早已打开库房门，里面堆满了清一色的玉版纸，惹得阮老板大为惊叹。那当值得了吴管家的吩咐，早已解开一捆纸，以便阮老板验看，偏这阮老板的心思在满仓的玉版纸上。罗师爷抄着双手，迈着方步，这儿瞧瞧，那儿望望，模样儿一副信步闲庭。

黄家成道："阮老板看好了，这就是贡纸。"

阮老板这才走将过去，埋头以手掀开抄纸细看。半晌，他皱眉道："黄老板，你这纸看似跟《曾文正公全集》的纸张并无区别，但仔细看，其纸张细腻和韧度可要稍逊《曾文正公全集》的纸张。"

黄家成哈哈大笑，竖起拇指道："阮老板好眼力，不愧是大纸商！既然是贡纸，那自然是千中选一，待会我自会让你看到真正的贡纸。"

当阮老板便提出看封面纸时，吴管家道："待会一并看吧！"

接后黄家父子和吴管家陪着客人相继看了张半纸、光刀纸、时仄纸、厚老仄和薄老仄，以及官堆纸、毛边纸等，直教阮老板叹为观止："我经营纸业数十年，所销纸乃来自大清各地，却也不及你这里的品种多。这滩镇可是名副其实的纸都啊！"

冬天的黄昏来得早，从库房出来，外面已有暮色泛起。往回返时，有下人匆匆而至，走到吴管家身边，以滩镇土话低声告诉他，龙师傅回来了。吴管家让他传话给龙师傅，将纸送至茶屋，好生安排夏有福。下人应声离去。有下人开始点灯。很快，房子间的空旷地和屋檐下相继亮起了灯，灯光柔和明亮。见是清一色的琉璃宫灯，阮老板忍不住赞叹："黄老板，你这仁里堂可媲美京城的王公府第了！"

像阮老板这种津门商贾巨头，千里迢迢赶来滩镇谈生意，府衙还派了师爷陪同，自是通天人物，此刻说出这等话来，黄家成心头自是高兴，顺着他的话玩笑道："阮老板，你呢权且当我这仁里堂乃王公府第，好好待上十天半月吧！"

阮老板笑道："阮某倒是想呀，可家里诸多琐事等着阮某处理。

不过，咱生意上有了往来，以后少不得常来，不说一住十天半月，逗留个三五天倒是没问题。"

黄家成笑着颔首："阮老板，有你这话我就落心了。待会饭后让犬子陪你和罗师爷去街上走走。咱这纸都虽说处在偏隅之地，可还有一个大号名曰滩京府，意即繁华热闹如京城。"

阮老板笑道："黄老板这么说，这次阮某和罗师爷真得在仁里堂待上三五天才行。"

黄家成笑道："罗师爷，阮老板已经决定了，你是啥态度？这里给句话，以便下人准备。"

罗师爷呵呵一笑："阮老板一切可以自主，我不行呐，得随时听候夏大人的传唤调遣。"

一路说笑，吴管家引领客人进了餐厅。餐厅早亮起了灯，有丫鬟恭候在那儿。待客人落座后，黄元可只道有事要忙，作揖告辞。黄家成也不问他忙啥，任其离去。下人很快端上酒菜，丫鬟把壶，先将客人面前的酒盅一一斟满，然后依次给主人和吴管家倒上。

黄家成率先举杯站起，说："阮老板不远千里赶来寒舍，实在是一路辛苦，黄某这里敬你和罗师爷。"

阮老板起身举杯，说："阮某能够顺利寻上黄老板，全托罗师爷陪同，大家一块敬罗师爷吧！"

早在黄家成举杯说话时，吴管家便已经紧跟着站起，四人当即把杯喝了。然后坐下喝酒叙话。旁边丫鬟甚是灵慧，一见客人杯里的酒快见底，不用主人吩咐，立马移步上前，香风掠袖后，杯里的酒已经斟满。

酒足饭饱，黄家成邀客人去茶屋喝茶。下人早已泡了酽茶等在那里。阮老板一见旁边桌上搁着两合纸，快步走将过去。吴管家掌灯过来，道："阮老板看好了，这是贡纸。"

阮老板仔细翻看后脸露笑容，连声道："不错，不错，是贡纸。"

吴管家道："当初数百抄纸户参加甄选，就这一家的纸被选上。阮老板可是看了，比起仓库里的玉版纸，就好在纸张细腻和韧度这点儿。说到底阮老板厉害，记得那么明白。"

阮老板笑道："阮某跟纸打了几十年的交道，也就长了这点儿本事。"

黄家成道："阮老板，纸已经看了，当落心了，生意明天再谈。我让犬子陪你们去街上走走。"

一直极少搭腔的罗师爷一下兴奋起来，说："都这时分了，生意明天再谈，趁这机会去街上走走。我说阮老板，滩镇虽然地处偏僻乡野，晚上的热闹并不逊白天，套用黄老板刚才的话，繁华热闹如京城。"

大家便笑了。

吴管家叫来一名下人，让他去请少东家。黄元可很快赶到。黄家成话向儿子道："元可，阮老板初来滩镇，你陪他和罗师爷去街头走走看看。"

黄元可侧身伸手请客人先行，罗师爷也不客气，当先抬腿迈步往外走，阮老板落在后面，黄元可赶紧跟上。经过账房，可见徐海在里面，黄元可喊了他一声，徐海快步走将出来，黄元可让他叫上两名武师，随他一块陪客人上街。下人利索地拾掇走客人用过的茶杯，黄吴两位连襟继续喝茶说话，所谈自然是明日如何顺利与阮老板签约之事。滩镇抄纸历来局限于本地销售，利润有限，按黄家成的意思，这次当抓住阮老板这块跳板，让滩镇的抄纸走出去。

"这主意固然极好，但阮老板面前却不能表现得太过迫切，让他看出我们的心思就被动了，就算谈成了，只怕也得不到一个如意的价钱。我要说的是，和兴纸铺的纸在滩镇并不愁售卖，咱要的是个好价钱。"吴管家道。

黄家成点头，端起茶壶喝了口酽茶："我也是这个意思。"

下人领了夏有福进来，吴管家招呼他坐。夏有福哪敢去坐，垂着脑壳杵在那里，只道黄老板吴管家有事尽管吩咐。见连襟拿眼投向自己，吴管家便开腔了，说："老夏，自打你家的纸被朝廷选为贡品，怕是进账不少啦！"

夏有福道："比以往的日子是宽裕了。咱山沟沟里人家，只要不降天灾人祸，有个温饱就满足了。"

吴管家笑笑，说："大家拼命地忙活，都是为了图个温饱。老夏，家里还存多少玉版纸和皮纸？"

夏有福："怕是还有五百担。"

吴管家："怎么还有这么多？"

夏有福："自从那批贡纸上缴朝廷后，想着还有两函料，干脆把它全抄了，省得哪天府衙寻上我时家里没货。原以为朝廷用完了会寻上来，哪知官府那边至今没有消息，只好暂且搁在家里。"

吴管家："当初朝廷来滩镇甄选贡纸，乃是用以印刷曾大人遗著。曾大人的著作印刷完了，你这纸自然就用不着了。"

夏有福哦了一声，道："吴管家不说，小的哪里知道这里面的事。"

吴管家道："五百担纸也不是个小数目，到了梅雨季节最易回潮，摊上十天半月的雨天，说不定这纸的成色就打了折扣，那时候的损失便大了。明天我们派人上塘冲运纸，价钱嘛仍按当初朝廷给的价。"

夏有福朝黄家成、吴管家作揖道谢。吴管家叫来下人，让其把夏有福领走，安排食宿。

这时黄家成道："也不知这五百担纸够不够？想那阮老板老远赶来滩镇，要的只怕不是个小数目。"

"好歹有这五百担纸，阮老板那儿不至于太难堪。咱们现今要做的是抓住阮老板这块跳板、这次机会，让滩镇的抄纸走出去。"

"我也是这么想的，有些事情尽力了便只能听天由命。"

吴管家拿了茶杯在手，埋头慢悠悠地喝着。半晌，说："放心吧，他颠簸了十天半月，历经千辛万苦赶来滩镇，在众多抄纸品种面前，不会只选择贡纸。咱俩坐在这儿也不要老纠结这事，过了今天晚上，明天自会有结果。"

黄家成像是被这番话浇醒，抬起头来笑了笑："说到底是我对这事太上心了。老姨，你也别说我心急，咱滩镇的抄纸内销了几十年，突然来了这么个机会，你说我能不往心上放？咱不去想它了，如你说的，明天自会有结果。我们也别老是坐在这里喝茶，出去走走。"

吴管家爽快地道："行，去街上走走。"

两人便往外走。

隔壁房间的肖氏闻得他们要外出，取了件大氅和皮帽过来。黄家成道："不就去街上走走嘛，用得着穿上这个？"却是任肖氏和小青给自己披在身上。

冬日的夜晚寒意颇重，走出月亮门，花园亮起的琉璃宫灯让人感觉不至于那么冷。伙计正准备打烊，见老爷和吴管家到来，赶紧行礼。才到街上，龙不吟飞奔而来。吴管家知道他赶来干啥，示意他紧随了东家。街头人来人往。从行人的穿戴可以看出外埠人居多。每家店铺的屋檐下亮着两盏红色的风灯，从两头延伸远去，煞是好看。自患病以来，黄家成还是第一次晚上上街，心下舒畅。他不想让人认出来，帽檐拉得低低的，几乎遮盖了眉毛。行不及两步，一伙稚童大声唱着童谣迎面而来：

> ……财神菩萨对门来，
> 金银财宝滚进来，
> 滚进不滚出，
> 管教金银财宝一大屋！……

稚童的歌声提醒黄家成，很快又是卖年画的季节。他说："老姨，你看这财神年画的叫卖吆喝，一经小孩之口，便是另一种味道。"

沿街串巷、走村入户的商贩，为了介绍画面内容、推销年画，会编一些叫卖吆喝、顺口溜，将贩卖的年画用曲艺清唱或口技形式吆喝出来，抑扬顿挫生动风趣，声声入耳。主人听着舒服就会多给些钱。刚才稚童唱的，乃送财神年画时的叫卖吆喝。

吴管家点头笑道："你不说，没谁留意到他们唱得如何，你这么一说，再一听，倒真有些意思了。"

黄家成道："年画的叫卖吆喝、顺口溜，大多是卖画时自行发挥，所以五花八门，能够遍及街头巷尾，真正有些意思的不多。你不妨留意，凡是稚童唱的，反倒是皆属有点意思的东西。"

吴管家若有所思地点头："你说的还真是，小孩唱的都是经典啦！"

龙不吟昂首挺胸紧随东家身后，任两人说笑，不插一言。

再往前走，行人多了起来。黄家成道："看来这谭家兄弟改行改对了。"

吴管家道："据说这全乐下处的生意一度比怡香阁和春香院还要好。"

黄家成笑道："说到底男人好新鲜，都是喜新厌旧的人，突然来了这么多姑娘，你想他们还不蜂拥而来？怡香阁和春香院怕是好长一段时间都是门前冷落车马稀了。"

吴管家笑了说："话是这么说，可不得不承认这妓院生意好做。"

黄家成道："说到底，滩镇的啥生意都是抄纸撑起来的。"

说笑间，全乐下处出现在眼前，却是由三间大铺面改成，看去甚是宽敞，颇有气势，客人出进如过江之鲫。门两旁站了十数个打扮得花枝招展的姑娘，挥舞着香绢向过往行人招手。大门两边悬挂着一副对联：

大抵浮生若梦
且从此处销魂

这全乐下处原是谭家三兄弟的布庄、瓷窑店、铁匠铺，这些年生意一直不景气，勉强度日。谭家老二素来喜欢出入风月场所，赚的钱差不多全花在怡香阁和春香院的姑娘身上去了，日子比其他两兄弟更见艰难。这就应了那句俗话，穷则思变。老二整日想着如何发财。有次与人聊起赚钱的门路，对方开他玩笑，让他开家妓院，方便了自己还能大把地赚钱。这谭家老二思来想去，觉得开妓院这生意委实可行，能赚大钱，只是这生意不只要大本钱，还要场地，不是自己一人开得起的。一番寻思，他让媳妇做了一桌好菜，沽了两斤酒，把两位兄弟请来。两杯酒后，谭家老二道了自己的主意：三兄弟把各自的铺面整合一块，合伙出资开妓院。老大喷着酒气，说："自古开妓院的都是鸨母，她们佛口蛇心，阴鸷奸诈，这种事儿哪是我们兄弟做得出来的。再说了，这开烟馆的历来自己不抽，开妓院的自己不嫖，偏你在窑姐身上还是把好手。真开妓院的话，可应了那句老话：把妓院开到家里来了。传将出去势必被人笑掉牙齿，有人只怕还要把我兄弟两个看作恶人。"两兄弟面前，谭家老二表态不再嫖娼，并当场写下一纸契约，如有嫖妓之事发生，所占股份分文不取，房子依旧用于经营妓院，连房租费都不能问其他两兄弟收取。开妓院可赚大钱，这是三岁小孩都知道的事，只是这碗饭不是谁都能够吃的，那两兄弟因生意每况愈下，一合计依了老二，开起了这家全乐下处。自开业以来，全乐下处的生意竟盖过其他两家妓院。出乎滩镇人意料的是，自打妓院开业，谭家老二竟不曾再有嫖娼的事情发生，街坊邻里每谈起这事，直道古怪。

黄家成身披大氅，最是招眼，有姑娘移步过来准备拽客，被紧随身后的龙不吟那身行头吓得退了回去，惹得行人拿眼往这边望。内中有人识得黄家成和吴管家的，恭敬地过来行礼。两人怕对方拿话来叙，回礼时脚步并不落下，这样便与对方拉开了距离。当全乐下处的喧闹被甩在身后，感觉一下清静多了。

黄家成想着谭家老二的事，笑道："这个谭家老二，之前赚了点钱便往窑姐身上甩，现在却变着法儿赚窑子的钱，嫖娼狎妓的事都不干了，也算奇葩。谭家那两个兄弟，当初只怕是吃定了老二那一份。"

吴管家道："那是谭家老二铁了心要好好做人。有些人的脾性，你还真不能小觑，不被逼到那个份上，哪看得出他藏着本事。如若身处乱世，这种人必是狠人。"

黄家成若有所思地颔首称是。

一路漫步，前方已是怡香阁。黄家成止步不前了，举目远眺，说："晚上好久没逛街了，这一来一回，怕是上五里路程。还是走走好啊，感觉人都轻松了许多。"

"这还不好办，以后每天晚饭后上街走走就是。"吴管家道。

"这天怕是要变脸了。"黄家成仰头遥望夜空，一拐话题道。

"这雪一下，没有十天半月转不了晴，那阮老板的货又得延迟。"

"老天爷的事，谁又能奈何呢！"

往回走时，寒气似乎加重了，行人依然往来不断。经过全乐下处，门口只有三名姑娘站在那儿。吴管家心下赞叹谭家兄弟的生意好，黄家成面前却是不能拿话来说。

再往前走，借着街两边的风灯，吴管家看见一个熟悉的背影一拐一拐地前行，只作不知，陪着黄家成不紧不慢地落在后面。此时龙不吟也发现了那个背影，说："那不是少东家吧，咋一个人走在街上？"

在龙不吟欲待开腔呼唤少东家时，吴管家拍手止住了。

黄元可全然不知父亲三个落在他身后。这时一群稚童迎面嬉闹追赶过来，有个稚童收势不住，把黄元可撞了个仰面朝天，吓得瑟缩在那里。却见黄元可吃力地爬将起来，拍打了下身上的灰尘，继续一拐一拐地往前走，反倒把那群稚童愕在那里。

风灯将黄元可孤独的背影拖得长长的，黄家成顿感鼻子发酸，呼住儿子，快步赶了过去。黄元可闻声回头，垂手喊了声爹，又喊了声姨父，朝龙不吟点了下头。

黄家成："罗师爷和阮老板呢？"

黄元可："他们今晚上留宿在全乐下处。"

"徐海他们呢？"

"我让他们留下来，负责保护客人的安全。"

黄家成哦了一声，说："我们回去吧！"

寒夜里冷风呜呜，风灯摇曳，一行五人继续前行，风灯将他们的影子拖得忽长忽短，平添了几许诡秘。

第十八章　杳无音信

在黄家成和吴管家想来，同阮老板签约少不得要耗上一番口舌，使点儿心机，在价钱上甚至要做出一定的让步，孰料第二天阮老板就同他们签下契约，在他们报价上，每担纸仅压价二文钱。夏有福那五百担贡纸全要了，声言还要一千担玉版贡纸，两百担皮纸。张半纸、玉版纸、宣纸、光刀纸、时仄纸、厚老仄和薄老仄、官堆纸等，皆有多寡不一的数量订购。众多纸品中，玉版纸和时仄纸最是受阮老板喜欢。

阮老板签下契约后，当场给了一张五千两的银票，遂同罗师爷和伙计一块离去。下人早已敞开正门，黄家父子和吴管家亲自相送，目送对方一行远去，仍旧立在那儿。黄家成一副若有所思的样儿，直至连襟提醒他，这才醒悟过来，长舒一口气："这个阮老板，突然而来，又突然而去，让人疑似睡梦中。"

一个早上醒来，五千两银子的货款就摆在面前，换了谁都疑心自己在做梦，吴管家道："这生意上的事，有时候还真的让人难料。滩镇的抄纸从此算是走出去了。"

"当初夏有福的纸被朝廷甄选上，只当他家发点小财而已，未曾料到跟我仁里堂有多大关系，哪承想这好事儿突然就来了。"黄家成慨叹道。

"以往滩镇的抄纸，基本上局限于滩镇售卖，零星挑往黔滇等地的抄纸，一年也就那么几百担。现在搭上了阮老板，我们得长远考虑才是。"吴管家道。

"可以派人去周边乡镇设点收购。"黄元可道。

黄家成颔首："周边乡镇大都只抄黄纸，他们抄不出玉版纸和光刀纸、时厌纸。"

吴管家道："这事儿明年小满后再商榷去了，到时候让滩镇抄纸户专抄玉版纸等精细纸张，黄纸则去周边乡镇收购。"

黄元可道："姨父这主意不错，不错。"

黄家成道："元可，待到夏有福那五百担贡纸送来，马上安排人手发货。"

看儿子一拐一拐地远去，黄家成望着他的背影叹了一声，说："昨天晚上到家后，我是一夜未合眼皮。在街头发生的事你是看到的，当时换了谁都会发脾气，可他被稚童撞倒后啥话都没有，一声不吱地爬起来走人。还有，他安排妥客人后，并未留宿妓院，这是最让我宽心的事。当初元重就是因为流连烟花场所，才落得如此结局。你说，这些年我是不是冷落元可父子了？"

打心里说，吴管家不想跟连襟谈论这个话题，可此刻给逼到墙角，要回避都不能，只好含混地道："你已经把仁里堂交给他打理，这就够了。"

"我是让他出来打理仁里堂的生意，可你知道，当时实属无奈之举。现在自是庆幸把他推出来，要不哪里看得出他的品格呢！有他打理仁里堂，我也就放心了。"俄而，黄家成无限伤感地说："可恨杀害元重的凶手至今未得缉获！唉，夏大人行事一向雷立风行，有案必破，何以至今未能抓捕凶手？难道就这样让张则武那小子成漏网之鱼不成……"

吴管家道："我们走吧！有些事夏有福那儿我还得好生交代才行。"

两人便往回走。下人立即把宽厚沉重的正门关上，然后合力压上长长的横杆，远远地落在两人身后。

此时已经穿过月亮门，看黄家成垂着脑壳，情绪低落，吴管家拿话宽慰道："元重被害，韦伯失踪，可有些案子也是讲机缘的，时候一到自然会破案。"

黄家成摇晃着脑壳道："总得让我有生之年看到破案啊，否则我是死不瞑目。"又说，"俗话说的，铁打的衙门流水的官，这夏大人行事雷厉风行尚且不能破案，哪天换了知府，更甭指望了。"

前面就是账房，有下人迎面走来，自然不便再继续这个话题。在吴管家抬腿准备去账房时，黄家成道："我们上去喝茶，让下人把夏有福请来茶屋好了。"

吴管家抬手叫来一名下人，吩咐两句，下人应声作揖而去。此时黄家成已在两丈外，吴管家一提下摆，加快脚步追了上去。

几口茶后，下人领了夏有福进来。夏有福行过礼后，拘谨地立在一隅，等候两人发话。在吴管家悠闲地喝茶时，黄家成徐徐道："可曾有张则武的消息？"

"自从上次他仓皇逃离滩镇后，我们夫妻远在塘冲，也就偶尔下山，不曾得他丁点儿消息。"

知道再在这事上扯下去也问不出一个所以然，吴管家放下手中茶杯，拐转话题："老夏，我们这里需要一千担玉版贡纸，两百担贡品皮纸，你回去后赶紧忙活吧！至于价钱，仍旧按当初朝廷给的价钱好了。"

不意夏有福急得叫将起来，双手使劲乱摇："吴管家……这可万万使不得……如此多的贡纸我如何抄得出来……"

"合你全家之力，再找几个帮手，一年下来，一千两百担贡纸并不是太难的事。"吴管家道。

"明年是背届年，无竹之年，如何抄得出一千两百担贡纸？"

楚南滩镇一带，有"背届"和"当届"之分，但逢背届年，梨桃等果子产量锐减，竹笋也一样大减。偏滩头境内，除了东面不长楠竹，其余三面都被楠竹环绕，镇北三条溪水汇集冲积成滩，这就应了那句靠山吃山靠水吃水，靠山的村民引用山泉水抄纸，临镇靠水的村民则利用土纸衍生出其他的纸产品。这便有了滩镇的大号——纸都、滩京府。

吴管家倒是未想到这一层来，竟一时不知如何作答，拿眼投向连襟。有顷，吴管家道："老夏，来年小满前，你可以去六都、沙江、土桥等地早早找人买下整山的楠竹，然后雇人砍竹劈料，在附近租用他人槽屋抄纸，成纸后再用马车拉回来，如此岂不解决了这一困难。"

楚南的地域和气候颇为奇特，往往当年滩镇为背届，毗邻镇却是当届，有些地方仅一沟之隔，沟这边嫩竹林立，沟那边仅见寥寥数根竹笋，两边景色迥异分明。

夏有福道："只是如此一来，成本增加，吴管家给的价钱我如何承受得起。"

"朝廷给的价钱远高于滩镇其他抄纸，你呢就不要在这里跟我们喊钱少了。"吴管家道，"这样吧，每担纸再给你加一文钱。"

夏有福这才一副勉为其难的样儿答应了，看两人悠悠地举杯喝茶，作揖告辞。夏有福还是第一次进仁里堂，下得楼来，一时竟寻不着出口，心头不免有些发急，听得身后有走路的声响，扭身回头，见是一位账房先生打扮的人便立身等候。待到对方走近，施礼问路。这人乃是王管事，识得对方，拿话问明原委，让人把他的坐骑牵来，将其送出仁里堂。

时间正当晌午，天空阴沉，冷风呼啸，街上行人步履匆匆。夏有福牵着坐骑，缩着脖子行走街头，迎面遇到熟人，少不得停下来唠上几句。所谈话题多半还是他家的贡纸。这样走走停停，半个时辰才到张记寿屋铺。

在安葬好张世人后，张家只剩王氏和阳氏两个女流，如此大一家店铺，所经营的又是棺椁这种笨重东西，自然不是两个女人能够料理的，王氏便雇请其娘家的一个侄子帮忙。侄子叫王元丰，年约三十，团头团脸，看上去一副富态，倒也精明能干，把生意打理得井井有条，竟不逊张世人在世，这让王氏心下欣慰。夏有福每次下山，都要来张记寿屋铺一趟，打探张则武的消息，一来二去，两人便熟识了。这会儿店里没有客人，王元丰坐在椅子里惬意地抽他的旱烟，见了夏有福笑呵呵地起身，口呼叔叔。伙计自是认得，客气地过来倒茶。

喝茶叙话，王元丰少不得问起今日下山何事。夏有福也不隐瞒，道了情况。王元丰抱拳打拱，直道祝贺。旋即若有所思地道："那仁里堂怕是有了新的大客户。"

夏有福道："估计是吧！我昨天被他们接到仁里堂后，只顾吃喝睡觉，也未曾听说到啥。那仁里堂像八卦阵似的，今天早上被下人带到黄老板和吴管家面前，独自出来就摸不着北了。"

"据说仁里堂修建房子时，请了高人设计，里面颇多玄机，外人进去了根本不出来。"

阳氏闻声，携了儿子过来向夏有福问好。夏有福便道："你婆婆呢？带我去见她，有事儿得当面找她讨个明白。"

于是阳氏在前，领了夏有福往里走。那王氏坐在椅子里，见了夏有福站将起来，说："他叔来了，坐吧！"

女人面前，夏有福不好站着，遂把屁股搭在凳子上，一双手却不知道往哪搁。王氏不去理会他的局促，迫不及待地道："他叔，可有则武的消息？"

夏有福摇头："今日寻来，是找你们要则武的消息。"

王氏失望地叹了一声："我们这里未曾有他丁点儿的消息。这孩子，离开滩镇都快一年了，也没半句话捎回家里，真让人牵挂……"

"他这些年走南闯北，哪次都平安回来，这回自然不会有事。快过年了，说不定哪天就回来了。"夏有福安慰道。

"他叔，你看到的，这个家就剩我们婆媳两个女人，还有一个嗷嗷待哺的孙子，幸亏这大半年有我娘家的侄子撑着，要不这个店铺早关门了，我婆媳孙子三个的吃喝都不晓得上哪儿要去。"

"放心吧，则武他会回来的。"夏有福也说不出太多安慰的话，只能反复拿这句话说。

"唉，难得你夫妻俩牵挂着他！回去后告诉他婶，这边一有则武的消息，我们马上派人来塘冲递与你们。"

再在这上面唠上几句，夏有福退了出来，阳氏落在后面，只道叔叔好走。王元丰迎上来，邀他去外面酒肆喝两杯。夏有福每次下山来张记寿屋铺，王元丰都会拉着他去外面把盏叙话，悄无声息地替补了张则武那个位置。

五百担贡纸售罄，吴管家又给他下了一千两百担的大单，从仁里堂出来，夏有福心头揣着兴奋，看天色正当晌午，当即随王元丰走进毗邻一家酒肆。大堂摆了八张桌子，有三桌坐了客人，老板和小二自是识得他俩，大声招呼着迎了过来，让座倒茶，自是热情。王元丰要了三个菜一壶酒，两人对坐喝了起来。

"我说叔叔，那仁里堂突然寻上你，要我猜测，定是有人找上仁里堂点名要你家贡纸，当初在价钱上你开口多要点儿，仁里堂也会满足你。滩镇抄纸户数百家，就你家的纸是贡纸啊！"

"按贡纸的价钱给我，已经很满足了。这次仁里堂没寻上我，过两天我也得把五百担贡纸售与他们，那时候给的就是平常抄纸的价钱了。"

知道对面坐的是个厚道人，王元丰摇晃着脑壳笑了笑，招呼夏有福喝酒吃菜。"滩镇抄纸户众多，一年辛苦到头，也就混个温饱，真正赚钱的是黄家。要不表弟咋会冒险做出违旨收纸的事呢，实在是这一进一出的赚头太大了。"王元丰道。

吓得夏有福扭头四下张望，好在无人注意到他们这边，心下这才稍作宽慰，压低嗓子道："咱们不说这些，不说这些。反正五百担抄纸脱手，银子入兜，这就行了。"

王元丰埋头喝了两口酒，说："叔叔，这一千两百担纸可签了契据？"

夏有福摇头："没有。仁里堂行事，向来出言如吐钉，说一句是一句，这几十年来还未曾发生过说话不作数的事，何况今天早上吴管家当着黄老板的面跟我说的。"

"要是没签契据，那是最好不过啦！"

"元丰，此话怎讲？"

"如果我没猜错的话，明年滩镇的纸不止大涨，只怕还会出现纸荒，连年画商都会大受影响。"

夏有福吃惊地盯着一桌之隔的王元丰，瞟眼门外，复又迅速收回落到王元丰身上，低声说："元丰，这种没头没脑的话可别到处传，否则可要乱大家的心，要是因此招仁里堂怪罪就不值了。"

王元丰道："我这话不是乱说，自有它的道理。要不我给叔叔说说这里面的事。"

对王元丰这番没来由的话，夏有福口上虽然阻挠他往下说，心头早挂了疑问，只盼王元丰早点说出来消除自个的疑窦，偏王元丰像是猜出他的心思一般，竟埋头悠闲地喝酒吃菜。夏有福便没辙了，又不能拿话去催，看王元丰的样子怕是不想说了，干脆也学他闷头喝酒吃菜。

夏有福的表现，王元丰自是看在眼里，心下不觉好笑。待到杯里的酒干了，拿了酒壶在手，先替夏有福斟满，然后再给自个杯里倒上，说："叔，你是老抄纸户了，当知道这些年滩镇的抄纸基本上也就满足内销，偶尔有人偷偷摸摸挑担纸跑到黔地卖几个钱。仁里堂肯定接了外埠老板的大单。滩镇的抄纸往外埠一销，滩镇人自个用纸岂不短缺？啥东西一缺，价钱自然便如芝麻开花——节节高了。"

夏有福看了王元丰半晌，说："你这般说也有道理。这里面的事不是你在这儿说起，咱还真未想到这一层来。"

王元丰便脸露得意之色，说："叔叔是个厚道人，哪去想生意上的尔虞我诈。要我说呢，叔叔回去后不妨抓紧时间跑附近收几函料，就是多给几文钱也值。"

"一函料加几文钱倒也不难，就怕明年情形大变，卖家又起反悔之心，那时事情又将变得复杂。"

"叔叔不妨听愚侄一言，附近的凶料买下来后雇人挑回去，远些的凶料与卖家签下契文。有契文在手，叔叔就不用担心对方反悔了。"

夏有福摇首叹了口气："这事儿真得想明白才行。"

王元丰笑道："我都说得这般明白了，叔叔还有啥担心的呢？叔叔，咱光顾说话，菜都凉了。来，喝酒。"

几口酒后，夏有福不安地道："真如你说的，明年这纸市可要大乱了。"

王元丰笑笑，手中筷子在桌上一戳一戳的，道："老话不是说得好，富贵险中求，真想发财，就要趁乱。这几十年来纸市平静如水，叔叔见哪个抄纸户发了财的？一年累死累活到头，也就让黄家赚个盆满钵满。叔叔听我的当不会错。"片刻又说，"要不这样吧，由我出面收凶料，我们叔侄合作。"

夏有福摇晃着脑壳："咱这里不说这些。你呢，好好帮你姑姑打理生意吧，她们一家子的吃喝全指望你呢！"

王元丰道："叔叔，现在于你真的是个赚钱的机会，错过了不会再有。"

夏有福执筷吃菜，埋头喝酒，一副明摆着不想跟王元丰继续这个话题。

知道对方就这脾性，王元丰苦笑一声，不再拿话在这上面唠叨，举杯喝酒时猛可想起一事，说："叔叔，你们日夜巴望我表弟回来，他在家里犯下那么大的案子，又是拳匪，可是朝廷的要犯。要我说呢，这一辈子怕是难回来了。"

夏有福叹道："你这话也就在这里跟我说，你姑姑面前和你表弟媳跟前断断说不得的，对她们来说，明知则武这一辈子难以回来，心头总抱了一丝期望。她们婆媳俩和我家那个女人，还不是活在这份期望里。"

王元丰似有所思地点点头："叔叔放心吧，就算我再傻，也明白这话在她们面前断断说不得的，真说了会惹祸。"

夏有福接着道："明面上则武是难以回来，但他一身武功，要潜回来却也不是难事。再说了，这世道谁又知道会怎样变呢！你看到的，连洋人都在中国打来打去，划地自治，眼里还有咱大清吧？这可是哪个朝代都没有的事呐！"

王元丰吃惊地瞅着夏有福："倒是未曾料到叔叔晓得这么多！"

夏有福道："你去街上清怡阁茶楼听两回刘先生说书就知道了。"

"朝廷的事咱不去管他，出了这店门，叔叔刚才的话跟谁都不要再说，要不会惹祸的。哪个朝代都是这样，一乱就没说理的地方了。"

"今日不是说到则武的事，我扯他朝廷干啥？对我来说，每年抄纸能赚几个钱过日子就满足了，谁坐天下跟我没干系。"

"叔这么想最好。"

从酒肆出来，彼此客气两句，两人背道而行。时候怕是已经过了未时，街上依然喧嚣热闹，感觉天气冷了许多，夏有福牵马行走在街头，不经意间发现，头顶灰暗的天空似乎横亘在街两边的屋顶上，伸手可触，明天怕是要下雪，暗自加快了脚步。

出了街，夏有福翻身上马。沿途皆是肩挑手提往家赶的山民，自是没法打马前行，遇着熟人，搭讪两句。只是越往前走，行人愈发寥寥，夏有福催马加快速度。当坐骑上了塘冲的小路时，夏有福手中马鞭一抽马屁股，马儿嘚嘚嘚地跑了起来。两边古树参天，鸟啼此起彼伏，前头时不时可见小野兽惊慌地蹿过小径钻入两边林中，感觉天色蓦然暗了许多。

在屋前的晒坪收缰勒马时，黄狗闻声蹿了出来，摇晃着尾巴在主人身前身后撒着欢儿，把蹲在晒坪上的几只麻鸡婆惊吓得扑翅而逃，却惹恼了旁边两只白鹅，同时扑过来朝黄狗身上猛啄，欢快中的黄狗敏捷地避让开去，跑到主人前头去了。看天色不早，夏有福将坐骑径直赶回马厩，顺便拿了两捆草料放入马槽。

走进堂屋，阮氏从灶屋出来，说："你去了张家吗？可有则武的消息？"

　　夏有福手中马鞭往墙上一挂，说："今天从仁里堂出来后，径直去了张记寿屋铺。我跟王氏和则武媳妇拉扯了一会儿，不曾有则武的消息。她们见我到来，还当我给她们带去了则武的消息。"

　　"这么久也不见则武捎句话回来，但愿他没事才好。"

　　"他一身武功，这之前哪年不要跑外面闯荡两回，不是啥事都没有嘛！"

　　阮氏叹了一声："你知道，现在不是从前了！"

　　夏有福道："啥事儿都是命。下次上街，找个看八字的给他算一命。说不定他八字带贵，能逢凶化吉呢！"

　　"看八字的说得再好，心里总揣着团不安呐！这孩子，又不缺吃缺喝，咋突然就同仁里堂扛上了，寻上抄纸户收纸呢！"阮氏哦了一声，看着丈夫："那五百担贡纸怎么样了？昨天晚上不见你回来，让人担心死了。"

　　"黄家还不错，五百担贡纸仍旧按当初朝廷给的价钱。"

　　"抄出来搁这儿都大半年了，现在总算脱手。明天将纸送到仁里堂去，把银子拿到手就安心了。"

　　"早上我走时，他们说明年还要一千两百担贡纸。我这里猜测，怕是有外埠商家寻上仁里堂了。"

　　阮氏吃惊地道："这么大一个数，哪是我家能够抄出来的。"

　　妻子面前，夏有福也不说今天在酒肆时，王元丰同自己说的那一层，妻子听了，只怕又得在这上面忧闷一段时间，只道："自然得想办法雇人手。"

　　阮氏道："这一千两百担贡纸够我们明年好好忙活一年了。"旋即若有所思地说，"则武若是自幼随我们在塘冲，这时候多半在槽屋忙活抄纸，也就辛苦点儿，哪里会有违旨收纸的事情发生呢！"

　　夏有福道："这是他的八字呐！"

　　阮氏缓缓地点头："是呀，他的命！"

第十九章　元可被抓

　　年关的滩镇意外晴朗了，行走街头的大都是忙着置办年货的本地人，他们拖儿带女，热闹的滩镇便多了几分往日所没有的稚童欢笑声，时不时响起的炮仗把周围的人吓一跳，有人纵然恼怒，却也不敢暴粗，还得强扮笑脸，只道这个年一定比往年热闹。要过年了，谁的嘴巴说出来的都是吉言。

　　当吴管家跨过茶屋门槛时，黄家成一抬头看到了他，笑道："茶才泡好你就来了，坐，喝一盅。"

　　吴管家过去坐下时，黄家成将一杯茶推了过来，吴管家拿眼投向门外，说："今天这天气，去外头走走都是一件让人舒心的事。"

　　黄家成笑道："老姨，你发觉没有，喝茶的人，大都好坐在茶桌前，不喜欢往外颠，尤其喜欢雪天和雨天。你经历过没有，摊上一个雪天或雨天，任屋外大雪飘飘或大雨倾盆，在屋里煮一壶茶慢品，屋外的事不去管它，那可是一件最惬意的事了。"

　　吴管家笑道："你现在过的可是神仙日子。"举杯喝口茶，说，"我也准备回六都寨过几天清闲日子，特意来告知你一声。"

　　黄家成便没了笑容，默默地喝了阵儿茶，说："你家里的生意，自有江青兄弟俩打理，你回去待在家里岂不成了闲人。忙惯了的人，一旦闲下来，只怕会心慌呐！你真走了，我要找个说话的人都没有。"

　　"老话早说了，天下没有不散的筵席。这些年你只顾忙活，极少走出滩镇，也就有事偶尔跑宝庆府一趟，现在仁里堂有元可打理，要我说呢，你大可放心去外头走走看看。"

"元可才出山几天，这叫我如何放心？何况明年要供津门阮老板的巨额订单，滩镇的抄纸肯定会出现变数，一个把握不好，会出大乱子。元可在家里躺了几十年，到时候哪应付得了那局面。这样吧，你这姨父再辛苦两年，算是扶送元可一程。"

连襟把话说到这个份上，吴管家便不好直言拒绝了，只道："按我们那天说的去办，当不会有事。元可虽然缺了历练，可他聪明、冷静，最大的特点还在吃得了苦。一个人身上具备了这三点，还有啥事难得住他呢！"

"听你对他的这一番褒扬，他都成圣人了。自己的儿子，有时候就算看走了眼，也偏离不了多少。活到这把年纪，这世道啊我还是看得明白，聪明、冷静、能吃苦是能成事，但缺了历练，一遇复杂的局面便乱了阵脚，便会坏事。所以呀，有时候历练比聪明还重要。"

"把事情及早告诉他，元可自会早早拿出章程。我要说的是，你呀既然有把仁里堂交他打理的意思，就放手让他去做好了，这事儿便是一个历练的好机会，不要担心他把事情搞砸了。有你在他背后撑着，就算真的有事，又能坏到哪去呢！"

"我还是那句话，你再待两年。明天早饭后让钱三送你回去，元宵后我这边派车来接你。"

连襟说得如此直白，吴管家只能闷声喝他的酽茶。哪料黄家成手中茶壶突然一放，深有感触地道："我这里想呀，若元重没死，也许你今天不会跟我请辞。"

"好好地说这些干吗！传到元可那里，又得对我们两个老头有想法。有些事呀真的不能提，一提坏了大家的心情。"

"这里面的道理我懂。好几次我都想找人扯扯元重，硬是闷在心里。儿子遭人杀害，孙子失踪，你知道外头是怎么说的？黄家成就剩下一个残废儿子，仁里堂好运到头了。"

"元重在世时，外面就没人谈论你仁里堂了？到了我们这把年纪，还让闲言碎语把自己弄得不快？"

"儿孙若在，家人平安，别人说我啥都只作不曾听见。"

老年丧子，实乃人生之大痛，吴管家自是能够理解，缄口不语，复又埋头喝茶。黄家成似乎也清醒过来，不再在这上面说啥。屋里甚是沉闷，听楼下隐约有争吵的声响，吴管家只道下去看看，趁机告辞。

吴管家不去纠结连襟拒绝他请辞的事，在账房坐上会儿，跨过月亮门，独自漫步花园。太阳暖阳阳地挂在头顶。花园无人，自是寂静，走上会儿，人就起了倦意，见自己行走在通往对面店铺的路上，距店铺也就丈远，干脆进了店铺。

同往年一样，每到年关，仁里堂纸铺基本没了生意，伙计却依然得按时开门打烊。伙计小六子和老陈见他到来，过来见礼。吴管家立身店内，面向街头，看行人往来。两人便陪他站着。这时可见三人各挑一副一模一样的担子从面前快步走过，小六子道："这些唱布袋戏的，急着赶回燕窝岭去过年了。"

老陈道："这些赶回去过年的刘布袋戏大都在附近转悠，那些去很远的地方表演的，却得来年清明后才赶回来。"

小六子不解地道："怎么说他们是刘布袋戏？"

老陈："你年纪小，不懂刘布袋戏的来龙去脉。这些燕窝岭唱布袋戏的皆都姓刘，其先祖为避战乱，挑着一副布袋戏担，携妻儿从江西吉安一路来到密林深处的燕窝岭，落地生根。不管行至哪地方，只要是挑担唱布袋戏的，你上去问他贵姓，回答你的肯定是免贵姓刘，所以江湖上便有了刘布袋戏的叫法。'一个人演一台戏'，表演布袋戏成了燕窝岭刘氏家族男女老少的谋生手段。"

倒是未曾料到这老陈对布袋戏还有这么深的了解，吴管家便来了兴致，暗自竖起耳朵听他们谈话。

小六子："陈老伯，你刚才说赶回去过年的大都是在附近转悠表演的，那些去很远的地方表演的却得来年清明后才赶回来，这又何解？"

老陈："有人写了这么句诗，专说布袋戏艺人的：但过重阳风雨后，村村演戏赛秋成。意思是每年重阳节后出发，一直到次年清明后返家。他们大都是利用农闲时节卖艺，走到哪唱到哪。

小六子："听说大生昌的陈老板嗜好看布袋戏，但凡遇到表演布袋戏就挪不开脚了，要是表演者技艺高超，他会重金请到家中演上几场。晚辈就闹不明白，像陈老板这种有钱人家，就算喜欢看戏也应该是坐着车轿去宝庆城里看名角演出。看这种布袋戏太掉价了。"

老陈笑道："你这是啥话呀！这布袋戏看似登不上大雅之堂，可这指尖上的'把戏'最显功夫，锣鼓响，声腔开，战乱四起，铁马金戈，全在指尖上。他们号称一个人一个戏班。没点儿真本事，根本就吃不了这碗饭。你说坐着车轿去宝庆城里看名角演出，这是装。只能说人家陈老板率性罢了。"

吴管家暗忖这老陈的话倒是有点儿意思，却也不便老站在这里听两人拉扯。

夜幕降临，吴管家独坐自个房间，把壶喝茶，面前是盆炭火。当大夫人庵传来三声悠扬的钟声，随即木鱼声隐隐入耳。当年方氏吃斋念佛，吴管家只当与其子残疾被冷落有关，当黄元可被推到前台打理仁理堂时，在他想来，方氏应该有所变化才是，出乎意料的是，方氏一如从前，每日早晚但闻大夫人庵木鱼声声，初一、十五则坐大鞍上滩京寺烧香拜佛。此时，吴管家觉得，方氏真的是一心向佛，与世无争了。

正自这般想着，敲门声响，吴管家移足过去开门，万没料到站在门外之人乃是黄元可，一愣后侧身将他让了进来，倒茶让座。对这位姨外甥的突然到访，他有些始料不及，暗自揣度对方何事上门。

几句寒暄后，黄元可道："感谢姨父垂爱，外甥才得以出来打理仁里堂。"言语中施了一礼。

"我只是跟你爹提议，说到底还是你爹的主张。好在你没让你爹失望。元可，既然你说到这儿，姨父劝你一句，把那一口戒掉吧！"

"这些日子外甥正在努力戒烟。"

"如此甚好。你爹可是把希望放在你身上了，别让他失望。元重已去，你二娘那儿要常去请安。今后仁里堂的荣辱全在你身上，好自为之吧！"

"外甥自当谨记姨父教诲。"黄元可话头一转，说，"听家父说，今日姨父向他请辞，明天将回六都寨颐养天年。姨父，家父身体有恙，才让外甥出山替他打理仁里堂，外甥一向不曾染指过生意上的事，这里请求姨父留下来传授外甥经营之道。"

黄元可说完，竟扑通一声跪在吴管家面前，任凭吴管家如何拿话劝他也不肯站起。不得已，吴管家叹了口气道："你起来吧，我再干一年。咱这里说好了，只明年一年。"

黄元可一番磕头道谢后，说："姨父明儿吃了早饭再走，让外甥携韦明送你。好了，姨父休息吧，外甥就不打扰了。"

送走黄元可，吴管家无心再去碰面前的茶。虽然连襟今天极力挽留他，但没有改变他的离去之心，哪知今晚上黄元可特意跑来挽留，让他不得不留下，心下很是无奈。

当冷不丁打了个冷战时，吴管家才省悟盆里的炭火不知啥时候熄灭了，当下脱衣上床，思绪依旧在黄元可的到来上拐来拐去。迷迷糊糊将要入睡时，猛可惊觉大夫人瘫的木鱼声不知啥时候已经歇息。想着方氏这几十年青灯木鱼，心头起了怜悯。吴管家惊诧此刻脑壳的清醒，也惊异于今晚上在这个女人身上纠缠不清。当街头传来打更声，将要再睡去时，街上狗吠声起。吴管家猛可记起，这几个晚上狗叫得特别凶。他幽幽地自言自语："只怕是街上哪位老人要行路哩！"说完睡去。

翌日早上起床洗漱后，吴管家到茶屋来见黄家成。这些日子虽有暖阳，早上的天气依旧很冷。下人早已忙碌开了。经过账房，赵管事已经坐在那里。略作犹豫，吴管家走了进去。赵管事起身向他施礼，道了声早。今年无甚大事，几位管事放假回去了，赵管事家在毗邻滩镇的雨山铺，二十里不到的路程，赶回去也就一个时辰的事，便安排留下来值守，最后走人。

赵管事没话找话："今天啥时候走？到时候我送你。"

吴管家笑道："别人回去过年，大包小包，我就两件衣裳，自己拎着都可以走回去。"

赵管事笑道："还是你好，家里的事不用操心，只等你回去过年。"

"我想操心也是徒然，心有余而力不足。"

"也是，彼此相距虽然只有数十里，却是无暇顾及家中一应大小事情。不过，你呢自知他们一切会操持好，无须做此担心。"

两人说笑几句，布铺一名伙计进来，恭谨地朝吴管家行礼。布铺和当铺的生意，一到年关特别好。吴管家知道他有事要向赵管事禀告，趁机离去。习惯地去看隔壁，房门紧闭，料黄元可被啥事缠住了。

茶屋门虚掩，显然黄家成尚未到，吴管家犹豫着是进去呢还是在这儿等他到来时传来黄家成说话的声音，便立定门外等他。两人进去后，下人麻利地忙活开了，很快便送来一壶酽茶。

"昨天晚上元可找你了？"

"他让我留下来。"

"我还是那句话，你这做姨父的扶送他一程。没办法，他入这一行的时间太晚，有些事情不是凭聪明便能悟透的，需要有人带。"

昨天晚上都答应黄元可留下来干一年，吴管家不想再在这个话题上多言，便哑哑哑地喝茶。黄家成看出他的心思，正待拐转话题，龙不吟飞也似的闯了进来，施礼说："夏大人到了。"

黄家成和吴管家皆都吃了一惊。年关了，夏大人突然跑来滩镇干啥？心里揣着团疑惑时，两名衙役挺胸攥刀把守门口，夏大人快步而入，两人赶紧放下手中茶杯过来向夏大人行礼、让座。夏大人也不客气，往黄家成的位子上一坐，早有下人过来捧上一碗盖碗茶，夏大人招呼两人坐。

黄家成并不去坐，作揖道："快过年了，大人突然赶来寒舍，何事见教？"

夏大人不去答他，伸手掀开碗盖，喝了两口茶，这才徐徐道："本官此次前来乃是办案。此行匆匆，事先也就没有派人前来传话。"

黄家成复又一惊，说："滩镇发生啥事了？"

夏大人道："稍后黄老板就明白了。"

黄家成道："大人说到办案，小民斗胆问一句，犬子元重一案已有年余，凶手何时才能抓捕归案？"

夏大人只顾坦然地喝茶。黄家成很想拿话重复，又怕惹恼夏大人，万般忍着。

旁边吴管家一直微蹙眉头，闷声不响，脸色渐渐凝重起来。这时外面走廊传来杂乱的脚步声和吆喝声，愈来愈近。

两名衙役推搡着黄元可进来，数名衙役把守门口，严阵以待。此等境况，直教黄家成浑身筛糠一般抖个不停，脸色发白，结结巴巴地道："大人这是为何？"

夏大人一字一句地道："下面被拿获者，便是杀害黄元重的凶手。"

黄家成把头摇得如拨浪鼓，说："我儿残疾，肩不能挑手不能提，如何挥剑杀得了人？人命关天，大人可别冤枉他了。"

夏大人喝了口酽茶，笃定地道："本官若无证据，哪会亲自跑来你仁里堂拿人，黄老板稍安毋躁，到时候自会让你明白事情的真相，本官断不会冤枉他。"拿眼投向黄元可："你弟弟可是你杀害的？"

黄元可大声叫屈："小人如此模样，连杀只鸡都不能，如何杀得了人？还望大人明鉴。"

夏大人微微一笑，说："你是杀不了人，但你雇凶杀人。你爹面前，还是招了吧，免受皮肉之苦。"

黄元可依然叫屈不断："小人几十年来大门不出，二门不迈，整日就窝在家里抽两口福寿膏，去雇何人……"

黄家成被面前这一幕弄得一头雾水，懵在那里。夏大人把桌一拍，一字一顿地道："你残障之身，如你父亲所说肩不能挑手不能提，本官若无人证摆在眼前，也断然不会将凶徒与你联系起来。"朝门外大声道，"自成、洪清、其深。"

门口衙役让出一条道来，走进来三名衙役。三人的到来，直把黄家父子和吴管家及龙不吟看得目瞪口呆。这三人可是当初仁里堂聘请的护院武师，经衙役丁头目介绍进入府中的武师赵五、张望、李庄。

夏大人："黄元可，你可认得他们？"

黄元可："小人自是认识，他们乃是我仁里堂的护院武师。"

夏大人："实话告诉你，他们三个乃本官派遣潜入仁里堂的下属，为的就是侦查张则武杀人一案。倒是没料到这个布局无意破了黄元重被杀的案子"

黄元可："你们三个何时见我杀人了？"

张望冷冷地道："你别在这里叫屈，昨天晚上徐海找你索要两千两银子，我在外面听得明明白白。徐海昨天晚上已被我们合力拿下，现在关押在府衙死牢，他把一切都招了，你还在你爹面前演戏叫屈，实在欠收拾。"

就听黄家成大叫一声，一口殷红的鲜血喷出，倒在地上不省人事。慌得吴管家赶紧过去把他扶起，在赵五和李庄的帮衬下，大家合力将黄家成抬至卧房，把个肖氏吓得脸色发白，嘴唇哆嗦地问发生啥事了。这事儿不是三言两语讲得清楚的，此等场合更是无暇多言，吴管家安慰肖氏道："没事，让姐夫躺会儿就好了。"来到外面走廊，吩咐下人去请郎中。

肖氏追上来，泪眼婆娑地道："承诺，你姐夫到底怎么了……"

肖氏尚不知道仁里堂发生了惊天变故，吴管家哪敢把事情说与她，要是肖氏也像连襟一样倒地不起，他的罪过可就大了，心头只想立马离开这里，遂对肖氏道："知府大人尚在茶屋等候，我这得赶过去，有事也好应对。姐姐在这儿照顾好姐夫就是，待那边的事情忙完，我再过来跟姐姐叙话。"

匆匆回到茶屋，夏大人坐在那里悠闲地喝茶，黄元可耷拉着脑壳蜷缩地上，脸色如灰，吴管家心下大是摇头。

夏大人道："黄老板碍事吧？"

吴管家朝夏大人深深一揖道："已着人去请郎中，应该没有大碍。大人可否借步说话？"

夏大人大手一挥，示意手下退出。有衙役奔过去架起黄元可退至外面走廊。屋里便只剩下两人了。

"刚才小民送老姨回卧房，其夫人悲啼不已，待会儿仁里堂上下知道原委，势将大乱，两位夫人定然无法承受，小民有个不情之请，大人还是把他押回府衙去审吧！"吴管家说，"刚才黄老板的情况大人可是瞧得明白。"

"行，本官把他押回府衙审去。"夏大人手捻胡须，看定吴管家道，"刚才场面，吴管家可是神情坦然。"

吴管家叹了一口气："实不相瞒，当初元重被害，小民只是怀疑他，后来发生张则武率领拳匪围攻仁里堂的事，小民便料他是凶手了。当他出来打理仁里堂后，小民断定他就是凶手。谋杀亲弟弟，为的是独霸家财。"

夏大人蹙眉道："拳匪围攻仁里堂时发生何事，让你因而认定黄元可乃是凶徒？"

"张则武矢口否认杀害元重。凭当日情形，张则武这边人多势大，全是一干粗暴乖张之徒，真是他所为，没有必要否认。再说了，同在一条街上，张则武的脾性小民多少还是有所了解，他并非恶徒。据他自己说，违旨收纸，乃是奉其舵主之命筹集资金。"

"你既然料定凶徒系黄元可，为何不禀告本官？"

"刚才黄老板得知内幕后，其情形如何，大人可是看得明白。小民曾经有过禀报大人之念，就怕发生这等事啊！要是因此弄出人命来，小民罪过可就大了。再说小民一切只是揣度，并无证据，要是揣度有误，小民如何担得起这个责任。"

"你倒是用心良苦！现在发生这等事，黄老板醒来后不知作何想。"

"还有二夫人——元重他娘，知道儿子被害内情，不知道会是啥结果。那大夫人日夜只知青灯木鱼，得知儿子犯下此等滔天大罪，她手中的杵还能否敲下去？好好的一个家，被他的贪欲弄出两条人命。"

"这两天仁里堂你可得多操点心了。这边若有黄犯的相关消息，速来府衙禀告。"

夏大人手提下摆往外走，吴管家紧随身后相送。衙役见夏大人出来，一左一右拎了黄元可的胳膊下楼。一路走将过去，下人只是老远观望。行至月亮门，黄韦明呼号着奔来，拦住衙役去路，号啕大哭道："你们凭啥抓我爹，这是要把他抓到哪去……"

夏大人止步回身看眼吴管家，吴管家遂越过夏大人，对黄韦明道："韦明，官府有事请你爹去府衙了解一些情况，你勿干扰大人公干，让开吧！"

此时刘氏披头散发而至，哭道："诸位官爷，你们好没道理，闯入仁里堂拿我男人……姨父，你得救我男人……"

吴管家朝龙不吟递去一个眼色，龙不吟会意，大步上前，竟是双手拽开母子俩，众衙役趁机得以往花园走去。正门自有衙役把守，门外聚了一干踮脚伸脖看热闹的人。

行至正门，自知此去难回的黄元可拼命挣扎，弄得衙役一时竟没法前行。黄元可大声道："我要见我爹……我要见我爹……"

夏大人走到黄元可面前，沉声道："你有啥话不妨这里跟吴管家说。"

黄元可却只知一味地大声号啕要见他爹。

看夏大人脸色下沉，显然将要发作，吴管家忙道："你爹这会儿躺在床上不省人事，有话跟我说好了，我自会转告他。"

黄元可大声道："姨父，要我爹救我……"

夏大人大手一挥，衙役拽了黄元可往外走。出得正门，有衙役牵马过来，夏大人接过马缰，蹬镫上马。吴管家抱拳打拱，只道夏大人好走。

赵五、张望、李庄三个走将过来，客气地朝吴管家行了一礼，翻身上马而去。

看夏大人一行已在数丈开外，吴管家吩咐身边下人把正门关上。龙不吟过来，说："今日之事，好生突兀。倒是未料到张望三个是夏大人派来卧底的。这三人昨天晚上不曾惊动任何人就擒获了徐海，倒也有些手段。"

吴管家拿话问身边下人："郎中来了吗？"

有下人道："刘乙早领李郎中进去了。"

吴管家便匆匆奔黄家成卧房而来。龙不吟略一犹疑，快步追上，把那班发蒙的下人甩在那里。

抬脚跨过门槛，却见小青急得直抹泪，吴管家隐隐起了不祥，定睛一扫，这才发现方氏闭了眼睛倒在床上，李郎中正在替她把脉。让他心头稍慰的是连襟已经醒过来，张开眼睛躺在那里一动不动，暗自舒了口气。

"夏大人他们走了。"吴管家道。

黄家成并无回应，仍旧躺在那里。吴管家不再言，立身一旁看李郎中忙活。当李郎中手中两根银针同时拔出，方氏慢慢睁开眼睛，旁边小青喜极而泣，低声喊了数声夫人。不料方氏蓦然恸哭："我的儿啊，你在这个家里敬老爱幼，却被自己的哥哥害死，黄家怎会生出这等心狠手辣没心没肺的人……"

李郎中让人煮两碗参汤给夫妻俩喝下。看小青要去忙活，吴管家吩咐她留在这里照看夫人，示意龙不吟去厨房传话。看李郎中的样子准备离去，吴管家塞给他一个荷包，叫来候在门外的下人刘乙，让他送李郎中回同济堂。

方氏的哭声震耳欲聋，他知道自己得说两句安慰的话才行，便道："事情已经这样了，节哀才是……"

孰料方氏哭得更是伤心："我儿又不曾招惹这个残障，他要谋夺这份家业也不要用这等手段啊，竟把他父子两个生生给谋害了……"

吴管家就不敢往下说了，立身在那儿搓着双手，一时不知咋好。这时走廊响起杂乱的脚步声和哭声正自朝这边奔来。吴管家听出是黄韦明的声音，在外挡住他往里闯，说："韦明，你爷爷奶奶这会儿正自悲痛，你是个明事理的孩子，这当口闯进去，只会惹他们更难过，听姨爷爷的话，啥事过两天再说……"

"我想问问爷爷，我爹到底犯了啥事儿。"

"你爹的事儿，不急在一时，日后你自会明白。"

"我就想现在知道到底是咋回事儿，姨爷爷你告诉我好了。只要姨爷爷告诉我真相，啥事儿我都能够挺住……"

吴管家欲言又止，终是啥话没说。他不忍心把如此残酷的内幕告诉一个小孩，让其承受。不承想黄韦明扑通一声跪了下来："姨爷爷，你告诉姨外孙真相好了，姨外孙能够挺住……"

"你为啥急着现在知道呢！"吴管家长叹一声，说，"你爹谋害了你叔叔，这事儿跟你没干系，跟你娘也没干系，你娘儿俩不要有任何顾虑，你仍旧是你爷爷的好孙子。"

"我爹为啥要谋害叔叔呢？"

"这是大人之间的事，你小孩不要知道得太多。听姨爷爷的话，回到你娘身边去。"

黄韦明朝吴管家恭恭敬敬磕了三个头，爬将起来一抹眼泪往回走。此时龙不吟大踏步而至，疑惑地看着黄韦明，说："这孩子咋又跑到这里来了？"

吴管家道："还不是想问个明白，官府为何抓走他爹。小孩子，好奇心比大人还重。我拗不过告诉了他实情，没想到他竟不哭不闹地走了。"说完，默默地摇了摇头。

龙不吟看出吴管家心里藏着话，拿话追问："看这孩子，也是有个性的人呐！"

吴管家若有所思地颔首："从他身上，让我看出其父的坚毅隐忍。黄元可行事，你是看到的，此等手段，想想都害怕。若非事实摆在面前，谁能相信一个备受冷落的残障之人会做出这等事来。"

龙不吟道："这就应了那句老话，人为财死，鸟为食亡。"

方氏的哭声依旧，吴管家示意龙不吟进去看看。独自站在走廊，惊觉这一番折腾，太阳不知啥时候出来了。仁里堂出了这等事，这两天他自是不能回去了。

下人端了两碗参汤过来，在他面前止身立步，恭敬地喊了声吴管家，吴管家示意她进屋去。下人应声移步，蹑足跨过门槛。吴管家不想进去看他们夫妻喝参汤，仍旧远眺狮象山。

下人出来，说："老爷请吴管家进去说话。"

喝过参汤的黄家成脸色好多了，方氏不再哭泣，圆睁了眼睛直挺挺地躺在床上。黄家成示意小青扶他下床。见小青力气不支，龙不吟快步过去伸手帮衬，两人合力将东家扶下床，在太师椅里坐下。看盆里的火将要熄灭，小青忙往盆里添了几块木炭。黄家成身子软软地倒在椅子里，示意吴管家在旁边椅子坐下。龙不吟见势，悄然退出。

他低声道："这些年仁里堂在滩镇受人敬重，没想到今日会发生这等让人唾弃鄙视的事，传将出去势将遭街邻的耻笑。现在如何是好？"

吴管家道："只能让夏大人先行审案。后天我去趟宝庆府，拜访罗师爷，向他打探案情，让他有事给我们递个消息。在元可的事情上，老姨是怎么想的？"

"这个孽子，为了一己之私，谋杀亲弟，我黄家还要他作甚？只是可怜了韦明，小小年纪便没了父亲，日后在滩镇落得抬不起头来。就是我，几十年来不曾被人轻看，往后行走街头，也得遭人戳脊骨了。"

吴管家暗自摇头，此刻的连襟恨不得手刃其子，可有一天大夫人领着儿媳、孙子跪在他面前，他还狠得下这个心来？想着大夫人，吴管家突然心生念想：今夜，大夫人庵的木鱼声还会准时响起吧？

●── 第二十章　韦伯回堂 ──●

　　年关的天气每日阳光普照，但早晚却出奇地寒冷。吴管家走出月亮门，一眼可见前头车道上停着辆大鞍，车倌钱三攥了马鞭缩着脖子站在旁边。待吴管家走近，钱三抬手掀开门帘，吴管家正待上车，身后有人大声呼他，扭头回身，却是赵管事陪着连襟朝这边走来，料他有话要跟自己交代，只好立定等连襟到来。

　　黄家成身披大氅，神情黯然，失了往日大氅在身的风态。吴管家待要开腔，黄家成道："一同去吧！"

　　吴管家道："这来来回回的颠簸，又是这季节，颇为辛苦，你有话吩咐便是。"

　　"两个人一块，路上也有个说话的，不至于太闷。"说完，黄家成先上了车。

　　吴管家便不好再拿话来劝了，跟着抬腿上车。高高的雕花门槛已经移开，钱三扬鞭催马前行。车轱辘才滚动，从大夫人庵隐隐约约传来三声悠扬的钟声，便也记起昨天晚上大夫人庵的钟声准时响起。吴管家暗自去看连襟的反应，黄家成看去平静，显然并没有将这钟声做出某种联想，他自是不会将这事在此拎起。

　　街上的青石并不平坦，马蹄击在青石上铿然有声，这一路走将过去，车轿摇晃得厉害，好在车内垫了厚厚的毯子。出了街，钱三扬鞭一声叱喝，马儿奔跑起来。

　　"昨天晚上不是说好的么，咋突然又决定亲自去宝庆府？"吴管家道。

外面不时传来钱三的叱喝，车轿平稳地奔驰，虽然坐在车内，车外呼呼的风声赫然可闻。半响，黄家成道："我想我是得去趟宝庆府，亲耳听听夏大人是咋说的。"

吴管家自是明白连襟的意思，是想知道黄元可谋杀其弟的目的。他心下摇头，殊不知有些事情弄得太明白只会让自己心头更加难受，可连襟面前他不能直言，含混地叹了一声："也好，听听夏大人咋说，心里也就有个底，省了胡乱猜测。毕竟这事儿事关他们兄弟俩。"

"是呀，我就是这么想的，所以才决定随你去趟宝庆府。"黄家成道。

"我只是担心这一路颠簸，让你身体受累。"吴管家道。

"快过年了，也不知夏大人对案情审理得如何。要是那孽障不肯招供，今天可要白跑一趟了。"

"徐海悄无声息地给拿获归案，不到一个晚上就招了供，夏大人行事，你就放心吧！"

"也是！当初元重的案子老不见进展，我一度还当成了无头案，孰料案子突然就给破获了。此等手段，不得不让人钦佩。让我纳闷的是，赵五三个怎么会盯上那孽障呢？"

吴管家一时语塞。

车外钱三这时兴奋地大声道："老爷，吴管家，太阳出来了。"

冬天赶车，冷风刮脸，最是遭罪，头顶太阳对车夫来说，有如久旱逢雨露，钱三欢快的心情自是不用多言。黄家成和吴管家不去回应钱三。须臾，钱三竟吹起口哨。哨声轻快，车内清晰可闻。

车轱辘有节奏地飞转，没多久进入城门，车轿自然慢下来。吴管家撩开窗帘，早上的街头行人尚且不是很多，两边的早点摊前倒是聚满了人。吴管家放下窗帘，对钱三道："前头有家祥和酒楼，去那儿填饱肚子。"

车厢外面的钱三听得明白，扬声应好。

宝庆府街头的麻石还不及滩镇街头的青石板平坦，好在钱三深谙驾车之术，坐在车内远没有行走滩镇时摇晃。几口锅烟的工夫，车轿停住，钱三告知祥和酒楼到了。黄家成一直闭目养神，此时徐徐张开眼来。吴管家道："估计夏大人这会正在府衙审案，罗师爷也在当值，我们下去填饱肚子后，也就到了时间。"

钱三早已掀开门帘，搀扶东家下了车。伸手欲要搀扶吴管家，却被吴管家摆手拒绝了。酒楼伙计整日迎来送往，识人无数，一见这镶铜裹银的大鞍，便知客人非富即贵，早已跑过来迎着往里让，同时扬声朝里通知来了贵客。马上走出伙计，接过马缰去了后院。

大堂这会并无客人就餐，看去空荡荡的，两人被伙计引至一张桌前。黄家成解下身上的大氅，伙计机敏，伸出双手接过挂在旁边的衣帽架上。两人落座，有伙计端上茶来，问他们需要点什么。这一路数十里颠簸，吴管家的肚子早有些饿，让伙计来几个菜一壶酒。酒菜很快上桌。钱三一直在外面候着。吴管家想着钱三吹了一路冷风，叫他进来喝一杯。钱三征询地看眼东家，拘谨地把屁股搭在凳子上。

打从获知黄元可乃谋害元重的凶手，黄家成就茶饭不思，这时举杯沾了下嘴唇，勉强咽下两口菜后不再动筷。吴管家拿话劝他两句后便一任他了，见钱三颇为局促，扫了他一眼，钱三甚是明白，便只管埋头吃喝。饭后钱三搁下碗筷，欠身跑后院赶车轿去了。

两人再喝一杯茶，看眼街头人流，吴管家掏出几个铜钿放在桌上，站起身来时，伙计早取了大氅递过来，黄家成接过披在身上。钱三已将车轿从后院赶出来停在门口，掀开门帘搀扶东家上车后，侧身一旁，待吴管家上去，跳上车辕，扬鞭催马前行。

来到府衙门前，大门敞开，两名衙役手按刀柄，挺胸收腹各立一侧，吴管家径直走到一名衙役面前，抱拳一拱，说："这位爷，麻烦往里通报夏大人一声，就说滩镇仁里堂黄老板求见。"随即捧上一袋碎银和名帖。

衙役利索地将那袋碎银塞入衣兜，执了名帖转身大踏步往里走。

吴管家退至黄家成身边，两人也不转悠，立在那里单等衙役到来。府衙门前甚是宽敞，旁边那只大鼓看去颇有气势，头顶太阳普照，倒不觉冷。钱三坐在车辕上，懒洋洋地晒着太阳。

老远就见衙役去而复返，吴管家泰然地立定在那里。看衙役将近大门，这才迎将过去。在吴管家抱拳之际，衙役道："你们紧随了我，进去见夏大人吧！"

于是黄家成在前，吴管家在后，紧随了衙役往里走。两人也不是第一次来这里，却分明感觉府衙深深，还有一股阴森之气。

到了书房门口，一名书童接着，示意他们进去。跨过门槛，但见夏大人端坐案桌前，两人同时躬身抱拳施礼，口呼大人。夏大人的目光从书上挪开，投到两人身上，招呼他们坐。书童递上茶。

黄家成将手中盖碗放置旁边的矮桌上，起身朝夏大人抱拳深深一揖，说："小民今日前来，是想就犬子的事找大人做些了解。那孽障可曾招供？"

"当天回到府衙，他便招供是他收买徐海谋杀了黄元重。谋杀原委倒也简单，他想执掌仁里堂。"

黄家成强忍心头的揪痛，道："如此说来，韦伯失踪，也是他所为了！"

夏大人道："这事本官再三追问，他说非他所为。韦伯失踪后，他也纳闷不已，一直让徐海暗中追查，无奈没有任何结果。"

此时吴管家站起身来，说："韦伯没事，在我手上。"

夏大人吃惊地看着吴管家。黄家成扭转身去，嘴唇哆嗦："我说老姨，你这是为何？当初韦伯失踪，急得全家人上蹿下跳，偏你不曾在我面前泄漏半分。"

吴管家道："老姨刚才没听夏大人说，在韦伯失踪后，元可一直疑心这里面有诈，让徐海暗中追查。我若在你跟前稍有流露，韦伯定然被他们寻到，现在哪还有命在。"

黄家成道："你的意思，那孽障有谋害韦伯之意？"

吴管家叹了口气，说："他谋杀元重之后，下一个目标自然就是韦伯。唯有将他们父子俩斩除，仁里堂才能够轮到他来执掌。"

黄家成便愈发迷惑了："当初你凭啥断定元重为那孽障所害？"

"从张则武率拳匪围攻仁里堂那一刻，我就知道韦伯凶多吉少，跟龙不吟商量后，连夜将韦伯转移到我的一位远房老表家。好在韦伯也看出这里面的厉害，整个过程中甚是配合。"吴管家道。

"你是怎样怀疑到那孽障的？那段日子，并不见他有啥反常啊！"黄家成追问道。

"那天张则武率拳匪围攻仁里堂，在我与他搭话时，张则武否认杀人潜逃。从那一刻起，我就认定杀害元重的凶手是他。道理很简单，元重一死，最大的受益人便是他。只是他那样子太容易迷惑人，往往一怀疑到他，想想他那残疾之身，就给自己否认了。"吴管家道。

此时夏大人由衷地赞了一声："吴管家，你的确善于见微知著。不是你防患于未然，元重父子势必双双丧命黄元可之手。"

黄家成朝夏大人一揖道："大人，小民心下一直不解，你安排衙役卧底仁里堂，又是如何怀疑杀害元重的凶手系那孽障所为？"

夏大人道："本官怀疑张则武逃逸，仁里堂有人暗中相助，这才安排衙役卧底仁里堂，倒是没料到这一安排，得以破获元重被杀一案。据徐海交代，那位看守张则武的下人和衙役的死，皆系黄元可指使他所杀。"

黄家成大是不解，说："若说那孽障谋杀弟弟乃是为了谋求执掌仁里堂，杀害下人和衙役助张则武逃生又是为何？"

夏大人道："他是故意把水搅浑，便于日后行事。黄元重被杀，大家不就认定系张则武所为么？所以，他早有谋杀黄元重夺取家财之心。不是本官安排麾下卧底仁里堂，哪有今日的水落石出，你们只怕还在想着何时抓获张则武归案，方能查获黄元重的死。"

"我黄家世代本分，咋会生出如此心狠手辣之徒！"黄家成仰天一叹，朝吴管家一揖道："所幸老姨有先见之明，韦伯安然无恙，这里谢过了！"

"我是不忍心元重父子双双被他谋杀，弄得就此断后，所以才冒险将韦伯转移匿藏。"吴管家道。

"黄元可已落网认罪，黄元重案，以及看守张则武下人和衙役被杀一案现已告破，吴管家回滩镇后，可以将黄韦伯接回仁里堂，好生栽培他。"夏大人道。

"小民回滩镇后，自会差人接韦伯回来。刚才大人说元可已经认罪，按大清律法，不知会给他何等刑罚？"

"自古便是杀人偿命，何况他手上沾了好几条命案，自然是死罪。"夏大人道。

吴管家瞥眼黄家成，朝夏大人躬身一揖道："大人，黄老板此行前来，除了了解案情，还想见下元可，望大人行个方便。"

夏大人招来书童吩咐一声，书童应声而去。有顷，一名衙役进来，朝夏大人抱拳行礼，只道大人何事吩咐。夏大人道："你领这两位去监牢，安排他们会见黄犯元可。"

在黄家成将要移步往外走时，猛可想到一件事来，说："大人，这里尚有一事，当初官府授权仁里堂独家收购抄纸的文牒又是何人所窃？"

"黄元可交代了，匿藏在他卧房的横梁上。"

监牢就在府衙后面，自有重兵把守。当监牢大门敞开那一瞬，那种阴森感扑面而至，黄家成两个紧随了狱卒往前走。狱卒在一间铁房前停下，一边开门一边提醒他们不可捱得太久。吴管家掏出一袋碎银塞了过去。狱卒取下锁后，以手中那串钥匙敲击着铁门，大声朝里道："黄犯听好，有人来探监了。"

在吴管家抓了铁门准备往里推时，黄家成仰天一叹道："老姨进去吧，我在这儿等你。"

吴管家料连襟对黄元可恨之入骨，此等境况不便拿话劝他，当下推开沉重的牢门。室内阴暗，一股臭气扑面。慢慢地才发现墙角缩了团东西，定睛看去，似是黄元可，便道："可是元可？"

那团东西动了动，随之缓缓站起，正是黄元可。让吴管家大吃一惊的是黄元可头发蓬乱，浑身污秽，脸黑如墨，状如厉鬼。黄元可低低地喊了声姨父，猛可扑通一声跪在他面前，抱紧了他的双腿，凄厉地喊："姨父救我！"

吴管家强忍着身边的恶臭，说："你呀咋会做出此等让人不齿的事，毁了仁里堂也害了你自己。"

黄元可哭着道："我错了……我鬼迷心窍……我不是人啊，把自己的亲弟弟给害了……让我娘和妻儿都跟着遭罪抬不起头……"

"你若不弄出这等事来，哪会关在这儿，虽说在仁里堂受了冷落，可妻儿陪在你身边，每日躺在罗汉床上抽你的福寿膏，日子何等惬意啊！"

不意黄元可突然大声道："我是心有不甘啊！我有能力，就因为这条腿这只眼睛，爹就把仁里堂交给弟弟打理，他们父子在滩镇风光无限，二娘也备受宠爱，反观我父子两个，在仁里堂没人正眼瞧过，我娘日夜青灯木鱼，两相对比，叫我如何心甘？我也是个人呐，谁又想过我心头的苦？"

吴管家叹了口气道："在你们兄弟俩之间，你爹并无偏心之意，也无冷落你之举，实在是你这身体的缘故，让你整日拐着条腿走街串巷，于心何忍！就是元重被害后，因为你身体的原因，他也只想着如何培养韦明韦伯兄弟俩，是我执意推荐你一试。你爹是心疼你的身体啊，可惜不被你理解，反误解他冷落了你！"复又一叹，"只能说你爹不理解你内心的想法。可你既然有这愿望，当初何不跟你爹、我这姨父好好谈呢！"

"没有今日的事，就算当时我跟你们谈也是徒劳，反会落下笑柄。"

"你咋能这么想呢？你呀行事太偏激了！"

在吴管家转身的瞬间，黄元可复又紧抱了吴管家的大腿，撕心裂肺地喊："姨父救我！"

吴管家动弹不得，只好说："真要救你，得你爹点头。回去后我找你爹替你求情吧！"

黄元可这才松了手，吃力地爬将起来，说："我爹来了吧？"

吴管家不去答他，掏出一袋银子塞在他手上，说："在这里面该吃就吃，该喝就喝。待会儿我给你置办几身衣裳，再买两床厚点的被褥让他们给你送进来。"

黄元可若有所思地道："看样子我爹来了，他是不肯见我！"

吴管家知道不宜待得太久，当即移步退了出来，此时恰巧狱卒到了，利索地把门锁了，手中那串钥匙一敲铁门，登时满屋回荡。他说："走吧！"

出得监牢，那名领他们前来的衙役早已不在，吴管家朝狱头抱拳一揖，说："几位爷守在这里也甚无聊，要不我去酒肆替你们订一桌佳肴，爷派两位兄弟随我上街将酒菜提进来，一边喝酒一边当值，岂不美哉。"

狱头大喜，点了两名狱卒随他去街上拿酒菜。遇上这种大方的主，两名狱卒也是满心欢喜，当即领了他们往外走。出得衙门，钱三仍旧坐在车辕上晒太阳，见他们到来，跳下车辕迎了过来。吴管家掏出一锭银子，让狱卒拿去置办酒菜。

看两名狱卒接过银子喜滋滋地往街上去了，吴管家扔给钱三一袋碎银，说："给少东家置办几身衣裳，再买两床厚点的被褥送到这儿。记住了，要快！"

钱三接过银子，飞奔而去。宽敞的府衙门前，这会儿只有黄家成和吴管家，还有一车一马。这当儿一只麻雀落在旁边架上的大鼓上，叽叽喳喳地欢叫开了，引来一只黄狗，龇牙咧嘴地绕鼓而行，想着如何跳上去把麻雀捕入腹中。无奈大鼓太高，几圈后悻悻而去。麻雀叽喳了一阵，嗖地落到衙门顶上去了。

此刻正是午时，头顶太阳自是暖和。吴管家知道他该说点啥才是，叹了一声，道："老姨，你在外面听得明白，其实元可也是个可怜人！元可聪明，若非残缺之身，仁里堂在他手上准会发扬光大。"

"你看到的，这孽障毫无人性，为了一己私利，全然没有半点手足之情，他的心是黑的……"

“元可落到今日，全是他自取，可说到底又源自他身体残缺的缘故。他这身体，落到谁身上都是件叫人痛苦的事。”

“我知道你的意思，是让我救那孽障，可夏大人素来行事公正，铁面无私，想从他手里救人，哪是那么容易的事。再说了，我这里救他，元重九泉之下如何瞑目？我又如何面对你姐姐，还有儿媳妇和韦伯？”

“我知道你心头恨元可，可这里我得提醒你，如若元可伏法，从此两个儿子跟你阴阳两隔。留他一命，就算此生不得相见，有时候想来，尚有一个儿子活在这世上的某一隅，心头也有些许慰藉。还有一件事情你必须面对，那就是方氏、刘氏、韦明那儿。”

“老姨想过没有，我散尽家财保住这孽障一命，你姨姐、元重媳妇、韦伯面前如何交代？”黄家成沉缓地摇头，“让他自生自灭去吧！”

老远可见两名狱卒手上各自拎了两个食盒说笑而来，偏偏尚未见钱三的人影，吴管家暗忖钱三往日行事利索，今日却甚缓慢。两名狱卒走近，不解地道：“人也见了，你们还待在这儿做甚，可是等人？”

吴管家朝对方抱拳一揖：“我们在这儿等两位爷到来，尚有东西麻烦两位爷捎带进去。”

一名狱卒拿眼一扫，说：“东西在哪儿？”

另一名狱卒道：“我们两个手上都没闲着，如何能够给你们捎带东西？”

吴管家道：“两位爷只管稍等片刻，到时候自会有人把东西送到，那时随在两位爷身后便是。”

一名狱卒道：“这个倒是容易，只是那人还要多久才到？里面的兄弟可在等着我们。我们老站在这儿，酒菜都凉了，他们还当我俩在外头吃开了。”

吴管家忙道：“只稍一会儿就到，烦请两位爷稍等。”

狱卒早被对方先前出手阔绰镇住，又见旁边停着辆镶铜裹银的大鞍，更知对方探监乃是知府大人差衙役领了来的，知道非一般富贵人家，一名衙役道：“既然只稍等一会儿，那倒没事，我哥俩陪你们晒会儿太阳就是。"

老远可见钱三匆匆朝这边奔来，吴管家看得明白，说："来了，来了，两位稍等，稍等。"

钱三一手夹着床被褥，一手紧抱衣裳，气喘吁吁地赶到，其身后紧随了一位伙计打扮的后生，也是面红耳赤，双手抱了床被褥。钱三道："让两位爷久等了……"

一名狱卒道："得了，随我们进去吧！"

那名伙计待要开腔，吴管家道："都到这里了，麻烦小哥一并送里面去。"

谁的手上都没空着，伙计只好随了钱三往里走。脚下的影子在不知不觉中拉长，黄家成两个一时无话可说，单等钱三出来。这时一群人吵吵嚷嚷地朝这边走来，在府衙门口停住。有人走到鼓前，拿起槌子对准大鼓便是一通猛击，一时鼓声震耳，马儿受了惊吓，拉起大鞍往前奔去，吴管家追上去连声叱喝，马儿这才缓缓停下。如此已到数丈开外，把几位过往行人吓得搁了担子惊慌躲闪，所幸没有撞到行人。

门口两名衙役冲了过来，圆睁了眼珠厉声道："尔等好大的胆子，竟敢在此击鼓鸣冤，吵闹不休，当衙署是菜市场了。是谁击的鼓？随本爷去见知府大人……"

钱三出来，万没料到会是此等场面，见东家立于一隅平安无事，心头稍慰，抬眼不见车轿，急得拿眼四下搜寻，待到发现车轿停在前头不远处，快步跑了过去，从吴管家手头接过缰绳，驾车返回来接东家时，刚才吵闹不休的场景已不复存，衙署门口早已恢复了平静，那名伙计也已不见，料他回店铺去了。

把车停稳，搀扶东家上了车，钱三挥鞭叱喝催马往回返。街上人头攒动，喧嚣震天。过两天就过年了，街头比以往更显热闹。车轿缓缓穿行在如蚁人流中。

打从坐进车厢，黄家成闭了眼睛身子往后靠，整个人像是被抽了筋似的缩在那里，啥话不说。吴管家想了想，轻声道："还见罗师爷吧？"

黄家成道："回去吧！"

连襟的话意味着他将置黄元可的生死于不顾，刚才自己的努力算是白费了。吴管家不再纠结这事，对他来说，该说的说了。车轿缓缓而行，车外叫卖声可闻，远方近处不时响起的鞭炮声提醒世人快过年了。这一路颠簸，吴管家也累了，闭了眼睛准备歇息时，想着自打黄元可事发，大夫人庵的钟声还是准时响起，未曾落下一次。黄韦明也是个性鲜明之人，料黄元可这回死罪难逃。

后天就过年了，明天得赶去老表家把黄韦伯接回仁里堂。这一来一去又得耗费一天的时间，只能大年三十才能回家。在仁里堂这些年，从来就不曾按预定的时间回家过个年。吴管家心下叹了一声，现今出了黄元可这事儿，这两年他要请辞都不能了。

回到滩镇已是申时，街头依然热闹不凡。车轿进入仁里堂那一瞬，黄家成慢慢地睁开眼睛。当车轿停稳，钱三在外面轻声告诉他们到家了。吴管家回应着嗯了一声。门帘掀开，钱三道："老爷下来吧！"

黄家成以手抓住车上的手柄，费力地站起，把手递给钱三，另一只手则抓住门框，然后抬脚落在马凳上，待到踏稳后另一只脚也落到凳上。前头赵管事正向这边快步赶来，老远就伸出一只手来，黄家成不去理会，双脚平稳落在地上时，赵管事正好到了他跟前。

赵管事也不觉尴尬，笑呵呵地道："东家，你们今日回来得可早。"

黄家成微微颔首，算是回应了。待到吴管家下车，两人并肩往月亮门走去。赵管事并不跟随在后，同钱三拉扯几句。

晚饭后吴管家径直回到自个房间，坐在太师椅里烤火取暖，一边喝茶。当大夫人庵响起悠扬的钟声，吴管家不由自主地想起监牢里的黄元可来，忍不住深深地叹了口气。冷风拍打着窗子啪啪作响，吴管家这才惊觉外面天色已黑，离座点亮了灯，屋里一下子亮堂了。

外面响起敲门声，下人手执风灯立身门口，只道老爷请他过去喝茶。吴管家随了下人来到茶屋。黄家成独自坐在茶桌前，待吴管家落座，将面前的一杯茶推了过去。

"后天便过年了，明天把韦伯接回来吧！"黄家成道。

"我也是这意思，明天早上就动身，估计韦伯未时可到家。仁里堂这边也做下准备吧！"吴管家道。

"明早去账房支五十两银子，算是我感谢你老表。其实呀，最应该感谢的是你，只能让韦伯日后好好孝敬你去了……"

"咱两个就甭弄得这么客气了。我是看着韦伯长大的，现在他没事，我这做姨爷爷的也就落心了。到了咱这个年纪，唯愿上上下下和睦相处，一家人平平安安……"

虚掩的门被推开，可见小青陪着姨姐和王氏出现在门口，吴管家正自纳闷，肖氏已跨过门槛进来，王氏移步跟上，小青手执风灯进了屋。肖氏领头走将过来，距吴管家三尺立住，王氏趋步上前，猛可跪在吴管家面前，流泪道："外甥媳替元重在这里感谢姨父救了韦伯！"

慌得吴管家忙将王氏扶起，说："你们这是怎么啦？快起来说话。"

肖氏道："得知你这姨爷爷救了韦伯，她也不管现在是啥时候，硬拽了我陪她来谢你！"话向王氏，"你们母子，今后可得记住姨爷爷这份大恩。"

吴管家缓缓摇首："刚才我都跟家成说，到咱这个年纪，唯愿上上下下和睦相处，一家人平平安安。"

肖氏深受感触，随之眼睛发潮说："不是那畜生做出这等灭绝人性的事，仁里堂素来平安和睦。承诺你可看到的，这厮差点儿毁了仁里堂，好在老天爷有眼，让他现了原形，无法再继续为非作歹……"

此时黄家成道："好了，你们仨回去吧，我还有事要同承诺谈。"

王氏再次朝吴管家道了个万福，这才随了婆婆往外走。小青手执风灯，前头引着这对婆媳出了茶屋。

黄家成叹了一口气："你可看到了，你姐姐对那孽障是啥态度，我若还为那孽障出头保他性命，这个家能有安宁？我能做的是交官府判决，是生是死全看他的造化了。"

吴管家不想在这事上拉扯，含混着应了两声，拿起茶杯喝了口茶，放下时就势站起，只道明天早上得赶去接人，休息去了。出了茶屋，外面自有下人接着，执灯将送他回屋。

翌日早上起床，感觉特别冷，便想是要变天了。开门出来，天空沉沉。穿过月亮门，可见龙不吟和钱三早已等候在前头敞开的正门内，旁边是那辆大鞍。黄家成披着大氅站在那里。吴管家快步过去，说："昨天晚上不是已经说好了，我去接人就是，这天气你还早早地站在这儿受冻，可叫我不安了。"

黄家成笑道："你大清早替我去接孙子，我来送你有何不可？"从身边下人手上要过包裹，递给吴管家，说："这是五十两银子，当面替我好好谢你老表。"

知道无法拒绝，吴管家接过包裹，上车时发现赵管事指挥一干下人在门外贴年画春联。到了街头，不少商家店铺门上已贴上了年画，门前悬挂年画宫灯。早上的街头甚是冷清，车轿一路摇摇晃晃，车轱辘发出的响声入耳怪异。出了街，车轿便快了起来。

龙不吟道："黄元可已经入监，凭其所犯命案，就算不死，也难逃发配的惩罚，以他那身体，多半是客死他乡。韦伯回来后，从此仁里堂将风平浪静，不会再有事情发生了。"

吴管家是感是叹地道："你看到的，仁里堂被他这一番折腾，虽不致家毁人亡，却也伤筋动骨，一代人就这样没了，一家人都沉浸在失子丧夫无父的悲痛中。一个家庭，钱没了可以再挣，人没了就没了。"

龙不吟点头："这一切要归咎黄元可，这人太过阴险，连自家兄弟都敢下手。好在吴管家有先见之明，连夜把韦伯转移匿藏了，否则韦伯都难逃他的毒手。"

"韦伯没事，少不了你的帮衬。我跟东家说了，年后由你担任护院头儿。"

"谢吴管家!"

吴管家这位老表在六都寨镇荆溪去了。荆溪山高林密，不通车辆，唯有一条陡峭的小道可行，鲜有人知，这也是吴管家当初选择把黄韦伯匿藏这儿的原因。吴管家先到自个家，家人见他回来自是满心欢喜，听说还要赶去荆溪接人返滩镇，便大是疑惑了。原来当初为了安全起见，吴管家和龙不吟趁夜直接将黄韦伯送至老表家。吴管家不想让家人知道得太多，不去解释这里面的事，带领儿子吴江清，三人打马奔荆溪来接黄韦伯。

一条小溪自山顶峡谷蜿蜒而下，直至六都寨辰河，荆溪由此得名。三人四骑逆溪而上，倍感辛苦。吴管家这位老表家在龙寨岭半山腰去了，独门独院，屋前长了两株如盖古树，把房子都掩盖了，老远根本看不到房子。

吴管家这位老表姓谭，年长吴管家六岁，同岁同辈称他老谭，年少者呼其谭爹。老谭的房屋终于就在两丈前，三条高壮如狼的狗吠叫不已，一排儿挡住了去路，其势甚是威武。坐骑一时竟不敢往前，吴管家待要呼唤老表，走出一中年人，乃是老谭之子谭开。谭开大声叱住自家狗儿，三只狗便摇晃着尾巴散开了，在他身前身后撒着欢儿。谭开扭头朝屋里喊了两声爹，向吴管家行了一礼，口呼舅舅，接过客人手上缰绳时，父亲佝偻着身子从屋里走将出来。寒暄几句，老谭邀他们进屋。谭开牵了坐骑去了马厩。

进了屋，却是不见黄韦伯，吴管家正要拿话来问，老谭朝随后进来的儿子点了下头，谭开便快步去了后屋，隐隐约约传来谭开朝山后呼唤黄韦伯的声音。老谭看出吴管家的疑惑，说："见有人来了，老远看不清楚，为保险起见，便让他暂且去山后避一避。"

很快，黄韦伯随谭开进屋，见过三人。

还得赶回滩镇去，路途遥远，吴管家道："韦伯，去收拾一下行囊，随我们回仁里堂。"

黄韦伯甚是聪明，心头纵有万千疑云，这当口也不拿话来问，只管进屋拾掇东西去了。

老表面前，吴管家也不多说，只道黄韦伯家里已经没事。从龙不吟手上拿过包裹，吴管家说："这里面是些银两，黄老板托我谢你，收下吧！"

惊得老谭父子张大嘴巴愣在那儿。看黄韦伯已经出来，吴管家把包裹塞到老表手上。老谭一激动，手一抖，包裹坠地。吴管家理解他的心情，如此巨额银子，是他们父子这一辈子想都不敢想的事。在老谭欲待弯腰拾起包裹时，黄韦伯抢先一步拾在手上交给老谭，扑通一声跪在他脚下，恭恭敬敬地磕了三个响头："多谢爷爷收留，爷爷大恩，韦伯永铭心怀，今日就此别过。"

慌得老谭赶紧将他扶起，只道："能够回去过年，一家人就团圆了，这是最好的事……"

在吴管家四个往外走时，老谭反复拿话唠叨个不停："老远赶来，饭都未吃一口，反给我这么多银两，这咋使得……"

坐骑早已牵出来停在禾坪，吴管家四人翻身上马。黄韦伯朝谭家父子抱拳一拱，道声谢过，随了吴管家他们奔六都寨而来。一路上遇到上街回来的行人，篮子里面满是年货。好在谁也不认识，只管赶路。下坡马快，不到一个时辰便到六都寨街上。

吴家早已准备好饭菜，一见他们回来，立马端上桌。吴管家招呼两人上桌。急着赶路，喝酒就省了，大家便埋头吃饭。

饭后吴管家一行上了车轿。好在大鞍宽敞，车上坐了三人也不觉得挤。钱三早已寻了马料将马喂饱，坐骑倍儿精神，拉了他们往滩镇赶。天气虽冷，好在没有下雪下雨，并不影响马速。钱三赶车多年，应对天气自有他的一套，头戴一顶黄鼠狼皮做的帽子，一块围巾把脸绕上数圈，只露出一双眼睛，一见马儿速度缓下来，手中马鞭一扬，半空中炸出一声噼啪声，惊得马儿继续拼命朝前奔跑。

趁着闲暇，吴管家想着该把事情说知与韦伯，当即道："韦伯，你爹的案子终于破了！"

黄韦伯迫不及待地道："是谁杀了我爹？"

吴管家把夏大人派赵五、张望、李庄卧底仁里堂，擒获徐海，抓捕黄元可的事道了一遍。黄韦伯泪如泉涌。当吴管家说完，黄韦伯哽咽道："姨爷爷，我爹向来敬重伯伯，不曾同他有过不快的事情发生，伯伯却用如此手段谋害我爹，这是为何？"

黄韦伯终是年少，吴管家不能在他面前说得太多，含混道："你伯伯也是一时糊涂。人，谁都有犯浑的时候。官府自会惩罚他，这事儿就让它过去了，别把它搁在心里头，啊！"

不想黄韦伯突然道："那天晚上姨爷爷和龙师傅连夜将我转移至谭爷爷家，可是担心姨外孙也遭伯伯的毒手？现在接我回去，是因为伯伯已被官府抓获，再没有人害我。"

这话把吴管家和龙不吟惊了一跳，想这孩子怎么会做出如此之想呢？黄韦伯面前，说是不好，说不是也不好，两人一时竟无法作答。到底吴管家经历得多，想着黄韦伯都把话说白了，瞒着他也失了意义，喟叹一声："我们把你转移，只是以防万一。你爹已经去了，姨爷爷不想让你再有啥闪失。"

黄韦伯道："我爹若非摊上一个如此心狠手辣又贪婪的兄长，岂非啥事都没有，现在当活得好好的……自打我爹走后，我娘时常半夜醒来，万般伤心，我奶奶也是伤心欲绝……"

吴管家拿话劝慰道："韦伯，有些事情你要学会放下。你爹不在了，从今往后你就是你娘的依靠，断不可惹她伤心难过，仁里堂这副重担你要挑起来。听姨爷爷的话，不快的事情把它忘了。"是感是叹地说，"人这一辈子，真得学会忘却！"

车外钱三大声告诉他们进入滩境了。吴管家常年往来六都寨与滩镇，知道再过半个时辰将到仁里堂，看黄韦伯以袖揩净眼泪，一副坚毅之态坐在那里，不禁想起黄韦明来，莫名担忧起来。

从车速的放缓和车轱辘滚动的声音，应该进入滩镇街头了，吴管家正自这般想着，钱三的话传了进来："进街了！"

　　龙不吟掀开窗帘往外望。时候刚入未时，街上往来人流拥挤不堪。半天时间，很多商号门前又挂了崭新的年画灯笼，一个稚童点燃一枚炮仗扔了出去，在旁边轰一声炸响，把周围的人给吓了一跳，大家也不恼，一笑置之。看去年味越发浓郁了。黄韦伯离开滩镇已有数月之久，但见他一动不动地坐在那里，全然不去理会外面的热闹。吴管家明白，孩子懂事了。

　　仁里堂早已派了下人在街口盯着，一见自家车轿进街，飞也似的跑回来传报。赵管事得讯后，一边让人做好迎接准备，一边亲自赶去向东家禀报。

　　送走连襟后，黄家成便一直坐在茶屋喝他的酽茶，单等孙子回来，得了赵管事的消息，让他通知大家赶去大门迎接。当他赶到正门口时，众人已先他一步到了。正门上贴了两张《秦叔宝·尉迟恭》"托全"年画，门楣上悬挂着六盏年画宫灯，两边分别又挂了两盏六面琉璃宫灯，门两边是一副红纸金字对联：

年画画年年年画
春联联春春春联

　　当吴管家乘坐的车轿进入仁里堂这边的视线，八音锣鼓齐奏，响遏行云，随之噼里啪啦的鞭炮声响起，一时硝烟弥漫。车轿在门前停住，吴管家最先下车。当钱三习惯地伸手去接时，黄韦伯摇头表示不用，快步朝黄家成奔过去，大喊爷爷，扑通一声跪在黄家成脚下。黄家成早已浊泪长流，颤抖着声音道："孙儿终于回来了……回来了就好……"

　　不经意间，吴管家发现人群中不见方氏和黄韦明。想着黄韦明，心下隐隐不安。

第二十一章　腰斩元可

清明过后，仁里堂接到宝庆府衙的通牒，十天后黄元可、徐海将被腰斩于宝庆府菜市，让仁里堂派人前往收尸。通牒是一名衙役送来的。吴管家接了通牒后，一面让下人安排衙役的吃喝，一面拿了通牒来见黄家成。

雨水过后，有天早上黄家成起床穿戴，忽觉头重脚轻，一头栽倒地上，跌得满脸是血，在床上躺了月余。先是李郎中用尽一切手段，然后是王郎中被请进仁里堂。直至附近几个有点名气的郎中皆被请至仁里堂，病情依然不见好转。黄家成一度感觉自己难逃此劫，叫来家人和吴管家安排了后事。一段时间后，身体才逐渐有所好转，能够下床走动。经此一病，黄家成瘦了一大圈，脸上不见当初的红光，看去衰老了许多，行走街头，弄得熟人都不敢上前相认。

吴管家寻上连襟时，黄家成刚好午睡醒来，坐在茶屋慢吞吞地喝他的酽茶。吴管家将通牒递给黄家成，黄家成看后半晌没吱声。当吴管家拿话问起时，黄家成道："待到被斩那天，让一名管事带着韦明去收尸就是。"

"我要说的是，他的后事如何操办？"吴管家道。

黄家成便拿眼看定吴管家，分明让他有话直说。

吴管家道："按说像元可这种被斩之人，加之又谋害了自家兄弟，是无法葬至黄姓祖坟，更甭说做道场了，大都是埋在乱岗地带。可是，你这做爷爷的又必须看在韦明的份上办。方氏是不管红尘事了，韦明可是你的孙子，别让他因此对你有想法才好。"

黄家成啜了口茶，把杯重重一放，恨恨地道："这孽障实在叫人生恨，让我黄家蒙耻，咱黄家祖上几代人何曾出现过这等谋害自家兄弟的事？在滩镇，我黄家成几十年又何曾做过让人鄙弃的事，这孽障的所作所为，是往我心口上捅刀啊……"

吴管家打断他的话："老姨，我要说的是，你可以恨他，甚至可以不当他是你的崽，但你能够不拿韦明当你的孙吗？"长长地叹了一声，"我们都到了这把岁数，拼搏一生，还不是为了儿孙后辈？元可所为，确实让人齿冷，可他也为此付出了腰斩的代价。有些事情真得看开些才行，一味地钻牛角尖，是跟自己过不去……"

黄家成的身子软软地往后一倒，缩在太师椅里。自打病愈，人坐在椅子里，失了往日的气势。他有气无力地说："如若孽障的后事违规操作，你姐姐和韦伯母子只怕又会有想法。唉，这事叫人左右为难呐！"

"姐姐和韦伯母子也就生气，韦明只怕会因怨生恨啊！孰轻孰重你可要好生权衡了。"

"你看着去办吧！"

吴管家随即递上另一封书函。黄家成看后递与吴管家。信是津门阮老板写来的，大意是上次运来的三百担毛边纸已售罄，津门及京城这边的达官贵人大多喜欢习练书法，他们试用后，称滩镇的毛边纸不洇不透，远胜别的纸张，让他们速发八百担毛边纸过去。随信附了一纸发货单。

吴管家道："当初我们意在利用阮老板这条渠道让滩镇的抄纸走出去，看来这招棋走对了。你的意思，我们就这样跟阮老板合作下去？"

听连襟话里有话，黄家成看向吴管家，道："你有啥想法，这里直说好了。"

"我的意思，不妨派人去津门和京城看看，如有可能，仁里堂去那边设家分号，直销自家的抄纸，如此岂不利润最大化？大生昌不是也在津门等地设了分号吗？这次给阮老板发货后，顺便结下货款，岂不一举两得？"

黄家成缩在太师椅里，叹了口气，说："你这主意固然是好，奈何元重已去，你我已老，韦明和韦伯尚且年幼。"

吴管家道："韦明已有十六七岁，韦伯也有十五岁，再过几年，他们便可以独当一面。我们可以利用这几年先把分号开起来。这样做还有一层意思，到时候在韦明与韦伯兄弟间择一人派驻津门分号，两堂兄弟也就不会再起事端，重蹈他们父辈的覆辙。"

黄家成连连颔首，竖起身子："只是津门距滩镇上千里，我们这里派谁去呢？"

吴管家道："要不我去一趟津门吧。"

"刚才都说好了，元可的事交你处理，这事儿派一名管事去就是。"

"这样吧，待我处理完了元可的丧事再去津门。到时候带韦伯去外面历练历练，让他长些见识。"

"如此最好，就按你说的办吧！到时候把龙师傅带上。有龙师傅护卫，我在家里也就安心了。"

"还有一事得考虑了。我们这里满足津门大华纸业的供纸，内销势将严重不足，这次发货后，如果分号一时难以开起来，可以考虑跟阮老板商榷加价。别到时候弄得抄纸户先找我们加价，阮老板那里却加不了，事情就被动了。我有种预感，虽说让滩镇抄纸户专抄玉版纸等纸，黄纸则去周边收购，估计今年纸价还是会涨，咱们当未雨绸缪才是，免得到时候弄出啥纰漏。"

"你去津门后，可以跟阮老板谈这事，以便这边早做打算。"

"其实，不管他同意不同意加价，到时候真出现内销供应不足的话，只能停供阮老板那边的货。滩镇是仁里堂赖以生存之地，断断不能乱，真乱了，后面发生啥事就难料了。"

"是呀，我也是这样想的。滩镇的平安祸乱与否，说到底在纸上，而纸的稳定又在我仁里堂。"

行刑的日子到了，仁里堂派赵管事几个陪同黄韦明早早赶到宝庆府菜市场。菜市场早已来了不少瞧热闹的人。将近午时，夏大人率领一队衙役押着黄元可和徐海走来。赵管事找出孝服给黄韦明穿上，领了他来与黄元可告别。衙役却是不让他们进去相见，夏大人在台上瞧得明白，示意身边衙役过去传话放行。

黄韦明流泪来到父亲面前，撕心裂肺地喊了声爹，扑通一声跪了下去，磕了三个响头。黄元可道："孩子，爹让你蒙羞了，往后好好陪伴你娘过日子。"

黄韦明倒了一碗酒递给父亲喝了，黄元可突然哭喊道："儿子，你爷爷不肯救我……他是想让我死啊……"

不远处的赵管事听了，骇得脸色死灰，好在此时夏大人喝令黄韦明速速离去，有衙役立马跑过去将黄韦明驱离。黄韦明望着被架上刑台，身子被衙役强行按在铡刀下的父亲，悲痛不已，泪如泉涌。

三声炮响后，徐海先一个被斩，鲜血流了一地。随之又是一声炮响，夏大人再掷出一支签令牌，刽子手按下铡刀时，黄韦明诚然闭了眼睛紧咬着牙，眼前分明有股殷红的鲜血喷射老高。当一通锣响后，众衙役簇拥着夏大人离去，刑场留下两具尸体躺在血泊中。

黄韦明率先冲了上去，但见父亲尸体拦腰深斩。下人在旁边点燃香烛纸钱时，黄韦明跪了下去。赵管事示意下人在徐海尸体旁也燃上一堆纸钱。

有下人赶了辆马车过来，拿来一床席子摊开在地上，大家合力将黄元可的尸体抬上席子，卷好后再抬上马车。在他们上车时，那几条狗扑将过去抢食起徐海的尸体。

回到滩境已近黄昏，仁里堂正门口早扎起三个棚子，自有管事接着。有下人来到黄韦明身边，说老爷让他去一趟。黄韦明也不问啥事，随了下人来到谭记茶坊。屋里坐了好几个人，黄家成赫然在其中。黄韦明径直走到爷爷面前，跪下磕了三个响头，哽咽道："孙儿接爹回来了。"

原本坐在椅子里的黄家成颤抖着离座将他扶起，道："往后一切有爷爷替你做主。"

吴管家过来，低声说："韦明，在座都是黄族前辈，你这里跪下来，姨爷爷有事同他们商榷。"

黄韦明依言跪了下去，额头抵地。

吴管家双手抱拳道："在座诸位都是黄族中德高望重的前辈，算至家成这代，正好五服，按说我这个外人在这儿根本没有说话的资格，可黄老板是我连襟，元可是我姨外甥，照这层关系拉扯下来，吴某人同在座诸位多少沾了点亲戚，我在这里便斗胆说两句。元可今日已被朝廷腰斩，其尸体已经运回仁里堂，韦明现在跪在各位前辈面前。家成的意思，希望各位看在同宗和往日的情分上，让元可葬入黄姓祖坟。如此，韦明当对各位前辈感激不尽，就是我连襟也感谢各位的关照。"

吴管家口中的五服，指的是高祖父、曾祖父、祖父、父亲及自身的五代人。楚南一带，若逢亲人去世，会服丧，根据亲疏关系，在穿着的丧服上会有不同，亲者服重，疏者服轻，依次递减，共分斩衰、齐衰、大功、小功、缌麻五种，是为"五服"。在座众人乃黄家成这一脉的"五服"代表人物，吴管家与连襟商量后，以黄家成的名义将他们请至这里。

不意吴管家话音刚落，有人站起来道："家成老侄，我黄家祖上素有规矩，早夭者不得葬入祖坟，奸淫恶徒、犯案被斩者不得葬入祖坟。元可为犯案被斩，身上可是背了三条人命，说他是万恶之徒都不为过，那是断断不能葬入祖坟的。"

"我也是洪河老侄的意思，元可若是葬入我黄姓祖坟，先人九泉之下定然怪罪我等，我等死后，岂不也要与他毗邻？家成，往日你对我们甚是关照，可此事事关我黄姓先人后辈，非同小可，让元可葬入祖坟，我是断然不允的……"

"情分是情分，祖宗留下来的规矩咱得守住，不然有天我们下去了，有何颜面见他们……"

"实在是元可行事太过，连自家兄弟都忍下手，我们这一脉何时出过他这等奸恶之人？此例一破，往后黄姓祖坟岂不是什么人都可以葬了？明说了，这事儿我是反对的……"

……

吴管家万没料到全是反对之声，一时作声不得，当目光落在黄韦明身上时，说："诸位就忍心看着这个后辈跪在这里嘛……"

不想此时黄韦明霍地站起，说："爷爷，姨爷爷，我爹干吗非要葬至祖坟？黄土何处不埋人，犯不着因为我爹的事让你们在这儿低声下气地求人，我走了。"

黄韦明大步而去，把一干黄姓前辈愣在那里。黄家成和吴管家做梦都没想到这个孙子会说出此等话来，以致一时不知如何应对。这时有人道："他儿子都是这等态度，让我们在这里受气，大家还坐在这儿干吗，散了吧！"

事起突然，黄家成和吴管家万没料到会有此等变故，均感愕然，待到缓过神来，被请来的黄姓族人早走了个干净。黄家成气得以手拍打着椅子上的扶手，说："这小子实在混账，还发起脾气来了，忘了自己是在求人。这下好了，连后路都给他堵死了。"

吴管家道："让他看到你这做爷爷的苦心就是。晚上再把他们请来？"

黄家成摇头道："你呀不了解我们黄姓这些族人，这事儿是甭指望了。把那孽障葬在我黄家老屋背后的山上吧，好歹有间老屋陪着他。"

回到仁里堂，把连襟送回屋后，吴管家去了正门口旁边的棚屋。棚屋来了不少黄姓族人，有在忙碌的，也有坐在八仙桌上喝茶的，见他到来，客气地招呼一声。赵管事将他拉到一隅，道了刑场上的事。吴管家道："元可这小子真是死有余辜，临死还要挑拨其子与他父亲不和。老赵，元可那话你要烂到肚里，任谁也不能再讲。我正纳闷韦明在他爷爷和一干黄姓长辈面前咋说出那等混账的话，果然事出有因。枉他父亲还想方设法要把他葬在黄姓祖坟！"

赵管事虽然尚不知道谭记茶坊发生的事，但吴管家的话多少让他猜测到几分，缄口不语。吴管家说了几句丧事上的事后，匆匆离去。

当大夫人庵的钟声响起，棚屋这边早早地点亮了灯。黄元可的尸体清洗后，请人把尸体缝合起来，然后入殓。棺椁下面点了盏长明灯，入夜后寒意甚重，夜风吹来，险些熄灭。有人便以黄纸做了个灯罩，不用再担心长明灯被风吹灭。黄韦明从谭记茶坊回来后，就一直守在棺椁旁，大家见他一张冷脸，且又少不更事的年纪，没谁主动同他搭讪。

子夜过后，棚屋里便只剩下黄韦明独个愣坐在那儿，两名陪护他的下人在旁边伏桌睡去。桌下的炭火即将熄灭，黄韦明全然不知。霍地，黄韦明站起身来，仰天凄厉地大喊一声，随即走至棺椁旁，以手击打着棺椁大声哭道："爹，你让孩儿和娘往后如何在仁里堂待下去……"

两名下人被惊醒，一时懵在那里。清醒过来后，上前好言相劝，无非是他父亲的事跟他无关，他是他长孙老爷断然不会因为他父亲的所作所为轻看他母子。黄韦明任两人口沫飞溅，全然不去理会。有人发现他面前火盆里的炭火熄了，赶紧拿来木炭重新生火。

一番折腾，下人早已口干舌燥，黄韦明也累了，坐回去后额头伏在桌上睡了去。两名下人想睡不敢睡，硬挺着守夜。

一夜总算无事。

五服之内，但逢一家有结婚、生孩子的喜事，或者生病、去世的白事，是一定要到场的，对喜事要恭贺，对白事要帮忙和服丧。第二天早上，黄氏一族陆续来人了。地仙勘定金井，择定吉日后，管事根据都管的意思出了纸执事单。前来人员看了执事单后，便明白自己要忙啥了。

　　倒是没料到当天来了三位古稀老人，晚饭后也没有离去之意，有执事便寻上吴管家讨主意。原来楚南一带，素有"六十不交言、七十不留宿，八十不留饭"的乡俗。吴管家不好明着将事情推给执事，只好赶来相会。一番拉扯，知道他们家在李家、塘冲，获知仁里堂做丧事，赶来吃喝。滩镇乡俗，丧主对他们不能驱赶，也不留宿。他们这年纪，自是不能让他们晚上待在这儿，要是冻出啥病来可是麻烦，吴管家让下人领了他们去街上客栈，并吩咐留下一人照看他们。

　　丧事有条不紊地进行，仁里堂却为黄韦伯守灵和拜路的事争得不可开交。黄家成心下虽然痛恨儿子的可恶，可身为父亲，有些事情又必须顾全大局。在他想来，黄元可固然是谋害其弟的凶手，但黄元可的丧事偌大滩镇人看在眼里，他不能留下话柄让人笑话，因此主张韦伯陪其堂兄守灵，却遭肖氏的强烈反对，声言让孙子为杀害他父亲的伯伯披麻戴孝，她不惜一死。黄家成说服不了妻子，只好请来吴管家，道了事因，让他出头解决这事。

　　吴管家寻上肖氏时，她正坐在椅子上生闷气，小青谨慎地侍立在侧。吴管家上前行礼，喊了声姐姐，肖氏冷着脸，示意他坐。小青便搬来一把椅子，吴管家过去坐下，说："何事让姐姐这般生气？"

　　肖氏道："你姐夫让韦伯去给那孽障守灵、拜路，这孽障可是杀害元重的凶手啊！让韦伯去给杀父仇人守灵，这让韦伯和我作何想？先人早说了，这杀父之仇，夺妻之恨是没法让人原谅的。事情自始你是看到的，好好的一个家，被那孽障弄成啥了？我都不晓得你姐夫在这件事情上是咋想的。"

　　吴管家道："元可是可恨，但韦伯与韦明不曾有啥过节，他们可是堂兄弟，往后少不得相互帮衬，韦伯若不去，韦明将做何想？外人又怎样看？姐姐，还是让韦伯出来应付一下，算是做给外人看好了。"

　　"韦伯若是去了，外人只道他是非不分，当他糊涂了。"肖氏叹了一声，说，"亲兄弟之间都做出如此大逆不道、令人齿冷的事，这堂兄弟之间还有情谊讲吗？"

吴管家一时语塞。半晌，他穷词理屈地说："俗话说得好，冤家宜解不宜结，韦伯去了，外人只当他懂事明理，为人大度罢了。"

肖氏道："这不是平常的不快事件，是杀父之仇啊！"

"于姐夫来说，都是他的儿子、他的孙子，出了这等手足相残的事，没有谁比他更痛苦的了，但他还是希望后辈和睦相处，相互扶携。我们得理解他的苦心呐！韦明现在最是可怜，若是韦伯在这当口陪他一块守灵，他们之间的关系不就恢复如前了，这才是姐夫最想看到的事。这两兄弟天天低头不见抬头见的，整日一副苦大仇深的样儿，又有啥意思呢！我知道姐姐恨元可，这事儿落在谁身上都恨，可我们得为后辈想想，是把这份仇恨传下去，还是让他们化干戈为玉帛？韦明韦伯都是你的孙子，我想姐姐也不愿他们因为父辈的仇恨再弄出相互倾轧的事吧？"

肖氏早已泪流满面，说："这事儿我不管了，一切由韦伯自己拿主意。"

再说几句宽慰的话，吴管家告辞离去。

见到黄韦伯时，他正往肖氏房间而来，吴管家叫住他，只道有话要与他说。两人也不便站在走廊说话，见前头有门敞开着，进去了。

"韦伯，你跟韦明哥哥素来关系颇好，是吧？"吴管家道。

黄韦伯终是年少，哪里知道姨爷爷的用意所在，轻轻颔首。

"你看到的，韦明哥哥这两个晚上都是独自守灵，你应该陪韦明哥哥一块守夜才是。"

"可他爹杀害了我爹。不是他爹心狠手辣，贪婪成性，欲独占黄家财产，我爹哪会死，我娘也不会每到深夜就掩面哭泣，任我怎么劝都不管用……"黄韦伯早已是泪流满面。

"你伯伯是贪婪，他谋害你爹时并没有想过要伤害你，你也看到了，他最终受到了应有的惩罚。姨爷爷要说的是，韦明哥哥并不曾做过伤害你的事，你们之间一向和睦，现在是韦明哥哥最需要你陪伴他的时候，为了你们兄弟间这份情分，你要陪他守夜，出殡那天还要披麻戴孝。"

"我跟他乃杀父之仇，我若还跪拜他，哪对得起九泉之下的爹，还有娘和奶奶？这是置我于不孝啊！我不能为了维护韦明哥哥的情谊就做个不孝之子！"

吴管家做梦都没料到面前少年会说出这等话来，一时噎在那儿，作声不得。自此，吴管家知道，任谁也没法说服这孩子披麻戴孝了。想想，吴管家说："韦伯，姨爷爷要说的是，自古冤家宜解不宜结，别老是把一些不快的事情揣在心里，人要学会放下，学会宽容，何况你与韦明是堂兄弟，你们父辈已经去了，你们年纪尚小，今后的路还很长，如此把仇恨背驮身上，会活得很苦很累。今日姨爷爷跟你说这些，是为你好，你不妨好生想想。好了，去你奶奶那儿吧！"

吴管家走进茶屋时，黄家成心事重重地缩在太师椅里，挪了下屁股努力直起身子。

"事情是啥结果？"黄家成迫不及待地问。

吴管家一屁股坐了下去，身子往椅背一靠，两只手软软地搭在扶手上，沉缓地摇头。下人进来，在他面前放了杯盖碗茶，躬身蹑足退下。

"姐姐倒是说了，一切由韦伯自己拿主意。"吴管家道。

"如此甚好。韦伯年少，待会着下人把他叫来，好好同他说这中间的道理，料他会遵从长辈。"

"刚才我跟他说了，任我说得口干舌燥也不管用。从这孩子口里说出来的话，比他奶奶还尖锐。"

黄家成哦了一声，显然没料到会是如此结果。吴管家看出他心头挂了疑惑，干脆把刚才与黄韦伯的对话道了一遍，黄家成蹙眉坐在那儿，拿起茶壶，不停地喝茶。待到壶里的茶没了，他说："我仁里堂将让滩镇人笑话了。"

吴管家一时也说不出啥安慰的话。两人没有再在这上面开腔，气氛便有些沉闷。吴管家说去棚屋看看，站起身来出了茶屋。仁里堂多了很多陌生面孔，都是前来帮忙料理丧事的黄氏族人和远亲近邻，吴管家也不去理会，一任他们行走。有识得他的，恭谨地同他打招呼。

在中间那座棚屋里，黄韦明陪着和尚师傅在转道破地狱。吴管家不去打扰他，几个黄氏族人过来陪他说话。族人慨叹黄韦明可怜，这些日子日夜陪着和尚师傅转道，完了还得守夜，片刻不得歇息。吴管家自是明白他的意思，常理来说，堂弟黄韦伯是要陪同黄韦明转道守灵的，可这人面前，他不能说肖氏和韦伯坚决拒绝相陪，敷衍两句后离去。在花园转了一圈后，棚屋猛可响起锣鼓和唢呐声，入耳让人心浮气躁，干脆去账房喝他的茶。

出殡那天，哀婉的唢呐、锣鼓声中，一支送葬队伍缓缓穿行街巷。但凡棺椁经过，两边店铺便会燃放鞭炮，孝子黄韦明就拜谢不迭。有心人发现，拜路的人群中并不见侄子黄韦伯。众人也不觉奇怪，毕竟他们深谙这里面的是非对错，只是叹息昌盛了数十年的仁里堂弄得如今断了一代人的局面。

出了街，轿夫们便加快了脚步。

黄家成的老屋在城背山脚下，独家独院，是座四个垛子的老木屋，乃黄家成爷爷在世时竖起的。大凡发迹之人对老宅和祖坟是极其看重的，黄家成特意雇人负责打理老宅，虽然历经上百年风吹雨打，老屋并不见破败迹象，沧桑地竖在那儿。临近申时，轿夫合力将棺椁抬上老屋背后山上挖好的金井。有人把主杆上那只雄鸡一刀给宰了，倒提着把血淋到坑底，涩涩腥味弥散开来。这时唢呐锣鼓齐奏，两根粗大的绳索吊起棺椁，缓缓地放了下去，坑与棺椁竟是那样吻合。有人动手填土，黄土很快把漆黑的棺椁淹没。待到唢呐声停了，一座新的坟墓出现在众人眼前。

当人群散去，黄韦明仍旧孤零零地跪在坟前，旁边树上有只鸟儿凄婉地叫个不停。

◕━ 第二十二章 津门之行 ━◕

办完黄元可丧事，仁里堂似乎恢复如常，但每个人的心头总揣着团拘谨，行事都是蹑手蹑脚，低声细语，没谁敢放肆说笑。

吴管家一直挂念着津门之行，可黄元可的丧事才完，连襟整日挂着张青脸，虽然每日相处，喝茶拉扯，却让他开不了这个腔。

如此一拖便是半月。

这天，两人在茶屋叙话时，看连襟眉头舒展，心情有所好转，吴管家道："自打接到阮老板要货的信函，货已悉数发出，估计再过几天便到津门了……"

黄家可一拍额头："你这里不说，我都把这事儿给忘了……你准备哪天动身前往津门？"

"我翻了《望星楼通书》，明天是平日，宜出行，要不我明日动身好了。"

"你们早去早回，万一有事，回来后我们也好商榷应对。带上龙师傅吧，这人一身武功，行事稳当，忠肝义胆，有他随行，我也放心。"

"有龙师傅随行，那是最好不过。"

黄家成若有所思地拿起茶壶，连喝数口，看定连襟叹了一声："如果早两年搭上阮老板这根线，元重他们兄弟俩也就不会是如此结局！"

吴管家一时却没明白黄家成的意思，问道："这话咋说呢？"

黄家成道："如你那天所言，在津门设一分号，在他们兄弟俩中择一人去打理，彼此相隔千里，哪来的争端。"

见连襟把话题拐到这上面来了，吴管家暗自摇头，附和一叹："说到底这是命了！"

"是呀，是他们的命，也是我的命！"

两个儿子相继命丧九泉，六旬的黄家成整日佝偻着如虾的身子，看去如耄耋老翁，每次见面都让吴管家心头发酸。他复又一叹，说："有些事你老想着它，无异跟自己过不去。对你来说，要做的是如何把韦明和韦伯两兄弟之间的怨恨消除掉，别再弄出节外生枝的事。"

"当初我让韦伯披麻戴孝，陪韦明守灵，意在调和这两兄弟的关系，可费尽心机也不能如愿。韦伯向来乖觉听话，在这件事上，却是谁的话都听不进去……这事儿叫我为难呐！实话说，我是束手无策了。"

"毕竟是杀父之仇，你让他们短时间消除这个仇恨，难呐，慢慢来吧！"

"但愿我在世时能够看到他们兄弟化解仇怨，和睦相处，仁里堂一代又一代传下去，永世屹立不倒。"

大夫人庵敲响的钟声，在黎明时分总能加重仁里堂的深远和诡谲。当吴管家和连襟从月亮门走将出来时，那辆镶铜裹银的大鞍已停在敞开的正门内，两匹高大漂亮的枣红马站在门槛外，毛色就像是一水染出来的，闪着缎子般的光亮。这是仁里堂两匹最好的马，乃黄家成数年前重金从一马贩子手中购得，号称雌雄黄骠马，平日养在马厩，轻易不牵出来示人。肖氏和王氏各自领着丫鬟在车旁围着黄韦伯叮嘱。龙不吟迎了上来，从紧随吴管家身后的下人手上接过包裹，放入车轿内。待到吴管家走近，肖氏将韦伯推了过去，说："承诺，出门在外，你们当谨慎。我这里把韦伯交给你了。"

吴管家道："姐姐放心，我自会携韦伯平安回来。"

王氏一旁道："伯儿，在外头一切要听姨爷爷的话，娘的话你可记住了？"

黄韦伯道："娘放心吧，孩儿一切唯姨爷爷马首是瞻。"

王氏眼睛发潮，道："你这么说，娘也就放心了。"

吴管家道："好了，我们上车吧！"

钱三过去掀开门帘，黄韦伯恭谦地请吴管家先上。吴管家抬腿移步时朝连襟抱拳一躬，踩着马凳上去了。黄家成默默地回了一礼。看姨爷爷坐好，黄韦伯这才上车。钱三吆喝一声坐好了，手中马鞭一甩，在空中炸出一声脆响，马儿撒开四蹄往前奔跑。

龙不吟一身黑衣，背插钢刀，一副江湖人士打扮，看去甚是威武。他朝东家抱拳躬身一揖，腾身上马，打马紧随在车轿后。

第一次远行，黄韦伯心头不禁激动又好奇，问这问那。吴管家自然是有问必答，只是这车轿一路颠簸，最是容易让人生睡意，没多久便在含混中睡了去。

龙不吟久经江湖，路上的吃喝投宿，全由他安排，这让吴管家省心不少。在宝庆府吃过早饭，喂饱坐骑，继续赶路。到达长沙府却是第二天黄昏，投宿一家客栈。一夜无事，翌日天蒙蒙亮便上路了。

如此晓行夜宿，到达津门刚过立夏。立夏后的津门跟来时滩镇的天气差不多，让人清爽。津门的繁华让吴管家几个大是惊叹，碧眼卷发的洋人更是令他们好奇不已。他们也不急着去会阮老板，找一家客栈安顿下来，舒舒服服地洗了个澡，把里里外外的衣服全换了，上床美美地睡上一觉，吃饱喝足后上街溜达开了。

相较于滩镇，津门的街头宽敞多了，足可以三驾马车并行，人流车辆不知要多多少，招摇而过的达官贵人让他们感觉自身的渺小，让他们啧啧称奇的是，有的地方整条街都是烟花巷柳。品尝了狗不理包子后，弄明白了狗不理包子背后的故事。原来狗不理包子铺原名德聚号，店主叫高贵友，乳名狗子，包子好吃自然热卖，忙起来顾不上说话，于是大家开玩笑，说"狗子卖包子，一概不理"。当一辆蒸汽机汽车迎面驶来，让他们视同天降魔怪，骇得赶紧往路边躲，看身边往来人流从容，心下稍慰，弄不明白这么大一块铁疙瘩咋会自己行走……津门的一切,一新他们耳目,直教他们流连忘返。

每次溜达,年少的黄韦伯总会走在前头东张西望,好奇之情挂在脸上。当时他们行走在一条大街上,两边商铺鳞次栉比,更兼人声鼎沸,最是容易让人走失,吴管家特意叮嘱龙不吟跟紧黄韦伯。时候已近晌午,大家都已疲惫,在吴管家想着找个地方歇息会儿时,黄韦伯蓦然手指对面,惊喜地道:"姨爷爷看,那是不是我们要找的大华纸业?"

顺着黄韦伯手指望去,可见对面一家商铺,屋檐下伸出一根长长的木竿,竿上挂了块幌子,高高地垂落在行人的头顶上悠荡飘扬,上面绣制殷红夺目的"大华纸业"四字,店铺门前悬挂了一块泛黄的门匾,也是大华纸业。吴管家心下大喜,说:"真是应了那句老话,踏破铁鞋无觅处,得来全不费工夫!"

龙不吟道:"说到底韦伯眼尖。今日撞着,省了他日专门寻找之苦。吴管家,都到人家家门口了,我们是不是这就进去见阮老板?"

此时吴管家发现,对面一排好几家商号都是经营纸的。略作沉吟,吴管家让龙不吟和钱三在此等候,他同黄韦伯进去看看。将要进商铺时,吴管家吩咐黄韦伯慎言,当紧随他身边。

店内有客人正在埋头看纸。伙计热情地迎上他们。不见阮老板,吴管家心下稍慰。临墙摆放着十数种样纸,滩镇的抄纸赫然在列,且摆在显眼处,吴管家总算放下心来。当黄韦伯发现大华纸业时,他一度疑心此大华纸业非阮老板的大华纸业。

伙计热情地介绍每种纸的源产地和适用性,以及价钱。有意思的是,滩镇贡品的样纸旁边还摆着一套《曾文正公全集》《为学之道》《五箴》等著作。伙计介绍到此纸时,得意地道:"曾文正大人可是名满天下,说大清的江山是他保住的都不为过,朝廷为纪念他的丰功伟绩,下旨出版他生前作品。为使书稿出版臻于至善,特遣钦差前往纸都滩镇甄选贡纸印刷。这纸号称玉版纸,乃朝廷用纸,先生不妨仔细鉴认。这种纸印出来的书永不变色,百年都不会遭虫蚀侵。"

看黄韦伯有搭腔的意思，吴管家朝他递去眼色，提醒其别吱声，以免露馅。省悟过来的黄韦伯回应地点头。

吴管家笑道："你知道的倒是不少呐！"

伙计得意地道："滩镇那地方尽出贡品，生产的香粉纸专贡老佛爷和后宫佳丽用，生产的年画也成了朝廷贡品，每逢过年，后宫都要贴滩镇年画门神，以便驱凶辟邪。有这么一句话形容滩镇的：'莫道滩镇口岸小，四十八个码头钱米流'。那里的繁华热闹如京城，所以又叫滩京府。"环视一下四周，脸上挂了神秘，低声说："据说当年老佛爷联手恭亲王奕䜣发动'辛酉政变'，将八大顾命大臣一举击败。载垣、端华被赐死，大清权臣肃顺被'斩立决'。肃顺死得最冤，死后化为厉鬼，每到晚上便寻老佛爷索命，把老佛爷弄得胆战心惊，夜不成寐，几近疯癫。有人试着寻来一纸滩头年画门神秦叔宝贴在老佛爷的卧房门上，自此老佛爷不再被侵扰，于是懿旨定为贡品。"

有关滩头年画被选为贡品的版本无数，这个版本吴管家还是第一次听说，在他看来明显矛盾。同治皇帝病逝（一八七五年），国丧期间，知府派兵入驻滩镇，充满喜庆色彩的滩镇年画被朝廷明令禁止印行。"辛酉政变"发生在一八六一年十一月，如果滩头年画在此期间被老佛爷懿旨定为贡品，哪还有后面被朝廷明令禁止印行的事情发生。伙计面前，吴管家也不说破，一笑道："小兄弟知道的还很多呐！"

伙计便越发得意了，笑说："有关滩镇的种种传说，怕是三天三夜也说不完。朝廷出版曾大人的遗著，为何只在滩镇甄选纸张？据传曾大人入私塾的前一天晚上，其父做了一梦，梦中有位白胡子老爷告诉他，要想其子前途无量，写出锦绣文章，唯有选用滩镇的玉版纸做日常书写，方能名扬天下。曾父得了此梦，翌日赶到滩镇，找人买了两担玉版纸回家，专供儿子书写文章之用。后来曾大人入仕，官越做越大，但凡给人书信，起草檄文，全是滩镇生产的玉版纸，从来不用别的纸张。"

这个故事与滩镇的传说出入不大，吴管家倒不惊诧伙计何以知道这一传说，多半是阮老板传授他的。吴管家玩笑说："小兄弟如此能说会道，大可去茶馆说书。"

先他们进来的客人要了滩镇的贡纸，手拿银票交付定金，吴管家便暗自思忖离去的借口，此时恰巧进来三位客人，伙计让他们稍等，显然是要过去招呼新来的客人，吴管家让他忙去，他去隔壁商铺看看，不给伙计反应的时间，快步出了商铺。

黄韦伯道："没料到滩镇纸张的价钱在这儿比家里翻了近一番，还那么走俏，阮老板赚大了……"

看龙不吟他们迎将过来，吴老板递去眼色止住黄韦伯往下说。龙不吟走近，说："刚才也就一杯茶的工夫，就进去了九位客人，看来这大华纸业的生意好得很呐！见到阮老板了？"

吴管家道："他那么大一个老板，哪会坐在商铺里与人谈生意。谈生意可是手下伙计的事。"

龙不吟傻笑道："我还当在滩镇呢！"

行没多远，有家商铺在卖十八街麻花。黄韦伯到底年少，一见那金黄的东西便掏出碎银买了两斤，拿起一个往口里送，发出一声嘎嘣脆响，连呼好吃。他将手中十八街麻花往吴管家面前递，吴管家拿起一个，香甜可口，忍不住赞了一声。龙不吟和钱三也纷纷赞好，只道比家里的麻花好吃多了。

"不就是麻花吧，咋叫十八街麻花，让人觉得好生奇怪？"黄韦伯纳闷道。

"这津门十八街麻花的名号可是响当当的，之所以称之为十八街麻花，是因为桂发源麻花的创始人范氏兄弟俩曾在津门大沽南路的十八街各开了桂发源和桂发成麻花店，因为店面坐落于十八街，为了区别于别的麻花，大家习惯称其为十八街麻花。"吴管家到底年长，耳闻目睹的事情颇多，对津门这种名吃也就略有所知。

此时距麻花店铺也就数步之遥，大家扭头望去，招牌上赫然有"范氏""桂发源"字样。龙不吟道："看来我们吃的麻花是正宗的十八街麻花了。"

无意间找到了大华纸业，省了诸多周折，又吃到了十八街麻花，众人自是高兴。时候已是晌午，见前头有家酒肆，吴管家提议进去喝一杯，众人自是附和。

店内已经坐了两桌客人，伙计热情地将他们引至临街一张桌子，随即倒上热茶，同他们拉扯起来。点菜要酒之际，伙计向他们推荐一道嘎巴菜。

"这菜俗称嘎巴菜，乃津门十大名吃，也是我们店里的拿手好菜，你们是湘地来的，当好好品尝这道菜才是。"伙计道。

伙计如此郑重地推荐这道菜，吴管家便让他点上。喝茶拉扯到津门名吃，吴管家道："似乎有个'四大扒、八大碗'的菜，在津门也颇出名，排在名吃之例。"

黄韦伯说："来趟津门不容易，哪天去尝尝四大扒、八大碗，看到底有何特色。"

钱三说："这八大碗菜摆上来，哪是咱四个人吃得了的，可要浪费了。"

这次津门之行，一向不曾出过远门的钱三随着吴管家他们品尝了不少地方名吃，虽说整日舟车劳顿，反倒胖了不少。

龙不吟笑道："你既然做此担心，到时候多吃点好了。"

伙计端上酒菜，手指中间那碗菜，说这便是嘎巴菜。四人执筷往嘎巴菜伸去，入口柔软滑润、清素芳香，纷纷赞好。

伙计便得意起来，说："其实，这嘎巴菜由山东煎饼演变而来，切成细条的煎饼拌好卤汁，佐以小料就做好啦。嘎巴菜最好趁热吃，做嘎巴菜的煎饼要薄，打卤要用洗面筋洗出来的浆粉，夏季的时候嘎巴菜是用绿豆粉做的，清热解毒、解暑开胃……"

听掌柜呼他，伙计顾不上话尚没说完，大声回应着屁颠屁颠走了。

饭后回到客栈，休息一个时辰后，吴管家将自己的名帖交与龙不吟，让他去大华纸业投贴。龙不吟便叫上钱三，坐上大鞍奔十八街大华纸业。

客房里便只有吴管家和黄韦伯爷孙俩了。不想黄韦伯突然道："姨爷爷，我们明日再去大华纸业，定然被伙计认出来，那伙计多半会把今天的事说与阮老板，他要是猜到我们也将在津门开店，会不会弄出不利我们的事？"

吴管家惊愕黄韦伯有此一想，摇头道："那阮老板见我们知道他所售纸价，货款自是不会拖欠，就是我们提出后面的货予以加价，他都会答应。这边的纸价如此之高，你爷爷肯定同意在这边开设分号，我们只要打出贡纸的招牌，料生意不会逊大华纸业。现在我们所要想的是如何扩大滩镇的抄纸产量，以便保证这儿的货源，又不影响滩镇年画商的供应。"

黄韦伯颔首："是呀，要在津门开设分号，就必须设法解决这个问题。只是滩镇历年的抄纸量就那么多，有何法子增加抄纸量呢？"

吴管家捻着胡须沉吟半晌，说："先前在家时，我跟你爷爷在这上面商量过，让滩镇的抄纸户抄玉版纸、光刀纸等精品纸，去六都寨、桃花坪等周边镇的抄纸户手上收购草纸，现在看来这法子肯定不行，唯一的办法是让滩镇抄纸户去周边镇购买生料或熟料，然后租用当地抄纸户的焙房、槽屋抄纸，再把成品纸运回滩镇。只是如此一来，成本增加，这纸就得涨价。"

黄韦伯道："可以考虑发动周边本地的抄纸户抄纸。"

吴管家摇首："他们那水平，哪抄得出玉版纸来。真有这等水平，当初朝廷不就寻上他们甄选贡纸了。"

不意黄韦伯道："我说姨爷，要我说呢，纸价也就涨个三两年罢，三两年后便会回落下来。再说了，我们在这儿设分号，利润远胜滩镇，涨个三两年不算啥。"

吴管家吃惊地望着黄韦伯，说："你这涨个三两年便会回落，这话从何说起？"

黄韦伯道："姨爷爷你想，那些周边的抄纸户见玉版纸、时仄纸的价钱上涨，知道咱仁里堂在津门设了分号，长期收纸，哪会有钱不赚，肯定会想方设法地学抄纸术。待他们学会了，纸价自然就回落了。"

这番话直教吴管家吃惊不已，暗忖这小子有经商之才，仁里堂当不难发扬光大。他缓缓地点头："你这话倒也有道理，只是咱得设法把仁里堂在津门开设分号，以及纸价上涨的消息放出去，让毗邻滩镇的抄纸户知道才行。"

龙不吟和钱三回来，告知名帖已投。此时已过申时，也不便去哪儿，四人在客房拉扯了会儿，看外面暮色渐起，去客栈的大堂吃了晚饭。

是晚亥时过后，蓦听街上传来喊杀声，随之竟有枪声响起。当吴管家惊醒时，龙不吟在外面急切地敲门。黄韦伯下床开了门，龙不吟和钱三闪身进了屋，随即将门关上。在钱三要过去点灯时，龙不吟低声喝住了他。

黄韦伯不无惊恐地问："这深更半夜的，该不会是歹徒打劫吧？"

龙不吟竖起耳朵听外面的动静，说："歹徒打劫哪会弄出这么大的动静，真当官府无人了？在城里聚众打劫，那可是造反，哪有歹徒的好，他们再鲁莽也不会做出此等傻事来。"

黄韦伯道："除了强盗行劫，想不出还会有谁弄出这么大的动静。要么就是官府在缉捕歹徒。"

喊杀之声与枪声已渐行渐远。龙不吟道："要不我赶过去探个究竟……"

"龙师傅，外面如何随他们去，只要不危及到我们这里便是。你是老江湖，当明白出门在外，凡事自保。"吴管家低声喝住了龙不吟。

旁边一直不吱一声的钱三这时道："大家还记得来津门的路途

上，听到不少有关拳匪的逸闻，他们行事往往凭人多势众，刚才会不会是拳匪闹事？"

龙不吟道："你这里不说，还真没想到这上面来。从今晚上的声势看，八成是了。当日拳匪被张则武引至滩镇围攻仁里堂，幸被吴管家以银子瓦解，他们撤走时好几家商铺遭遇洗劫。今晚上若是拳匪，也不知有多少商号倒霉。"

黄韦伯道："堂堂津门，劫匪肆虐横行，商家得不到官府保护，还有谁敢来这经商？这王法难道是写在纸上的？"

喊杀声已远逝。

这时吴管家道："到底怎么回事，待到明日便见分晓。时候不早，估计不会再有事情发生，龙师傅回去休息吧！"

龙不吟颔首道："吴管家，你俩只管放心睡觉，这里凡事有我。"

在龙不吟两个开门而出那一刻，吴管家拿眼往外望，可见对面店铺黑黢黢的一片，不曾见一丝灯光。黄韦伯道："姨爷爷，发生这等事，竟不见伙计和老板现身，这么多客人也没听谁惊呼叫喊，可见这类事经常发生。看来津门这地方还不及咱滩镇安全。在这地方做生意，可是把脑袋别在裤腰带上。"

吴管家自是明白他的意思，提醒自己在津门设分号需谨慎行事。今天在大华纸业获知滩镇抄纸的售价时，黄韦伯恨不得马上在这儿设立分号，吴管家便想，黄韦伯到底年纪尚小，见利而忘惧怕，看到危险又舍利，殊不知富贵险中求，有些风险压根儿就没法预防。津门商号常被劫匪洗劫的话，一众商家早关门了，市场还能如此繁荣。黄韦伯面前，这当口不去跟他说这里面的事，也就想起滩镇大生昌多年前在津门设了分号，大生昌少东家陈泉水一直负责这边分号的生意，这些年赚得盆满钵满，哪天当去拜访他才是，顺便了解一下津门的动态。

黄韦伯哪里知道自己的一句话让姨爷爷心下寻思开了，见姨爷爷没有搭腔，拿话道："姨爷爷，我们眼下要做的是尽快拿到货款才是。"

吴管家道："明日见了阮老板，我料货款不是问题。当初在家时，你爷爷的意思是要他交付后面的订货押金。我现在所想的是，这订货押金还找不找他要。"

"姨爷爷的意思，咱在这儿开设分号，不再跟阮老板合作？"

"上午去他店铺，咱滩镇的纸价你是看到的，都翻了个筋斗。既然自己要开设分号，还放着那么多钱让别人去赚，给自己弄个对手？你忘了刚才咱都担心开设分号货源不足，想着如何保证这边的供货，如此哪还有跟大华纸业继续合作的必要。"

"现今局势，开设分号是不是冒险了？"

"这事儿姨爷爷自会考虑，明天便见分晓。时间不早了，睡吧！"

翌日早上从伙计那儿得知，昨天晚上乃是拳匪突袭教堂的英军，十五名英军死亡。吴管家大惑之际，龙不吟道："这拳匪一向行的是反清复明之事，怎么又把矛头指向洋人了？岂不是两头树敌？"

伙计道："这里面的事哪是小人能够知道的。"

吃过早饭，四人乘坐大鞍来寻大生昌分号。吴管家有心，离开滩镇前早找陈子和拿到了大生昌津门分号的地址。当他们赶到大生昌分号，正好碰着陈泉水坐镇商铺，得了伙计禀报，赶紧出来相见。伙计也是滩镇带过来的，见老家来了客人，早从钱三手上接过马鞭，将车轿赶到后院去了。

陈泉水把客人让进店铺后面的客厅，亲自沏茶。"听伙计说吴前辈到访，我都疑心自己耳朵出了毛病，老前辈怎么忽然便来了津门呢！出来一看，还真是你们。啥时候到的津门？"陈泉水热情地招呼客人喝茶。

陈泉水却是不识龙不吟，好奇地往龙不吟身上游弋了两眼，吴管家便将龙不吟做了介绍。茶入喉清香绵绵，吴管家赞了声好茶，说："来津门有两三天了，被一些琐事绊住，拖到今天才赶来看你。"

"我若接到消息，当赶过去看望您老。待会儿我请大家吃四大扒、八大碗，咱们可得好好喝两杯，到时候我还得敬吴老前辈一杯。"陈泉水话头一拐，道，"何事让老前辈不远万里，亲自赶来津门？"

"还不是大华纸业有笔货款没有收回，趁着天气好，出来走走看看。"吴管家手中茶盅一放，环眼四周，说："还是你父子有眼光，早早地把生意做到这里。"

陈泉水何等聪明，立即从这位前辈的话里听出了话，说："去年在家过年时，听家父说仁里堂把生意做到津门来了，当时我就替伯父高兴。咱滩镇人全靠纸吃饭，抄纸能够走出滩镇，那可是全镇人的福祉，若在津门设家分号，利润势将最大化。"

吴管家坦言道："此次来津门，确实带着开设分号的意思。这两天我们走了不少地方，看样子，要盘家铺面难呐！"

陈泉水道："如果是寻常商铺还好办，问题是你们所经营的乃是纸，必须带仓库的那种商铺，同时还得方便入货出货。"

吴管家点头称是。

陈泉水接着道："你们是不是很急？若是急的话，打烊后我让伙计分头寻找，一有消息马上告知你们。"

吴管家道："自然是希望能够尽快办妥。"

此时黄韦伯朝陈泉水抱拳一揖，道："伯伯知道昨天晚上拳匪袭击教堂英军的事？津门如此混乱，商家岂不人人自危？"

陈泉水道："这些年自打洋寇入侵以来，津门、上海、京城等大城市，哪儿都是一样啊！早几年英法联军入侵，不是连皇帝都逃离京城跑到热河去了吗？对商家来说，不能因为局势混乱就关了店铺，生意还得照做啊！"

黄韦伯忧恐地道："万一摊上拳匪或洋寇劫掠，弄不好连命都要搭上，这风险也太大了。"

陈泉水微微一笑，说："老话说得好，在家般般好，出外事事难。在外头做买卖，总有这样那样的风险要应对，哪有家里做生意舒爽，彼此知根知底，往上代拉扯还能扯出亲戚关系。这年头，真摊上拳匪或洋寇劫掠，也只能自认倒霉。不过，在津门，拳匪并不伤害良民。"

此时龙不吟抱拳道："陈老板，拳匪向来举张反清复明，不曾听说与洋寇有啥过节冲突，他们专同朝廷过不去，可昨天晚上拳匪却突袭洋寇，据说还剿杀了数人，这演的又是哪出戏？虽说拳匪刀枪不入，可他们犯不着去跟洋寇干上，洋寇的火枪老远便能要人命的。"

陈泉水若有所思地连喝两口茶，说："据传河北威县梅花拳师赵三多等人在冠县飞地蒋家庄（今邢台市威县）竖起'扶清灭洋'的旗帜，遭清军镇压。后捐官出身的汉裔旗人毓贤出任山东巡抚，提出'民可用，团应抚，匪必剿'，对拳匪采用抚的办法，将其招安纳入民团。早在年初，老佛爷便不顾西方外交人员的抗议，发布维护拳匪的诏令。据说直隶总督裕禄由剿灭拳匪，转变成扶助拳匪。除了向拳匪发放饷银外，裕禄还邀请拳匪的首领到津门开坛聚众。山东的拳匪涌入直隶。由津门至涿州、保定都有拳匪起坛请神、烧教堂、杀洋寇和清军，到处毁坏铁路及电线杆等洋物。堂堂涿州知府，竟被三万名拳匪占据了。如果昨天晚上真是拳匪剿杀英军，只怕是朝廷假手拳匪灭洋了，'扶清灭洋'将在华夏轰轰烈烈地展开，乱世真的将至。"

龙不吟道："拳匪如此行径，明摆着投降了朝廷，我龙某都要鄙视他们了。"

吴管家摇头道："列强入侵华夏，拳匪掉转枪头扶清灭洋，与朝廷共同攘外，只能说他们识大体，此举于朝廷和百姓都是好事，值得支持。朝廷利用拳匪剪驱洋寇，说到底朝廷也深谙审时度势之道。"

黄韦伯道："如此一来，大战将至，商家可要遭殃了。姨爷爷，我们还开设分号吗？"

吴管家正自犹豫，孰料陈泉水道："如此倒是设分号的绝佳时机。"见黄韦伯脸上挂了疑云，继续说，"刚才不是说了，在津门这种大城市做生意，最难的是找商铺，这战争一起，很多商号为避战祸，势将弃铺而去。找商铺的机会不就来了！"

在吴管家似有所悟点头之际，黄韦伯摇晃着脑壳道："人家为避战祸弃铺而去，我们还往烽火之地开设商号，这可是送死。"

陈泉水笑笑，端起茶盅继续喝茶。他这模样，显然不想在这上面废话了。

滩镇之地，虽说商贾云集，却如一处世外桃源，极少受战乱侵扰，就是张则武引拳匪入滩镇围攻仁里堂，也是百年仅有的一次，黄韦伯终是年少，自幼身处滩镇，含着金钥匙长大，恐惧战争杀戮，人之常情。吴管家不能不对他的话做出回应，耐着性子道："乱世求财，哪能没有风险。亏盈之道，于商家来说乃是一件平常事，就是太平盛世，也未见商家就只赚不赔。有道是富贵险中求，要让滩镇的抄纸走出去，赚取最大利润，哪能不冒一点风险，泉水来津门多年，不也啥事没有嘛！昨天晚上发生之事，商家并不会受损，大战真的来了，还是能够预判逃生的，也就钱财上受些损失。"

黄韦伯似乎明白不宜在这场合讨论这些事，哦了一声，缄口不语。

吴管家抱拳朝陈泉水打拱道："找商铺的事，还得贤侄帮忙才成。"

陈泉水还礼不迭，说："吴老前辈但管放心，一会儿我就安排。仁里堂在这里设分号，于我来说，往后便多了个走动的地方，万一摊上事情，都是老乡，彼此也有一个照应，这可是打着灯笼都难找的好事儿。"

如此一番拉扯下来已是午时，陈泉水邀客人去什锦斋吃午饭。自然是吴管家在前，众人簇拥着他往什锦斋而来。此时方知什锦斋就在大生昌分号对面，一街之隔。看招牌上面果然有"四大扒、八大碗"字样，吴管家便料这什锦斋的四大扒、八大碗乃正宗传承了。

才到什锦斋门口，伙计屁颠屁颠地迎将出来，热情地同陈泉水打招呼，说陈老板来啦！一楼客人已满，伙计把他们领至二楼一张临街的桌子。二楼客人也已过半。几个人才把屁股搭在凳子上，另有伙计马上送上茶来。

当伙计问到点啥菜，陈泉水道："到你们这里来，自然是奔这个招牌菜了。你可记好了，扒整鸡、扒肘子、扒方肉、扒海参……"

伙计一边往回走，一边扬声道："听好了，四大扒、八大碗——扒整鸡、扒肘子……"

看伙计的背影，吴管家不觉莞尔一笑，黄韦伯知他联想到了啥，拿话追问："姨爷爷，这伙计的话有啥让你值得高兴的事？"

吴管家笑道："四大扒、八大碗，当初起这菜名的先人可是费了一番心思——四平八稳，估计客人都喜欢。"

陈泉水笑道："前辈所言极是，这道菜内容丰富、变化多样，不拘一格，丰俭随意，可因料排菜、因需排菜、因人排菜、因价排菜，回旋余地大；又因为可现场制作或送菜上门，十分便利；还可提前加工成半成品，开席时十几桌、几十桌甚至上百桌，都能快速成席。上至官宦富豪，下至平民百姓人家都喜欢享用。再加上四平八稳这个吉祥数字，家庭招待亲友，商号接待客户，大户人家寿筵，红事、白事都乐于选用。"

几口茶的工夫，伙计便陆续送上菜来。大家把杯喝酒、吃菜。才多长的时间，二楼客人已满，吴管家由衷称赞这什锦斋的生意好。

陈泉水道："早在数十年前，这什锦斋便以善烹风味纯正的津门地方菜肴享誉津门。世代承当钞关税房的津门豪富——大关丁家第四代丁伯钰、同族兄弟丁伯儒，最爱吃什锦斋的'玛瑙野鸭'，即使家宴也要邀请什锦斋的师傅单做此菜。这丁伯钰坊间人称'丁大少'，锦衣玉食，还如此中意这什锦斋的菜，老前辈当明白这什锦斋的生意何以这么好了。什锦斋的什锦火锅也非常有名，下次我请大家吃什锦火锅。"

吴管家几个便也听明白了，陈泉水可是把他们当贵客款待。陈泉水接着告诉他们，什锦斋过去不足百米，有家天一坊饭庄，在津门也颇有名，有"天下第一坊"的美称。当时新开业的登瀛楼饭庄，曾以一天一块大洋的日薪，专聘天一坊饭庄师傅做"清炒虾仁"这道菜。

"津门好吃的多了，耳朵眼炸糕、煎饼馃子、糖炒栗子、馄饨等，这些我们老家滩镇都有，可就是没这里的味道。来趟津门不容易，没事上街走走，把津门好吃的尝个遍，也不枉来津门一趟。"陈泉水道。

"听你这么说，打明天起，我们几个就上街品尝津门名吃，力争回滩镇前把津门好吃的尝个遍。"吴管家笑道。

黄韦伯到底年少，顿时欢欣雀跃，拊掌呼好。

陈泉水笑道："这津门好吃的虽多，但名店名铺做出来的要远胜那些街边摊档不知多少，你们初来乍到，在这上面只怕难以甄别，到时候我陪你们上街。"

吴管家道："你商号要忙的事颇多，可不能因为我们嘴馋耽误了你的生意……"

陈泉水笑道："你老前辈来一趟津门不容易，我再忙也得陪你，要不有天我爹知道了，还不斥责我不明事理。"

吴管家一笑置之，不去接他的话头，心下却是欢喜，暗忖眼前这个晚辈做人如此周到，难怪这些年独自在津门把生意做得风生水起，陈子和有此子，用不了两年光景，大生昌多半会盖过仁里堂。想想仁里堂，只因黄元可阴险贪婪，弄得好端端的黄家竟断了一代人，凭黄韦伯兄弟两个的脾性，上辈的仇恨怕是难以化解了，往后还不知弄出啥事来。吴管家不觉生出深深的忧患，拿眼去看黄韦伯，黄韦伯正埋头扒碗里的肘子，哪里知道他这会儿的心思，暗自叹了一声，举杯喝酒。

从什锦斋出来，陈泉水邀他们回去继续喝茶，吴管家摆手谢绝，只道下次叨扰去了。陈泉水便送他们上车，目送车轿远去。

钱三坐在前室，任马儿前行，拿眼瞧左右店铺及往来人流。车轿在客栈门口停住，吴管家三个下车往里走，任钱三赶了车轿往后院去。

走进大堂，有伙计迎将过来告诉他们，在他们走后没多久，一个自称大华纸业的阮老板过来拜访，让他们明天一定在店里等候。吴管家颔首表示知道了。伙计恭谨地欠欠身子，移步往回走。

进了客房，黄韦伯道："看这阮老板也是个忙人，早知道他要来，我们今天该在客栈等他才是。"

吴管家淡然道："会晤了泉水，有些事情便好拿主意了。明日在客栈坐等他到来就是了。"

黄韦伯似乎明白吴管家的意思了，说："姨爷爷的意思，把货款悉数收回后，咱就一心开设分号了？"

吴管家含混道："看明天阮老板咋说吧！"

这下黄韦伯便弄不准姨爷爷的意思了，又不好拿话追问，想着在家时爷爷叮嘱他，一切遵从姨爷爷的安排，当下玩笑说："我们老远赶来，阮老板除了把货款结与我们，还能弄出个啥说法来？"

吴管家在一把椅子上坐下，垂落双手闭了眼睛，说："刚才在什锦斋喝酒时，脑子总在昨天晚上拳匪围剿洋寇身上。这洋寇历来是骄横惯了的，只要发生伤及'二毛子'的事，洋寇就出动兵舰威胁，这一次拳匪剿杀他们，肯定不会善罢甘休，只怕津门会有惊变。"

"这是朝廷的事，跟我们有啥关系呢！"

"当然有关系了！虽说富贵险中求，天下真的大乱，炮火连天，连命都不保，谁还提着脑袋赚那个钱？生意人家，紧要之处是懂得避害趋利，小乱即小害，可避之；大乱是大害，不是我等人家能用手段避得了的，当年咸丰皇帝和老佛爷在大乱面前都只能逃亡保命……"

听姨爷爷的声音黏黏糊糊的没了，黄韦伯转身扭头，姨爷爷已垂着脑壳入睡了。黄韦伯不去喊醒他，脑壳在姨爷爷刚才那句"津门会有惊变"的话上思谋开了。既然津门将生惊变，他们还待在这儿干啥，尽快离开才是上策啊，可姨爷爷的样子，全无此意，黄韦伯便不解了。

此时龙不吟匆匆闯了进来，也不管吴管家已经睡了，叫醒他说："吴管家，街上都乱成了一锅粥，只怕津门哪个地方又出大事了。"

吴管家早被龙不吟这话骇得睡意全无，随了他往窗外瞧，刚才回来时一派热闹祥和的街市这会混乱不堪，有店铺在忙着关门。

龙不吟道："吴管家，你看这事——"

吴管家道："估计是昨天晚上的事引发洋寇报复吧！"

伙计在门外敲了敲门，也不进来，大声说："老板让小的通知几位客官，外面生乱，无紧要的事，千万别上街，闭门守好自个钱财。"

龙不吟道："这到底是怎么回事？"

伙计道："听说前门一带约千家商铺因老德记西药房大火而被烧成废墟，正阳门楼、北京二十四家铸银厂也遭烧毁。拳匪四处破坏教堂，攻击'二毛子''三毛子'，庄王府前大院被当成集体大屠杀的刑场了。客官谨记闭门不出就是。"

伙计走后，黄韦伯道："幸好我们回来得早，再捱上会儿，这乱哄哄的，车轿哪走得动。"

龙不吟蹙眉道："不是扶清灭洋吗？这些拳匪烧杀抢掠，连官府的铸银厂都烧，难道疯了不成？"

吴管家这会想着的是发生这等变故，明天阮老板会不会来？不经意间发现，刚才混乱的街上只见少数人在拼命狂奔，有妇女携了小孩无法走动，急得抹泪大哭，对面店铺早已悉数紧闭。再过一会儿，街头空荡荡的了。

黄韦伯道："看来拳匪也是一群乌合之众，如此行事，市面势将给他们弄得一派萧条，不知道有多少商家要倒霉，多少商号将弃铺而去。姨爷爷，咱们来得可真不是时候。"

吴管家道："眼下情形，先把货款拿到手再说。"他分明看到，街头有只狗自东而西，一路狂奔掠过。

第二十三章　困阻津门

　　津门的黄昏寂静得让人不安，远处偶尔传来两声犬叫，市民闻之，无不紧张地停下手头上的活儿，竖起耳朵倾听外面的动静，直至不曾再有异常声响传来，才心下稍安。

　　夜幕降临，吴管家几个围灯枯坐时，外面响起伙计的敲门声，说有客人来访。钱三过去开了门，来者乃是陈泉水。大家惊愕他这当口的到来。一番让座倒茶，陈泉水脸色凝重地道："这津门怕是要变天了，想着你们初来乍到，放心不下，特意赶过来陪你们唠唠嗑。"

　　黄韦伯道："听说拳匪到处烧杀抢掠，弄得满街空荡荡的不见一个人影，连商家都关门歇业了，如此下去，如何得了。"

　　吴管家道："贤侄，这到底是怎么回事？"

　　陈泉水道："昨天晚上，从山东涌来数不清的拳匪，他们屠杀'毛子'外，还诬指许多市民为白莲教。京师的禁军和甘军肆意奸杀妇女，不计其数。权贵之家也不能幸免，连吏部尚书孙家鼐、大学士徐桐的家都遭了抢掠，时年八十岁的徐桐更是被拳匪拖出批斗。今天在什锦斋跟你们说起的丁伯钰，偌大个家业也被洗劫一空。"

　　龙不吟道："拳匪如此行径，岂不与土匪无异。"

　　陈泉水道："拳匪本来就是一群乌合之众，他们与不同派别互相武斗残杀，拳匪之间也常常倾轧。眼下朝廷想着的是利用拳匪对付洋寇，哪管他们屠杀奸淫、掳掠洗劫商户平民。"

　　吴管家叹了口气道："如此局面，朝廷就是想管也管不了了。甭说拳匪，怕是连清军都一样掳掠洗劫商户平民。拳匪拳匪，本来就是匪啊！我看朝廷也是给洋寇弄得无计可施，这才用拳匪对付洋寇，拳匪可不是梁山泊好汉，他们没有一个统一的领袖，更无纪律可言，当初张则武为报私仇，就领了近百人马围攻仁里堂。外忧内患，大清只怕会毁在这帮拳匪手里。"

黄韦伯道："朝廷如何倒不是我等平民要担忧的，朝代更替未尝不是件好事呐！"

吴管家瞥眼黄韦伯，说："一个朝代更替，那得几十年上百年的烽火。我都跟你说了，生意人家，紧要之处是懂得避害趋利，到处陷于动乱，谁还整日吊着个脑壳做生意？有钱人家都跑到乡间匿藏起来了。对生意人家来说，盼的是一个太平盛世啊！"

这时街上蓦然传来"砰"的一声巨响，随之惨嗥连连，把众人吓了一跳，大家止住话题紧张地你眼望我眼。龙不吟早抓了刀柄在手，把住了门口，支棱起耳朵倾听外面的动静。须臾，他开门闪身而出，随手迅速将门拉上。

屋内吴管家几个早停止了叙话，坐在那里单等龙不吟回来。

不到一炷香工夫，龙不吟去而复返。黄韦伯迫不及待地道："发生啥事了？"

龙不吟道："一辆车轿撞进对面店铺去了。是一对中年夫妻和一个十岁小孩，听口音好像是川地那边过来的。那一家子人倒是没事，就车夫撞得不轻。估计是车夫心急害怕，黑灯瞎火走得急罢。好在人已经住进了对面的客栈，不用再做奔波之苦。"

陈泉水道："一路店门紧闭，连人影都不曾遇见一个，加上这一路上或多或少听到了些风声，换了谁都害怕。"有顷，话向吴管家："老前辈，凭现今局势，天下只怕要大乱了。我赶来的意思，这几天你们轻易不可外出，好好待在客栈，静观局势变化。要不，你们这就收拾行囊随我回商号。"

吴管家道："感谢贤侄好意，有龙师傅在，料不会有事。真有啥事，彼此相距不远，到时候自会寻你帮助。"

又在这上面唠叨几句，陈泉水告辞离去。吴管家让龙不吟送他，陈泉水摇手制止，只道有人在下面等他。吴管家料他带了保镖，不再勉强。

听下面车轱辘滚过的声响渐行渐远，黄韦伯道："姨爷爷，刚才我们该随陈老板去他商号才是，真有啥事，他那儿要比这里安全多了。"

吴管家摇晃着脑壳："他那儿哪有这里安全呐！"见龙不吟也是一副大惑不解，暗自摇头，只好接着道，"刚才泉水都说了，权贵之家都不能幸免，泉水商号的安全能赛过吏部尚书孙家鼐、人称丁大少的丁伯钰家？像泉水这种有些名头的商铺才最容易招来劫匪下手，寻常客栈反倒难以引起劫匪的注意，除非劫匪获知某客栈入住了富豪。"

黄韦伯道："不是姨爷爷这里说起，姨外孙哪想到这一层来，还是姨爷爷遇事考虑周全。可是，姨爷爷为啥不拿刚才的话说与陈老板，劝他入住客栈？"

吴管家道："他来津门数年，自有保身之策，哪用我拿话相告。好了，时间不早，大家休息吧！"

龙不吟和钱三开门回隔壁的客房去了。

看黄韦伯的心思还在今日发生的事情上，吴管家任他想去。眼前这个姨外孙自打生下来就不曾离开过滩镇，这两天发生的事于他而言简直是惊心动魄，今晚上多半难以入眠了。带他出来闯荡，就是让他长些见识，经历些事情。

好在一夜无事。

翌日吃过早饭，四人哪儿也不去，坐在客栈单等阮老板的到来。钱三到底是介车倌，不去同吴管家他们搭讪，独自站在窗棂前往下面街头张望。街上行人寥寥，且都步履匆匆，有几家店铺敞开了门，更多商家依然店门紧闭。

"发生昨天拳匪的事，不知道阮老板今天会不会来干脆我们寻上门去，免了在这儿傻等之苦。此去也就四五里路程，有龙师傅保护，料不会有事。"黄韦伯道。

看龙不吟的样子也是这个意思，吴管家道："生意人家，贵在守诺。既然阮老板把时间定在今天，把地点定在这里，我们能做的便是在这里等他来。"

黄韦伯道："换在以往自然是等阮老板来，问题是如今局势乃非常时期。对我们来说，货款尽早到手为安。"

吴管家笃定地道："你但管放心，如无万分紧要的事，阮老板会如约前来的……"

这时钱三惊叫道："不好了，街头出现洋寇了，看他们这样子是准备奔哪去打仗……该不会是去攻打拳匪吧？"

龙不吟终是练家子，反应远胜吴管家和黄韦伯，早已冲至窗棂前往外望，但见街头行走着一队洋人军队，人人肩上扛着长枪。吴管家见了，脸色凝重起来。

黄韦伯嘀咕道："也不知他们是哪国洋寇……这枪可是老远便能射击杀人，除非拳匪真的练了刀枪不入的功夫……"

龙不吟道："刀枪不入的功夫是有的，可身怀此等绝技的拳匪估计也就那么几个，拳匪号称百万之师，据说多是乡愚务农之人，哪是这些洋寇的对手，两下真干起来，定然讨不到好，说是送死都不为过。"

黄韦伯道："真如龙师傅说的，拳匪可是送死了。朝廷利用拳匪对付洋寇，不知他们唱的是哪出戏？"

洋寇过去后，街上一个人影都没有，所有商家的铺面紧闭。在吴管家准备返身之际，又有一队全副武装的洋寇过来，奔刚才那队洋寇方向而去。

黄韦伯紧张之下脱口道："姨爷爷，这两拨洋寇看去肤色和着装迥异，怕是两个不同国的洋寇，看样子奔赴同一个方向，这阵势只怕真是赶哪儿去参战。几个不同国的洋寇凑在一块，那将是大战了。"

吴管家点头："是呀，我也是这般想。"

龙不吟沉吟道："凭这两天拳匪的所为，多半是洋寇联手围剿拳匪。"

黄韦伯道："虽说拳匪人多势众，可洋寇手上的洋枪能够击杀数丈之外，拳匪如何是他们对手，这回只怕在劫难逃"

不想吴管家道："洋寇围剿拳匪？洋寇哪会那么蠢，如此岂不遂了朝廷的意愿。"

黄韦伯便一脸大惑了，说："姨爷爷的话从何说起？"

吴管家道："拳匪历来是反清的，乃朝廷的心腹大患，我观现今老佛爷只是假手他们对付洋寇，虽说拳匪到处焚烧教堂杀毛子和教民，洋寇真围剿拳匪，岂不正中她的下怀？鹬蚌相争，渔翁得利，洋寇哪会做这种蠢事。"

龙不吟道："吴管家所言确实有道理。若洋寇此去对付的不是拳匪，那又会是谁呢？"

街上洋寇长蛇一般，久不见尾。吴管家的脸色愈发凝重，叹了一声道："只怕他们是赶去京城围攻朝廷，然后逼朝廷剿杀拳匪。"

龙不吟左手握拳猛击右手掌心，说："如此一来，拳匪可就危险了。都说江湖险恶，没想到毛子行事更是阴险。到时候朝廷突然反击，拳匪不曾提防，势必阴沟里翻船。"

黄韦伯道："洋寇要逼朝廷就范，少不得一场恶战，这天下真要大乱了。我们眼下最紧要的是赶快把货款拿到手，然后设法离开津门。"

洋寇终于过去了，街头阒无一人，空荡荡的连狗都不见一只。吴管家在窗棂立了一会儿，心事重重地回到原来的位子。黄韦伯不见姨爷爷的答复，尾随过来，说："姨爷爷，我们怎么办？"

"等阮老板来了再说吧！"吴管家道。

直到申时过后，伙计才领着阮老板匆匆敲门而至。

人在门槛外，阮老板便抱拳打拱不迭："本来巳时就想过来拜望吴管家的，哪知洋寇军队出现了，害得阮某不敢出门，捱至这个时候才来，还望吴管家恕罪。"

吴管家笑着抱拳还礼："今日街上过去了三拨洋寇，满街难见一人，大家缩在屋里不敢出门，唯独阮老板为了昨天一诺，冒险上街，咱商家信用，尽在阮老板身上体现，吴某人可得向你学习。不知阮老板怎样看待现今局势？"见阮老板并不往黄韦伯他们身上望，也就省了介绍。

钱三早已沏上茶，吴管家伸伸手请阮老板坐下说话。阮老板客气一声落座，说："虽说这些年局势动荡不定，可这几天拳匪为非作歹得厉害，津门驻扎了好几国洋人军队，阮某还未见过半天内出动几拨洋寇的，如此阵势，只怕会天下大乱了。"

"阮老板可知洋寇往哪个方向去？"龙不吟道。

"听说他们准备攻上京城去，但在大沽口炮台遭到拳匪的阻挠，眼下双方处在僵持中。"阮老板道。

吴管家暗自吃了一惊，阮老板面前却是不便说未曾知道洋寇在大沽口炮台与拳匪激战，只道："这战事一起，不是一年半载能够停下来的，受损的终是平民百姓。"

阮老板颔首称是："历朝历代争夺天下，倒霉的总是市井百姓，我都想着这生意是继续做下去呢，还是关门转让了。"

吴管家道："一家商号，开起来可不容易啦！你这大华纸业，怕是有好些年头了吧！"

阮老板点头："今年正好三十个年头。在津门，大华算是最早经营纸业的商号。纸这一行当，唯有太平盛世才销路畅达，利润丰厚。只可惜这几十年来受尽了毛子的欺侮，要是放在乾隆盛世，那时候大修族谱，纸业生意最是好做。"

一通拉扯，吴管家正待往货款上拐，阮老板看出他的心思一般，掏出一张笺纸递与吴管家："这是与贵号往来货单，请吴管家过目，看看是否有出入。"

吴管家接过笺纸，上面把每一种纸的数量和价钱及金额总计多少，减去预付款多少，应付款多少，列得清清楚楚。看毕，吴管家笑道：“经过阮老板之手，自然是毫厘不差。”

阮老板便掏出一张银票递过来，正好是应付款的数目。吴管家笑着收入兜中，道声谢过了。

伙计在外敲门，说是准备妥了。阮老板应声站起身来，吴管家当他要告辞了，起身相送。孰料阮老板道：“吴管家老远赶来津门，阮某早该寻个酒肆，以尽地主之谊，奈何现今如此局势，酒楼店铺紧闭。刚才来时我跟伙计说了，让他简单准备一桌。走，阮某陪几位喝一杯，算是替你们接风洗尘。”

于是伙计在前，阮老板几个随了他来到一间客房。客房早已摆了一桌美酒佳肴。自然是推吴管家坐了上首。不意在众人端杯之际，伙计推门进来，告知吴管家，有客人拜访。异地他乡，吴管家一时想不起来人是谁，黄韦伯一旁提醒：“会不会是大生昌陈老板？”

吴管家说声是了，同阮老板招呼一声，离座去见陈泉水。陈泉水独自坐在客房，见吴管家到来，起身抱拳行礼。寒暄几句，陈泉水邀吴管家一行去大生昌分号吃饭。

“今日恐怕不能去你那里，就在刚才，大华纸业阮老板已经在客栈摆了一桌宴请我们。要不，贤侄随我去喝一杯，顺便认识一下阮老板。”

做东人不曾来请，陈泉水自然不会随吴管家过去。沉吟有顷，陈泉水说：“要不这样，前辈只管去喝酒，我在这儿坐等便是，待到你们完了再一块去我那边。”

吴管家哪能让他坐在这儿等自己，却也知道不得阮老板的邀请，陈泉水是断断不会随他过去端杯把盏，正自犯难之际，阮老板大踏步而至，抱拳朝陈泉水打拱道：“这位可是大生昌陈老板了？”

吴管家忙向陈泉水介绍：“这位便是我刚才跟你说的大华纸业阮老板。”

陈泉水便抱拳还礼：“原来是阮老板，久仰久仰！”

阮老板道：“我们才入座端杯，陈老板便来了，老天爷不是特意安排我们喝一杯吧？走，大家喝一杯去。"

陈泉水苦笑道："我是特意赶来请吴老前辈一行去寒舍把杯叙旧，没想到被阮老板捷足先登了。"

阮老板笑道："哪儿喝酒都一样，重要的是让咱两个认识。"

对方把话说到这个份上，陈泉水就不好拒绝了，当即随阮老板两个出了客房。阮老板推陈泉水同吴管家坐上首，陈泉水一任阮老板如何拿话劝他也不肯去坐，最终还是阮老板同吴管家坐了上首。

第一杯酒自然是阮老板敬吴管家一行。这阮老板也是久经商海，端杯而起，语声诚挚地说："吴管家，你们老远赶来津门，阮某本该选家酒楼，叫上几位朋友，设宴替你接风洗尘才是，现今突然而来的局势只能委屈你们在这儿喝一杯薄酒了。大家可得吃好喝好。这一杯酒敬你。"

第二杯酒，是阮老板敬陈泉水。阮老板端杯在手，自然又是一番久仰大生昌香粉纸大名及少东家之类的话。称此后少不得有事打扰陈少东家。看陈泉水神情高兴，吴管家心下赞叹这阮老板在待人上是个高手。

接下来喝酒闲谈便随意了。陈泉水却是瞅准时机举杯，只道借花献佛，分别敬了吴管家和阮老板一杯。

不知不觉中，话题扯到今日洋寇联军进攻大沽口炮台被拳匪拦截阻挠。陈泉水告诉大家，他已得到确凿消息，洋寇联军在今日未时攻占了大沽口炮台。

阮老板手端酒杯蹙额半晌不语，吴管家见了，料他又来想法，拿话问："阮老板怎样看待洋寇攻占大沽口炮台？"

阮老板一仰头把杯里的酒喝了个干净，放下酒杯道："在我阮某人想来，津门拳匪起码上十万之众，加上驻守大沽口炮台的清军，就算洋寇攻占了大沽口炮台，也是半月后的事，没想到半天工夫大沽口炮台就落到洋寇手上，看来拳匪也就欺负一下二毛子、三毛子，啥刀枪不入全是蒙人，朝廷利用他们对付洋寇，怕是要坏事了。"

陈泉水道："朝廷的事如何，不是我们这些平民百姓能够想的，我们所要想的是这局势生意还能不能继续下去。"

阮老板道："打从今天早上洋寇联军出动，阮某就起了退意，现在大沽口炮台陷落到洋寇手上，甭说津门势将大乱，怕是整个华夏都不能免，阮某是决意退出商市了。"

陈泉水道："阮老板这些年赚得盆满钵满，能够见好即收，免了风险之忧，那是最好不过。这当口抱着阮老板一般心思的人不知多少，短时间要把店铺转手，估计颇难。"

"是呀，阮某正为这事烦恼。"阮老板深叹一声，道，"于我阮某来说，尽力找人接盘，实在找不到人，只好低价把仓库里的纸转让给隔壁同行。"

陈泉水坐在吴管家对面，拿眼去看吴管家，吴管家悠然地喝着酒，执筷吃菜，一时让他猜不透对方的心思，便不敢造次，含糊道："这种事纯粹凭运气。看阮老板印堂发亮，行事自然顺畅。"

阮老板摇晃了下脑壳："现今局势，别被拳匪和洋寇洗劫便是菩萨保佑，祖宗显灵了。"

吴管家放下酒杯时颔首道："连吏部尚书孙家鼐、大学士徐桐这等权贵之家都遭抢掠，不能幸免，阮老板担心的，怕是全津门商家所担心的了。乱世经商，真的是把脑壳别在裤腰带上，弄不好啥时候命都没了。"

阮老板附和着叹了一声："吴管家所言极是。大家有没有发现，洋寇入侵我华夏虽然可恨，其实拳匪比洋寇更可恨，杀人烧掠，简直是无恶不作，实实在在的土匪行径。"

陈泉水道："据说拳匪内部分为官团，私团与假团。官团接受清廷的招抚，在清政府挂号，接受清廷官员的统帅，领取朝廷粮饷。私团则大多系团民自发组织，带有其独立性，自行设坛或从事'灭洋'斗争。假团是不服从朝廷统治的。估计杀人烧掠乃是私团和假团。假团又分两类，一类是不服从清政府的统治并对其构成威胁的，另一类是部分不良分子甚至教民假扮拳匪横行不法，或设坛附和，或仿效装束，鱼肉良善。

龙不吟大是摇头："不是陈老板这里说起，我等远在滩镇，哪里知道拳匪里面还这等复杂。按陈老板说的，料张则武当初率队杀回滩镇那伙拳匪是假团了。难怪他们得了钱财就走，根本不再理会张则武的死活。"

自幼长在滩镇，陈泉水自是知道张则武其人，当即拿话追问咋回事。龙不吟乘着酒兴，道了当日张则武率拳匪围攻仁里堂的事。

"在滩镇，这张世人为人厚道，其棺椁生意做得蒸蒸日上，张则武也算生在富裕家庭，衣食不愁，偏要弄出违旨收纸的事，置妻儿家小于不顾，以致亡命天涯。只是如今拳匪弄出扶清灭洋这一出，朝廷对张则武的缉捕又将取消，他当珍惜这个机会，回到家里好好打理自家生意才是。"陈泉水道。

吴管家的脸色凝重起来。

龙不吟看在眼里，知道他担心朝廷取消张则武的海捕文书后，张则武回到滩镇复又对仁里堂施以报复，陈泉水和阮老板面前，他不便明着拿话来劝，顺着陈泉水的话道："三年时间，那租肚皮崽再不好好省悟，到时可真要家破人亡了。"

阮老板第一次听说租肚皮崽一词，甚是好奇，拿话问何意。吴管家告诉对方，租肚皮崽乃滩镇土话，意即租妻、典妻。道了滩镇的借妻风俗，直叫阮老板大是惊叹。

酒足饭饱，阮老板先一步离去，吴管家邀陈泉水去客房坐会儿，陈泉水爽然应好。于是众人拥着吴管家和陈泉水回到客房。钱三一旁忙着烧水沏茶。

"吴老前辈，津门已经陷落，那些假拳匪定然趁这个机会烧杀抢掠，为安全起见，晚辈劝你们还是等待局势平靖后再回滩镇。虽说龙师傅武艺高强，可一旦发生混战，如何保护得了你们。"陈泉水道。

吴管家忧心忡忡地道："只是这局势，何日才得平靖？洋寇联手

了，肯定是大战，没有一年半载，怕是不会消停，我们几个可要困
在津门了，得想办法递个信回去才行，免得家里担心。"

陈泉水道："递信的事儿交给我吧！"

"好，晚上我修书一封，请你带回滩镇去，交给韦伯他爷爷。"
吴管家道。

"吴老前辈不是有心在津门设分号吗？这阮老板明摆着是想收手
了，前辈若是有意，这倒是一个现成的机会。接手过来换个招牌即
可开业，省心省力不小。他那样子急于脱手，价钱当能够遂前辈的
意。"陈泉水道。

"天下将要大乱，接手过来风险实在太大，赚了还好说，若是亏
了，韦伯他爷爷面前如何交代？虽说韦伯他爷爷许我一切自主，可
我哪敢滥用这权力。"吴管家道。

茶上来了，是盖碗茶。陈泉水打开碗盖，将盖子斜盖碗上，留出
一道缝隙，按住盖纽，端碗喝了起来。放下碗，看吴管家心事重重，
陈泉水道："吴老前辈，既然你怕担这个风险，设分号的事打消便是。
仁里堂的生意历来囿限于滩镇，待到局势稍作平靖，回滩镇好了。"

吴管家喝口茶，然后将碗放下，说："贤侄，你说这洋寇联手，
意在何为？"

陈泉水道："洋寇联手，自然不是为了对付拳匪，而是针对朝
廷。大沽口炮台已经落入洋寇联军手上，料他们不日将进犯京城，
那时津门局势当会缓和，你们可择机离去。"

吴管家竖起耳朵倾听外面的动静，然后压低声音道："洋寇联军
进犯京城，朝廷会不会因此灭亡？"

龙不吟几个大骇，脸色都白了，你眼望我眼。半晌，陈泉水道：
"前辈何以突然想到这上面来了？"

吴管家叹了一口气道："现今局势，我不得不往这上面想。这次
朝廷要是给洋寇联军灭了，当年朝廷授予仁里堂独家收购滩镇抄纸的
特权岂不也将灰飞烟灭。未雨绸缪，仁里堂得趁早寻找出路才是。"

陈泉水惊叹地道："前辈可谓高瞻远瞩！不是前辈在这里说起，我等哪想到这一层来。"蹙眉有顷，沉吟说，"以朝廷眼下实力，又有拳匪相助，洋寇毕竟是外夷，他们要灭朝廷，那时势将遭国人的反抗，这可不是他们能够承受的。再说了，他们把朝廷灭了，总不能自己坐上去吧？如今也就拳匪一家势大，可拳匪到处烧毁教堂，仇视教会、教众和洋人、洋货，总不能扶持他们上位吧？"

"贤侄心头如何想的，这里但管直言。"吴管家道。

"我观洋寇远涉重洋来我大清，求的还是一个'财'字。他们联手进犯京城，意在迫使朝廷对他们让出更多利益。"陈泉水道。

"如此，大清将会四分五裂了。"吴管家道。

"一个朝代，总是在分分合合中灭亡、兴起，这是一件再正常不过的事，只是平常百姓身逢乱世，免不了活得艰辛些罢。"陈泉水道。

"老话不是说了，兴，百姓苦；亡，百姓苦。"吴管家慨叹道。

"老前辈，分号设置与否，一切还得你自个拿主意。"陈泉水掏出一把短洋枪递与吴管家，"如今乱世，匪徒凶悍，这枪你好生收藏了，万一遇险，也可用以自救。"。

龙不吟几个生平第一次面对洋枪，大是惊奇。吴管家终是年长，看去淡然，旁边黄韦伯好奇地伸手摸了下这坨黑亮亮的铁疙瘩，说："陈老板，可否多弄几把来？"

陈泉水苦笑一声："这家伙哪是那么容易弄的。再说了，这东西主凶，商人最是讳忌携带这个，只是眼下兵荒马乱，也就顾不了这么多了。"

看吴管家把枪收好，陈泉水告辞离去。

窗外暮色已起，钱三点燃了灯，屋里一下亮堂堂了。吴管家叹了口气："没想到我们被困这里，这如何是好！"

远处蓦然枪声隐约，几个人耸起耳朵，喊杀之声似乎可闻。

黄韦伯道："估计又是洋寇跟拳匪打起来了。"

●─ 第二十四章　布局津门 ─●

　　洋寇联军攻占大沽口炮台后的第四天，也即六月二十日，德国驻华公使克林德代表各国前去总理衙门要求保护，途中被清兵伏击。六月二十一日，清政府以光绪的名义，向英、美、法、德、意、日、俄、西、比、荷、奥十一国同时宣战，并悬赏捕杀洋人，规定"杀一洋人赏银五十两；杀一洋妇赏银四十两；杀一洋孩赏银三十两"。拳匪及朝廷军队围攻各国在北京的使馆。之后约有四万五千名来自日本、美国、奥匈帝国、英国、法国、德国、意大利及俄国的八国联军与拳匪展开对战，一时战争四起，枪声如炒爆豆似的响声不绝。不管富贵人家还是市井百姓，无不人心惶惶，纷纷做逃难打算。

　　七月十四日，洋寇联军占领了津门，直隶总督裕禄兵败后自杀。

　　七月二十八日，主和大臣许景澄及袁昶被清廷处死。

　　八月四日，联军向北京进逼。

　　八月十一日，清廷处死主和大臣联元、立山及徐用仪。

　　八月十四日凌晨，联军来到北京城外，经过两天的激战，到十五日逐步攻占了北京各城门，随即与清军在京城各处展开巷战。

　　八月十六日晚，八国联军已基本占领北京全城。慈禧及皇室在北京陷落之后立即仓皇逃往西安。在逃往西安途中，朝廷命令各地官兵剿灭拳匪。九月七日，清廷发布上谕，称"此案初起，义和团实为肇祸之由，今欲拔本塞源，非痛加铲除不可。"同时，朝廷派庆亲王奕劻及李鸿章为全权特使，与各国和谈。

　　每道消息从陈泉水那儿传来，都叫吴管家面色凝重，半天不发一言，坐在椅子里喝他的盖碗茶。当得知清政府派庆亲王奕劻及李鸿章为全权特使与各国和谈，送走陈泉水后，吴管家让龙不吟和钱三去大华纸业投送名帖。

黄韦伯见姨爷爷一改往日愁容，人都变得身轻似燕，拿话追问："姨爷爷，你是不是想把大华纸业盘下来？"

"姨爷爷让他们去大华纸业，正是此意。"

"这么久了一直未见你说到这上面来，怎么突然就下此决定？"

"局势已然明朗，战乱即将结束，此时不做决定，更待何时？机会可是稍纵即逝呐！"

"连老佛爷和皇室都逃到陕西去了，啥时候杀回京城都不得而知，何来战乱即将结束，局势已然明朗？"

吴管家微微一笑："你年纪尚小，阅历有限，一时半会哪能看透国之大事。待你年长，自然明了。"

黄韦伯道："姨爷爷这里说知与我，姨外孙不就明白了。"

吴管家故作玄虚地道："天机不可泄漏。"

黄韦伯便不快了，说："姨爷爷也真是，连姨外孙都瞒，这儿又无外人。"

这会儿吴管家的心情不错，笑道："既然朝廷派庆亲王奕劻及李鸿章为全权特使与各国和谈，显然战乱将要结束。"脸色一肃，自言自语地说。"我现在所担心的是阮老板也想到这一层来，如此他势将改弦易辙，继续经营他的纸业。"

"姨爷爷自信一定能够和谈成功？"

"丧家之犬，自然是啥条件都会答应。只是如此一来，老百姓的日子将会变得更苦，生意将更加艰难。我知道你要说啥，只是这是一个让滩镇抄纸走出去的机会，也是光大你黄家的机会，姨爷爷才不想舍弃。你看到的，阮老板不想经营，我们滩镇的抄纸便断了销路。所以呀，必须把销路掌握在自己手上。津门之行，让我慨叹滩镇的抄纸就像一个未出阁的姑娘。若非曾大人的缘故，哪有阮老板寻上滩镇的事。好不容易让它走出来，断然不能让它就此销声匿迹。"

听屋外传来龙不吟说话的声音，知道两人已经回来了，吴管家便止住了话题。龙不吟进来，只道名帖已投。谈起这一路去大华纸业，龙不吟只道一路店铺紧闭，街上难见行人。

"不知道这样的日子还要挨多久？再这样下去，可要缺吃少穿了，那时满城势将更乱。"龙不吟道。稍后，他接着说，"那些教堂倒是大门敞开，只是出入的人寥寥无几。"

吴管家道："这些日子洋寇控制下的津门，倒是比之前朝廷控制下的津门少了许多烧杀抢掠的事情发生。让我看呐，市民只是暂且不相信洋寇罢了，过些日子，自然便习惯了。"

龙不吟颔首："也许吧！"

是日未时刚过，阮老板就坐着车轿来了。吴管家推测，阮老板在接到名帖后，立马就赶过来了。吴管家心下欣然，客气地请阮老板坐。钱三不用吩咐，一旁忙乎着沏茶。

"没想到这次拳匪与洋寇之乱，把你们困在津门了。"阮老板道。

"我也没想到此行如此多舛，万幸人没事。据说老佛爷在逃往西安途中，清廷发布上谕，称'此案初起，义和团实为肇祸之由，今欲拔本塞源，非痛加铲除不可'，朝廷这是怎么了，拳匪都已经扶清灭洋了，朝廷不想着如何抗击洋寇，却又要向拳匪痛下杀手，真不懂朝廷唱的又是哪一出？"吴管家摇晃着脑壳，一副大惑不解地道。

"问题是拳匪多如牛毛，诛不胜诛啊！没了拳匪的帮衬，以后朝廷如何抗击洋寇？这明摆着自断手足。往后内有拳匪生乱，外有洋寇入侵，朝廷将是两面受敌，真到山穷水尽了。"阮老板忧心如焚地道。

吴管家道："不知阮老板有何打算？"

阮老板道："你们被困在这儿，想着的是早点离去；阮某坚守这里，想着的是早点把商铺转让出去，问题是现今乱世，无人接盘啊！"

吴管家悠悠地啜了两口茶，看向阮老板道："阮老板，我这里可要说一句了，如今乱世，要把商铺转让出去，你得放下身段才行。"

阮老板道："我阮某人怎么就没放下身段了？这乱世不知啥时候是个头，众商家想着的是如何尽快把店铺脱手，可没人来找你谈啊！"猛可想起啥，看定吴管家："吴管家可有合适的人选推荐与阮某？"

吴管家："阮老板不妨说说你的条件。"

阮老板："所有库存纸按进货价转手。铺面库房租赁尚有五年，租赁金当初我早已缴清，算我送他的。"

吴管家笑道："阮老板也就白送了五年的铺面库房租赁金罢。如果人家不做纸生意，只租铺面库房，这生意阮老板还能往下谈？当然，铺面库房租赁金自然不用阮老板送了。"

阮老板神情凝重地叹了一声："只租铺面库房的话，我将失去数千两银子的货款，区区五年铺面库房租赁金于我来说实在没啥意义……"

"所以呀，不管是谁，这当口接手阮老板商铺的话，没谁会贪念区区五年商铺和库房租赁金。"吴管家放下手上的盖碗茶，道："这样吧阮老板，你的商铺及库房所剩下的纸，还有雇员我全接过来了，纸价按市价计，但纸钱得售卖后再付与你，如何？阮老板不会担心我卖了纸不给钱吧？"

阮老板忙道："吴管家想哪去了，仁里堂乃楚南滩镇之翘楚，富甲一方，阮某仓库里区区几个纸钱哪入得了吴管家的眼。"略做沉吟，阮老板重重一点头："好，就按吴管家所约。"

"阮老板倒是爽快！实说吧，我之所以在这当口冒险接手贵号，是不想断了滩镇抄纸在津门这条销货渠道。打从跟大华纸业合作以来，我们东家就想把滩镇的抄纸推向各地。"吴管家道。

"津门乃商埠重镇，在此地设分号，滩镇抄纸走出国门都不难。我们两家合作的时间虽然不长，但津门已经有不少人知悉滩镇抄纸。特别是玉版纸，因有贡品这一桂冠，最受买家喜欢。既然我们在这儿已经谈妥，明天把货清点一下交接了，可好？"阮老板道。

"行，今晚上阮老板清点一下货，明天早上我们过去衔接。"吴管家道。

喝着茶，再扯上一会儿，阮老板告辞离去。

听脚步声远去，黄韦伯不解地道："姨爷爷，那阮老板都说得明白，所有存货按当初进货价计，你却主动按市场价给他，咱们岂不白忙了。"

吴管家道："刚才你可听得明白，阮老板巴不得得了银子赶紧走人。如今乱世，弥天大祸有可能顷刻间降临头上。谁都是抱着多得不如现得的心态。我们是白忙了，但也就没了风险。生意人家，宁愿少赚两个钱也要卸掉风险。再说了，阮老板可是给我们省了五年的铺面库房租赁金。往后我们在生意上少不得要他帮衬，如此一来也就把他给缚住了，待到把他的纸售罄，我们也就摸清楚了这里面的坎坎道道。只是这期间大家都得用心学。我们老远赶来津门，面对一个完全陌生的环境，有时候不能太计较钱财的得失。"

黄韦伯若有所思地点点头："姨爷爷说得极是。"

虽说认定这场战争不久将以"议和"的形式结束，与阮老板约定明天交接，吴管家总觉得在这上面该与陈泉水拉扯拉扯，看看他的态度。晚饭后，四人驱车来大生昌分号寻陈泉水。

一路上所有铺面紧闭，偶遇行人车辆，皆都匆匆而过。黄韦伯暗自掀开窗帘往外看，车轿一路过去，紧闭的铺面难见灯光，纳闷道："姨爷爷，难道这些商号老板都弃铺遁去不成？"

诚然这话没头没脑，吴管家却是明白他的意思，正待答他，龙师傅道："店铺里面不见灯光，那是商家不想招来宵小。真有人图谋不轨破门而入，里面自有人接着。"

黄韦伯仍旧不解，说："宵小见店铺里面亮着灯光，才不会潜入店铺行窃，如此岂不省心省事。无灯，无异告知宵小，店铺无人。"

龙师傅一时语塞，不知如何作答。

吴管家抬手掀起前头窗帘，另一只手往前一指："你这里往前头看去，吸引你注意的不是无灯的商铺，而是谁家商铺亮着灯。歹徒专找亮着灯的商铺下手，这样才不会落空。"

向外面看去，大生昌分号与毗邻商铺无二，黑咕隆咚的不见半丝灯光。拍打了半天门，里面伙计盘问得明白，这才开门迎客。陈泉水见他们到来，将他们一行让至后面的茶屋，吩咐伙计引领钱三把车轿赶至后院。

喝茶拉扯，陈泉水告诉他们，以樊国梁为首的教士们在京城公然发出"布告"，下令天主教徒抢劫，规定抢劫不满五十银两的，不用上缴；超过五十银两的，应归公集中均分。教徒连续抢劫了八天。教士们进商铺就将掌柜抓了当仆役，让他们把抢来的东西运到北堂去。

明天将接手大华纸业，吴管家心下便起了紧张，只是想着纸这东西笨重又不值钱，没人会感兴趣，心下稍慰。

陈泉水沉缓地道："那樊国梁实在可恶，竟公然发出布告，下令天主教徒抢劫，京城距津门太近，这等事最易波及，这两天我最担心的就是这事儿。"

看陈泉水情绪低落，吴管家拿话劝道："大生昌的客户大多为毛子和有钱人家，里面自然不乏教士，津门真发生教徒抢劫，也不会落到大生昌。再说了，大生昌经营的是香粉纸，这东西常人不感兴趣。贤侄要做的是家中切勿留置太多银两。"

陈泉水复又摇首："那么多的天主教徒，洪水般涌上街头，见了商铺就破门抢劫，人都疯了，哪还记得之前在你店铺买过东西。连老佛爷和小皇帝都跑到西安去了，市井百姓哪还有安全可言，唉！难怪古代士大夫宁死不做亡国奴。"

眼下局势，哪个商家都是惶然不安，吴管家不再拿话相劝。几口茶后，他说："我跟阮老板谈妥了，欲盘下他的商铺。"

陈泉水便看向吴管家，半晌道："也好，这事儿总算定下来了。"

吴管家自是听出他话里的意思，分明说他这当口不宜接手大华纸业这个烫手的山芋，吴管家也不在这里说啥庆亲王奕劻及李鸿章很快将与各国和谈成功，含糊道："我呢只是不想失去咱滩镇抄纸走出去的机会。"

陈泉水点头："晚辈自是明白前辈的苦心孤诣。前辈勇气，晚辈钦佩。"

"我说贤侄，你也无须老想着樊国梁发布告的事，这种事情你想得再多也是徒然，还真得听天由命。说真的，谁也不愿抢劫的事落到自个头上，可相较于拳匪杀人纵火，那些教徒抢劫又算得上什么呢，无非损失了两个银子罢，只要人没事就好。"

"我倒不担心损失几个银子，所想着的是这种事一旦降临，很多你想不到的事情便会发生。以樊国梁为首的教士们抢劫八天中，那是为所欲为的八天，爱杀就杀，爱拿就拿，据说不少商家死在他们手上。"

吴管家沉吟须臾，说："遇到这种情况，舍财保命就是。我还是那句话，那些教徒要比拳匪容易对付，毕竟他们大都身无功夫，这就最大限度地减少了危害。"

陈泉水叹了一声，说："有天真的摊上教士们抢劫，那也是没办法的事，只能自认倒霉。从现今情形看，前辈在盘下大华纸业一事上急促了些，要是过了这一阵就好了。"

这时龙不吟道："陈老板的话倒是在理。阮老板那里，吴管家明日找个借口拖延几日便是。"

陈泉水"哦"了一声，像是一下清醒过来，说："我还以为前辈已经把大华纸业盘下来了呢！原来还只是谈。是这样的话，前辈可要慎重了。"

吴管家朝陈泉水举了举茶杯，示意喝茶。往后拉扯，吴管家竟不再谈盘下大华纸业的事，只是随意说些别的。有两次黄韦伯直言大华纸业上的一些事，吴管家顾左右而言他。陈泉水便也看出这位前辈的心思，只管喝茶说些别的。

隔壁商号传来两声犬叫，吴管家手中茶杯一放站起身来，旁边钱三看得明白,早已悄然走了出去。当陈泉水送客人走出商铺,大鞍早已停在门口的街头。街上阒无一人,吴管家三个上了车轿,钱三叱喝一声,马儿撒开四蹄往前行。陈泉水站在那里目送车轿远去,马蹄击在街面的青石板上铿锵有力,传出老远,心头竟莫名不安。

吴管家三个挤在车轿内,却是谁也不言语。津门街道虽是青石头铺垫,远比滩镇街道宽敞平稳,那吴管家坐在中间闭目养神。蓦然听车外有声音传来,吴管家虽然已过了知天命之年,却耳聪目明,猛可睁开眼睛,伸手去掀门帘,当手触及窗帘又缩了回去。龙不吟素来警觉,自是看在眼里,待要拿话来问,见吴管家以手示意他勿声,诚然心头纳闷,话到了嘴边硬生生咽了回去。

车到客栈门口停住,钱三大声呼喊伙计开门。吴管家并不像先前那样下车立在门外等伙计开门,一动不动地坐在车内,直至伙计把门打开,这才掀开门帘匆匆下车,快步进了客栈。龙不吟和黄韦伯紧随他身后。钱三不曾觉察三人神情有异,同伙计搭讪两句,扬鞭将马往后院赶。

回到客房,吴管家一屁股在椅子里坐下。此时龙不吟道:"吴管家,发生啥事了?"

吴管家不去答他,待到钱三进来,示意龙不吟过去把门关紧了。这下钱三也就感觉情况有异,看眼龙不吟又分别看眼吴管家和黄韦伯。吴管家道:"钱三,回来时你可听到街上有人以滩镇口音说话?"

钱三颔首:"是呀,当时我也惊诧在这里遇到了老乡,只是这黑灯瞎火的不敢乱打招呼。"

吴管家就变了脸色,说:"可曾看清是谁?"

钱三摇头:"当时迎面走过来好几个人,小人耳闻滩镇口音后,扭头搜寻,黑咕隆咚的一时哪看得清面孔。"

龙不吟这时道:"吴管家,到底发生了啥事?"

吴管家没有马上搭腔,好半晌,道:"如果我没听错的话,滩镇口音者乃租肚皮崽张则武。"

龙不吟道："如今拳匪有如丧家之犬，我等怕他做甚。"

黄韦伯附和："是呀，清廷早就发布上谕，称'义和团实为肇祸之由，今欲拔本塞源，非痛加铲除不可'，那租肚皮崽现在怕是连滩镇都不敢回，只能亡命天涯。"

吴管家道："大凡亡命之徒，行事无不穷凶极恶。我现在最担心的是他认出了钱三。若是如此，他必定在后面跟踪我们，为安全起见，今晚上我们得另换客栈才行。"

龙不吟道："这样吧，我返回去探访一下。他们若有跟踪，其同伙必定在前头等其汇合密谋对付我们。"

吴管家点头："如此甚好。龙师傅当谨慎行事。"

龙不吟抓了倚在墙角的钢刀在手，开门出来，探头见下面街上无人，单手一撑栏杆，人腾身一跃轻轻降落街头，旋即隐没在夜色中。

吴管家慢悠悠地喝他的茶，黄韦伯和钱三坐在他对面，三人谁也不说话，单等龙不吟返回来。

一炷香工夫，龙不吟回来，手中钢刀随手倚放墙角，说："我这一路返回大生昌分号，并不见可疑行人，又去附近两条街巷搜寻了，也无异样。估计张则武不曾认出钱三。那张则武现在乃丧家之犬，唯恐有人认出他来，哪还有心理会他人。今晚上黑乎乎的，五步之外便难以看清对面行人。再说了，那张则武做梦都想不到我们会出现在津门，就算白天见着钱三，也只当他酷似，另有其人罢。"

黄韦伯道："龙师傅说得有理。"

看吴管家呰呰地埋头喝他的茶，不发一言，龙不吟道："这样吧，吴管家你们只管睡好了，今晚上我就坐在外面的走廊上，那张则武真来了，我自会应敌。"

吴管家手中茶杯轻轻一放，道："龙师傅，待在外面走廊就不用了，晚上谨慎点便是。"

看时间不早，龙不吟和钱三回到隔壁客房。

一夜无事。

翌日吃过早饭，四人乘车轿往大华纸业赶。一路走将过去，街上冷清如故。老远可见大华纸业的大门虚掩，钱三过去一叫门，里面有伙计马上回应着把门打开，问得他们来由，一边客气地将他们让进，一边大声往里面传话。阮老板闻声走将出来，抱拳打拱不迭，将客人往里让。有伙计领着钱三驱车去了后院，返回来时利索地把门拴好。

坐下喝茶。

在阮老板站将起来邀吴管家去后院库房清点货物时，吴管家道："阮老板，我这里尚有一条得当面与你说明白。仁里堂接手贵商号后，你库存货物未完全售出期间，万一发生歹徒抢劫，所造成的损失我仁里堂概不负责。"

那阮老板倒是未想到吴管家会在这当口提出这么一条，一时愣在那儿。吴管家笑道："其实，真遇到歹徒闯进来抢劫，他们也不会对纸感兴趣，这东西要搬走都费劲。实说了，我啊就怕他们纵火这一招。"

"真发生歹徒抢劫纵火，那是老天爷要阮某人蚀财，算在我头上好了。"阮老板道。

"阮老板爽快人呐！咱去清点货物。"吴管家道。

阮老板一声来人，有伙计走了进来，恭谨地问老爷有何吩咐。阮老板便介绍道："这位是仁里堂吴管家，这位是仁里堂少东家。昨天我们已经谈妥，大华纸业将转让给仁里堂，你们愿意留下来的话，吴管家将继续雇请你们。阿忠，领少东家去后院库房清点货物。"

阿忠应声往后院库房走去，黄韦伯和钱三紧随其后。

阮老板若有所思地道："吴管家咋一下就担心歹徒抢劫纵火？据传早两天京城发生天主教徒抢劫的事，上千商家遭殃，可津门至今尚未发生类似的情况。你看到的，津门这边商号已关门歇业近月余，商家早把银两转移匿藏，歹徒真若行劫，怕是也得不到啥。"

吴管家道："阮老板所言也是。只是歹徒行事，历来就没个准头的……"

旁边龙不吟突然竖起一根指头，示意吴管家勿吱声，箭一般冲至门口，打开门探头往外望，旋即快步折回，说："不好了，外面有歹徒冲击商号抢劫。"

阮老板闻言浑身筛糠般，嘴唇哆嗦地道："龙师傅……真的假的……"

龙不吟道："阮老板开门看个真伪好了。"旋即拿眼投向吴管家，以滩镇土话道："多半是教徒在作恶，待会他们冲进来，我们如何应对？"

吴管家话向阮老板道："阮老板，柜台没有银两了吧？没有的话我们往后院撤。"

阮老板道："我们撤走，歹徒一文钱没捞着，会不会一怒之下纵火烧店铺？"

吴管家道："这火一放，所有商号都得化为灰烬，常理来说应该不会。"马上又说："只是歹徒行事，皆是率性而为，后果难料。"

此时龙不吟道："吴管家阮老板，把你们身上的碎银留下给我，你们赶快撤到后院去，这里交给我好了。"

阮老板颤抖着手往身上摸出一个荷包递与龙不吟，吴管家也掏出一个荷包递了过去，叮嘱龙不吟凡事小心。拍门叫嚣声猛可响起，振聋发聩，龙不吟一边回应着，示意两人赶快往后院撤。看两人去了后院，把门拉上断了背影，龙不吟这才过去开了门，呼啦一下涌进十数人，将他团团围住，其中有人携刀带剑，模样儿看去不乏穷凶极恶。

有人大声道："今日我等奉教主令劫富济贫，如有反抗，格杀勿论。"

有人恶声道："你们老板呢？赶快叫你们老板出来答话。"

龙不吟道："打从拳匪闹事，我们老板便回乡下去了，啥事同我说就是。"

有人眼珠一翻，满脸不屑地道："同你说？你是什么人，能够做得你老板的主？"

龙不吟道："我是他表弟，老板走后特意安排我替他看守商铺……"

有人大声打断他的话道："一只看门狗，同他说个屁。大家搜吧！"

龙不吟道："自打拳匪闹腾，津门商号关门歇业近月余，谁家商号还会留着银子？前头商号你们都搜过了，我劝你们别枉费力气了。"

有人嗡声道："大家别站在这里听他废话，我们只管搜，搜不到银子搬东西就是。这么大一家商号，未必还能让我们空手离去不成，总能找到几件值钱的东西。"

有人便搜寻开了，一时翻箱倒柜之声此起彼伏。

几个莽汉将龙不吟围在那里。此等情境，龙不吟不便出手阻挠，一旦惹怒对方，后果不妙，立定在那里任他们搜去。

看歹徒搜寻得差不多了，想着吴管家身上藏着巨额银票，龙不吟大声道："你们也不想想，这商铺是卖纸的，能有啥贵重东西呢！你们来一趟也不容易，我这里有两包碎银，拿去吧！"掏出身上两只荷包往前头一掷，一只荷包竟越过门槛飞到街头去了，其身边三名莽汉瞧得明白，同时冲过去捡拾。跟着又冲出去数人。店内好几名歹徒疯了似的抢夺另一只荷包。龙不吟倒是没料到会是这等场景，心下暗自摇头。

岂料有名歹徒拔剑冲向龙不吟，厉声道："原来店里的银子藏在你身上，赶快把银子悉数交出来，否则叫你死无葬身之地。"

龙不吟拍拍身子，道："我身上再无一文。"

那人持剑趋前两步，一字一顿地道："看来你是要钱不要命了。"

有人走将过来，说："你这家伙识相点，把银子拿出来便没你的事，快点儿，磨磨蹭蹭的别怪我们以众欺寡。"

龙不吟故作惧怯，说："你们都是走南闯北的英雄好汉，啥时候见过老板走了还把钱留给看守店铺的伙计？这两只荷包还是老板预发给我的半年工钱呢！你们若能从我身上再搜出一文钱，要杀要剐任由你们。"

有歹徒打量他半晌，与左右两名同伙低语几句，其中一人把手一挥往外走。有人紧随其后。很快，刚才尚且挤满了歹徒的商铺走得干干净净，满地狼藉。

龙不吟快步来到门口往外望，可见对面商号各自敞开大门，歹徒任意出入。左右商铺也是这般境况。他不敢关门，担心这门一关，有歹徒当这家商号尚未洗劫，复又打上门来，那时身无分文，如何打发得了这一众歹徒。

有两名歹徒大踏步走将过来，恶声道："倒是没想到这里漏了一家。滚开，让爷们进去看看。"

龙不吟挪开身子，说："两位爷，刚才已经搜过了。"

两名歹徒伸长脖子往里探望，但见满屋一片狼藉，你眼望我眼。龙不吟道："小的断不敢骗两位爷。小的正自想着如何向东家交差呢！"

一名歹徒把嘴一撇，说："满街被洗劫，你东家又不是猪脑子，还用你想着如何向他交差。"

龙不吟忙点头哈腰："爷说得极是，经爷这一点拨，小的这脑壳总算开窍了。"

在两人欲进不进时，街头有人冲他们大声道："这家刚才搜过了，得了两包碎银。走吧，去前头商号，看能不能抓到只肥猪。"

两名歹徒飞也似的离去。

洗劫对面商号的歹徒业已离去，有商号在忙着关门，龙不吟当即动手把门关上，疾奔后院。阮老板几个或立或坐，见他毫发无损，纷纷迎了过来。

阮老板急切地问："歹徒走了？"

龙不吟点头："往前头商号去了。"

吴管家道："估计这里不会有事了，大家继续盘点吧！"

黄韦伯便领了钱三和几个伙计忙乎去了。

龙不吟道了刚才应敌经过，阮老板朝他抱拳打拱道："今日之事，幸好龙大侠在，否则后果堪忧。"

龙不吟道："这些歹徒，仗着人多势众和现今乱世罢了，换在太平盛世，哪敢做出此等劫掠的事。"

吴管家是感是叹地道："所谓乱世，必有乱象。"

阮老板竖起拇指："还是吴管家深谋远虑啊。难怪黄老板拿你当股肱。黄老板有吴管家这等人物帮衬，何愁滩镇抄纸在津门不闯出一番天地来。"

吴管家明白阮老板的意思，还不是自己刚才一番"仁里堂接手贵商号后，你库存的货物未完全售出期间，万一发生歹徒抢劫，所造成的损失我仁里堂概不负责"，他也不说京城发生天主教徒抢劫的事，只道："乱世乱象，啥事都有可能发生，真得谨慎才行。"片刻，叹了口气道，"这出乱象，也不知何年何月才能收场！"

阮老板"哦"了一声，道："吴管家这话，让阮某人想起坊间有关老佛爷逃往西安的故事。据说这次洋寇攻进京城时正值晚上，老佛爷仍然按照惯例洗脚，泡指甲。凌晨时分，李莲英全然不顾礼仪，慌慌张张径直跑进了慈禧的寝宫，大叫洋鬼子打进城来了！老佛爷生怕落到洋寇手里，带着皇上、大阿哥、一后一妃、两个格格，以及少数贴身太监宫女，全部换上百姓衣服，从西华门上了马车，出安定门往西，头也不回就逃了，还美其名曰'西狩'！这一路逃往西安，连护卫都没带。历朝历代，何曾发生过这等事。"

听得龙不吟来了兴趣，说："那老佛爷身边不是时刻有御林军护驾的吗，咋会出现这等事。"

阮老板摇头道："还不是老佛爷比百姓跑得快，太监比老佛爷跑得快，御林军比太监跑得快，护城军比御林军跑得快。洋寇攻到朝阳门，护城军跑光了；洋寇攻到东华门，御林军没影了，上哪找护卫去？据说全凭会武术的太监小德张拿着一把'十三响'的洋枪，时刻跟在老佛爷身边护驾。"

龙不吟道："老佛爷不是有个亲弟弟桂祥嘛，他可是正蓝旗满洲都统，管理健锐营事务，他的荣华富贵全系姐姐身上，难道也不管姐姐的死活？"

阮老板道："桂祥是领着几百神机营在后面跟着。可这人就是个混吃等死的主，他带的兵根本指望不上。"

龙不吟混迹江湖，自是深谙逃命途中的危险，说："从京城到西安，上千里路，这一家子就不担心发生意外？"

阮老板道："这事儿却得夸大太监李莲英了。当晚这一大家子走到了北京昌平的贯市，整整一天粒米未进。西贯有家镖局，东家姓李，在江湖上有些名气。李莲英便跟老佛爷商量，把他们一行委托给镖局。李家镖局接手这一重镖后，自知关系到镖局的生死存亡，动用了全部镖师，乔装打扮成做买卖的，专门走人迹罕至的地方，发现异常立即改道而行。队伍前面有人探路，负责摆平各路'英雄好汉'，后面有人负责掩盖痕迹。三天后，队伍到了怀来县，各地勤王的兵马也陆续赶到。李家镖局依然一路保驾在侧，未经任何波折，最终将老佛爷和皇上成功护送到西安。老佛爷给了李家一个八品武官的虚衔，往后每年都能进京领赏。凭着这趟皇差，李家镖局的江湖地位也就无人可以撼动了，财源自然滚滚而来。"

龙不吟羡慕地道："李家镖局可是露了个大脸，成了'御用镖局'，此后定然身价暴涨，风光无限。待到有天老佛爷和皇上回到京城，少不得重重奖赏他们。对一家镖局来说，能够做到这步，也算光宗耀祖了。"

阮老板道："如此乱象，前所未有，谁又知道老佛爷啥时候能够回京城呢！"

龙不吟笑道："老佛爷啥时候回京城都无所谓，重要的是'御用镖局'这块牌子已广为江湖所知，李家镖局从此声名大振，身价暴涨，自有接不完的活儿，赚不完的钱，连官府都得对李家镖局高看一眼。"

吴管家一旁自始不曾插上一言，此时便也明白，这阮老板之所以急着将商号转手，主因怕是在这里了。心下对自己之前认定朝廷很快会对洋寇做出妥协起了怀疑，阮老板面前却是不便拿话在这上面深讨。看黄韦伯他们忙碌的身影，想着事已至此，只能顺应天意了。

直至午时方才盘点完毕，双方在契约书上签字画押，各自抱拳拱手致谢。

阮老板让钱三把伙计叫拢来，说："从此刻起，大华纸业已属宝庆府滩镇仁里堂黄家所有。你们跟随我阮某人多年，任劳任怨，在此多谢了！"言语中竟是深深一揖。

阮老板继续道："咱们一起多年，也是缘分，我阮某人心有不舍，奈何时局动荡，只能忍痛割爱。"一指柜台上的荷包，"你们每人去取一个吧，算是我阮某人的一点心意。"

伙计纷纷上去拿了荷包，复又退回原地，皆都低头不语，显然心头也颇难过。

看阮老板拿眼投向自己，吴管家道："你们都是跟随阮老板多年的伙计，现在阮老板将他的大华纸业转手仁里堂黄家，愿意继续留下来的，我欢迎，不管营业与否，薪俸照发。愿意留下来的举手好了。"

一众伙计纷纷把手举起。

原班人马能够留下来，那是一件最好不过的事，吴管家朝黄韦伯微微颔首，黄韦伯趋前两步，说："你们愿意留下来，我仁里堂自是欢迎，往后生意上还望大家一如从前尽心竭力。这是我的一点心意。"

黄韦伯上前给每个伙计塞了个荷包，众伙计自是高兴，只道谢少东家。

阮老板这时抱拳道："今日本该请大家上酒楼喝一杯，无奈酒肆饭铺都已关门歇业，他日有缘，再请大家去了。吴管家，今日就此别过。"

有伙计机灵，早已过去开了门。阮老板抬腿移步往外走，吴管家和黄韦伯落在后面相送。到了街头，彼此抱拳别过。

●─ 第二十五章　津门分号 ─●

接手大华纸业后，吴管家从包裹中寻出《望星楼通书》，择了个黄道吉日，四人悄悄入驻了商号。按楚南滩镇风俗，凌晨从客栈出来，进店时点燃了一挂鞭炮，噼里啪啦之声在冷清的街头传出很远。商号这边的伙计早已将商铺拾掇一番，迎接新东家的到来。自此，吴管家他们便蛰居在分号了，偶尔坐着那辆镶铜裹银的大鞍去大生昌分号与陈泉水喝茶闲话。有时陈泉水也会赶来同他们叙话，拉扯眼下局势，说些从外面听来的逸闻。

对吴管家他们来说，现在单等局势缓和，然后挂牌营业。以现今局势，在吴管家想来，恢复市场怎么也是半年后的事，孰料接手一个月后，有商号陆续开门营业，吴管家便准备好招牌，择好吉日吉时，待到那天到来，撤下大华纸业的招牌，换上块红漆匾额，上刻"滩镇和兴贡纸"六个金漆隶书。在一阵鞭炮声中，仁里堂和兴纸铺分号正式开业。

黄家在津门并无亲友，唯有陈泉水领了两名下人赶来祝贺。吴管家将客人邀到茶屋喝茶叙话。

几口茶入喉，陈泉水放下茶杯朝吴管家抱拳打拱道："还是前辈有先见之明呐，这不接手大华纸业才几天的时间，市面就恢复营业了。当初我还一度担心恢复市面起码是半载后的事。前辈可否耳闻，据说朝廷与洋寇议和很快将有结果。"

吴管家谦逊地道声哪里，然后端起茶杯缓缓喝了口茶，说："国与国之间的事最是复杂，何况这种割地赔偿，同时又牵扯到众多

'毛子国'的利益，真要结果，怎么也是半年后的事去了。也好，朝廷总算保住了。"

陈泉水突然笑道："前辈说到毛子，可如今连皇上都被人骂作二毛子，按这个说法，都是毛子国的事。"见吴管家微蹙眉头，料他不知皇上被称为二毛子的事，于是道了背后的故事。

戊戌政变后，慈禧与荣禄商议废黜光绪，立载漪十五岁的儿子溥俊为皇帝。一八九九年三月，溥俊受诏入宫，封为大阿哥，但外国公使均不承认，理由是他的父亲爱新觉罗·载漪是拳匪领袖。慈禧太后不顾反对，让溥俊于四月即位，改元"保庆"，废黜光绪皇帝。载漪与载勋利用拳匪排外，攻打使馆，企图迫使各国公使承认废立。因此，载漪等人对西方列强及光绪帝极为仇恨。载漪、载勋、载濂、载滢四兄弟率义和团六十多人欲弑光绪，被慈禧太后阻止。在多次御前会议上，他们当众羞辱光绪帝及主和大臣，溥俊甚至戳着光绪的鼻子，直斥他为二毛子。

吴管家道："皇帝当到这个份上，也是可怜了！"

陈泉水道："据传议和时载漪被严惩，已被夺爵罢官。慈禧老太后还被迫发布'懿旨'，以'纵容义和团、获罪祖宗'之名废除溥俊大阿哥之位。"

"自古便是成者王侯败者寇，为顺利议和，满足洋寇要求，少不得推出一些人做牺牲品。"吴管家叹了一口气，放下手中茶杯，若有所思地道，"如若载漪真的被夺爵罢官，距议和成功便不远了。"

陈泉水道："洋寇攻陷北京，可以说乃载漪一手挑起。当初载漪与载勋利用拳匪排外攻打使馆，企图迫使各国公使承认废立，自是招诸多毛子仇恨，毛子们恨不得把他杀了曝尸。那载漪被严惩的事我听好些人说起，也就大同小异，料这消息不假。"

此时黄韦伯一脸慌张地闯了进来，说："姨爷爷，外面一下来了上百号乞丐，这怎生是好？"

吴管家道："商号开业，讨的是个喜庆，让这么多乞丐堵在门口，成何体统，每人打发两个铜板，让他们赶紧走人。"

黄韦伯道："他们嚷着要吃要喝，那样子哪是两个铜板能够对付的。姨外孙总感到这事儿有些玄。"

陈泉水笑道："韦伯不错，看出些道道来了。他们是丐帮，外地人不谙内中坎坎道道，一个开业就被诈去上百两银子。"说着嗖地站起身来，"随我去把他们打发了。"

几个人出了茶屋，一群黑压压的叫花子堵在门口，直把吴管家看得紧蹙眉头。陈泉水走到门口，抱拳扬声道："在下大生昌陈泉水，请问谁是头儿，能否借一步说话？"

闹哄哄的场面倒是一下安静了。半晌，蹲在屋檐下一隅的老者懒洋洋地回应道："你家老子在这，有屁快放。"

陈泉水也不恼，笑呵呵地快步走将过去，并不嫌老者身上散发的怪味，蹲下身去欲待开腔时，老者举起手中的烟杆吸了一口，一团浓郁的烟雾直往他面门扑，陈泉水恭谨地说："老人家，我这朋友原本准备昨天送贴拜访你的，无奈你老人家乃世外高人，神龙见首不见尾，不是我等俗人能够见得到的，所以只好恭候你今天的到来。"从兜里掏出一个荷包往老者手上塞，"这是我朋友孝敬你的，一点小意思，你老人家别嫌弃。实在是今天要忙的事情太多，哪天再好好请你上酒楼喝两杯。"

老者掂了掂手上的荷包，随手放入破衣兜中。陈泉水也不担心荷包有失，抱拳一拱，说："待会还得请你老人家跟你这些徒子徒孙招呼一声才是。"

那边黄韦伯和龙不吟正忙着给众乞丐发钱。这些乞丐一反刚才的喧嚷，默默地接过递来的铜板，不再讨要吃喝。看看将要发完，老者手中那杆烟枪在地面上敲了敲，待锅里的烟灰倒出，然后借着那杆烟枪支撑站起，一言不发地走了。

吴管家一旁瞧得明白，想这老叫花子如此行径，好没道理，心头正自恼怒，却见众乞丐一声不吱地尾随老叫花子身后离去。刚才吵吵嚷嚷的上百号乞丐，很快就走得干干净净，商号门前复又清静如常。

黄韦伯欢喜地奔向陈泉水，说："倒是没料到陈老板竟有这等本事，今日算是见识了。"

陈泉水笑着摇头："这算啥本事，我只不过来津门有些年头，这号事见得多了。那些乞丐吵吵闹闹，无非是老叫花子的意思，逼你出更多的银子罢了。"

黄韦伯道："今日若非陈老板在此，我们可要遭他们讹诈了。这些乞丐委实可恶，一来就是上百号人，寻常小店哪对付得了。"

龙不吟乃江湖人物，对乞丐趁人做红白喜事讹诈的事见得多，竟也觉得津门这些乞丐在要钱上有些手段，却听陈泉水道："这些乞丐行事，也是视你店铺的大小，再议派多少人手。据说早两年端郡王载漪五十大寿，有近万乞丐赶去乞讨，估计全京城的乞丐都去了。端郡王府为此耗去上千两银子才打发走他们。这事儿在京城一度成为谈资。摊上这些乞丐，纵然贵如郡王，也拿他们没法，只有乖乖掏银子的份儿。"

吴管家几个待要往回返，一辆马车在商铺前停住，下来一位看去颇为儒雅的六旬老者。老者默默地打量那块"滩镇和兴贡纸"的匾额。吴管家见状，过去抱拳打拱，说："在下姓吴，乃商号管事。今日敝号开业，兄台如有兴趣，不妨进去坐坐。"

老者收回目光，道："贵号卖的是贡纸？"

吴管家道："自然。任谁胆子再大，也不敢打着朝廷的幌子干挂羊头卖狗肉的事。要是弄到衙门，那可是掉脑袋的事。既然兄台有兴趣，何不进去一解心头疑惑。"

老者应声好，随了吴管家往里走。

进得店铺，吴管家邀客人去茶屋喝茶，老者道："先看贡纸吧！"

店铺内的一应摆放，一如从前。吴管家就领了老者来到滩镇贡纸样品前，指着旁边摆放着的《曾文正公全集》《为学之道》《五箴》等著作，以当初伙计的话道："这曾文正大人可是名满天下，朝廷为纪念他的丰功伟绩，下旨内务府印制他生前的作品。为使书稿臻于完善，特遣钦差前往纸都滩镇甄选贡纸，以做印刷。这纸号称玉版纸，乃朝廷用纸，兄台不妨仔细鉴认。这种纸印制出来的书，存放百年都不会变色，更不会被虫蚀侵……"

老者将书拿在手上认真地翻看，说："这么说来，你们可是来自滩镇了？"

吴管家点头称是，再次邀客人去后院喝茶。老者欣然应允。于是几个人进了茶屋。落座后，自有伙计沏上茶来。

当吴管家将陈泉水介绍给老者时，老者连声久仰，慨叹道："滩镇那地方，制作出来的香粉纸专门上贡给老佛爷和后宫佳丽用；年画也成了朝廷贡品，每年过年后宫都要张贴滩镇的年画门神，以便驱凶辟邪；连朝廷印制大臣的遗著都要往滩镇甄选抄纸，滩镇实乃纸都啊！让滩镇的抄纸走出来，实乃一件善举。"

他人如此褒美自己家乡，吴管家和陈泉水自是高兴，连忙抱拳致谢，端起茶杯邀老者喝茶。往后品茶叙话，便也得以知道老者姓张，名仕儒，乃前朝张居正曾孙。那张居正乃明朝万历权臣，坊间有关他的传说不知多少，吴管家和陈泉水起身抱拳打拱不迭，只道久仰。

在吴管家欲要给客人杯里续水时，张仕儒以手止住了，说："茶就不喝了，还要赶去会一位朋友。我张氏正准备印制太祖的遗著《张太岳集》《书经直解》《帝鉴图说》等，同时还将重修张氏族谱，我去了几家纸铺，皆不称心，你这贡纸，甚合我意，过几天我再领人来找你购纸。这是定金，你且收下。"

吴管家道："定金就免了，到时候你只管来敝号取货就是。"

张士儒笑道："换在平时，我自是不会交这定金，今日乃贵号开业，进账即喜啊！"

对方如此明事理，吴管家赶紧抱拳打拱道谢，唤来伙计把钱收下，亲自送张仕儒出门，看他上车而去。

陈泉水道："到底是名家后辈，行事让人舒爽。"

吴管家附和道："是呀，能够遇上这种人，还真得讲点儿缘分。"

阳光下，街上往来行人明显增多。陈泉水放眼四顾，说："市场要恢复如前，只怕还要些日子去了。"

吴管家道："朝廷啥时候跟洋寇议和成功，市场自然就恢复了。虽说商家重利，但如今乱世，商人都想求稳，没谁肯为赚两个钱担惊受怕。"

陈泉水道："其实呀，经拳匪这一闹，洋寇入侵京城，好多商家已经逃离津门，不管是谁，保命要紧。像阮老板这种转手成功的，实在是少之又少。一句话，那是遇到前辈了。商家无数，又有几人有前辈这份胆识和先见之明呢！"

吴管家连连摇头，说："我啊是不想好不容易走出来的滩镇抄纸就这么夭折了，所以才孤注一掷。滩镇号称纸都，可这么多年一直自产自销，也就有人闲着没事挑几担毛边纸到滇、黔等地换几两银子，说起来都滑稽。今日我做主替韦伯他爷爷把分号开起来，今后是何走向，还是那句老话，尽人事，听天命。"

陈泉水道："老佛爷为了议和，把载漪父子夺爵罢官，可见老佛爷议和决心之大。这载漪是何等人物？道光帝旻宁之孙，惇亲王奕誴之子，袭封端郡王，光绪帝的堂兄弟，他的妻子是老佛爷的二弟叶赫那拉·桂祥的三女。随老佛爷逃往西安时，被任命为军机大臣。这等显贵都被罢官，议和还能不成嘛。"

陈泉水面前，吴管家也不说自己当初认定朝廷唯有议和这条路可走，这才打定主意接手大华纸业，虽说分号在他手上开了起来，可商道最是诡谲，滩镇巴掌大的地方，不就弄出张则武违旨收纸，后来引发一连串的事情。现今乱世，又身处津门，真可谓世事难料。吴管家附和着道："对我等商家来说，自然是希望早日议和成功，各自守法经营，平民百姓也好安居乐业。唯有太平盛世，商家少了担惊受怕，这生意才能经营下去。你看到的，战事一起，市面一片萧条，老百姓争相逃命，商号关门歇业。"

"前辈所言极是。不是这段日子置身其中，前辈这里跟我说啥'战事一起，市面一片萧条'，晚辈哪有这等感受。这不，朝廷没了，后宫也没了，我家生产的贡品都不用上贡了，生意更是一落千丈。"

"贤侄放心吧，议和成功，朝廷自然要回迁京城，那时候你家香粉纸又得上贡后宫。其实呀，只要老佛爷在，你家香粉纸便无人取代得了。"

两人待要回商铺继续喝茶，一骑快马在他们面前停住，马上之人翻身下马。陈泉水见是自家伙计，待要拿话叱喝，伙计朝他作揖道："东家，朝廷差人来了，请你这就回去。"

陈泉水略显紧张，说："朝廷寻上我干啥？"

伙计道："他们说要取香粉纸回西安给老佛爷使用。"

陈泉水舒了口气，说："这事儿也用跑来寻我？将货给他们就是了。"

伙计道："可他们声称身上没带钱，小的又不曾见过他们，没得东家允许，哪敢自作主张把货交予他们。"

陈泉水没想到竟有这等事，正要向吴管家告辞，吴管家道："我陪贤侄去一趟，看看到底是怎么回事。"

旁边龙不吟看得明白，回身进店去寻钱三。很快，随同陈泉水一块来的车倌和钱三各自赶着车到来，吴管家和陈泉水上了各自的车，伙计打头，领着两辆车轿急奔大生昌分号。

两人进了店铺，可见两名壮汉坐在桌旁喝茶说话，身上也不曾着官服，倒是倚在桌旁的两把钢刀甚是抢眼。陈泉水料是这两人了。那名伙计原本落在后面，此时趋步越过东家，朝两人作揖道："两位官爷，我们东家来了。"

在两人站将起来时，陈泉水抱拳施礼："两位官爷何事见教？"

其中一人道："我们兄弟从西安赶来，受老佛爷差遣来取香粉纸。你赶快准备好货物，我们这就得赶回去，老佛爷等着急用呢！"

陈泉水道："两位官爷可有老佛爷信物？"

那人道："我们乃第一次接这等差使，听说是取贡品，以为只管来拿就是，并不曾找老佛爷讨要啥凭证和文书。你伙计刚才要我们付钱，我等走时老佛爷又不曾给我们半文，哪拿得出钱给你们。"

看陈泉水眉头微蹙，吴管家以滩镇土话道："让他们留下字据，把货物交付他们拿走。"

陈泉水颔首："既然两位官爷乃老佛爷差遣，定有凭证在身了。"

一人随手从腰际掏出腰牌递了过来，陈泉水接过，却是看不出一个所以然，拿眼投向吴管家，吴管家自是明白他的意思，让他帮其验看真伪，却只作不知。直至陈泉水将手中的腰牌还与对方，吴管家这才复又以滩镇土话道："让伙计准备货吧！"

陈泉水便对一名伙计吩咐下去，然后拿话道："两位官爷，朝廷何时回京？"

一人摇晃着脑壳道："这种事情哪是我们能够知道的。眼下朝廷不是正在跟毛子议和嘛，谈妥了朝廷自然会回京城。虽说西安府是六朝古都，可哪及京城繁华。"

另一人道："传言各'毛子国'公使提出'议和大纲'十二款联合通牒，朝廷以'念宗庙社稷，关系至重，不得不委曲求全'为由，所有十二款大纲立即照允。"

陈泉水道："如此，朝廷回京城的时间不远了。"

不意这人说："谁又知道后面还会有多少条条款款呢！你一个生意人家，咋牵挂着朝廷回京？好好做你的生意便是。"

陈泉水自是不能跟他说津门市面这些日子的事，忙道："官爷所言极是，我们生意人家，自然是好好做自己的生意。只是对我们市井百姓来说，朝廷回来，心里头也就有了依靠一般，人便踏实了。"

这人笑道："你这嘴巴倒是能说会道，可那么多洋寇不撤出京城，朝廷如何能够回来？要我说呢，朝廷回来是迟早的事，你啊就耐心等候好了。"

此时吴管家是感是叹地道："老佛爷远在西安还想着你家香粉纸，贤侄当满足了。有天这事儿传到令尊耳里，不知他有多高兴呢！"

孰料另一人也道："现今老佛爷可是诸事缠身，心情欠佳，却还挂念着你家这香粉纸，西安到津门，千里迢迢，又逢乱世，差我们兄弟赶来津门取货，于你陈家也算一件无比荣耀的事了。"

陈泉水点头不迭："那是那是，我陈家有今日，实在是八辈子修来的福，老话说祖坟冒青烟呐！"客气地邀两人上酒肆喝两盅。

"来时老佛爷发了话，让我们取了货日夜兼程赶回去，她老人家等着用呢！老佛爷的话，我等断断不敢违抗。陈老板让伙计抓紧时间备货就是。"一人道。

陈泉水拿话朝里催促伙计两声，伙计回应着搬来香粉纸交予两位官爷，恭谨地请他们点数。两人也不清点，其中一人道："取笔墨来吧，我这里给你书一纸取货凭证，他日朝廷回京，你再拿此凭证寻内务府要钱便是。"

伙计闻言，返身去取笔墨，陈泉水喝住伙计，满脸堆笑地朝对方抱拳打拱，说："官爷真是客气！套用官爷刚才的话，难得老佛爷诸事缠身还挂念着我家香粉纸，这些货算小民送与老佛爷的好了。老佛爷面前，还望两位官爷美言两句。"从兜里掏出两个荷包，分别塞给两人，"两位官爷老远赶来津门取货，一路颠簸，此乃小民的一点小意思，望两位笑纳。"

两人也不客气，接过荷包随手塞入衣兜。其中一人道："陈老板但管放心，我们回去后，老佛爷面前自会美言你的孝心。"

陈泉水道谢不迭。

伙计早已将货捆绑马上。两人接过马缰，矫健地翻身上马，朝陈泉水抱拳一拱，打马而去。

伙计悄然地回店铺去了。吴管家一直置身旁边，待到陈泉水收回送两人远去的目光，一笑道："今日可是见识了贤侄的手段。"

陈泉水自是明白吴管家这话的意思，还不是说他非但不收货款，反赠以银两。他笑了笑道："说这两人为贪两个货款，扛着老佛爷的名号到我店铺强行索要香粉纸，我倒是不相信的。看来老佛爷在西安的日子也颇窘迫。"

吴管家道:"老佛爷穷奢极侈惯了的,说她一路西逃或多或少吃了些苦头,这我倒相信。现在西安府驻屯无数勤王兵马,就算驻兵缺衣缺食也不会缺到她身上。据传老佛爷一行经过山西时,山西乔家一次就送了十万两银子。要我说呢,贤侄无须担心老佛爷缺钱,她老佛爷就是一块金字招牌。不过,贤侄今日做派,我是万分欣赏。"

"前辈如何看待这西安那边的情况?"

"最终的结果肯定是成功议和,除此朝廷别无他路可走。朝廷要回到京城,却要些日子去了。刚才那位官爷倒也说得不差,现在京城驻屯着数不清的洋寇,他们不撤出,老佛爷哪敢回京。从老佛爷差遣这两人来取香粉纸看,老佛爷的日子又安逸了。这日子一安逸,生活便又穷奢极欲起来。贤侄有没有发现,现今朝廷的局面,是历朝历代都未有的。"

"前辈,我们也别站在这儿说话,屋里喝茶去吧!"

两人便往里走。

有三名洋女人说说笑笑从商铺出来,手上各自拎着香粉纸,店内伙计忙着给另外两位客户拿货。刚才两位官爷喝茶的茶杯已被拾掇。进得茶屋,吴管家慨叹道:"贤侄的生意不错啊!"

陈泉水道:"这世道一乱,谁家的生意都要打折扣。这也是我为啥期盼朝廷早日回京。"

吴管家突然笑道:"国人都恨毛子入侵,把我好端端的一个朝廷搅得四分五裂,可单从生意上来说,贤侄还得感谢毛子的到来。"

陈泉水哪里不明白吴管家的意思,还不是毛子女人爱美,给他带来了生意。陈泉水放下手中的茶杯,摇头说:"放在今年前,我跟前辈一般看法,历经今年的'庚子事件',我是宁愿少赚几个钱,也不愿时刻担惊受怕。老话说得好,盛世言商啊!"

吴管家道:"凭如今时局,怕是难以回到乾隆盛世了。对我等商家来说,自是盼身逢盛世,可生在盛世也要命啊!摊上乱世,也只能认命，可不能因此就放弃了那点追求。"

陈泉水道："老话说，母弱出贾商，父强做侍郎，望族留原籍，家贫走他乡。以黄家在滩镇的财势和前辈的年纪，哪有津门开设分号的事，前辈还不是想让咱滩镇的抄纸走出去，让世人好好了解咱滩镇这个纸都，否则前辈在家含饴弄孙，日子何等快活。说真的，前辈可是晚辈最钦佩的人呐！"

"我虽然不是滩镇人，但在仁里堂生活近三十年，可以说是看着你们这辈人长大的，对滩镇的感情深着呐，远胜衣胞之地六都寨。特别是这两年仁里堂所发生的事，更是让我感触。元重若在，哪需我来津门！老话说得好，人过五十五，小心命苦；不入三地，不近两人，方得福祉。我素来不去聚赌之地和奢靡之地，也不近势利小人和毫无底线的人，可现在却陷入津门这是非之地。"

"仁里堂这两年甚是不顺，好在韦伯兄弟俩和睦上进，韦伯这般年纪便随前辈历尽艰辛赶来津门学经商之道。有前辈用心帮衬，仁里堂当再上一层楼。"

陈泉水面前，吴管家自是不能说黄韦明、黄韦伯两堂兄弟之间因上辈的恩怨失和，以致弄得爷爷黄家成都头痛，不知如何协调；更不能说带黄韦伯来津门，意在避免他们兄弟俩相互倾轧的事情发生。他放下茶杯时身子往后一靠，叹了口气道："我年纪大了，只能做到这里，往后就看他们自己的造化了。"

"韦伯这孩子不错，虽然自幼生在富商之家，却能吃苦耐劳，且颇有经商天赋，仁里堂有他，当不难发扬光大。"陈泉水道。

有伙计进来，背后跟随了和兴贡纸伙计李乙。李乙上前作揖道："吴管家，什锦斋的菜送来了，少东家让小的请你和陈老板回去。"

吴管家便站起身来，邀陈泉水一块去喝两杯。陈泉水也不推辞，经过柜台时，同伙计招呼一声。行至门槛前，客气地请吴管家先行。吴管家说了声贤侄客气，抬腿跨过门槛，感觉街上人流似乎多了许多。

●— 第二十六章　津门风云 —●

当远在西安府的清廷下诏宣布"变法"，惩办未尽力保护教士、教民的地方官五十六人，旋即又发出严禁仇教集会、"量中华之物力，结与国之欢心"的上谕，这些消息陆续传到吴管家耳朵，他隐约地预感到，这些旨在讨好洋寇欢心的种种措施，传递着一个重大的消息：朝廷将与洋寇达成议和协议。

吴管家的预感没错，光绪二十七年七月二十五日（一九〇一年九月七日），李鸿章在北京与英、美、俄、法、德、意、日、奥、比、西、荷十一国外交代表签订了《辛丑条约》。吴管家获悉消息后却是七月二十七日的晌午。在他打算下午叫上龙不吟去大生昌分号喝茶时，伙计告诉他，大生昌陈老板来访。

当时吴管家正悠闲坐在商铺的柜台内欣赏面前的雪花皮纸。这纸是早两天从滩镇运来的，采用雪花皮树的皮做原料，故名雪花皮纸。这雪花皮纸却不是滩镇所有，来自百里外偏远的麻塘山去了。乃去年滩镇这边有抄纸人家去麻塘山购买凼料，在八角楼一伍姓人家里发现的，当地人习惯称八角楼皮纸。黄家成看过纸后，当即签下购买契约。处身滩镇几十年，整日与抄纸打交道，吴管家一看便知这雪花纸用料讲究，工序复杂，做工精细，纸张细密、柔韧、有光泽、抗拉力强。这种皮纸并不逊塘冲夏有福所抄皮纸。吴管家相信，其特有的颜色将会被众多客户所喜爱。

在吴管家欲待起身迎客时，陈泉水已大踏步进来，眼睛落在吴管家面前的雪花皮纸上，说："这纸哪来的，倒是未曾见过，咱滩镇好像不产这种纸。"

"麻塘山那地方你可知道？花瑶族居住的大沙江过去还有几十里。这纸就是来自那地方的八角楼。"

"去麻塘山好像还要经过伸手便能摸到天上白云的白马山？"

"是呀，难得你还知道那地方。"

"儿时听说过白马山白马仙姑的传说。说是元朝末年，陈友谅兵败，携家人逃至大沙江时被明军打散，其三个女儿各自骑着白马，眼见无路可逃，胯下坐骑竟往山上倒走，由此逃过一劫。三姊妹遂在山上隐居下来。三姊妹中，大姐一身医术，常常下山给百姓看病，且分文不取。三姊妹死后，当地人们为纪念她们，筹资在陈氏姐妹居住的地方修了一座庙，取名白马仙寺，该山就叫白马山。白马山脚下便是麻塘山。儿时听到的故事，总是叫人难忘。那八角楼在麻塘山啥地方却是不得而知。这纸看去颇有特色，定然大卖。"

"才运来两天，我正想着如何让客户知道来了新品种。"

陈泉水笑道："这还不容易。前辈拿几张雪花皮纸贴在店铺外面的墙上，然后在上面书写：贡纸故里又出新皮纸。再差两个伙计在旁边吆喝，不用半天，这大半个津门便会知道滩镇和兴贡纸又来了一种新雪花皮纸，那时生意便来了。"

"贤侄这主意不错，我这就让伙计去办。"吴管家招来伙计吩咐下去后，邀请陈泉水去里面喝茶。

两人才端杯在手。黄韦伯推门而入，客气地同陈泉水招呼一声，倒上一盅茶后在吴管家身旁的椅子坐下。

"前辈知道吧，朝廷与洋寇签订了《辛丑条约》。"

"这条约一签订，老佛爷就将回京了。"

"为了满足洋寇，多少人被杀头丢官，也不见洋寇惩罚老佛爷，真叫人弄不明白。"

"这个问题倒也简单，早些日子朝廷接连不断地下诏、发布'上谕'，惩处肇祸诸臣，还不是老佛爷为了求得洋寇的宽恕。刘坤一、张之洞、李鸿章等乃老佛爷的亲近大臣，肯定也极力为主子开脱，将宣战责任归咎载漪，要不载漪哪会是如此下场。还有啊，洋寇真把老佛爷给办了，势将导致朝廷垮台，如此一来，岂不失了讹诈朝廷的机会？"

陈泉水由衷地赞了一声："还是前辈看事通达透彻，有先见之明啊！当初前辈声称朝廷唯有妥协议和这条路走，晚辈口上虽不曾反驳，心下却不以为然。晚辈现在可真是服了！那位阮老板，如今只怕后悔得要拿脑壳撞墙。"目光投向黄韦伯，"你姨爷爷厉害呐！你看到的，去年津门所有商家只想着尽快将生意脱手，偏你姨爷爷逆势而上，借此机会把仁里堂的分号建了起来。可以说，这家分号你家不曾出一文钱呐，也不担风险。这等本事，也只有你姨爷爷有。"

黄韦伯竖起拇指，自豪地道："我黄家能有今日，皆仰仗姨爷爷呕心沥血，运筹帷幄。姨爷爷于我黄家功不可没。"

吴管家轻描淡写地道："说啥功不功的，在黄家几十年，早把仁里堂的生意当自家的看待了。"

此时陈泉水叹了一声："《辛丑条约》一签，这四点伍亿两白银的赔款，又将摊派到百姓头上，老百姓势将遭罪，今后我等商家少不得也要遭衙门盘剥，往后这生意怕是越发难做了。条约里面说三十九年偿清，我看老百姓百年都休想过上好日子。前辈，如此局势，往后你作何打算？"

"生意吧，该怎么做还得怎么做。有时候啊又不能想得太远，想得太远了难免顾虑太多，顾虑重重啥事都不用做了。"吴管家端起茶杯，若有所思地道，"据说条约中朝廷将给洋寇提供诸多通商便利，如此一来，前来大清的洋人会更多，市面将比之前更加繁华，你家的香粉纸定然更加畅销，你啊赶快通知家里多生产香粉纸吧！这条约一签，上海将成租界区，今后是洋人的天下，不妨考虑去沪设一家分号，凭"懿命贡品"四字，足可大把地赚洋人的钱。"

陈泉水道："前辈这里不说，晚辈倒未曾想到这上面来。"

吴管家道："找个机会跟你父亲好生商榷，看他是啥态度。你还是去年年关回的滩镇？"

陈泉水颔首："如今局势，哪敢随意离开。前辈来津门后就不曾回滩镇吧？"

吴管家喝了口茶，放下茶杯时转头去看黄韦伯，说："时间过得甚快，这不来津门已有年余了。这条约一签，洋寇便将撤出京城，老佛爷就要回京了，天下复将太平，我也得回滩镇一趟，这边的生意你可要多用点心了。"

黄韦伯道："我陪姨爷爷一块回去。"

吴管家道："你我都走了，商号的生意谁来打理？姨爷爷走后，有啥弄不明白的事找陈老板请教。"

黄韦伯道："那好，姨爷爷只管回去，这儿交给我就是。"

吴管家叹了一口气："年轻的时候都没有出过远门，更没有走过远路，也就偶尔去趟宝庆府，没想到这把年纪却跑到津门来了，有时候想来都觉得莫名其妙。"

黄韦伯起身作揖道："姨爷爷不辞辛劳前来津门，在这儿担惊受怕，还不是为了仁里堂的生意，韦伯这里感谢姨爷爷了。"

吴管家沉缓地摇摇头，说："自从仁里堂跟阮老板有了生意后，总想着让滩镇的抄纸走出去，便几次怂恿你爷爷在津门设分号，好在这一年多生意尚可，回去后也可向你爷爷交差了。"

陈泉水道："只能说前辈在分号上太专注了！生意人家，谁又能够做到前辈这个份上呢！"

伙计进来，说是吃饭了。吴管家往外走时，听得外面有人吆喝，乃是伙计在向往来行人推销雪花皮纸，便走了出来。墙壁上贴了好几张雪花皮纸，有两张纸上写了"贡纸故里又出新皮纸"，伙计吆喝得正起劲，招来不少行人围观。吴管家心下甚是满意。

陈泉水得意地笑道："前辈，我这主意还不错吧？"

吴管家不去接腔，往人群望去，却见张则武远远地站在人群后，两人的目光撞了个正着。略作沉吟，吴管家走将过去，一边抱拳打拱，一边打量对方。正值壮年的张则武，身上满是沧桑。吴管家道："则武，倒是没想到咱们会在这儿相见。这是仁里堂开的分号，都一年多了。今日能够在这儿相遇，也是缘分，进去坐坐，咱好好叙叙。"

张则武赶紧作揖还礼："偶然路过，正自好奇，猜测是不是家乡哪位开的商号，没想到吴管家就出来了。"

这时陈泉水和黄韦伯走将过来。彼此自是认得，张则武主动向陈泉水施礼，只道陈老板好。黄韦伯到底年少，不谙周旋之道，想着之前张则武与仁里堂之间发生的不快，立在陈泉水身后不作理会，那张则武则是无事一般，淡然道："韦伯也在这里。"

黄韦伯两个鼻孔嗯了一声，算是回应了。

见张则武并不响应自己的邀请，吴管家猜他不便明着拒绝，不再拿话相邀，只好拐转话题："则武，这两年可曾回滩镇？"

张则武道："回去过一次。"

吴管家道："家人可好？"

张则武含混道："还好。"

陈泉水这时道："滩镇距此千里，难得今日大家在此相遇。则武，进去喝一杯，咱好好唠叨唠叨。"

张则武道："今天尚要赶去会一位朋友，下次吧！"

吴管家道："大生昌的分号在前头去了。我和韦伯大都在商铺待着。老话说得好，亲不亲，故乡人，往后不管有事没事，经过这里一定要进去坐坐。"

张则武抱拳朝吴管家深深一揖："好，一定！"再向陈泉水抱拳打拱，"陈老板，今日就此别过。"

在张则武转身离去时，龙不吟走将过来，一眼识出张则武，脱口道："他怎么出现在这里？"

黄韦伯道："他说路过。姨爷爷，这厮知道我仁里堂在此设了分号，往后真得提防他才是。龙师傅，从今日起，我们睡觉时都要睁一只眼睛。"

龙不吟道："朝廷现在正全力缉捕拳匪，倘若他还敢继续作恶，那是自寻死路，别怪我们不念老乡情谊。识相点的拳匪，早匿藏起来了。"

黄韦伯："你看到的，偏他还在津门晃荡。"

看张则武的背影淹没在人流中，吴管家招呼陈泉水一声往回走。桌上早已摆放了酒菜，大家围桌而坐。话题还在张则武身上。龙不吟放下酒杯时说："当初张则武不引拳匪围攻仁里堂，现今悄然潜回滩镇，谁又知道他曾经做过拳匪，那时候岂不啥事没有。"

吴管家微微叹了一声："当初拳匪席卷神州，后来又为朝廷所倚重。你们看到的，连堂堂王爷载漪都成了拳匪首领。载漪几个兄弟皆为拳匪头儿。可见当初拳匪权势之盛。谁又料到才多长时间，形势便逆转而下，拳匪又成了朝廷和洋寇打击的对象。乱事乱象，哪是寻常百姓能够捉摸的。"

陈泉水道："前辈说到载漪，这几天有关他父子的传闻颇多，说是他们父子被老佛爷以庚子祸首流放到新疆去了。新疆那地方，天寒地冻，凡发配到那里的犯人，极少有能够回来的。堂堂王爷、大阿哥，谁又料到会落得如此下场。"

不意黄韦伯道："早两天与一位客人闲扯时，客人说朝廷与洋寇交恶，全是这载漪挑起的。当初洋寇攻陷大沽口，载漪指使军机章京连文冲伪造了一份列强给清政府的外交诏书，提出四条要求：一是指明一地由光绪皇帝居住。二是代清政府收取各种钱粮。三是代清政府掌管军队。四是归政给皇帝。老佛爷得了这个消息，召集御前会议，下诏宣抚国民，这才正式向众洋寇'宣战'。"

陈泉水和龙不吟拿眼投向吴管家，想听听这话的真伪。吴管家举杯仰头喝了口酒，咂了咂嘴，说："这种事情，我等无须弄个真伪，弄明白又有啥意义呢！成者王侯败者寇，那载漪得意时权势赫赫，恣意行事，现今成了祸首，自然是屎盆子往他头上扣。我们呢只当在这儿听闲话好了。"

龙不吟微微颔首:"这载漪虽然可恶,可有件事还是颇受我等江湖人推崇,那就是杨氏太极拳祖师杨露禅等多位著名武术家曾被其聘于府上任教,吴氏太极拳祖师吴全佑即为端王府侍卫出身,在载漪引荐下跟从杨露禅习武,才有吴氏家族开宗立派。"

吴管家道:"这人啊,再恶也有行善的时候。就说张则武,未发生违旨收纸前,滩镇街上也有不少人受过他的恩惠,后来跟仁里堂闹翻,引拳匪入滩镇,以致好几家商号遭劫,招来不少骂名。"

龙不吟道:"自打张则武同仁里堂过不去,老爷和吴管家还是一直与他为善,他张则武只要还有一点良知,当感念黄家的好才是,从此不再与仁里堂为敌。但愿他能明白,凭他拳匪的身份,仁里堂足可让他一辈子亡命天涯。"

黄韦伯道:"他刚才都说回了趟滩镇,如若我爷爷要为难他,他今日还能在津门与我等相遇?"

吴管家不觉看了姨外孙两眼,举杯时若有所思地点点头。有顷,他说:"过些日子我将回滩镇。有天张则武寻上门来,但他有所求,只要能够做到,满足他好了。"

龙不吟道:"刚才在外面时,少东家还担心姓张的赶来报复。我这里说呀,他现在最怕的是撞到熟人,要是熟人报官,这津门还有他混的。一旦抓住,那可是死罪。"

吴管家道:"龙师傅,报官这种话,此后不管啥场合都不要提。"

龙不吟忙道:"我这话只是为了消除少东家先前的担心,并无他意。老爷和吴管家用心良苦,我岂能不知。"

此时陈泉水道:"前辈何时动身?晚辈这里有封书信,到时候还得麻烦前辈捎带回去。"

"虽说局势已经明朗,可朝廷不回京,我哪放心得下,只有等老佛爷回京后再动身去了。"吴管家道。

"据说老佛爷早已经上路了,现在应该已经出西安入山西,到京城只怕还要些日子。说到底，返京之路漫长啊！那袁世凯为了欢迎老佛爷回宫，在大清银库无银的情况下，到处借高利贷或者讹诈钱庄、官员，筹集了大量白银，正修饰被八国联军破坏的紫禁城。要晚辈说呢，只要她上路了，局势就不易再生变故。再说了，不管现今还是往后，京津两地已被洋寇控制，那些'使馆界'，连官员都不能入内，委实让人气愤。前辈要回滩镇，大可放心动身就是。"陈泉水道。

吴管家沉吟道："等等看吧！"

月余后的一九〇二年一月八日，太阳出来时已是巳时。此时的北京马家堡车站，大批清军五步一岗，三步一哨，站外则被围了一圈。如此如临大敌，于北京马家堡车站前所未有。午时刚到，一辆来自保定的火车缓缓驶来，然后稳稳停住。车门敞开，先下来十数名身手矫捷的锦衣官兵，一左一右守在门口。有军卒合力推过一辆台阶车，台阶上铺了红色毯子，然后迅速离去。随之一名宫女搀扶身着朝服的慈禧太后走将出来，身后紧随着太监小德张，然后才是光绪皇帝等。早已恭候在站台的官员立即有序地迎上去，跪在台阶车前，口呼："臣等恭候老佛爷銮驾。"慈禧太后把手稍抬，小德张道："各位大人起身吧！"官员们纷纷爬起身来退立一旁，以便老佛爷过去。前头早已停着两辆车舆，数十名锦衣官兵和太监、宫女守在旁边，慈禧太后上了前头那辆车舆，事先准备好的二十四面黄龙旗迎风开道，两队长长的骑兵左右相随护驾。两辆车舆后面是大量骑马、坐轿、步行的王公大臣随行。一路经永定门入正阳门。正阳门早恭候着大小官员和御林军，当慈禧太后出现，众官员齐刷刷地跪了下去，"臣等恭候老佛爷銮驾"的声音震耳欲聋。慈禧太后习惯地把手稍抬，淡然道："众卿平身。"有大臣突然痛哭道："一年多呐，臣等盼星星盼月亮，终于盼回来了老佛爷和皇上……"慈禧太后微微蹙额道："哀家这不是啥事都没有嘛！"不经意间发现，城墙上站了许多围观的外国人，慈禧太后一脸欢容地举手挥了挥。有毛子回应地向她招手。

慈禧太后和光绪皇帝回京的消息当天就在津门传播开来。吴管家知道这个消息时正坐在后院喝茶烤火取暖，黄韦伯推门而入，高兴地道："姨爷爷，老佛爷今天终于回京了。"

吴管家哦了一声，说："皇上回京了。"

黄韦伯道："老佛爷回京了，皇上自然也回京了。据说老佛爷回宫时，如同打了胜仗凯旋一样，非常招摇，她从马家堡火车站下车，乘坐车舆，从永定门入城，经外城、内城、皇城后才回到紫禁城。一回来就显摆，全然忘了当初西逃时，为活命剪掉两尺长的指甲，穿着蓝夏布衫，梳起一个汉族老妇人的大髻，装扮成老村妇的模样。离宫后的第一顿饭是在庄稼地里采摘豇豆和玉米，渴了嚼食秸秆。据说由贯市赶到岔道，都宿在破店中，求一碗粗米饭都不得。直逃至怀来县才吃上一碗小米粥……"

有关老佛爷西逃的种种逸闻，吴管家自是听得多，他不想同姨外孙在这里说老佛爷的逸事，当下打断他的话道："韦伯，来客人了，去看看客人需要啥。"

黄韦伯哪能不明白姨爷爷的意思，忙道："好，我这就去招呼客人，姨爷爷你喝茶。"

晚饭时，龙不吟又谈起老佛爷回京的事。吴管家自是明白他们的意思，那是因为自己先前说过"等老佛爷回京后再回滩镇"的话，就想自己得在这上面给他们一个交代，以便他们落心，当下道："再过半月就过年了，我若这两天动身，就得在路途中过年。我想过了，在这里过了年后再择日回滩镇。"

龙不吟道："如此大家能够在一块过年，那是最好不过。时间过得真快，一转眼咱们在这儿过了两个年了！"

吴管家附和一叹："我们来时正值庚子之乱，当时整日提心吊胆，唯恐啥祸事落到咱头上。现在老佛爷和皇上是回来了，可津门却落入洋寇手上。这倒是我当初没想到的。"

龙不吟道："商家言利。对我们商人来说，只要有个经商的好环境，别的倒不用去计较太多。虽说这津门现在被洋寇管控，但还是大清的江山，我们行走在大清的土地上。"

吴管家轻轻摇首："在大清的土地上行走，却得受洋寇的管控，这正是我等市井小民的悲哀所在。"

龙不吟道："比起当时的危急时局，绅民蜂拥逃离，人心惶惶，现今可要好多了，晚上起码可以安心落枕。"

黄韦伯道："说真的，打从洋寇接管以来，倒也少了许多劫掠的事情发生。至于津门受洋寇管控，那是朝廷的事，不是我等小民能够奈何的。谁叫咱们摊上了这么一个朝廷呢！"须臾，又说，"其实，这局面也不是朝廷想要的，打不过人家就只能从了人家。都说店大欺客，客人也可倚势欺店啊！"

正在埋头吃饭的吴管家震惊地抬起头来看定黄韦伯，暗自惊叹他这番言论，附和着点头："是呀，谁叫咱们摊上了这么一个朝廷呢！咱们能做的是把自家生意做好。龙师傅，待会你还得陪我去趟大生昌分号。"

虽说津门的局势看去比先前稳定，可每到夜幕降临，时有落单行人被劫掠的事情发生。人在异乡，自是安全要紧，是以每次外出，不管是黄韦伯还是吴管家，都要叫上龙不吟随行护送。

知道吴管家有事外出，龙不吟应声好，埋头吃饭。这边黄韦伯和钱三见了，不再拿话到桌上拉扯，一时但闻嚼饭声不绝。

当吴管家和龙不吟走将出来，钱三赶着那辆镶铜裹银的大鞍早已停在商铺门口。街上往来车辆行人寥寥，全然没了白天的繁华喧嚣。在吴管家走近车轿时，龙不吟趋步过去，伸手替他掀开门帘。待吴管家上去后，龙不吟矫健地上了车。钱三手中马鞭一扬，马儿拉着车轿往前驶，车轱辘碾压过街面的青板石，一路发出有节奏的声响。

这时钱三扭头朝车内道："吴管家，停吧？"

对这句没头没脑的话，黄韦伯几个却甚是明白，还不是前头乃老丁糖堆儿铺，问吴管家买不买糖堆儿。

"这会人多吧？"吴管家问。

钱三道："怕是有十来个。"

吴管家道："下去买两串。"

龙不吟不无羡慕地道："这丁老头糖堆儿的生意就是好啊，这时候了还有这么多人排队买。"

车到丁老头糖堆儿铺停住，钱三下车后，利索地将马凳拿出来放好，侍候吴管家下车。吴管家下来时，老丁糖堆儿铺前便只三位顾客了，吴管家站在后面，静静地看着店内那五旬老者忙活。

此人就是津门豪富——大关丁家第四代丁伯钰，庚子兵变使得他家室被焚掠一空，钞关被裁，从腰缠万贯变为一贫如洗，有亲友赠钱周济他，他一概拒绝。为了养活一家八口，遂做起了糖堆儿，提筐沿街售卖，生意竟出奇地好。原来当年京城九龙斋一位姓王的老爷子蘸的糖葫芦让丁伯钰叫了绝，几天不吃就夜不能寐。一打听才知王老爷子曾在御膳房当过差，点心糖果小吃无一不精。于是丁伯钰花大价钱把老爷子请到家中，让其表演蘸糖堆儿的手艺。从选果到最后吃到嘴里咂滋味，所有一切细节牢记在心，还尝试着蘸上几串。丁伯钰担任"钞关"一职时，有的是闲情，因为自己好这一口，为图个乐子，便潜心钻研，做出来的糖堆儿冰莹而酥脆，掉在地上不黏土，放在皮袄上不粘毛，在特色津门官商中传了开来。丁伯钰卖糖堆儿，颇多规矩，叫人不解。其家住东门里，而每天沿街叫卖的路线是从估衣街东口起，一直往西，直到西头一带。然而，从东门里到估衣街东口这段路上，不论是谁，也不管出多高的价钱，他也不会卖一支糖堆儿。更离谱的是，丁伯钰的糖堆儿价格远远高出其他商贩许多，对顾客限购十支，并禁止顾客随意挑选。毕竟年事已高，每遇下雨落雪便无法外出售卖，有了一定积蓄后，丁伯钰便租了家小店铺，取名丁老头糖堆儿，专营他的糖堆儿，生意甚是火爆。

轮到吴管家了，他微笑着递上钱："来十支。"

丁伯钰接过钱时朝他点了下头，随手取了十支糖堆儿包好递与他。

吴管家道："不妨雇两个人打下手。"

丁伯钰道："不用，我还能行。"

吴管家还待搭讪两句，后面有人催促，只好拿了糖堆儿回到车上。坐在车内的龙不吟从车窗看得明白，有客人惊异吴管家上了旁边镶铜裹银的大鞍，丁伯钰却是如若未见，只管忙着收钱递货。

车轿继续前行，龙不吟道："这位丁大少也甚怪，卖糖堆儿还要弄出设限的规矩，换了别人，巴不得有人一次全买了。"

吴管家道："他是津门世家子，其亲朋好友多为阔绰子弟，如此行事，明摆着拒绝他们的周济呐！"

龙不吟道："据说他是津门第一个骑自行车的人。那时候这玩意可是稀罕物，就是一些富家子弟也玩不起。庚子事变前，他晚上散差回家，虽然是坐轿子，但一路深一脚浅一脚的很不方便。有百姓因此经常摔倒。于是丁伯钰自己掏钱买来上好的进口煤油，在他往来的路上安装煤油灯照明。这事儿给李鸿章大人知道了，赞赏他的善举，欣喜之余特别奏请朝廷，为丁伯钰赏赐花翎。他在位时，时称'大关户'，而丁家则称为'大关丁'。"

吴管家是感是叹地道："富时挥金如土，贫时自食其力，不受人怜，其傲骨令人钦佩。实乃我等榜样！"

每次经过老丁糖堆儿铺，吴管家都要下车买十支糖堆儿，回到商铺送给一干伙计吃。龙不吟自是明白吴管家的意思，是对这位昔日大关户的敬佩，他附和着一叹："是呀，困境里能够放下身段，为官为富者又有几人能有这位大关户的心境。"

自打津门落入洋寇之手，每每夜幕降临，街上便早早地陷入静寂，偶有寥寥行人也是匆匆而过。车轿不徐不疾地继续前行，车轮在静寂的街上一路碾过。

第二十七章 回归故里

吴管家回到滩镇时已是辛丑年雨水后的一个晌午。春寒料峭，连春日的太阳都让人感觉遥远。当大鞍将要进入滩镇，钱三扬鞭激动地大声道："吴管家，我们终于回家了！"

早在车轿离开宝庆府，吴管家心下便按捺不住激动，此时闻声掀开门帘往外望，前头正是滩镇街口，高耸的狮象山在望，他喜极而泣："是呀，终于回家了！"

钱三道："咱们这一去，怕是近两年了。"

吴管家附和道："是呀，一去就是近两年光景，今天终于回来了。"

车轿驶过街口，街上鳞次栉比的商铺依旧，五色花纸高高地垒满各家商铺前的摊档，四方客商云集，满街一派繁华景象。吴管家吸了吸空气中那缕浓郁熟悉的纸香味，一扫一路的疲惫，身子一竖，放下门帘时吩咐钱三："把车赶慢点儿，可别撞着人了。"

钱三欢快地回应道："放心吧，咱在这街上行了好几年，闭着眼睛赶车都不会有事。这街上的人，怕是连马儿都认识了。"

街上商家伙计自是认得这辆镶铜裹银的大鞍，这一路走将过去，对钱三的突然出现大是意外，旋即纷纷同他打招呼，钱三欢快地回应着。吴管家坐在车内，耳闻外面有人问吴管家回来了没，也不掀帘回应。只要他一露脸，满街都是熟人，那时要回应都忙不过来。好在钱三灵秀，避而不答，只向对方道好。

人群中有仁里堂伙计发现这辆镶铜裹银的大鞍，疯了似的朝仁里堂跑，一边自言自语地道："少东家回来了……吴管家回来了……"

　　车轿一拐进入仁里堂那条车道。再行片刻，仁里堂在望，但见正门敞开，门口密密麻麻地站了不少的人，钱三本欲回头招呼一声车内的吴管家，见状又改了主意。当车轿距门口数丈，八音锣鼓猛可齐奏，响遏行云，把车内的吴管家吓了一跳，随之响起噼里啪啦的鞭炮声，掀开门帘望去，可见黄家成率领仁里堂上下站在门口迎接他的归来，眼里顿时起了泪花，喃喃道："终于回来了……终于回来了……"

　　车轿在正门口稳稳停住，钱三抽出车凳放好，欲要伸手搀扶吴管家下车，黄家成已先一步把手伸了过来，吴管家一愣后将手递了过去。钱三依然侍立一旁，以便吴管家万一有闪失时及时伸手搀扶。当吴管家双脚落地的瞬间，八音锣鼓立即停奏。

　　黄家成的身子比先前更佝偻了，脸上布满了指甲大小的黑斑，胡须皆白，看去苍老不少，直叫吴管家心头发酸，口上却道："你还是老样子呐！"

　　"我还是老样子？"黄家成笑着摇头，打量着眼前两年未曾谋面的连襟，说，"你才是老样子！走吧！"

　　两人搀手往里走，肖氏身边分别站着儿媳刘氏和王氏。在吴管家同肖氏打招呼时，刘氏和王氏上前朝他道了个万福，礼毕退回婆婆身边。赵管事几个过来，双手抱拳不停地打拱，只道吴管家辛苦。吴管家还礼不迭。两个老人行走前头，余众落在他俩身后，看去竟有两丈之长，场面甚是壮观。待到车轿驶入，守在门口的伙计合力把正门关上，钱三驱车上了车道。

　　吴管家拿眼四下张望，有花卉已长出翠绿的嫩芽，几棵古树依然茂盛如昔，有风吹过，沙沙声清晰入耳。花园一切如旧。吴管家的心头一下便踏实了。

　　进了月亮门，黄家成回头对跟随身后的众人道："吴管家长途跋涉，需要好好休息，你们各自忙去吧！"

　　赵管事等一干人应声离去，却也不忘同吴管家招呼一声。肖氏和两个儿媳落在他们后面继续往前走。

　　上了楼，黄家成道："早几天有人送我一筒武夷山黄芽金骏眉红茶，想着你这段时间会回来，未去拆封。咱两个好久未坐在一块喝茶了，去茶屋坐会儿，好好唠唠嗑。"

　　进了茶屋，两人坐定。下人进来，黄家成去墙边的柜上取了一筒茶递与他，然后吩咐下去，单等下人沏了茶上来。

　　"这些日子每天晨起上路，黄昏投宿，可是万般辛苦呐！好在平安到家。"黄家成道。

　　"说真的，倒不怕每日颠簸之苦，就担心遇到拳匪。因为朝廷和洋寇联手绞杀拳匪，以致昔日无数扶清灭洋的拳匪流落江湖为寇。这些人为非作歹，有时连朝廷官员都遭他们劫掠，至于行人商旅，每天都有被伤害的事情发生。万幸这一路不曾遇到拳匪。"吴管家道。

　　"既然路途多匪，你该带上龙师傅才是。有他在身边，也就省了担惊受怕。"

　　"我把龙师傅带回来，韦伯独自留在津门，那么大的一个摊子要打理，我如何放心得下。虽说老佛爷和皇上已经回到京城，可津门仍就由洋寇控制，真有事发生，连个照应的人都没有。"

　　黄家成抱拳打拱道："津门分号能够开起来，仰仗老姨你啊！"

　　吴管家赶紧还礼，少不得谦逊一番。

　　下人执壶进来，给两人面前摆上茶后退出。

　　两人举杯喝茶。

　　黄家成突然"哦"了一声，说："你刚才说到拳匪，让我想起去年发生在租肚皮崽身上的事，这里可要同你拉扯几句。当初租肚皮崽引来拳匪围攻仁里堂，其父为了阻拦他作恶，撞墙身亡。在料理罢丈夫的丧事后，那王氏雇请其娘家一位侄子过来帮忙打理生意，哪知这家伙竟与张则武的妻子阳氏勾搭上了，时日一久，被王氏窥破。姓王的为了长期占有阳氏，与阳氏密谋，竟把亲姑妈给毒死。

去年八月的一个晚上，租肚皮崽潜回滩镇，发现了这一奸情，将奸夫淫妇一并杀了，然后抛尸狮象山。他把儿子交给塘冲夏有福夫妇，离开滩镇潜逃江湖。"

几次在津门遇到张则武，原来他是有家难归。吴管家恍然颔首，道声难怪。黄家成哪能听不出他话里有话，忙问："难道你也听说租肚皮崽啥？"

在吴管家叙说津门数次偶遇张则武时，直叫黄家成紧张万分。待到吴管家说完，黄家成一脸的大惑不解："这厮当年为一己之私，引来拳匪围攻仁里堂，知道仁里堂在津门设了分号，却没有报复，这不像他的做派啊！就算他现今遭朝廷缉拿，要纠集几个狐朋狗友也是件容易的事。虽说分号有龙师傅在，可俗话说得好，明枪易躲，暗箭难防，凭他武功，完全可以袭击咱分号，打龙师傅一个措手不及。"

吴管家道："说到底他也是个重情之人呐！"

黄家成："这话从何说起？"

"还记得当年张则武给他父亲办丧事时突然遭到府衙的抓捕？张则武与同伙逃离后，仁里堂派人过去同夏有福一块把张世人的丧事给办妥了。估计张则武多半记着这份恩情，是以未对分号下手。"

"记得当初可是你的建议。分号能够避过一劫，说到底全赖老姨化干戈为玉帛。这会儿想来，咱生意人家还是与人为善好！"

吴管家道："那张则武在滩镇犯下两条人命，这辈子怕是只能沦落异乡了。可怜张世人当年为求得一子，不惜重金寻夏有福租借阮氏肚皮，孰料自己为阻挠儿子作恶撞墙身亡，其妻又惨死自家侄子手上，那阳氏最终又死于丈夫之手。说到底这一切要归咎于张则武。细细想来，都是命啊！"感叹之余，吴管家猛可想起什么，说，"在张则武手刃王元丰和阳氏这件事上，府衙是何态度？"

黄家成道："咱滩镇这地方，历来民风淳朴，那王元丰和阳氏的所作所为，早已惹邻里愤恨，租肚皮崽手刃了这对奸夫淫妇，自然无人报官。再说了，租肚皮崽乃晚上偷偷潜回来，他行凶时又不曾有人看到，就算官府把他拿获，他咬牙忍受酷刑，死不承认，最终还是拿他没法。且那王元丰家人和阳氏娘家，也为他们媾和谋害姑妈和婆婆感到耻辱，无人替他们出头。再说夏大人也调离了，接替他的知府行事昏聩，黑眼珠子里只有白银子，估计这事儿就这么不了了之了。只是苦了张则武那个崽崽，自幼没了母亲，父亲又潜逃他乡。那夏有福夫妻也是上五旬的人了，又得为这个孙子日夜操心。"黄家成手中茶壶一放，颇多感触地一叹，"真应了那句老话，人啊，各有各的命！"

吴管家沉缓地摇头："夏大人啥时候调走的？"

"大概是去年秋吧！宝庆府几任知府中，这位夏大人算得上清廉干练的一位，任知府也就五六年光景，滩镇这些年发生的一些事，多亏了他，否则有些事有些人可要冤沉海底了，可惜在知府的位子上待的时间短了些。但愿往后滩镇纸香飘逸，大家埋头做自己的生意，啥事没有，一片太平盛世。"黄家成道。

吴管家道："如今朝廷腐朽不堪，那《辛丑条约》一签，只会加速衰亡，虽说滩镇在偏远一隅，哪能独善其身。要我看，这朝廷的贡纸，只怕没两年光景了。好在现在有了津门分号，滩镇的抄纸也走出去了。当初老祖宗自产自销这条路已经行不通。"

黄家成抱拳一拱，道："这些年仁里堂的生意能够欣欣向荣，得以仰仗老姨呐！"

吴管家赶紧还礼："咱俩就甭讲这个客气了，我的所作所为，实属我分内的事。"

黄家成："津门乃大地方，不比窝在滩镇，全然不谙世事，有时候还得意身处世外桃源，老姨这一去两年，见识甚多，这里不妨说说当今局势。"

看连襟的样子正在兴头上，吴管家尽管有些疲乏，却也不能失了他的兴致。再说了，是该让他了解一下当今局势，于是连喝两口茶，说："《辛丑条约》一签，众洋寇堂而皇之地割地自治，国将不国啊！那四五亿两白银赔偿，势将加剧士绅百姓与朝廷的矛盾和对抗。现在台面上还有老佛爷撑着，下面有奕劻及李鸿章几个老臣四处奔跑，可他们一把年纪，还能支撑几年？这可是明摆着改朝换代的迹象。"

听得黄家成心头大是紧张，嘴角抽搐，手中的茶壶险些脱手坠地，说："这大清一完，那些抄纸户哪还会把纸卖与我仁里堂！"

吴管家道："仁里堂要想继往开来，就得提前布局。这两年咱分号总算在津门站稳了脚，让滩镇的纸走了出去，津门的士绅百姓用上了咱滩镇的抄纸。现在我们要做的是如何扩大滩镇的抄纸量，提高滩镇的抄纸技艺。真要让滩镇的抄纸走出去，走得更远，为士绅百姓所接受，拼的还是质量呐！"

"这事儿我们今年再好好谋划谋划。咱历尽艰辛在津门设立分号，总之不能出现断货，质量跟不上的事。"

下人进来，说饭菜已经准备好，请两人去用餐。黄家成起身离座，伸手客气地邀请连襟同行。

桌上布了一桌酒菜，赵管事等早已恭候在那儿，一见东家和吴管家出现在门口，大声招呼的同时迎了上去。自然是推黄家成和吴管家坐了上首。当黄家成请吴管家坐左首时，吴管家任他如何劝也不肯挪身子，黄家成只好自己坐了上去。余者依次落座。

黄家成端杯站起，提议第一杯酒大家敬吴管家，众人自是附和，纷纷举杯。看这阵势，吴管家自知拗不过众人，只道这一杯后大家随意，同大家一碰干了。

吴管家这一去津门两年，设立了分号，直叫仁里堂上上下下敬仰万分。一杯酒之后，大家纷纷拿话来问，吴管家一一作答，直听得他们惊叹不已。

雨水后的滩镇冷意未减，赵管事不时吆喝下人穿梭于厨房和餐厅之间温酒热菜。

自打吴管家赴津门，赵管事便成了众管事之首，有下人闲扯时，偶尔称其赵管家。在赵管事想来，吴管家长驻津门分号，仁里堂管家的位子空在那儿，自己包揽了仁里堂大小事务，做着管家该做的事，东家当把他提上来才是。有两次在东家面前隐晦地提及，黄家成却仅给他加了薪，再无动静。得知吴管家回来的消息，他明白管家的位子这一辈子与他无缘，此时喷着酒气站起身来道："当日我若随吴管家一同去津门就好了，也能长些见识，说不定是另一番世界，窝在滩镇，可是白费了两年光景。我们这年纪，还有几个两年呢！吴管家，下次有这样的机会，你可得好好提携我。来，来来，我这里敬你。"

刚刚回来的吴管家哪里知道这里面的事，诚然感觉赵管事话里有股怪味儿，此等情境自是不便拿话追问，含混道："说啥白费不白费，这日子不就这么过去了。老话说得好，在家般般好，在外事事难呐！"

有人玩笑道："窝在家里有老婆暖脚，有现成的饭吃，这不是神仙日子吗？"

马上又有人道："去年庚子之乱，津门可是随时随地要人命啦！少东家和吴管家没事，那是他们命大福大，换了别人，谁又知道会是啥遭遇。"

……

众人你一言我一语，弄得赵管事作声不得，东家和吴管家面前又不能发作，只能闷声同吴管家碰杯干了。

当酒宴告完，已是申时，众人摇晃着身子尽兴而散。

这一路长途跋涉，再加上几杯酒落肚，吴管家略显不支，几个管事搀扶着他回到卧房。早在吴管家踏入仁里堂，肖氏便安排下人把房间打扫得干干净净，换上崭新的被褥。看连襟的脑壳落枕便入睡了去，黄家成示意大家退出，独自在床边站了会儿，轻手轻脚地出去了。

一觉醒来已是戌时，房间早有下人点亮了灯。吴管家也不马上起床，身子发软，想继续躺一会儿。这两年人在异乡，他从不敢放开怀痛饮，生怕弄出啥闪失，今天回到了仁里堂，置身一干旧人身边，那是从未有过的轻松，喝得自是无比欢畅。丫鬟小青走将过来，轻声道："吴管家醒啦！要不要下床吃点啥？"

吴管家知道，连襟见他喝醉了，特意安排小青在这里侍候他。这时候下人大都已经入睡，自己这一下床，又要弄得他们没法好睡，吴管家便道："给我倒杯茶搁在这里，你也去睡吧！"

小青很快端上茶来，递到吴管家手上。吴管家见她依然侍立在侧，说："时间不早了，你回去睡吧！"

小青施上一礼后，蹑足退出。

外面是一片静寂，吴管家坐在床头慢腾腾地把茶喝了。呆坐一会儿，缩下身去，一拉被子睡去。

翌日早上醒来时，大夫人庵传来隐隐约约的木鱼声，入耳熟谙亲切。身子虽然依旧有点发软，脑子却异常清醒。起床吃过早饭，吴管家拎了两盒津门带回来的土特产，独自上街。这季节早上的街头颇为冷清。在仁里堂当了几十年管家，满街都是熟人，外出两年，此刻突然现身街头，大家意外过后纷纷过来同他打招呼，吴管家只能耐着性子一一作答。

如此走走停停，行至大生昌已是巳时。大生昌的伙计自是认得他，赶紧从店铺走出来行礼，只道吴管家啥时候回来的，接过他手上的礼盒，一边示意同伴赶去通知东家。吴管家不能让陈老板迎将出来，搭腔两句后往里走，那位欲去传话的伙计倒也机灵，见势放慢脚步前头领路。

未至花园，可见陈子和正背对着他们独自在花园里漫步。闻得仁里堂吴管家来访，陈子和快步迎将过来，一边抱拳："啥时候回来的？我这里可是一点消息也没有。"

吴管家一边忙着还礼，暗自加快脚步，笑说："昨天中午回来的。大清早赶来看你，可这一路走来全是熟人，少不得走走停停，到这儿已是这个时候。"

"你去津门怕是两年光景了吧？大家茶余饭后时不时谈起你啦！

你现在回来了，大家当然高兴了。这一去两年还是老样子，不错不错。"

"老了，真的老了！"

下人欠欠身，悄然离去。

进了茶屋，落座后吴管家递上陈泉水的书札，陈子和接过搁在桌边，也不去拆看，喝口茶说："津门两年，在不花一文钱的情况下，你为仁里堂创建了分号，让滩镇抄纸走了出去，年入万金，为仁里堂立下了汗马功劳啊！家成有你这个老姨，是他的福祉。"

吴官家把手轻摆："说啥功劳不功劳，他雇用我，我替他做事，乃理所当然。说真的，当初创建分号，正值津门多事之秋，我之所以冒险一搏，想着的是咱滩镇这么好的抄纸，老窝在滩镇就浪费了。好在老天爷没让我为难，侥幸成功。"

"别人不知道你所经历的艰难险阻，我可是明白。偌大滩镇，做人做事如你般勤勉务实，励精笃行，几十年来，我陈子和也就在你身上见识了。哦，啥时候去津门呢？"

"分号已经建好，有韦伯在那边打理足够了。忙碌了这么多年，我这年纪，自然是回六都寨颐养天年啦！"

"那怎么成，你在仁里堂兢兢业业几十年，这两年又跑津门替仁里堂设立分号，可谓劳苦功高，难道家成没给你一个说法？早两年仁里堂发生了那么多事，不是你从中斡旋，力挽狂澜，仁里堂是啥结果难料。津门之行，可是给仁里堂打通了一条生财之道……"

吴管家连连摆手，止住对方继续往下说："我受雇仁里堂，就得替仁里堂谋事，此乃做人本分呐！再说我跟家成乃连襟关系，更应该替他分忧。"

陈子和竖起拇指："做人谋事，当如承诺！难怪泉水回来，每每同我谈起你都敬仰不已。待会儿我可要敬你两杯。"

吴管家道："泉水不错，早早就把大生昌的分号开到津门，在滩镇他们这一辈人中，要说能耐，就数他了。我跟黄老板说了，仁里堂分号能够在乱世中成功，泉水给了我们莫大的帮助。"

陈子和的脸上便露出某种满足，口上却道："这么多年了，他也就这件事让我舒心，很多事情还是闹得我心情不畅快……"

知道一会儿就到吃午饭的时间，这酒杯一端，少不得要说许多的话，来时又没有留话给仁里堂的管事和下人，长时间不见他回来，连襟那里多半会心急，吴管家便站起身来，抱拳道："陈老板，泉水的信我交给你了，至于仁里堂啥时候派人去津门，日子定下来后我再通知陈老板。出来了大半天，来时也不曾与人招呼一声，得赶回去才行。"

陈子和极力挽留吴管家吃了饭再走，无奈吴管家执意告辞，只好亲自送到街头。这会街上自是热闹，两人抱拳打拱作别。

回到仁里堂，下人告诉他，老爷正在寻他。吴管家便径直来茶屋相见。黄家成果然在把壶喝茶，吴管家才坐下，自有下人送上茶来。

"这大半天也不见你，下人也寻你不着，我都想着你是不是回六都寨去了。"

"离开津门时，泉水托我给他爹捎带一封书信，刚才去大生昌同陈老板拉扯了一会儿。两年不见，陈老板倒是精神着呐！"

"这些年大生昌的生意顺风顺水，子和每日看着白花花的银子入兜，自是无忧无虑，人能不精神嘛。"

此时王氏带着丫鬟玉兰进来，口呼姨父，向公公道了个万福，顺带给吴管家行了一礼，说："这两年韦伯多亏姨父的调教，王氏替元重在这儿谢姨父了。"

吴管家从衣兜里掏出一封书札递了过去："昨天酒喝高了，刚才又去了大生昌一趟，这匆匆忙忙的忘了把韦伯的信给你。来，好生拿着。"

王氏双手接过书札，朝吴管家道了个万福，躬身退出。

不承想，黄家成脸色突然一黯，半晌竟是不吱一声，也不去碰面前的酽茶。这模样叫吴管家心生不安，于是问道："可是发生啥事了？"

黄家成深叹一声，说："这两年韦伯在你身边颇多长进，韦明在我身边却犯浑，至今执迷不悟，让外人看我仁里堂笑话。"

吴管家便也醒悟，打从进门那一刻就不曾见到黄韦明，当下忙道："韦明怎么了？"

黄家成摇头复又一叹："他出家了。"

听得吴管家大吃一惊："这是啥时候的事？津门两年，何以在这件事上从未有一鳞半爪的消息。"

黄家成道："我们消息的传递，全靠信报，发生这等事，有辱黄家声誉啊，叫我如何启口？现在想来，韦明遁入空门，主因固然乃其父之死，他奶奶整日晨钟暮鼓，无异在引导他的去向。当初让韦伯随你去津门，把他留在家中，意在将他兄弟两个分开，以免上辈的恩怨在他们身上弄出啥事来，哪知他不懂我等苦心，给他父亲供完饭后悄然离开了仁里堂。那些日子，仁里堂上上下下找得好苦，他娘日夜哭泣，我也是坐卧不宁。黄家落至今日局面，实在叫人想不到啊！"

黄家成口中的信报，乃商号内部间传递本号生意及生意变化、结果的一种信函，有时也会互报当地商情、时务、政局，以及本埠风俗趣闻，各商号有自家独有的暗语，很难为别的商号所知悉。

吴管家不便在这上面说啥，可老姨说了这么多，他总得说两句才行，当下含混道："倒是没料到韦明会出家为僧，实在叫人可惜了！"

黄韦明的脾性与其父有太多相似之处，也是一个隐忍的人。在吴管家想来，其父的惨死会让他忍辱负重地活下去，然后再寻找机会与堂弟一争高下，仁里堂多半还会重蹈其父辈的殊死争斗，万没料到他竟遁入空门，心下不免纳闷。

●─ 第二十八章　遁入空门 ─●

楚南一带，长辈逝世，后辈需供饭七七四十九天，即每日早晚点燃香烛，烧上纸钱，盛上酒菜。仁里堂上上下下怎么也没料到，当黄元可的供饭日满，黄韦明失踪了。

黄家成获知长孙失踪的消息，乃是刘氏领着丫鬟哭哭啼啼寻上他，诉说儿子一整天不见踪影，把黄家成吓出一身冷汗。此时已是黄昏，黄家成将下人悉数派出，寻遍了滩镇街头的角角落落，也不见黄韦明的踪影，心头甚是不安，让人把赵管事几个请至茶屋讨要主意。

"元可固然让我气恨，可韦明这孩子要是有个啥闪失，心里头又觉得对不起他。刚给他爹供完饭，人就不见了，你们这里给我说说，韦明弄的是哪一出？"黄家成道。

"十几岁的人了，肯定不会有闪失的事情发生，我担心的是他有意逃离仁里堂。这孩子，很多地方像极了他爹，轻易不将自己的心思与人说，是个用心做事的人呐！"赵管事道。

黄家成若有所思地举起茶壶喝他的酽茶，觉得赵管事的话确有道理，这孩子的脾性像极了他父亲，说："难道是他父亲的死导致对我心生怨恨，因而逃离仁里堂？"

见东家把话挑开了，赵管事便将黄元可临行刑前说与儿子的话倒了出来，气得黄家成以手拍打着太师椅上的扶手，恨声道："这孽障实在可恶，临死还要挑起儿子恨我，殊不知如此行事实则毁了自己的儿子。当初真该把他的尸体喂狗，让他成孤魂野鬼……你说韦明又能逃到哪去？"

赵管事道："这孩子的脾性，也是个行事不留后路的人，他真要离开仁里堂，那是再也不会回来的。"

李管事也道："就算韦明对东家有些意见，他真要远走他乡，怎么也得跟他奶奶道声别。要不这就派人去问下他奶奶？"

时候已是酉时，大夫人庵的木鱼声这会入耳异常，黄家成欲派赵管事去趟大夫人庵，想着以大夫人的脾性未必理会，他也不便在其诵经念佛的当口找去，于是让人请来刘氏，交代道："待会你婆婆的事忙完，过去找她做下了解，看韦明是否留了啥话在她那儿，然后再来寻我回话。"

刘氏走后，黄家成继续喝他的酽茶。看东家的样子，大有等刘氏回复的意思，赵管事只好陪东家喝茶，偶尔有人拿话来说，也是轻言软语，生怕因此招致东家对自己来想法。

大夫人庵的木鱼声不知疲惫地响着，也不知何时才能停下来，刘氏这一去自是不敢在婆婆打坐念经之际问话，赵管事有如坐针毡之感，暗自拿眼去窥身边几位同仁，也是一般感受。赵管事便不停地喝茶。

终于，大夫人庵的木鱼声停了下来，随即传来三声悠扬的钟声，赵管事几个暗自舒了口气。又一杯茶工夫，刘氏在丫鬟的陪同下赶来，向公公行过礼后，啼泣道："婆婆那里，不曾有韦儿的半点消息，还望公公拿出一个章程，以便尽快找到韦儿。"

黄家成示意儿媳妇退下。在丫鬟的搀扶下，刘氏迈着碎步出了茶屋。

"大家想想看，韦明能去哪儿？"黄家成道。

赵管事猛可想起黄家老宅，说："韦明会不会去了他父亲的坟地，见时间晚了待在黄家老宅？"

黄家成连连颔首："咋就没想到那地方呢，这就让孙师傅领几个人去探个究竟。"

黄家老宅常年有人看守，黄韦明真去了那里，自是食宿无忧。时候已经不早，赵管事本想阻拦，看东家一副迫不及待，一任他了。

在东家欲要叫下人去请孙师傅时，赵管家道："我赶去交代一下孙师傅好了。"

一干护院武师住在第三栋房子，也就是众多房子的中央，这样不管仁里堂哪儿有事都能及时赶到。自张则武围攻仁里堂，龙不吟奋勇拒敌，黄家成和吴管家便对他高看两眼，仁里堂一干管事和下人无不对他恭敬有加。徐海事发，龙不吟顺理成章地成了仁里堂的护院武师头儿。在龙不吟随吴管家去津门后，孙师傅遂顶替了龙不吟那个位置。赵管事寻上孙师傅时，其正好练武回来，一身大汗，客气地搬凳挪椅请赵管事坐，只道赵管事何事吩咐。

赵管事不去坐，说："孙师傅，你带两个人骑马去趟黄家老宅，看黄韦明是不是在那儿。在的话把他带回来。"

孙师傅孙彪元，乃少林寺俗家弟子，人如其名，人前一立，粗壮如一堵墙。他点着头道："是呀，满街都找了，就漏了那地方。我这就领人去黄家老宅找找看。"

时候怕是已经过了戌时，孙彪元他们很快将回来，赵管事不便回茶屋，去了账房。此时的仁里堂甚是寂静，唯有盏盏琉璃灯释放着柔光。想想这些日子仁里堂所发生的事情，赵管事唏嘘不已。在他看来，黄元可一死，黄韦明和黄韦伯尚且年少，仁里堂将会平静数载，没想到才几天时间便又发生这事儿。

账房别无他人，赵管事独自坐着，单等孙彪元回来。

临近子时，孙师傅一行打马回来，告知黄韦明不曾出现在黄家老宅。赵管事领了孙师傅来茶屋见东家。几位同仁尚在。黄家成听后蹙额道："莫非他真的远走他乡了？"

有管事安慰道："毕竟才一天时间，这就断言他不辞而别有些过早，看明天情况吧！"

黄家成摆手示意众人回去休息。赵管事坐在那里目送一众同仁一一离去，欲待开腔宽慰东家几句时，黄家成道："赵管事，时间不早了，你也回去休息吧！"

赵管事道："韦明再不懂事再有情绪，真要远离故土，哪能不同爷爷奶奶娘亲招呼一声的。他爹的事，爷爷奶奶并不曾轻看他。要我说呢，东家也别坐在这里纠结这事，我送你回屋去。"

"我这心里头空落落的不安呐！"

"东家只要想着他这么大年纪不会有事，心头便踏实了。明儿大家接着寻人好了。"

小青进来，说是夫人让她来接老爷回去歇息。见没自己的事，赵管事告辞离去，

一夜无事。

第二天吃过早饭，赵管事把孙师傅等一干人悉数招来，一一分派出去。一时间，仁里堂的人马奔走在滩镇街头及附近的角角落落搜寻黄韦明的踪迹。孰料一天下来，还是没有黄韦明的消息。

禀报东家后，赵管事让人连夜书写数十份寻人告事，着人四处张贴。

接连几天，依然不曾有黄韦明的消息传来，黄家成整日坐在茶屋绷着张脸，弄得仁里堂上上下下屏声息气，行走时蹑手蹑脚，生怕因此招来东家的斥骂；每到夜深人静，刘氏的哭声便在仁里堂回荡，让人心酸。倒是大夫人庵的钟声如常敲响。

滩镇街上有个钱半仙，近七旬的人了，有一家传本领，仅凭两个铜钱，一张百年的乌龟壳，每遇有人丢失财物，或走失家禽家兽，一番抛钱掐指便知去向，甚是灵验。黄家成派人将他请来。钱半仙问明黄韦明失踪的时间后，抛了几次铜钱，掐着手指一番推算，半晌说："人倒是没事，尚能见到，只是难以回来了。"

黄家成大惑不解，说："人没事能够见到，咋就难以回来呢？"

钱半仙道："卦象就是这样啊！派人往南五十里外去找吧，半个月后自会有消息送来。"

差人送走钱半仙，黄家成虽是半信半疑，还是派了孙师傅等一干护院武师往南五十里外搜寻，几天下来依旧没有任何消息。

就在大家不再拿钱半仙的话当回事时，半月后的一天中午，和兴纸庄来了一中年和尚，双手合十："敢问施主，这里可是仁里堂？"

这会儿没有顾客，俩伙计或坐或立地在店铺内拉扯，当下止住话头："是呀，师傅有啥事？"

"可否带贫僧去见你们东家？"

俩伙计吃惊地打量下和尚："我们东家哪是什么人都能见的，你这里说说看，是啥事要见我们东家。"

和尚单手竖掌，垂了眼帘，念了声阿弥陀佛，然后说："麻烦施主告知一声，就说贫僧有你们东家孙子的消息要亲自递与他。"

俩伙计复吃了一惊，一伙计道："师傅随我走，我这就带你去见我们东家。"

于是伙计在前，和尚在后。穿过商铺时，伙计不时回头拿话照应，生怕和尚未能跟上。走在花园，和尚也不张望，不徐不疾地随着伙计往前走。

进了月亮门，立在账房门口的赵管事看得明白，纳闷伙计引领和尚的到来，当即叫住伙计，打量着和尚问怎么回事。得知原委，且惊且喜，对伙计道："你回去照管生意吧，我陪这位师傅去见东家。"

黄家成正在茶屋喝他的酽茶，见赵管事身后紧随了和尚，心下大是疑惑。赵管事先向和尚介绍了东家，然后向东家道："这位师傅有韦明的消息，特意寻来求见老爷。"

大半个月耗费人财无数，却不曾有孙子的丝毫消息，黄家成早已心灰意冷，不抱指望，乍闻赵管事之言，惊喜不已，一边让座，一边亲自沏茶。赵管事接过和尚肩上的包裹，放至墙角的桌上，然后站立在东家身侧。

待到和尚落座，黄家成这才双手抱拳打拱："请问师傅法号，宝刹何处？"

和尚单掌一竖，答道："贫僧灵光，栖身东山禅院。半个月前，禅院来了一位小伙，跪在住持面前，恳求出家。住持问他何方人氏、姓名，以及家中情况，小伙皆不作答，是以住持不敢收他为徒。小伙任住持怎样劝导，也不肯离去。禅院僧众上上下下拿话问他，也无法从他口中获得一丝半缕情况。近日禅院有僧人下山，看到街上张贴了仁里堂的寻人告事，发觉小伙颇似告示上寻找之人，回寺后禀告住持。住持着人喊来小伙，问他是不是仁里堂出走的黄韦明。小伙伏在住持脚下恸哭，道了家中变故，再次恳求出家。个中如此原委，住持哪敢收留他，在劝说无果的情况下，特差贫僧赶来仁里堂告知。"

东山禅院在名山大东山之巅，此地地峻风清，禅院供奉的是药王菩萨孙思邈，俗称"药王庙"。相传药王孙思邈晚年来到大东山，为附近百姓诊病施药的同时寻找珍稀药物，用以配制治病良方。后在这里得道成仙，方圆百里的百姓捐资修建了这座禅院。东山禅院属六都寨地域，距滩镇近百里之遥。禅院不是很大，院中有株高耸入云的银杏树，禅院下面有口小泉，终年不溢不竭。

黄家成万万没料到孙子去了东山禅院，难怪往六都寨附近久寻不着。想着大师一路赶来自是辛苦，多半尚未用午餐，黄家成让赵管事通知厨房准备斋饭。黄韦明有了着落，赵管事欢喜而去。猛可想起当初钱半仙"半个月后自会有消息送来"的话，心道这钱半仙真是活神仙了。

很快，黄韦明栖身东山禅院的消息在仁里堂传播开来。

那刘氏得了消息，由丫鬟搀扶，跟跄闯进茶屋，扑通一声跪在灵光脚下，磕头如捣蒜哭道："还望师傅将犬子送回仁里堂，黄家上下感激不尽。"

灵光慌忙扶起刘氏，说："大家都劝他回来，免得家人担心，奈何任我等苦口婆心，他不为所动。前日知道他的身份后，贫僧特来此拜见黄施主，便是让黄施主拿个章程，如何接韦明回家。"

刘氏一抹眼泪，努力让自己止住哭声，朝灵光施了一礼，说："如此感谢师傅了。"

灵光双手合十，垂了眼帘，轻轻念了声阿弥陀佛。

黄家成遂对刘氏道："我正在与师傅商量如何接韦儿回来，你且回屋里去，有啥消息自会差人传递与你。"

刘氏走后，黄家成客气地请灵光坐下，两人继续喝茶说话。

"师傅的意思，真要把他劝回来，唯有我这做爷爷的亲自去趟禅院？"

"没有比这更好的办法了。"

"我出马能够将他劝回来，跑趟大东山倒也无妨，若是依然不听我的规劝，这事儿咋办？这小子年纪不大，甚有脾性呐！"

"除此别无他法。"

下人进来，说是斋饭已经备好，请师傅移步用餐。黄家成亲自送灵光去了餐屋，然后招来赵管事和孙师傅，让其去账房取五十两银子；孙师傅则赶紧召集人马，稍后随他去趟大东山。

斋饭简单。饭后灵光喝了杯茶，被赵管事引至仁里堂正门。门外孙师傅他们早已等候在那儿，旁边停着辆大鞍。有顷，黄家成走将出来，对灵光道："师傅是跟我坐车轿呢还是骑马？"

"贫僧骑马吧！"

在黄家成上车轿时，孙师傅他们蹬镫上马。有人挥鞭一抽马背，打头往六都寨方向奔，众人赶紧跟上。孙师傅坐在马上岿然不动，待到大鞍滚动，这才催马跟在大鞍一侧。时候正是晌午，正值街上热闹，黄家成一行人马走过，行人纷纷避让。出了街，马儿加快了速度，扬起一路尘土。

大东山山高路险，一条陡峭小路盘旋而上，当地一位稍有才情的秀才曾写诗形容：

上了一湾又一湾，四十八湾到东山。

东山孙公千数秋，山峦重叠泉水流。

一条辰水朝南走，东方红日向西游。

远观龙回几千界，近看丁山数万丘。

未时过后，一行人马驰过丁山街，终于到达大东山脚下。车轿无法前行，黄家成弃车上马。自幼耳闻大东山之名，黄家成却是第一次来此，虽然骑在马上，却倍觉艰辛。当山顶传来三声悠扬的钟声，黄家成仰头往上望，却是没法看到禅院，往下望去，万物清晰而渺小，自己犹如站在悬崖峭壁之上，心下害怕。孙师傅落在他后面，自是看在眼里，当即拿话道："老爷别往下望，只管前行便是。有孙某在，当保老爷无事。"

此时木鱼声隐约可闻，一行人马继续前行。

灵光告诉大家，这大东山尚有一大景色，每年惊蛰后，漫山遍野皆是樱花，从周边赶过来的观花者如潮。"可惜几位施主来早了，再过半个月，便是樱花盛开时节，摊上一个好天气，赏花人无数。有人甚至从数百里外的长沙府等地赶来。"

孙师傅道："这当中只怕有不少武林人士。往后咱也寻个机会来这里看看。"

有同伴笑道："要是有缘遇上一位高人，侥幸学得一招两式，足够受用一生。"

孙师傅笑道："哪有这么容易的事。"

赵管事道："不是有四十八湾嘛，也不知从这儿到上面还有多少个湾？"

灵光道："这里却是第三十九道湾，到上面还有九道湾，再过半个时辰可到。"

赵管事道："从下面到上面，我们骑马尚这般辛苦，平日师傅们有事下山，靠脚步行，这一下一上，那可是万般辛苦了。"

灵光单掌一竖，念了声阿弥陀佛，说："修行者不畏苦，也不言苦。修行即修苦。"

赵管事似懂非懂地颔首："说起来，你们出家之人也不容易呐！"

　　终于到了山顶，山门在望，立身之处距禅院仅数丈之遥，可见雾气缥缈，禅院后倚孤峰，前临绝壁。时候已近黄昏，倦鸟归林，诵经念佛之声不绝于耳。众人见灵光下马，也跟着下马前行。

　　黄家成走在前头，进了山门后，正殿大门的廊柱上那副楹联吸引了他的目光，联曰：

　　东山与天齐　云来云去风不定　无异空中楼阁
　　禅院从地起　花开花落景常新　真乃蓬莱仙境

　　黄家成读过几年私塾，自是看得出楹联写得空灵、飘逸，文采斐然。虽所述皆寻常，却情景交融，引人入胜。听赵管事一旁大赞楹联写得不错，也不去附和。那株高耸入云的银杏树就在丈外，怕是要两个大男人方能抱住。银杏树后乃是一殿，殿主祀关圣帝君。关圣帝君也是财神，最为江湖人士和生意人家所敬仰，黄家成赶紧上前磕头跪拜。孙师傅他们见东家行如此大礼，自是不能落下，一一跪下磕头。

　　听里面诵经声不绝，黄家成往里探头，一众僧人正垂眼竖掌，口唇翕动，显然不便打扰。灵光欲要抬腿进去禀告住持，黄家成低声道："诸位师傅正在做功课，我们暂不打扰他们，可以的话，师傅这就领我去见孙子吧！"

　　灵光便领着大家退出前殿，去了后面厢房，推开其中一间房门，说："小施主，你看谁来了。"

　　面对爷爷一行的到来，黄韦明全无意外之态，坐在那里也不主动打招呼。黄家成早已激动不已，踉跄奔了过去："明儿，你话也没一句便离开仁里堂，让爷爷和你娘好生着急，全家上下找得好苦。若非灵光师傅前往通告，爷爷哪里知道你躲在这儿……好在终于找到你了！"

　　不想黄韦明淡然道："孙儿主意已定，只想此生木鱼青灯，诵经念佛，再无他念，爷爷无须以孙儿为念，回去吧！"

黄家成恳切地说："韦明，这两年黄家处在多事之秋，爷爷心里是恨你爹行事阴恶，全无手足之情，可爷爷并不糊涂，你爹的事与你母子无关，爷爷未曾对你母子有过任何脸色，全无轻看你母子之处，让你姨爷爷和韦伯去津门开设分号，你在家中向赵管事他们学经商之道，此举虽说是担心上辈的恩怨在你们兄弟之间再度发生，不得已将你们兄弟分开，可爷爷明摆着偏重你啊！爷爷苦心，你怎么就不理解呢？"

赵管事也道："黄家偌大家业全在滩镇，津门分号需白手起家，那是万般艰辛，老爷把你留在他身边，也就少了许多苦楚，他的意思明摆在那儿，你要明白他老人家对你的良苦用心。"

岂料黄韦明轻声道："爷爷不用再劝了，我来这里，只因心向佛陀，无关仁里堂的一切恩怨。"

黄家成道："你这年纪，能知佛为何物？"

黄韦明道："我人已成年，心也成年。孙儿心意已决，爷爷勿再劝。往后爷爷照顾好自己就行。"

沙弥执灯引领一位身披红色袈裟的老和尚进来。客房不大，如此一来甚是拥挤，孙师傅四个武师自知在这儿搭不上话，同老和尚客气地招呼一声退了出去。灵光介绍后，方知老和尚乃禅院住持。黄家成恭谨地朝住持行礼道："黄某有失管教，让孙子跑来宝刹搅了禅院的宁静，黄某这里给大师赔罪。"

住持双手合十，轻声念了句阿弥陀佛，说："施主客气了，佛家即是行善，何来麻烦。施主这一路老远赶来，想来辛苦了，时候不早，先去斋堂用了餐再说吧！"

黄家成连忙道谢，随沙弥往斋堂而来。行走在殿前的坪地上，山顶一片静寂，夜风略有冷意。到了斋堂，沙弥立身门口，客气地伸手请客人先入。屋里摆放着三张简易方桌，有张桌子上放了六个菜。灵光请黄家成入席。平常寺院的饭菜大都简单，有三个菜上桌已属客气，今日东山禅院能端上六个菜来，那是将他当贵客款待了。黄家成道声客气了，一提下摆坐下，随同来的护院武师早拿过他面前的空碗，盛上饭递到他手上。

饭后黄家成没有直接去孙子栖身的客房，让灵光领着去了住持室。住持室的房门虚掩，灵光来到门前，低声道："师父，黄施主要见你。"

听住持说有请，灵光轻手推开门，站在门口侧身请客人先入。屋里燃了根蜡烛，住持已经脱去袈裟，素衣坐在一张椅子里，见客人到来，起身相迎。黄家成快步过去行礼，待到住持坐下，这才在他对面坐了下来。赵管事则拎了个包裹立在他身侧。

黄家成简单地道了这两年仁里堂的变故，然后搓着手道："黄某刚才劝了孙子一番，听他口气，是铁了心不肯回家了，这怎生是好？"

住持轻声道："黄施主，世间万事万物，一切皆有缘，一切皆有因啊！"

"黄某的两个儿子已然不在，此生别无他求，唯愿两个孙儿相安无事，把这份家业撑起来传承下去。"

"黄施主，这么说吧，尽人事，听天命。"

黄家成沉吟半晌站起，从赵管事手上接过包裹，放在住持身边的茶几上，说："此行来得匆忙，连香烛都来不及准备。当初仁里堂广贴告示，对提供孙子消息者予以重赏。此乃黄某的一点心意，权当捐给宝刹的香火费，望大师切勿拒绝。时候不早，黄某还想过去规劝孙子。打扰大师了，告辞！"

孙师傅和一名同伴站在坪地眺望山下的夜景，见东家过来，迎了上去。一名武师守在黄韦明房间门口，看东家步履匆匆过来，推开客房门，黄韦明老样子坐在那里，也不抬头看来人是谁。

那赵管事虽然落在东家身后，看东家将到黄韦明面前，趋前两步，早搬了一把椅子在黄韦明对面。黄家成便坐了上去，以平缓的语气道："韦明，爷爷今天赶来，乃是接你回去的。你当知道，仁里堂要忙的事情太多，偏你姨爷爷和韦伯他们又去了津门，人手甚是紧缺，明日随爷爷一块回去吧！有啥事我们回去再说。"

"孙儿该说的已经说了，这里恳请爷爷放过孙儿，让孙儿在这里与师傅们修行……"

"爷爷说了这么多，你怎么还如此冥顽？你自幼含着金调羹长大，不曾经历人间疾苦，这年纪能知佛为何物？这青灯木鱼的苦是你能够忍受的？你以为是你奶奶在家里敲敲木鱼念念经那么简单？再说了，你是黄家的子孙，你肩上有诸多责任尚未完成，却躲到这儿与佛为伴，你要渡人，也得先把自己的责任完成了。明日随爷爷一块下山。这事儿就这么定了。"

恼怒之下，黄家成一口气说完后站起身来，欲要离去，却被赵管事拽住，顿感自己过于激动了，如此行事，只会使事情变得越发糟糕，心下大是懊恼，一时作声不得。

赵管事上去在黄韦明的肩上拍了拍，道："韦明，你打小乖巧听话，听你爷爷的话，明日随我们下山，出家之事暂且搁置一边，从长计议好了。今晚上你不妨把你爷爷的话好生思量一番。"

出得门来，黄家成对守在外面的孙师傅三个吩咐道："今晚上你们轮流守在这里，断断别让他逃走。"

有沙弥将他们领至一间客房，房间摆有桌椅茶具，兼作会客。赵管事扫眼房间，说："看韦明的态度，怕是铁了心要出家。"

黄家成没好气地道："好言好语劝他不听，明日让孙师傅三个把他缚了弄回滩镇去。"

赵管事想想道："也只有这样了。"

想着这个孙子如此行径，黄家成摇头叹了一口气，脱衣上床。毕竟上了年纪，大半天颠簸，又是这个时分，身子一着床，人沉沉睡了去。

蒙眬中悠扬的钟声响起，赵管事在仁里堂听惯了这声音，料是和尚开始做早课了，也不理会。稍后果然诵经念佛声不绝，伴随着声声木鱼，由山顶上传出很远。

　　第二天起床洗漱后，黄家成去了黄韦明房间。黄韦明早已起床，似乎知道他要来，坐在昨天那个地方等他。黄家成在他面前坐下，语气平缓地道："韦明，昨天晚上你想得怎样？你这年纪，真的不是把自己交与佛陀的时候，随爷爷一块回去吧，你奶奶和你娘在家里巴望着你回去呢！"

　　不承想，黄韦明扑通一声跪在黄家成脚下，用头猛磕地面："追随佛祖向来不论年长老幼，只讲缘分。这里求爷爷成全孙儿的心愿，此生孙儿绝不反悔……"

　　看孙子额头起了殷红的鲜血，黄家成吓得屁股如同坐了块烙铁似的从椅子上弹起，一把扶起孙子，长长地叹了一声："你小小年纪，何以如此固执呢！"

　　沙弥进来，请他们去斋堂用餐。出得门来，可见住持站在银杏树下远眺。天空明媚，远方近处尽收眼底。住持双手合十朝黄家成道了声黄施主早。黄家成赶紧回了一礼。在黄家成想来，住持将在孙子的事上唠叨几句，哪料住持朝他打了个请的手势："黄施主，先把早餐吃了。"

　　黄家成扒拉几口斋饭，悄然出了斋堂，在银杏树下站立须臾，进了前殿，朝关圣帝君鞠了三躬。往里走，乃四合天井，后殿主祀药王孙公真仙，配祀张、卢、李、候诸仙。殿大门有一楹联：

　　药济素有灵，苦无奇方医俗物；
　　王侯尚不仕，独操仁术救人危。

　　黄家成先向孙公真仙躬身施礼，然后再向张、卢、李、候诸仙一一行礼。不经意间发现，墙上竟题了不少诗，细看方知是藏头诗、回头诗。此刻心情欠佳，无心品读。

　　赵管事进来，说："老爷，是不是让孙师傅他们行动？"

　　菩萨面前，黄家成不想谈这些俗事，当即退出殿堂，说："他的心已在外头，就算弄回去又如何？脚长在他身上，弄回去了照样可以出走。这事儿我自有主张。"

"老爷说的也是，这事老爷自拿章程。"

住持过来，邀两人去喝茶。这茶一喝，只怕还会耽误赶路，黄家成委婉谢绝了。沙弥蹑足过来，将手中包裹捧与住持，住持接过，双手递与黄家成："黄施主，物归原主……"

黄家成哪肯去接，双手乱摇，说："这是黄某人赠予禅院的赏金，哪有又拿回来的道理。"

住持道："出家之人，渡人渡己，黄施主收回去吧！"

黄家成听出住持言外之意，便道："宝刹久经风霜，需要修缮，这笔钱权且算我捐赠贵院，他日贵院以作修缮之用好了。"

住持略作沉吟，手中包裹递与身后沙弥，双手合十，念了声阿弥陀佛，说："如此，老衲这里多谢黄施主。他日禅院修缮，当替施主竖功德牌，让禅院僧众及香客早早晚晚念及施主的好。"

黄家成道声大师客气，说："大师，黄某这里有一事相求。黄某无能，一时半会无法让孙子回心转意，不如暂且让他留下。咱以一年为限，如若一年后他还执意出家，那时再遂他心愿吧！只是剃发前还望大师着人前往仁里堂告知一声。"

住持轻轻念了声阿弥陀佛，说："如此甚好！那时老衲一定派人去贵府面见黄施主。"

黄家成长叹一声："我黄某自幼随父经商，未曾与人交恶，可这两年家运多舛，原以为两个儿子去世，孙子尚未成年，暂且相安无事，万没料到这个长孙又弄出离家出家的事，让我百思不得其解！"

住持道："世间尘事，一切皆有因，一切皆有命，施主往后当万事通达。"

住持亲自送黄家成一行出山门。

上山容易下山难。人坐在马上下山，全凭两手抓住马鞍，撑住前倾的身子，孙师傅三个乃练武之人，这点于他们倒不是难事，黄家成素来养尊处优，更兼上了年纪，很快便支撑不住，只得下马步行，孙师傅他们不便以马代步，只好下马陪着主人步行。

走走停停，到山下已是午时，又饥又累的黄家成把自己倒在车轿上，让车倌往滩镇赶。回到仁里堂却是未时过后，吃饱喝足，一觉睡到翌日。

在茶屋喝茶时，丫鬟陪着刘氏过来请安。得知结果，刘氏掩面痛哭自己命苦。黄家成也拿不出太多安慰的话，只道："但愿这一年他能够想明白，回心转意后再接他回来。他若执意出家，就算把他缚回来也没用。他这年纪，哪是你强留得住的。要是因此弄出啥意外，或远走他乡不知所终，又得后悔不已。在东山禅院时我想了一夜，我们好不容易知道他在禅院，起码心能落下，他日想他了，也可前往探望。若干年后，韦明若有还俗之意，再把他接回来，岂不是一件天大的欢喜事儿。"

刘氏止住了啼哭，朝公公道了个万福，说："儿媳这里谢公公了。儿媳这就去禀告婆婆，让她早早晚晚在菩萨面前求得明儿回心转意，平平安安地回来。"

许是受方氏的影响，每遇不顺心的事，刘氏便喜欢寻上婆婆，让她在菩萨面前替其打卦问事。黄家成不便说啥，任其离去。想着方氏几十年来吃斋念佛，现今孙子也执意遁入空门，黄家成心下摇头，一口酽茶下去，满腹从未有过的苦楚。

此后每隔一段时间，黄家成就派人悄悄上东山禅院了解黄韦明的情况。半年后，黄韦明竟同沙弥一起忙活禅院里的杂事，私下学起了打坐念经。当住持差灵光前来仁里堂告知一年之约到期时，黄家成无力地瘫坐在他那张太师椅里，半晌道："已是弱冠之年，他执意出家，那就成全他吧！"

黄家成叫来赵管事，让他去账房支五十两银子送与灵光。为安全起见，差孙师傅三个专程护送灵光回到大东山。

黄韦明出家的消息传到刘氏那里，刘氏大哭一场。

第二十九章　启程津门

　　茶是武夷山的大红袍，这种茶功效颇多，最是能提神醒脑，让人精神振奋，价钱自然不菲。吴管家看着杯里的茶，茶水深红，颇为养眼。他喝了一口，看连襟缄口坐在那里，把壶喝茶，知道在黄韦明的事情上他得说几句才是，当下道："以韦明的性格选择出家，倒是我没料到的。据说出家之人乃前世修来的缘分，命中注定的，按八字先生的说法，四柱纯阴、偏印、华盖多且旺相的人，多与道、佛有缘。"

　　黄家成道："从东山禅院回来，我特意找几个八字先生给他看了，他日柱的地支乃死地，且八字身弱，但透出偏印，且受偏印所生，属和尚八字。因此后来我也就不再阻拦他出家。这人啊，说来说去就是命！"

　　下人进来，朝黄家成作揖行礼："老爷，你要接的人来了。"

　　下人身后紧随了吴江青。吴管家正自惊疑儿子出现在这里，吴江青移步上前道："爹回来啦！"然后恭谨地朝黄家成行了一礼，"江青这里见过姨父。"

　　吴管家满腹疑惑地道："青儿，你怎么来这儿了？"

　　吴江青心头纳闷父亲的问话，道："姨父差人接孩儿来的。"

　　吴管家便拿眼投向黄家成，黄家成让下人领了吴江青去客房休息，看两人出了茶屋，吴管家道："这是咋回事？"

　　黄家成道："老姨回来了，津门那边韦伯一人肯定难以支撑得过来。我的意思，明日让江青赶去津门，和韦伯一块打理那边的生意。我们已经是这个年纪，那边的生意就放手交他们打理了。按说咱这年纪，是该在家颐养天年，可仁里堂的情况你也知道，可用人手甚少，只好咱两个老头子合力料理家里的生意。"拿起茶壶喝了口茶，继续道，"老姨，你来仁里堂怕是有三十多年了吧，你看，时间过得真快，一转眼我们就老了。这三十余年你为仁里堂劳心费力，黄家上下感谢你！我这里有个想法，为了让江青在津门安心打理分号的生意，我决意把津门的生意二一添作五，分一半的利润给江青兄弟俩，江流则好生料理家里的事，省了你们父子两个的后顾之忧。这个意思我已经跟赵管事说了，让他起草一份契文，咱待会签字画押。"

按吴管家的意思，此次回来后，他将向老姨辞呈，回六都寨安度晚年，现在老姨却抢先一步把儿子接来，欲让其去津门分号，将分号的利润分一半与他家，其用意显而易见，是想挽留他继续干下去。吴管家接连喝了两口茶说："让江青去津门见见世面倒也无妨，只是他寸功未建，何德何能，让你这姨父给出二一添作五的丰厚报酬。要不这样，先看他表现吧！"

黄家成身子懒懒地往后一靠，说："这事儿就这么定了。钱这东西，生不带来死不带去，不要看得太重，这世间唯有情分才值得珍惜。我们都老了，往后将是他们年轻人的天下，放手让他们去闯荡吧！"

原本吴管家准备今天回六都寨的，儿子的到来，打乱了他的计划，只好送走儿子再说。

稍后赵管事送来契文。在赵管事离去时，黄家成让他通知吴江青来趟茶屋。

吴江青很快赶来，恭谨地朝姨父行了一礼，也不问啥事，立在那里等姨父的吩咐。黄家成道："江青，赶明儿你去津门，和韦伯好好打理分号的生意。我跟你爹说了，分号的利润分一半与你兄弟。这是契文，你看一下，没意见就把字签了。"

对这纸契文，吴江青自是始料不及，阅后拿眼去看父亲，吴管家自是明白儿子的意思，分明问他咋办。"你姨父如此厚意，你就把它签了。此去津门后，当与韦伯齐心协力把分号的生意打理好。还不赶快谢过你姨父。"

吴江青便跪了下去，恭恭敬敬地磕了三个响头，爬将起来签了字，再还与姨父。黄家成接过狼毫笔，签字画押后将契文交与吴江青："此去津门，路途遥远，契文就交你爹收了吧！我会将今日情况写成书信，上路时交给你，到津门后你再交给韦伯便是。"

吴江青便将契文递与父亲，吴管家接过，说："你姨父如此厚待你兄弟俩，到津门后，做事做人当兢兢业业，不懂之处请教韦伯，韦伯虽小你一辈，去年'庚子事件'，时局可谓天翻地覆，他的历练远胜于你，凡事当与他商量。爹的话你可记住了！"

"孩儿谨记心头。"

"好了，你下去准备吧，明天早上上路。"

看儿子退出，吴管家道："既然江青将赴津门，我这就去趟大生昌，看陈老板有啥要捎带给泉水。"

黄家成点头道："叫上一位管事陪你去好了。"

出得茶屋，对面的狮象山在太阳下入眼清晰，吴管家站在走廊上长长地舒了口气，心情的欢快无以言表。

吴管家没有叫人陪同，独自行走在街头。前头有人密匝匝地围了几圈，叫好之声老远可闻。见是有人在表演布袋戏，吴管家前去四下搜寻，人群中不见陈子和，继续前行。

没行多远，又听见响亮的叫好声，吴管家拿眼望去，却是一老者躺在一张槐木长凳上，一年轻人搬起一块青石板压在老者胸口，随即举起一个足有二十余斤的大铁锤朝青石板砸去。只听"砰"的一声，青石板裂为两段，老者从长凳上一跃而起，面不改色心不跳地拍了拍胸膛上的青石碎末，人群发出一阵喝彩。吴管家这才忆起今日乃是十五。滩头古镇，逢五遇十乃街上大集之日，说书的、唱戏的、耍把式卖艺的……三教九流无所不有。

继续前行，却见陈子和大踏步而来，身后紧随了两个跟班，料是奔布袋戏而去。待到对方走近，吴管家抱拳打拱："陈老板，你这是赶哪儿去？"

陈子和还礼道："听说燕窝岭那边来了唱布袋戏的，手法颇有特色，唱腔也不错，特意赶来看看。"

吴管家心道自己猜测不错，说："陈老板，咱借一步说话，唠叨两句。"

街上行人熙来攘往，两人立身之处乃街正中，陈子和便往旁趋两步。吴管家道："犬子明天早上将赴津门，你有啥要捎带给泉水的，早早准备好，到时候我这边差人来府上取。"

陈子和吃惊地看向吴管家，说："你才回滩镇几天，这就要赶去津门，可是津门发生啥事了？走，去我家里说。"

进了陈家宅邸，这茶一喝，势必耽误对方看戏，吴管家摆手说不用，就这里唠叨两句。尽管用不了多久，陈子和便会知道连襟赠送津门分号利润的事，但陈子和面前，他不能拿这事来说，只道："津门那边缺人手，我呢年纪大了，只好让犬子过去效劳。"

陈子和"哦"了一声，说："这样吧，待会我就回去准备，完了派人送至仁里堂。"

吴管家不想耽误对方看戏，双手复又抱拳一拱："那就这样了。陈老板你忙去，我还得去前头商铺看看。"

漫步前行，遇到熟人，停下来拉扯几句。意外的是，全乐下处的隔壁又开了家最欢楼，看样子生意甚好，也不知是啥时候开的。滩镇的妓院倒是越发多了。最欢楼毗邻却是一家新开的赌场。津门两年，吴管家看出一个端倪，风月场所和赌场最是能证明一个地方的繁华。显然，滩镇是越发兴旺昌盛了。

赌场门口大白天竟两排儿停了七辆车轿，也不知这些车主是从哪儿赶来的。站在街头，可闻里面不时传来轰然叫好声。老话说得好，劝赌不劝嫖，这赌场可是个祸害。吴管家这般想着的时候，意外地发现夏有福迎面走来。夏有福也发现了他，过来恭谨地向他行礼。因为甄选贡纸和张则武，吴管家对夏有福颇有印象，立马联想起在津门两次偶遇张则武，当即止步道："今天下山？"

"是呀，都大半月没上街了。听说吴管家这两年去了津门，啥时候回来的？"

"回来两天了。则武呢，有他的消息？"看夏有福心存戒备，忙道，"老夏，你放心好了，我没有别的意思，也就心头有些牵挂他。"

"自从上次回来发现他表兄与妻子的事，离开滩镇后便不曾回来过，连话都未给我和他婶娘捎过。他婶娘可担心他，也不知他现在怎样。哎，都这个岁数的人，还不让人省心。"

吴管家也不说在津门偶遇张则武，那样颇费口舌，只道："下次他回滩镇，你劝他留下来，外面的日子万般艰辛万般无奈呐！"

夏有福道："我们夫妻俩自是巴望他回来后能够留下来，日后也就多个依靠，可他在滩镇惹出这么大一个祸，哪敢归家啊！官府哪会轻饶他。这孩子，行事太莽撞了，把好好的一个家弄得没了，自己流落异乡，孩子也跟着遭罪。他婶娘为他落了多少泪，我都劝她不住。"

诚然心头对张则武的印象有所改变，吴管家也不想继续这个话题，便说："这两年抄纸的收益还可以吧？"

夏有福双手抱拳道："托吴管家的福，这两年滩镇抄纸户的收益，那是芝麻开花节节高，日子好着呢！现在滩镇的抄纸户，最担心的就是朝廷复又出现拳乱这种事儿。"

吴管家不解地道："怎么扯到拳乱这上面去了？"

夏有福道："大家担心局势一乱，仁里堂的分号便撤回来了。庚子拳乱，据说京城、津门两地乃重灾区，无数商号被劫掠，商家弃铺而去者更是不计其数。"

这些抄纸户倒是想得颇多，吴管家不觉笑了，说："仁里堂的分号不是在拳乱期间建立的吗？你跟大家说，不用有此担心，只管把纸抄好，多抄纸就是。”

“吴管家的话也有道理，下次我跟他们说去。对我等抄纸户来说，自然巴望朝廷啥事没有，仁里堂的分号就不会撤，我们也就安心抄纸。”

与夏有福分开后，吴管家无心继续漫步。真要保证津门分号的货源供应，得设法消除他们的疑虑才是。吴管家拿定主意，回家后把这个消息传与黄家成。刚才表演布袋戏的老者业已不见，料是被陈子和请到他家里去了。

回到仁里堂，儿子行走在花园，一问是准备上街去。吴管家让他上街后来他卧房一趟。才两天时间，花卉上的嫩芽似乎又长了不少，看去惹人怜爱。吴管家便在花园里漫步欣赏。津门两年，日夜忙碌，哪知人间有四季。有下人经过，见他这模样，怕打扰了他，蹑足而行。

在账房同几位管事拉扯时，大家已经知道吴江青将替他赴津门，吴管家面前，纷纷称赞吴江青行事干练，乃去津门的最佳人选。估算儿子将要回来，吴管家手捂嘴巴打了个长长的呵欠，有管事关切地让他回去休息。吴管家顺着这话出了账房。

推门进了自个卧室，在一张椅子里坐下，闭了眼睛身子往椅背一靠，想着如何消除滩镇抄纸户的担心。门被轻轻推开，耳闻蹑足的脚步声，料是儿子回来了，睁开眼睛一看，儿子的样子似乎怕打扰他好睡，正准备退出，当下拿话叫住他：“坐下吧，爹有话跟你说。”

滩镇距六都寨也就几十里，但父亲一年回家的次数屈指可数，父亲面前，吴江青打小就是恭恭敬敬，父亲站着他从来不敢坐着，父亲坐着他也是站着。旁边有椅子，吴江青也不去坐，身子前倾，一副俯首听命的样儿：“爹，孩儿听着，你吩咐就是。”

“明天你将要去津门，此去路途遥遥，好在钱三熟悉路径，省心不少。你年纪虽然不小，但乃是第一次出远门，路途凡事得听钱三的，做到晨起赶路，日暮投宿。虽说拳乱已剿灭，但其残余势力盘踞在小镇乡野，专门祸害落单行人。到津门后，除了手脚勤快，还得事事用心揣摩，切记不可擅作主张。爹在津门时，大生昌分号的少东家给了仁里堂分号不少帮助，陈老板对我也颇尊重，你到津门后，有事没事要常与他走动。他爹这里有书信要你捎带，你当亲自送到他手上，代爹向他问好。虽说拳乱已平，可洋寇横行，局势暗流涌动，说不准哪天又会发生类似拳乱的事。"

吴管家双手搭在扶手上，此时借势撑起，从柜子里找出一把洋枪，说："这是前年拳乱时陈少东家送你爹的，爹今天送你吧，危险时刻以做防身之用。"

吴江青好奇地接过这坨黑亮亮的铁疙瘩，吴管家便教他如何装弹、击发。看儿子将枪插在腰际，说："明日上路藏在包裹里吧，带在身上惹人注意，招来麻烦。切记路途一旦遭遇不测，首要之事乃迅速抓枪在手，沉着应对，以作自保。你一直生活在六都寨，未曾远走他乡，不知江湖险恶，也无应对经验，爹今日对你所言，乃爹几十年来的切身经验，你当谨记。"

吴江青忙道："孩儿谨记心头。"

"生意之道，不是用利己的方式达到利己的目的，而是用利他的方式达到利己的目的。商道即人道，当以诚信为本，那些见不得光的手段，只会毁损自个声誉，不管利益多大，断断不可使用。津门远在千里之外，乃商业重埠，异地他乡，一切全靠自己。当大势剧变，不可随波逐流，需用心分析局势的走向，保持定力，相信自己的判断。"

说到这里，吴管家很自然便想起刚到津门遭遇拳乱之祸，自己能够在这场乱势中成功逆势开设分号，除了坚信这场乱局不会太久，不想好不容易走出滩镇的抄纸就这么折戟沉沙，有辱津门之行。后来每每有人称赞他有胆有识，他从不正面回应，若非大华纸业阮老板急着脱手，分号能不能顺利开设还是一个问题。为此，吴管家心下常常慨叹，有时候一件事情的成功，总有运气的成分在里面。

吴江青道："孩儿谨记父亲的教诲。"马上又说，"爹，孩儿愚钝，这里有一事不明，姨父何以突然将津门分号的利润分一半与我们兄弟？"

吴管家看定儿子半晌，说："你姨父重情，看在你爹多年为仁里堂效力的份上，才将津门分号的利润分一半与你们兄弟。你到津门后，切记不可视自己为老板，也不能拿这事说与他人，凡事与人为善，兢兢业业埋头做事。"

"是。"

"你去吧，好生准备一下，明天早上上路。"

儿子走后，吴管家闭了眼睛坐在椅子里，脑子在如何让抄纸户安心抄纸上拐来拐去。后来又在连襟给出的丰厚利润上思来想去，慢慢入睡了去。

翌日早上早早起床，洗漱后往花园走去。天色蒙蒙亮，大夫人庵的木鱼声伴随着低低的诵经念佛，在宅院里早已响开多时。跨过月亮门，花园静寂，可见正门大敞，高高的雕花门槛早已移走，那辆镶铜裹银的大鞍停在门口，钱三和吴江青及几位管事早已等候在车轿旁。吴江青见父亲来了，迎将过去。父子走近，吴江青行上一礼，喊了声爹。

钱三过来，恭恭敬敬地朝吴管家施了一礼。

一路风尘仆仆回到滩镇，才几天时间又将远行，吴管家破天荒地朝钱三抱拳道："可要辛苦小哥了。此去津门，当选择我们回来时的路线投宿赶路。犬子乃第一次出远门，还得小哥多担待，这里拜托小哥了。"

慌得钱三赶紧深深作揖还礼，道："小的自当保护吴哥无事。"

此时黄家成在下人的陪同下赶来，众人迎上去。黄家成话向吴江青道："江青，此去津门，路途遥远，切莫为赶路冒进。到津门后，好生经营生意，凡分号重要事宜，务必信报传递告知。韦伯年幼，行事难免欠周全，你年长于他，遇事当设法劝阻。你爹在仁里堂，家中之事自会照应周全，勿念。老姨，江青将走，你有话这里交代他吧！"

看赵管事他们有回避的意思，吴管家示意不用。该交代的昨天已经说了，吴管家当下道："青儿，我的意思，姨父已经跟你说了，当谨记心上。好，上车吧！"

吴青江扑通一声跪下，给父亲磕了三个响头，爬起来后又给黄家成磕了三个头，转身上了车轿。钱三放下门帘，敏捷地上了前室，却不挥鞭。

不知花园哪株古树上突然传来一声鸟啼，马上有鸟儿回应，随即鸟儿此起彼伏欢叫开了。吴管家心头欢喜，想儿子此去当一路平安无事。这时就听黄家成扬声道："起程，一路顺风！"

钱三等的就是主子这句话，此时手中马鞭往空中一甩，炸出一声脆响，雌雄黄骠马扬蹄前奔，上坡一拐，消失在众人的视线里。

当下人忙乎着移回雕花门槛时，黄家成几个已往回走。李管事道："鸟儿欢叫不已，这可是天大的吉祥，青江此去，津门分号定然兴旺发达，更上一层楼。"

古树上的鸟儿依然在欢啼，黄家成眉眼舒展开来，说："是呀，这鸟儿好像专为青江送行似的。"

听李管事他们拿这事来说，吴管家莞尔一笑。黄家成漫步花园，一边同他们拉扯，几个管事便紧随在东家身后。一夜之间，花园里的春色愈发浓郁。

此时已到一株古樟树下，黄家成止步立定，头顶上传来树叶的沙沙声响，可见鸟儿上下跳跃叫得欢。他仰起头来，茂密的树叶没法看到鸟儿的影子。

"往后早早起床，来花园走走，也是件不错的事。"黄家成道。

"据说养生的日子就是这样。大生昌的陈老板，现在就是喝喝茶，遇到表演不错的布袋戏，请回家看上几天。"有管事道。

黄家成道："我们这些人中，若说会过日子的，怕要数子和了。这些年大生昌的生意顺风顺水，泉水在津门独当一面，让他爹省心不小啊！做爹的，摊上个好儿子，自然轻松。到了我们这个年纪，真要拼，也就拼后辈了……"

赵管事怕东家扯到已逝的元重兄弟俩身上，惹来不快，忙道："韦伯不错，这个年纪便能在津门独当一面，再过几年，东家就可以做甩手掌柜了。"

太阳从黄金岭背后冉冉爬将出来，沾了雨露的嫩叶看去特别娇嫩。如盖的古树遮住了太阳，黄家成移步走出树下，浑身立马感觉暖和多了。他对身边几位管事道："你们不必在这儿陪我，忙去吧！"

赵管事几个应声作揖，各自离去。

黄家成道："你回滩镇也有几天了，忙忙碌碌的弄得现在都没回家。这季节也清闲，待会我让秦汉送你回六都寨，好好待上几天。"

吴管家含混地应了一声，把昨天上街偶遇夏有福，其担心的事道了一遍，然后说："津门那边的销量较之去年多了三成，今年的销量肯定会胜过去年，偏今年是背届年，这对我们来说是个大问题。"

黄家成搓着双手道："自打过年后，我就为这事犯急，好几次跟赵管事他们商量也拿不出一个章程。你刚回来，我也不好拿这事儿跟你说。今日在这里说起，咱可得拿出一个万全之策才行。"

吴管家喟然一叹："这事儿还真难办啦！"

黄家成也不拿话催他，两人并肩行走在花园小径，红彤彤的太阳洒在他们身上，看去倍显精神，脚下拖曳着两道人影。有下人从店铺那边过来，见状蹑足绕过。

终于，吴管家止住脚步道："今年是背届年，要在去年的基础上增加抄纸量，抄纸户只能跑到当届的地方买料抄纸，这势必增加他们的成本，仁里堂再以去年的价钱收纸，估计鲜有人去，唯一的办法是加价。我的意思，每担纸加价两文钱，不管局势发生啥变故，仁里堂保证以此价收购。对知底的抄纸户可以预支一定数目的银两，收纸的时候再予以冲抵，老姨以为如何？"

黄家成道："这主意固然不错，只是如此一来，仁里堂可要少赚好几千两银子。"

吴管家笑道："怎么就少赚几千两银子了？按我说的办法，今年的抄纸量肯定会比去年多两成，老姨不妨照去年的行情计算一下，这两成能够赚多少？"

黄家成抬手一拍额头，笑说："我倒是未想到这一层来。好了，就按你说的办。"有顷，又道，"我这边提高抄纸户的价钱，然后对年画商的供纸予以适当提价，估计他们也无话可说。"

吴管家道："这事儿往后再说吧！滩镇可是仁里堂的根本，断不可为几个银子乱了根本。据说夏大人已经调离滩镇，新任知府颇为贪婪，弄出争端，到时候还不知要耗上多少银两才能借官府之力摆平。要是官府趁此机会取消仁里堂独家收纸大权，更是一件得不偿失的事。当年张则武违旨收纸，折腾出好大一个动静，好在夏大人为官清廉，不曾对仁里堂有何动作，换了别的哪位大人，是何结果便难料了。"

听得黄家成惊出一身冷汗，嘴唇抽搐了两下，道："老姨说得有道理，加价一事，到时候再说吧！"

黄家成的反应，吴管家自是看在眼里，凭他对这位连襟的了解，往后当不会再提加价一事。他没有说张则武违旨收纸被黄元可利用，以致兄弟俩双双把命搭了进去，料黄家成已经想到这一层了。

"既然老姨认为我的办法可行，这事儿不便拖延，让赵管事起草十数份启事，然后着人四处张贴。"

"你去账房找管事，交他们去操办，我在这儿晒会儿太阳。"

吴管家大踏步奔月亮门去了。

赵管事不在账房，只有李管事和文管事坐在那里埋头忙碌。吴管家在自己那张桌子坐下，研墨后找来纸笔，略作思索，挥毫书就一纸启事，看看没有差错，让两位管事拿去誊录十数份。

两位管事见他在那里坐等，暂且搁下手头上的活儿，研墨寻纸找笔忙乎开了。稍后赵管事回来，看了启事后也加入誊录之列。

他们这边刚誊写完，下人端了糨糊赶来，赵管事交代他们把启事拿去街上张贴。

下人走后，赵管事道："这些启事一贴，不用半天便会传到滩镇那些抄纸户耳朵，少不得有人会寻上仁里堂各商铺核对真伪，商铺那里还需交代一下才行。要不吴管家坐镇账房，我们几个分头通知。"

吴管家道："我跟你们一块去吧！"

赵管事几个便簇拥着吴管家往街上而来。太阳下的花园时不时响起清脆的鸟啼，不时有麻雀从屋顶上成群掠落，见人走近，全然不惧，待到近在咫尺，扑棱着翅膀四散飞去。不见连襟，猜他回茶屋喝酽茶去了。

穿过商铺，街头人流熙攘，谈论生意的声音喧嚣一片，吴管家目光所及，各种各样的招牌、幌子在太阳下特别招眼，风中来回悠荡，一派太平盛世之象。

第三十章　纸缘滩镇

吴管家在家里待上七天便回到了仁里堂。

按他先前的意思，两年未曾回家，得好好待上十天半月。吴管家远赴津门开设分号的事，早已为左邻右舍所知悉，先前两天，不时有邻里寻上他家，拉扯其在津门的际遇。每每有人到来，肖氏都会拿出男人从津门带回来的特产，请人品尝。哪料三天后便鲜有人上门。店里自有儿子江流打理，两天下来，人就闲闷得慌。硬着头皮又待了两天，雇了头毛驴回到仁里堂。却想自己此次回滩镇后，原本打算回六都寨颐养天年，不承想连襟为了留住自己，私自将江青接至滩镇，更是以津门分号巨额利润相赠，让他们父子继续为仁里堂效力。试想真请辞回家，时日一久还不闷出病来。便想这人忙碌惯了，乍一闲下来，还真不习惯。

回到仁里堂，日子倒也平静。

让黄家成和吴管家欣喜的是，启事贴出去后，众抄纸户纷纷前来仁里堂预支银两，奔往当届之地联系购买凶料。

六月中旬，津门分号寄来信报，朝廷将重印《康熙字典》，选中分号的玉版纸和皮纸。这事让仁里堂上下大为高兴，黄家成欲要邀请戏班子来滩镇开唱，被吴管家劝住，说再过两个月便是新纸上市，那时将是一年一度的黄家堂会，间隔时间太短，难免让人误以为黄家堂会提前了，黄家成这才作罢。

信报让家里精选玉版纸送至津门。黄家成知道贡纸马虎不得，一个不小心便弄出欺君大罪，让连襟亲自负责甄选。距新纸开售还有两个多月，自是等不到那时候去了，吴管家便亲自寻上塘冲夏有福，要他拿抄好的玉版纸和皮纸全部送至仁里堂。因为仁里堂对抄纸户出台诸多优惠，夏有福甩开了膀子，跑到当届地方购买了十几凼料，雇请了数名帮手，吴管家寻上他时，家里已储蓄了上千担玉版纸和上百担皮纸。吴管家叫来八台马车，花上半天时间将抄纸悉数运回仁里堂，又精心挑选两家抄纸户，贡纸的任务总算完成。

在仁里堂将贡纸打包运往津门时，黄家成几次动了随往津门的念头，想着往来颠簸近月余，那是千辛万苦的事，自己那把老骨头哪承受得了如此折腾，在肖氏和吴管家的劝导下，最终弃了念头。

日子转眼到了六月初六。这天黄家成早早起床，肖氏和小青侍候他穿戴好，然后送至门口。一名下人早已等候在门外，躬身道了声老爷好，侧身让过主人，紧随了他下楼。肖氏立在门槛内，待丈夫离去，转身往回走，小青轻声掩上门。

这会的仁里堂甚是静谧。

下得楼来，黄家成对身后下人道："过去接下吴管家吧！"

下人眼尖，早已发现吴管家站在前面的月亮门，当下悄声道："吴管家在前头等着老爷呢！"

黄家成抬头望去，连襟果然立在月亮门下。吴管家早留意着他们这边的动静，待黄家成走近，说："走吧，他们在等着我们。"

正门早已敞开，吴管家和李管事几个立在两辆大鞍旁，看东家出了月亮门，李管事抬腿移步，带头迎了过去。待到走近，欠身道："一切准备就绪，请东家和吴管家上车。"

待连襟上了车，吴管家道："李管事，今日祭祀重大，出不得丝毫纰漏，你这里仔细查看一下，可别遗失祭祀之物才是。"

李管事道："吴管家但管放心，刚才我查看了，不曾有啥遗失。"

"那好，上车吧！"

在吴管家掀开门帘上车时，大夫人庵传来三声悠扬的钟声，吴管家便抬头去看连襟，却见黄家成一脸平静，屁股往里挪了挪。他不便说啥，与连襟并肩而坐，对车倌道："走吧！"

车轿穿街走巷来到黄氏祠堂门前的坪地停下。当黄家成走出大鞍，原本紧闭的祠堂大门徐徐打开。开门的是看守祠堂的黄五六，瘸着一条腿快步朝黄家成迎过来，行礼时口呼家成叔。

黄氏祠堂毗邻龙隍殿，其气势甚至盖过龙隍殿。当年滩镇黄氏老祠堂重修募捐时，黄家成父亲一人就捐银千两，又出资雇请专人看守祠堂，此举颇得族人敬重，成为当地美谈。大门上悬挂了牌匾，书了四个红底金字：同根共祖。门两边的柱子上挂了副对联：

绳其祖武
佑我后人

坪地上早早地来了近百人，有认识的也有不认识的，黄家成道声你们来得倒早，领了李管事他们往里走。进了礼堂，绕过戏台，黄五六把黄家成和吴管家引入东厢一间客房，让座倒茶，自是万般殷勤恭敬。

喝茶拉扯几句，李管事进来，告知祭品已经摆好，请东家去祭祀。黄家成便站将起来，黄五六瘸着腿把他们往礼堂引。

六月六尝新节，楚南一带又称半年节。这时节地里的稻谷正是青黄，虽然还未成熟，但已丰收在望，因此尝新节就成为农家除春节外最重要的热闹节日，主要是感谢祖宗和天地神灵，祈求庇佑五谷丰登。这天像过年一样，一大早村村要杀猪，家家要宰鹅捞鱼。大家聚在龙隍殿耍板凳龙，欢娱神灵龙王，以求风调雨顺，五谷丰登，六畜兴旺。当地民谣曰："六月没饭呷，天天盼尝新；腊月无被盖，夜夜好成亲。"号称纸都的滩镇，虽然近百年来家家户户靠纸吃饭，但这一节日却一代又一代传承了下来。

李管事早已将鸡鸭鱼肉和新采的稻穗、瓜果、蔬菜摆好在供桌上。看东家净过手，一脸肃穆地站定在供桌前，文管事当即蹲下身去点燃香烛纸钱。黄家成接过递上来的香烛，恭恭敬敬地插入香炉，开始祭拜天地祖宗。

　　待到祭拜完毕，黄五六再次邀黄家成回去坐会儿，吴管家一旁道："仁里堂尚有事情等着我们回去忙活，就不坐了，五六看好祠堂得了。"

　　太阳炫目地挂在天空，坪地里的人愈发多了。黄家成他们一出礼堂，手提祭品的人群便蜂拥而入。来到坪地，李管事恭谨地道："估计这会龙隍殿忙开了，东家是否过去看看？"

　　黄家成道："算了吧，年年就那几个节目。再待上会儿，人一多车轿都走不开，还是趁着人少回仁里堂喝茶去。"

　　回到仁里堂，下车轿时有下人迎着，告知饭菜已准备好，请老爷尝新。黄家成和吴管家便随了下人来到堂屋。肖氏和王氏早已在堂屋等候。有人立即将桌上的肉酒供于神龛上，黄家成亲自焚香，一番祭祀祖宗先人后，下人在门槛外点放鞭炮。待到硝烟过后，肖氏亲自从厨房的鼎里盛了一碗新米饭，夹上鱼肉，把狗叫到神龛前，倒在地上让黄狗先尝。黄狗全然不惧身边众人，大口地吃了起来。

　　第一碗新米饭给狗吃，这是祖宗传下来的规矩，因为稻种是狗从天上偷来的。传说古时候，天神发怒，洪水滔天，万物绝种。为了拯救万民，神农要他的白狗到天上去偷谷种。白狗漂洋过海，找到了天神的晒谷坪。它机灵地在谷堆上打了一个滚，让身上沾满谷种，不料被天神发现了，派出天兵天将追杀，将白狗打入天河。白狗拼死回到人间，但身上的谷粒都在天河里被水冲掉了，只有翘在水面的狗尾巴上还黏有几颗谷种。神农将这几粒谷种撒向大地，才有今天的五谷稻米。为了感谢狗的恩德，神农定下每年收获新谷的第一碗米饭要给狗尝的规矩。

　　看黄狗吃饱后摇晃着尾巴离去，黄家成道："大家上桌吧！"

　　自然是黄家成和吴管家坐了上首，肖氏和王氏等按老幼顺序依次围桌而坐。黄家成提筷在手，伸向面前那碗鱼时拿眼投向连襟，示意他跟上。吴管家颔首起筷，稍连襟后面夹了块鱼放入自己碗内。鱼肉入口，黄家成这才道："大家吃吧！"

直到这时，肖氏等依次动筷尝新。

那边厢下人得知主子这桌吃开了，纷纷起筷伸向碗中鱼肉，举杯畅饮，企盼丰年。

饭后黄家成和连襟上楼喝酽茶去了。

尝新节是难得的歇工放松的节日，那王氏送婆婆回房后，带着丫鬟玉兰去龙隍殿看热闹去了。一干下人也纷纷上街，尽情欢娱。

重阳过后，仁里堂复又开始准备一年一度的黄家堂会。今年他们邀请的是宝庆府金嗓子剧班。这金嗓子有两大名角，一个是演武生的季风候，一个是演旦生的苏小卉，这两人的名头丝毫不逊凌云班的肖班主。有意思的是，自当年邀请凌云班发生张则武违旨收纸的事，似乎为避讳忌，黄家成不再邀请该戏班来滩镇唱戏。

许是玉版纸这次又给朝廷甄选上，今年黄家堂会破了以往八天八晚的先例，时间竟达半月之久。市井街坊便传开了，说津门分号这两年给仁里堂赚了百万两巨银。

照例在风味楼款待金嗓子剧班演员和客人，黄家成同陈子和几个滩镇大家巨头及班主季风候围了一桌，推杯换盏开了。

酒足饭饱，一行人浩浩荡荡奔龙隍殿而来。龙隍殿这边早已观众如云，单等演员开演。当台上燃起火把，三通鼓响后，一名长靠武生手持一柄开山大斧雄赳赳地走将出来，仰天一声长啸后耍开了大斧，一时但见斧影不见人，赢得台下如雷般的掌声，黄家堂会算是正式开演。

黄家成和陈子和并排坐在前排的中间，另几个滩镇巨头和贤达则左右相坐。黄、陈两人一边看戏，一边低声交谈。

吴管家也坐在前排左边，却是在一位滩镇贤达的边上，其过去依次是风味楼的赵老板和几位年画商老板。

翌日天蒙蒙亮，吴管家照例陪同黄家成上了后院供奉菩萨的房间。下人早已点燃蜡烛，案桌上摆放一应供品。吴管家取了三根香点燃，递与黄家成，黄家成双手接过举过头顶，轻声道："三位菩萨在上，感谢这些年对仁里堂的关照，使得黄家生意顺风顺水，今日乃大吉之日，收纸在即，黄家成特来祭拜，请求菩萨保佑开秤顺利，生意畅旺，财源滚滚，万事顺心。"

将香插入灰罐，黄家成接过连襟递过来的卦，轻轻一扬手，卦脱手落地，乃是一个阳卦。吴管家将卦拾起递与黄家成，黄家成再次望空一抛，却是一个正卦。阳卦主财，正卦保佑，这下便遂了黄家成的心愿。黄家成满心欢喜，双手合十朝菩萨行礼致谢。

那边仁里堂正门早早敞开，一排儿九辆马车，几位管事和护院武师坐在车上待发。花园秋意甚浓，当古树上鸟啼过后，稍后天色便大亮了，黄家成和吴管家赶到。黄家成走到正门口，深吸一口气，吐气时大声道："今日今时大吉，收纸顺利，出发！"

坐在前头的车倌一扬手中马鞭，叱喝一声，马儿撒开四蹄往前驰，后面马车紧紧跟上。嗒嗒的马蹄声和车轱辘发出的声响在清早传荡开去。

黄家成立定在门口，目送收纸队伍远去。吴管家走到他身边时，收纸队伍的前头已拐过弯道上了街，后面两辆马车也跟着消逝在弯道。

"再过两个时辰，第一批纸将运回来，仓库那边还得赶过去查看一下才落心。老姨你回茶屋去吧！"吴管家道。

"大清早的喝啥茶，我陪你去看看。"黄家成道。

两人回身往里走，身后正门依旧大敞。收纸期间，仁里堂习惯早早敞开正门，直至黄昏才关门。一夜之间，地上落了一层金黄的枯叶，头顶鸟儿跳来跳去啼得甚欢。两人往后面库房走去，双脚踩在枯叶上，沙沙作响。前头有下人在清扫地面，见他们朝这边走来，躬身退至一旁避让他们。

库房门敞开，偌大库房空空如也。管理库房的下人见东家和吴管家到来，赶紧过来行礼。两人往里走了一圈，见库房打扫得干干净净，心下满意。原本库房还有几百担纸，在清扫时移到隔壁小库房里去了。这样把新旧纸分开，便于保管出售。

从库房出来，太阳投在干净的空旷地，给地面镀了一层金辉。

收纸能赶上这样的天气，自是一件让人高兴的事。收纸的日子，身为仁里堂管家有太多的事情要忙，不能老待在这里陪着连襟，当下道："我得去前头店铺一趟，你呢还是回茶屋去吧！"

黄家成知道这里没自己的事，笑道："你只管忙去，我这就上茶屋。"

吴管家也不管黄家成是不是上茶屋，大踏步奔花园去了。

刚入午时，三驾马车满载抄纸回来，黄家成闻讯后跑至库房看下人卸纸。稍后又回来六驾马车。看堆在一隅的抄纸，黄家成心头欢喜，往外走时对吴管家道："刚才喝茶时，我想咱滩镇号称纸都，滩镇人靠纸吃饭，滩镇的抄纸已不再囿于滩镇，我们已经把它推向华夏，为世人所知晓。津门两年，你也看出来了，外面的纸价虽然高出滩镇不少，可拼的是质量，质量成了生存之本。提高纸的质量贵在抄纸户的努力，我们可以凭质论价，分甲、乙、丙三个等级，再按纸的等级分开入库。津门那边也将根据等级销售。老姨，你看我这主意如何？"

"这主意自是不错，只是收纸时烦琐了点儿。为了提高纸质，长远看却也值得。"

"我这里还有一招。官府不是每年来滩镇甄选年画贡品嘛，咱仁里堂也学学官府，拿出一笔丰厚的赏金，每年戏前甄选抄纸，拔得头筹者予以重奖，你以为如何？"

当年官府来滩镇甄选年画，吴管家便有此意，只是想着仁里堂左手把纸收上来，右手倒腾给年画商，犯不着多此一举，也就灭了此念头，此时连襟在他面前说起这主意，不觉赞了一声："好！可惜今年已开秤，只能明年甄选去了。待会儿让账房誊写数十份甄选启事，收纸时让他们带上，把这个消息传出去，让抄纸户好生准备。这对滩镇人来说，应该是一件重大事件。好，我这就赶去书写启事。"

每到收纸时，仁里堂上下可谓不遗余力，此时账房空荡荡的。吴管家磨墨挥毫，书就一份样张，再按黄家成的意见增删几句，然后誊录一份。闲着无事，吴管家一连抄录了七八份，见有管事进来，这才将笔交与对方誊录。

黄昏时分，当大夫人庵的木鱼声响起，派出收纸的人悉数回来。仁里堂这边早已准备好酒菜，众人大快朵颐。黄家成照例赶来巡视一番，同大家拉扯几句后，回到茶屋把壶喝茶。

待到收纸临近尾声之际，滩镇一年一度的年画甄选复又开始。

当吴管家同黄家成坐在茶屋一块喝茶时，黄家成道："今天府衙张大人将来滩镇，老姨准备一张五百两的银票，晚上送到大生昌去吧！"看连襟一脸发蒙，知道自己这话突兀了，于是徐徐道了当年经过。

在吴管家前往津门开设分号的当年，夏大人离任，新任知府张钟继承了前任"一年一选"的规矩，亲临滩镇甄选年画。自家能够在滩镇专营抄纸，全仗官府撑腰，黄家成自是知道仁里堂和官府关系的紧要，在张钟来到滩镇的当晚，怀揣三百两银票前往大生昌拜见新任知府大人。当陈子和把他领至张钟面前，借故告退后，黄家成谨慎地把银票呈上，岂料张钟瞥眼银票，扭过头去不再同他搭话。黄家成猜他嫌少，告辞离去。想着仁里堂不能失了官府的支撑，回到家里，一咬牙再加二百两银票跑去送与张钟，张钟这才眉开眼笑地纳入兜中。

"我是实在不想看他那副贪婪嘴脸。夏大人前任阳台进算贪婪的了吧？当年第一次见面，我也就送了两百两银票。说到底还是夏大人为官清廉啊！"黄家成感叹道。

"夏大人这种清官，那是可遇不可求。生意人家，遇上清官，是咱的福气；遇上贪官，也得认了。"吴管家道，"这两年都是你老姨在送，今年突然换上我，他要是因此有啥想法就不好了。"

"像他这号人，要的是钱，哪会想得那么多。他若问起，你随便找个借口搪塞过去就是。"

黄家成把话说到这个份上，吴管家便不能推拒了，只好应承下来。

当街头各家商铺门前相继亮起风灯，吴管家怀揣银票往大生昌而来，途中遇到熟人，自然点头招呼。街上稚童一拨一拨的，有追逐嬉闹的，有齐声高唱童谣的。最欢楼门前大红灯笼高悬，出出进进的客人给映照得神采飞扬，门口站着挥舞手绢的姑娘更显妖艳。最欢楼新近从苏州来了俩妙龄小姐，堪称人间尤物。每每夜幕降临，客人如过江之鲫。吴管家心下慨叹这最欢楼的生意实在是好。

大生昌商铺门前换了两盏琉璃灯，两名伙计坐在店铺内拉扯，见了吴管家客气地迎将出来。得知吴管家要见东家，一名伙计取了挂在墙上的风灯，引领吴管家往里走。穿过天井便是花园。偌大花园每隔丈远挂了盏风灯，一如白昼。

将近新宅，可见有衙役把守门口。伙计走到衙役面前，躬身道："这位是仁里堂的吴管家，有事要见我家老爷。"

衙役放过两人。行没多远，管家欧定全从里面出来，得知原委，陪同吴管家来见陈子和。

新宅这边每隔丈远便有衙役挺胸按刀站定在那里，比平日多了几许肃穆，吴管家猜这位张大人怕是一个好摆排场的人了，却也不拿话来问，只管紧随了欧管家往前走。

上楼来到一间房屋前，欧管家推开门，侧身说声吴管家来访，往里伸伸手，请吴管家先入。陈子和与一五旬老者坐在茶桌前喝茶。那老者精瘦，眼帘垂坠，麻面无须，穿着却甚是华丽。其五官最显眼之处是那鹰钩鼻子，吴管家纵然见多识广，背脊也起了寒意，想起那两句与之相关的话："宁可挨三刀，不与鹰鼻交；宁可挨三棍，不与矬子混""麻面无须不可交，矮人肚里三把刀"，一个人身上占了两样，按麻衣相法论，这种人行事心狠手辣，吴管家料他就是张大人了。陈子和热情地招呼他坐，把老者和吴管家相互做了介绍。老者果然是宝庆知府张钟。吴管家上前施礼，只道小民特来拜见张大人。

待到吴管家落座，欧定全告辞离去。

喝茶拉扯间，张钟道："吴管家，本官任职宝庆府知府两年，却是未曾与你谋过面呐，今日咋突然想着来见本官了？"

吴管家道："小民这两年在津门打理分号生意，今年雨水后才得以回滩镇。本来今天想同东家一块来拜见大人，孰料昨天东家身体有些不适，只好小民一人前来。"

张钟"哦"了一声："你东家没事吧？"

吴管家道："这种头痛脑热，捱上个三五天便会痊愈。明日又是年画甄选，张大人为我们滩镇的事不辞劳苦，实乃滩镇百姓之福。"

张钟道："本官上为朝廷办差，下为百姓谋福，乃职责所在。朝廷青睐滩镇年画，乃滩镇百姓福祉。"

这时陈子和抬手一拍脑门站起，说："刚才忘了有事跟定全交代，两位慢慢谈，我这就去寻他，完了马上回来陪你们。承诺兄，我这里暂且把张大人交给你。"

看陈子和扭着肥胖的身子跨过门槛，顺手把门带上，吴管家掏出银票呈上，说："大人一路辛苦，此乃小人东家的一点心意，望大人笑纳。"

张钟瞄眼银票，伸手拿过塞入兜中，笑道："吴管家坐吧，我们这里唠唠嗑。你们津门分号的生意可好？"

吴管家道："当初我们赶去津门，只是为了讨要多年的货款，哪知到津门后，正巧赶上拳匪闹事，不少商号纷纷关门逃离。对方提出把商铺抵债。人生地不熟，我们只好认了。拳匪事件足足闹了一年有余，弄得市面萧条，不少商号遭遇洗劫。直至《辛丑条约》签订后，老佛爷回到京城，市面才趋于稳定。算起来，这生意也就做了几个月的时间。"

张钟便来了兴致，道："据说拳匪闹得厉害啊，京城曾出现拳匪洗劫八天八夜的事？"

吴管家道："京城的事小人只是听说，那是说什么的都有，津门这边劫匪肆虐横行，烧掠抢夺，却是小人亲眼看到的。连仁里堂分号也被二毛子、三毛子洗劫一空，整条街巷无一商号幸免。"

"不是说劫匪乃拳匪嘛，怎么又变成了二毛子、三毛子了？"

"八国联军攻入京城后，那些教士、教民假借教主之令，纠集同伙疯狂洗劫商户。这种事各地都有发生。祸乱一起，受损的终是商家。好在老佛爷回京后，市面复繁荣。"

"不是这场拳乱，仁里堂怎会把分号开到津门去呢！这下好了，你们仁里堂的生意做到津门了，等着发大财吧。"

"滩镇的抄纸是走出去了，可因为遭遇劫掠，仁里堂损失惨重。没有五年光景，怕是难以挽回损失呐！"

"你们黄老板为滩镇抄纸做出的努力和牺牲，这两年本官自是看在眼里，待本官寻个机会，当奏请朝廷嘉奖仁里堂。"

诚然知道张钟信口雌黄，吴管家还得起身行礼致谢，就着他的话道："还是张大人体谅我们经商不易，小人回去后，当把张大人的好意转与东家。"

此时陈子和推门而入，笑道："两位谈得甚欢啊！"

张钟呵呵一笑，说："跟吴管家唠嗑，有点意思呐！"

陈子和笑着在原来的位子坐下，说："仁里堂能有今日，吴管家功不可没。津门分号，可是他在乱世中一手创建的，其胆识非常人能及……"

吴管家生怕他再往后说让自己刚才的话露了馅，笑着摆手打断陈子和的话："张大人可是大风大浪走过来的，我那点经历，张大人听了只当笑话，在他面前实在不值一提，不值一提。"

陈子和何等聪明，自是明白吴管家的意思，却也不马上收住这个话题，笑道："吴管家在津门的经历，放在张大人面前确实是小菜一碟，于我这个一辈子不曾走出滩镇的人，足够惊天地泣鬼神了。"

吴管家道："津门遭遇，虽然时刻处在危险中，让人提心吊胆，现在想来，还是不及当年拳匪围攻仁里堂，那才让人惊心动魄。就是此刻想来，背脊都嗖嗖发凉。"

张钟道："当年拳匪还闹到滩镇来了？"

张钟面前，吴管家不想深谈，含混道："也就一小撮拳匪，后来见讨不到好，自己撤走了。"

张钟道："现今拳匪基本被朝廷肃清，也就小撮残余势力得以逃脱，却也不敢再行恶事。当年拳匪势力滔滔，其实危如累卵，转眼便毁灭。拳匪事件，不知害了多少王公大臣。"说完，张钟摇头叹息不已。

再在这上面拉扯几句，吴管家起身告辞。

走出大生昌，感觉街上往来人流比来时明显多了，毕竟明天将年画甄选。看身边一张张陌生面孔，吴管家知道他们是赶来滩镇看热闹的外地人。置身人群，竟有某种踏实感，吴管家也不想这就回仁里堂，漫步而行。

迎面一伙幼童追逐嬉闹而来，一边高声唱道：

……
五送五子来登科，
六送南海观世音，
七送锄头七姐妹，
八送神仙吕洞宾，
……

一个熟悉的人影映入眼帘，吴管家止步定睛看去，乃是张则武。人来人往，那张则武却不曾发现吴管家。略一思索，吴管家加快脚步迎将过去，待到走近，喊了一声则武。张则武本是一个极机警的人，吴管家这一喊，他要逃离都不能，只好硬着头皮迎了上去，抱拳打拱："吴管家不是在津门吗？啥时候回滩镇的？"

吴管家笑着还礼道："我回来好几个月了。倒是你，回来也不来仁里堂找我。走，我们去前头茶馆喝茶叙叙。"

张则武略作犹豫，随了吴管家往前头刘记茶楼走去。

这会儿刘记茶楼的客人颇多。伙计将他们领至里间一张茶桌，待他们要了茶，躬身离去。

"不是今晚上在这里偶遇，我还以为你在津门呢！说吧，啥时候回来的？"吴管家道。

"也就回来四五天。"

"你婶娘和叔叔还好吧？"

"我叔叔病了。"

"不要紧吧？早段时间我们特意寻上你叔叔收贡纸，当时他尚且好好的呐，咋突然就病了？"

"谁知道呢！病这东西，那是说来就来。"

茶童端茶上来，两人止住了话题。待到茶童离去，吴管家拿起茶盅在手，示意张则武喝茶。邻近又来了一桌客人，低声谈论明天甄选年画的事，从声音听，乃是桃花坪那边过来的。桃花坪毗邻滩镇，也就三十里不到的路程，这两年赶来参加甄选年画的制作商愈发多了。如此，吴管家联想那地方抄纸户甚多，明年仁里堂举行首届抄纸遴选，当广邀外埠抄纸户参与才是。

"你叔叔抄得一手好纸，他现在生病了，可别因此影响抄纸才是。寻个机会请同济堂的李郎中去趟塘冲，这街头数他的岐黄术最好。啥病也不能拖，一拖就生变。"见对方不在这事上回应，吴管家拐转话题道："你呢，有何打算？留下来吧，有事需要帮忙，但管上仁里堂找我。"

"先把叔叔的病治好吧！往后的事，走一步看一步。"

吴管家沉吟道："只要你肯留下，府衙那里我和黄老板自会替你开脱，滩镇这边当不会有事。"

张则武手中的茶杯本来已近嘴唇，闻言止住喝茶的动作，看了吴管家一眼，喉结滚动了一下，欲言又止，终是啥话没说，埋头缓缓地啜茶。

该说的已经说了，接下来吴管家随意同对方拉扯几句，看看时间已然不早，两人出了茶楼，拱手而别。

仁里堂的静寂与街上的喧闹让人感觉像是两重世界。见茶屋亮着灯，吴管家径直寻上楼来。推开房门，黄家成独自坐在那里喝茶，显然在等他回来。当连襟示意他来一盏时，吴管家摆手谢绝。

"刚才在街上遇到张则武了。"

吓得黄家成浑身一颤，壶里的茶都抖了出来，原本红润的脸色迅速发白，嘴唇哆嗦地道："通知看院武师，日夜巡逻。那张钟不是在大生昌嘛，赶过去通知他拿人。"

吴管家也不说连襟如此熊包，张则武的勇猛，偌大滩镇谁个不知？他淡然道："不用，如果我没猜错的话，他不会对仁里堂怎样。"

黄家成"哦"了一声，盯着连襟，那模样分明问何以见得。吴管家便道："刚才我跟他喝了一阵工夫的茶，他说回来几天了。夏有福病了，明天让赵管事请李郎中去塘冲一趟。从当初违旨收纸，到现在也有好些年头了，这中间经历了不少人和事，想来他已经不再是当年那个愣头青了。"

黄家成道："他若真能明白这些，那是最好不过。明天你跟赵管事交代，去塘冲前到账房支五两银子。这些年与夏有福的关系，也算是老交情了。"又说，"能够同张则武缓和关系，当初多亏老姨斡旋。待人之道，还是以和为贵。"

吴管家道："张大人那儿，倒是同我拉扯了一杯茶的工夫。"

黄家成道："老姨怎样看这人？"

"他是知府大人，对我们来说，他怎样都不重要，咱与他的关系，也就一年孝敬他两次银子的关系。"

"老姨说得也是。"

不经意间惊觉大夫人庵的木鱼声没了，知道时间已然不早，吴管家告辞出了茶屋。行走在走廊上，月光倾泻，对面的狮象山清晰幽冷，仁里堂静寂无声，背后山上传来单调的虫鸣。津门两年，哪有此等夜色，吴管家放缓脚步，很想这就去花园走走，感受一下夜色，担心被下人撞着，做出某种猜测，只好回到自个房间，脱衣就寝。

第三十一章　缉拿归案

仁里堂将辛丑年的黄家堂会和滩镇抄纸遴选一并定在九月十六日。

这个日子是黄家成定的。

滩镇一年一度的年画贡品甄选完后，吴管家找来《望星楼通书》，一番翻寻，选出三个日子，分别是十一执日，十四成日，十六开日，三个日子皆都大吉。他将《望星楼通书》摊开在黄家成面前，把情况说了。黄家成不去看书，喝着茶道："十六日吧，十六听起来顺耳些，时间上要宽裕些，不至于弄得手忙脚乱。"

虽说滩镇抄纸遴选的消息于去年收纸之际广而告之，可当时未曾定下甄选吉日，诸多抄纸户皆在翘首以待，有时吴管家行走街头，有抄纸户会走到他面前，询问何时甄选。日子一定下，吴管家去了账房，叫管事书写启事，抄录十数份交下人上街张贴。不消半日，仁里堂于本月十六日抄纸甄选的消息传遍了滩镇的犄角旮旯。毗邻的桃花坪、六都寨等地的抄纸户却是两天后才得以获知。

日子一定下，仁里堂上下便分头忙碌开了。

按黄家成和吴管家先前商定的，为了彰显甄选的公平公正，自然得邀请陈子和几个滩镇的大家巨头和贤达到场。两人拟定名单后，各自执了请帖赶去拜访。

是年拔得年画贡品头筹者乃金玉美的李郎年。李家年画在滩镇历来表现平平，只是这些年随着其次子李庄长大，其开脸功夫日甚一日，去年以颜色略逊大隆昌落榜。为参加今年的贡品甄选，父子俩孤注一掷，高价雇请画师和刻板师创作了《四季发财》，用吉祥祝语配上牡丹、菊花、莲花、梅花等代表四时的花卉，虽然张贴期间春节寒冷，百花未开，但是已经将艳丽的花朵带进了居室，增添了春的气息，生活的希望，让人精神一振。按说张钟贪婪成性，可在甄选年画贡品上却不曾出现过徇私舞弊，黄家成不止一次跟他谈及这事，吴管家便猜这人虽然贪婪，但在大事上还是个拎得明白的人。当吴管家走进金玉美作坊时，巧遇李郎年腋下夹了两捆成品年画从楼上下来，见了他忙把年画交与旁边的佣工，双手抱拳打拱不迭："今日啥风把吴管家吹来了，吴管家惠临，寒舍蓬荜生辉啊！"

吴管家还礼道："李老板客气了，你们父子今年可是一鸣惊人啊！让滩镇多少年画商只能仰望。今年贡品落到金玉美，你们父子可要发财了。"

李郎年只道哪里，谦逊地把吴管家请进堂屋，吆喝妻子沏上茶来。

几句寒暄后，李郎年道："过几天仁里堂将要举行抄纸遴选，与黄家堂会一并进行，这于滩镇可是一件天大的好事啦！吴管家，李某这里可要祝贺了。"语声中抱拳连拱。

吴管家趁机递上请帖："难得李老板能够这般看！抄纸遴选，意在让滩镇的抄纸户抄出更好的纸，如同朝廷甄选年画贡品。滩镇人靠抄纸生存，把抄纸的质量提上来，实乃提高滩镇人的生存之道，致富之道。"

李郎年竖起拇指："抄纸遴选，于我等滩镇人是件天大的善举。"

吴管家当即发出邀请，李郎年一口应承下来，只道感谢黄老板看得起，到时候一定赶到参加遴选。

按吴管家的意思，这就起身告辞，赶去拜访邀请下一家，想着来了不见一下其子李庄，有轻视之感，当下笑道："李老板，欣闻令公子开得一手好脸，虽说大家在一条街上，吴某却不曾认识，今天既然到你家里了，怎么也得见见才行。"

李郎年口里谦虚着，神情语气却是万般高兴，领了吴管家往楼上走。李庄正坐在案头埋头开脸，对吴管家的到来恍若未知，直至李郎年呼他他才抬起头来，见吴管家立身旁边，赶紧搁下手中通草笔（点灯用的"通草"扎成的笔，专为年画中人物点睛用），向吴管家作揖行礼。

见李庄一眼认出自己，吴管家并不惊讶，倒是他对年轻这一辈甚少留意，更不用说交往了。李庄的年纪看去与黄韦明相当，长得眉清目秀，吴管家赞道："不错不错，小伙子人长得精神，脸也开得好，滩镇年画在你们这一代大有奔头。李老板有这等儿子，金玉美定然财源广进呐，用不了三年五载，李老板必成滩镇的富商大贾喔！"

李郎年赶紧抱拳打拱，只道承吴管家吉言。

翻看几张李庄开好脸的年画，吴管家赞了几声，告辞离去。李家父子亲自送出店铺，站在街头目送吴管家远去。

吴管家径直去了前年年画贡品得主胡大喜的大喜隆坊。胡大喜惊喜吴管家的到来，客气地把吴管家请至堂屋，得知邀请他去做遴选嘉宾，接过请帖一口应承下来。

闲聊中，吴管家深有感触地道："朝廷对年画贡品一年一选，不搞承袭，是对年画商最大的公平。算下来，被朝廷甄选为贡品得主者怕是有七八家了吧，除了第一任得主蜡梅坊老板钟言高和和祥坊黄大有两家惨遭意外，其他得主皆都成富商大贾了……"

孰料吴管家话未说完，胡大喜便忿然道："吴管家说得没错，大多年画贡品得主皆都成富商大贾了，可唯独我家担着一个虚名，未曾得到朝廷一文钱的好处。"

"胡老板这话从何说起？"

"吴管家忘了前年是啥年？庚子拳乱啊！老佛爷和皇上都跑到西安去了，京城都被洋寇围了又围，谁还来买你的年画。吴管家，你说是不是唯独我家未曾图到朝廷一文钱的好处？"

"这倒是个例外。但不管如何，你家的年画曾经被朝廷甄选为贡品，这是一件光宗耀祖的事。滩镇上百家年画作坊，才几家是贡品得主呢！"

胡大喜叹了一声："有时候我也这般宽慰自己。说到底我就这命，八字里没有财运。这世上纵然你本事再大，也拗不过命！"

吴管家附和着颔首："是啊，人有时候还真得认命才行，否则就是跟自己过不去了，弄得自己难受。"

从大喜隆坊出来，吴管家又去会了年画贡品第一，二任得主后辈黄明鉴夫妇，邀请他们参加抄纸遴选，夫妻俩婉言谢绝。吴管家自是知道他们父辈的遭遇（详情请看拙作《滩京府》），也不勉强，心下慨叹这对夫妇的低调，告辞后赶去大生昌拜访陈子和。

大生昌下人将他领至后院新宅的一间茶屋，吴管家递上请帖，喝茶时向陈子和道了此行目的，陈子和竖起大拇指："咱滩镇人十之八九靠抄纸吃饭，你老姨此举可谓造福滩镇，我陈某人鼎力支持，到时候准时参加。"须臾，喝口茶说，"此乃我滩镇人第一次自己筹划的活动，吴管家想过没有，要是能邀请到宝庆知府张大人前来，岂不更好。"

陈子和面前，吴管家不去说连襟如何反感张钟，更不说与他相关的那两句话："宁可挨三刀，不与鹰鼻交；麻面无须不可交，矮人肚里三把刀"，只道，"陈老板说得好，此乃我滩镇人第一次自己出资筹划的活动。既然是滩镇人自己的活动，还是由滩镇人来搞好。仁里堂请出滩镇众多贤达，意在做到公平公正，唯有如此，才有助于滩镇抄纸技术的发展。"

陈子和点头赞了一声："还是吴管家的思路缜密，此次抄纸遴选定然能够圆满收官，激励广大抄纸户，陈某这里预祝了。"言语中抱拳打拱，"早两年朝廷抄纸甄选，塘冲夏有福夺得头魁，料这次遴选多半又是他家了。"

吴管家摇头叹息一声："夏有福去年冬便死了！听说是病死的。"

陈子和啊了一声，说："不是你在这儿说起，哪里知道他死了。

他这一死，便不知花落谁家了。"

吴管家："所以啊，这次抄纸遴选大有悬念。"

陈子和："这样也好，让众多参加甄选者都认为自己有希望夺得头筹。如此一来，这可就热闹了。"

吴管家笑着站起身来："我就等着那天陈老板莅临仁里堂了。"

陈子和只道一定，亲自把吴管家送出商铺。

壬寅年九月十六日终于到来。

天刚蒙蒙亮，黄家成和吴管家便一前一后往后院楼上走去，此时大夫人庵的木鱼声早已敲响多时，在仁里堂异常悦耳。黄家成突然止住了脚步，立定在那里聆听木鱼声。吴管家料连襟颇有感触，也不拿话催他。

有顷，黄家成道："她倒好，这些年身在仁里堂，却把自己置身红尘外，每日晨钟暮鼓，青灯木鱼，任仁里堂发生天大的事，也不闻不问，好像与她无关。有时候我倒羡慕她，啥也不去想，清静地过自己的日子。"

听着连襟慨叹，吴管家附和道："她这个年纪的妇道人家，还能做啥呢！"

"听说刘氏近来也跟她婆婆学起了打坐念经，这婆媳俩倒是走到一块了。都好几年了，韦明那边也不知道怎样了，待到把纸收上来，你陪我去趟大东山。"

吴管家猜测，连襟起了让黄韦明还俗的念头，也不说破，轻声道："咱上去吧，别误了吉时。"

几句话下来，天色似乎又亮了些许。走进佛堂，两人净过手后，吴管家点香烧纸，黄家成双手合十朝菩萨鞠了三躬，从案台上拿过卦，退回到原来的位置，低声道："承蒙菩萨保佑，这几年仁里堂万般平安，生意兴隆。滩镇人靠抄纸吃饭，为了让抄纸户抄出更好的纸，决意今天在仁里堂举行抄纸遴选。今日同时乃仁里堂一年一度的黄家堂会，还得三位菩萨保佑我黄家一切顺利，诸事如意。"

黄家成将手中卦抛了出去。

吴管家过去捡起，把卦递给连襟时说："阴卦。"

黄家成接过卦，说："还望菩萨保佑来个正卦。"手中卦复又抛了出去。

吴管家捡卦在手，欣然道："正卦。"

黄家成道："还请菩萨来个阳卦担保团圆。"手中卦望空抛出。

吴管家一旁道："难得的三连卦啊！"

黄家成满心欢喜地朝菩萨鞠了三躬，待到盆里的纸燃烧完，和连襟出了佛堂，大夫人庵的木鱼声停了。此时天色已然大亮，黄金岭上高高地飘了一抹白云，又是一个晴天丽日。

今年的黄家堂会，请的乃是宝庆府德明戏班。已时过后，戏班就到了，自有管事接待，将他们引至龙隍殿。中午时分，戏班演员照例身着盛装，锣鼓开道，上街挨家挨户祝福大吉大利，颂财唱神。待到夜幕降临大戏便开场。

仁里堂这边更是热闹，当黄家成和吴管家拜完菩萨，仁里堂正门外早已挤满了黑压压的抄纸人，各自腋下夹着自家的抄纸。赵管事领着一干下人和护院武师早已等待门内，门外说话声清晰可闻，有缺耐性的，直怨来早了，更有人斥责这时候了还不开门。仁里堂这边也不理睬，任那边喋喋不休。

当黄家成和吴管家从月亮门走将出来，有人瞧得明白，只道老爷来了。众人便止住唠嗑，迎上去道早。

黄家成扫眼众人："都准备好了吧？"

有管事道："我等早已准备多时，单等东家到来。"

黄家成大声道："吉时到，开门。"

一名下人上前取下沉重的门闩，随之两名下人合力打开正门，武师立即以身阻拦抄纸户闯入，众人利索地将四张案桌一字排开摆在门口，将抄纸户隔在门外，开始登记放号。

为确保公平公正，对抄纸户送来的纸统一登记编号后，仁里堂的下人将编好号的参选抄纸摆在花园空地的条桌上，以待下步甄选。两人一路走将过去，看了十几户抄纸，黄家成甚是欢喜，说："老姨，你看今年的抄纸质量如何？"

"胜过往年啦！"

"我也觉得胜过往年不少。看来这个办法可行。如此三五年后，我滩镇的抄纸当独步天下。"

吴管家回转身去，太阳出来了，照在身上好生暖和，可见门外赶来参选的人络绎不绝。他道："真要把抄纸的质量提上去，需三五年的时间不可。我这里想呀，可以考虑多增设几个品种，每个品种设一个头筹，如此方能全方位提高滩镇的抄纸质量。只是如此一来，得花费一笔不菲的银两。"

黄家成连连点头："这个主意不错，明年开始实施吧！虽说咱是生意人家，可这种造福子孙的事，是没法用钱来衡量的。再说了，抄纸的质量上来了，还怕赚不回那几两银子？待会安排人就这事写上几份启事，趁着今日遴选张贴出去，让滩镇及邻近抄纸户都知道这回事。"

连襟如此爽快，吴管家自是高兴，说："待会儿我亲自书写启事，然后让他们誊录。这会儿正忙着给抄纸户登记编号，没有两个时辰不会完，陈老板他们要中午才到，老姨回屋喝你的茶去吧！"

"今天天气不错，我到花园走走，你忙去。"

"也是，这天气走走比坐在屋里喝茶要舒服多了。"

抄纸遴选、黄家堂会，两件大事摊在同一天，谁都没法清闲，吴管家去了账房，屋里无人。磨好墨，稍加思索，吴管家挥毫书就一份启事，接连誊录了几份，直至手腕发酸。

赵管事进来，见了启事，吃惊地道："明年准备多品种抄纸遴选？"

"是呀，东家的意思。老赵，编号登记完了？你也来抄录两份，然后叫人张贴出去。对了，记得在仁里堂正门和商铺门前张贴一份，今日聚在这两个地方的全是抄纸户。大生昌陈老板他们将至，我得赶去迎客。"

吴管家将手中狼毫递给赵管事，匆匆往花园这边赶。不意才穿过月亮门，下人引领胡大喜迎面而来，吴管家加快脚步迎将过去。眼看胡大喜将距丈远，李管事陪着陈子和从对面商铺过来，当即抱拳朝胡大喜打拱，让下人领了胡大喜去正厅喝茶，快步过去迎住陈子和，示意李管事返回去继续迎客。

"陈老板，我正准备赶去府上接你，可今日事情实在太多，弄得耽误了接你的大事。"吴管家道。

"吴管家，你我之间就甭讲这份客气了，凡事还是随意好。"

头顶古树上传来鸟儿振翅欢啼，两人漫步前行，随意拉扯。

前头空旷地，但见王管事正在指挥下人将已经编号的抄纸摆放好，陈子和感是叹地道："今日这场遴选，所幸仁里堂人手甚多，换了别的哪家，哪忙得过来。

吴管家笑道："要说人手，仁里堂只怕不及你大生昌多啦！"

陈子和笑道："我大生昌的人手，多是临时雇工。这种人手，不会太拿我这个东家当回事。"

吴管家玩笑道："说到当回事，连知府大人在你面前都得客气着点儿，偌大滩镇谁敢不把你陈老板当回事？"

说笑间，两人已到正厅。屋里来了好几位滩镇贤达和大家巨头，当陈子和抬腿跨过门槛，众人皆都站将起来，彼此抱拳打拱道好。陈子和一边往里走，一边拱手还礼。旁边吴管家低声笑道："你看，没谁不把你陈老板当回事吧？"

此等情境，陈子和自然不便搭腔。黄家成过来，请陈子和坐他身边，下人马上送上茶来。看所邀请客人差不多到齐了，吴管家却也不便待在这里，一会儿就正式甄选，他得赶去查看下人所行之事有无纰漏，当即悄然离去。

看方桌上的抄纸整齐地按编号顺序摆放，中间不曾有号漏掉，吴管家放下心来。参加遴选的抄纸户挤在门外引颈而望。在吴管家思量着派人去茶屋恭请几位滩镇大家巨头和贤达时，黄家成领着众人从月亮门走将出来。

吴管家当即快步迎将过去："都准备好了，当下正是吉时。"

黄家成道："那好，按我们商定的办吧！"

在几位大家巨头和贤达散开观看抄纸时，吴管家走到门口，示意对面抄纸户安静，隔桌大声道："甄选正式开始。为了甄选公正透明，请你们选派五名代表进来，共同参与甄选。"

众抄纸户倒也利索，不到一杯茶工夫，便推选出五名代表，全是上五旬的人，内中有两人怕是年近七旬了，额纹如刀凿斧刻，一看便知抄了一辈的纸。两位年长者吴管家认识，一个来自李家的李成自，一个来自桃林的刘月升，在滩镇抄纸界颇有声望。吴管家让守护在门口的武师把他们放进来，然后领了他们来到连襟面前。

"代表选出来了，甄选可以开始了。"吴管家道。

旁边搁放着两排椅子，黄家成客气地招呼他们过去坐下，五人有依言坐下的，也有以手搭椅而立的，对旁边几位滩镇大家巨头的喋喋私语颇为紧张。

两炷香的时间，几位大家巨头的初步甄选方才结束，五位代表被请至三张八仙桌拼凑的桌台面前，上面搁放着十沓抄纸，内中有三沓皮纸。原先贴在上面的编号业已不见，被重新予以编号。

黄家成走将过来，客气地朝五位抄纸户代表双手抱拳打拱道："麻烦各位在玉版纸和皮纸中各选一份，以做此次遴选头筹。事关众抄纸户利益，你们当慎重选定，做到公平公正。黄某这里拜托了！"

五人赶紧回礼："黄老板花大价钱举行这次抄纸遴选，让我们甄选定夺，乃我等抄纸户的莫大荣幸。我等抄了一辈子的纸，这纸孰优孰劣，望一眼便知，自知今日行为事关同行的荣耀，定然替黄老板选出滩镇最好的抄纸，不辜负大家的推举。"

吴管家道："你们乃众多参选人推举出来的，大家自是信得过你们，黄老板也信得过你们。好了，开始吧！"

　　五人便围绕十沓抄纸仔细打量起来，不时以手摸捏，黄家成和几位大家巨头及贤达立于丈外，低声唠嗑，也不打扰他们，只是不时投去关切的一瞥。

　　终于，刘月升打头领着其他四人走将过来，说："我等甄选已完，一致决定玉版纸的头筹当属八号，皮纸头筹则属三号。"

　　黄家成同一干滩镇大家巨头和贤达便快步过去，欲一睹八号和三号抄纸。吴管家夹在众人中间。刘月升道："搭眼看去，这七沓玉版纸一般的白净，但仔细看，八号玉版纸白得自然；再以手去摸，那种细韧如帛是其他玉版纸所没有的。"

　　几位大家巨头和贤达依言观看，然后以手去摸，果真如此，纷纷竖起拇指，夸赞不已。陈子和迫不及待地道："也不知这八号是谁家的抄纸？"

　　李管事快步过去，伸手往八号抄纸底下一探，摸出早先的编号，一看乃是六十五号；再往三号皮纸底下摸出一张六十六号的编号。

　　刘月升的目光落在三号黄皮纸上，说："这黄皮纸是没有二号雪花皮纸好看，但雪花皮纸没有黄皮纸耐看，其实这两者也就各人的喜好不同而已，一如衣裳的颜色。但纸质上看，雪花皮纸缺了三号黄皮纸的韧性。皮纸不同如玉版纸，它注重的是韧性，缺了韧性的皮纸，其价值也就大打折扣了。"

　　众人颔首之际，黄家成从李管事手上要过编号，交与吴管家："把这两位抄纸户请进来，好让大家见识。"

　　吴管家手持编号，快步来到门口，隔桌对外扬声道："谁是六十五号？谁是六十六号？持这两个号的人往前头来。"

　　人群中有人举手回应，同时拼命往前挤，吴管家定睛望去，万没料乃是张则武。几位大家巨头、贤达和五名代表皆都吃惊不已。众抄纸户也是鸦雀无声，显然没料到这场遴选的头筹获得者会是他。有武师过去移开案桌，放了张则武进来。

　　省悟过来的吴管家招呼张则武暂且站一边去，再次隔桌大声道：

"六十六号是谁？六十六号往前头来……"

孰料张则武快步过来，递上编号："六十六号也是我。"

众皆吃惊不已。

有大家巨头省悟得早的，嘟哝道："怎么两个头筹都落他家了……"

吴管家倒不惊异两纸头筹皆为张则武所获，要知当初朝廷下来甄选贡纸，便选中夏家的玉版纸和黄皮纸。吴管家所担心的是，夏有福早已于去年病死，这之前从未曾抄过纸的张则武却在今日脱颖而出，实在令人费解。此等情境，吴管家能做的是双手抱拳打拱："则武老弟，这里可要祝贺你了。"

就在众人围上来祝贺时，蓦听门外人群中有人大声道："夏有福早已经不在人世了，会不会是他拿了夏有福在世时尚未售出的抄纸前来甄选骗取赏银呢？这事儿重大，你们几位大家巨头和贤达都在，可得弄个水落石出，给我等一个交代。"

此言一出，陈子和几人面面相觑，旋即目光投向张则武。那张则武神情淡然地说："听你们的意思，我叔叔不在了，我无权参与这次遴选？"

人群中有人道："当然了。要不往后你年年拿着家里未曾售出的抄纸前来甄选，我等如何服你。"

张则武道："你凭啥认定这纸乃我叔叔在世时未曾售出的？"

马上有人大声回应："因为你一向只知舞枪弄棍，哪知一个抄纸人的万般辛苦，还有煮滑、抄纸、整坨、榨干等过程中的秘诀。"

张则武也不恼，说："要怎样才相信这纸是我抄的？"

人群中有人道："这还不简单。你叔叔留下的纸毕竟有限，今年仁里堂尚未开秤收纸，你若真会抄纸术，家中自然储存抄纸无数，这里派几个人赶过去一看便知。"

马上有人附和："这主意不错，就这么办。这纸真是你抄出来的，往后头筹年年落在你头上，我们也无话可说，自认技不如人。"

　　在吴管家想来，这下张则武可要为难了。哪知张则武径直向他走来，说："吴管家，倒是没想到我的参选弄出这等局面。这样吧，你在仁里堂找一去过塘冲收纸的下人带路，再选派几位贤达亲自去一趟，便知这纸是我抄的还是我叔叔留下来的。"

　　吴管家心下早就想弄个水落石出，当即叫来李管事，问几位滩镇贤达谁愿去趟塘冲。李郎年和胡大喜等四个称愿意随往。吴管家再安排刘月升等五个代表一同前往。下人早已牵了马匹出来。在众人将要上马时，张则武道："把桌上参选的抄纸拿几张去，到夏家后便于对比。"

　　李成自冷冷地道："这个不用。我等若连这点都看不出来，枉抄了几十年的纸。"

　　下人过去搬开案桌，众抄纸户让出一条道来，李管事蹬镫上马，叱喝一声，领头打马往塘冲赶。刘月升等紧随其后。一行人马很快消失在众人的视线里。

　　黄家成等众人便单等李成自他们的消息回来。

　　看张则武气定神闲地立定在那儿，旁边陈子和他们心下虽犯嘀咕，碍着张则武的面不便表现出来。吴管家过去招呼几位大家巨头和贤达："他们这一来一去，非得一个时辰不可，要不大家上茶屋坐会儿。"

　　陈子和道："不用了，咱就在这儿等他们回来。"

　　吴管家便让下人把茶泡好了送来，笑道："老站着也是一件辛苦事儿，久了腰痛，大家坐吧！"

　　有人过去坐下，有人依然站着。看张则武独自立在那儿，吴管家走将过去，招呼他坐，张则武笑着说："我是习武之人，习惯了站着。"

　　吴管家笑道："你们一趟拳练下来就得一两个时辰，那种辛苦不是我等所能承受的。"话头一转，"这抄纸的活儿，除了讲究技术，也是万般辛苦呐！"

　　"是呀！所幸我自幼习武，这点辛苦于我不是事儿。至于技术，也就煮滑这关颇多讲究，其他抄纸、整坨等活儿，平常人都干得了。

吴管家面前，我也不想说假，留下来抄纸，乃叔叔临终遗言，也是婶娘多次流泪恳求，想着现今仅婶娘这一血亲，不忍弃她独自远走他乡，这才留居塘冲。今日赶来参加遴选，只是想验证一下自个的抄纸水平。"

"你往日只知习武，现在却因叔叔婶娘的原因留下来学抄纸之术，令人钦佩。"

此时下人端上茶来，吴管家亲自给张则武递上一杯，张则武接过，道了声谢。见连襟示意他过去，吴管家猜他有话要交代，同张则武招呼一声过去了。

"你说，这纸真是他抄的？"

吴管家不说是与不是，淡淡一笑，说："估计他们已在回来的路上，很快将真相大白。如果真是他抄的纸，老姨怎样看待这事？"

黄家成显然没料到他会有此一问，有顷，他说："这纸真是他抄的，头魁自然归他，该奖的银子一文不少给他。"接着又道，"他真继承了夏有福的衣钵，意味着今后不再行走江湖，专心抄纸，于滩镇和我仁里堂岂不是一件天大的好事。"

吴管家若有所思地点头："有人穷其一生都没得抄纸精髓，他仅年余光景就学得夏有福平生技艺，试问这之前滩镇谁有这份能耐？天才啊！"

黄家成沉吟地点头："咱滩镇抄纸将要日至臻精，名扬华夏，说不定要靠他了。"

有下人机灵，见东家壶里的茶喝完，过去接过茶壶，却也不忘要过吴管家手上的茶杯。吴管家朝张则武投去一瞥，说："如老姨刚才所言，这于滩镇和仁里堂将是一件天大的好事。"

门外的抄纸户突然躁动起来，吴管家正自纳闷，人群让出一条道来，刘月升等出现在他的视线。护院武师过去移开案桌，放刘月升等进来。黄家成与一干大家巨头和贤达迎将过去，迫不及待地问："啥情况呢？"

　　刘月升抱拳回答："夏有福家里储存的玉版纸和黄皮纸有上千担，经我等仔细辨认，与今日参与甄选的抄纸一致。"

　　李成自几个异口同声："刘老所言，字字属实。"

　　黄家成道："如此，今日抄纸遴选头筹当属张则武了。"

　　吴管家道："既然真相已明，现在当众宣布好了。"

　　黄家成便往正门走去，在案桌前立定，面对众抄纸户大声道："遵从大家的意见，我们派人去了塘冲。现在派去塘冲的人已经回来，查实张则武参选抄纸确系其所抄。黄某人现在宣布此次抄纸甄选结果，玉版纸和皮纸的头筹皆为张则武获得。"

　　不想门外人群中有人大声道："你们好没脑子，忘了夏有福还有一嫡子夏小乙，自幼跟随其父学抄纸，这千担抄纸就不会是夏小乙所抄？"

　　张则武自是听得明白，见黄家成等皆都拿眼投向他，淡然道："数年前，叔叔婶娘为了我这弟弟，拼尽所有积蓄在街头替他盘下个铺面，当年我这弟弟就娶了狮象山脚下的宁氏，夫妻俩一直在街上做点小本生意。叔叔在世时，摊上忙季，弟弟赶回塘冲帮衬一段时间，自打叔叔病逝，他则专心忙活他的生意。此去弟弟店铺不远，也就几口茶工夫的事，黄老板不妨派人前去找左邻右舍做下了解，以便弄个明白。"

　　黄家成回身对刘月升等抱拳道："还得辛苦你们几位去前头寻夏小乙做番了解。"

　　仍旧李管事打头，领了刘月升等往夏小乙商铺奔。

　　不意胡大喜道："只要查实张则武参选抄纸不是其叔叔遗留下来的便是，至于这纸是夏小乙还是张则武所抄，倒没那么紧要，说到底是他们兄弟间的事。"

　　陈子和点头："胡老板所言也有道理。不过，既然有人把这事提起，这里弄个明白也好。"

　　有人道："那夏小乙打小就随他父亲抄纸，今日这纸若是为张则武所抄，夏小乙抄的纸岂不要强过张则武多少？"

马上有人道："这倒未必。滩镇抄了一辈纸的人不少吧？也不见他们抄出来的纸便如何如何。"

众人闲话间，刘月升等去而复返，说："我等寻上夏小乙店铺，找了左右邻居了解，这大半年夏小乙一直待在店里，不曾离开过一天。那宁氏在年初诞生一子，店内一应大小事情都压在张小乙身上，哪有时间上塘冲帮衬抄纸。"

吴管家道："还得你把刚才的话跟外面众抄纸户交代一下，以便消除他们的疑虑。"

刘月升便来到正门口，隔桌朝外大声将刚才的话重复一遍，众皆无言。

就听吴管家大声道："现在颁奖。"

两名管事各手捧一块匾额走来，上面分别写着"大清光绪壬寅年滩镇抄纸甄选玉版纸头魁获得者""大清光绪壬寅年滩镇抄纸甄选皮纸头魁获得者"字样，上面各贴一张五十两银票，太阳下甚是醒目。

黄家成和陈子和上前，各自从管事手上接过匾额。陈子和率先将匾额交与张则武，抱拳打拱道："则武，祝贺你了！"

张则武手捧匾额，不便腾出手来还礼，只能躬身致谢。在黄家成待要移步向前时，门外蓦然惊呼四起，众抄纸户乱作一团，旋即作鸟兽散，但闻有抄纸户大声道："不好了，官府来抓人了……"

事起突然，黄家成等惊愕间，一队衙役如狼似虎地闯了进来，将他们团团围住。稍后，张钟打马进来，厉声道："谁是张则武？"

在众人拿眼投向张则武时，吴管家朝张钟施礼道："张大人这是为何？"

张钟冷冷地道："本官前来捉拿逆党张则武，不相干人等站一边去。"手中马鞭一指张则武："那人可是逆党张则武？给本官拿下。"

有衙役立马挥刀围住张则武……

张则武将匾额掷地，伸出双手："我随你们走，别伤及无辜。"

有衙役手持镣铐扑了上来，张则武也不反抗，任他们将自己捆缚了。

事起突然，又发生在自家，黄家成既惊又恐，颤巍巍地行至张钟面前，深深一揖道："张大人，这些年张则武并不曾与人为恶，其叔叔病逝后专心抄纸，此次滩镇抄纸甄选，其所抄的玉版纸和黄皮纸双双夺得头筹……"

张钟也不下马，厉声打断他："你说的这些与本官何干？本官只知他乃拳匪。老佛爷当年发布上谕，各地官府对拳匪务必予以剿杀。本官今日拿他，乃是遵从上谕，替民除恶。念尔等无知，不予追究。"大手一挥，"带走。"

众衙役便推搡着张则武往外走。吴管家快步追了上来，朝张钟深深一揖："张大人，容小的与张则武说两句。"

张钟自是认得吴管家，示意手下止步。吴管家走至张则武面前，以滩镇土话道："则武兄弟，今日事情，大家做梦都未料到。我这里要说的是，你放心同他们前往，稍后我当赶来宝庆府，徐图良策救你。"

张则武看定吴管家，眼角泪花隐隐，说："吴管家若有此心，帮我照看一下婶娘和孩子，然则张某感激不尽。"说完，移步前行。

吴管家双手抱拳道："兄弟但管放心，我会将你的赏金一文不少地送到塘冲。家中一应事宜，自当替你照应周全。"

衙役很快撤走，稍后众人散去，夕阳下的仁里堂花园一片狼藉。吴管家让下人关了正门，看连襟独自愣在那里，走将过去道："去茶屋说话吧！"

黄家成心事重重地叹了一声："没想到会是这样！不知内情的人还当我在算计他，估计张则武也会这么想。你说，官府咋会突然赶来抓人，且时间上拿捏得这么准。"

吴管家道："明摆着有抄纸户妒忌张则武夺得头魁。李管事他们跑去塘冲，这一来一去用了一个多时辰，再加上去夏小乙家。快马加鞭，这段时间足够去宝庆府打个来回了。"

在茶屋坐下后，自有下人沏上茶来。两人也不碰面前的茶，各怀心事。吴管家道："你看到的，今日官府面前，张则武并不反抗。凭他武功和机敏，完全能够从容逃离，老姨知道这是为何？"

"为何？"

"他是想继承其叔叔的衣钵，一心一意在塘冲抄纸，彻底告别过去的江湖。你看到的，才多长时间他就抄出了这等纸来，这是滩镇大多数抄纸人穷其一生都做不到的事。滩镇抄纸要提高纸质，真得靠他了。"

"老姨的意思，让我救他？"

"仁里堂专营抄纸，抄纸户有事，东家能无动于衷吗？"

"你忘了张大人刚才给他定的啥罪名？拳匪啊！这是朝廷钦犯，张大人肯冒这个险？"

吴管家端起茶盅，缓缓喝了两口，说："这样吧，我去账房支些银两，明日动身去宝庆府见张钟，设法把他救出来。"

不意黄家成道："刚才在花园时，你知道有人咋跟我说的，这下终于消了黄老板心腹之患。我这里耗费巨额银两把他弄出来，会不会又给我做出类似违旨收纸的事？"

吴管家摇晃着脑壳道："这几年他何曾有同仁里堂过不去的事情？当年你好几次有这方面的担心，最终不是啥事都没有嘛！先前我倒对他不甚了解，可因为其违旨收纸的事，这些年反倒对他的脾性略知一二。我敢说这次把他救出来后，他一辈子都会记着你这份恩情，有天定会舍命相报。我知道你不求他的图报，仅为他现在已是一位抄纸户，且今日被缉捕于仁里堂，我们就应该全力救他出监牢。滩镇的抄纸要想发展，需要他。"

黄家成略作思索，说："既然老姨决意救他，张钟那儿你去斡旋吧！"

●一 第三十二章 冲喜亡命 一●

黄金岭才露出一丝鱼肚白，仁里堂花园便有下人行走开了。当黄家成和吴管家走出月亮门时，天色早已大亮，一辆镶铜裹银的大鞍从车道上驶至敞开的正门口停住，车倌三德跳下车辕，把马凳摆好，然后往吴管家这边望来。

黄家成道："老姨，早去早回，这半个月仁里堂的事都叠到一块了。"

有伙计在店铺那边大声道："老爷，津门那边来了快报。"

吴管家闻言，止住脚步等候伙计的到来。伙计气喘吁吁地将快报呈与东家。黄家成接过，看后递与吴管家，高兴地说："这下好了，咱滩镇的抄纸真的将走向世界了。"

吴管家大是好奇，待到看完，这才明白是怎么回事。

原来有天吴江清逛街时，经过一家德雅洋行，好奇地走了进去。在津门已有些日子，吴江清知道洋行的生意范围颇广，干的都是大宗买卖，他们把外国的货运到中国销售，再把中国的货运至国外卖，如此往来，从中牟利。与三班一番拉扯，得知洋行正准备采购一批优质纸。洋行方得知和兴分号专营贡纸后，大班特意赶到分号考察，当场与他们签订年销五万担玉版纸，五千担皮纸的契约。

吴管家见洋行所出价钱高出他们在津门的售价许多，心下欢喜，手攥快报发抖，连声道："这下好了，咱滩镇的抄纸被毛子认可了，今后我们要做的是扩大抄纸数量，如何让抄纸户抄出好纸。"须臾，又说，"我在津门两年，咋就未想到洋行这一层呢！"

黄家成道："现在也不迟啊！不是你当初在津门成功设立分号，哪有今日与洋行签约的事。滩镇的抄纸能有今日，于我来说，此生满足了。我说老姨，你赶快去宝庆府吧，回来后咱俩再好好商议去了。"

三德早已掀开门帘，吴管家踩着马凳上了车。三德将马凳塞回去时大声道："吴管家坐好喽！"手中马鞭望空一甩，噼啪声中车轿启动了。

早上的滩镇是这季节一天最冷清的时候，车辘辘一路吱吱嘎嘎地滚将过去。出了街，三德一声叱喝，马儿拉着车轿奔跑起来。

赶到宝庆府时，街上已有喧闹之声。三德早已得了吴管家的吩咐，将车轿径直赶到府衙停住，这才轻声告知吴管家到了。

暗红色的大门很是威仪、肃穆。大门左右站了两名挺胸按刀的衙役，吴管家从兜中摸出一袋碎银在手，上前塞给一名衙役，双手抱拳道："麻烦爷去张大人面前通报一声，就说滩镇仁里堂管家吴承诺求见。"

衙役让其稍等，转身往里去了。

深秋的太阳仿佛挂在屋顶上，街上人来人往，府衙门前却是空荡荡的。料衙役这一去要杯茶工夫，吴管家便独自在府衙门前来回踱步。一只麻雀从对面屋顶上飞落在衙门旁边的石狮头顶，叽叽喳喳地叫开了，跳跃几下后又飞至另一蹲石狮上。麻雀的叫声引来一只小黄狗，小黄狗冲麻雀龇牙咧嘴一通狂叫，麻雀鸣叫依旧，小黄狗急了，试图爬到石狮上去，无奈石狮太高，根本上不去，只能徒然地吠叫不休。时间一久，麻雀失了兴趣，嗖一声飞走了。

吴管家正觉有趣，衙役出来，招手示意随他进去。府衙寂静，吴管家一路落在衙役身后往前走。太阳拖出两条长长的人影。吴管家也不跟得太紧，怕衙役回身发现自己踩着他的影子，惹其心下不快。

来到后堂书房前，衙役止步立身："大人在里面，进去吧！"

吴管家道声多谢，抬腿而入，但见张钟闭了眼睛坐在案桌前，待要开腔施礼，张钟猛可睁开眼睛："是吴管家啊！啥风把你吹来了？"

吴管家抱拳作揖道："昨天大人公务在身，小民不宜向大人问好，今日特意赶来拜见大人。"

张钟呵呵一笑，招呼对方坐，说："吴管家客气了。"唤来下人沏茶。

茶不错。

说了几句闲话，吴管家掏出银票推了过去，张钟故作讶异："吴管家这是为何？"

吴管家抱拳道："大人，小民今日前来，有一事相求。"张钟并不答话。吴管家只好接着说，"虽说张则武之前加入了拳匪，可他不曾有过恶行，且这些年志在抄纸，昨天抄纸遴选一举夺魁。再者他父母已亡，与幼子寄居其姊娘家，还望大人怜其不易，对他网开一面。"

张钟只顾喝茶，一副不置可否之态，吴管家正思量如何应对时，张钟手中茶杯一放，说："他真参加了拳匪？"

吴管家一愣，马上道："都是道听途说，当不得真，还望大人弄个水落石出，还他一个清白，如此感激不尽。"

张钟道："拳匪乃朝廷严令剿杀对象，本官自会审查，断不会冤枉一个好人，也不会放过一个拳匪，他若无辜，自然还他清白。"

吴管家赶紧起身作揖："有大人这话，小民这里谢过了。"俄尔，说，"小民欲去监牢探视，恳请大人准许。"

"本官念你来一趟不易，这就着人领你去监牢好了。"

张钟随手拿起桌边一本书压住银票，喊声来人，走进一名师爷打扮的人，朝他躬身作揖："老爷有何吩咐？"

张钟也不向他介绍，说："你这就领吴管家去监牢见张则武。"

师爷应声是，朝吴管家打了个请的手势，当先抬腿往外走。吴管家向张钟一躬身，忙随了师爷往外走。

两人一前一后往后院监牢走去。看师爷步履匆匆，并没有同他搭讪的意思，吴管家也不主动拿话去问，只管紧随了他。来到监牢，几个狱卒围在一块说笑，见师爷到来，纷纷躬身作揖，只道肖师爷好。

肖师爷淡然道："这位要见张则武，放他进去吧！"

有狱卒取了悬挂墙上的钥匙，手脚利索地开了门，回身冲吴管家道："跟上呐！"

一入监牢，吴管家顿觉眼前发黑，一时不敢移足，稍适应后才看清丈内之物，此时狱卒已在五尺之外，当即赶紧跟上，可见两边牢房内关满了衣衫褴褛、蓬头垢面的人犯。一路走将过去，时不时阴风阵阵。

终于在一间牢房门前停住，狱卒开了门，手中那串钥匙猛击一下铁门，朝里面大声道："张犯则武听好了，有人探监。"

张则武戴着脚铐手镣倚墙蹲在牢房的角落，监牢里只有他一人。吴管家喊声则武，快步奔了过去。监牢阴暗。一夜之间，张则武消瘦不少。

"则武，我刚才见了知府大人。你要做的是上堂时一口咬定自己不是拳匪，其他事情我在外面替你斡旋，相信不用多久便会出监，回到滩镇继续抄你的纸。"知道时间有限，吴管家开门见山地道。

张则武目光炯炯，双手抱拳朝吴管家深深一揖道："晚辈这里谢过吴管家。"

"我说过不会置你于不顾，你要做的是在这里面善待自己。稍后我会同卒头打好招呼，让他们关照你。我来之前，已经让人把你昨天应得的赏金送去塘冲，放到你婶娘手上。"

张则武连忙跪拜，慌得吴管家忙把他扶起，说："昨天出了你这事，我让人把赏金送到你家里去，是我应该做的。"看着对方是感是叹地道，"则武，你有没有想过，事情发展至今日，皆因你当日违旨收纸。没有当日的事情，如今你乃是张记寿屋铺的少东家，高堂俱在，日子何等滋润。这会儿我说这些，希望你闯过此劫后，安生过自己的日子，把纸抄好才是正道。其实啊，打从获知你待在塘冲抄纸，我就知道你是准备安生过日子了。"

"谢谢老前辈！"张则武复又深深一揖，然后仰头一叹："叔叔临终嘱咐，我才专心抄纸，参加这次遴选，谁知有人跑到府衙告密，让我深陷监牢。从这事看来，滩镇有人欲置我于死地了。"

"你别想得太多，待到你从这里出去后，有了官府释放的谍文在手，相信那些心怀不良企图的人再也不敢对你怎样。"

"往后的事谁又知道呢！"

狱卒去而复返，手持钥匙圈将铁门击得叮当作响，大声道："唠完了没有？唠完了走人。"

吴管家一把攥紧张则武的手，叮嘱道："切记我刚才所言，上堂时一口咬定自己不是拳匪，外面自有我替你斡旋。"

肖师爷尚等候在门口，吴管家掏出一锭银子递与卒头，说："此乃小民的一点心意，麻烦头儿寻个时间请各位爷去酒肆喝一杯。里面张则武乃小民亲戚，还望各位爷予以关照，然则感激不尽。"

卒头满心欢喜地接过银子，道："你但管放心，他人在我们这儿，我们自会照应他。"

吴管家复又掏出一袋碎银，说："他在里面需要点啥，还得麻烦各位爷替他送来。今日时间紧迫，下次小民再请各位爷去酒肆小酌两杯。"在众狱卒跟前不住地抱拳打拱。

此时肖师爷一声不吱地抬腿往回走。

吴管家赶紧跟上，前头是岔路，四周无人，吴管家道："肖师爷请留步。"

肖师爷收住脚步，却不转过身来。吴管家便趋步来到他面前，行过礼后捧上一张银票，说："张则武的事，张大人面前还望师爷美言几句。"

肖师爷拿了银票在手，说："如今朝局残破，大人窥得明白。本师爷的话，大人还是会往心头去的，大人面前，自会拿话劝他。"

吴管家作揖道谢不迭。

出得衙署，三德坐在车辕上，靠着大鞍前室瞌睡了去，直至吴管家喊了他一声，受惊地回应着跳下车辕，说："忙完了？是不是这就回去？"

"都过晌午了，找个地方把肚子填饱后上路。"

三德以手掀开门帘，待吴管家坐稳，收了马凳，跳上前室，打马前行。

回到滩镇也就未时，街上失了往日的热闹，显得有点儿冷清，大家都奔龙隍殿看戏去了。仁里堂的下人自是忙碌，毕竟那么大一个戏班的吃住需要他们料理。吴管家问得连襟去向，奔茶屋来见人。黄家成正把壶喝茶，吴管家落座后道了情况。

黄家成道："这姓张的素来贪得无厌，我就担心他在这件事上没完没了。"

吴管家不在这上面接他的话茬，只道："估计府衙过几天会来滩镇查证，还得把仁里堂的下人召集来，统一回答官府的问话。街上几家被掠夺的商号也得同他们好生说妥才是。"

"这一来一回你也够辛苦的，这事儿交给赵管事他们好了。"

"兹事体大，还是我亲自跑一趟吧！"

一杯茶完，吴管家独自上街。

当年拳匪离开滩镇，顺带劫掠了道生和等四家商号，损失最惨的当数荣松祥。当天荣松祥正好做完一笔六十两银子的生意，来不及将银子收藏好，被闯进来的拳匪掠了去，抽屉里几两碎银也给扫了个干净，老板荣房禄把拳匪骂了好几天，暗里咬牙切齿将张则武祖宗三代咒了个遍。左邻右舍劝他看开些，钱是人挣的，人没事就好，仁里堂不是拿几百两银子买平安嘛。荣房禄一想也是，心下才慢慢得以释然。

荣松祥是一家上百年的老字号，乃荣房禄爷爷荣松祥当年凭自个姓名取的商号名，其制作的年画在滩镇颇为有名，可惜几次参加朝廷年画甄选都以稍弱之势落榜。吴管家出现在荣松祥商号时，荣房禄正坐在商铺吧哒吧哒地抽烟，见了吴管家赶紧起身，手中烟枪往桌上一搁，抱拳打拱不迭，口里道："稀客，稀客啊！里面喝茶。"

两人去了商铺后面的茶屋。茶屋不大，摆了一张茶桌六把椅子。寒暄几句，荣房碌道："吴管家是大忙人，今日寻上寒舍，定然有事。说吧，何事见教？"

荣房碌开门见山，也就省了吴管家拐弯抹角，当即说："荣老板，可曾记得当年拳匪闯入滩镇的事？"

"还不是张则武那祸害，引来拳匪围攻仁里堂。也是报应，昨天张则武终于给府衙拿获了。朝廷可是说了，拳匪必剿。他这回落在官府手里，那是死路一条……"

看荣老板愤愤不平，吴管家掏出一张百两银票摆在他面前，荣老板一愕，说："吴管家这是为何？"

吴管家道："荣老板，虽说拳匪是张则武引入滩镇的，但他意在对付仁里堂，那些撤退的拳匪闯入你家掠夺，是他没想到的。在办理张世人的丧事过程中，随同张则武留下来的同伙并不曾有劫掠的事情发生吧？张则武回滩镇这一年多，可是埋头抄纸，不曾与人闹过不快……"

这通话下来，直叫荣房禄发蒙，说："吴管家，你这是何意？"

"这百两银票，算仁里堂替张则武赔你的。"

"拳匪抢劫我商号，与仁里堂何干？"

吴管家自是明白，自己的举动让对方好生不解，得说开才是，当下便道："昨天张则武被官府拿获，黄老板念他这些年并不曾与街坊邻里为恶，且埋头钻研抄纸术，张家早已家破，现在张则武带着幼子与婶娘相依为命，官府那里欲救他一命，此事还得荣老板帮衬才行。"

荣房绿大是讶异，半晌叹了一声，说："黄老板可是菩萨心肠啊！想当年，这小子违旨收纸，搅得仁里堂不得安宁，仁里堂为此搭上好几条性命。现如今，这小子入了监牢，于仁里堂本是件敲锣打鼓叫好的事，黄老板却又要唱一出救人的戏，这里面的事，我是越发想不明白了……"

"这么说吧，号称纸都的滩镇人靠什么吃饭？自然是纸了。黄老板怜其抄得一手好纸，要是因此丢了性命，未免可惜了，这才不惜抛弃前嫌，力争救他一命。商家嘛就干三件事，赚钱，花钱，行好。"

"吴管家要我怎样做？"

"有天官府寻上你家查证，荣老板只说不曾发生过劫掠的事，也就几个外地人窜进你家强讨吃喝，断不可扯及张则武来。你家人和伙计那儿还得交代明白。"

待到傍晚，大家便赶到龙隍殿看戏去了，还有四家被劫商号得赶去说和，吴管家站起身来，抱拳打拱："荣老板，这事儿就拜托你了。"

荣房碌落在后面相送，走了两步，想起要把银票还给对方，回身去拿银票，追上来时吴管家早已到了街头，只得作罢，目送吴管家走进对面的道生和。

果然如吴管家所料，从府衙回来的第三天，肖师爷领了数名衙役来到滩镇查证张则武一案。

当时吴管家同黄家成正在龙隍殿看戏，下人气喘吁吁地赶来，告知官府来人了。得知领头者乃是一位师爷打扮的人，黄家成就不想理会了，让吴管家赶去接待。吴管家料与张则武一案有关，不敢怠慢，匆匆回到仁里堂。肖师爷将公事牒帖递与吴管家。吴管家接过，拿眼一瞧，果然是赶来查证张则武一案。

几口茶后，吴管家把他们请至酒肆，坐下后点菜要酒，直把对方吃得满嘴油腻，然后亲自陪同肖师爷去了荣房碌等几家商号查证，又招来仁里堂下人盘问。

当然，一切尽在吴管家的预料中。

忙完这一切也就申时，见肖师爷全然没有赶回去的意思，吴管家自是不能拿话去催。待到吃过晚饭，看街头各家商号门前相继亮起了风灯，吴管家对肖师爷道："早几天春香院来了一对十六七岁的钱氏姐妹，生得万般风情，见过的人都称是百年难见的尤物，滩镇开埠以来，还没有哪家风月场所的姑娘盖过她们，连都梁府、宝庆府的一些大家巨头都慕名赶来一睹姿容，罗师爷在这当口来滩镇，也是有缘，怎么也得去见见。走吧！"

听得肖师爷的眼里早起了色意，哈哈大笑道："吴管家这么说，我可得赶去见见才行。"

于是吴管家和赵管事陪着肖师爷几个奔春香院而来。

街上行人匆匆，大都是奔龙隍殿方向而去。那几个衙役听说去妓院快活，自是高兴，脚步踉跄，全然没了往日的凛凛和煞气，可身着打扮还是让行人纷纷避让。

进出春香院的客人如过江之鲫，门口站了好几个姑娘，见几个衙役朝这边走来，当是来抓人或吃霸王餐的，一时吓得不知如何是好，周围客人更怕沾上是非，胆小者早已脚底抹油，一走了之。落在后面的吴管家见状，示意赵管事上去招呼几个衙役。赵管事快步上前，掏出银两分别塞给几个姑娘，说："你们给我好生侍候这几位官爷，他们舒服了，我这里少不了你们的好处。"

姑娘们得了银子，满心欢喜，任衙役拥了往里走。

看肖师爷目不斜视，有姑娘过来同他搭讪也不作理会，只管不徐不疾地往里走，吴管家便知道他是风月场所的常客了。到了里面，几名衙役业已不见，料是被姑娘领入各自的屋里去了。倒是赵管事立身旁侧。此时正好鸨母从楼上下来，一眼发现吴管家，扬手大声招呼着过来。

"吴大管家，今晚上啥风把你吹来了？"鸨母的媚眼儿投向罗师爷，说，"这是哪位贵客，也不见吴管家介绍。老身这里一看便知是大地方来的……"

鸨母面前，吴管家不能暴露了肖师爷身份，免得招来没必要的麻烦，扔出一锭银子："把钱氏姐妹叫来，好好陪我这位朋友。"

鸨母欢喜地接过银子，道："吴大管家面前，老身不打诳语。那妹妹已被人点了去，这位贵客稍缓片刻，估计姐姐也陪客人去了。

说到底姐姐与这位客人有缘呐……"

吴管家生怕她唠叨个没完，摆手道："春宵一刻值千金，快去唤人吧，别浪费了时间，有话待会儿拉扯去了。"

鸨母便朝楼上大声道："贵客来了，珠珠快快下来接客……"

从一间房屋盈盈走出一妙龄女子，倚栏往下望，然后移足下楼，直把楼下一干客人看得目瞪口呆。这珠珠径直走到罗师爷面前，牵了他的手往回返。罗师爷任她牵着往前走。直至两人进了屋，众人才回过神来，有人啧啧不已，只道仙女下凡。

鸨母得意地道："吴大管家觉得老身这女儿如何？要不明天晚上老身给你留着这两姐妹……"

吴管家摆手止住她往下说，招来赵管事："老赵，你留下来照应客人吧！"

吴管家让他留下来，意味着今晚上他也能够在春香院快活一晚，赵管事满口应承，只道肖师爷交给他了。

下人大都被派往龙隍殿帮衬去了，月光下的仁里堂甚是静寂。吴管家漫步在花园中，欲把张则武的事好生捭理一下时，从大夫人庵传来的钟声打断了思绪，知道方氏今晚上的功课将做完。由方氏而联想到黄韦明，迅而到刘氏，这三个人的命运让他忍不住深叹一声。

翌日早饭后，吴管家陪着肖师爷一行穿过月亮门时，仁里堂的正门大敞，下人早已牵来坐骑等候在那里。在肖师爷接过马缰将要上马时，吴管家抱拳作揖道："肖师爷，怠慢之处，还望海涵！"

肖师爷还礼道："本师爷回府后，当如实禀报大人，相信张则武一案很快便会有结果，遂吴管家心愿。"

吴管家又是一揖："还得肖师爷成全。"

肖师爷蹬镫上马，手中马鞭一抽马背，胯下坐骑撒开四蹄往前奔。身后衙役赶紧催马跟上。一时马蹄翻飞，瞬间已在正门数丈之外。

在吴管家转身往回走时，下人移回门槛，随即合上沉重的正门。吴管家径直去了茶屋。黄家成正把壶喝茶，淡然道："走了？"

"走了。"

"在张则武这件事上，咱算是仁至义尽了，他能不能走出监牢，只能听天由命了。"

"他会出来的。"

"你倒是自信。"

"虽说老佛爷懿旨各地府衙剿杀残余拳匪，可如今时局动荡，哪个官爷行事还那么较真，大都只顾捞银子。乱世艰难，那些官爷要捞两个银子也不是一件容易的事呐！贪婪之人自会把这中间的得失拨拉得清清楚楚。"

"有时候我问自己，为张则武这个拳匪费上这么大一笔银两，值吗？想想还真不值。可想着他一身抄纸绝技，他日能够弘扬我滩镇抄纸，倒也坦然了。"

"数十年来，仁里堂专营抄纸立足滩镇，往后韦伯还是专营抄纸，老姨是应该多往后想才是。上了咱这年纪，所求的还不是为后辈做点实在事。"

黄家成的脸色突然凝重起来，止住喝茶的动作，看定面前的连襟，说："这几年朝局动荡，对洋寇动不动就是割地赔偿求和，对内弹压，弄得血雨腥风，天知道后面还有多少劫难，如此下去，也不知这抄纸专营还能撑多久。"

吴管家也不惊诧连襟突然扯到这上面来，略作沉吟，说："只要老佛爷在，朝局便还能撑下去，一旦有天老佛爷殡天，光绪小儿肯定掌控不了这局面。我在津门时，坊间传说小皇帝身子不行，要不这么多年怎么连子嗣都没一个。"

"老佛爷这把年纪还能撑多久呢！要我看，十年怕是到头了。也就是说，我仁里堂还有专营十年抄纸的时间。"

"老姨这是担心改朝换代后，仁里堂失了抄纸专营权？要我说呢，和兴纸庄的分号都已经开到津门去了，滩镇的抄纸也算走出去了，咱还担心啥呢！再说了，这改朝换代不是你我能够左右的，朝运如人运，一旦到头了，挣扎也是徒然，要做的唯有顺应天意。"

"老姨说的也是。"黄家成说："昨天下午在龙隍殿遇到一个外地来看八字的瞎子，很多人围着他看八字，都说看得准。当时子和也在，怂恿我看一个。禁不住他的撺掇，便报了自个时辰。这瞎子说我这五年走天罗运，早两年尽管有凶，但都是有惊无险，自身终是无事，也就刑崽克子。男怕天罗女怕地网，就怕今年难以挺过去，让我再续一房冲喜减灾。为着这事儿，弄得我昨天晚上一夜未曾睡好。你说我是不是想多了？"

吴管家笑道："你跟两个姐姐说一声，然后娶一房就是。这种事儿越早越好，要不待会我让赵管事把街后吴婆叫来，你再当面跟吴婆交代明白。"

黄家成没有搭腔，若有所思地喝了两口茶，说："这黄家堂会一完便不得闲，把纸收上来再说吧！"

"挨到纸收完便是年底，一年就过去了。这种事要趁早，要我说呢，如果不是大操大办的话，有合适的人就近择个黄道吉日娶过来就是。"

"既然老姨这么说，让赵管事把吴婆请来吧！"

吴婆被领进仁里堂时是第二天中午。估计赵管事早已跟她交代了，屁股才搭着凳子，吴婆在黄家成面前唾沫飞溅地说桃林村张运喜有个二十岁的女儿张小桃尚待闺中。

"这张小桃虽说自幼吃的是粗粮杂饭，长得倒是漂亮。无奈张运喜十年前在山上砍楠竹时摔断了条腿，家中贫困，张小桃上面有个哥哥尚未娶亲。张家一直想拿女儿结扁担亲，这么多年却没寻到一个合适的人家，如此便给耽误了。黄爷只要给张家一笔不菲的礼金，让张小桃父母给他哥哥去寻对象就是。黄老板能满足这一条，这事儿便包在老身身上。"

旁边吴管家笑道："这于黄爷不是事儿。吴婆要做的是赶紧去桃林问张运喜，然后回复我们。这桩好事若是成了，黄爷少不了重赏你。"

送吴婆出去时，吴管家给了她一袋碎银，说："黄爷的事让婆婆费心了。"

吴婆笑呵呵地接过银子，道："吴管家就安心等老身的消息吧！"

黄家乃滩镇第一大家巨头，一旦撮合成这桩姻缘，少不了自己的好处，从仁里堂出来，吴婆拄着拐杖径直去了桃林。毕竟上六旬的人，那双小脚行走起来颇为费力，赶到张运喜家已是黄昏。张家也就数间茅房。人在门槛外，吴婆双手抱拳朝里打拱不迭："老侄，天大的好事，老身这里可要祝贺你了。"

原来吴婆夫家姓张，按辈分张运喜得喊吴婆一声婶娘。

张运喜诚然对吴婆这番没头没脑的话大感莫名，客气地把她让进来叙话。吴婆进屋后四下张望，说："小桃呢？快唤你家小桃出来见老身。"

在后院赶鹅进笼的张小桃闻得堂屋有人呼她的名字，忙完后好奇地来到堂屋，见是吴婆，过去行了一礼。堂屋已点燃盏灯，吴婆打量着张小桃，连声道："不错，不错，这妹子生得一副福相。怕是也只有你这妹子才能进仁里堂享福呐！"

至此，吴婆才道了来意。张小桃早被这突然而来的消息羞赧得跑进她的闺房。看张运喜夫妇不吱声，吴婆道："老侄呀，这黄爷的情况不消我说你也清楚，小桃进了仁里堂，那是享不完的福，滩镇多少妹子梦寐以求呢！老身只要把这消息放出去，不知有多少人家寻上门来，怕是门槛都要给踩烂。老身知道你是想拿小桃结扁担亲，可这么多年了也不见遂你夫妻的愿，再挨三五年，这扁担亲更难结了，可要耽误小桃的青春。只要你夫妻答应，黄爷马上送来丰厚的聘礼。有了钱，你儿子的事大可包在老身身上。小桃进了仁里堂，你家也有了依靠，往后的日子还不是芝麻开花节节高。黄家这两年祸不单行，先后失了两个儿子，大孙子遁入空门，那黄爷年纪是大了点儿，可他身体强壮得很，小桃要是生个一子半女，黄爷还不拿她当心肝宝贝一般，那时候黄爷一高兴，在街上买栋宅子，把你们全家接了去，那日子才叫日子呢！老身的话，你们好生思量吧！"

那张运喜坐在灶塘前，低头一言不发，手中铁钳在脚下的灶灰上不停地划来划去。其妻忙碌着煮饭洗菜，也不插言。听吴婆不停地催促给她一句话，张运喜道："虽说在这事上讲究父母之命，媒妁之言，可我还是不想做这个主，全凭女儿自个拿主意。"

吴婆便直奔张小桃闺房，问她想法。张小桃低头以手反复捏弄衣襟，说："女儿婚事，唯父母之命是从。"

吴婆就拿这话传与张运喜，张运喜素来本分，只当女儿不同意这桩婚事，摇晃着脑壳道："女儿不同意，我这做爹的也不勉强她。往后她找个什么样的人家，全是她的命……"

吴婆打断他的话："我说老侄，你女儿如何不同意了？你也不想想，她一个女孩家，你让她如何在老身跟前说出答应的话。"

张运喜不觉傻傻一笑，说："婆婆说得也是。那这事儿就算我们家同意了。"

翌日早上，吴婆满心欢喜地拿了张小桃的生辰八字离开桃林，走进仁里堂交给了吴管家。吴管家一面安排她吃喝，兜里装着张小桃的八字去街上找算命先生。不想平日扎堆在上街的算命先生竟不见一个人影，这才醒悟每逢黄家堂会，他们便赶龙隍殿招揽生意。于是匆匆奔龙隍殿而来。

这当口龙隍殿正在上演《目连救母》，台下卖各色小吃者无数，正在使劲地吆喝招揽客人。吴管家径直走至那株上百年的枫树下，树下蹲着十数名算命先生，那些眼睛能视物者见来了生意，纷纷向吴管家打招呼。吴管家逐个将他们打量一番，这才走向吊着几根长长白眉毛的瞎子老者，报了黄家成和张小桃的生辰八字。

老者掐指一番推算后，说："这个男人八字财旺身旺，日坐财库，是个生来便锦衣玉食发大财的人呐！只是眼下正走天罗运，早两年家中变故甚大。男怕天罗女怕地网，这个运挺过去又有十年好运。至于这个女人八字，年少贫穷，夫星透出天干且生在旺地。八字里没有外桃花、咸池、八败、扫把星等，倒也干净，美中不足的是个寡妇命。金水相逢，必取美丽容，长相自然不差。男命年上地支为猴，女命月上地支为鼠，申与子合。两人八字虽然只是年份相合，贵在并无刑冲。如果女方家里同意，男方倒也可以娶回家去。"

吴管家暗自把算命先生的话思量一番，连襟与张小桃年龄悬殊，连襟肯定先于张小桃而去，这张小桃自然是寡妇命了。他塞给算命先生几个铜钱，道了一声谢。

回到仁里堂，吴管家去了茶屋，把情况说与连襟。黄家成道："既然八字无刑冲，她和家人都同意，就近择个吉日把她迎娶过来。堂会一完便要收纸，就不大操办了。"

吴管家寻来《望星楼通书》，择定下聘礼和迎娶的吉日。

那吴婆早已吃饱喝足，坐在那儿喝茶单等吴管家的回复。待到吴管家进来，笑说："吴管家这一去大半天，把老身搁在这里不管不顾，弄得老身有脾气都没脾气了。"

吴管家忙道："我这不是赶来回复你了吗。黄爷答应这门亲事。我们这边下聘礼和迎娶的吉日也定下来了，还得麻烦你去趟桃林，让女方家好生准备。"

吴婆得了吉日，笑说："看黄老板的样子，恨不得今日就把张家妹子迎娶回仁里堂。正好老身今日无事，这就赶去桃林一趟，好让张家也落心。"

吴管家道："你这颠来倒去的也辛苦，我让人送你。"

吴婆走后，吴管家去了账房。正好赵管事和李管事也在，吴管家便将东家娶亲的事安排了下去。东家婚事自是重大，两位管事不敢怠慢，亲自张罗。

虽说黄家成早已发话不大操大办，可堂堂仁里堂，财多势大，这起码的迎娶程序也看煞了街坊邻里，成为茶余饭后的谈资。

待到这一通忙下来，吴管家便也忆起张则武的事来。罗师爷他们已经回府衙多日，张则武的事应该有结果才是。想着明天堂会将完，后天便将开秤收纸，那时诸多祭祀礼节都要自己出面，吴管家拿定主意明天去趟宝庆府。又担心张则武已经回来，派了下人去塘冲打探。下人回来告知，不曾有张则武回来的消息。

要赶去宝庆府，自然得同连襟打声招呼。晚饭后吴管家去了茶屋。屋里空荡荡的。自打张小桃进了仁里堂，黄家成就鲜少坐在茶屋喝茶了。下人点燃灯，给吴管家泡好茶，说去请老爷。

打从迎娶了张小桃，黄家成换了个人似的，腰板挺直，脸色红润，仁里堂下人私下戏谑说老爷迎来第二春。黄家成缺了喝茶的兴趣，吴管家没事便坐在账房独自喝他的茶。不消两日，茶屋竟失了茶味。

下人打着灯笼，引领黄家成进来。从连襟身上隐约传来一股福寿膏的味道，吴管家不觉微蹙眉头，想说什么终是没说，玩笑道："老姨，你这几十年喝茶的嗜好都没了，现在的日子赛过神仙吧？"

黄家成笑道："要不你也添置一房，我让他们给你收拾一间大房子……"

吴管家忙不迭摆手，笑说："这神仙的日子是好，却也累人，我就算了吧！"

说笑几句，吴管家道："张则武的事也有些日子了，府衙那边至今不见动静，后天开秤收纸，这一忙便不得闲，我想趁明天抽空去趟宝庆府，打探一下张则武的事。都到了这个份上，总不能半途而废吧！"

"我说老姨，你对张则武倒是上心呐！"

"让我上心的还不是他抄得一手好纸。咱滩镇号称纸都，仁里堂专营收纸，他这一身技艺，你老姨能不在乎他？"

"有时候想来，这小子是个奇人。"

"是呀，我也是这般想，要不短短一年多点的时间，他就把夏有福的抄纸技艺学到了手，这是众多抄纸户一辈子都做不到的事啊！我有种预感，他将使滩镇抄纸技艺臻于至善。"

"去账房支些银两，该花还得花。如你说的，都到了这个份上，总不能半途而废吧！"

看连襟捂着嘴巴连打两个呵欠，吴管家起身告辞。走出门槛，想起连襟身上隐隐传来的福寿膏味，吴管家止住了脚步。略作犹豫，终是啥话没说。走廊挂着风灯，吴管家一路走将过去，径直回到自个房间。明天要赶早，呆坐一阵，上床睡去。

蒙眬间，门被擂得炸雷般地响，吴管家给吓得从床上跳起来，待要开腔问话，外面传来下人的惊呼："……吴管家快快起来……大事不好……老爷他去了……"

吴管家如闻天雷，惊得险些跌下床，顾不上穿戴，摸黑跳下床开了门，冲下人道："怎么回事？"

下人道："老爷去了，二夫人让小的来请你。"

吴管家抬腿便要往外走，下人手指他身上："吴管家……忘了穿衣服……"

吴管家手忙脚乱地抓了件衣裳往身上套，随了下人往外走，一边拿话问老爷死因，下人支支吾吾哪讲得出一个所以然。屋里乱作一团，但见黄家成赤身裸体地仰天躺在床上；张小桃头发蓬乱，衣不遮体地缩在床角瑟瑟发抖，既惊又惧，泪如泉涌；肖氏站在旁边大放悲声，丫鬟小青陪着垂泪。吴管家扯过被子盖住黄家成尸体，待要拿话来劝，王氏进来，呼天抢地哭开了。此等情境，知道不是自己劝得住的，吴管家只盼赵管事他们快点到来，却也不忘吩咐下人取来三片茶叶、七粒米、碎金放入黄家成口中。有下人早搬来一口锅，在锅底里放一块大白布，白布上面再堆放纸钱和纸金银锭。那王氏早已戴上白帽，在旁边烧上一堆"落气纸"。稍后，外面铳声如雷般响起。

不意肖氏突然一抹眼泪，手指张小桃破口大骂："都是你这贱人没完没了地折腾，要不老爷好好的怎么会突然去了……没有你这祸殃，老爷哪会有今日的事，仁里堂上上下下都被你害苦了……未必你爹娘没告诉你你是个克夫的命？你这天杀的害人精啊，我黄家跟你无仇无冤，你却跑到仁里堂来害人……"

肖氏这一通唾沫飞溅下来，张小桃自是作声不得。此时赵管事等匆匆赶来，肖氏越发骂得起劲。有吴管家在场，赵管事他们谁也不拿话劝阻，人人一脸哀容。吴管家硬着头皮上前道："事起突然，望姐姐节哀。这里的事交我料理，姐姐且回去，姐夫的后事到时候自会寻你商榷。"

小青见吴管家向自己递眼色，跟着劝主人回屋。肖氏见屋里挤满了人，醒悟以自个身份不宜在这儿斥骂做泼妇状，儿媳妇王氏也在一旁劝导，便随了王氏和小青离去。

两个女人一走，屋里顿时安静了，张小桃也少了许多惧怕。吴管家让丫鬟小梅将张小桃搀扶到隔壁的房间。看下人忙碌着开始准备"烧藁"，心下稍慰。

楚南滩镇的丧事乃上古传承，且颇多烦琐，所谓"烧藁"，即将死者床上的垫底稻草、席子、被单一起拿到院子外的十字路口空地上，照原样摊摆好，点火烧掉。这也叫"烧床铺草"，是为死者安排随身行李。

此时赵管事搓着双手道："怎么会是这样呢……这也太匪夷所思了……"

其他几个管事也是这般神情。

人都死了，吴管家也不去说昨天晚上在连襟身上闻到福寿膏味的事，自己在这儿拎起，只怕传到肖氏耳朵，势必对他生出天大的意见，当下摇头喟叹一声，附和着老赵的话道："昨天晚上一块喝茶时还是好好的，谁能料到会是这样呢！"马上又说，"我们几个这里商量一下吧！天亮后李管事赶宝庆府发电报去津门，让韦伯赶回来奔丧。不管韦伯能不能赶回来，作为黄家唯一的男丁，必须通知他。赵管事联络黄家族人，商榷丧事。东家身亡原委，断不可外传。待会儿我去见大夫人，看她有何吩咐。张管事去请地仙踏勘金井……"

王管事道："要不要派人赶去东山禅院报信？"

　　吴管家道："按说韦明已是出家之人，出家人不管红尘事。这样吧，待会两位夫人面前，看她们的态度。"

　　赵管事道："吴管家如此安排，实在是最好不过。"

　　时候怕是丑时刚过，外面漆黑如墨，吴管家虽然一一安排下去，众人却是无法行动。有人提议去茶屋喝茶。吴管家安排几名下人看守尸体，大家去了茶屋，自有下人沏上茶来。似乎讳忌着什么，以往黄家成所坐那个位子空在那儿，谁也不去坐。

　　大家各自埋头喝茶，无人说话，一时但闻咝咝的喝茶声。吴管家正好趁机梳理一下思路。连襟突然离去，黄韦伯又远在津门，很多事情便落在他身上了。

　　不想赵管事道："从津门到滩镇，再快也得半月，估计东家的丧事等不到韦伯了。韦伯特意回来奔丧，却没能赶上他爷爷的丧事，到时候怕是不好交代啊！"

　　李管事连忙颔首："是呀，我们得寻个两全其美的办法才是。"

　　王管事道："地仙踏勘金井后择定吉日，便只能按择日下葬，哪有两全其美的办法可想，除非把下葬的日子定在半月后。可谁又能保证半月后韦伯就能够赶回来，半月后又要多久才有吉日可择？这季节尸体摆上五六日没事，半个月的时间肯定没法保全尸体。"

　　吴管家本不想理他们的话茬，见他们在这上面争论不休，当下道："东家这一走，韦伯肯定得回仁里堂坐镇主事，他赶不赶得上丧事已经不重要。"

　　赵管事几个颔首称是，只道还是吴管家考虑周全。

　　大夫人庵的钟声蓦然响起，大家你眼望我眼。吴管家这才忆起，打从连襟走后，方氏和刘氏未曾赶来看一眼，心下对这两人便来了想法，众人面前却是不能拿话来说。不料李管事道："难道他们忘了告知大夫人和刘氏？"

　　赵管事道："这么大一件事，下人哪能把她俩给忘了？就算下人忘了过去传话，刚才闹出这么大的动静，她们也该知道了。"

吴管家道："待会我去见她，一切就明白了。"

王管事叹了一口气，说："这会想来，大夫人也甚可怜，儿子因病成了残疾，最终落了个身首异处的下场，唯一的孙子遁入佛门。东家这一去，她从此真成了孤家寡人。"

大家附和着叹息一声。

又拉扯两句，天色便亮了，大家各自忙活去了。吴管家落在最后面，不意赵管事独个站在走廊等他，显然有话要与他说。

"吴管家想过没有，少东家回来后，仁里堂这边必须派出人手去津门，要不我去分号理事吧！"赵管事道。

这当口赵管事跟他提这要求，吴管家心下对这人便来了想法，口上却道："韦伯回来主事，一切便得他拿章程啊！"

将近大夫人庵，三声悠扬的钟声过后，大夫人庵归于寂静。吴管家抓起门环敲击门叶，刘氏开了门，并不吃惊吴管家的到来，喊声姨父，客气地请他进来，将其引至婆婆面前。红梅递上茶来。

这么多年，吴管家还是第一次走进大夫人庵，香烟袅娜，馨香不绝。坐在方氏面前，他也不去张望，轻声道："家成他去了。"

方氏穿戴素净，淡淡道："他去了就去了。"

吴管家："一会儿就要入殓了，姐姐不去见他一面？"

方氏叹了一声："见又如何，不见又如何！"

"毕竟几十年的夫妻啊！"

"封棺之前，我会和儿媳妇去见他一面。"

"韦明那里，是不是派人赶去大东山接他回来？"

"这是你们的事，我不便做啥主张。"

等着他忙的事情很多，吴管家起身告辞，刘氏坐在那里不动，红梅落在后面相送。出得大夫人庵，吴管家深吸一口气，快步来会姨姐肖氏。

此刻的仁里堂前一片肃穆，吴管家一路走将过去，迎面与下人相遇，皆是侧身止步恭谦地让他先行。

见到吴管家，肖氏便落泪抱怨道："他不将这个倒霉鬼娶进门，哪会有今日的事情发生。现在把命丢在这扫帚星身上，传将出去叫人怎样看？仁里堂上上下下都给弄得抬不起头。当初你该阻止他冲喜才是，没有这冲喜，啥事都不会有……"

"韦伯那里已经安排李管事去宝庆府发电报，韦明那里派不派人赶去通知？"吴管家无心听姨姐抱怨，打断她的话道。

"通知他作甚？打从他去大东山，几年了都不曾回来过，心里头哪还有爷爷。再说了，出家之人见了皇帝都不跪拜的，他真回来了，穿着一身僧衣站在那里不跪不拜，岂不碍眼？还不招人笑话。"肖氏抹一把泪，没好气地道。

这话倒是有道理，吴管家便拿定主意不去东山禅院报丧了。

安慰肖氏几句，吴管家匆匆离去。黄家成的尸体已经入殓，床上空无一物。窗棂上贴着的大红喜字刺得吴管家眼痛，慌忙退了出来。

有人在前头呼他，闻声望去，下人王六一脸惊慌地朝他奔来，吴管家心下纳闷，止步等他到来。王六气喘吁吁地走到跟前，说："供奉菩萨房间的蔡伦菩萨掉下来了……"

吴管家闻言，既惊又怕，匆匆奔向佛堂。王六紧随在他身后，道了经过。

原来刚才王六有事经过供奉菩萨的房间，见门敞开，扭头往里望，发现蔡伦菩萨坠落地上，吓得他赶紧来寻吴管家。

进得房间，可见蔡伦菩萨果然倒地，吴管家双手合十，道声罪过，把蔡伦菩萨捧起，以袖擦去菩萨身上的灰尘，然后恭恭敬敬地放回原地，点燃香烛，烧上纸钱，跪下磕了三个响头。直待纸钱香烛熄灭，这才轻手轻脚退了出来，随手把门拉上。

下了楼，吴管家叫过王六，低声叮嘱道："菩萨跌落地上的事儿断断不可传出去，若是有人知晓传谣，唯你是问。"

王六忙道："吴管家不让说，小的任谁也不说。"

"好了，你忙去吧！"

王六作揖应声离去。

太阳已经升起老高，这一通忙下来，也不知现在是何时分，吴管家的脑子在菩萨坠地上拐来拐去。东家冲喜身亡的事已经给仁里堂罩上一层诡异，要是又起菩萨坠地的事，势必在仁里堂引起恐慌。佛堂平日鲜有人来，吴管家猜测，只怕连襟身亡之前便已跌落地上了，只是不曾被人发现罢。

穿过月亮门，可见正门敞开，出出进进的人颇多，有人在忙碌着贴对子、扎松柏树枝门。在吴管家决意过去看看时，有人老远呼他，吴管家循声望去，有下人从商铺那边过来，身后紧随了张则武。吴管家清晰地感到心脏猛地一跳，几乎堵住了嗓子眼。

张则武快步越过下人，走至吴管家面前深深一揖："晚辈这里谢吴管家救命之恩。"

吴管家道："救你的是我们东家，我呢只是替他跑腿交涉。"拿眼上下打量张则武，不住地颔首，"回来了就好，回来了就好！今天回来的吧？"

下人见没自己的事，行上一礼离去。

"今天回来的。也不知府上谁过世了？"

"今天早上东家去了。"

张则武吃惊地看着吴管家，半晌道："我得去'看活'（尸体入殓棺椁后尚未合棺，供来人观瞻，楚南一带俗称看活）。"

吴管家便往回返，张则武一脸肃穆地随在身后。深秋萧瑟，一片枯叶凌空飘落在张则武头上，他全然不去理会，只管前行。至月亮门，微风迎面，那片枯叶徐徐落地。

黄家成的尸体已经入殓，漆黑的棺椁停在堂屋，棺椁一头的下面燃了盏长明灯，灯火如豆。堂屋前的坪地上摆了三张八仙桌，围了不少人，没谁留意到吴管家他们的到来。张则武抬腿跨过高高的雕花门槛，扑通一声跪在棺椁前，身子如虾，长跪不起。

●━ 尾 声 ━●

　　光绪三十四年，即四年后的戊申年十月二十一日，光绪皇帝驾崩。慈禧太后命道光帝旻宁的曾孙、醇贤亲王奕𫍽之孙、摄政王载沣长子溥仪继承皇统，过继于同治帝载淳，同时兼承光绪帝之祧，一人祧两房。据传早在光绪帝病重期间，慈禧太后下令将溥仪养育在宫中。溥仪的乳母王焦氏抱着溥仪一起进宫。

　　是年十一月十五日未时正三刻，慈禧太后薨于仪鸾殿。出殡时，王公大臣披麻戴孝，抱着纸将纸兵，纸马纸轿的送葬队伍在街上整整走了五天，场面极其恐怖。

　　消息传到滩镇仁里堂，吴管家手中信报脱手坠地，仰天一叹："老佛爷这一去，大清将亡矣！"

　　黄韦伯弯腰拾起信报，淡然道："这几年洋寇横行，朝局不安，老百姓处在水深火热，大清真的亡了，于百姓未尝不是一件好事，也不影响津门分号的生意。当年拳匪事件闹得那么大，时局天翻地覆，咱分号不照样成立。"

　　自黄家成逝去，远在津门的黄韦伯接到电报后，同龙不吟晓行夜宿，回到滩镇却是黄家成安葬后的第六天去了。遵从奶奶之命，以及姨爷爷的规劝，黄韦伯留下来坐镇仁里堂，仁里堂这边派赵管事和李管事赶赴津门协助吴江青打理分号生意。黄韦伯的归来，缓解了肖氏丧夫之痛。年底，黄韦伯风风光光地娶了滩镇和顺昌周老板的女儿春梅为妻。翌年诞下一子，取名黄济事。黄济事的出生，让肖氏和王氏大是欢喜。

黄家成丧事后，肖氏认定张小桃乃不祥之人，意欲打发张小桃一笔钱财，让张运喜接回桃林，孰料张小桃死活不从，只道生是黄家人，死是黄家鬼。吴管家想起当初替张小桃和连襟合八字时，算命先生称其是寡妇命，便与肖氏说合，让其留下。肖氏便着下人将张小桃搬至毗邻大夫人庵那栋房屋，收拾一间房子让其住下，并拨给她一个丫鬟相伴。这张小桃倒是安分，除了大半年回娘家一趟，其他日子轻易不出二门。

见姨外孙未曾想到那一层来，吴管家心下思量着要不要在他面前说出这些年一直悬挂在自个心头的担心。想着这里说了只会让人跌了心情，终是没说，只是含混地道："兴，百姓苦；亡，百姓苦！"

黄韦伯将手中信报搁在茶几上，道："据说现在是隆裕太后和摄政王载沣共同主掌朝廷。那隆裕太后乃一介女流，哪懂玩权弄术之道，权力只怕全落到摄政王手上去了。这摄政王乃是一介老臣，在朝廷颇有号召力，其能力未必输给老佛爷。"

吴管家自是明白这位姨外孙的意思，是说以摄政王的能力，大清不至于亡在他手上。他不想在这件事上同黄韦伯说得太深，只道："不要轻看女流，也不要因为她的穷奢极侈就否决她的才能，驭人讲的是手段和狠劲。当年咸丰帝顾命八大臣，哪个都是重臣，身世显赫，最终还不是全败在老佛爷手上。当年她才二十多岁的年纪，比你大不了几岁啊！"

一切如吴管家所料，四年后的一九一二年一月一日，"中华民国"于南京宣布立国，孙中山在南京就任临时大总统。二月十二日，袁世凯迫使宣统帝溥仪颁布退位诏书，将权力交给袁世凯政府，清朝灭亡。

消息传到仁里堂时将近黄昏，黄韦伯跑去告知吴管家。因为肖氏的极力挽留，念及与仁里堂数十年的情分，在多次请辞不得的情况下，吴管家只得继续留在仁里堂效力。黄韦伯寻上他时，吴管家一个人坐在账房慢悠悠地喝他的茶。这几年吴管家老得甚快，头发、胡须皆白，身子也佝偻了，好在精神矍铄，他淡然道："没了奉旨专营，咱生意该怎么做还得怎么做。"

黄韦伯喃喃道："朝廷没了，奉旨专营也没了……"

此时，大夫人瘫的钟声霍然响起，清脆悠扬地在仁里堂回荡开去。

代后记：专职作家路上的贵人

对文学深怀感情，源自十三岁那年，身为教师的姐夫无意中一句"作家是最受人崇拜的"，从此让我这个原本画画画得不错的少年深陷文学创作而不能自拔，企盼有天也能够成为作家。自此，我将改变一生的命运放在文学创作上，学业荒废，以致初中读了六年都没毕业，成为邻里笑柄。许是心中有梦，下岗后一度全无应有的生存焦灼感，怀揣母亲给的五十元钱还能心安理得地在单位的宿舍闭门创作两月有余。终是应了那句老话：文能穷人。青涩的作家梦在现实生活的窘迫下败下阵来。

文友钟连城，家居武冈，一个靠写作养家糊口的农民，著作等身，自诩"写书匠"，挣下了不菲的家业。"匠"与"家"的区别在于，匠只为谋生求活，与木匠、桶匠无异。我曾携拙作拜访。其时他已是某杂志社执行主编。在他的推介下，我应聘去了长沙某杂志社做编辑。占了编辑的便利，这期间倒是发表了不少文字，距作家梦却依然遥远。

是年由内蒙古文化出版社出版了我的三部都市情感长篇小说。2008年5月，湖南人民出版社出版了我的长篇小说《三色门》，在新浪网迅速蹿红，跃居当月排行榜总榜第一名，点击量突破上千万次，当月即加印一万册，《扬子晚报》《长沙晚报》等数家媒体同时转载。其实这部小说创作完稿于五年前，找过几个书商，北京有位书商竟以"书里句号太多"为由予以拒绝该稿，我只能苦笑。有天在书市看到钟连城老师由湖南人民出版社新近出版的一部长篇小说，一看编辑乃李蔚然，于是拿着手稿径直寻上蔚然老师。没想到，半月不到李老师就联系我，声称湖南人民出版社将计划出版拙作。此后我与湖南人民出版社有了长达数年的友好合作，相继出版了长篇小说《龙城》《大庄家》《销号》等。这对任何一家出版社和作者都是难能可贵的事。只是后来根据中南出版传媒集团的相关政策，该社不再出版小说，我们的美好合作才告完。

《三色门》出版后，回到家乡开始职业创作。

我的老家在隆回县六都寨镇一个四面环山的山窝窝里，名曰田丞院子，一条小河从家门前穿过，是个开门、抬头都是青山挺拔的地方。我这四部长篇小说全在这儿创作完成。这四年间，日子过得平静如水，不乏当年陶渊明"采菊东篱下"的悠然。现今想来，一个人与世无争地做着自己喜欢的事，那是一种莫大的幸福。

在创作《销号》时，一个偶然的机会，得以结识时任县政协副主席夏亦中。当过副县长，分管国土城建的夏君对拙作《龙城》甚是欣赏，称写得真实精彩，夸我看透了这个社会。这话令我愧汗惶然。我若有此等本事，还日夜挣扎在社会的底层？夏君生得风流儒雅，堪称一表人才。夏君怜我不易，一次闲聊时，谦逊地说他现今无职无权，尽其所能帮我找个稳定的工作，以便我专心创作。时值县委县政府招聘特殊人才，在夏君和时任县委常委、宣传部部长李明海的举荐下，我得以应聘入职。职业写作这些年，我完全靠辛苦创作赚钱糊口，干着自己喜欢的事，日子倒也过得踏实，当专职作家是我从没预想过的事情。因为两位贵人的赏识和鼎力帮扶，我终于得以实现年少时的理想。

明海部长现任省委政法委某处处长，我们一度断了联系。2019年冬，拙作《滩京府》在湖南文艺出版社以该社品牌"大风"书系出版。这是我首次尝试以长篇小说的形式推介家乡国家级非遗代表性项目滩头木版年画。他获悉后，在各种场合极力推介拙作。这是一个勤奋务实、身在外地仍不遗余力推介家乡的好领导，今生我能遇到，乃我之幸。

作家的神奇之处大概就在于编织一段故事的能力。长篇小说创作本是一件极其艰难的事，作为一个社会基层的写作者，这些年我依然执着地书写家乡的风貌。我不想说什么文学创作乃是我的使命，是件无限荣光的事，这种冠冕堂皇的话只会让人哂笑，就连我自己都觉得太虚，于我来说，也就自己喜欢埋头码字罢了。现今文学处在边缘化，我所遇到的贵人还能对文人心生爱惜，伸手帮扶，只因他们是这个社会上有品性的人，心怀"国之大者"。